Ionchais Mhóra

ag Charles Dickens

Cóipcheart © 2024 ag Autri Books

Gach ceart ar cosaint. Ní féidir aon chuid den fhoilseachán seo a atáirgeadh, fótachóipeáil, taifeadadh, nó modhanna leictreonacha nó meicniúla eile, gan cead i scríbhinn a fháil roimh ré ón bhfoilsitheoir, ach amháin i gcás athfhriotail ghearra a áirítear in athbhreithnithe criticiúla agus in úsáidí neamhthráchtála áirithe eile a cheadaítear le dlí an chóipchirt.

Tá an t-eagrán seo mar chuid den "Autri Books Classic Literature Collection" agus cuimsíonn sé aistriúcháin, ábhar eagarthóireachta agus eilimintí dearaidh atá bunaidh don fhoilseachán seo agus atá cosanta faoi dhlí an chóipchirt. Tá an buntéacs san fhearann poiblí agus níl sé faoi réir cóipchirt, ach tá cóipcheart ag Autri Books ar gach breisiú agus modhnú.

Is féidir foilseacháin Autri Books a cheannach le haghaidh úsáid oideachais, tráchtála nó bolscaireachta.

Le haghaidh tuilleadh eolais, déan teagmháil le:
autribooks.com | support@autribooks.com

ISBN: 979-8-3306-6492-4
An chéad eagrán a d'fhoilsigh Autri Books in 2024.

Caibidil I.

Pirrip an t-ainm teaghlaigh a bhí ar m'athair, agus Philip an t-ainm baiste a bhí orm, ní fhéadfadh mo theanga naíonán an dá ainm a dhéanamh níos faide nó níos follasaí ná Pip. Mar sin, ghlaoigh mé orm féin Pip, agus tháinig mé ar a dtugtar Pip.

Tugaim Pirrip mar ainm teaghlaigh m'athar, ar údarás a leac uaighe agus mo dheirfiúr,-Mrs. Joe Gargery, a phós an gabha. Mar ní fhaca mé m'athair ná mo mháthair riamh, agus ní fhaca mé aon chosúlacht le ceachtar acu (ar feadh a laethanta i bhfad roimh laethanta na ngrianghraf), bhí mo chéad lucht leanúna maidir leis an méid a bhí siad cosúil le díorthaithe go míréasúnta as a gcuid leac uaighe. Thug cruth na litreacha ar m'athair, corrsmaoineamh dom gur fear cearnógach, stout, dorcha, le gruaig chatach dhubh a bhí ann. Ó charachtar agus casadh na hinscríbhinne, "*Chomh maith leis sin Georgiana Wife of the Above*," tharraing mé conclúid childish go raibh mo mháthair freckled agus sickly. Go dtí cúig lozenges cloiche beag, gach ceann faoi chos go leith ar fhad, a bhí eagraithe i ndiaidh a chéile néata in aice lena n-uaigh, agus bhí naofa do chuimhne cúigear deartháireacha beag de mo,-a thug suas ag iarraidh a fháil ina gcónaí, exceedingly luath sa streachailt uilíoch,-Tá mé faoi chomaoin ag creideamh siamsaíocht mé creidimh go raibh siad go léir a rugadh ar a ndroim lena lámha ina briste-pócaí, agus níor thóg sé amach riamh iad sa staid seo a bhí ann.

Ba linne an tír riasc, síos cois na habhann, laistigh, mar chréacht na habhann, fiche míle den fharraige. An chéad tuiscint is beoga agus is leithne atá agam ar fhéiniúlacht na rudaí feictear dom go bhfuair mé tráthnóna amh i gcuimhne i dtreo an tráthnóna. Ag an am sin fuair mé amach go cinnte gurbh é an reilig an áit gruama seo a bhí ag fás le neantóga; agus go raibh Philip Pirrip, nach maireann sa pharóiste seo, agus bean chéile Georgiana thuas freisin, marbh agus curtha; agus go raibh Alexander, Bartholomew, Abraham, Tobias, agus Roger, leanaí naíonán de na réamhráite, marbh agus curtha freisin; agus gurab é an fiántas dorcha cothrom ós cionn an tséipéil, go dtrasnaíonn sé le dikes agus dumhaí agus geataí, le beithígh scaipthe ag beathú air, na riasca; agus go raibh an líne íseal luaidhe níos faide ná an abhainn; agus gurab é an lair saoghalta as a raibhe an ghaoth ag réabadh na mara; agus go raibh an beart beag de shivers ag fás eagla air go léir agus ag tosú ag caoineadh, bhí Pip.

"Coinnigh do torann!" Adeir guth uafásach, mar a thosaigh fear suas as measc na huaigheanna ar thaobh an phóirse séipéal. "Coinnigh fós, a dhiabhail bhig, nó gearrfaidh mé do scornach!"

Fear eaglach, iad go léir i liath garbh, le hiarann mór ar a chos. Fear gan hata, agus le bróga briste, agus le sean-cheirt ceangailte thart ar a cheann. Fear a bhí sáithithe in uisce, agus smothered i láib, agus lamed ag clocha, agus gearrtha ag flints, agus stung ag neantóga, agus torn ag briars; a limped, agus shivered, agus glared, agus growled; agus a raibh a fhiacla ag comhrá ina cheann agus é ag gabháil dom ag an smig.

"Ó! Ná gearr mo scornach, a dhuine uasail," phléadáil mé i sceimhle. "Guigh ná é a dhéanamh, a dhuine uasail."

"Inis dúinn d'ainm!" arsa an fear. "Tapa!"

"Pip, a dhuine uasail."

"Uair amháin eile," arsa an fear, ag stánadh orm. "Tabhair béal dó!"

"Pip. Pip, a dhuine uasail.

"Taispeáin dúinn cá bhfuil cónaí ort," arsa an fear. "Pionta amach an áit!"

Dhírigh mé ar an áit a raibh ár sráidbhaile, ar an árasán i dtír i measc na gcrann alder-agus pollards, míle nó níos mó ón séipéal.

An fear, tar éis féachaint orm ar feadh nóiméad, chas mé bun os cionn, agus fholmhú mo phócaí. Ní raibh aon rud iontu ach píosa aráin. Nuair a tháinig an séipéal chuige féin,—óir bhí sé chomh tobann agus chomh láidir sin go ndeachaigh sé thar shála romham, agus chonaic mé an steeple faoi mo chosa,—nuair a tháinig an séipéal chuige féin, a deirim, bhí mé i mo shuí ar leac ard tuama, ag crith agus é ag ith an aráin go ravenously.

"Tá tú madra óg," a dúirt an fear, licking a liopaí, "cad leicne saille fuair tú ha 'fuair."

Creidim go raibh siad saill, cé go raibh mé ag an am sin undersized do mo bhlianta, agus ní láidir.

"Darn dom más rud é nach raibh mé in ann a ithe 'em," arsa an fear, le croitheadh bagrach a cheann, "agus más rud é nach bhfuil mé leath aigne a!"

Chuir mé in iúl go dícheallach go raibh súil agam nach ndéanfadh sé, agus choinnigh sé níos doichte leis an leac uaighe ar ar chuir sé mé; To keep myself upon it, mé féin a choinneáil air; To keep myself from crying, mé féin a choinneáil ó bheith ag caoineadh.

"Anois lookee anseo!" Arsa an fear. "Cá bhfuil do mháthair?"

"Tá, a dhuine uasail!" arsa mise.

Thosaigh sé, rinne sé rith gearr, agus stop sé agus d'fhéach sé thar a ghualainn.

"Tá, a dhuine uasail!" Mhínigh mé go timidly. "Georgiana freisin. Sin í mo mháthair."

"Ó!" ar seisean, ag teacht ar ais. "Agus an é sin d'athair alonger do mháthair?"

"Sea, a dhuine uasail," arsa mise; "Eisean freisin; déanach sa pharóiste seo."

"Ha!" Muttered sé ansin, ag smaoineamh. "Cé leis a bhfuil cónaí ort,-supposin 'tá tú in iúl go cineálta chun cónaí, nach bhfuil mé déanta suas mo intinn faoi?"

"Mo dheirfiúr, a dhuine uasail,-Mrs. Joe Gargery,-bean chéile Joe Gargery, an gabha, a dhuine uasail."

"Gabha, eh?" ar seisean. Agus d'fhéach sé síos ar a chos.

Tar éis dó féachaint go dorcha ar a chos agus orm arís agus arís eile, tháinig sé níos gaire do mo leac uaighe, thóg sé an dá ghéag orm, agus chrom sé siar orm chomh fada agus a d'fhéadfadh sé mé a shealbhú; ionas gur fhéach a shúile is cumhachtaí síos i mianach, agus d'fhéach mianach is helplessly suas isteach ina.

"Anois féach anseo," a dúirt sé, "an cheist ná an bhfuil tú le ligean chun cónaí. Tá a fhios agat cad is comhad ann?

"Sea, a dhuine uasail."

"Agus tá a fhios agat cad é wittles?"

"Sea, a dhuine uasail."

Tar éis gach ceist tilted sé dom thar beagán níos mó, ionas go mbeidh tuiscint níos mó de helplessness agus contúirt dom.

"Faigheann tú comhad dom." Chlaon sé arís mé. "Agus gheobhaidh tú wittles dom." Chlaon sé arís mé. "Tugann tú 'em araon dom." Chlaon sé arís mé. "Nó beidh do chroí agus d'ae amuigh agam." Chlaon sé arís mé.

Bhí eagla orm dreadfully, agus mar sin giddy gur clung mé dó leis an dá lámh, agus dúirt sé, "Más rud é go mbeadh tú kindly le do thoil a ligean dom a choinneáil ina seasamh, a dhuine uasail, b'fhéidir nár chóir dom a bheith tinn, agus b'fhéidir go raibh mé in ann freastal níos mó."

Thug sé snámh agus rolla is ollmhór dom, ionas gur léim an séipéal thar a coileach aimsire féin. Ansin, choinnigh sé mé ag na hairm, i riocht ina seasamh ar bharr na cloiche, agus chuaigh sé ar aghaidh sna téarmaí eaglacha seo:—

"Tugann tú dom, go maidin amárach go luath, an comhad sin agus iad wittles. Tugann tú an t-uafás dom, ag an sean-Battery sin thar yonder. Déanann tú é, agus ní leomh tú focal a rá ná leomh tú comhartha a dhéanamh maidir le do leithéid de dhuine a fheiceáil mar mise, nó aon duine sumever, agus ligfear chun cónaithe thú. Teipeann ort, nó téann tú ó mo chuid focal in aon partickler, is cuma cé chomh beag is atá sé, agus beidh do chroí agus d'ae tore amach, rósta, agus ith. Anois, níl mé i m'aonar, mar a shílfeá atá mé. Tá fear óg i bhfolach liom, i gcomparáid leis an bhfear óg is Aingeal mé. Cloiseann an fear óg sin na focail a labhraím. Tá bealach rúnda ag an bhfear óg sin leis féin, ag dul ag buachaill, agus ag a chroí, agus ag a ae. Tá sé i wain do bhuachaill iarracht a dhéanamh é féin a cheilt ón bhfear óg sin. Is féidir le buachaill glas a doras, d'fhéadfadh a bheith te sa leaba, d'fhéadfadh tuck féin suas, d'fhéadfadh a tharraingt ar na héadaí thar a cheann, d'fhéadfadh smaoineamh air féin compordach agus sábháilte, ach beidh an fear óg creep bog agus creep a bhealach a thabhairt dó agus cuimilt dó oscailte. Táim ag coinneáil an fhir óig sin ó dhochar a dhéanamh díot faoi láthair, agus deacracht mhór aige. Is deacair liom an fear óg sin a choinneáil amach ón taobh istigh. Anois, cad a deir tú?

Dúirt mé go bhfaighinn an comhad dó, agus go bhfaighinn dó na giotaí briste bia a d'fhéadfainn, agus thiocfainn chuige ag an Battery, go luath ar maidin.

"Abair a Thiarna stailc tú marbh más rud é nach bhfuil tú!" Arsa an fear.

Dúirt mé amhlaidh, agus thóg sé síos mé.

"Anois," ar seisean, "is cuimhin leat an rud a rinne tú, agus is cuimhin leat an fear óg sin, agus tagann tú abhaile!"

"Goo-mhaith oíche, a dhuine uasail," faltered mé.

"Cuid mhaith de sin!" ar seisean, ag gleadhradh faoi thar an árasán fuar fliuch. "Is mian liom go raibh mé frog. Nó eascann!

Ag an am céanna, thug sé barróg dá chorp shuddering sa dá arm,-clasping féin, amhail is dá mba chun é féin a shealbhú le chéile,-agus limped i dtreo an bhalla séipéal íseal. Mar a chonaic mé é ag dul, ag piocadh a bhealach i measc na neantóga, agus i measc na brambles a cheangal ar na dumhaí glas, d'fhéach sé i mo shúile óga amhail is dá mbeadh sé ag eluding na lámha na ndaoine marbh, síneadh suas go cúramach as a n-uaigheanna, a fháil casadh ar a rúitín agus é a tharraingt isteach.

Nuair a tháinig sé go dtí an balla séipéal íseal, fuair sé os a chionn, cosúil le fear a raibh a chosa numbed agus righin, agus ansin chas bhabhta a chuardach dom. Nuair a chonaic mé é ag casadh, leag mé m'aghaidh i dtreo an bhaile, agus bhain mé an úsáid is fearr as mo chosa. Ach faoi láthair d'fhéach mé thar mo ghualainn, agus chonaic mé é ag dul ar aghaidh arís i dtreo na habhann, fós ag barróg é féin sa dá arm, agus ag piocadh a bhealaigh lena chosa tinn i measc na gcloch mór thit isteach sna riasca anseo is ansiúd, le haghaidh stepping-áiteanna nuair a bhí an bháisteach trom nó a bhí an taoide i.

Ní raibh sna riasca ach líne fhada chothrománach dhubh ansin, mar stop mé chun aire a thabhairt dó; agus ní raibh san abhainn ach líne chothrománach eile, nach raibh chomh leathan ná chomh dubh fós; agus ní raibh sa spéir ach sraith de línte fada dearga feargacha agus línte dubha dlútha fite fuaite ina chéile. Ar imeall na habhann d'fhéadfainn an t-aon dá rud dubha a dhéanamh amach ar fad a raibh an chuma air go raibh siad ina seasamh ina seasamh; Ceann acu sin ba ea an rabhchán a stiúraigh na mairnéalaigh,—cosúil le casc gan choinne ar chuaille—rud gránna nuair a bhí tú in aice leis; an ceann eile, gibbet, le roinnt slabhraí crochta dó a bhí uair amháin bradach. Bhí an fear ag limping ar aghaidh i dtreo an dara ceann, amhail is dá mba é an bradach teacht ar an saol, agus teacht síos, agus ag dul ar ais chun Hook féin suas arís. Thug sé casadh uafásach dom nuair a smaoinigh mé air sin; agus nuair a chonaic mé an t-eallach ag ardú a gcinn chun gaisce a dhéanamh ina dhiaidh, d'fhiafraigh mé an raibh siad chomh maith sin. D'fhéach mé gach babhta don fhear óg uafásach, agus ní raibh mé in ann aon chomharthaí de a fheiceáil. Ach anois bhí eagla orm arís, agus rith mé abhaile gan stopadh.

Caibidil II.

Bhí mo dheirfiúr, Mrs Joe Gargery, níos mó ná fiche bliain níos sine ná mé, agus bhí an-cháil uirthi féin agus ar na comharsana toisc gur thug sí suas mé "de láimh." Ag an am sin a fháil amach dom féin cad a bhí i gceist leis an abairt, agus a fhios agam go raibh lámh chrua agus trom aici, agus a bheith i bhfad ar an nós é a leagan ar a fear céile chomh maith liomsa, cheap mé go raibh Joe Gargery agus mé beirt tugtha suas de láimh.

Ní bean mhaith a bhí inti, mo dheirfiúr; agus bhí barúil ghinearálta agam go gcaithfeadh sí Joe Gargery a phósadh de láimh. Fear cóir a bhí i Joe, le cuacha gruaige lín ar gach taobh dá aghaidh réidh, agus le súile gorm chomh neamhdhearbhaithe sin go raibh an chuma orthu go raibh siad measctha ar bhealach lena gcuid whites féin. Bhí sé éadrom, dea-natured, milis-tempered, éasca ag dul, foolish, daor eile, - saghas Hercules i neart, agus freisin i laige.

Mo dheirfiúr, Mrs Joe, le gruaig dubh agus súile, bhí den sórt sin deargadh craicinn i réim gur úsáid mé uaireanta a Wonder cibé an raibh sé indéanta nite sí í féin le nutmeg-grater in ionad gallúnach. Bhí sí ard agus bony, agus chaith beagnach i gcónaí naprún garbh, fastened thar a figiúr taobh thiar le dhá lúb, agus a bhfuil bib impregnable cearnach os comhair, a bhí greamaithe lán de bioráin agus snáthaidí. Rinne sí fiúntas cumhachtach inti féin, agus oirbhire láidir in aghaidh Sheosaimh, gur chaith sí an naprún seo an oiread sin. Cé nach bhfeicim aon chúis gur chóir di é a chaitheamh ar chor ar bith; nó cén fáth, dá gcaithfeadh sí ar chor ar bith é, nár cheart di é a thógáil amach, gach lá dá saol.

Bhí ceárta Sheosaimh taobh leis an teach s'againne, teach adhmaid a bhí ann, mar go raibh go leor de na tithe cónaithe sa tír seo—an chuid is mó acu, ag an am sin. Nuair a rith mé abhaile ón reilig, dúnadh an ceárta, agus bhí Joe ina shuí liom féin sa chistin. Joe agus mé féin a bheith ina gcomh-fhulaingt, agus muinín agam mar sin, chuir Joe muinín ionam, an nóiméad a d'ardaigh mé ladhar an dorais agus chuaigh mé isteach os a chomhair, agus mé i mo shuí i gcúinne an simléar.

"Tá Bean Joe amuigh dosaen uair, ag lorg tú, Pip. Agus tá sí amuigh anois, rud a fhágann gur dosaen báicéara é."

"An bhfuil sí?"

"Sea, a Phíobaire," arsa Seosamh; "agus cad atá níos measa, tá sí fuair Tickler léi."

Ag an fhaisnéis dismal, twisted mé an cnaipe amháin ar mo bhabhta waistcoat agus bhabhta, agus d'fhéach sé i dúlagar mór ag an tine. Píosa cána dar críoch céir a bhí i Tickler, caite go réidh ag imbhualadh le mo fhráma ticiúil.

"Sot sí síos," a dúirt Joe, "agus d'éirigh sí, agus rinne sí grab ag Tickler, agus rampaged sí amach. Sin a rinne sí," a dúirt Joe, ag glanadh na tine go mall idir na barraí íochtaracha leis an poker, agus ag féachaint air; "ram-paged sí amach, Pip."

"An bhfuil sí imithe le fada, a Sheosaimh?" Chaith mé i gcónaí air mar speiceas níos mó de leanbh, agus mar nach mó ná mo chomhionann.

"Bhuel," a dúirt Joe, glancing suas ag an clog Ollainnis, "tá sí ar an Ramleathanach, an litriú deireanach, thart ar cúig nóiméad, Pip. Tá sí ag teacht! Faigh taobh thiar den doras, chap d'aois, agus bíodh an jack-tuáille betwixt agat. "

Ghlac mé an chomhairle. Mo dheirfiúr, Mrs Joe, throwing an doras ar fud oscailte, agus a aimsiú bac taobh thiar de, dhiaga láithreach an chúis, agus i bhfeidhm Tickler ar a imscrúdú breise. Deireadh sí le caitheamh liom—ba mhinic mé i mo dhiúracán—ag Joe, a bhí, sásta greim a fháil orm ar aon téarmaí, a rith liom isteach sa simléar agus a chuir fál ciúin orm ansin lena chos mhór.

"Cá raibh tú, moncaí óg tú?" arsa Bean Joe, ag stampáil a coise. "Inis dom go díreach cad atá tú ag déanamh a chaitheamh dom ar shiúl le fret agus fright agus worrit, nó ba mhaith liom a bheith agat as an choirnéal má bhí tú caoga Pips, agus bhí sé cúig chéad Gargerys."

"Ní raibh mé ach go dtí an reilig," arsa mise, ó mo stól, ag caoineadh agus ag cuimilt mé féin.

"Churchyard!" arís agus arís eile mo dheirfiúr. "Mura dtugann sé rabhadh domsa go mbeifeá i gclós an tséipéil fadó, agus d'fhan tú ann. Cé a thug suas thú de láimh?

"Rinne tú," arsa mise.

"Agus cén fáth a ndearna mé é, ba chóir go mbeadh a fhios agam?" exclaimed mo dheirfiúr.

Whimpered mé, "Níl a fhios agam."

"Ní féidir liom!" arsa mo dheirfiúr. "Ní dhéanfainn arís é! Tá sé sin ar eolas agam. B'fhéidir go ndéarfainn go fírinneach nach raibh an naprún seo de mo chuid agam riamh ó rugadh thú. Tá sé dona go leor a bheith ina bean chéile gabha (agus dó Gargery) gan a bheith ar do mháthair. "

Chuaigh mo chuid smaointe ar strae ón gceist sin agus mé ag breathnú go discréideach ar an tine. Maidir leis an teifeach amach ar na riasca leis an gcos iarnáilte, d'ardaigh an fear óg mistéireach, an comhad, an bia, agus an gealltanas uafásach a bhí mé faoi larceny a dhéanamh ar na háitribh foscaidh sin, d'ardaigh sé romham sna guailní avenging.

"Hah!" A dúirt Mrs Joe, athchóiriú Tickler ar a stáisiún. "Reilig, go deimhin! Is féidir leat a rá go maith reilig, tú dhá. " Níor dhúirt duine againn, by the by, é ar chor ar bith. "Tiomáinfidh tú *mé* go dtí an reilig betwixt tú, ar cheann de na laethanta seo, agus O, péire pr-r-recious gur mhaith leat a bheith gan dom!"

De réir mar a chuir sí í féin i bhfeidhm chun na rudaí tae a shocrú, chuaigh Joe síos orm thar a chos, amhail is go raibh sé ag caitheamh meabhrach orm féin agus air féin, agus ag ríomh cén cineál péire ba chóir dúinn a dhéanamh go praiticiúil, faoi na cúinsí uafásacha a bhí ag cur as dúinn. Ina dhiaidh sin, shuigh sé ag mothú a gcuacha lín agus uisce beatha ar thaobh na láimhe deise, agus tar éis Mrs Joe faoi lena shúile gorma, mar a bhí a bhealach i gcónaí ag amanna squally.

Bhí bealach trinse ag mo dheirfiúr chun ár n-arán agus ár n-im a ghearradh dúinn, nár athraigh riamh. Ar dtús, lena lámh chlé jammed sí an builín crua agus go tapa i gcoinne a bib,-nuair a fuair sé uaireanta bioráin isteach ann, agus uaireanta snáthaid, a fuair muid ina dhiaidh sin isteach inár mbéal. Ansin thóg sí roinnt ime (nach bhfuil an iomarca) ar scian agus scaip sí ar an mbuilín é, ar bhealach apothecary, amhail is dá mbeadh sí ag déanamh plástair,-ag baint úsáide as an dá thaobh den scian le deaslámhacht slapping, agus bearradh agus múnlú an im amach thart ar an screamh. Ansin, thug sí wipe cliste deiridh don scian ar imeall an phlástair, agus ansin chonaic sí babhta an-tiubh as an mbuilín: a scar sí ar deireadh, sular scar sí ón mbuilín, hewed ina dhá leath, a fuair Joe ceann, agus mé an ceann eile.

Ar an ócáid seo, cé go raibh ocras orm, ní leomh mé mo shlisne a ithe. Bhraith mé go gcaithfidh mé rud éigin a bheith in áirithe do mo lucht aitheantais uafásach, agus a chomhghuaillí an fear óg níos dreadful fós. Bhí a fhios agam go raibh teach Mrs Joe den chineál is déine, agus go mb'fhéidir nach mbeadh aon rud ar fáil i mo chuid taighde larcenous sa sábháilte. Dá bhrí sin, bheartaigh mé mo hunk aráin agus im a chur síos cos mo bhríste.

An iarracht réitigh a bhí riachtanach chun an cuspóir seo a bhaint amach, chinn mé go raibh sé uafásach go leor. Bhí sé amhail is dá mbeadh orm m'intinn a dhéanamh suas chun léim ó bharr tí ard, nó dul isteach i ndoimhneacht mhór uisce. Agus ba é an Joe neamh-chomhfhiosach ba dheacra a rinne é. In ár freemasonry atá luaite cheana féin mar chomh-sufferers, agus ina comhluadar deanatured liom, bhí sé ar ár nós tráthnóna a chur i gcomparáid leis an mbealach giotán muid tríd ár slices, trí iad a shealbhú go ciúin suas go dtí admiration a chéile anois agus ansin, - a spreag dúinn chun exertions nua. Go dtí an oíche, thug Seosamh cuireadh dom arís agus arís eile, trína shlisne atá ag laghdú go tapa a thaispeáint, cur isteach ar ár ngnáthchomórtas cairdiúil; ach fuair sé mé, gach uair, le mo muga buí tae ar ghlúin amháin, agus mo arán agus im untouched ar an taobh eile. Ar deireadh, mheas mé go géar go gcaithfear an rud a shamhlaigh mé a dhéanamh, agus gurbh fhearr é a dhéanamh ar an mbealach is lú improbable ag teacht leis na cúinsí. Bhain mé leas as nóiméad nuair a d'fhéach Joe orm, agus fuair mé m'arán agus im síos mo chos.

Ba léir go raibh Joe míchompordach mar gheall ar an méid a cheap sé a bheith caillte agam goile, agus thóg sé greim tuisceanach as a shlisne, rud nár thaitin leis. Chas sé faoi ina bhéal i bhfad níos faide ná mar is gnách, pondering os a chionn le déileáil go maith, agus tar éis gach gulped sé síos cosúil le pill. Bhí sé ar tí greim eile a ghlacadh, agus bhí sé díreach tar éis a cheann a fháil ar thaobh amháin le ceannach maith air, nuair a thit a shúil orm, agus chonaic sé go raibh mo chuid aráin agus im imithe.

Ba léir an t-iontas agus an t-iontas a stop Seosamh ar thairseach a ghreim agus a stán orm, le héalú ó bhreathnóireacht mo dheirféar.

"Cad é an t-ábhar *anois*?" ar sise, go cliste, agus í ag cur síos a cupán.

"Deirim, tá a fhios agat!" arsa Joe, ag croitheadh a chinn orm i remonstrance antromchúiseach. "Pip, sean CHAP! Déanfaidh tú féin mischief. Cloífidh sé áit éigin. Ní féidir leat a bheith chawed é, Pip. "

"Cad é an t-ábhar anois?" arís agus arís eile mo dheirfiúr, níos géire ná riamh.

"Más féidir leat aon trifle a chasadh air, a Pip, mholfainn duit é a dhéanamh," arsa Joe, aghast ar fad. "Tá manners manners, ach fós do elth ar do elth."

Faoin am seo, bhí mo dheirfiúr éadóchasach go leor, mar sin pounced sí ar Joe, agus, ag cur air ag an dá whiskers, leag a cheann ar feadh tamaill beag i gcoinne an bhalla taobh thiar dó, agus shuigh mé sa chúinne, ag féachaint guiltily ar.

"Anois, b'fhéidir go luafaidh tú cad é an t-ábhar," arsa mo dheirfiúr, as anáil, "tú ag stánadh muc mhór greamaithe."

D'fhéach Seosamh uirthi ar bhealach gan chabhair, ansin ghlac sé greim gan chabhair, agus d'fhéach sé orm arís.

"Tá a fhios agat, a Phíobaire," arsa Joe, go sollúnta, lena greim deireanach ina leiceann, agus ag labhairt i nguth rúnda, amhail is dá mbeadh muid beirt ina n-aonar, "is cairde i gcónaí thú féin agus mise, agus bheinn ar an duine deireanach a déarfadh leat, am ar bith. Ach a leithéid de -" bhog sé a chathaoir agus d'fhéach sé mar gheall ar an urlár eadrainn, agus ansin arís ag dom - "den sórt sin a Bolt is coitianta mar sin!"

"An bhfuil bolting a chuid bia, tá sé?" Adeir mo dheirfiúr.

"Tá a fhios agat, chap d'aois," a dúirt Joe, ag féachaint orm, agus ní ag Mrs Joe, lena greim fós ina leiceann, "Bolted mé, mé féin, nuair a bhí mé d'aois-minic-agus mar bhuachaill tá mé i measc bolters go leor; ach ní fheicim do Bolting cothrom go fóill, Pip, agus is trócaire é nach bhfuil tú Bolted marbh."

Rinne mo dheirfiúr léim orm, agus fished mé suas ag an ghruaig, ag rá rud ar bith níos mó ná na focail uafásach, "Tagann tú chomh maith agus a bheith dosed."

Bhí athbheochan roinnt Beast leighis Tar-uisce sna laethanta sin mar leigheas fíneáil, agus Mrs Joe choinnigh i gcónaí soláthar de sé sa chófra; a bhfuil creideamh aige ina bhuanna a fhreagraíonn dá nastiness. Ag an am is fearr, riaradh an oiread sin den elixir seo dom mar rogha aisiríoch, go raibh a fhios agam go raibh mé ag dul thart, ag boladh cosúil le claí nua. An tráthnóna áirithe seo d'éiligh práinn mo cháis pionta den mheascán seo, a dhoirteadh síos mo scornach, ar mo chompord níos mó, agus choinnigh Bean Joe mo cheann faoina lámh, mar a bheadh tosaithe ar siúl i bootjack. D'éirigh Seosamh as le leathphionta; ach rinneadh é sin a shlogadh (i bhfad ar a suaitheadh, mar a shuigh sé go mall munching agus meditating roimh an tine), "toisc go raibh sé cas." Ag moltóireacht uaim féin, ba cheart dom a rá gur cinnte go raibh seal aige ina dhiaidh sin, mura raibh aon cheann roimhe.

Is rud uafásach é an coinsias nuair a chuireann sé fear nó buachaill i leith; ach nuair a chomhoibríonn an t-ualach rúnda sin, i gcás buachaill, le hualach rúnda eile síos cos a bhríste, is pionós mór é (mar is féidir liom fianaise a thabhairt). An t-eolas ciontach go raibh mé ag dul a Rob Mrs Joe-Shíl mé riamh go raibh mé ag dul a Rob Joe, do shíl mé riamh ar aon cheann de na maoine housekeeping mar a-aontaithe leis an ngá a choinneáil i gcónaí lámh amháin ar mo arán agus im mar a shuigh mé, nó nuair a ordaíodh dom mar gheall ar an chistin ar aon errand beag, is beag nár thiomáin mé as m'intinn. Ansin, mar a rinne na gaotha riasc an luisne tine agus flare, shíl mé gur chuala mé an guth taobh amuigh, an fear leis an iarann ar a chos a mhionnaigh mé le rúndacht, ag dearbhú nach bhféadfadh sé agus nach mbeadh sé ag stánadh go dtí go amárach, ach ní mór é a chothú anois. Ag amanna eile, shíl mé, Cad a tharlaíonn má tá an fear óg a bhí leis an oiread sin deacrachta srianta ó imbruing a lámha i dom ba chóir toradh ar impatience bunreachtúil, nó ba chóir botún an t-am, agus ba chóir smaoineamh é féin creidiúnaithe do mo chroí agus ae go-oíche, in ionad a-amárach! Má sheas gruaig aon duine riamh ar deireadh le sceimhle, caithfidh go ndearna mé amhlaidh ansin. Ach, b'fhéidir, nach ndearna aon duine riamh?

Oíche Nollag a bhí ann, agus b'éigean dom an maróg a chorraí don lá dár gcionn, le maide copair, óna seacht go dtí a hocht faoi chlog na hÍsiltíre. Rinne mé é leis an ualach ar mo chos (agus chuir sé sin ag smaoineamh mé as an nua ar an bhfear leis an ualach ar *a* chos), agus fuair mé an claonadh a fheidhmiú a thabhairt ar an arán agus im amach ag mo rúitín, go leor unmanageable. Go sona sásta shleamhnaigh mé ar shiúl, agus chuir mé an chuid sin de mo choinsias i mo sheomra leapa garret.

"Hark!" A dúirt mé, nuair a bhí déanta agam mo stirring, agus bhí sé ag cur te deiridh sa chúinne simléar roimh a sheoladh suas a chodladh; "arbh iad na gunnaí móra sin, a Sheosaimh?"

"Ah!" arsa Joe. "Tá conwict eile as."

"Cad is brí leis sin, a Sheosaimh?" arsa mise.

Mrs Joe, a ghlac mínithe i gcónaí uirthi féin, dúirt sé, snappishly, "Éalaigh. D'éalaigh sé." Riaradh an sainmhíniú cosúil le Tar-uisce.

Cé gur shuigh Bean Joe lena ceann ag lúbadh thar a snáthaid, chuir mé mo bhéal isteach sna foirmeacha ag rá le Joe, "Cad is daoránach ann?" Chuir Seosamh *a* bhéal isteach sna foirmeacha chun freagra chomh mionchasta sin a thabhairt ar ais, nach bhféadfainn aon rud a dhéanamh as ach an focal amháin "Pip."

"Bhí conwict amach aréir," a dúirt Joe, os ard, "tar éis luí na gréine-gunna. Agus scaoil siad rabhadh air. Agus anois is cosúil go bhfuil rabhadh á scaoileadh acu faoi dhuine eile."

"*Cé atá* ag scaoileadh?" arsa mise.

"Drat an buachaill sin," interposed mo dheirfiúr, frowning ag dom thar a cuid oibre, "cad ceistitheoir é. Ná cuir aon cheisteanna, agus ní inseofar bréaga ar bith duit."

Ní raibh sé an-bhéasach di féin, shíl mé, a thabhairt le tuiscint gur chóir dom bréaga a insint di fiú má chuir mé ceisteanna. Ach ní raibh sí dea-bhéasach riamh mura raibh cuideachta ann.

Ag an bpointe seo chuir Joe go mór le mo fhiosracht trí na pianta is mó a thógáil chun a bhéal a oscailt an-leathan, agus é a chur i bhfoirm focal a d'fhéach orm cosúil le "sulks." Dá bhrí sin, dhírigh mé go nádúrtha ar Mrs Joe, agus chuir mé mo bhéal i bhfoirm rá, "í?" Ach ní chloisfeadh Seosamh faoi sin, ar chor ar bith, agus arís d'oscail sé a bhéal an-leathan, agus chroith sé foirm an fhocail is suaithinsí as. Ach ní fhéadfainn aon rud a dhéanamh den fhocal.

"A Bhean Sheosaimh," arsa mise, mar rogha dheireanach, "ba mhaith liom fios a bheith agam—mura miste leat—cá as a dtagann an scaoileadh?"

"Tiarna bless an buachaill!" Exclaimed mo dheirfiúr, amhail is dá mba nach raibh sí i gceist go leor go ach a mhalairt. "Ó na Hulks!"

"Ó-h!" A dúirt mé, ag féachaint ar Joe. "Hulks!"

Thug Joe casacht uafásach, an oiread agus is féidir a rá, "Bhuel, dúirt mé leat mar sin."

"Agus le do thoil, cad é Hulks?" arsa mise.

"Sin an bealach leis an mbuachaill seo!" arsa mo dheirfiúr, ag cur in iúl dom lena snáthaid agus lena snáithe, agus ag croitheadh a ceann orm. "Freagair ceist amháin dó, agus cuirfidh sé dosaen ort go díreach. Is longa príosúin iad hulks, mogaill 'tras-ú' ceart. D'úsáid muid an t-ainm sin i gcónaí le haghaidh riasca, inár dtír.

"N'fheadar cé atá curtha i bpríosún-longa, agus cén fáth a bhfuil siad a chur ann?" A dúirt mé, ar bhealach ginearálta, agus le éadóchas ciúin.

Bhí sé i bhfad ró-do Mrs Joe, a d'ardaigh láithreach. "Insím duit cad é, a chomrádaí óg," ar sise, "níor thug mé suas de láimh thú chun saol daoine a mhealladh amach. Chuirfeadh sé an milleán orm agus ní mholfainn, dá mbeadh. Cuirtear daoine sna Hulks mar gheall ar dhúnmharú siad, agus toisc go robálann siad, agus go ndéanann siad gach cineál dona; agus tosaíonn siad i gcónaí trí cheisteanna a chur. Anois, éiríonn tú chomh maith leis an leaba!

Ní raibh cead agam coinneal a lasadh dom a chodladh, agus, de réir mar a chuaigh mé thuas staighre sa dorchadas, le mo cheann tingling,-ó thimble Mrs Joe tar éis an tambourine a imirt air, chun dul in éineacht lena focail dheireanacha,- Bhraith mé fearfully ciallmhar ar an áisiúlacht mhór go raibh na hulks handy dom. Ba léir go raibh mé ar mo bhealach ansin. Bhí tús curtha agam le ceisteanna a chur, agus bhí mé ag dul a Rob Mrs Joe.

Ón am sin i leith, atá i bhfad ar shiúl anois, is minic a shíl mé gur beag duine a bhfuil a fhios acu cén rúndacht atá san óg faoi sceimhle. Is cuma cé chomh míréasúnta is atá an sceimhle, ionas go mbeidh sé sceimhle. Bhí mé i sceimhle marfach an fhir óig a bhí ag iarraidh mo chroí agus m'ae; Bhí mé i sceimhle marfach mo idirghabhálaí leis an gcos iarainn; Bhí mé i sceimhle marfach orm féin, as ar baineadh gealltanas uafásach; Ní raibh aon dóchas agam seachadadh trí mo dheirfiúr uile-chumhachtach, a repulsed dom ag gach cas; Tá faitíos orm smaoineamh ar an méid a d'fhéadfainn a dhéanamh ar riachtanas, faoi rún mo sceimhle.

Má chodail mé ar chor ar bith an oíche sin, ní raibh ann ach mé féin a shamhlú ag imeacht síos an abhainn ar rabharta láidir, go dtí na Hulks; foghlaí mara taibhsiúil ag glaoch amach chugam trí trumpa cainte, mar a rith liom an gibbet-stáisiún, go raibh mé níos fearr teacht i dtír agus a chrochadh ann ag an am céanna, agus gan é a chur amach. Bhí eagla orm codladh, fiú dá mbeadh claonadh agam, mar bhí a fhios agam go gcaithfidh mé an pantry a robáil ag an gcéad tús faint ar maidin. There was no doing it in the night, mar ní raibh aon solas á fháil ag frithchuimilt éasca ansin; to have got one I must have struck it out of flint and steel, agus torann a bheith déanta agam cosúil leis an bhfoghlaí mara féin ag creathadh a chuid slabhraí.

Chomh luath agus a lámhachadh an pall mór veilbhit dubh taobh amuigh de m'fhuinneog bheag le liath, d'éirigh mé agus chuaigh mé thíos staighre; gach bord ar an mbealach, agus gach crack i ngach bord ag glaoch i mo dhiaidh, "Stop thief!" agus "Get suas, Mrs Joe!" Sa pantry, a bhí i bhfad níos flúirsí ná mar is gnách, mar gheall ar an séasúr, bhí mé an-scanraithe ag giorria crochta suas ag na sála, a shíl mé in áit ghabh mé, nuair a bhí mo chúl leath iompaithe, winking. I had no time for verification, ní raibh aon am le roghnú agam, gan aon am le spáráil agam, mar ní raibh aon am le spáráil agam. Ghoid mé roinnt aráin, roinnt rind cáise, thart ar leathphóca de mincemeat (a cheangail mé suas i mo phóca-ciarsúr le mo slice aréir), roinnt brandy ó bhuidéal cloiche (a decanted mé isteach i mbuidéal gloine a bhí in úsáid agam go rúnda chun an sreabhán meisciúla, Spáinnis-liquorice-uisce, suas i mo sheomra: caolú an buidéal cloiche ó crúiscín i gcófra na cistine), cnámh feola gan mórán air, agus pióg muiceola dlúth cruinn álainn. Bhí mé beagnach ag dul ar shiúl gan an pie, ach bhí cathú orm a mount ar sheilf, chun breathnú ar cad a bhí sé go raibh a chur ar shiúl chomh cúramach i mias cré-earraí clúdaithe i gcúinne, agus fuair mé go raibh sé an pie, agus ghlac mé é le súil nach raibh sé i gceist le húsáid go luath, agus ní chaillfí é ar feadh tamaill.

Bhí doras sa chistin, ag cumarsáid leis an cheárta; Dhíghlasáil mé agus dhíghlasáil mé an doras sin, agus fuair mé comhad as measc uirlisí Joe. Ansin chuir mé na ceangail mar a fuair mé iad, d'oscail mé an doras ag a raibh mé isteach nuair a rith mé abhaile aréir, dhún mé é, agus rith mé do na riasca misty.

Caibidil III.

Maidin rimy a bhí ann, agus an-taise. Chonaic mé an taise ina luí ar an taobh amuigh de mo fhuinneog bheag, amhail is dá mbeadh goblin éigin ag caoineadh ann ar feadh na hoíche, agus ag baint úsáide as an bhfuinneog le haghaidh ciarsúr póca. Anois, chonaic mé an taise ina luí ar na fálta loma agus féar spártha, cosúil le saghas gréasáin damháin alla; é féin a chrochadh ó craobhóg go craobhóg agus lann go lann. Ar gach ráille agus geata, clammy leagan fliuch, agus bhí an ceo riasc chomh tiubh, go raibh an mhéar adhmaid ar an bpost ag treorú daoine go dtí ár sráidbhaile-treoir nár ghlac siad riamh, mar níor tháinig siad ann riamh-bhí dofheicthe dom go dtí go raibh mé gar go leor faoi. Ansin, mar a d'fhéach mé suas air, agus é ag sileadh, ba chosúil le mo choinsias faoi chois cosúil le phantom ag caitheamh mé leis na Hulks.

Bhí an ceo níos troime fós nuair a d'éirigh mé amach ar na riasca, ionas gur chosúil go rithfeadh gach rud orm in ionad mo rith ag gach rud. Bhí sé seo an-easaontach le hintinn ciontach. Tháinig na geataí agus na dikes agus na bainc ag pléascadh orm tríd an gceo, amhail is dá mba adeir siad chomh soiléir agus a d'fhéadfadh a bheith, "Buachaill le pióg muiceola duine eile! Stop é! Tháinig na beithígh orm le tobanntt, ag stánadh amach as a súile, agus ag gobadh amach as a gcuid nostrils, "Halloa, gadaí óg!" Damh dubh amháin, le cravat bán ar,-a bhí fiú le mo choinsias awakened rud éigin d'aer cléireachais,-seasta dom chomh obstinately lena shúile, agus bhog sé a bhabhta ceann blunt ar bhealach accusatory mar bhog mé bhabhta, go blubbered mé amach dó, "Ní raibh mé in ann cabhrú leis, a dhuine uasail! Ní orm féin a thóg mé é! Ar a chuir sé síos a cheann, shéid scamall deataigh as a shrón, agus d'imigh sé le cic suas a chosa hind agus plúr a eireaball.

An t-am seo ar fad, bhí mé ag dul ar aghaidh i dtreo na habhann; ach mar sin féin go tapa chuaigh mé, ní raibh mé in ann mo chosa a théamh, a raibh an chuma ar an bhfuacht taise riveted, mar a bhí an t-iarann riveted go dtí an cos an fear a bhí mé ag rith chun freastal ar. Bhí a fhios agam mo bhealach go dtí an Battery, díreach go leor, mar bhí mé síos ann ar an Domhnach le Joe, agus Joe, ina shuí ar sheanghunna, dúirt sé liom nuair a bhí mé 'prentice dó, ceangailte go rialta, go mbeadh a leithéid de Larks againn ann! Mar sin féin, i mearbhall an cheo, fuair mé mé féin ar deireadh rófhada ar dheis, agus dá bhrí sin bhí orm iarracht a dhéanamh ar ais ar thaobh na habhann, ar bhruach na gcloch scaoilte os cionn an láib agus na geallta a chuir an taoide amach. Ag déanamh mo bhealach chomh maith anseo le gach despatch, bhí mé díreach tar éis tras díog a raibh a fhios agam a bheith an-aice leis an Battery, agus bhí scrambled díreach suas an dumha thar an díog, nuair a chonaic mé an fear ina shuí os mo chomhair. Bhí a dhroim i mo threo, agus bhí a ghéaga fillte aige, agus bhí sé ag nodding ar aghaidh, trom le codladh.

Shíl mé go mbeadh sé níos sásta dá dtiocfainn air lena bhricfeasta, ar an mbealach gan choinne sin, mar sin chuaigh mé ar aghaidh go bog agus leag mé lámh air ar an ngualainn. Léim sé suas láithreach, agus níorbh é an fear céanna é, ach fear eile!

Agus fós bhí an fear seo gléasta i liath garbh, freisin, agus bhí iarann mór ar a chos, agus bhí sé bacach, agus hoarse, agus fuar, agus bhí gach rud go raibh an fear eile; ach amháin nach raibh sé an aghaidh chéanna, agus bhí árasán leathan-brimmed íseal-crowned bhraith hata ar. Gach seo a chonaic mé i láthair na huaire, do bhí mé ach nóiméad chun é a fheiceáil i: mhionnaigh sé mionn ag dom, rinne bhuail ag dom,-bhí sé ina buille lag bhabhta a chaill mé agus beagnach knocked féin síos, do rinne sé stumble air,-agus ansin rith sé isteach sa ceo, stumbling faoi dhó mar a chuaigh sé, agus chaill mé é.

"Is é an fear óg é!" Shíl mé, ag mothú mo chroí shoot mar a d'aithin mé air. Dare liom a rá gur chóir dom a bheith bhraith pian i mo ae, freisin, má bhí a fhios agam cá raibh sé.

Ba ghearr go raibh mé ag an Battery ina dhiaidh sin, agus bhí an fear ceart ann, - ag barróg é féin agus ag limping chuig agus fro, amhail is nach raibh sé riamh ar feadh na hoíche fágtha as hugging agus limping, - ag fanacht liom. Bhí sé millteanach fuar, le bheith cinnte. Bhí mé leath ag súil go bhfeicfeadh sé mé ag titim anuas roimh m'aghaidh agus go bhfaigheadh sé bás fuar marfach. D'fhéach a shúile chomh millteanach ocras freisin, nuair a thug mé an comhad dó agus leag sé síos ar an bhféar é, tharla sé dom go ndéanfadh sé iarracht é a ithe, mura bhfaca sé mo bheart. Níor chas sé bun os cionn mé an uair seo chun an méid a bhí agam a fháil, ach d'fhág mé an taobh deas in airde agus d'oscail mé an beart agus d'fholmhaigh mé mo phócaí.

"Cad atá sa bhuidéal, a bhuachaill?" ar seisean.

"Brandy," arsa mise.

Bhí sé ag tabhairt mincemeat síos a scornach cheana féin ar an mbealach is aisteach,-níos mó cosúil le fear a bhí á chur ar shiúl áit éigin i Hurry foréigneach, ná fear a bhí á ithe,-ach d'imigh sé amach chun cuid den deoch a thógáil. Shivered sé go léir an fad chomh foréigneach, go raibh sé go leor an oiread agus a d'fhéadfadh sé a dhéanamh a choinneáil ar an muineál an buidéal idir a chuid fiacla, gan biting sé amach.

"Sílim go bhfuair tú an ague," arsa mise.

"Tá mé i bhfad de do thuairim, buachaill," a dúirt sé.

"Tá sé go dona faoi anseo," a dúirt mé leis. "Tá tú ag luí amach ar na mogaill, agus tá siad uafásach aguish. Réamatach freisin."

"Íosfaidh mé mo bhricfeasta thuasluaite is iad an bás mé," ar seisean. "Ba mhaith liom é sin a dhéanamh, dá mbeinn ag dul a bheith strung suas go dtí go bhfuil gallows mar go bhfuil thall ansin, go díreach ina dhiaidh sin. I'll beat the shivers so far, cuirfidh mé geall ort.

Bhí sé ag gobbling mincemeat, meatbone, arán, cáis, agus pie muiceola, go léir ag an am céanna: ag stánadh distrustfully cé go ndearna sé amhlaidh ag an ceo ar fud dúinn, agus go minic stopadh-fiú stopadh a jaws-chun éisteacht. Roinnt fuaime fíor nó fancied, roinnt clink ar an abhainn nó análaithe Beast ar an riasc, thug anois dó tús, agus dúirt sé, go tobann,—

"Nach bhfuil tú imp deceiving? Níor thug tú aon duine leat?

"Níl, a dhuine uasail! Níl!

"Ná giv 'aon duine an oifig a leanúint leat?"

"Níl!"

"Bhuel," ar seisean, "creidim thú. Ba mhaith leat a bheith ach cú óg fíochmhar go deimhin, más rud é ag do am den saol d'fhéadfá cabhrú le fiach warmint wretched hunted chomh gar bás agus dunghill mar go bhfuil an warmint bocht wretched! "

Rud a chliceáil ina scornach amhail is dá mbeadh sé ag obair i dó cosúil le clog, agus bhí sé ag dul ar stailc. Agus smear sé a chum garbh ragged thar a shúile.

Pitying a desolation, agus ag breathnú air mar a shocraigh sé de réir a chéile síos ar an pie, rinne mé trom a rá, "Tá áthas orm go mbainfidh tú taitneamh as."

"Ar labhair tú?"

"Dúirt mé go raibh áthas orm gur bhain tú taitneamh as."

"Thankee, mo bhuachaill. Déanaim.

Ba mhinic a d'amharc mé ar mhadra mór dár gcuid ag ithe a chuid bia; agus thug mé faoi deara anois go raibh cosúlacht chinnte idir bealach ithe an mhadra, agus bealach an fhir. Thóg an fear greamanna láidre géara tobanna, díreach cosúil leis an madra. Shlog sé, nó in áit snapped suas, gach mouthful, ró-luath agus ró-tapa; agus d'fhéach sé sideways anseo agus ansiúd nuair a d'ith sé, amhail is dá mba shíl sé go raibh contúirt i ngach treo de dhuine éigin ag teacht a chur ar an pie ar shiúl. Bhí sé ró-mhíshocair ar fad ina intinn os a chionn, le meas a bheith aige air go compordach a shíl mé, nó duine ar bith a bheith ag dine leis, gan chop a dhéanamh lena fhód ag an gcuairteoir. I ngach ceann de na sonraí a bhí sé an-chosúil leis an madra.

"Tá eagla orm nach bhfágfaidh tú aon cheann de dó," arsa mise, timidly; tar éis ciúnais ina raibh leisce orm maidir leis an mbéasaíocht a bhain leis an ráiteas a dhéanamh. "Níl a thuilleadh le fáil san áit as ar tháinig sé sin." Ba é cinnteacht an scéil seo a chuir iachall orm an leid a thairiscint.

"Fág aon cheann dó? Cé hé?" arsa mo chara, ag stopadh ina screamh pie-screamh.

"An fear óg. Gur labhair tú faoi. Bhí sé sin i bhfolach leat.

"Ó ah!" a d'fhill sé, le rud éigin cosúil le gáire gruff. "Eisean? Is ea! *Níl sé* ag iarraidh aon wittles. "

"Shíl mé gur fhéach sé amhail is dá ndéanfadh sé," arsa mise.

Stop an fear ag ithe, agus mheas sé mé leis an ngrinnscrúdú is géire agus an t-iontas is mó.

"D'fhéach? Cén uair?"

"Díreach anois."

"Cá háit?"

"Yonder," arsa mise, ag cur in iúl; "thall ansin, nuair a fuair mé é ina chodladh, agus shíl mé gur tusa a bhí ann."

Choinnigh sé mé ag an collar agus stán sé orm mar sin, gur thosaigh mé ag smaoineamh go raibh athbheochan déanta ar a chéad smaoineamh faoi mo scornach a ghearradh.

"Cóirithe cosúil leatsa, tá a fhios agat, ach le hata," a mhínigh mé, crith; "agus—agus"—bhí mé an-imníoch é seo a chur go híogair—"agus leis an gcúis chéanna ar mian leo comhad a fháil ar iasacht. Nár chuala tú an gunna aréir?"

"Ansin *bhí* lámhaigh!" A dúirt sé leis féin.

"N'fheadar nár chóir duit a bheith cinnte de sin," a d'fhill mé, "mar chuala muid suas é sa bhaile, agus tá sé sin níos faide ar shiúl, agus bhí muid dúnta sa bhreis."

"Cén fáth, féach anois!" A dúirt sé. "Nuair a bhíonn fear ina aonar ar na árasáin seo, le ceann éadrom agus boilg éadrom, ag cailleadh fuar agus ag iarraidh, cloiseann sé nothin 'ar feadh na hoíche, ach gunnaí lámhaigh, agus guthanna ag glaoch. Cloiseann? Feiceann sé na saighdiúirí, agus a gcótaí dearga á lasadh ag na tóirsí a bhí á n-iompar thuas, ag dúnadh thart air. Cloiseann sé a uimhir ar a dtugtar, cloiseann sé é féin dúshlánach, cloiseann sé creathán na muscaed, cloiseann sé na horduithe 'Déan réidh! I láthair! Clúdaigh seasta é, a fhir!' agus tá sé leagtha lámha ar-agus níl nothin '! Cén fáth, má fheiceann mé páirtí amháin ag leanúint aréir-ag teacht suas in ord, Damn 'em, lena tramp, tramp-Feicim céad. Agus maidir le lámhaigh! Cén fáth, feicim an ceo ag croitheadh leis an gunna, artaire a bhí ann lá leathan,-Ach an fear seo"; he had said all the rest, amhail is dá mbeadh dearmad déanta aige ar mo bheith ann; "Ar thug tú aon rud faoi deara ann?"

"Bhí aghaidh bhrúite go dona aige," arsa mise, ag cuimhneamh siar ar an méid a bhí ar eolas agam ar éigean.

"Nach bhfuil anseo?" Exclaimed an fear, buailte a leiceann chlé mercilessly, leis an árasán a lámh.

"Sea, tá!"

"Cá bhfuil sé?" Chrap sé an bia beag a bhí fágtha, isteach i gcíoch a sheaicéad liath. "Taispeáin dom an bealach a chuaigh sé. Tarraingeoidh mé anuas é, mar a bheadh fuileadán ann. Mallacht an iarainn seo ar mo chos tinn! Tabhair dúinn greim ar an gcomhad, a bhuachaill."

Thug mé le fios cén treo a raibh an ceo tar éis an fear eile a shrouded, agus d'fhéach sé suas air ar feadh meandair. Ach bhí sé síos ar an bhféar fliuch céim, comhdú ag a iarann cosúil le madman, agus gan minding dom nó minding a chos féin, a raibh chafe d'aois air agus bhí fuilteach, ach a láimhseáil sé chomh garbh amhail is dá mbeadh sé aon mothú níos mó ann ná an comhad. Bhí an-eagla orm roimhe arís, anois go raibh sé féin ag obair sa deifir fhíochmhar seo, agus bhí eagla an domhain orm coinneáil amach as baile a thuilleadh. Dúirt mé leis go gcaithfidh mé dul, ach níor thug sé aon fhógra, mar sin shíl mé gurb é an rud is fearr a d'fhéadfainn a dhéanamh ná sleamhnú as. An ceann deireanach a chonaic mé de, bhí a cheann lúbtha thar a ghlúin agus bhí sé ag obair go crua ar a laincisí, ag cur imprecations mífhoighneach air agus ar a chos. An ceann deireanach a chuala mé air, stop mé sa cheo chun éisteacht, agus bhí an comhad fós ag dul.

Caibidil IV.

Bhí mé ag súil go hiomlán le Constábla a fháil sa chistin, ag fanacht le mé a thógáil suas. Ach ní hamháin nach raibh aon Chonstábla ann, ach ní raibh aon fhionnachtain déanta fós ar an robáil. Bhí Bean Sheosaimh an-ghnóthach ag fáil an tí réidh le haghaidh fhéile an lae, agus bhí Joe curtha ar leac an dorais sa chistin chun é a choinneáil amach as an deannach-pan,-alt ina raibh a chinniúint i gcónaí i gceannas air, luath nó mall, nuair a bhí mo dheirfiúr ag baint go tréan as urláir a bunaíochta.

"Agus i gcás an ha deuce 'a *bhí tú*?" Bhí salutation Nollag Mrs Joe, nuair a léirigh mé féin agus mo choinsias féin.

Dúirt mé go raibh mé síos chun na Carúil a chloisteáil. "Ah! bhuel!" faoi deara Mrs Joe. "D'fhéadfá ha 'dhéanamh níos measa." Gan amhras faoi sin a shíl mé.

"B'fhéidir más rud é nach rabhadh mé bean chéile gabha, agus (cad é an rud céanna) daor lena naprún riamh as, ba chóir dom a bheith a chloisteáil ar an Carols," a dúirt Mrs Joe. "Tá mé in áit páirteach le Carols, mé féin, agus go bhfuil an chuid is fearr de na cúiseanna le mo riamh éisteacht ar bith."

Joe, a bhí ventured isteach sa chistin tar éis dom mar a bhí ar scor an dustpan os ár gcomhair, tharraing an chúl a lámh trasna a shrón le haer conciliatory, nuair darted Mrs Joe le breathnú air, agus, nuair a tarraingíodh siar a súile, thrasnaigh rúnda a dhá forefingers, agus thaispeáin siad dom, mar ár chomhartha go raibh Mrs Joe i temper tras. Ba é seo an oiread sin a gnáthstaid, go mbeadh Joe agus mé féin go minic, ar feadh seachtainí le chéile, maidir lenár méara, cosúil le Crusaders monumental maidir lena gcosa.

Bhí dinnéar den scoth againn, ina raibh cos muiceola picilte agus greens, agus péire éanlaithe rósta líonta. Rinneadh mince-pie dathúil maidin inné (rud a d'fhág nach raibh an mincemeat caillte), agus bhí an maróg ar an bhfiuchadh cheana féin. D'fhág na socruithe fairsinge seo go raibh muid gearrtha amach go neamhbhalbh i leith an bhricfeasta; "I gcás nach bhfuil mé," a dúirt Mrs Joe,-"Níl mé ag dul go bhfuil aon cramming foirmiúil agus busting agus níocháin suas anois, leis an méid atá mé os mo chomhair, geallaim duit!"

Mar sin, bhí ár slisní curtha amach againn, amhail is dá mba dhá mhíle trúpa muid ar mháirseáil éigean in ionad fear agus buachaill sa bhaile; agus thógamar gulps bainne agus uisce, le countenances apologetic, ó jug ar an dresser. Idir an dá linn, chuir Mrs. Joe cuirtíní bána glana suas, agus tacked flounce bláth nua ar fud an simléar leathan a chur in ionad an ceann d'aois, agus uncovered an parlús beag stáit ar fud an sliocht, a bhí riamh uncovered ag am ar bith eile, ach rith an chuid eile den bhliain i haze fionnuar de pháipéar airgid, a shín fiú go dtí na ceithre poodles crockery beag bán ar an mantel-seilf, gach ceann acu le srón dubh agus ciseán bláthanna ina bhéal, agus gach ceann de na comhghleacaithe an ceann eile. Bean tí an-ghlan ab ea Bean Sheosaimh, ach bhí ealaín fhíorálainn aici chun a glaineacht a dhéanamh níos míchompordaí agus níos do-ghlactha ná an salachar féin. Tá glaineacht in aice le Godliness, agus déanann roinnt daoine an rud céanna ag a reiligiún.

Bhí mo dheirfiúr, a bhfuil an oiread sin le déanamh aici, ag dul go dtí an séipéal go fíochmhar, is é sin le rá, Joe agus bhí mé ag dul. Ina chuid éadaí oibre, ba gabha dea-chniotáilte é Joe; Ina chuid éadaí saoire, bhí sé níos cosúla le scaifte i gcúinsí maithe, ná aon rud eile. Ní dhéanfaidh aon ní a chaith sé ansin feistithe air nó an chuma a bhaineann leis; agus gach rud a chaith sé ansin innilte air. Ar ócáid na féile seo d'éirigh sé as a sheomra, nuair a bhí na cloigíní blithe ag dul, an pictiúr den ainnise, i gculaith iomlán de pheannaireacht an Domhnaigh. Maidir liomsa, sílim go gcaithfidh smaoineamh ginearálta éigin a bheith ag mo dheirfiúr gur ciontóir óg mé a raibh Póilín Accoucheur tógtha suas (ar mo bhreithlá) agus a sheachadadh chuici, le déileáil léi de réir shoilse an dlí. Caitheadh liom i gcónaí amhail is dá mba áitigh mé ar a bheith rugadh i gcoinne na dictates an chúis, reiligiún, agus moráltacht, agus i gcoinne na hargóintí dissuading de mo chairde is fearr. Fiú nuair a glacadh liom culaith nua éadaí a bheith agam, bhí orduithe ag an táilliúir iad a dhéanamh cosúil le cineál Reifirméisin, agus gan aon chuntas chun ligean dom úsáid saor in aisce a bhaint as mo ghéaga.

Ní foláir, mar sin, go raibh Seosamh agus mé ag dul go dtí an séipéal ag bogadh ar son intinní truamhéalacha. Ach, an rud a d'fhulaing mé taobh amuigh ní raibh aon rud leis an méid a chuaigh mé laistigh. Na terrors a bhí assailed dom aon uair a bhí imithe Mrs Joe in aice leis an pantry, nó amach as an seomra, bhí ach a bheith comhionann ag an remorse lena dwelt m'intinn ar an méid a bhí déanta mo lámha. Faoi mheáchan mo rúin ghránna, smaoinigh mé an mbeadh an Eaglais cumhachtach go leor chun mé a chosaint ó dhíoltas an fhir óig uafásach, dá sceithfinn go dtí an bhunaíocht sin. Cheap mé an smaoineamh go mbeadh an t-am nuair a léadh na toirmisc agus nuair a dúirt an chléir, "Tá sibh anois chun é a dhearbhú!" an t-am dom comhdháil phríobháideach a ardú agus a mholadh sa veist. Tá mé i bhfad ó bheith cinnte go mb'fhéidir nach gcuirfeadh sé iontas ar ár bpobal beag trí dhul i muinín an bhirt fhoircnigh seo, ach as a bheith Lá Nollag agus gan aon Domhnach.

Bhí an tUasal Wopsle, cléireach an tséipéil, chun dine a dhéanamh linn; agus an tUasal Hubble an wheelwright agus Mrs Hubble; agus Uncail Pumblechook (uncail Joe, ach Mrs Joe leithreasú air), a bhí ina cornchandler dea-le-déanamh sa bhaile is gaire, agus thiomáin a chaise-cart féin. Bhí uair an dinnéir leathuair tar éis a haon. Nuair a fuair Joe agus mé abhaile, fuair muid an tábla leagtha, agus Mrs Joe cóirithe, agus an cóiriú dinnéar, agus an doras tosaigh unlocked (ní raibh sé ag am ar bith eile) don chuideachta chun dul isteach ag, agus gach rud is splendid. Agus fós, ní focal den robáil.

Tháinig an t-am, gan aon fhaoiseamh a thabhairt leis do mo mhothúcháin, agus tháinig an chuideachta. Bhí guth domhain ag an Uasal Wopsle, aontaithe le srón Rómhánach agus forehead maol mór lonrach, a raibh sé bródúil as go neamhchoitianta; go deimhin tuigeadh i measc a lucht aitheantais go léifeadh sé an chléir ina aclaí mura bhféadfá ach a cheann a thabhairt dó; d'admhaigh sé féin dá mbeadh an Eaglais "caite ar oscailt," rud a chiallaíonn iomaíocht, nach mbeadh éadóchas air a mharc a dhéanamh ann. An Eaglais gan a bheith "thrown oscailte," bhí sé, mar a dúirt mé, ár gcléireach. Ach ghearr sé pionós ollmhór ar na hAmens; agus nuair a thug sé amach an salm,-i gcónaí a thabhairt ar an véarsa ar fad,- d'fhéach sé ar fud an bpobal ar dtús, an oiread agus is a rá, "Tá tú chuala mo chara lastuas; cuir do thuairim ar an stíl seo orm!

D'oscail mé an doras ar an gcuideachta, - a dhéanamh creidim go raibh sé ina nós de linne a oscailt go doras, - agus d'oscail mé é ar dtús go dtí an tUasal Wopsle, in aice leis an Uasal agus Mrs Hubble, agus deireanach ar fad a Uncail Pumblechook. N.B. Ní raibh cead agam uncail a ghlaoch air, faoi na pionóis ba ghearradh.

"Mrs Joe," a dúirt Uncail Pumblechook, fear mór crua-análaithe meánaosta mall, le béal cosúil le iasc, súile stánadh dull, agus gruaig ghainmheach seasamh ina seasamh ar a cheann, ionas gur fhéach sé amhail is dá mbeadh sé díreach tar éis a bheith díreach tar éis tachtadh, agus bhí an nóiméad sin teacht chun, "Thug mé tú mar an compliments an tséasúir-Thug mé tú, Mamaí, buidéal fíona sherry- agus thug mé leat, Mamaí, buidéal fíona poirt."

Gach Lá Nollag chuir sé é féin i láthair, mar úrscéal as cuimse, leis na focail chéanna, agus ag iompar an dá bhuidéal cosúil le cloigíní balbh. Gach Lá Nollag, d'fhreagair Mrs Joe, mar a d'fhreagair sí anois, "O, Un-cle Pum-ble-chook! Tá sé seo cineálta! Gach Lá Nollag, retorted sé, mar retorted sé anois, "Tá sé níos mó ná do fiúntas. Agus anois an bhfuil tú go léir bobbish, agus conas atá Sixpennorth de leathphingin?" a chiallaíonn dom.

Dined muid ar na hócáidí sa chistin, agus ar athló, do na cnónna agus oráistí agus úlla go dtí an parlús; athrú a bhí an-chosúil leis an athrú a rinne Seosamh óna chuid éadaí oibre go dtí a ghúna Domhnaigh. Bhí mo dheirfiúr uncommonly bríomhar ar an ócáid i láthair, agus go deimhin bhí i gcoitinne níos gracious i sochaí Mrs Hubble ná i gcuideachta eile. Is cuimhin liom Mrs Hubble mar dhuine beag curly géar-edged i spéir-gorm, a raibh seasamh traidisiúnta óg, toisc go raibh sí pósta an tUasal Hubble,-Níl a fhios agam cén tréimhse iargúlta,-nuair a bhí sí i bhfad níos óige ná sé. Is cuimhin liom an tUasal Hubble mar fhear crua, ard-ghualainn, stooping d'aois, de cumhráin sawdusty, lena chosa extraordinarily leathan óna chéile: ionas go bhfaca mé i gcónaí i mo laethanta gearra roinnt míle de thír oscailte eatarthu nuair a bhuail mé leis ag teacht suas an lána.

I measc na cuideachta maith ba chóir dom a bhraith mé féin, fiú amháin más rud é nach raibh mé robbed an pantry, i riocht bréagach. Ní toisc gur fáisceadh isteach mé ar uillinn ghéar an éadach boird, leis an mbord i mo chliabhrach, agus an uillinn Pumblechookian i mo shúil, ná toisc nach raibh cead agam labhairt (ní raibh mé ag iarraidh labhairt), ná toisc go raibh mé regaled leis na leideanna scaly na drumsticks na fowls, agus leis na coirnéil doiléir muiceoil a bhfuil an muc, nuair a bhí sé ina chónaí, bhí an chúis is lú a bheith vain. Ní hea; I should not have minded that, mura mbeadh fágtha acu ach mé féin. Ach ní fhágfadh siad mé i m'aonar. Ba chosúil go raibh siad ag smaoineamh ar an deis a cailleadh, má theip orthu an comhrá a chur in iúl dom, gach anois agus ansin, agus an pointe a ghreamú isteach ionam. B'fhéidir gur tarbh beag trua a bhí ionam i réimse na Spáinne, agus chuaigh na goads morálta seo i bhfeidhm chomh cliste sin orm.

Thosaigh sé an nóiméad shuigh muid síos go dtí dinnéar. Dúirt an tUasal Wopsle grásta le declamation amharclainne, - mar is cosúil liom anois, rud éigin cosúil le cros reiligiúnach an Ghost i Hamlet le Richard an Tríú, - agus dar críoch leis an mian an-chuí go bhféadfaimis a bheith fíor-bhuíoch. Ar a shocraigh mo dheirfiúr mé lena súil, agus dúirt sí, i nguth íseal reproachful, "An gcloiseann tú é sin? Bí buíoch."

"Go háirithe," a dúirt an tUasal Pumblechook, "a bheith buíoch, buachaill, dóibh a thug tú suas de láimh."

Chroith Mrs Hubble a ceann, agus ag smaoineamh orm le cur i láthair mournful gur chóir dom teacht ar aon mhaith, d'iarr, "Cén fáth go bhfuil sé go bhfuil an óg riamh buíoch?" Bhí an chuma ar an Mystery morálta i bhfad ró-don chuideachta go dtí an tUasal Hubble réiteach tersely é ag rá, "Naterally wicious." Gach duine murmured ansin "Fíor!" agus d'fhéach sé ar dom ar bhealach go háirithe míthaitneamhach agus pearsanta.

Bhí stáisiún agus tionchar Joe rud éigin feebler (más féidir) nuair a bhí cuideachta ná nuair nach raibh aon cheann. Ach chabhraigh sé i gcónaí agus comforted dom nuair a d'fhéadfadh sé, ar bhealach éigin dá chuid féin, agus rinne sé amhlaidh i gcónaí ag am dinnéir-ag a thabhairt dom gravy, má bhí aon. Bhí neart gravy go lá, Joe spooned isteach i mo phláta, ag an bpointe seo, thart ar leath pionta.

Beagán níos déanaí sa dinnéar, rinne an tUasal Wopsle athbhreithniú ar an tseanmóir le roinnt déine, agus pearsanta-sa chás hipitéiseach is gnách ar an Eaglais a bheith "thrown oscailte" - cén cineál seanmóir *a bheadh sé* a thabhairt dóibh. Tar éis dó a bheith i bhfabhar roinnt ceannairí an dioscúrsa sin, dúirt sé gur mheas sé ábhar aitheasc an lae, drochroghnaithe; a bhí an níos lú excusable, a dúirt sé, nuair a bhí an oiread sin ábhar "ag dul faoi."

"Fíor arís," a dúirt Uncail Pumblechook. "Bhuail tú é, a dhuine uasail! Neart ábhar ag dul thart, dóibh a bhfuil a fhios acu conas salann a chur ar a n-eireabaill. Sin an rud atá ag teastáil. Ní gá d'fhear dul i bhfad chun ábhar a fháil, má tá sé réidh lena bhosca salainn. Dúirt an tUasal Pumblechook, tar éis eatramh gearr machnaimh, "Féach ar Muiceoil ina n-aonar. Tá ábhar ann! Más ábhar atá uait, féach ar Muiceoil!

"Fíor, a dhuine uasail. Go leor morálta do na daoine óga," ar ais an tUasal Wopsle, - agus bhí a fhios agam go raibh sé ag dul a lug dom i, sula dúirt sé é; "d'fhéadfaí é a bhaint as an téacs sin."

("Éisteann tú leis seo," arsa mo dheirfiúr liom, i lúibín dian.)

Thug Seosamh gravy eile dom.

"Swine," shaothraigh an tUasal Wopsle, ina ghuth is doimhne, agus ag cur in iúl a forc ag mo blushes, amhail is dá mbeadh sé ag lua mo ainm Críostaí,-"Bhí muc an compánach an prodigal. Cuirtear gluttony na Muc os ár gcomhair, mar shampla don aos óg." (Shíl mé go raibh sé seo go maith ann a bhí ag moladh suas an muiceoil as a bheith chomh plump agus siúráilte.) "Is é an rud is detestable i muc níos detestable i buachaill."

"Nó cailín," a mhol an tUasal Hubble.

"Ar ndóigh, nó cailín, an tUasal Hubble," d'aontaigh an tUasal Wopsle, in áit irritably, "ach níl aon cailín i láthair."

"Thairis sin," a dúirt an tUasal Pumblechook, ag casadh géar orm, "smaoineamh ar cad tá tú a bheith buíoch as. Dá rugadh Squeaker duit—"

"Bhí sé, má bhí riamh leanbh," a dúirt mo dheirfiúr, is emphatically.

Thug Seosamh gravy eile dom.

"Bhuel, ach ciallaíonn mé Squeaker ceithre chos," a dúirt an tUasal Pumblechook. "Dá mba rud é gur rugadh a leithéid duit, an mbeifeá anseo anois? Ní tusa—"

"Mura bhfuil san fhoirm sin," a dúirt an tUasal Wopsle, nodding i dtreo an mhias.

"Ach ní féidir liom a chiallaíonn san fhoirm sin, a dhuine uasail," ar ais an tUasal Pumblechook, a raibh agóid a bheith isteach; "Ciallaíonn mé, taitneamh a bhaint as é féin lena elders agus betters, agus é féin a fheabhsú lena gcomhrá, agus rollta i lap na só. An mbeadh sé sin á dhéanamh aige? Ní bheadh. Agus cad é an ceann scríbe a bheadh agat?" ag casadh orm arís. "Bheadh tú a dhiúscairt ar an oiread sin scilling de réir phraghas an mhargaidh an earra, agus Dunstable bheadh an búistéir teacht suas chun tú mar a leagan tú i do tuí, agus bheadh sé ag whipped tú faoina lámh chlé, agus lena dheis go mbeadh sé tucked suas a frock a fháil penknife as a waistcoat-póca, agus bheadh sé a chaillfidh do chuid fola agus bhí do shaol. Gan a thabhairt suas de láimh ansin. Ní beag é!

Thairg Seosamh níos mó gravy dom, rud a raibh eagla orm a ghlacadh.

"Bhí sé ina domhan trioblóide a thabhairt duit, ma'am," a dúirt Mrs Hubble, commiserating mo dheirfiúr.

"Trioblóid?" macalla mo dheirfiúr; "trioblóid?" agus ansin chuaigh mé isteach ar chatalóg eaglach de na tinnis go léir a bhí mé ciontach, agus na gníomhartha codlata go léir a bhí déanta agam, agus na háiteanna arda go léir a bhí tumbled mé as, agus na háiteanna ísle go léir a bhí tumbled mé isteach, agus na gortuithe go léir a bhí déanta agam féin, agus an t-am ar fad a bhí sí ag iarraidh orm i mo uaigh, agus dhiúltaigh mé dul ann.

Sílim go gcaithfidh na Rómhánaigh a bheith níos measa ar a chéile go mór, lena srón. B'fhéidir gurb iad na daoine gan scíth a bhí iontu, dá bharr. Pé scéal é, chuir srón Rómhánach an Uasail Wopsle go mór liom, le linn aithris mo mhígníomh, gur chóir dom a bheith ag iarraidh é a tharraingt go dtí go ndeachaigh sé. Ach, ní raibh aon rud i gcomparáid leis na mothúcháin uafásacha a ghlac seilbh orm nuair a briseadh an sos a chuir isteach ar aithris mo dheirféar, agus ina raibh sos gach duine ag breathnú orm (mar a mhothaigh mé go pianmhar comhfhiosach) le fearg agus abhorrence.

"Ach," a dúirt an tUasal Pumblechook, i gceannas ar an gcuideachta go réidh ar ais go dtí an téama as a raibh siad strayed, "Muiceoil-mheas mar biled-Is saibhir, freisin; nach ea?

"Bíodh branda beag agat, a uncail," arsa mo dheirfiúr.

A Flaithis, tháinig sé ar deireadh! Gheobhadh sé go raibh sé lag, déarfadh sé go raibh sé lag, agus bhí mé caillte! Choinnigh mé daingean le cos an bhoird faoin éadach, leis an dá lámh, agus d'fhan mé le mo chinniúint.

Chuaigh mo dheirfiúr don bhuidéal cloiche, tháinig sí ar ais leis an mbuidéal cloiche, agus dhoirt sí a brandy amach: ní raibh aon duine eile ag glacadh aon cheann. An fear wretched trifled lena ghloine,-thóg sé suas, d'fhéach sé ar sé tríd an solas, é a chur síos,-síneadh mo ainnise. An t-am seo ar fad bhí Bean Joe agus Joe ag glanadh an tábla don phíce agus don phutóg.

Ní raibh mé in ann mo shúile a choinneáil uaidh. I gcónaí ag coinneáil daingean ag cos an bhoird le mo lámha agus mo chosa, chonaic mé an créatúr olc finger a ghloine playfully, é a chur suas, aoibh gháire, caith a cheann ar ais, agus deoch an brandy as. Ar an toirt ina dhiaidh sin, gabhadh an chuideachta le consternation unspeakable, mar gheall ar a springing chun a chosa, ag casadh bhabhta arís agus arís eile i rince whooping-cough spasmodic uafásach, agus rushing amach ag an doras; D'éirigh sé le feiceáil ansin tríd an bhfuinneog, ag treabhadh go foréigneach agus ag súil, ag déanamh na n-aghaidheanna is folaí, agus is cosúil as a intinn.

Choinnigh mé orm daingean, agus rith Bean Joe agus Joe leis. Ní raibh a fhios agam conas a rinne mé é, ach ní raibh aon amhras orm gur dhúnmharaigh mé é ar bhealach. I mo chás uafásach, faoiseamh a bhí ann nuair a tugadh ar ais é, agus suirbhéireacht a dhéanamh ar an gcuideachta ar feadh an ama amhail is gur easaontaigh siad leis, chuaigh sé síos ina chathaoir leis an gceann gasp suntasach, "Tar!"

Bhí an buidéal líonta suas agam ón gcrúiscín tarra-uisce. Bhí a fhios agam go mbeadh sé níos measa ag agus ag. Bhog mé an tábla, cosúil le Meán an lae inniu, ag fuinneamh mo shealbhú unseen air.

"Tar!" Adeir mo dheirfiúr, i iontas. "Cén fáth, conas a d'fhéadfadh Tar teacht ann riamh?"

Ach, uncail Pumblechook, a bhí omnipotent sa chistin, ní bheadh éisteacht leis an focal, ní bheadh éisteacht leis an ábhar, imperiously waved sé ar fad ar shiúl lena lámh, agus d'iarr gin te agus uisce. B'éigean do mo dheirfiúr, a thosaigh a bheith scanrúil machnamhach, í féin a fhostú go gníomhach chun an gin, an t-uisce te, an siúcra, agus an craiceann líomóide a fháil, agus iad a mheascadh. De thuras na huaire ar a laghad, sábháladh mé. Choinnigh mé fós ar aghaidh go dtí cos an bhoird, ach clutched sé anois leis an fervor buíochais.

De réir céimeanna, d'éirigh mé socair go leor chun mo thuiscint a scaoileadh agus páirt a ghlacadh i maróg. An tUasal Pumblechook partook de maróg. Gach páirt de phutóg. Tháinig deireadh leis an gcúrsa, agus thosaigh an tUasal Pumblechook ag léasadh faoi thionchar genial gin agus uisce. Thosaigh mé ag smaoineamh gur chóir dom a fháil i rith an lae, nuair a dúirt mo dheirfiúr le Joe, "Plátaí glana,-fuar."

Clutched mé an cos an tábla arís láithreach, agus brúite sé le mo bosom amhail is dá mba é an compánach de mo óige agus cara de mo anam. Rinne mé foresaw cad a bhí ag teacht, agus bhraith mé go raibh mé imithe i ndáiríre an uair seo.

"Caithfidh tú blas," a dúirt mo dheirfiúr, ag tabhairt aghaidh ar na haíonna lena grásta is fearr - "caithfidh tú blas, a chríochnú le, den sórt sin i láthair delightful agus delicious de Uncail Pumblechook ar!"

Caithfidh siad! Ná bíodh súil acu é a bhlaiseadh!

"Caithfidh go bhfuil a fhios agat," arsa mo dheirfiúr, ag ardú, "is pióg í; pióg muiceola blasta."

Murmured an chuideachta a n-compliments. Uncail Pumblechook, ciallmhar a bheith tuillte go maith ar a chomh-créatúir, dúirt, - go leor vivaciously, gach rud a mheas, - "Bhuel, Mrs Joe, beidh muid ag déanamh ár n-iarrachtaí is fearr; bíodh gearradh againn ar an bpíce céanna."

Chuaigh mo dheirfiúr amach chun é a fháil. Chuala mé a céimeanna ag dul ar aghaidh go dtí an pantry. Chonaic mé an tUasal Pumblechook cothromaíocht a scian. Chonaic mé goile reawakening i nostrils Rómhánach an Uasail Wopsle. Chuala mé an tUasal Hubble ag rá go "leagfadh beagán pióg muiceola blasta barr aon rud a d'fhéadfá a lua, agus gan aon dochar a dhéanamh," agus chuala mé Joe ag rá, "Beidh roinnt agat, Pip." Ní raibh mé riamh go hiomlán cinnte cé acu uttered mé yell shrill de terror, ach amháin i spiorad, nó i éisteacht coirp na cuideachta. Bhraith mé nach raibh mé in ann a iompróidh níos mó, agus go gcaithfidh mé rith ar shiúl. Scaoil mé cos an bhoird, agus rith mé ar feadh mo shaoil.

Ach rith mé níos faide ná doras an tí, mar rith mé ceann feadhna isteach i gcóisir saighdiúirí lena gcuid muscaed, duine acu a choinnigh amach péire glais láimhe dom, ag rá, "Seo leat, féach géar, tar ar!"

Caibidil V.

An apparition de chomhad na saighdiúirí ringing síos an ach-foircinn a muskets luchtaithe ar ár doras-chéim, ba chúis leis an dinnéar-páirtí a ardú ó tábla i mearbhall, agus ba chúis Mrs Joe ath-dul isteach sa chistin folamh-láimh, chun stop a chur gearr agus stare, ina caoineadh wondering de "Gracious maitheas gracious dom, cad atá imithe-leis an-pie!"

Bhí an sáirsint agus mé sa chistin nuair a sheas Bean Joe ag stánadh; ag an ngéarchéim a ghnóthaigh mé úsáid mo chéadfaí go páirteach. Ba é an sáirsint a labhair liom, agus bhí sé anois ag féachaint thart ar an gcuideachta, agus a chuid glais láimhe sínte ina dtreo ina lámh dheas, agus a chlé ar mo ghualainn.

"Gabh mo leithscéal, a dhaoine uaisle," arsa an sáirsint, "ach mar a luaigh mé ag an doras leis an shaver óg cliste seo," (nach raibh), "tá mé ar ruaig in ainm an rí, agus ba mhaith liom an gabha."

"Agus guí cad a d'fhéadfadh tú ag iarraidh *leis*?" retorted mo dheirfiúr, tapa a resent a bheith ag iarraidh ar chor ar bith.

"Missis," ar ais an sáirsint gallant, "ag labhairt dom féin, ba chóir dom freagra a thabhairt, an onóir agus pléisiúr a bhean chéile fíneáil ar acquaintance; ag labhairt ar son an rí, freagraim, jab beag déanta.

Fuarthas é seo sách néata sa sáirsint; insomuch gur ghlaoigh an tUasal Pumblechook go hinchloiste, "Go maith arís!"

"Feiceann tú, gabha," arsa an sáirsint, a bhí tar éis Joe a phiocadh amach lena shúil faoin am seo, "bhí timpiste againn leo seo, agus faighim an glas ar cheann de 'em goes wrong, and the coupling don't act pretty. Agus iad ag iarraidh seirbhís láithreach, an gcaithfidh tú do shúil os a gcionn?

Chaith Seosamh a shúil os a gcionn, agus d'fhógair sé go gcaithfeadh an post a thine bhrionnaithe a lasadh, agus go dtógfadh sé níos gaire dhá uair an chloig ná ceann amháin. "An mbeidh? Ansin, beidh tú a leagtar faoi ag an am céanna, gabha?" A dúirt an sáirsint lasmuigh den láimh, "mar tá sé ar a Shoilse seirbhíse. Agus más féidir le mo chuid fear lámh a iompar in áit ar bith, déanfaidh siad iad féin úsáideach." Leis sin, d'iarr sé ar a chuid fear, a tháinig trooping isteach sa chistin ceann i ndiaidh a chéile, agus piled a n-arm i gcúinne. Agus ansin sheas siad faoi, mar a dhéanann saighdiúirí; anois, agus a lámha fáiscthe go scaoilte rompu; anois, ag luí glúine nó gualainn; anois, crios nó púicín a mhaolú; Anois, ag oscailt an doras a spit stiffly thar a stoic arda, amach sa chlós.

Na rudaí seo go léir a chonaic mé i ngan fhios dom ansin go bhfaca mé iad, mar bhí mé in aimhréidh de ghabháil. Ach ag tosú a bhrath nach raibh na handcuffs dom, agus go raibh an míleata fuair go dtí seo an níos fearr ar an pie mar a chur air sa chúlra, bhailigh mé beagán níos mó de mo wits scaipthe.

"Ar mhaith leat a thabhairt dom an t-am?" A dúirt an sáirsint, ag labhairt é féin leis an Uasal Pumblechook, maidir le fear a bhfuil a chumhachtaí appreciative údar leis an tátal go raibh sé comhionann leis an am.

"Níl sé ach imithe leathuair tar éis a dó."

"Níl sé sin chomh dona," arsa an sáirsint, ag machnamh; "fiú dá gcuirfí iallach orm stopadh anseo nigh dhá uair an chloig, déanfaidh sé sin. Cé chomh fada is a d'fhéadfá glaoch ort féin ó na riasca, anseoabouts? Nach bhfuil os cionn míle, measaim?

"Just a míle," a dúirt Mrs Joe.

"Déanfaidh sé sin. Tosaíonn muid ag dúnadh isteach ar 'em faoi dusk. A little before dusk, tá mo chuid orduithe. Déanfaidh sé sin."

"Convicts, sáirsint?" D'iarr an tUasal Wopsle, ar bhealach ábhar-de-chúrsa.

"Ay!" Ar ais an sáirsint, "dhá. Tá siad ar eolas go maith a bheith amach ar na riasca fós, agus ní bheidh siad iarracht a fháil soiléir de 'em roimh dusk. Aon duine anseo a chonaic aon rud d'aon chluiche den sórt sin?"

Gach duine, mé féin eiscthe, a dúirt aon, le muinín. Níor smaoinigh aon duine orm.

"Bhuel!" arsa an sáirsint, "beidh siad sáinnithe i gciorcal, tá súil agam, níos luaithe ná mar a bhíonn siad ag brath air. Anois, gabha! Má tá tú réidh, is é a Shoilse an Rí. "

Fuair Seosamh a chóta agus a waistcoat agus a chráifeacht as, agus a naprún leathair air, agus rith sé isteach sa cheárta. D'oscail duine de na saighdiúirí a fhuinneoga adhmaid, las duine eile an tine, chas ceann eile ag na bolgaí, sheas an chuid eile thart ar an mbláth, rud a bhí ag lobhadh go luath. Ansin thosaigh Joe ag casúr agus ag caochadh, casúr agus caochadh, agus d'fhéachamar go léir air.

Ní hamháin gur tharraing leas an tóir a bhí ag teacht isteach an aird ghinearálta, ach rinne sé mo dheirfiúr liobrálach fiú. Tharraing sí pitcher beorach as an casc do na saighdiúirí, agus thug sí cuireadh don sáirsint gloine brandy a ghlacadh. Ach dúirt an tUasal Pumblechook, go géar, "Tabhair fíon dó, Mamaí. I'll engage there's no tar in that:" mar sin, ghabh an sáirsint buíochas leis agus dúirt sé gurbh fhearr leis a dheoch gan tarra, go dtógfadh sé fíon, dá mbeadh sé chomh háisiúil céanna. Nuair a tugadh dó é, d'ól sé sláinte a Shoilse agus compliments an tséasúir, agus thóg sé go léir ag mouthful agus smacked a liopaí.

"Dea-stuif, eh, sáirsint?" A dúirt an tUasal Pumblechook.

"Inseoidh mé rud éigin duit," arsa an sáirsint; "Tá amhras orm go bhfuil rudaí de *do* sholáthar."

An tUasal Pumblechook, le saghas saille gáire, dúirt sé, "Ay, ay? Cén fáth?"

"Toisc," ar ais an sáirsint, bualadh air ar an ghualainn, "tá tú fear go bhfuil a fhios cad é."

"D'ye smaoineamh mar sin?" A dúirt an tUasal Pumblechook, lena gáire iar. "Bíodh gloine eile agat!"

"Leat. Hob agus nob," ar ais an sáirsint. "An barr mianach go bun mise,—bun mise go barr mo chinn,—Fáinne uair amháin, fáinne faoi dhó,—an fonn is fearr ar na Gloiní Ceoil! Do shláinte. Go maire tú míle bliain, agus nach mbeidh tú i do bhreitheamh níos measa den chineál ceart ná mar atá tú faoi láthair i do shaol!"

Chuir an sáirsint as a ghloine arís agus an chuma air go raibh sé réidh go leor le haghaidh gloine eile. Thug mé faoi deara go raibh an chuma ar an tUasal Pumblechook ina fáilteachas dearmad a dhéanamh go raibh déanta aige i láthair ar an fíon, ach thóg an buidéal ó Mrs Joe agus bhí an creidmheas go léir a thabhairt dó faoi i gush de joviality. Fiú fuair mé roinnt. Agus bhí sé chomh saor sin den fhíon gur iarr sé fiú an buidéal eile, agus thug sé sin faoi leis an liobrálachas céanna, nuair a bhí an chéad cheann imithe.

Agus mé ag breathnú orthu agus iad ar fad ag cnuasú faoin cheárta, ag baint an oiread sin taitnimh astu féin, shíl mé cén t-anlann uafásach maith do dhinnéar a bhí ag mo chara teifeach ar na riasca. Níor thaitin an ceathrú cuid leo féin, sular gealadh an tsiamsaíocht leis an sceitimíní a chuir sé ar fáil. Agus anois, nuair a bhí siad go léir in oirchill bríomhar ar "an dá villains" á thógáil, agus nuair a bhí an chuma ar an bellows a roar do na fugitives, an tine a flare dóibh, an deatach a Hurry ar shiúl sa tóir orthu, Joe casúr agus clink dóibh, agus na scáthanna murky ar an mballa a chroitheadh orthu i menace mar a d'ardaigh an blaze agus tóin poill, agus thit na spréacha dearg-te agus fuair siad bás, an tráthnóna pale taobh amuigh beagnach an chuma i mo mhaisiúil óg trua a bheith iompaithe pale ar a gcuntas, wretches bocht.

Faoi dheireadh, rinneadh jab Joe, agus stop an fáinne agus an roaring. De réir mar a d'éirigh Seosamh ar a chóta, bhí sé de mhisneach aige a mholadh go rachadh cuid againn síos leis na saighdiúirí agus go bhfeicfeadh sé céard a tháinig ar an tóraíocht. Dhiúltaigh an tUasal Pumblechook agus an tUasal Hubble, ar phléadáil píopa agus sochaí na mban; ach dúirt an tUasal Wopsle go rachadh sé, dá mbeadh Joe. Dúirt Joe go raibh sé sásta, agus go dtógfadh sé mé, dá gceadódh Bean Joe é. Níor chóir go mbeadh cead againn dul, tá mé cinnte, ach le fiosracht Mrs Joe a fháil amach go léir faoi agus conas a chríochnaigh sé. Mar a bhí sé, níor ordaigh sí ach, "Má thugann tú an buachaill ar ais lena cheann séidte le giolcacha ag muscaed, ná féach orm é a chur le chéile arís."

Ghlac an sáirsint saoire bhéasach na mban, agus scar sé ón Uasal Pumblechook mar ó chomrádaí; cé go bhfuil amhras orm an raibh sé chomh hiomlán ciallmhar le fiúntas an fhir uasail sin faoi choinníollacha arid, mar nuair a bhí rud éigin tais ag dul. D'fhill a chuid fear ar a gcuid muscaed agus thit siad isteach. Fuair an tUasal Wopsle, Joe, agus mé féin, táille dhian le coinneáil sa chúl, agus gan focal ar bith a labhairt tar éis dúinn na riasca a bhaint amach. Nuair a bhí muid go léir amach san aer amh agus bhí ag bogadh go seasta i dtreo ár ngnó, dúirt mé go tréan le Joe, "Tá súil agam, Joe, ní bhfaighidh muid iad." agus dúirt Joe liom, "Ba mhaith liom scilling a thabhairt dá mbeadh siad gearrtha agus a reáchtáil, Pip."

Ní raibh aon stragglers ón sráidbhaile in éineacht linn, mar bhí an aimsir fuar agus bagrach, an bealach dreary, an chos go dona, an dorchadas ag teacht ar, agus bhí tinte maithe ag na daoine i ndoirse agus bhí siad ag coinneáil an lae. D'imigh cúpla aghaidh chun fuinneoga a luisniú agus d'fhéach sé inár ndiaidh, ach níor tháinig aon cheann amach. Chuaigh muid thar an méarphost, agus choinnigh muid díreach ar aghaidh go dtí an reilig. Stopadh muid cúpla nóiméad le comhartha ó lámh an tsáirsint, agus scaip beirt nó triúr dá chuid fear iad féin i measc na n-uaigheanna, agus scrúdaigh siad an póirse freisin. Tháinig siad isteach arís gan tada a aimsiú, agus ansin bhuail muid amach ar na riasca oscailte, tríd an ngeata ar thaobh an tséipéil. Tháinig flichshneachta searbh inár gcoinne anseo ar an ngaoth thoir, agus thóg Seosamh ar a dhroim mé.

Anois go raibh muid amuigh ar an bhfásach brónach nuair a cheap siad beag go raibh mé laistigh d'ocht nó naoi n-uaire an chloig agus go bhfaca mé an bheirt fhear i bhfolach, mheas mé den chéad uair, le dread mór, dá dtiocfadh muid orthu, an gceapfadh mo chiontú ar leith gurbh é mise a thug na saighdiúirí ann? D'fhiafraigh sé díom an raibh mé i mo imp deceiving, agus dúirt sé gur chóir dom a bheith ina cú óg fíochmhar má chuaigh mé isteach sa fiach ina choinne. An gcreidfeadh sé go raibh mé idir imp agus cú i earnest fealltach, agus go raibh feall air?

Ní raibh sé in úsáid an cheist seo a chur orm féin anois. Bhí mé, ar chúl Joe, agus bhí Joe faoi bhun dom, ag muirearú ag na díoga cosúil le Hunter, agus spreagadh an tUasal Wopsle gan tumble ar a shrón Rómhánach, agus a choinneáil suas le linn. Bhí na saighdiúirí os ár gcomhair, ag síneadh isteach i líne leathan go leor le eatramh idir fear agus fear. Bhí muid ag déanamh an chúrsa a bhí tosaithe agam leis, agus as a raibh mé éagsúil sa cheo. Ní raibh an ceo amuigh arís go fóill, nó bhí an ghaoth tar éis é a litriú. Faoi ghlór íseal dearg luí na gréine, bhí an rabhcán, agus an gibbet, agus dumha an Chadhnra, agus cladach os coinne na habhann, soiléir, cé go raibh dath luaidhe uisciúil ar fad air.

Agus mo chroí ag bualadh mar a bheadh gabha ar ghualainn leathan Sheosaimh, d'fhéach mé ar fad ar aon chomhartha de na daoránaigh. I could see none, ní fhéadfainn aon cheann a chloisteáil. Bhí an tUasal Wopsle alarmed go mór dom níos mó ná uair amháin, ag a séideadh agus análaithe crua; ach bhí a fhios agam na fuaimeanna faoin am seo, agus d'fhéadfadh siad iad a dhícheangal ó chuspóir an tóir. Fuair mé tús uafásach, nuair a shíl mé gur chuala mé an comhad fós ag dul; ach ní raibh ann ach clog caorach. Stop na caoirigh ina n-ithe agus d'fhéach siad go timidly orainn; agus d'iompaigh an t-eallach, a gcinn ón ngaoth agus ón flichshneachta, ag stánadh go feargach amhail is go raibh siad freagrach as an dá chrá; ach, ach amháin na rudaí seo, agus an shudder an lá ag fáil bháis i ngach lann féar, ní raibh aon bhriseadh i socracht gruama na riasca.

Bhí na saighdiúirí ag bogadh ar aghaidh i dtreo an tsean-Chadhnra, agus bhíomar ag bogadh ar bhealach beag taobh thiar díobh, nuair a stop muid ar fad go tobann. Do bhí sroichte againn ar sciatháin na gaoithe agus na fearthainne, béic fhada. Bhí sé arís agus arís eile. Bhí sé i bhfad i dtreo an oirthir, ach bhí sé fada agus ard. Nay, ba chosúil go raibh dhá bhéic nó níos mó ardaithe le chéile,—dá bhféadfadh duine breithiúnas a thabhairt ó mhearbhall sa bhfuaim.

Chuige sin bhí an sáirsint agus na fir ba ghaire ag labhairt faoina n-anáil, nuair a tháinig Joe agus mise aníos. Tar éis nóiméad eile ag éisteacht, d'aontaigh Joe (a bhí ina bhreitheamh maith), agus d'aontaigh an tUasal Wopsle (a bhí ina bhreitheamh dona). D'ordaigh an sáirsint, fear cinntitheach, nár chóir an fhuaim a fhreagairt, ach gur chóir an cúrsa a athrú, agus gur chóir dá chuid fear a dhéanamh i dtreo é "ag an dúbailte." Mar sin, shleamhnaigh muid ar dheis (áit a raibh an tOirthear), agus d'imigh Joe chomh hiontach sin, go raibh orm greim daingean a choinneáil ar mo shuíochán.

Rith sé go deimhin anois, agus an rud a d'iarr Joe, sa dá fhocal amháin a labhair sé an t-am ar fad, "a Winder." Síos bruacha agus suas bainc, agus os cionn geataí, agus splashing isteach dikes, agus briseadh i measc luachra garbh: aon fhear cúram nuair a chuaigh sé. De réir mar a tháinig muid níos gaire don bhéic, bhí sé níos soiléire go ndearna níos mó ná guth amháin é. Uaireanta, ba chosúil go stopfadh sé ar fad, agus ansin stop na saighdiúirí. Nuair a bhris sé amach arís, rinne na saighdiúirí é ar ráta níos mó ná riamh, agus muid ina ndiaidh. Tar éis tamaill, bhí sé chomh rite sin againn, go bhféadfaimis guth amháin a chloisteáil ag glaoch "Dúnmharú!" agus guth eile, "Convicts! Rúidbhealaí! Garda! Ar an mbealach seo do na ciontaithe rúidbhealach! Ansin, bheadh an chuma ar an dá guth a bheith stifled i streachailt, agus ansin bheadh briseadh amach arís. Agus nuair a tháinig sé seo, rith na saighdiúirí cosúil le fianna, agus Joe freisin.

Rith an sáirsint isteach ar dtús, nuair a bhí an torann rite againn go leor síos, agus rith beirt dá chuid fear go dlúth air. Bhí a gcuid píosaí cocked agus levelled nuair a rith muid go léir i.

"Seo iad an bheirt fhear!" panted an sáirsint, ag streachailt ag bun díog. "Géill, a bheirt! agus confound tú ar feadh dhá beithigh allta! Tar asunder!

Bhí uisce ag stealladh, agus bhí láib ag eitilt, agus bhí mionnaí á mionnú, agus bhí buillí á mbualadh, nuair a chuaigh roinnt fear eile síos sa díog chun cabhrú leis an sáirsint, agus tharraing sé amach, ar leithligh, mo chiontú agus an ceann eile. Bhí an bheirt acu ag cur fola agus ag panting agus ag eiseamláiriú agus ag streachailt; ach ar ndóigh bhí aithne dhíreach agam orthu beirt.

"Mind!" A dúirt mo chiontú, wiping fola as a aghaidh lena sleeves ragged, agus croitheadh gruaige stróicthe as a mhéara: "*Thóg mé* air! *Tugaim* suas duit é! Cuimhnigh air sin!

"Níl mórán le bheith faoi leith," arsa an sáirsint; "Déanfaidh sé beag maith duit, a dhuine, a bheith sa chruachás céanna féin. Glais láimhe ann!

"Níl mé ag súil go ndéanfadh sé aon mhaith dom. Níl mé ag iarraidh go ndéanfadh sé níos mó maitheasa dom ná mar a dhéanann sé anois," a dúirt mo chiontú, le gáire greedy. "Thóg mé é. Tá a fhios aige é. Is leor sin domsa."

Bhí an daoránach eile livid chun breathnú ar, agus, chomh maith leis an taobh clé bruised d'aois ar a aghaidh, an chuma a bheith bruised agus stróicthe ar fud. Ní fhéadfadh sé an oiread agus a fháil ar a anáil a labhairt, go dtí go raibh siad araon handcuffed ar leithligh, ach chlaon ar shaighdiúir chun é féin a choinneáil ó titim.

"Tabhair faoi deara, garda,—rinne sé iarracht mé a dhúnmharú," a chéad fhocail.

"Iarracht a dhúnmharú dó?" Arsa mo chiontú, disdainfully. "Bain triail as, agus ní é a dhéanamh? Thóg mé air, agus giv 'air suas; sin a rinne mé. Ní hamháin gur chuir mé cosc air éirí as na riasca, ach tharraing mé anseo é,-dragged air seo i bhfad ar a bhealach ar ais. Is fear uasal é, más é do thoil é, an villain seo. Anois, tá na Hulks fuair a fear uasal arís, trí dom. Dúnmharú air? B'fhiú mo chuid ama, freisin, é a dhúnmharú, nuair a d'fhéadfainn é a dhéanamh níos measa agus é a tharraingt ar ais!

An ceann eile gasped fós, "Rinne sé iarracht-a-dúnmharú dom. Béar-iompróidh finné. "

"Féach anseo!" arsa mo chiontú leis an sáirsint. "Aon-láimh fuair mé soiléir ar an bpríosún-long; Rinne mé fleasc agus rinne mé é. D'fhéadfainn ha ' a fháil soiléir ar na flats bás-fuar mar an gcéanna-breathnú ar mo chos: ní bhfaighidh tú i bhfad iarainn ar sé-más rud é nach raibh déanta agam ar an fionnachtain go *raibh sé* anseo. Lig *dó* dul saor in aisce? Lig *dó* brabús a dhéanamh ar na modhanna mar a fuair mé amach? Lig *dó* uirlis a dhéanamh díom as an nua agus arís? Uair amháin eile? Ní hea. Dá mbeinn tar éis bás a fháil ag an mbun ansin," agus rinne sé luascadh emphatic ag an díog lena lámha manacled, "Ba mhaith liom a bheith ar siúl dó leis an grip, gur chóir duit a bheith sábháilte a fháil dó i mo shealbhú."

An teifeach eile, a bhí le feiceáil i uafás mhór a chompánach, arís agus arís eile, "Rinne sé iarracht mé a dhúnmharú. Ba chóir dom a bheith ina fhear marbh más rud é nach raibh tú ag teacht suas. "

"Luíonn sé!" A dúirt mo chiontú, le fuinneamh fíochmhar. "Tá sé ina liar a rugadh, agus beidh sé bás liar. Féach ar a aghaidh; nach bhfuil sé scríofa ansin? Lig dó na súile sin dá chuid a chasadh orm. Defy mé dó é a dhéanamh. "

An ceann eile, le hiarracht ar aoibh gháire scornful, nach bhféadfadh, áfach, a bhailiú ar an obair neirbhíseach a bhéal isteach in aon léiriú leagtha, d'fhéach sé ar na saighdiúirí, agus d'fhéach sé faoi ar na riasca agus ar an spéir, ach is cinnte nach raibh breathnú ar an cainteoir.

"An bhfeiceann tú é?" arsa mo chiontú. "An bhfeiceann tú cad is villain ann? An bhfeiceann tú na súile grovelling agus wandering? Sin mar a d'fhéach sé nuair a triaileadh muid le chéile. Níor fhéach sé riamh orm.

An ceann eile, i gcónaí ag obair agus ag obair a liopaí tirim agus ag casadh a shúile restlessly mar gheall air i bhfad agus in aice, rinne ag dul ar deireadh iad ar feadh nóiméad ar an cainteoir, leis na focail, "Níl tú i bhfad chun breathnú ar," agus le Sracfhéachaint leath-taunting ar na lámha faoi cheangal. Ag an bpointe sin, d'éirigh mo chiontú chomh frantically exasperated, go mbeadh sé rushed air murach an interposition na saighdiúirí. "Nár dhúirt mé leat," arsa an daoránach eile ansin, "go ndúnmharódh sé mé, dá bhféadfadh sé?" Agus d'fhéadfadh aon duine a fheiceáil gur chroith sé le eagla, agus gur bhris amach ar a liopaí calóga bán aisteach, cosúil le sneachta tanaí.

"Go leor den phairil seo," arsa an sáirsint. "Las na tóirsí sin."

Mar a chuaigh duine de na saighdiúirí, a d'iompair ciseán in ionad gunna, síos ar a ghlúin chun é a oscailt, d'fhéach mo chiontú thart air den chéad uair, agus chonaic sé mé. Bhí mé tar éis tuirlingt ó chúl Joe ar an díog nuair a tháinig muid suas, agus níor bhog mé ó shin. D'fhéach mé air go fonnmhar nuair a d'fhéach sé orm, agus bhog mé mo lámha beagán agus chroith mé mo cheann. Bhí mé ag fanacht air a fheiceáil dom go mb'fhéidir go ndéanfainn iarracht é a chinntiú de mo neamhchiontacht. Ní raibh sé in iúl ar chor ar bith dom gur thuig sé fiú mo rún, do thug sé dom le breathnú nach raibh mé a thuiscint, agus rith sé go léir i láthair na huaire. Ach dá bhféachfadh sé orm ar feadh uair an chloig nó ar feadh lae, ní fhéadfainn cuimhneamh ar a aghaidh riamh ina dhiaidh sin, mar a bhí níos aireach.

Níorbh fhada go bhfuair an saighdiúir leis an gciseán solas, agus las sé trí nó ceithre tóirsí, agus thóg sé ceann é féin agus dháil sé na cinn eile. Bhí sé beagnach dorcha roimhe seo, ach anois bhí an chuma air go leor dorcha, agus go luath ina dhiaidh sin an-dorcha. Sular imigh muid ón spota sin, scaoil ceathrar saighdiúirí a bhí ina seasamh i bhfáinne, faoi dhó san aer. Faoi láthair chonaiceamar tóirsí eile ag achar éigin taobh thiar dínn, agus cuid eile ar na riasca ar bhruach eile na habhann. "Ceart go leor," arsa an sáirsint. "Márta."

Ní raibh muid imithe i bhfad nuair a scaoileadh trí gunna os ár gcomhair le fuaim a raibh an chuma air go bpléascfadh sé rud éigin taobh istigh de mo chluas. "Táthar ag súil leat ar bord," arsa an sáirsint le mo chiontú; "Tá a fhios acu go bhfuil tú ag teacht. Ná straggle, mo fhear. Dún suas anseo.

Coinníodh an bheirt óna chéile, agus shiúil garda ar leith timpeall ar gach duine acu. Bhí greim agam ar lámh Sheosaimh anois, agus d'iompair Seosamh ceann de na tóirsí. Bhí an tUasal Wopsle chun dul ar ais, ach bhí Joe réitithe chun é a fheiceáil amach, mar sin chuaigh muid ar aghaidh leis an bpáirtí. Bhí cosán réasúnta maith ann anois, ar imeall na habhann den chuid is mó, le héagsúlacht anseo is ansiúd nuair a tháinig dike, le muileann gaoithe miniature air agus sliús-gheata láibeach. Nuair a d'fhéach mé thart, d'fhéadfainn na soilse eile a fheiceáil ag teacht isteach inár ndiaidh. Na tóirsí a rinne muid thit blotches mór na tine ar an mbóthar, agus raibh mé in ann iad siúd, freisin, atá suite caitheamh tobac agus flaring. Ní fhéadfainn aon rud eile a fheiceáil ach dorchadas dubh. Théadh ár soilse an t-aer fúinn lena mbláth páirce, agus bhí an chuma ar an scéal go raibh an bheirt phríosúnach in áit mar sin, agus iad ag limped in éineacht i measc na muscaed. Ní raibh muid in ann dul go tapa, mar gheall ar a bacach; agus caitheadh amhlaidh iad, go raibh orainn stopadh dhá nó trí huaire agus iad ina luí.

Tar éis uair an chloig nó mar sin den taisteal seo, tháinig muid go dtí both garbh adhmaid agus áit tuirlingthe. Bhí garda sa bothán, agus thug siad dúshlán, agus d'fhreagair an sáirsint. Ansin, chuaigh muid isteach sa both, áit a raibh boladh tobac agus whitewash, agus tine geal, agus lampa, agus seastán muskets, agus druma, agus leapan adhmaid íseal, cosúil le mangle overgrown gan an t-innealra, in ann a shealbhú thart ar dosaen saighdiúirí go léir ag an am céanna. Ní raibh mórán suime ag triúr nó ceathrar saighdiúirí a luigh air ina gcótaí móra, ach thóg siad a gceann agus thóg siad stare codlatach, agus ansin luigh siad síos arís. Rinne an sáirsint tuairisc de chineál éigin, agus iontráil éigin i leabhar, agus ansin dréachtaíodh an daoránach a dtugaim an daoránach eile air lena gharda, le dul ar bord ar dtús.

Níor fhéach mo chiontú orm riamh, ach amháin an t-aon uair amháin. Cé gur sheas muid sa bothán, sheas sé os comhair na tine ag féachaint go tuisceanach air, nó ag cur suas a chosa ag casadh ar an hob, agus ag féachaint go tuisceanach orthu amhail is dá mba trua sé iad as a n-eachtraí le déanaí. Go tobann, chas sé ar an sáirsint, agus dúirt sé,—

"Ba mhaith liom rud éigin a rá maidir leis an éalú seo. D'fhéadfadh sé cosc a chur ar roinnt daoine a bheith faoi amhras níos faide dom."

"Is féidir leat a rá cad is maith leat," ar ais an sáirsint, seasamh coolly ag féachaint air lena airm fillte, "ach tá tú aon ghlaoch chun é a rá anseo. Beidh deis agat go leor a rá faoi, agus cloisteáil faoi, sula ndéantar é, tá a fhios agat.

"Tá a fhios agam, ach seo pionta eile, ábhar ar leith. Ní féidir le fear stánadh; ar a laghad ní féidir liom. Thóg mé roinnt wittles, suas ag an willage thar yonder,-áit a seasann an séipéal a'chuid is mó amach ar na riasca. "

"Ciallaíonn tú goid," arsa an sáirsint.

"Agus inseoidh mé duit cárb as duit. Ón gabha."

"Halloa!" arsa an sáirsint, ag stánadh ar Joe.

"Halloa, Pip!" arsa Joe, ag stánadh orm.

"Bhí sé roinnt wittles briste-sin cad a bhí sé-agus dram de deoch, agus pie."

"Ar tharla gur chaill tú a leithéid d'alt mar phíce, gabha?" a d'fhiafraigh an sáirsint, faoi rún.

"Rinne mo bhean chéile, i láthair na huaire nuair a tháinig tú isteach. Nach bhfuil a fhios agat, a Pip?"

"Mar sin," arsa mo chiontú, ag casadh a shúile ar Joe ar bhealach giúmar, agus gan an sracfhéachaint is lú orm,—"so you're the blacksmith, are you? Ná tá brón orm a rá, tá mé ag ithe do pie. "

"Dia a fhios agat go bhfuil fáilte romhat,-chomh fada agus a bhí sé riamh mianach," ar ais Joe, le cuimhneachán shábháil ar Mrs Joe. "Níl a fhios againn cad atá déanta agat, ach ní ba mhaith linn a bheith agat starved chun báis chun é, bocht miserable eile-creatur.—Ar mhaith linn, Pip?"

An rud a thug mé faoi deara roimhe seo, chliceáil sé i scornach an fhir arís, agus chas sé a dhroim. Bhí an bád ar ais, agus bhí a gharda réidh, agus mar sin leanamar é go dtí an áit tuirlingthe déanta as geallta garbha agus clocha, agus chonaic muid é a chur isteach sa bhád, a bhí rowed ag criú daoránach cosúil leis féin. Ní raibh iontas ar aon duine é a fheiceáil, nó suim acu é a fheiceáil, nó sásta é a fheiceáil, nó tá brón orm é a fheiceáil, nó labhair sé focal, ach amháin gur fhás duine éigin sa bhád amhail is dá mba le madraí, "Tabhair bealach, tú!" a bhí mar chomhartha le haghaidh snámh na n-oars. Faoi sholas na tóirsí, chonaic muid an Hulk dubh ina luí amach ar bhealach beag ó láib an chladaigh, cosúil le áirc ghránna Noah. Cribbed agus urchosc agus moored ag slabhraí rusty ollmhór, an chuma ar an bpríosún-long i mo shúile óga a bheith ironed cosúil leis na príosúnaigh. Chonaic muid an bád ag dul in éineacht, agus chonaic muid é tógtha suas an taobh agus imíonn sé. Ansin, bhí foircinn na tóirsí flung hissing isteach san uisce, agus chuaigh sé amach, amhail is dá mbeadh sé ar fud leis.

Caibidil VI.

Níor chuir mo staid intinne maidir leis an bpíobaireacht as ar díbríodh mé chomh gan choinne sin isteach orm nochtadh macánta a dhéanamh; ach tá súil agam go raibh roinnt dríodar maith ag bun an scéil.

Ní cuimhin liom gur mhothaigh mé aon tairngreacht coinsiasa ag tagairt do Mrs. Joe, nuair a cuireadh deireadh leis an eagla go bhfaighfí amach mé. Ach bhí grá agam do Sheosamh—b'fhéidir ar chúis ar bith níos fearr sna laethanta tosaigh sin ná toisc gur lig an fear daor grá dom dó,-agus, maidir leis, ní raibh mo chuid féin istigh chomh héasca sin. Bhí sé i bhfad ar m'intinn (go háirithe nuair a chonaic mé ar dtús é ag lorg a chomhaid) gur chóir dom an fhírinne iomlán a insint do Sheosamh. Ach ní raibh mé, agus ar an gcúis go mistrusted mé go má rinne mé, bheadh sé ag smaoineamh dom níos measa ná mar a bhí mé. An eagla a chailliúint muinín Joe, agus as sin amach ina suí sa chúinne simléar san oíche ag stánadh drearily ag mo chompánach agus cara caillte go deo, ceangailte suas mo theanga. Dúirt mé liom féin dá mbeadh a fhios ag Joe é, nach bhféadfainn é a fheiceáil cois tine ag mothú a uisce beatha cothrom, gan smaoineamh go raibh sé ag machnamh air. Dá mbeadh a fhios ag Seosamh é, ní fhéadfainn sracfhéachaint a thabhairt air ina dhiaidh sin, ach corruair, ar fheoil nó maróg an lae inné nuair a tháinig sé ar bhord an lae, gan smaoineamh go raibh sé ag díospóireacht an raibh mé sa pantry. Dá mbeadh a fhios ag Seosamh é, agus ag aon tréimhse ina dhiaidh sin dár gcomhshaol baile, dúirt sé go raibh a bheoir cothrom nó tiubh, an ciontú go raibh amhras air go raibh tarra ann, go dtabharfadh sé deifir fola do m'aghaidh. I bhfocal, bhí mé ró-cowardly a dhéanamh cad a bhí a fhios agam a bheith ceart, mar a bhí mé ró-cowardly a sheachaint ag déanamh an méid a bhí a fhios agam a bheith mícheart. Ní raibh aon chaidreamh agam leis an domhan ag an am sin, agus rinne mé aithris ar aon duine dá áitritheoirí iomadúla a ghníomhaíonn ar an mbealach seo. Go leor genius untaught, rinne mé an teacht ar an líne gníomhaíochta dom féin.

Agus mé i mo chodladh sula raibh muid i bhfad ar shiúl ón long phríosúin, thóg Joe ar a dhroim arís mé agus thug sé abhaile mé. Caithfidh sé go raibh turas tuirseach de, don Uasal Wopsle, á knocked suas, a bhí i temper den sórt sin an-dona go dá mbeadh an Eaglais thrown oscailte, bheadh sé dócha excommunicated an expedition ar fad, ag tosú le Joe agus mé féin. Ina cháil tuata, d'fhan sé ina shuí síos sa taise chomh mór sin, go mbeadh an fhianaise imthoisceach ar a bhríste crochta air dá mba chion caipitil é nuair a tógadh a chóta le triomú ag tine na cistine.

Faoin am sin, bhí mé ag stánadh ar urlár na cistine mar a bheadh meisce beag ann, trí bheith leagtha amach as an nua ar mo chosa, agus trí bheith i mo chodladh go tapa, agus trí dúiseacht sa teas agus soilse agus torann na dteangacha. Mar a tháinig mé chugam féin (le cabhair thump trom idir na guaillí, agus an exclamation aisiríoch "Yah! An raibh a leithéid de bhuachaill ann riamh mar seo!" ó mo dheirfiúr,) fuair mé Joe ag insint dóibh faoi fhaoistin an chiontaí, agus na cuairteoirí go léir ag moladh bealaí éagsúla trína ndeachaigh sé isteach sa pantry. Rinne an tUasal Pumblechook amach, tar éis suirbhéireacht chúramach a dhéanamh ar an áitreabh, go bhfuair sé ar dtús ar dhíon an cheárta, agus go bhfuair sé ansin ar dhíon an tí, agus ansin lig sé é féin síos simléar na cistine le rópa déanta as a leapachas gearrtha i stiallacha; agus mar a bhí an tUasal Pumblechook an-dearfach agus thiomáin a chaise-cart féin-thar gach duine-aontaíodh go gcaithfidh sé a bheith amhlaidh. An tUasal Wopsle, go deimhin, cried wildly amach, "Níl!" leis an mailís feeble fear tuirseach; ach, ós rud é nach raibh aon teoiric aige, agus gan aon chóta air, bhí sé leagtha d'aon ghuth ag dána,-gan trácht ar a chaitheamh tobac go crua taobh thiar de, mar a sheas sé lena ais go dtí tine na cistine chun an taise a tharraingt amach: rud nach raibh ceaptha muinín a spreagadh.

Ba é seo go léir a chuala mé an oíche sin sula ndearna mo dheirfiúr clutched dom, mar chion slumberous le radharc na cuideachta, agus chabhraigh sé liom suas a chodladh le lámh chomh láidir go raibh an chuma orm go bhfuil caoga buataisí ar, agus a bheith dangling iad go léir i gcoinne an imill an staighre. Thosaigh mo staid intinne, mar a chuir mé síos air, sula raibh mé suas ar maidin, agus mhair sé i bhfad tar éis don ábhar bás a fháil, agus bhí deireadh leis a bheith luaite ar ócáidí eisceachtúla.

Caibidil VII.

Ag an am nuair a sheas mé sa reilig ag léamh leac uaighe an teaghlaigh, ní raibh ach go leor foghlama agam le bheith in ann iad a litriú amach. Ní raibh mo thógáil fiú ar a bhrí simplí an-cheart, do léigh mé "bean chéile an Thuas" mar thagairt complimentary do exaltation m'athar le domhan níos fearr; agus dá dtabharfaí "Thíos" ar aon duine de mo chaidreamh éagtha, níl aon amhras orm ach gur cheart dom na tuairimí ba mheasa a bhí ag an duine sin den teaghlach a chruthú. Ní raibh mo chuid nóisean de na seasaimh diagachta a cheangail mo Caiticiosma orm, cruinn ar chor ar bith; óir, tá cuimhne bhríomhar agam gur cheap mé mo dhearbhú go raibh mé chun "siúl sa lá céanna ar fad de mo shaol," a leag mé faoi oibleagáid i gcónaí dul tríd an sráidbhaile ónár dteach i dtreo amháin ar leith, agus gan é a athrú trí chasadh síos ag an wheelwright nó suas ag an muileann.

Nuair a bhí mé sean go leor, bhí mé a bheith printíseach le Joe, agus go dtí go raibh mé in ann glacadh leis go dínit nach raibh mé a bheith cad a dtugtar Mrs Joe "Pompeyed," nó (mar a rindreáil mé é) pampered. Dá bhrí sin, ní hamháin go raibh mé corrbhuachaill faoin cheárta, ach má tharla comharsa ar bith a bheith ag iarraidh go gcuirfeadh buachaill breise eagla ar éin, nó clocha a phiocadh suas, nó aon phost dá leithéid a dhéanamh, bhí mé i bhfabhar na fostaíochta. D'fhonn, áfach, nach bhféadfaí ár seasamh níos fearr a chur i mbaol dá bhrí sin, coinníodh bosca airgid ar sheilf mantel na cistine, inar cuireadh in iúl go poiblí gur thit mo thuilleamh go léir. Tá barúil agam go raibh siad le cur sa deireadh i dtreo leachtú an Fhiachais Náisiúnta, ach tá a fhios agam nach raibh aon dóchas agam go mbeadh aon bhaint phearsanta agam leis an stór.

Choinnigh aintín mór an Uasail Wopsle scoil tráthnóna sa sráidbhaile; is é sin le rá, bhí sí ina seanbhean ridiculous ar mhodh teoranta agus éiglíocht gan teorainn, a úsáidtear chun dul a chodladh ó sé go seacht gach tráthnóna, i gcumann na hóige a d'íoc dhá phingin in aghaidh na seachtaine an ceann, as an deis níos fearr a fheiceáil di é a dhéanamh. Thóg sí teachín beag ar cíos, agus bhí an seomra thuas staighre ag an Uasal Wopsle, áit a mbíodh mic léinn againn ag léamh os ard ar bhealach is dínití agus is scanrúla, agus ó am go chéile ag bualadh ar an tsíleáil. Bhí ficsean go bhfuil an tUasal Wopsle "scrúdú" na scoláirí uair sa ráithe. Ba é an rud a rinne sé ar na hócáidí sin ná a chuid cufaí a chasadh suas, a chuid gruaige a ghreamú, agus óráid Mark Antony a thabhairt dúinn thar chorp Caesar. Ina dhiaidh sin bhí Óid Uí Choileáin ar na Paisin i gcónaí, áit a ndearna mé an tUasal Wopsle a dhíol go háirithe mar Díoltas ag caitheamh a chlaíomh fola-dhaite i toirneach síos, agus ag cur an trumpa Cogadh-cáineadh le cuma withering. Ní raibh sé liom ansin, mar a bhí sé níos déanaí sa saol, nuair a thit mé isteach i sochaí na Páiseanna, agus chuir mé i gcomparáid iad le Collins agus Wopsle, seachas míbhuntáiste na beirte uaisle.

Choinnigh aintín mór an Uasail Wopsle, seachas an Institiúid Oideachais seo a choinneáil, sa seomra céanna—siopa beag ginearálta. Ní raibh aon tuairim aici cén stoc a bhí aici, nó cén praghas a bhí ar aon rud ann; ach bhí meabhrán beag gréisceach coinnithe i dtarraiceán, a bhí mar Chatalóg Praghsanna, agus leis an Oracle Biddy seo d'eagraigh sé idirbhearta uile an tsiopa. Gariníon leis an Uasal Wopsle ab ea Biddy; Admhaím mé féin go leor éagothrom leis an obair as an bhfadhb, cén gaol a bhí aici leis an Uasal Wopsle. Dílleachta cosúil liom féin a bhí inti; Cosúil liomsa, freisin, bhí tugtha suas de láimh. Bhí sí an-tugtha faoi deara, shíl mé, maidir lena foircinn; óir, bhí a cuid gruaige i gcónaí ag scuabadh, bhí a lámha i gcónaí ag níochán, agus bhí a bróga i gcónaí ag iarraidh meirdiú agus tarraingt suas ar sháil. Ní mór an cur síos seo a fháil le teorainn seachtaine. Ar an Domhnach, chuaigh sí go dtí an séipéal.

Cuid mhaith de mo chuid féin unassisted, agus níos mó le cabhair ó Biddy ná an tUasal Wopsle mór-aintín, struggled mé tríd an aibítir amhail is dá mba bramble-bush; ag éirí buartha go mór agus scríobtha ag gach litir. Ina dhiaidh sin thit mé i measc na gadaithe sin, na naoi bhfigiúr, a raibh an chuma orthu gach tráthnóna rud éigin nua a dhéanamh chun iad féin a cheilt agus aitheantas a fháil. Ach, ar deireadh thosaigh mé, ar bhealach groping purblind, a léamh, scríobh, agus cipher, ar an scála an-lú.

Oíche amháin bhí mé i mo shuí i gcúinne an simléar le mo scláta, ag caitheamh iarrachtaí móra ar litir a chur ar fáil do Sheosamh. Sílim go gcaithfidh sé a bheith bliain iomlán tar éis ár fiach ar na riasca, do bhí sé i bhfad ina dhiaidh sin, agus bhí sé an gheimhridh agus sioc crua. Le haibítir ar an teallach ag mo chosa le haghaidh tagartha, chuir mé uair nó dhó leis an litir seo a phriontáil agus a smearadh:—

"MI DEER JO i OPE U R KRWITE WELL i
OPE i SHALSON B HABELL 4 2 TEEDGE U
JO AN THEN WE SHORL BSO GLODD AN

WEN i M PRENGTD 2 U JO WOT LARX
ANBLEVE ME INF XN PIP."

Ní raibh aon ghá le mo chumarsáid le Joe trí litir, mar shuigh sé in aice liom agus bhíomar inár n-aonar. Ach thug mé an chumarsáid scríofa seo (scláta agus gach rud) le mo lámh féin, agus fuair Seosamh é mar mhíorúilt erudition.

"Deirim, Pip, sean-CHAP!" Adeir Joe, ag oscailt a shúile gorma leathan, "cad scoláire tú! Nach bhfuil tú?"

"Ba mhaith liom a bheith," arsa mise, ag gleadhradh ar an scláta mar a bhí aige; le míthuiscint go raibh an scríbhneoireacht sách cnocach.

"Cén fáth, seo J," a dúirt Joe, "agus O comhionann le anythink! Seo J agus O, Pip, agus J-O, Joe.

Níor chuala mé Joe á léamh os ard níos mó ná an monosyllable seo, agus thug mé faoi deara ag an séipéal Dé Domhnaigh seo caite, nuair a bhí mé de thaisme ar ár Urnaí-Leabhar bun os cionn, go raibh an chuma air a oireann a áisiúlacht go leor chomh maith le dá mbeadh sé ceart go léir. Agus mé ag iarraidh glacadh leis an ócáid reatha le fáil amach an raibh mé ag múineadh Joe, ba cheart go mbeadh orm tosú go maith ag an tús, a dúirt mé, "Ah! Ach léigh an chuid eile, Jo.

"An chuid eile, eh, Pip?" arsa Joe, ag féachaint air le súil mhall, chuardaigh, "One, two, three. Cén fáth, seo trí Js, agus trí Os, agus trí J-O, Joes ann, Pip!

Chlaon mé thar Joe, agus, le cabhair mo forefinger léigh sé an litir ar fad.

"Astonishing!" arsa Joe, nuair a bhí mé críochnaithe. "Is scoláire thú."

"Conas a litríonn tú Gargery, a Sheosaimh?" D'iarr mé air, le pátrúnacht measartha.

"Ní litríonn mé ar chor ar bith é," arsa Joe.

"Ach ag ceapadh go ndearna tú?"

"Ní *féidir* é a cheapadh," arsa Joe. "Tho' I'm uncommon fond of reading, too."

"An tusa, a Sheosaimh?"

"Ar-choitianta. Tabhair dom," arsa Joe, "leabhar maith, nó nuachtán maith, agus suigh síos mé os cionn tine mhaith, agus ní iarraim níos fearr. A Thiarna!" ar seisean, tar éis dó a ghlúine a chuimilt beagáinín, "nuair a thagann tú chuig J agus O, agus deir sé leat, 'Anseo, ar deireadh, is J-O, Joe,' cé chomh suimiúil is atá an léitheoireacht!"

Tháinig mé as seo, go raibh oideachas Joe, cosúil le Steam, fós ina thús. Agus mé ag saothrú an ábhair, d'fhiosraigh mé,—

"Nach ndeachaigh tú ar scoil riamh, a Sheosaimh, nuair a bhí tú chomh beag liomsa?"

"Níl, Pip."

"Cén fáth nach ndeachaigh tú ar scoil riamh, a Sheosaimh, nuair a bhí tú chomh beag liomsa?"

"Bhuel, Pip," a dúirt Joe, ag cur suas an poker, agus é féin a shocrú chun a slí bheatha is gnách nuair a bhí sé tuisceanach, de raking go mall ar an tine idir na barraí níos ísle; "Inseoidh mé duit. M'athair, Pip, tugadh deoch dó, agus nuair a bhí sé ag dul thar fóir leis an ól, d'imigh sé ar shiúl ag mo mháthair, an chuid is mó onmerciful. Ba é an t-aon chasúr a rinne sé, go deimhin, 'xcepting at myself. Agus hammered sé ag dom le wigor ach a bheith comhionann ag an wigor nach raibh sé casúr ar a anwil.—Tá tú ag éisteacht agus tuiscint, Pip? "

"Sea, a Sheosaimh."

"Mar thoradh air sin, rith mo mháthair agus mise ar shiúl ó m'athair arís agus arís eile; agus ansin mo mháthair ba mhaith léi dul amach ag obair, agus ba mhaith léi a rá, "Joe," ba mhaith léi a rá, "anois, le do thoil Dia, beidh ort roinnt scolaíochta, leanbh," agus ba mhaith léi a chur orm ar scoil. Ach bhí m'athair chomh maith sin ina hart nach bhféadfadh sé a bheith gan muid. Mar sin, thiocfadh sé le slua is tremenjous agus a leithéid de shraith a dhéanamh ag doirse na dtithe ina raibh muid, go raibh dualgas orthu gan níos mó a dhéanamh linn agus muid a thabhairt suas dó. Agus ansin thug sé abhaile muid agus chas sé orainn. Cé acu, a fheiceann tú, Pip," a dúirt Joe, pausing ina raking meditative na tine, agus ag féachaint ar dom, "Bhí míbhuntáiste ar mo chuid foghlama."

"Cinnte, Joe bocht!"

"Cé aigne agat, Pip," a dúirt Joe, le teagmháil breithiúnach nó dhó de na poker ar an mbarra barr, "rindreáil ris go léir a n-doo, agus a chothabháil fear betwixt ceartais comhionann agus fear, bhí mo athair go maith ina hart, nach bhfeiceann tú?"

Ní fhaca mé; ach níor dhúirt mé é sin.

"Bhuel!" Lean Seosamh sa tóir air, "caithfidh duine éigin an pota a choinneáil a-biling, Pip, nó ní bheidh an pota bile, nach bhfuil a fhios agat?"

Chonaic mé é sin, agus dúirt mé amhlaidh.

"Mar thoradh air sin, ní dhearna m'athair agóidí i gcoinne mo dhul ag obair; mar sin, chuaigh mé ag obair ag mo ghlaoch faoi láthair, a bhí aige freisin, dá leanfadh sé é, agus d'oibrigh mé go crua, geallaim *duit*, Pip. In am bhí mé in ann é a choinneáil, agus kep mé air till chuaigh sé amach i oiriúnach leptic corcra. Agus ba é mo rún a bheith curtha ar a leac uaighe sin, Whatsume'er the failings on his part, Cuimhnigh ar an léitheoir go raibh sé chomh maith sin ina chroí."

D'aithris Seosamh an lánúin seo le bród chomh follasach agus chomh cúramach sin, gur fhiafraigh mé de an ndearna sé féin é.

"Rinne mé é," arsa Joe, "mo chuid féin. Rinne mé é i láthair na huaire. Bhí sé cosúil le crú capaill a bhualadh amach, in aon bhuille amháin. Ní raibh an oiread sin iontais orm riamh i mo shaol ar fad,-ní raibh mé in ann mo ed féin a chreidiúint,-chun an fhírinne a insint duit, ar éigean a chreid mé *gurbh é* mo ed féin é. Mar a bhí mé ag rá, Pip, bhí sé ar intinn agam go raibh sé gearrtha os a chionn; ach cosnaíonn an fhilíocht airgead, gearr é mar a dhéanfaidh tú, beag nó mór, agus ní dhearnadh é. Gan trácht ar iompróirí, bhí an t-airgead ar fad a d'fhéadfaí a spáráil ag teastáil ó mo mháthair. Bhí sí i elth bocht, agus bhris go leor. Ní raibh sí i bhfad ina dhiaidh sin, anam bocht, agus tháinig a sciar den tsíocháin thart faoi dheireadh."

D'iompaigh súile gorma Sheosaimh beagáinín uisceach; Chuimil sé an chéad cheann acu, agus ansin an ceann eile, ar bhealach is míchompordach agus míchompordach, leis an knob bhabhta ar bharr an poker.

"Bhí sé ach uaigneach ansin," arsa Joe, "agus mé i mo chónaí anseo liom féin, agus chuir mé aithne ar do dheirfiúr. Anois, Pip,"-D'fhéach Joe go daingean orm amhail is dá mbeadh a fhios aige nach raibh mé chun aontú leis;-"Is figiúr breá de bhean é do dheirfiúr."

Ní raibh mé in ann cabhrú le breathnú ar an tine, i staid soiléir amhras.

"Cibé tuairimí teaghlaigh, nó is cuma cad tuairimí an domhain, ar an ábhar sin a bheith, Pip, tá do dheirfiúr," Joe tapped an barra barr leis an poker tar éis gach focal seo a leanas, "a-fíneáil-figiúr-de-a-bhean!"

D'fhéadfainn smaoineamh ar rud ar bith níos fearr a rá ná "Tá áthas orm go gceapann tú amhlaidh, a Sheosaimh."

"Mar sin, tá mé," ar ais Joe, ag teacht suas dom. "Tá áthas orm go bhfuil mé ag smaoineamh mar sin, Pip. Deargadh beag nó ábhar beag de Chnámh, anseo nó ansiúd, cad a chuireann sé in iúl dom?

Thug mé faoi deara go sagaciously, más rud é nach raibh sé signify dó, cé dó a raibh sé signify?

"Cinnte!" a d'aontaigh Joe. "Sin é. Tá an ceart agat, a shean-CHAP! Nuair a fuair mé acquainted le do dheirfiúr, bhí sé an chaint conas a bhí sí ag tabhairt tú suas de láimh. An-chineál di freisin, a dúirt na folks go léir, agus dúirt mé, chomh maith leis na folks go léir. Maidir leatsa," a dúirt Seosamh agus é ag iarraidh rud éigin an-olc a fheiceáil go deimhin, "dá bhféadfá a bheith ar an eolas faoi cé chomh beag agus chomh flabby agus a chiallaíonn go raibh tú, a stór mise, bheadh an tuairim is díspeagúla agat féin!"

Gan é seo a athbhunú go díreach, dúirt mé, "Ná bac liom, a Sheosaimh."

"Ach bhí mé ag cuimhneamh ort, Pip," d'fhill sé le simplíocht tairisceana. "Nuair a thairg mé do do dheirfiúr cuideachta a choinneáil, agus a iarraidh sa séipéal ag cibé amanna a bhí sí sásta agus réidh chun teacht ar an cheárta, dúirt mé léi, 'Agus a thabhairt ar an leanbh beag bocht. Dia an leanbh beag bocht,' a dúirt mé le do dheirfiúr, 'níl seomra dó ag an cheárta!'"

Bhris mé amach ag caoineadh agus ag impí pardún, agus thug barróg do Joe thart ar an muineál: a thit an poker chun barróg a thabhairt dom, agus a rá, "Ever the best of friends; nach linn, a Pip? Ná caoin, sean CHAP!"

Nuair a bhí an briseadh beag seo thart, thosaigh Seosamh arís:—

"Bhuel, feiceann tú, Pip, agus anseo tá muid! Sin mar a lasann sé; Seo anois muid! Anois, nuair a ghlacann tú liom i mo chuid foghlama, Pip (agus deirim leat roimh ré tá mé uafásach dull, an chuid is mó awful dull), Ní mór Mrs Joe a fheiceáil i bhfad ró-de cad tá muid suas go dtí. Caithfear é a dhéanamh, mar a déarfainn, ar an glic. Agus cén fáth ar an glic? Inseoidh mé duit cén fáth, Pip.

Bhí sé tar éis dul i mbun an poker arís; gan é, tá amhras orm an bhféadfadh sé dul ar aghaidh ina léirsiú.

"Tugtar do dheirfiúr don rialtas."

"Tugtha don rialtas, a Sheosaimh?" Baineadh geit asam, mar bhí smaoineamh scáthach éigin agam (agus tá eagla orm go gcaithfidh mé cur leis, tá súil agam) gur scar Seosamh léi i bhfabhar Thiarnaí na hAimiréalachta, nó an Státchiste.

"Tugtha don rialtas," arsa Joe. "Rud a bhí i gceist agam leis an rialtas agaibh agus mé féin."

"Ó!"

"Agus níl sí rópháirteach le scoláirí a bheith ar an áitreabh," a dúirt Joe, "agus ní bheadh partickler rópháirteach le mo bheith i mo scoláire, ar eagla go n-ardódh mé. Cosúil le saghas reibiliúnach, nach bhfeiceann tú?

Bhí mé ag dul a retort le fiosrúchán, agus bhí fuair chomh fada le "Cén fáth-" nuair a stop Joe dom.

"Fan beagán. Tá a fhios agam cad tá tú ag dul a rá, Pip; fan beagán! Ní shéanaim go dtagann do dheirfiúr an Mo-gul os ár gcionn, anois is arís. Ní shéanaim go gcaitheann sí siar muid, agus go dtiteann sí anuas orainn go trom. Ag amanna mar nuair a bhíonn do dheirfiúr ar an Ram-leathanach, Pip," Joe tóin poill a ghuth le cogar agus spléachadh ar an doras, "candour compels fionnaidh a admháil go bhfuil sí ina Buster."

D'fhuaimnigh Seosamh an focal seo, amhail is gur thosaigh sé le dhá phríomhchathair déag Bs ar a laghad.

"Cén fáth nach n-ardaím? Ba é sin do thuairim nuair a bhris mé amach é, Pip?

"Sea, a Sheosaimh."

"Bhuel," arsa Joe, agus é ag dul thar an poker isteach ina lámh chlé, go mbraithfeadh sé a uisce beatha; agus ní raibh aon dóchas agam air aon uair a ghlac sé leis an tslí bheatha phlacid sin; "Máistir-intinn atá ag do dheirfiúr. Máistir-intinn.

"Cad é sin?" D'iarr mé, le súil éigin a thabhairt dó chun seasamh. Ach bhí Joe níos léannta lena shainmhíniú ná mar a bhí súil agam leis, agus stop sé go hiomlán mé ag argóint go ciorclach, agus ag freagairt le cuma sheasta, "Her."

"And I ain't a master-mind," a thosaigh Joe arís, nuair a bhí a lorg curtha as a riocht aige, agus d'fhill sé ar a uisce beatha. "Agus seo caite ar fad, Pip,-agus seo ba mhaith liom a rá an-tromchúiseach a thabhairt duit, chap d'aois,-Feicim an oiread sin i mo mháthair bhocht, de bhean drudging agus slaving agus briseadh a hart macánta agus riamh ag fáil aon síocháin ina laethanta mortal, go bhfuil mé marbh afeerd ag dul mícheart ar an mbealach nach bhfuil ag déanamh cad atá ceart ag bean, agus ba mhaith liom fionnadh in áit an dá dul mícheart ar an mbealach eile, agus a bheith beagán droch-conwenienced mé féin. Is mian liom go raibh sé ach dom a fuair a chur amach, Pip; Is mian liom nach rabhadh aon Tickler ar do shon, chap d'aois; Ba mhaith liom go bhféadfainn é a thógáil orm féin; ach is é seo an suas-agus-síos-agus-díreach ar sé, Pip, agus tá súil agam go mbainfidh tú overlook easnaimh. "

Óg mar a bhí mé, creidim go raibh meas nua agam ar Sheosamh ón oíche sin. We were equals afterwards, mar a bhí againn roimhe seo; ach, ina dhiaidh sin ag amanna ciúine nuair a shuigh mé ag féachaint ar Joe agus ag smaoineamh air, bhí mothú nua agam go raibh mé ag breathnú suas le Joe i mo chroí.

"Mar sin féin," a dúirt Joe, ag ardú chun an tine a athlánú; "seo an clog Ollainnis-a-obair é féin suas go dtí a bheith comhionann le stailc Ocht de 'em, agus nach bhfuil sí ag teacht abhaile go fóill! Tá súil agam nach bhféadfadh mare Uncail Pumblechook forefoot a leagan ar phíosa o 'oighear, agus imithe síos.

Rinne Bean Joe turais ócáideacha le Uncle Pumblechook ar laethanta an mhargaidh, chun cabhrú leis rudaí agus earraí tí den sórt sin a cheannach de réir mar is gá breithiúnas mná; Uncail Pumblechook a bheith ina bhaitsiléir agus gan aon mhuinín aige as a sheirbhíseach baile. Lá an mhargaidh a bhí ann, agus bhí Bean Joe amuigh ar cheann de na turais seo.

Rinne Seosamh an tine agus scuab sé an teallach, agus ansin chuamar go dtí an doras chun éisteacht leis an chaise-cart. Oíche fhuar thirim a bhí ann, agus shéid an ghaoth go fonnmhar, agus bhí an sioc bán agus crua. Gheobhadh fear bás go hoíche ina luí amuigh ar na riasca, shíl mé. Agus ansin d'fhéach mé ar na réaltaí, agus mheas mé cé chomh uafásach a bheadh sé d'fhear a aghaidh a chasadh suas dóibh agus é ag froze chun báis, agus gan aon chabhair ná trua a fheiceáil san iliomad glittering.

"Seo an mare," arsa Joe, "ag bualadh mar a bheadh peal cloigíní ann!"

Bhí fuaim a bróga iarainn ar an mbóthar crua ceolmhar go leor, mar tháinig sí ar trot i bhfad níos brisker ná mar is gnách. Fuair muid cathaoir amach, réidh le haghaidh tuirlingt Mrs Joe, agus stirred suas an tine go bhféadfadh siad a fheiceáil fuinneog geal, agus ghlac suirbhé deiridh ar an chistin go bhféadfadh aon rud a bheith as a áit. Nuair a bhí na hullmhúcháin seo críochnaithe againn, thiomáin siad suas, fillte ar na súile. Ba ghearr gur tháinig Bean Joe i dtír, agus ba ghearr go raibh Uncail Pumblechook síos freisin, ag clúdach an mhuirín le héadach, agus ba ghearr go raibh muid ar fad sa chistin, ag iompar an oiread sin aer fuar isteach linn go raibh an chuma air an teas ar fad a thiomáint amach as an tine.

"Anois," a dúirt Mrs Joe, unwrapping í féin le haste agus excitement, agus throwing a bonnet ar ais ar a ghualainn nuair a crochadh sé ag na teaghráin, "más rud é nach bhfuil an buachaill buíoch an oíche seo, ní bheidh sé a bheith!"

D'fhéach mé chomh buíoch agus a d'fhéadfadh aon bhuachaill, b'fhéidir, a bhí go hiomlán neamhfhoirmeálta cén fáth ar chóir dó glacadh leis an abairt sin.

"Níl sé ach le bheith ag súil," a dúirt mo dheirfiúr, "nach mbeidh sé Pompeyed. Ach tá eagla orm.

"Níl sí sa líne sin, Mamaí," a dúirt an tUasal Pumblechook. "Tá a fhios aici níos fearr."

Sí? D'fhéach mé ar Joe, ag déanamh an tairiscint le mo liopaí agus mo mhalaí, "Sí?" D'fhéach Seosamh orm, ag déanamh an tairiscint lena liopaí agus a mhalaí,

"Sí?" Mo dheirfiúr ag breith air sa ghníomh, tharraing sé cúl a láimhe trasna a shrón lena ghnáth-aer comhréiteach ar ócáidí den sórt sin, agus d'fhéach sé uirthi.

"Bhuel?" arsa mo dheirfiúr, ar a bealach snappish. "Cad air a bhfuil tú ag stánadh? An bhfuil an teach ina thine?

"—Cé acu duine éigin," a dúirt Seosamh go béasach, "a luaigh—sí."

"Agus is sí, is dócha?" arsa mo dheirfiúr. "Mura dtugann tú Miss Havisham air. Agus tá amhras orm an rachaidh tú chomh fada leis sin fiú."

"Iníon Havisham, suas an baile?" arsa Joe.

"An bhfuil aon Miss Havisham síos baile?" ar ais mo dheirfiúr.

"Tá sí ag iarraidh go rachadh an buachaill seo agus go n-imreodh sé ann. Agus ar ndóigh tá sé ag dul. Agus bhí sé ag imirt níos fearr ann," a dúirt mo dheirfiúr, ag croitheadh a ceann orm mar spreagadh a bheith thar a bheith éadrom agus spórtúil, "nó beidh mé ag obair air."

Chuala mé faoi Miss Havisham suas an baile,-chuala gach duine ar feadh míle babhta de Miss Havisham suas an baile,-mar bhean thar a bheith saibhir agus ghruama a bhí ina gcónaí i dteach mór agus dismal barricaded i gcoinne robálaithe, agus a bhí i gceannas ar an saol de seclusion.

"Bhuel a bheith cinnte!" A dúirt Joe, astounded. "N'fheadar conas a thagann sí chun aithne a chur ar Pip!"

"Noodle!" Adeir mo dheirfiúr. "Cé a dúirt go raibh aithne aici air?"

"—Cé acu duine éigin," a dúirt Seosamh arís go béasach, "luaigh sí go raibh sí ag iarraidh air dul agus imirt ann."

"Agus nach bhféadfadh sí ceist a chur ar Uncail Pumblechook an raibh a fhios aige faoi bhuachaill dul agus imirt ann? Nach ar éigean is féidir go mbeadh Uncail Pumblechook ina thionónta dá cuid, agus go bhféadfadh sé uaireanta—ní déarfaidh muid go ráithiúil ná go leathbhliantúil, mar go mbeadh an iomarca de dhíth ort—ach uaireanta—dul ann chun a chíos a íoc? Agus nach bhféadfadh sí ceist a chur ansin ar Uncail Pumblechook an raibh a fhios aige faoi bhuachaill dul agus imirt ann? Agus ní fhéadfadh Uncail Pumblechook, a bheith tuisceanach agus tuisceanach dúinn i gcónaí - cé nach féidir leat smaoineamh air, Joseph," i ton an reproach deepest, amhail is dá mba é an chuid is mó callous de nianna, "ansin trácht ar an buachaill, seasamh Prancing anseo"-a dhearbhú mé go sollúnta nach raibh mé ag déanamh -"go bhfuil mé go deo ina sclábhaí toilteanach a?"

"Go maith arís!" Adeir Uncail Pumblechook. "Maith thú! Prettily pointeáilte! Maith go deimhin! Anois Joseph, tá a fhios agat an cás. "

"Níl, Joseph," a dúirt mo dheirfiúr, fós ar bhealach reproachful, agus Joe tharraing leithscéal an chúl a lámh trasna agus trasna a shrón, "nach bhfuil tú fós-cé nach féidir leat smaoineamh air-fhios ag an gcás. Is féidir leat a mheas go bhfuil tú, ach nach bhfuil tú, Joseph. I gcás nach bhfuil a fhios agat go uncail Pumblechook, a bheith ciallmhar go bhfuil do rud ar bith is féidir linn a insint, is féidir an buachaill fhortún a dhéanamh ag a dul go dtí Miss Havisham ar, tá ar fáil chun é a chur isteach sa bhaile go-oíche ina chaise-cart féin, agus a choinneáil air go-oíche, agus a thabhairt dó lena lámha féin go maidin to-morrow Miss Havisham ar. Agus Lor-a-mussy dom!" Adeir mo dheirfiúr, réitigh as a bonnet i éadóchas tobann, "anseo seasamh mé ag caint le Mooncalfs ach ní bhíonn ach, le Uncail Pumblechook ag fanacht, agus an mare ag teacht fuar ag an doras, agus an buachaill grimed le crock agus salachar ó ghruaig a cheann go dtí an t-aon a chos!"

Leis sin, pounced sí orm, cosúil le iolar ar uan, agus bhí squeezed mo aghaidh i mbabhlaí adhmaid i linnte, agus cuireadh mo cheann faoi sconnaí uisce-butts, agus bhí mé gallúnach, agus kneaded, agus towelled, agus thumped, agus harrowed, agus rasped, go dtí go raibh mé i ndáiríre go leor in aice liom féin. (Is féidir liom a rá anseo gur dócha go bhfuil aithne níos fearr agam orm féin ná ar aon údarás beo, le héifeacht tomhaiste fáinne bainise, ag dul thar ghnúis an duine.)

Nuair a bhí mo chuid ionnlaidh críochnaithe, cuireadh mé i línéadach glan den charachtar righin, cosúil le penitent óg i sackcloth, agus bhí trussed suas i mo oireann tightest agus fearfullest. Tugadh anonn mé ansin go dtí an tUasal Pumblechook, a fuair mé go foirmiúil amhail is dá mba é an Sirriam é, agus a lig amach orm an óráid go raibh a fhios agam go raibh sé ag fáil bháis chun gach rud a dhéanamh chomh maith: "A bhuachaill, bí buíoch go deo de gach cara, ach go háirithe dóibh a thug suas de láimh thú!"

"Slán leat, a Sheosaimh!"

"Dia leat, a Pip, a shean-CHAP!"

Ní raibh mé scaradh uaidh roimhe seo, agus cad le mo mhothúcháin agus cad le soapsuds, raibh mé in ann a fheiceáil ar dtús aon réaltaí as an chaise-cart. Ach twinkled siad amach ceann ar cheann, gan caitheamh aon solas ar na ceisteanna cén fáth ar domhan a bhí mé ag dul a imirt ag Miss Havisham ar, agus cad ar domhan a bhí mé ag súil a imirt ag.

Caibidil VIII.

Bhí áitreabh an Uasail Pumblechook ar an tSráid Ard an bhaile margaidh, de charachtar peppercorny agus farinaceous, mar ba chóir an t-áitreabh de cornchandler agus seedsman a bheith. Chonacthas dom go gcaithfeadh sé a bheith ina fhear an-sásta go deimhin, go mbeadh an oiread sin tarraiceán beag aige ina shiopa; agus wondered mé nuair a peeped mé isteach i gceann amháin nó dhó ar na sraitheanna níos ísle, agus chonaic na paicéid páipéar donn ceangailte-suas taobh istigh, cibé acu an bláth-síolta agus bolgáin theastaigh riamh de lá breá a bhriseadh amach as na jails, agus faoi bhláth.

Bhí sé go moch ar maidin tar éis dom teacht go raibh mé ag cur siamsaíochta ar an tuairimíocht seo. An oíche roimhe sin, bhí mé curtha díreach a chodladh in áiléar le díon fána, a bhí chomh híseal sa chúinne ina raibh an leaba, gur ríomh mé na tíleanna mar a bheith laistigh de chos de mo eyebrows. Go moch ar maidin, d'aimsigh mé cleamhnas uatha idir síolta agus corduroys. Chaith an tUasal Pumblechook corduroys, agus mar sin rinne a shopman; agus ar bhealach, bhí aer ginearálta agus blas faoi na corduroys, an oiread sin i nádúr na síolta, agus aer ginearálta agus blas faoi na síolta, an oiread sin i nádúr na corduroys, go raibh a fhios agam ar éigean a bhí. An deis chéanna sheirbheáil dom le haghaidh noticing go raibh an chuma ar an tUasal Pumblechook a dhéanamh ar a ghnó ag féachaint ar fud na sráide ag an saddler, a chuma a dhéanamh *ar a* ghnó ag coinneáil a shúil ar an coachmaker, a chuma a fháil ar an saol ag cur a lámha ina phócaí agus ag smaoineamh ar an báicéir, a ina dhiaidh fillte a airm agus Stán ar an grósaera, a sheas ag a dhoras agus a yawned ag an poitigéir. An watchmaker, i gcónaí poring thar deasc beag le formhéadú-gloine ag a shúil, agus iniúchadh i gcónaí ag grúpa de smock-frocks poring os a chionn tríd an gloine a siopa-fhuinneog, an chuma a bheith mar gheall ar an duine amháin sa tSráid Ard a bhfuil a thrádáil ag gabháil a aird.

An tUasal Pumblechook agus bricfeasta mé ag a hocht a chlog sa pharlús taobh thiar den siopa, agus thóg an siopadóir a mug tae agus hunch aráin agus im ar sac piseanna san áitreabh tosaigh. Mheas mé an tUasal Pumblechook cuideachta wretched. Chomh maith le bheith i seilbh smaoineamh mo dheirfiúr gur chóir carachtar mortifying agus penitential a imparted le mo aiste bia,-seachas a thabhairt dom an oiread crumb agus is féidir i gcomhar le im chomh beag, agus a chur den sórt sin méid uisce te isteach i mo bhainne go mbeadh sé níos candid a bheith fágtha ar an bainne amach ar fad,— ní raibh sa chomhrá a bhí aige ach uimhríocht. Ar mo bidding politely dó Dea-maidin, a dúirt sé, pompously, "Seacht n-uaire naoi, buachaill?" Agus conas ba chóir *dom* a bheith in ann a fhreagairt, Dodged ar an mbealach sin, in áit aisteach, ar bholg folamh! Bhí ocras orm, ach sula raibh morsel slogtha agam, thosaigh sé suim reatha a mhair ar fad tríd an mbricfeasta. "Seacht?" "Agus a ceathair?" "Agus a hocht?" "Agus sé?" "Agus dhá?" "Agus a deich?" Agus mar sin de. Agus tar éis gach figiúr a dhiúscairt, bhí sé an oiread agus is féidir liom a dhéanamh chun greim nó sup a fháil, sular tháinig an chéad cheann eile; cé gur shuigh sé ar a shuaimhneas ag buille faoi thuairim rud ar bith, agus ag ithe bagúin agus rolla te, i (más féidir liom a cheadú an abairt) ar bhealach gorging agus gormandizing.

Ar chúiseanna mar sin, bhí mé an-sásta nuair a tháinig a deich a chlog agus thosaigh muid do Miss Havisham's; cé nach raibh mé ar mo shuaimhneas ar chor ar bith maidir leis an mbealach ar chóir dom mé féin a éigiontú faoi dhíon na mná sin. Laistigh de cheathrú uair an chloig tháinig muid go dtí teach Miss Havisham, a bhí de shean-bhríce, agus dismal, agus bhí go leor barraí iarainn ann. Bhí ballaí ar chuid de na fuinneoga; díobh siúd a d'fhan, bhí urchosc meirgeach ar na híochtair go léir. Bhí clós os comhair, agus bhí cosc air sin; Mar sin, bhí orainn fanacht, tar éis an clog a bhualadh, go dtí gur chóir go dtiocfadh duine éigin chun é a oscailt. Cé gur fhan muid ag an ngeata, peeped mé i (fiú ansin dúirt an tUasal Pumblechook, "Agus ceithre bliana déag?" ach lig mé gan é a chloisteáil), agus chonaic mé go raibh grúdlann mór ar thaobh an tí. Ní raibh aon ghrúdaireacht ar siúl ann, agus ba chosúil nach raibh aon cheann acu imithe ar aghaidh ar feadh i bhfad.

Ardaíodh fuinneog, agus d'éiligh guth soiléir "Cén t-ainm?" D'fhreagair mo stiúrthóir, "Pumblechook." D'fhill an guth, "Ceart go leor," agus dúnadh an fhuinneog arís, agus tháinig bean óg trasna chlós na cúirte, le heochracha ina lámh.

"Seo," a dúirt an tUasal Pumblechook, "Is Pip."

"Seo Pip, an ea?" a d'fhill an bhean óg, a bhí an-deas agus a raibh an chuma uirthi go raibh sí an-bhródúil; "tar isteach, a Pip."

Bhí an tUasal Pumblechook ag teacht isteach freisin, nuair a stop sí é leis an ngeata.

"Ó!" ar sise. "Ar mhaith leat Miss Havisham a fheiceáil?"

"Más mian Iníon Havisham a fheiceáil dom," ar ais an tUasal Pumblechook, discomfited.

"Ah!" arsa an cailín; "Ach feiceann tú nach bhfuil sí."

Dúirt sí é sin ar deireadh, agus ar bhealach den sórt sin undiscussible, nach bhféadfadh an tUasal Pumblechook, cé i riocht dínit ruffled, agóid a dhéanamh. Ach eyed sé dom go mór,-amhail is dá mbeadh *déanta agam* rud ar bith dó!-agus imigh leis na focail a sheachadadh reproachfully: "Buachaill! Lig do d'iompar anseo a bheith ina chreidiúint dóibh a thug suas de láimh thú! Ní raibh mé saor ó ghabháil go dtiocfadh sé ar ais go dtí propound tríd an ngeata, "Agus sé bliana déag?" Ach ní raibh.

Chuir m'iompar óg an geata faoi ghlas, agus chuamar trasna an chlóis. Bhí sé pábháilte agus glan, ach bhí féar ag fás i ngach créafóg. Bhí lána beag cumarsáide ag foirgnimh na grúdlainne leis, agus sheas geataí adhmaid an lána sin ar oscailt, agus sheas an ghrúdlann go léir níos faide anonn ar oscailt, ar shiúl go dtí an balla ard faoi iamh; agus bhí siad go léir folamh agus disused. Ba chosúil go raibh an ghaoth fhuar ag séideadh níos fuaire ansin ná taobh amuigh den gheata; agus rinne sé torann shrill i howling isteach agus amach ag taobhanna oscailte na grúdlainne, cosúil le torann na gaoithe i rigging long ar muir.

Chonaic sí mé ag féachaint air, agus dúirt sí, "D'fhéadfá deoch a ól gan an bheoir láidir go léir atá brewed ann anois, buachaill."

"Ba chóir dom smaoineamh go bhféadfainn, a chailleann," a dúirt mé, ar bhealach cúthail.

"B'fhearr gan iarracht a dhéanamh beoir a ghrúdú ansin anois, nó bheadh sé géar, buachaill; nach gceapann tú mar sin?"

"Tá an chuma air, a chailleann."

"Ní hé go gciallaíonn aon duine iarracht a dhéanamh," a dúirt sí, "mar tá sé sin déanta ar fad, agus seasfaidh an áit chomh díomhaoin agus atá sé go dtí go dtitfidh sé. Maidir le beoir láidir, tá go leor de sna siléir cheana féin, chun Teach an Mhainéir a bhá.

"An é sin ainm an tí seo, a chailleann?"

"Ceann de na hainmneacha, buachaill."

"Tá níos mó ná ceann amháin aige, ansin, a chailleann?"

"Ceann amháin eile. Satis an t-ainm eile a bhí air; arb í an Ghréigis, nó an Laidin, nó an Eabhrais, nó na trí cinn—nó an ceann ar fad dom—ar leor."

"Teach go leor," arsa mise; "Sin ainm aisteach, a Iníon."

"Tá," a d'fhreagair sí; "Ach chiallaigh sé níos mó ná mar a dúirt sé. Chiallaigh sé, nuair a tugadh é, nach bhféadfadh an té a raibh an teach seo aige aon rud eile a iarraidh. Caithfidh go raibh siad sásta go héasca sna laethanta sin, ba cheart dom smaoineamh. Ach ná loiter, buachaill. "

Cé gur ghlaoigh sí "buachaill" orm chomh minic sin, agus le míchúram a bhí i bhfad ó complimentary, bhí sí thart ar m'aois féin. Dhealraigh sí i bhfad níos sine ná mé, ar ndóigh, a bheith ina cailín, agus álainn agus féin-sheilbh; agus bhí sí chomh scornful de dom amhail is dá mbeadh sí aon-agus-fiche, agus banríon.

Chuamar isteach sa teach le taobhdhoras, bhí dhá shlabhra trasna air taobh amuigh den bhealach isteach mór tosaigh—agus an chéad rud a thug mé faoi deara ná, go raibh na pasáistí dorcha ar fad, agus gur fhág sí coinneal ar lasadh ann. Thóg sí suas é, agus chuaigh muid trí níos mó pasáistí agus suas staighre, agus fós bhí sé dorcha ar fad, agus níor las ach an choinneal muid.

Ag seo caite tháinig muid go dtí an doras seomra, agus dúirt sí, "Téigh isteach."

D'fhreagair mé, níos mó i shyness ná béasaíocht, "Tar éis duit, chailleann."

D'fhill sí air seo: "Ná bí magúil, a bhuachaill; Níl mé ag dul isteach. Agus shiúil scornfully ar shiúl, agus-cad a bhí níos measa-thóg an coinneal léi.

Bhí sé seo an-míchompordach, agus bhí mé leath eagla. Mar sin féin, an t-aon rud atá le déanamh ná cnag a chur ar an doras, bhuail mé, agus dúradh liom ón taobh istigh dul isteach. Tháinig mé isteach, mar sin, agus fuair mé mé féin i seomra mór go leor, solas maith le coinnle céir. Ní raibh aon spléachadh ar sholas an lae le feiscint ann. Seomra feistis a bhí ann, mar a cheap mé ón troscán, cé go raibh cuid mhaith de na foirmeacha agus na húsáidí ansin anaithnid go leor dom. Ach feiceálach i bhí sé tábla draped le gilded lorg-gloine, agus go ndearna mé amach ar an gcéad amharc a bheith ina bhean fíneáil feistis-tábla.

Cibé ar chóir dom an rud seo a dhéanamh amach chomh luath sin mura raibh aon bhean bhreá ina suí air, ní féidir liom a rá. I gcathaoir láimhe, le huillinn ag luí ar an mbord agus a ceann ag claonadh ar an láimh sin, shuigh an bhean aisteach a chonaic mé riamh, nó feicfidh mé riamh.

Bhí sí gléasta in ábhair shaibhre,-satins, agus lása, agus síodaí,-gach ceann de bán. Bhí dath bán ar a bróga. Agus bhí veil fhada bhán ag brath ar a cuid gruaige, agus bhí bláthanna bridal ina cuid gruaige aici, ach bhí a cuid gruaige bán. Roinnt seoda geala spréite ar a muineál agus ar a lámha, agus roinnt seoda eile a leagan súilíneach ar an mbord. Bhí gúnaí, níos lú splendid ná an gúna a chaith sí, agus trunks leath-pacáilte, scaipthe thart. Ní raibh sí críochnaithe go leor feistis, do bhí sí ach bróg amháin ar,-bhí an ceann eile ar an tábla in aice lena lámh,-bhí a veil ach leath eagraithe, ní raibh a faire agus slabhra a chur ar, agus roinnt lása as a bosom leagan leis na trinkets, agus lena ciarsúr, agus lámhainní, agus roinnt bláthanna, agus Leabhar Urnaí-heaped go léir mearbhall mar gheall ar an lorg-gloine.

Ní raibh sé sa chéad chúpla nóiméad go bhfaca mé na rudaí seo go léir, cé go bhfaca mé níos mó acu sa chéad chuimhneacháin ná mar a d'fhéadfadh a bheith ceaptha. Ach chonaic mé go raibh gach rud laistigh de mo thuairim ba chóir a bheith bán, bhí bán fada ó shin, agus bhí caillte a lustre agus bhí faded agus buí. Chonaic mé go raibh an bhrídeog laistigh den gúna bridal withered cosúil leis an gúna, agus cosúil leis na bláthanna, agus ní raibh aon gile fágtha ach an gile a súile báite. Chonaic mé go raibh an gúna curtha ar fhigiúr cruinn mná óig, agus go raibh an figiúr ar a bhfuil sé crochta anois scaoilte tar éis dul i ngleic le craiceann agus cnámh. Uair amháin, bhí mé tógtha a fheiceáil ar roinnt obair ghastly waxwork ag an Aonach, rud a léiríonn nach bhfuil a fhios agam cad personage dodhéanta atá suite sa stát. Uair amháin, bhí mé tógtha go dtí ceann de na sean-eaglaisí riasc a fheiceáil cnámharlach i luaithreach gúna saibhir a bhí dug amach as cruinneachán faoi phábháil an tséipéil. Anois, ba chosúil go raibh súile dorcha ag an gcéir agus ag an gcnámharlach a bhog agus a d'fhéach orm. I should have cried out, dá bhféadfainn.

"Cé hé?" arsa an bhean ag an mbord.

"Pip, ma'am."

"Pip?"

"Buachaill an Uasail Pumblechook, ma'am. Tar—a imirt.

"Tar níos gaire; lig dom breathnú ort. Tar gar.

Ba nuair a sheas mé os a comhair, ag seachaint a súile, gur thug mé faoi deara na rudaí máguaird go mion, agus chonaic mé go raibh a uaireadóir stoptha ag fiche nóiméad go dtí a naoi, agus go raibh clog sa seomra stoptha ag fiche nóiméad go dtí a naoi.

"Féach orm," arsa Iníon Havisham. "Níl eagla ort roimh bhean nach bhfaca an ghrian riamh ó rugadh thú?"

Is oth liom a rá nach raibh eagla orm an bhréag ollmhór a insint sa fhreagra "Níl."

"An bhfuil a fhios agat cad a dteagmháil liom anseo?" A dúirt sí, ag leagan a lámha, ceann ar an taobh eile, ar a taobh clé.

"Sea, ma'am." (Chuir sé ag smaoineamh mé ar an bhfear óg.)

"Cad a dhéanfaidh mé teagmháil?"

"Do chroí."

"Briste!"

Rith sí an focal le cuma fonnmhar, agus le béim láidir, agus le gáire aisteach a raibh cineál boast ann. Ina dhiaidh sin choinnigh sí a lámha ann ar feadh tamaill bhig, agus thóg sí go mall iad amhail is dá mbeadh siad trom.

"Táim tuirseach," arsa Iníon Havisham. "Ba mhaith liom atreorú, agus rinne mé le fir agus mná. Seinn."

Is dóigh liom go ngéilllfidh an léitheoir is míchlúití dom, gur ar éigean a d'ordaigh sí do bhuachaill trua aon rud a dhéanamh sa domhan mór níos deacra a dhéanamh faoi na cúinsí.

"Bíonn fancies tinn agam uaireanta," ar sise, "agus tá mhaisiúil tinn agam gur mhaith liom dráma éigin a fheiceáil. Tá, tá!" le gluaiseacht mífhoighneach mhéara a láimhe deise; "Seinn, seinn, seinn!"

Ar feadh nóiméad, leis an eagla ar mo dheirfiúr ag obair dom roimh mo shúile, Bhí mé smaoineamh éadóchasach ag tosú thart ar an seomra i gcarachtar glacadh an tUasal Pumblechook ar chaise-cart. Ach mhothaigh mé féin chomh éagothrom leis an léiriú a thug mé suas é, agus sheas mé ag féachaint ar Miss Havisham sa mhéid is dócha gur ghlac sí ar bhealach dogged, inasmuch mar a dúirt sí, nuair a bhí muid ag breathnú go maith ar a chéile,—

"An bhfuil tú sullen agus obstinate?"

"Níl, ma'am, tá an-brón orm duit, agus tá brón orm nach féidir liom imirt díreach anois. Má dhéanann tú gearán orm rachaidh mé i dtrioblóid le mo dheirfiúr, mar sin dhéanfainn é dá bhféadfainn; ach tá sé chomh nua anseo, agus chomh aisteach, agus chomh breá,-agus lionn dubh-." Stop mé, ar eagla go bhféadfainn an iomarca a rá, nó go raibh sé ráite agam cheana féin, agus thugamar sracfhéachaint eile ar a chéile.

Sular labhair sí arís, chas sí a súile uaim, agus d'fhéach sí ar an gúna a chaith sí, agus ar an mbord feistis, agus ar deireadh léi féin sa ghloine ag breathnú.

"Mar sin nua dó," muttered sí, "chomh sean dom; So strange to him, chomh heolach sin orm; mar sin lionn dubh don bheirt againn! Cuir glaoch ar Estella.

Toisc go raibh sí fós ag féachaint ar an machnamh uirthi féin, shíl mé go raibh sí fós ag caint léi féin, agus choinnigh sí ciúin.

"Call Estella," a dúirt sí arís agus arís eile, ag splancadh súil orm. "Is féidir leat é sin a dhéanamh. Cuir glaoch ar Estella. Ag an doras."

Chun seasamh sa dorchadas i sliocht mistéireach de theach anaithnid, bawling Estella le bean óg scornful nach bhfuil le feiceáil ná sofhreagrach, agus mothú sé saoirse dreadful ionas roar amach a ainm, bhí beagnach chomh dona agus ag imirt a ordú. Ach d'fhreagair sí ar deireadh, agus tháinig a solas ar feadh an phasáiste dorcha cosúil le réalta.

Iníon Havisham beckoned di chun teacht gar, agus thóg suas jewel as an tábla, agus iarracht a éifeacht ar a bosom óg cothrom agus i gcoinne a cuid gruaige deas donn. "Do chuid féin, lá amháin, mo stór, agus úsáidfidh tú go maith é. Lig dom a fheiceáil tú ag imirt cártaí leis an buachaill. "

"Leis an mbuachaill seo? Cén fáth, is buachaill saothair coitianta é!

Shíl mé overheard mé freagra Miss Havisham, - ach bhí an chuma air chomh dócha, - "Bhuel? Is féidir leat a chroí a bhriseadh.

"Cad a imríonn tú, a bhuachaill?" a d'fhiafraigh Estella díom féin, leis an dímheas is mó.

"Ní dhéanfaidh aon ní ach beggar mo chomharsa, chailleann."

"Beggar air," a dúirt Iníon Havisham le Estella. Mar sin, shuigh muid síos go cártaí.

Ba ansin a thosaigh mé a thuiscint go raibh gach rud sa seomra stoptha, cosúil leis an uaireadóir agus an clog, i bhfad ó shin. Thug mé faoi deara gur chuir Miss Havisham an tseoid síos go díreach ar an láthair as ar thóg sí suas é. De réir mar a dhéileáil Estella leis na cártaí, spléach mé ar an mbord feistis arís, agus chonaic mé nach raibh an bhróg air, uair amháin bán, buí anois, caite. D'amharc mé síos ar an gcos as a raibh an bhróg as láthair, agus chonaic mé go raibh an síoda ag stocáil air, uair amháin bán, buí anois, trodden. Gan an ghabháil seo de gach rud, d'fhéadfadh sé seo seasamh fós de na rudaí pale decayed, ní fhéadfadh fiú an gúna bridal withered ar an bhfoirm titim d'fhéach sé sin cosúil le héadaí uaighe, nó an veil fada mar sin cosúil le shroud.

Mar sin, shuigh sí, cosúil le corp, mar a d'imir muid ag cártaí; na frillings agus bearrtha ar a gúna bridal, ag breathnú cosúil le páipéar earthy. Ní raibh a fhios agam rud ar bith ansin de na fionnachtana atá déanta ó am go chéile de choirp curtha in amanna ársa, a thagann chun púdar i láthair na huaire a bheith le feiceáil go soiléir; ach, is minic a shíl mé ó shin, go gcaithfidh sí a bheith ag breathnú amhail is dá mba rud é go mbeadh ligean isteach solas nádúrtha an lae tar éis í a bhualadh chun deannaigh.

"Glaonn sé ar na knaves Jacks, an buachaill seo!" A dúirt Estella le dímheas, sula raibh ár gcéad chluiche amach. "Agus cad iad na lámha garbh atá aige! Agus cad iad na buataisí tiubha!

Níor smaoinigh mé riamh ar náire a bheith ar mo lámha roimhe seo; ach thosaigh mé ag smaoineamh orthu péire an-neamhshuimiúil. Bhí a díspeagadh orm chomh láidir, go raibh sé tógálach, agus ghabh mé é.

Bhuaigh sí an cluiche, agus dhéileáil mé. Misdealt mé, mar a bhí ach nádúrtha, nuair a bhí a fhios agam go raibh sí ina luí i fanacht liom a dhéanamh mícheart; agus cháin sí mé le haghaidh dúr, clumsy labouring-boy.

"Deir tú rud ar bith di," arsa Iníon Havisham liom, mar a d'fhéach sí ar. "Deir sí go leor rudaí crua de tú, ach deir tú rud ar bith di. Cad é do bharúil di?

"Ní maith liom a rá," stammered mé.

"Inis dom i mo chluas," a dúirt Iníon Havisham, lúbthachta síos.

"Sílim go bhfuil sí an-bhródúil," a d'fhreagair mé, i gcogar.

"Aon rud eile?"

"Sílim go bhfuil sí an-deas."

"Aon rud eile?"

"Sílim go bhfuil sí an-maslach." (Bhí sí ag féachaint orm ansin le breathnú ar aversion uachtaracha.)

"Aon rud eile?"

"Sílim gur mhaith liom dul abhaile."

"Agus ní fheiceann tú arís í, cé go bhfuil sí chomh deas?"

"Níl mé cinnte nár mhaith liom í a fheiceáil arís, ach ba mhaith liom dul abhaile anois."

"Beidh tú ag dul go luath," a dúirt Iníon Havisham, os ard. "Imir an cluiche amach."

Ag sábháil don aoibh gháire aisteach amháin ar dtús, ba chóir dom a bheith beagnach cinnte nach bhféadfadh aghaidh Miss Havisham aoibh gháire a dhéanamh. Bhí sé tar éis titim isteach i léiriú watchful agus brooding,-is dócha nuair a bhí na rudaí go léir mar gheall uirthi a bheith transfixed,-agus d'fhéach sé amhail is dá bhféadfadh aon rud a thógann sé suas riamh arís. Bhí a cófra thit, ionas go stooped sí; & do thuit a guth, & do labhair sí go híseal, & le lull marbh uirthi; San iomlán, bhí an chuma uirthi gur thit corp agus anam, laistigh agus gan, faoi mheáchan buille brúite.

D'imir mé an cluiche chun deiridh le Estella, agus d'impigh sí orm. Chaith sí na cártaí síos ar an mbord nuair a bhuaigh sí iad go léir, amhail is go raibh an-mheas aici orthu as a bheith buaite agam.

"Cathain a bheidh mé agat anseo arís?" arsa Iníon Havisham. "Lig dom smaoineamh."

Bhí mé ag tosú ag meabhrú di go raibh go lá Dé Céadaoin, nuair a sheiceáil sí mé lena gluaiseacht mífhoighneach iar mhéara a láimhe deise.

"Tá, tá! Níl a fhios agam rud ar bith de laethanta na seachtaine; Níl a fhios agam aon rud de sheachtainí na bliana. Tar arís tar éis sé lá. Cloiseann tú?

"Sea, ma'am."

"Estella, tóg síos é. Lig dó rud éigin a ithe, agus lig dó fánaíocht agus breathnú mar gheall air agus itheann sé. Téigh, Pip."

Lean mé an choinneal síos, mar a lean mé an choinneal suas, agus sheas sí é san áit ina bhfuair muid é. Go dtí gur oscail sí an bealach isteach taobh, bhí fancied mé, gan smaoineamh air, go gcaithfidh sé a bheith oíche-am. An Rush an solas an lae confounded go leor dom, agus rinne mé bhraitheann amhail is dá mbeadh mé i solas coinnle an tseomra aisteach go leor uair an chloig.

"Tá tú chun fanacht anseo, a bhuachaill," arsa Estella; agus d'imigh agus dhún sé an doras.

Thapaigh mé an deis a bheith i m'aonar sa chlós chun breathnú ar mo lámha garbha agus ar mo bhróga coitianta. Ní raibh mo thuairim ar na gabhálais fabhrach. Níor chuir siad trioblóid orm roimhe seo, ach chuir siad trioblóid orm anois, mar aguisíní vulgar. Bheartaigh mé ceist a chur ar Sheosamh cén fáth ar mhúin sé dom riamh glaoch ar na cártaí pictiúr sin Jacks, ar chóir knaves a thabhairt orthu. Ba mhian liom go raibh Joe in áit níos genteelly a thabhairt suas, agus ansin ba chóir dom a bheith chomh maith.

Tháinig sí ar ais, le roinnt aráin agus feola agus muga beag beorach. Chuir sí an muga síos ar chlocha an chlóis, agus thug sí an t-arán agus an fheoil dom gan féachaint orm, chomh neamhbhalbh is dá mba mhadra náire mé. Bhí mé chomh humiliated, gortaithe, spurned, ciontaithe, feargach, brón orm,-Ní féidir liom a bhuail ar an t-ainm ceart le haghaidh an cliste-Dia a fhios cad a bhí a ainm,-gur thosaigh deora le mo shúile. An nóiméad a sprang siad ann, d'fhéach an cailín orm le gliondar tapa a bheith ina chúis leo. Thug sé seo cumhacht dom iad a choinneáil ar ais agus chun breathnú uirthi: mar sin, thug sí toss díspeagúil-ach le tuiscint, shíl mé, go ndearna mé ró-chinnte go raibh mé chomh créachtaithe-agus d'fhág mé.

Ach nuair a bhí sí imithe, d'fhéach mé mar gheall orm le haghaidh áit a cheilt ar mo aghaidh i, agus fuair taobh thiar de cheann de na geataí sa ghrúdlann-lána, agus chlaon mo chum i gcoinne an bhalla ann, agus chlaon mo forehead ar sé agus cried. Mar a chaoin mé, chiceáil mé an balla, agus thóg mé casadh crua ar mo chuid gruaige; bhí chomh searbh mo mhothúcháin, agus chomh géar sin bhí an cliste gan ainm, go raibh gá le frithghníomh.

Bhí tógáil mo dheirféar íogair dom. Sa domhan beag ina bhfuil leanaí a bheith ann gidh bé a thugann suas iad, níl aon rud a fheictear chomh mín agus mar sin go mín bhraith mar éagóir. B'fhéidir nach bhfuil ann ach éagóir bheag gur féidir an leanbh a nochtadh; ach tá an leanbh beag, agus tá a dhomhan beag, agus seasann a chapall creagach oiread lámha ard, de réir scála, mar shealgaire mórchnámhach Éireannach. Laistigh díom féin, chothaigh mé, ó mo leanbh, síorchoimhlint leis an éagóir. Bhí a fhios agam, ón am a raibh mé in ann labhairt, go raibh mo dheirfiúr, ina comhéigean capricious agus foréigneach, éagórach dom. Bhí an-mheas agam ar an tuairim nár thug sí aon cheart di mé a thabhairt suas de láimh chun mé a thabhairt suas le jerks. Trí gach mo pionóis, náire, fasts, agus vigils, agus léirithe penitential eile, bhí nursed mé an dearbhú; agus do mo communing an oiread sin leis, ar bhealach solitary agus gan chosaint, tagraím go mór ar an bhfíric go raibh mé morálta timid agus an-íogair.

Fuair mé réidh le mo mhothúcháin ghortaithe ar feadh an ama trí iad a chiceáil isteach i mballa na grúdlainne, agus iad a chasadh as mo chuid gruaige, agus ansin rinne mé m'aghaidh a ghlanadh le mo mhuinchille, agus tháinig mé ó chúl an gheata. Bhí an t-arán agus an fheoil inghlactha, agus bhí an bheoir ag téamh agus ag tingling, agus ba ghearr go raibh mé i biotáillí le breathnú orm.

Chun a bheith cinnte, áit thréigthe a bhí ann, síos go dtí teach an cholúin i gclós na grúdlainne, a bhí séidte cam ar a chuaille ag gaoth ard éigin, agus a dhéanfadh na colúir iad féin a cheapadh ar muir, dá mbeadh colúir ar bith ann le luascadh leis. Ach ní raibh colúir ar bith sa chol-chóta, gan aon chapaill sa stábla, gan muca sa sty, gan braiche sa teach stórais, gan boladh gráin ná beorach sa chopar ná sa vat. D'fhéadfadh úsáidí agus boladh uile na grúdlainne a bheith galú lena reek deireanach deataigh. I bhfo-chlós, bhí fiántas de chascaí folmha, a raibh cuimhneachán géar áirithe acu ar laethanta níos fearr ag lingering fúthu; ach bhí sé ró-géar glacadh leis mar shampla den bheoir a bhí imithe,-agus maidir leis seo is cuimhin liom go raibh na recluses sin cosúil le formhór na ndaoine eile.

Taobh thiar den taobh is faide den ghrúdlann, bhí gairdín céim le seanbhalla; ní chomh hard ach go raibh mé in ann streachailt suas agus a shealbhú ar fada go leor chun breathnú os a chionn, agus a fheiceáil go raibh an gairdín céim an gairdín an tí, agus go raibh sé overgrown le fiailí tangled, ach go raibh rian ar na cosáin glas agus buí, amhail is gur shiúil duine éigin ann uaireanta, agus go raibh Estella ag siúl uaim fiú ansin. Ach ba chosúil go raibh sí i ngach áit. Óir nuair a ghéill mé don chathú a chuir na cascaí i láthair, agus nuair a thosaigh mé ag siúl orthu, chonaic mé *í* ag siúl orthu ag deireadh chlós na gcascaí. Bhí sí ar ais i dtreo dom, agus choinnigh sí a cuid gruaige deas donn leathadh amach ina dhá lámh, agus níor fhéach sé bhabhta, agus rith amach as mo thuairim go díreach. Mar sin, sa ghrúdlann féin,-ag a bhfuil i gceist agam an áit mhór pábháilte ard ina raibh siad ag déanamh na beorach, agus áit a raibh na huirlisí grúdaireachta fós. Nuair a chuaigh mé isteach ann ar dtús, agus, in áit faoi chois ag a gruaim, sheas in aice leis an doras ag féachaint mar gheall orm, chonaic mé a pas i measc na tinte múchta, agus ascend roinnt staighre iarainn éadrom, agus dul amach ag gailearaí lasnairde ard, amhail is dá mbeadh sí ag dul amach sa spéir.

Bhí sé san áit seo, agus ag an nóiméad seo, gur tharla rud aisteach do mo mhaisiúil. Shíl mé gur rud aisteach é ansin, agus shíl mé gur rud strainséartha é i bhfad ina dhiaidh sin. Chas mé mo shúile-beagán dimmed ag féachaint suas ar an solas frosty-i dtreo bhíoma adhmaid mór i nook íseal an fhoirgnimh in aice liom ar mo lámh dheas, agus chonaic mé figiúr crochta ann ag an muineál. Figiúr go léir i bán buí, le ach bróg amháin ar na cosa; agus chroch sé mar sin, go raibh mé in ann a fheiceáil go raibh na bearrtha faded an gúna cosúil le páipéar earthy, agus go raibh an aghaidh Miss Havisham ar, le gluaiseacht ag dul thar an countenance ar fad amhail is dá mbeadh sí ag iarraidh glaoch orm. Sa sceimhle a fheiceáil ar an figiúr, agus i terror a bheith cinnte nach raibh sé ann nóiméad roimh, rith mé ar dtús as é, agus ansin rith i dtreo é. Agus ba é mo sceimhle is mó ar fad nuair a fuair mé aon fhigiúr ann.

Ní thabharfadh rud ar bith níos lú ná solas frosty na spéire cheerful, radharc na ndaoine a théann thar bharraí gheata chlós na cúirte, agus tionchar athbheochana an chuid eile den arán agus den fheoil agus den bheoir, thart orm. Fiú amháin leis na háiseanna sin, b'fhéidir nár tháinig mé chugam féin chomh luath agus a rinne mé, ach go bhfaca mé Estella ag druidim leis na heochracha, chun mé a ligean amach. She would have some fair reason for looking down upon me, shíl mé, dá bhfeicfeadh sí eagla orm; agus ní bheadh aon chúis chothrom aici.

Thug sí sracfhéachaint bhuacach dom agus mé ag dul thar bráid, amhail is go raibh lúcháir uirthi go raibh mo lámha chomh garbh sin agus go raibh mo bhróga chomh tiubh, agus d'oscail sí an geata, agus sheas sí á choinneáil. Bhí mé ag dul amach gan féachaint uirthi, nuair a leag sí lámh bhlaiseadh orm.

"Cén fáth nach bhfuil tú ag caoineadh?"

"Toisc nach bhfuil mé ag iarraidh."

"Déanann tú," ar sise. "Tá tú ag caoineadh go dtí go bhfuil tú leath dall, agus tá tú in aice le caoineadh arís anois."

Rinne sí gáire díspeagúil, bhrúigh sí amach mé, agus chuir sí an geata faoi ghlas orm. Chuaigh mé díreach chuig an Uasal Pumblechook's, agus bhí faoiseamh mór orm é a fháil nach bhfuil sa bhaile. Mar sin, ag fágáil focal le fear an tsiopa an lá a raibh mé ag iarraidh ag Miss Havisham's arís, leag mé amach ar an siúlóid ceithre mhíle go dtí ár gceárta; ag machnamh, mar a chuaigh mé in éineacht, ar gach a bhfaca mé, agus ag imrothlú go domhain go raibh mé i mo bhuachaill saothair coitianta; go raibh mo lámha garbh; go raibh mo bhróga tiubh; gur thit mé isteach i nós suarach ag glaoch ar knaves Jacks; go raibh mé i bhfad níos aineolach ná mar a mheas mé féin aréir, agus go ginearálta go raibh mé ar bhealach íseal-cónaí dona.

Caibidil IX.

Nuair a shroich mé an baile, bhí mo dheirfiúr an-aisteach go raibh a fhios agam go léir faoi Miss Havisham's, agus chuir sí roinnt ceisteanna. Agus fuair mé go luath mé féin ag dul bumped go mór ó taobh thiar i nape an muineál agus an beag ar chúl, agus a bhfuil mo aghaidh shoved ignominiously i gcoinne an bhalla cistine, toisc nach raibh mé freagra na ceisteanna sin ar fad go leor.

Más rud é nach bhfuil dread de á thuiscint a bheith i bhfolach i breasts na ndaoine óga eile le rud ar bith cosúil leis an méid a úsáidtear é a bheith i bhfolach i mianach,-a mheas mé dócha, mar tá mé aon chúis ar leith a bheith in amhras mé féin a bheith ina monstrosity,-tá sé an eochair do áirithintí go leor. Bhraith mé cinnte dá ndéanfainn cur síos ar Miss Havisham mar a chonaic mo shúile é, níor cheart dom a thuiscint. Ní hamháin sin, ach mhothaigh mé cinnte nach dtuigfí Miss Havisham freisin; agus cé go raibh sí breá dothuigthe dom, thug mé le tuiscint go mbeadh rud éigin garbh agus feallach i mo tharraingt uirthi mar a bhí sí i ndáiríre (rud ar bith de Miss Estella a rá) roimh oirchill Mrs Joe. Dá bhrí sin, dúirt mé chomh beag agus a d'fhéadfainn, agus bhí m'aghaidh shoved i gcoinne bhalla na cistine.

Ba é an rud ba mheasa de ná gur tháinig an t-uafás bulaíochta sin ar shean-Pumblechook, a chreach le fiosracht chráifeach a chur ar an eolas faoi gach a bhfaca agus a chuala mé, gur tháinig bearna thairis ina chaise-cart ag am tae, chun na sonraí a nochtadh dó. Agus an radharc ach an crá, lena súile fishy agus béal oscailte, a chuid gruaige gainimh fiosrach ar deireadh, agus a waistcoat heaving le uimhríocht windy, rinne mé fí i mo reticence.

"Bhuel, a bhuachaill," a thosaigh Uncail Pumblechook, chomh luath agus a bhí sé ina shuí sa chathaoir onóra ag an tine. "Conas a d'éirigh leat ar an mbaile?"

D'fhreagair mé, "Pretty well, a dhuine uasail," agus chroith mo dheirfiúr a dorn orm.

"Maith go leor?" An tUasal Pumblechook arís agus arís eile. "Is maith an rud é nach bhfuil aon fhreagra air. Inis dúinn cad atá i gceist agat go maith, a bhuachaill?

Whitewash ar an forehead hardens an inchinn isteach i stát obstinacy b'fhéidir. Pé scéal é, le whitewash ón mballa ar mo mhullach, bhí mo obstinacy adamantine.

Léirigh mé ar feadh tamaill, agus ansin d'fhreagair mé amhail is dá mbeadh smaoineamh nua aimsithe agam, "Ciallaíonn mé go maith go leor."

Mo dheirfiúr le exclamation de impatience a bhí ag dul a eitilt ag dom,-Bhí mé aon scáth cosanta, do Joe bhí gnóthach sa cheárta,-nuair a interposed an tUasal Pumblechook le "Níl! Ná caill do temper. Fág an leaid seo chugam, ma'am; fág an leaid seo chugam." Ansin chas an tUasal Pumblechook mé i dtreo dó, amhail is dá mbeadh sé ag dul a ghearradh mo chuid gruaige, agus dúirt sé,—

"Ar dtús (chun ár smaointe a fháil in ord): Trí phingin is daichead?"

Ríomh mé na hiarmhairtí a bhaineann le freagra a thabhairt "Ceithre Chéad Punt," agus iad a aimsiú i mo choinne, chuaigh chomh gar don fhreagra agus a d'fhéadfainn-a bhí áit éigin thart ar ocht bpingin as. An tUasal Pumblechook chuir ansin mé trí mo pingin-tábla ó "dhá phingin déag a dhéanamh scilling," suas go dtí "daichead pingin a dhéanamh trí agus ceithre phingin," agus ansin éileamh triumphantly, amhail is dá mbeadh déanta aige dom, "*Anois!* Cé mhéad atá trí phingin is daichead? Chun a d'fhreagair mé, tar éis eatramh fada machnaimh, "Níl a fhios agam." Agus bhí mé chomh tromaithe sin go raibh amhras orm an raibh a fhios agam.

D'oibrigh an tUasal Pumblechook a cheann cosúil le scriú chun é a scriú amach as dom, agus dúirt sé, "An bhfuil daichead is trí phingin seacht agus sé phingin trí fardens, mar shampla?"

"Sea!" arsa mise. Agus cé gur chuir mo dheirfiúr mo chluasa ar an toirt, ba mhór an sásamh dom a fheiceáil gur mhill an freagra a joke, agus thug sí chun stad marbh é.

"Buachaill! Cad é cosúil le Miss Havisham? Thosaigh an tUasal Pumblechook arís nuair a tháinig sé ar ais; fillte a airm daingean ar a cófra agus a chur i bhfeidhm ar an scriú.

"An-ard agus dorcha," a dúirt mé leis.

"An bhfuil sí, uncail?" A d'fhiafraigh mo dheirfiúr.

An tUasal Pumblechook winked aontú; as ar thuig mé ag an am céanna nach bhfaca sé Miss Havisham riamh, mar ní raibh aon rud den chineál aici.

"Go maith!" A dúirt an tUasal Pumblechook conceitedly. ("Is é seo an bealach chun é a bheith agat! Táimid ag tosú ag coinneáil ár gcuid féin, sílim, Mamaí?)

"Tá mé cinnte, uncail," ar ais Mrs Joe, "Is mian liom go raibh tú air i gcónaí; tá a fhios agat chomh maith conas déileáil leis.

"Anois, a bhuachaill! Cad a bhí sí ag déanamh de, nuair a chuaigh tú i lá atá inniu ann?" D'iarr an tUasal Pumblechook.

"Bhí sí ina suí," a d'fhreagair mé, "i gcóiste veilbhit dubh."

An tUasal Pumblechook agus Mrs Joe Stán ar a chéile-mar a d'fhéadfadh siad go maith-agus an dá arís agus arís eile, "I cóiste veilbhit dubh?"

"Sea," arsa mise. "Agus Iníon Estella - sin í a neacht, sílim- thug sí císte agus fíon di ag fuinneog an chóiste, ar phláta óir. Agus bhí cáca agus fíon againn go léir ar phlátaí óir. Agus d'éirigh mé taobh thiar den chóiste chun mé a ithe, mar dúirt sí liom.

"An raibh aon duine eile ann?" D'iarr an tUasal Pumblechook.

"Ceithre mhadra," arsa mise.

"Mór nó beag?"

"Ollmhór," a dúirt mé. "Agus throid siad le haghaidh laofheoil-cutlets as ciseán airgid."

Stán an tUasal Pumblechook agus Mrs Joe ar a chéile arís, in iontas utter. Bhí mé breá frantic,—finné meargánta faoin gcéasadh,-agus bheadh rud ar bith ráite agam leo.

"Cá *raibh* an cóiste seo, in ainm gracious?" a d'fhiafraigh mo dheirfiúr.

"I seomra Miss Havisham." Bhreathnaigh siad arís. "Ach ní raibh aon chapaill leis." Chuir mé an clásal coigilte seo leis, nuair a dhiúltaigh mé do cheithre chúrsa saibhir caparisoned a raibh smaointe fiáine agam leas a bhaint astu.

"An féidir é seo a dhéanamh, uncail?" D'iarr Mrs Joe. "Cad is féidir leis an buachaill chiallaíonn?"

"Inseoidh mé duit, Mamaí," a dúirt an tUasal Pumblechook. "Is é mo thuairim, tá sé ina sedan-chathaoirleach. Tá sí flighty, tá a fhios agat, - an-flighty, - go leor flighty go leor chun pas a laethanta i sedan-chathaoirleach."

"An bhfaca tú riamh í ann, a uncail?" a d'fhiafraigh Bean Sheosaimh.

"Conas a d'fhéadfainn," a d'fhill sé, iachall ar an ligean isteach, "nuair nach bhfeicim riamh í i mo shaol? Ná leag súile uirthi riamh!"

"Maitheas, a uncail! Agus fós gur labhair tú léi?

"Cén fáth, nach bhfuil a fhios agat," a dúirt an tUasal Pumblechook, testily, "go nuair a bhí mé ann, Tá mé tógtha suas go dtí an taobh amuigh dá doras, agus tá an doras sheas ajar, agus labhair sí liom ar an mbealach sin. Ná habair nach bhfuil a fhios agat *sin*, a Mhamaí. Howsever, chuaigh an buachaill ann a imirt. Cad a d'imir tú, a bhuachaill?"

"D'imir muid le bratacha," a dúirt mé. (Impím a thabhairt faoi deara go smaoiním orm féin le hiontas, nuair a chuimhním ar na bréaga a d'inis mé ar an ócáid seo.)

"Bratacha!" macalla mo dheirfiúr.

"Sea," a dúirt mé. "Estella waved bratach gorm, agus waved mé ceann dearg, agus Miss Havisham waved amháin sprinkled ar fud le réaltaí óir beag, amach ag an chóiste-fhuinneog. Agus ansin chaith muid go léir ár claimhte agus hurrahed. "

"Sord!" arís agus arís eile mo dheirfiúr. "Cá bhfuair tú claimhte?"

"As cófra," arsa mise. "Agus chonaic mé piostail ann,-agus subh,-agus piollaí. Agus ní raibh solas an lae sa seomra, ach lasadh suas le coinnle é ar fad."

"Sin fíor, Mamaí," a dúirt an tUasal Pumblechook, le nod uaigh. "Sin staid an cháis, as an méid sin atá feicthe agam féin." Agus ansin stán siad araon orm, agus mé, le seó obtrusive de artlessness ar mo ghnúis, Stán orthu, agus plaited an chos dheas de mo bríste le mo lámh dheas.

Má chuir siad aon cheist eile orm, ba cheart dom gan amhras feall a dhéanamh orm féin, mar bhí mé fiú ansin ar an bpointe a lua go raibh balún sa chlós, agus ba chóir go mbeadh an ráiteas guaise agam murach go raibh m'aireagán roinnte idir an feiniméan sin agus béar sa ghrúdlann. Bhí an oiread sin áitithe acu, áfach, agus mé ag plé na n-iontas a bhí curtha i láthair agam cheana féin lena mbreithniú, gur éalaigh mé. Bhí an t-ábhar fós acu nuair a tháinig Seosamh isteach óna chuid oibre chun cupán tae a bheith aige. Cé leis a raibh mo dheirfiúr, níos mó ar mhaithe le faoiseamh a hintinne féin ná ar mhaithe le sásamh a bhaint as a chuid, bhain sé le mo thaithí ligthe i gcéill.

Anois, nuair a chonaic mé Joe ag oscailt a shúile gorma agus iad a rolladh ar fud na cistine in iontas gan chabhair, bhí mé róthógtha le peannaireacht; ach amháin mar a mheas air,—ní ar a laghad mar a mheas an dá cheann eile. I dtreo Joe, agus Joe amháin, mheas mé gur ollphéist óg mé féin, agus shuigh siad ag díospóireacht cad iad na torthaí a thiocfadh chugam ó lucht aitheantais agus fabhar Miss Havisham. Ní raibh aon amhras orthu ach go ndéanfadh Miss Havisham "rud éigin" dom; Bhain a n-amhras leis an bhfoirm a thógfadh rud éigin. Sheas mo dheirfiúr amach le haghaidh "maoin." Bhí an tUasal Pumblechook i bhfabhar préimhe dathúil chun printíseach a cheangal orm le roinnt trádála genteel, - abair, an trádáil arbhar agus síolta, mar shampla. Thit Seosamh isteach sa náire ba dhoimhne leis an mbeirt acu, as an moladh geal a thairiscint nach mb'fhéidir go dtabharfaí dom ach ceann de na madraí a throid ar son na laofheoil. "Mura féidir le ceann amadáin tuairimí níos fearr ná sin a chur in iúl," arsa mo dheirfiúr, "agus má fuair tú aon obair le déanamh, b'fhearr duit dul agus é a dhéanamh." Mar sin, chuaigh sé.

Tar éis don Uasal Pumblechook tiomáint amach, agus nuair a bhí mo dheirfiúr ag níochán suas, ghoid mé isteach sa cheárta do Joe, agus d'fhan sé leis go dtí go raibh déanta aige don oíche. Ansin dúirt mé, "Sula dtéann an tine amach, a Joe, ba mhaith liom rud éigin a insint duit."

"Ar cheart duit, a Phíobaire?" arsa Joe, agus é ag tarraingt a stól bróg in aice leis an cheárta. "Ansin inis dúinn. Cad é, a Pip?"

"Joe," arsa mise, ag glacadh seilbhe ar a mhuinchille léine rollta, agus á chasadh idir mo mhéar agus m'ordóg, "is cuimhin leat é sin ar fad faoi Miss Havisham's?"

"Cuimhnigh?" arsa Joe. "Creidim thú! Iontach!"

"Is rud uafásach é, a Sheosaimh; níl sé fíor."

"Cad atá tú ag insint faoi, Pip?" Adeir Joe, ag titim ar ais sa iontas is mó. "Ní chiallaíonn tú a rá go bhfuil sé—"

"Is féidir liom; bréaga atá ann, a Sheosaimh."

"Ach nach bhfuil sé ar fad? Cén fáth cinnte nach bhfuil tú i gceist a rá, Pip, nach raibh aon welwet dubh co-eh? " Do, sheas mé ag croitheadh mo chinn. "Ach ar a laghad bhí madraí ann, Pip? Tar, a Pip," arsa Joe, go áititheach, "mura bhfuil aon chiorruithe fiailí ann, ar a laghad bhí madraí ann?"

"Ní hea, a Sheosaimh."

"Madra?" arsa Joe. "A puppy? Tar?"

"Níl, a Sheosaimh, ní raibh aon rud den chineál sin ann."

De réir mar a shocraigh mé mo shúile gan dóchas ar Joe, smaoinigh Joe orm le díomá. "Pip, sean CHAP! Ní dhéanfaidh sé seo, a sheanchomhalta! A deirim! Cá bhfuil tú ag súil le dul?

"Tá sé uafásach, a Sheosaimh; nach ea?

"Uafásach?" Adeir Joe. "Uafásach! Cad a shealbhaigh tú?"

"Níl a fhios agam céard a bhí agam, a Sheosaimh," a d'fhreagair mé, ag ligean dá mhuinchille léine dul, agus suí síos sa luaithreach ag a chosa, ag crochadh mo chinn; "ach is mian liom nár mhúin tú dom glaoch ar Knaves ag cártaí Jacks; agus is mian liom nach raibh mo bhróga chomh tiubh ná mo lámha chomh garbh."

Agus ansin dúirt mé le Joe gur mhothaigh mé an-olc, agus nach raibh mé in ann mé féin a mhíniú do Mrs Joe agus Pumblechook, a bhí chomh drochbhéasach liom, agus go raibh bean óg álainn ag Miss Havisham a bhí bródúil dreadfully, agus go ndúirt sí go raibh mé coitianta, agus go raibh a fhios agam go raibh mé coitianta, agus gur mhian liom nach raibh mé coitianta, agus gur tháinig na bréaga air ar bhealach, cé nach raibh a fhios agam conas.

Cás meitifisice a bhí ann, ar a laghad chomh deacair do Sheosamh déileáil leis mar a bhí domsa. Ach thóg Seosamh an cás ar fad amach as réigiún na meitifisice, agus ar an gcaoi sin, d'imigh sé as a riocht.

"Tá rud amháin a d'fhéadfá a bheith cinnte de, Pip," a dúirt Joe, tar éis roinnt rumination, "is é sin, is bréaga é sin. Cibé ar bith a thagann siad, níor chóir dóibh teacht, agus tagann siad ó athair na bréaga, agus oibríonn siad thart ar an gcéanna. Ná insíonn tú níos mó de 'em, Pip. *Nach* bhfuil an bealach a fháil amach as a bheith coitianta, chap d'aois. Agus maidir le bheith coitianta, ní féidir liom é a dhéanamh amach ar chor ar bith soiléir. Tá tú oncommon i roinnt rudaí. Tá tú oncommon beag. Mar an gcéanna is scoláire neamhchoitianta thú."

"Níl, tá mé aineolach agus ar gcúl, a Sheosaimh."

"Cén fáth, féach cén litir a scríobh tú aréir! Scríobh i gcló fiú! Chonaic mé litreacha—Ah! agus ó dhaoine uaisle!—go mionnóidh mé nár scríobhadh i gcló iad," arsa Seosamh.

"D'fhoghlaim mé in aice le rud ar bith, a Sheosaimh. Smaoiníonn tú cuid mhaith díom. Níl ann ach sin."

"Bhuel, a Phíobaire," arsa Joe, "bíodh sé amhlaidh nó bíodh sé ina mhac, caithfidh tú a bheith i do scoláire coitianta thuas is féidir leat a bheith i do dhuine neamhchoitianta, ba cheart dom a bheith ag súil! Ní féidir leis an rí ar a ríchathaoir, lena chóróin ar a ed, suí agus a ghníomhartha Parlaiminte a scríobh i gcló, gan tús a bheith curtha leis, nuair a bhí sé ina Phrionsa neamhspreagtha, leis an aibítir.—Ah!" arsa Joe, le croitheadh an chinn a bhí lán de bhrí, "agus thosaigh sé ag A freisin, agus d'oibrigh sé a bhealach go Z. Agus tá a fhios agam cad é sin le déanamh, cé nach féidir liom a rá go bhfuil sé déanta agam go díreach.

Bhí dóchas éigin sa phíosa eagna seo, agus spreag sé mé in áit.

"Cibé cinn choitianta maidir le glaochanna agus tuilleamh," a lean Joe, go machnamhach, "b'fhéidir nach fearr leanúint ar aghaidh chun cuideachta a choinneáil le cinn choitianta, in ionad dul amach ag súgradh le cinn neamhchoitianta,—rud a chuireann i gcuimhne dom a bheith ag súil go raibh bratach ann, b'fhéidir?"

"Ní hea, a Sheosaimh."

"(Tá brón orm nach raibh bratach ann, Pip). Cibé acu a d'fhéadfadh a bheith nó nach bhféadfadh a bheith, is rud é nach féidir breathnú isteach anois, gan do dheirfiúr a chur ar an Rampage; agus is rud é sin nach smaoinítear air mar rud atá á dhéanamh d'aon ghnó. Féach anseo, Pip, ar an méid a dúirt cara fíor leat. Cé acu seo a thabhairt duit a deir an cara fíor. Mura féidir leat a bheith ar siúl trí dhul díreach, ní bhfaighidh tú é a dhéanamh trí dhul cam. Mar sin, ná insint níos mó ar 'em, Pip, agus maireachtáil go maith agus bás sásta. "

"Níl fearg ort liom, a Sheosaimh?"

"Níl, chap d'aois. Ach ag cuimhneamh go raibh siad a chiallaigh mé de chineál néal agus outdacious,-alluding dóibh a bordered ar weal-cutlets agus madra-troid,- bheadh dea-wisher ó chroí adwise, Pip, a bheith thit isteach i do meditations, nuair a théann tú thuas staighre a chodladh. Sin uile, sean-CHAP, agus ná déan é níos mó.

Nuair a d'éirigh mé suas go dtí mo sheomra beag agus nuair a dúirt mé mo chuid paidreacha, ní dhearna mé dearmad ar mholadh Sheosaimh, agus fós bhí m'intinn óg sa stát suaite agus míthrócaireach sin, gur shíl mé i bhfad tar éis dom mé a leagan síos, cé chomh coitianta is a mheasfadh Estella Joe, gabha amháin; cé chomh tiubh a buataisí, agus cé chomh garbh a lámha. Shíl mé conas a bhí Joe agus mo dheirfiúr ina suí ansin sa chistin, agus conas a tháinig mé suas a chodladh ón gcistin, agus conas a shuigh Miss Havisham agus Estella riamh i gcistin, ach bhí siad i bhfad os cionn leibhéal na rudaí coitianta sin. Thit mé i mo chodladh ag cuimhneamh ar an rud a "d'úsáid mé a dhéanamh" nuair a bhí mé ag Miss Havisham's; amhail is go raibh mé ann seachtainí nó míonna, in ionad uaireanta an chloig; agus amhail is gur sean-ábhar cuimhneacháin a bhí ann, seachas ceann nár tháinig chun cinn ach an lá sin.

That was a memorable day to me, mar rinne sé athruithe móra ionam. Ach tá sé mar an gcéanna le saol ar bith. Samhlaigh lá roghnaithe amháin a bhualadh amach as, agus smaoinigh ar cé chomh difriúil is a bheadh a chúrsa. Sos tú a léamh seo, agus smaoineamh ar feadh nóiméad ar an slabhra fada iarainn nó óir, de dealga nó bláthanna, ní bheadh faoi cheangal agat, ach le haghaidh foirmiú an chéad nasc ar lá amháin i gcuimhne.

Caibidil X.

Tharla an smaoineamh felicitous dom maidin nó dhó ina dhiaidh sin nuair a dhúisigh mé, gurb é an chéim is fearr a d'fhéadfainn a ghlacadh i dtreo mé féin a dhéanamh neamhchoitianta ná gach rud a bhí ar eolas aici a fháil amach as Biddy. De bhun an choincheapa lonrúil seo luaigh mé le Biddy nuair a chuaigh mé go dtí an tUasal Wopsle's mór-aintín san oíche, go raibh cúis ar leith agam ar mian leo dul ar aghaidh sa saol, agus gur chóir dom a bhraitheann dualgas an-mhór di más rud é go mbeadh sí impart go léir a fhoghlaim dom. Dúirt Biddy, a bhí ar an dream ba mhó a chuir dualgas ar chailíní, go ndéanfadh sí, agus go deimhin thosaigh sí ag déanamh a gealltanais laistigh de chúig nóiméad.

Is féidir an scéim Oideachais nó an Cúrsa a bhunaigh aintín mór an Uasail Wopsle a réiteach sa achoimre seo a leanas. D'ith na daltaí úlla agus chuir siad tuí síos ar dhroim a chéile, go dtí gur bhailigh aintín mór an Uasail Wopsle a fuinneamh, agus rinne siad totter neamh-idirdhealaitheach orthu le slat beithe. Tar éis dóibh an chúis a fháil le gach marc derision, tháinig na daltaí le chéile ar líne agus rith siad leabhar clibeáilte ó láimh go lámh. Bhí aibítir sa leabhar, roinnt figiúirí agus táblaí, agus beagán litrithe,—is é sin le rá, bhí uair amháin aige. Chomh luath agus a thosaigh an méid seo ag scaipeadh, thit aintín mór an Uasail Wopsle isteach i stát cóma, ag eascairt as codladh nó paroxysm réamatach. Chuaigh na daltaí isteach eatarthu féin ansin ar scrúdú iomaíoch ar ábhar Boots, d'fhonn a fháil amach cé a d'fhéadfadh an ceann is deacra a fháil ar a bharraicíní. Mhair an cleachtadh meabhrach seo go dtí go ndearna Biddy deifir orthu agus scaip sé trí Bhíobla aghlot (múnlaithe amhail is dá mba rud é go raibh siad gearrtha go neamhbhalbh as deireadh chump rud éigin), níos neamhdhlisteanach clóite ar an gcuid is fearr ná aon fiosrachtaí litríochta ar bhuail mé leo ó shin, speckled ar fud le ironmould, agus a bhfuil eiseamail éagsúla den domhan feithidí smashed idir a nduilleoga. De ghnáth, lasadh an chuid seo den Chúrsa ag roinnt comhraic aonair idir biddy agus mic léinn teasfhulangacha. Nuair a bhí na troideanna thart, thug Biddy amach líon na leathanach, agus ansin léigh muid go léir os ard cad a d'fhéadfaimis,—nó cad nach raibh muid in ann-i gcurfá scanrúil; Biddy i gceannas le guth ard, shrill, monotonous, agus aon duine againn a bhfuil an coincheap is lú de, nó urraim do, cad a bhí á léamh againn faoi. Nuair a bhí mhair an gleo

Uafásach am áirithe, dhúisigh sé go meicniúil mór-aintín an Uasail Wopsle, a staggered ag buachaill fortuitously, agus tharraing a chluasa. Tuigeadh go gcuirfeadh sé sin deireadh leis an gCúrsa um thráthnóna, agus tháinig muid chun cinn san aer le bua intleachtúil. Is cóir a rá nach raibh aon chosc ar aon dalta siamsaíocht a thabhairt dó féin le scláta nó fiú leis an dúch (nuair a bhí aon cheann ann), ach nach raibh sé éasca an brainse staidéir sin a shaothrú i séasúr an gheimhridh, mar gheall ar an siopa beag ginearálta ina raibh na ranganna holden-agus a bhí freisin seomra suí mór-aintín an Uasail Wopsle agus bedchamber-á ach soilsithe go faintly trí ghníomhaireacht amháin coinneal snámh íseal-spirited agus gan aon snaois.

Chonacthas dom go dtógfadh sé tamall a bheith neamhchoitianta, faoi na cúinsí seo: mar sin féin, bheartaigh mé triail a bhaint as, agus an tráthnóna sin chuaigh Biddy isteach ar ár gcomhaontú speisialta, trí roinnt eolais a thabhairt óna catalóg bheag Praghsanna, faoi cheann siúcra tais, agus mé a thabhairt ar iasacht, chun cóip a dhéanamh sa bhaile, sean-Bhéarla D mór a rinne sí aithris air ó cheannteideal nuachtáin éigin, agus a cheap mé, go dtí gur inis sí dom cad a bhí ann, a bheith ina dhearadh do bhúcla.

Ar ndóigh bhí teach tábhairne sa sráidbhaile, agus ar ndóigh thaitin sé le Seosamh uaireanta a phíopa a chaitheamh ann. Fuair mé orduithe dochta ó mo dheirfiúr chun glaoch air ag an Three Jolly Bargemen, an tráthnóna sin, ar mo bhealach ón scoil, agus é a thabhairt abhaile ag mo pholladh. Chun na Trí Jolly Bargemen, dá bhrí sin, d'ordaigh mé mo chéimeanna.

Bhí beár ag na Jolly Bargemen, le roinnt scóranna cailc scanrúil fada ann ar an mballa ar thaobh an dorais, rud a chonacthas dom nár íocadh riamh as. Bhí siad ann riamh ó bhí mé in ann cuimhneamh, agus d'fhás mé níos mó ná mar a bhí agam. Ach bhí roinnt cailc faoinár dtír, agus b'fhéidir nach raibh deis ar bith ag na daoine é a chur san áireamh.

Oíche Dé Sathairn a bhí ann, fuair mé amach go raibh an tiarna talún ag féachaint sách gruama ar na taifid seo; ach de réir mar a bhí mo ghnó le Joe agus ní leis, ghuigh mé ach tráthnóna maith air, agus rith sé isteach sa seomra coiteann ag deireadh an phasáiste, áit a raibh tine cistine geal mór, agus áit a raibh Joe ag caitheamh tobac a phíopa i gcuideachta leis an Uasal Wopsle agus strainséir. Bheannaigh Joe dom mar is gnách le "Halloa, Pip, sean-CHAP!" agus an nóiméad a dúirt sé sin, chas an strainséir a cheann agus d'fhéach sé orm.

Fear rúnda a bhí ann nach bhfaca mé riamh cheana. Bhí a cheann go léir ar thaobh amháin, agus bhí ceann dá shúile leath dúnta suas, amhail is dá mbeadh sé ag cur aidhm ar rud éigin le gunna dofheicthe. Bhí píopa ina bhéal aige, agus thóg sé amach é, agus, tar éis dó a dheatach go léir a shéideadh go mall agus ag féachaint go crua orm an t-am ar fad, chrom sé. Mar sin, Chlaon mé, agus ansin chlaon sé arís, agus rinne sé seomra ar an socrú in aice leis go mb'fhéidir go suífinn síos ann.

Ach de réir mar a bhí mé cleachtaithe le suí in aice le Joe aon uair a tháinig mé isteach san áit saoire sin, dúirt mé "Níl, go raibh maith agat, a dhuine uasail," agus thit mé isteach sa spás a rinne Joe dom ar an socrú eile. An fear aisteach, tar éis glancing ag Joe, agus nuair a chonaic sé go raibh a aird gafa ar shlí eile, Chlaon sé liom arís nuair a bhí mo shuíochán tógtha agam, agus ansin chuimil sé a chos-ar bhealach an-chorr, mar a bhuail sé mé.

"Bhí tú ag rá," arsa an fear aisteach, ag casadh ar Sheosamh, "gur gabha a bhí ionat."

"Tá. Dúirt mé é, tá a fhios agat," arsa Joe.

"Cad a ólfaidh tú, a Uasail.—? Níor luaigh tú d'ainm, by the bye.

Luaigh Seosamh anois é, agus ghlaoigh an fear aisteach air. "Cad a ólfaidh tú, an tUasal Gargery? Ar mo chostas? Chun barr suas le? "

"Bhuel," arsa Joe, "chun an fhírinne a insint duit, níl mé i bhfad ar nós an óil ar chostas aon duine ach mo chuid féin."

"Nós? Níl," ar ais an strainséir, "ach uair amháin agus ar shiúl, agus ar oíche Dé Sathairn freisin. Tar! Cuir ainm air, an tUasal Gargery.

"Níor mhaith liom a bheith ina chuideachta righin," arsa Joe. "Rum."

"Rum," arís agus arís eile ar an strainséir. "Agus beidh an fear uasal eile a thionscnamh sentiment."

"Rum," a dúirt an tUasal Wopsle.

"Trí Rums!" Adeir an strainséir, ag glaoch ar an tiarna talún. "Gloiní cruinn!"

"Seo fear uasal eile," faoi deara Joe, trí thabhairt isteach an tUasal Wopsle, "Is fear uasal gur mhaith leat a chloisteáil a thabhairt amach. Ár gcléireach san eaglais."

"Aha!" A dúirt an strainséir, go tapa, agus cocking a shúil ag dom. "An séipéal uaigneach, díreach amach ar na riasca, le huaigheanna thart air!"

"Sin é," arsa Seosamh.

Chuir an strainséir, le cineál compordach grunt thar a phíopa, a chosa suas ar an socrú a bhí aige dó féin. Chaith sé hata taistealaí leathan-brimmed, agus faoi sé ciarsúr ceangailte thar a cheann ar an modh caipín: ionas gur léirigh sé aon ghruaig.

Agus é ag féachaint ar an tine, shíl mé go bhfaca mé léiriú cunning, agus leath-gáire ina dhiaidh sin, teacht isteach ina aghaidh.

"Níl aithne agam ar an tír seo, a dhaoine uaisle, ach is cosúil gur tír sholitary í i dtreo na habhann."

"Tá an chuid is mó de na riasca solitary," a dúirt Joe.

"Gan dabht, gan amhras. An bhfaigheann tú aon ghiofóga, anois, nó trampaí, nó vagrants de chineál ar bith, amuigh ansin?

"Níl," arsa Seosamh; "Níl aon duine ach daoránach rúidbhealach anois is arís. Agus ní fhaigheann muid *iad*, éasca. Eh, an tUasal Wopsle?

An tUasal Wopsle, le cuimhneachán maorga ar shean-discomfiture, aontaithe; ach ní go te.

"Dealraíonn sé go raibh tú amach tar éis a leithéid?" a d'fhiafraigh an strainséir.

"Uair amháin," ar ais Joe. "Ní go raibh muid ag iarraidh iad a ghlacadh, tuigeann tú; chuamar amach mar a bheifeá ag breathnú air; mise, agus an tUasal Wopsle, agus Pip. Nach raibh muid, Pip?"

"Sea, a Sheosaimh."

D'fhéach an strainséir orm arís,-fós ag cogarnaíl a shúil, amhail is dá mbeadh sé ag cur aidhm go sainráite orm lena ghunna dofheicthe,-agus dúirt sé, "Is dócha gur beartán óg cnámha é sin. Cad é a ghlaonn tú air?

"Pip," arsa Seosamh.

"Pip Christened?"

"Níl, ní christened Pip."

"Sloinne Pip?"

"Níl," arsa Joe, "is cineál ainm teaghlaigh é an rud a thug sé air féin nuair a bhí sé ina naíonán, agus glaoitear air."

"Mac leatsa?"

"Bhuel," a dúirt Joe, go machnamhach, ní, ar ndóigh, go bhféadfadh sé a bheith riachtanach ar bhealach ar bith machnamh a dhéanamh air, ach toisc go raibh sé ar an mbealach ag an Jolly Bargemen is cosúil a mheas go domhain faoi gach rud a pléadh thar píopaí,-"Bhuel-aon. Níl, níl sé.

"Nevvy?" arsa an fear aisteach.

"Bhuel," arsa Joe, agus an chuma chéanna air go bhfuil cogitation as cuimse air, "níl sé—níl, gan dallamullóg a chur ort, níl sé—mo nevvy."

"Cad é na Blazes Gorm é?" D'iarr an strainséir. Rud a chonacthas dom a bheith ina fhiosrúchán ar neart gan ghá.

Bhuail an tUasal Wopsle isteach air sin; mar dhuine a raibh a fhios aige go léir faoi chaidrimh, ag ócáid ghairmiúil a choinneáil i gcuimhne cén caidreamh baineann nach bhféadfadh fear pósadh; agus nocht sé na ceangail idir mé féin agus Joe. Tar éis a lámh i, chríochnaigh an tUasal Wopsle amach le sliocht is terrifically snarling ó Richard an Tríú, agus an chuma a cheapann go raibh déanta aige go leor go leor chun cuntas a thabhairt air nuair a dúirt sé, "-mar a deir an file."

Agus anseo is féidir liom a rá go nuair a thagair an tUasal Wopsle dom, mheas sé go raibh sé mar chuid riachtanach den tagairt sin a rumple mo chuid gruaige agus poke sé isteach i mo shúile. Ní féidir liom a cheapadh cén fáth gur chóir do gach duine dá sheasamh a thug cuairt ar ár dteach mé a chur tríd an bpróiseas athlastacha céanna i gcónaí faoi chúinsí den chineál céanna. Ach ní dóigh liom go raibh mé riamh i m'óige níos luaithe mar ábhar cainte inár gciorcal teaghlaigh shóisialta, ach ghlac duine mór éigin céimeanna ophthalmic den sórt sin chun pátrúnacht a dhéanamh orm.

An t-am seo ar fad, d'fhéach an fear aisteach ar aon duine ach mise, agus d'fhéach sé orm amhail is dá mbeadh sé meáite ar lámhaigh a bheith aige orm faoi dheireadh, agus mé a thabhairt síos. Ach ní dúirt sé tada tar éis dó a bhreathnóireacht Blue Blazes a thairiscint, go dtí gur tugadh spéaclaí rum agus uisce; agus ansin rinne sé a lámhaigh, agus lámhaigh is neamhghnách a bhí sé.

Ní ráiteas briathartha a bhí ann, ach imeacht i seó balbh, agus cuireadh in iúl dom é. Chorraigh sé a rum agus dhírigh an t-uisce go pointeáilte orm, agus bhlais sé a rum agus a uisce go pointeáilte orm. Agus chorraigh sé é agus bhlais sé é; ní le spúnóg a tugadh dó, ach *le comhad*.

Rinne sé é seo ionas nach bhfaca aon duine ach mé an comhad; agus nuair a bhí sé déanta aige wiped sé an comhad agus é a chur i gcíoch-phóca. Bhí a fhios agam gur comhad Joe a bhí ann, agus bhí a fhios agam go raibh aithne aige ar mo chiontú, an nóiméad a chonaic mé an ionstraim. Shuigh mé gazing air, spellbound. Ach reclined sé anois ar a réiteach, ag cur fógra an-beag de dom, agus ag caint go príomha faoi tornapaí.

Bhí mothú blasta glantacháin agus sos ciúin a dhéanamh sula ndeachaigh sé ar aghaidh sa saol as an nua, sa sráidbhaile oíche Dé Sathairn, rud a spreag Joe chun fanacht amach leathuair an chloig níos faide ar an Satharn ná ag amanna eile. An leathuair an chloig agus an rum agus an t-uisce ag rith amach le chéile, d'éirigh Joe le dul, agus thóg sé leis an láimh mé.

"Stop leath nóiméad, an tUasal Gargery," a dúirt an fear aisteach. "Sílim go bhfuil mé fuair scilling nua geal áit éigin i mo phóca, agus má tá mé, beidh an buachaill é."

D'fhéach sé amach as dornán beag athraithe, fillte sé i bpáipéar crumpled éigin, agus thug sé dom é. "Mise!" ar seisean. "Cuimhnigh! Do chuid féin."

Ghabh mé buíochas leis, ag stánadh air i bhfad níos faide ná teorainneacha deabhéasa, agus ag coinneáil daingean le Joe. Thug sé Joe dea-oíche, agus thug sé an tUasal Wopsle dea-oíche (a chuaigh amach le linn), agus thug sé dom ach breathnú lena súil aidhm, - ní aon, ní breathnú, do dhún sé suas é, ach is féidir wonders a dhéanamh le súil ag hiding é.

Ar an mbealach abhaile, má bhí mé i greann le haghaidh caint, caithfidh an chaint a bheith ar fad ar mo thaobh, do scar an tUasal Wopsle uainn ag doras an Jolly Bargemen, agus chuaigh Joe an bealach ar fad abhaile lena bhéal oscailte leathan, chun an rum a shruthlú amach leis an oiread aeir agus is féidir. Ach bhí mé ar bhealach stupefied ag an casadh suas de mo misdeed d'aois agus seanacquaintance, agus d'fhéadfadh smaoineamh ar rud ar bith eile.

Ní raibh mo dheirfiúr i meon an-dona nuair a chuir muid muid féin i láthair sa chistin, agus spreagadh Joe ag an imthoisc neamhghnách sin chun insint di faoin scilling gheal. "A bad un, I'll be bound," a dúirt Mrs Joe go buacach, "nó ní thabharfadh sé don bhuachaill é! Féachaimis air.

Thóg mé amach as an bpáipéar é, agus bhí sé ina cheann maith. "Ach cad é seo?" A dúirt Mrs Joe, throwing síos an scilling agus teacht suas an páipéar. "Dhá nóta Aon-Phunt?"

Ní raibh rud ar bith níos lú ná dhá nóta saille ag sweltering aon phunt a bhí ar an chuma a bhí ar an dlúthchaidreamh is teo leis na margaí eallaigh go léir sa chontae. Rug Seosamh ar a hata arís, agus rith sé leo go dtí na Jolly Bargemen chun iad a chur ar ais chuig a n-úinéir. Nuair a bhí sé imithe, shuigh mé síos ar mo stól is gnách agus d'fhéach mé go folamh ar mo dheirfiúr, ag mothú cinnte go leor nach mbeadh an fear ann.

Faoi láthair, tháinig Joe ar ais, ag rá go raibh an fear imithe, ach gur fhág sé féin, Joe, focal ag na Three Jolly Bargemen maidir leis na nótaí. Ansin shéalaigh mo dheirfiúr iad i bpíosa páipéir, agus chuir sí faoi roinnt duilleoga róis triomaithe iad i taephota ornáideach ar bharr preasa sa pharlús stáit. D'fhan siad ann, tromluí dom, go leor agus go leor oíche agus lá.

Bhí mé briste brónach codlata nuair a fuair mé a chodladh, trí smaoineamh ar an fear aisteach ag cur aidhm ag dom lena gunna dofheicthe, agus ar an garbh guiltily agus rud coitianta a bhí sé, a bheith ar théarmaí rúnda comhcheilge le daoránach,-gné i mo ghairm bheatha íseal go raibh dearmad déanta agam roimhe sin. Bhí mé ciaptha ag an gcomhad freisin. A dread possessed dom go nuair a bhí mé ag súil ar a laghad é, bheadh an comhad reappear. Chuir mé mé féin a chodladh ag smaoineamh ar Miss Havisham's, Dé Céadaoin seo chugainn; agus i mo chodladh chonaic mé an comhad ag teacht orm amach as doras, gan féachaint cé a bhí ann, agus scread mé féin ina dhúiseacht.

Caibidil XI.

Ag an am ceaptha d'fhill mé ar Miss Havisham's, agus thug mo fháinne hesitating ag an ngeata Estella amach. Chuir sí faoi ghlas é tar éis di mé a admháil, mar a rinne sí roimhe seo, agus arís tháinig sí romham isteach sa phasáiste dorcha ina raibh a coinneal. Níor thug sí aon fhógra dom go dtí go raibh an choinneal ina láimh aici, nuair a d'fhéach sí thar a gualainn, ag rá go superciliously, "Tá tú chun teacht ar an mbealach seo go lá," agus thóg mé go leor eile den teach.

Bhí an pasáiste fada, agus an chuma air go raibh íoslach cearnach iomlán Theach an Mhainéir ina luí. Thrasnaigh muid ach taobh amháin den chearnóg, áfach, agus ag a deireadh stop sí, agus chuir sí a coinneal síos agus d'oscail doras. Anseo, tháinig solas an lae ar ais, agus fuair mé mé féin i gclós beag pábháilte, a raibh teach cónaithe scoite ar an taobh eile de, a d'fhéach amhail is dá mba le bainisteoir nó le príomhchléireach na grúdlainne a bhí imithe in éag é tráth. Bhí clog i mballa seachtrach an tí seo. Cosúil leis an gclog i seomra Miss Havisham, agus cosúil le faire Miss Havisham, stop sé ag fiche nóiméad go dtí a naoi.

Chuamar isteach ag an doras, a sheas ar oscailt, agus isteach i seomra gruama le síleáil íseal, ar urlár na talún ar chúl. Bhí roinnt cuideachta sa seomra, agus dúirt Estella liom mar a chuaigh sí leis, "Tá tú chun dul agus seasamh ann buachaill, till tá tú ag iarraidh." "Tá", a bheith ar an fhuinneog, thrasnaigh mé dó, agus sheas "ann," i staid an-míchompordach intinne, ag féachaint amach.

D'oscail sé ar an talamh, agus d'fhéach sé isteach i gcúinne is olc den ghairdín a ndearnadh faillí air, ar fhothrach céim de ghais cabáiste, agus crann bosca amháin a bhí clipped bhabhta fada ó shin, cosúil le maróg, agus bhí fás nua ar a bharr, as cruth agus dath difriúil, amhail is dá mbeadh an chuid sin den maróg greamaithe leis an sáspan agus fuair dóite. Ba é seo mo smaoineamh homely, mar a shamhlaigh mé an bosca-crann. Bhí sneachta éadrom ann, thar oíche, agus ní raibh aon áit eile ar m'eolas; ach, ní raibh sé leáite go leor ó scáth fuar an ghiotáin ghairdín seo, agus rug an ghaoth air in eddies beag agus chaith sé ag an bhfuinneog é, amhail is gur chuir sé as dom teacht ann.

Dúirt mé gur stop mo theacht comhrá sa seomra, agus go raibh na háitritheoirí eile ag féachaint orm. Ní raibh mé in ann aon rud den seomra a fheiceáil ach amháin lonrachas na tine i ngloine na fuinneoige, ach stiffened mé i ngach mo joints leis an chonaic go raibh mé faoi iniúchadh gar.

Bhí triúr ban sa seomra agus fear uasal amháin. Sula raibh mé i mo sheasamh ag an bhfuinneog cúig nóiméad, chuir siad in iúl dom ar bhealach go raibh siad go léir toadies agus humbugs, ach gur lig gach duine acu gan a fhios go raibh na daoine eile toadies agus humbugs: mar gheall ar an admháil go raibh a fhios aige nó aici é, bheadh déanta dó nó di amach a bheith ina toady agus humbug.

Bhí aer gan liosta agus dreary acu go léir ag fanacht le pléisiúr duine éigin, agus b'éigean don chuid is mó cainte de na mná labhairt go docht chun yawn a chur faoi chois. Chuir an bhean seo, a raibh Camilla mar ainm uirthi, i gcuimhne dom mo dheirfiúr, leis an difríocht go raibh sí níos sine, agus (mar a fuair mé nuair a rug mé radharc uirthi) de theilgthe blunter de ghnéithe. Go deimhin, nuair a bhí aithne níos fearr agam uirthi thosaigh mé ag smaoineamh gur Trócaire a bhí inti a raibh aon ghnéithe aici ar chor ar bith, mar sin bhí balla marbh a héadain an-bhán agus ard.

"Anam daor bocht!" arsa an bhean seo, le tobann slí go leor mo dheirfiúr. "Namhaid aon duine ach a chuid féin!"

"Bheadh sé i bhfad níos inmholta a bheith ina namhaid ag duine éigin eile," arsa an fear uasal; "I bhfad níos nádúrtha."

"Col ceathrair Raymond," a thug bean eile faoi deara, "tá muid chun grá a thabhairt dár gcomharsa."

"Sarah Pocket," a d'fhill Col ceathrair Raymond, "mura comharsa dá chuid féin é fear, cé hé?"

Rinne Miss Pocket gáire, agus rinne Camilla gáire agus dúirt sí (ag seiceáil yawn), "An smaoineamh!" Ach shíl mé go raibh an chuma orthu gur smaoineamh maith a bhí ann freisin. Dúirt an bhean eile, nár labhair go fóill, go huafásach agus go emphatically, "*An-fíor*!"

"Anam bocht!" Chuaigh Camilla ar aghaidh faoi láthair (bhí a fhios agam go raibh siad ar fad ag féachaint orm idir an dá linn), "tá sé chomh aisteach sin! An gcreidfeadh éinne, nuair a fuair bean chéile Thomáis bás, nach bhféadfaí é a spreagadh i ndáiríre chun an tábhacht a bhaineann leis na páistí a bheith ar an ngannchuid is doimhne dá mbrón? 'A Thiarna Mhaith!' a deir sé, 'Camilla, cad is féidir leis a chur in iúl fad is atá na rudaí beaga méala bochta dubh?' Mar sin, cosúil le Matthew! An smaoineamh!

"Pointí maithe ann, pointí maithe ann," a dúirt Col ceathrair Raymond; "Neamh forbid ba chóir dom a dhiúltú pointí maithe i dó; ach ní raibh aon chiall aige riamh, agus ní bheidh aige riamh, aon chiall a bhaint as na cuibheas."

"Tá a fhios agat go raibh dualgas orm," arsa Camilla,—"bhí dualgas orm a bheith daingean. Dúirt mé, 'NÍ DHÉANFAIDH SÉ, chun creidmheas an teaghlaigh.' Dúirt mé leis, gan bearradh domhain, go raibh náire ar an teaghlach. Chaoin mé faoi ón mbricfeasta go dtí an dinnéar. Ghortaigh mé mo dhíleá. Agus ar deireadh flung sé amach ina bhealach foréigneach, agus dúirt sé, le D, 'Ansin a dhéanamh mar is mian leat.' Go raibh maith agat Goodness beidh sé i gcónaí ina sólás dom a fhios go ndeachaigh mé láithreach amach i báisteach stealladh agus cheannaigh na rudaí."

"D'íoc sé astu, nach raibh?" a d'fhiafraigh Estella.

"Ní hí an cheist, mo leanbh daor, a d'íoc astu," a d'fhill Camilla. "Cheannaigh *mé* iad. Agus is minic a smaoineoidh mé air sin le síocháin, nuair a dhúiseoidh mé san oíche."

An fáinne de clog i bhfad i gcéin, in éineacht leis an macalla de roinnt caoin nó glaoch ar feadh an sliocht ag a tháinig mé, isteach ar an gcomhrá agus ba chúis Estella a rá liom, "Anois, buachaill!" Ar mo bhabhta casadh, d'fhéach siad go léir orm leis an díspeagadh is mó, agus, mar a chuaigh mé amach, chuala mé Sarah Pocket ag rá, "Bhuel tá mé cinnte! Cad é seo chugainn!" agus Camilla cuir, le fearg, "An raibh riamh den sórt sin mhaisiúil! An i-de-a!"

Agus muid ag dul lenár gcoinneal ar feadh an phasáiste dhorcha, stop Estella go tobann, agus, os comhair babhta, dúirt sí ina bealach blasta, lena aghaidh gar go leor dom,—

"Bhuel?"

"Bhuel, a chailleann?" D'fhreagair mé, beagnach ag titim os a cionn agus ag seiceáil mé féin.

Sheas sí ag féachaint orm, agus, ar ndóigh, sheas mé ag féachaint uirthi.

"An bhfuil mé go deas?"

"Tá; Sílim go bhfuil tú an-deas."

"An masla mé?"

"Níl an oiread sin mar a bhí tú an uair dheireanach," arsa mise.

"Nach bhfuil an oiread sin mar sin?"

"Níl."

Scaoil sí nuair a chuir sí an cheist dheireanach, agus shleamhnaigh sí m'aghaidh le cibé fórsa a bhí aici, nuair a d'fhreagair mé é.

"Anois?" ar sise. "Tá tú ollphéist beag garbh, cad a cheapann tú de dom anois?"

"Ní inseoidh mé duit."

"Toisc go bhfuil tú ag dul a insint thuas staighre. An é sin é?"

"Níl," arsa mise, "ní hé sin é."

"Cén fáth nach bhfuil tú ag caoineadh arís, tú wretch beag?"

"Mar ní bheidh mé ag caoineadh ar do shon arís," arsa mise. Cé acu a bhí, is dócha, chomh bréagach le dearbhú mar a rinneadh riamh; óir bhí mé ag caoineadh isteach uirthi ansin, agus tá a fhios agam cad atá ar eolas agam faoin bpian a chosain sí orm ina dhiaidh sin.

Chuamar ar ár mbealach thuas staighre i ndiaidh na heachtra seo; agus, de réir mar a bhí muid ag dul suas, bhuaileamar le fear uasal ag groping a bhealach síos.

"Cé againn anseo?" a d'fhiafraigh an fear uasal, ag stopadh agus ag féachaint orm.

"Buachaill," arsa Estella.

Bhí sé ina fhear burly de complexion exceedingly dorcha, le ceann exceedingly mór, agus lámh mhór comhfhreagrach. Thóg sé mo smig ina láimh mhór agus chas sé suas m'aghaidh le súil a chaitheamh orm le solas na coinneal. Bhí sé maol roimh am ar bharr a chinn, agus bhí malaí dubha sceirdiúla aige nach luífeadh síos ach a sheas suas bristling. Bhí a shúile leagtha an-domhain ina cheann, agus bhí siad géar agus amhrasach. Bhí slabhra mór faire aige, agus poncanna láidre dubha ina mbeadh a fhéasóg agus a uisce beatha dá ligfeadh sé dóibh. Bhí sé rud ar bith dom, agus d'fhéadfadh mé go raibh aon fadbhreathnaitheacht ansin, go mbeadh sé riamh rud ar bith dom, ach tharla sé go raibh mé an deis seo chun breathnú air go maith.

"Buachaill na comharsanachta? Hey?" ar seisean.

"Sea, a dhuine uasail," arsa mise.

"Conas a *thagann tú* anseo?"

"Chuir Iníon Havisham chugam, a dhuine uasail," a mhínigh mé.

"Bhuel! Tú féin a iompar. Tá taithí an-mhór agam ar bhuachaillí, agus is drochshraith comhaltaí tú. Anois aigne!" A dúirt sé, biting an taobh a forefinger mór mar frowned sé ag dom, "tú féin a iompar!"

Leis na focail sin, scaoil sé liom-a raibh áthas orm, as a lámh smelt de gallúnach scented-agus chuaigh sé a bhealach thíos staighre. N'fheadar an bhféadfadh sé a bheith ina dhochtúir; ach ní hea, shíl mé; ní fhéadfadh sé a bheith ina dhochtúir, nó bheadh bealach níos ciúine agus níos áitithí aige. Ní raibh mórán ama ann chun an t-ábhar a mheas, mar bhí muid go luath i seomra Miss Havisham, áit a raibh sí féin agus gach rud eile díreach mar a d'fhág mé iad. D'fhág Estella mé i mo sheasamh in aice leis an doras, agus sheas mé ansin go dtí gur chaith Iníon Havisham a súile orm ón mbord feistis.

"Mar sin!" a dúirt sí, gan geit ná iontas a bheith uirthi: "tá na laethanta caite ar shiúl, an bhfuil siad?"

"Sea, ma'am. Is é an lá atá ann—"

"Tá, tá, ann!" le gluaiseacht mífhoighneach a méara. "Níl mé ag iarraidh a fháil amach. An bhfuil tú réidh le himirt?"

Bhí dualgas orm freagra a thabhairt i mearbhall éigin, "Ní dóigh liom go bhfuil mé, ma'am."

"Níl ag cártaí arís?" a d'éiligh sí, le cuma chuardaigh.

"Sea, ma'am; D'fhéadfainn é sin a dhéanamh, dá mba mhian liom."

"Ós rud é go mbuaileann an teach seo sean agus uaigh ort, a bhuachaill," arsa Iníon Havisham, go mífhoighneach, "agus nach bhfuil tú sásta imirt, an bhfuil tú sásta obair a dhéanamh?"

D'fhéadfainn an fiosrúchán seo a fhreagairt le croí níos fearr ná mar a bhí mé in ann teacht ar an gceist eile, agus dúirt mé go raibh mé sásta go leor.

"Ansin téigh isteach sa seomra os coinne," a dúirt sí, ag díriú ar an doras taobh thiar dom lena lámh withered, "agus fanacht ann till teacht mé."

Thrasnaigh mé tuirlingt an staighre, agus isteach sa seomra a thug sí le fios. Ón seomra sin, freisin, fágadh solas an lae as an áireamh go hiomlán, agus bhí boladh gan aer ann a bhí leatromach. Bhí tine curtha le déanaí kindled sa gráta taise sean-aimseartha, agus bhí sé níos mó a dhiúscairt chun dul amach ná a dhó suas, agus an deatach drogallach a crochadh sa seomra chuma níos fuaire ná an t-aer níos soiléire,-cosúil lenár ceo riasc féin. Las craobhacha áirithe de choinnle ar an simléar ard an seomra go fann; nó bheadh sé níos sainráite a rá, trioblóideacha faintly a dorchadas. Bhí sé fairsing, agus dare liom a rá go raibh uair amháin dathúil, ach bhí gach rud discernible ann clúdaithe le deannach agus múnla, agus dropping le píosaí. Ba é an rud ba shuntasaí ná bord fada agus éadach boird scaipthe air, amhail is go raibh féasta á ullmhú nuair a stop an teach agus na cloig go léir le chéile. Bhí epergne nó lárphíosa de chineál éigin i lár an éadaigh seo; bhí sé chomh mór sin overhung le cobwebs go raibh a fhoirm go leor undistinguishable; agus, de réir mar a d'fhéach mé ar an fairsinge buí as ar cuimhin liom go raibh sé ag fás, cosúil le fungas dubh, chonaic mé damháin alla speckle-legged le comhlachtaí blotchy ag rith abhaile dó, agus ag rith amach as, amhail is dá mbeadh roinnt cúinsí den tábhacht phoiblí is mó díreach tar éis transpired sa phobal Spider.

Chuala mé na lucha freisin, ag creathadh taobh thiar de na painéil, amhail is go raibh an rud céanna tábhachtach dá leasanna. Ach níor thug na ciaróga dubha aon aird ar an chorraíl, agus groped mar gheall ar an teallach ar bhealach scothaosta ponderous, amhail is dá mba gearr-radharcach agus deacair éisteacht, agus ní ar théarmaí lena chéile.

Bhí na rudaí crawling fascinated mo aird, agus bhí mé ag breathnú orthu ó fad, nuair a leag Miss Havisham lámh ar mo ghualainn. Ina láimh eile bhí sí bata crutch-i gceannas ar a chlaon sí, agus d'fhéach sí cosúil leis an Cailleach na háite.

"Seo," ar sise, ag díriú ar an mbord fada lena maide, "an áit a leagfar mé nuair a bheidh mé marbh. Tiocfaidh siad agus breathnóidh siad orm anseo."

Le roinnt misgiving doiléir go bhféadfadh sí a fháil ar an tábla ansin agus ansin agus bás ag an am céanna, an réadú iomlán ar an obair chéarach ghastly ag an Aonach, shrank mé faoina dteagmháil.

"Cad é do bharúil é sin?" a d'fhiafraigh sí díom, arís ag pointeáil lena maide; "Sin, cá bhfuil na cobwebs sin?"

"Ní féidir liom buille faoi thuairim cad é, ma'am."

"Is císte iontach é. Cáca bríde. Mianach!

D'fhéach sí ar fud an tseomra ar bhealach glaring, agus ansin dúirt sé, leaning ar dom agus a lámh twitched mo ghualainn, "Tar, teacht, teacht! Siúil liom, siúl liom!

Rinne mé amach as seo, go raibh an obair a bhí le déanamh agam, chun siúl Miss Havisham bhabhta agus thart ar an seomra. Dá réir sin, thosaigh mé ag an am céanna, agus chlaon sí ar mo ghualainn, agus chuaigh muid ar shiúl ag luas a d'fhéadfadh a bheith ina bréige (bunaithe ar mo chéad impulse faoin díon sin) de chaise-cart an Uasail Pumblechook.

Ní raibh sí láidir go fisiciúil, agus tar éis tamaillín dúirt sí, "Níos moille!" Fós féin, chuaigh muid ar luas oiriúnach mífhoighneach, agus de réir mar a chuaigh muid, tharraing sí an lámh ar mo ghualainn, agus d'oibrigh sí a béal, agus thug sé orm a chreidiúint go raibh muid ag dul go tapa toisc go ndeachaigh a smaointe go tapa. Tar éis tamaill dúirt sí, "Call Estella!" mar sin chuaigh mé amach ar an tuirlingt agus roared an t-ainm sin mar a bhí déanta agam ar an ócáid roimhe sin. Nuair a bhí a solas le feiceáil, d'fhill mé ar Miss Havisham, agus thosaigh muid ar shiúl arís thart agus timpeall an tseomra.

Mura mbeadh ach Estella tagtha chun bheith ina lucht féachana ar ár n-imeachtaí, ba cheart go mbeadh mé míshásta go leor; ach mar a thug sí léi an triúr ban agus an fear uasal a chonaic mé thíos, ní raibh a fhios agam cad ba cheart a dhéanamh. I mo bhéasaíocht, stopfainn; ach chuir Iníon Havisham mo ghualainn, agus chuir muid suas ar,-le chonaic náire-aghaidh ar mo thaobh go mbeadh siad ag smaoineamh go raibh sé ar fad mo dhéanamh.

"A Iníon Havisham a chara," a dúirt Miss Sarah Pocket. "Cé chomh maith is a fhéachann tú!"

"Ní féidir liom," ar ais Miss Havisham. "Is craiceann buí agus cnámh mé."

Gheal Camilla nuair a bhuail Miss Pocket leis an rebuff seo; agus murmured sí, mar a shamhlaigh sí plaintively Miss Havisham, "Anam daor bocht! Cinnte gan a bheith ag súil le breathnú go maith, rud bocht. An smaoineamh!

"Agus cén chaoi a bhfuil *tú*?" arsa Iníon Havisham le Camilla. Agus muid gar do Camilla ansin, stopfainn mar ábhar ar ndóigh, ní stopfadh ach Miss Havisham. Scuabamar ar aghaidh, agus mhothaigh mé go raibh mé an-obnoxious go Camilla.

"Go raibh maith agat, Iníon Havisham," a d'fhill sí, "Tá mé chomh maith agus is féidir a bheith ag súil leis."

"Cén fáth, cad é an t-ábhar a bhfuil tú?" D'iarr Miss Havisham, le níos mó ná sharpness.

"Ní fiú aon rud a lua," a d'fhreagair Camilla. "Níl mé ag iarraidh taispeántas a dhéanamh de mo chuid mothúchán, ach de ghnáth smaoinigh mé ort níos mó san oíche ná mar atá mé cothrom go leor leis."

"Ansin ná smaoinigh orm," arsa Iníon Havisham.

"An-éasca a dúirt!" Arsa Camilla, amiably repressing sob, agus tháinig hitch isteach ina liopa uachtarach, agus a deora overflowed. "Is finné é Raymond ar an sinséar agus an sal luaineach a bhfuil dualgas orm a ghlacadh san oíche. Is finné é Raymond cad iad na jerkings neirbhíseach atá agam i mo chosa. Ní haon rud nua dom tachtadh agus jerkings neirbhíseach, áfach, nuair a smaoiním le himní orthu siúd is breá liom. Dá bhféadfainn a bheith níos lú affectionate agus íogair, ba chóir dom a bheith díleá níos fearr agus sraith iarainn de nerves. Tá mé cinnte gur mian liom go bhféadfadh sé a bheith amhlaidh. Ach maidir le gan smaoineamh ort san oíche—An smaoineamh!" Anseo, pléasctha deora.

Thagair an Raymond, thuig mé gurb é an fear uasal a bhí i láthair, agus thuig mé gurb é an tUasal Camilla é. Tháinig sé chun tarrthála ag an bpointe seo, agus dúirt sé i nguth sólásach agus dea-mhéine, "Camilla, mo stór, tá a fhios go maith go bhfuil mothúcháin do theaghlaigh ag baint an bonn díot de réir a chéile sa mhéid is go ndéanann tú ceann de do chosa níos giorra ná an ceann eile."

"Níl a fhios agam," a thug mé faoi deara an bhean uaighe a raibh a guth cloiste agam ach uair amháin, "is é sin le smaoineamh ar aon duine ná éileamh mór a dhéanamh ar an duine sin, mo stór."

Iníon Sarah Pocket, a chonaic mé anois a bheith ina bean beag tirim, donn, rocach d'aois, le aghaidh bheag a d'fhéadfadh a bheith déanta as gallchnó-sliogáin, agus béal mór cosúil le cat gan na whiskers, thacaigh an seasamh seo ag rá, "Níl, go deimhin, mo daor. Hem!

"Tá sé éasca go leor smaoineamh," arsa an bhean uaighe.

"Cad atá níos éasca, tá a fhios agat?" a d'aontaigh Miss Sarah Pocket.

"Ó, sea, sea!" adeir Camilla, a raibh an chuma ar a mothúcháin choipthe go n-ardódh a cosa go dtí a bosom. "Tá sé an-fíor ar fad! Is laige é a bheith chomh geanúil sin, ach ní féidir liom cabhrú leis. Níl aon amhras ach go mbeadh mo shláinte i bhfad níos fearr dá mbeadh sé ar shlí eile, fós ní athróinn mo dhiúscairt dá bhféadfainn. Is é is cúis le go leor fulaingthe, ach is sólás é go bhfuil a fhios agam go bhfuil sé agam, nuair a dhúisím san oíche." Seo pléasctha eile mothúcháin.

Níor stop Iníon Havisham agus mé an t-am seo ar fad, ach choinnigh mé ag dul thart agus timpeall an tseomra; Anois ag scuabadh i gcoinne sciortaí na gcuairteoirí, anois ag tabhairt fad iomlán an tseomra dismal dóibh.

"Tá Matha ann!" arsa Camilla. "Ná meascadh le haon cheangal nádúrtha, riamh ag teacht anseo chun a fheiceáil conas atá Miss Havisham! Tá mé tar éis glacadh leis an tolg le mo ghearradh staylace, agus tá lain ann uair an chloig insensible, le mo cheann thar an taobh, agus mo chuid gruaige go léir síos, agus mo chosa níl a fhios agam nuair-"

("I bhfad níos airde ná do cheann, mo ghrá," a dúirt an tUasal Camilla.)

"Tá mé imithe amach sa stát sin, uaireanta agus uaireanta, mar gheall ar iompar aisteach agus dosháraithe Mhatha, agus níor ghabh aon duine buíochas liom."

"I ndáiríre caithfidh mé a rá nár chóir dom smaoineamh!" interposed an bhean uaigh.

"Feiceann tú, a stór," arsa Iníon Sarah Pocket (personage fí blandly), "is í an cheist atá le cur ort féin ná, cé leis a raibh tú ag súil le buíochas a ghabháil leat, mo ghrá?"

"Gan a bheith ag súil le haon bhuíochas, nó aon rud den saghas," arsa Camilla, "d'fhan mé sa stát sin, uaireanta agus uaireanta an chloig, agus is finné é Raymond ar a mhéid a thachtadh mé, agus cad é neamhéifeachtúlacht iomlán ginger, agus chuala mé ag an tiúnóir pianó-forte ar fud na sráide, áit a bhfuil na páistí bochta botúnach ceaptha fiú é a bheith colúir ag cooing ar fad,— agus anois le hinsint—" Anseo chuir Camilla a lámh ar a scornach, agus thosaigh sí ag éirí ceimiceach go leor maidir le comhcheangail nua a fhoirmiú ansin.

Nuair a luadh an Matthew céanna, stop Miss Havisham mé féin agus í féin, agus sheas sí ag féachaint ar an gcainteoir. Bhí tionchar mór ag an athrú seo ar cheimic Camilla a thabhairt chun críche go tobann.

"Beidh Matthew teacht agus a fheiceáil dom ar deireadh," a dúirt Iníon Havisham, sternly, "nuair a bheidh mé leagtha ar an tábla. Is é sin a áit,-ann," buailte an tábla lena bata, "ag mo cheann! Agus beidh mise ann! Agus tá d'fhear céile ann! Agus Sarah Pocket ann! Agus tá Georgiana ann! Anois tá a fhios agat go léir cá háit le do stáisiúin a thógáil nuair a thagann tú chun féasta orm. Agus anois téigh!"

Nuair a luadh gach ainm, bhuail sí an tábla lena maide in áit nua. Dúirt sí anois, "Siúil liom, siúl liom!" agus chuaigh muid ar aghaidh arís.

"Is dócha nach bhfuil aon rud le déanamh," arsa Camilla, "ach géill agus imeacht. Is rud é a chonaic an rud a bhaineann le grá agus dualgas duine ar feadh tréimhse chomh gearr sin. Beidh mé ag smaoineamh air le sásamh lionn dubh nuair a dhúisigh mé san oíche. Is mian liom go bhféadfadh Matthew a bheith ar an chompord, ach leagann sé é ag defiance. Tá rún daingean agam gan taispeántas a dhéanamh de mo chuid mothúchán, ach tá sé an-deacair a rá go bhfuil duine ag iarraidh féasta a dhéanamh ar chaidreamh duine,-amhail is dá mba Giant duine,- agus a rá le dul. An smaoineamh lom!"

An tUasal Camilla interposing, mar a leag Mrs Camilla a lámh ar a bosom heaving, ghlac an bhean sin fortitude mínádúrtha ar bhealach a cheap mé a bheith expressive ar intinn titim agus choke nuair as amharc, agus phógadh a lámh a Iníon Havisham, Bhí choimhdeacht amach. Mhaígh Sarah Pocket agus Georgiana cé ba cheart a bheith deireanach; ach bhí a fhios ag Sarah freisin go raibh sí amuigh, agus chuaigh sí thart ar Georgiana leis an sleamhain ealaíne sin go raibh dualgas ar an dara ceann tús áite a thabhairt di. Ansin rinne Sarah Pocket a héifeacht ar leith ag imeacht leis, "Bless you, Miss Havisham daor!" agus le gáire trua forgiving ar a countenance gallchnó-bhlaosc do laigí an chuid eile.

Cé go raibh Estella ar shiúl ag soilsiú síos iad, shiúil Miss Havisham fós lena lámh ar mo ghualainn, ach níos mó agus níos moille. Ar deireadh stop sí roimh an tine, agus dúirt sí, tar éis muttering agus ag féachaint air roinnt soicind,—

"Is é seo mo lá breithe, Pip."

Bhí mé chun go leor tuairisceáin sona a ghuí uirthi, nuair a thóg sí a maide.

"Ní fhulaingím é le labhairt. Níl mé ag fulaingt iad siúd a bhí anseo díreach anois, nó aon duine a labhairt air. Tagann siad anseo ar an lá, ach ní leomh siad tagairt a dhéanamh dó."

Ar ndóigh , ní dhearna mé aon iarracht eile tagairt a dhéanamh dó.

"Ar an lá seo den bhliain, i bhfad sular rugadh thú, an carn lobhadh seo," ag sá lena maide crutched ag carn cobwebs ar an mbord, ach gan teagmháil a dhéanamh leis, "tugadh anseo é. Tá sé agus mé caite ar shiúl le chéile. Tá na lucha gnawed ar sé, agus fiacla níos géire ná fiacla lucha gnawed ag dom. "

Choinnigh sí ceann a maide in aghaidh a croí agus í ag féachaint ar an mbord; sí ina gúna bán uair amháin, gach buí agus withered; an t-éadach bán aon uair amháin buí agus feoite; gach rud timpeall i stát a crumble faoi dteagmháil.

"Nuair a bheidh an fothrach críochnaithe," ar sise, le cuma ghastly, "agus nuair a leagann siad marbh mé, i gúna mo bhríde ar bhord na brídeoige,-a dhéanfar, agus a bheidh an mallacht críochnaithe air,-an oiread sin is fearr má dhéantar é ar an lá seo!"

Sheas sí ag féachaint ar an mbord amhail is gur sheas sí ag féachaint ar a figiúr féin ina luí ansin. D'fhan mé ciúin. D'fhill Estella, agus d'fhan sí ciúin freisin. Chonacthas dom gur leanamar ar aghaidh mar sin ar feadh i bhfad. In aer trom an tseomra, agus an dorchadas trom a brooded ina coirnéil remoter, bhí mé fiú mhaisiúil scanrúil go bhféadfadh Estella agus mé tús a chur faoi láthair a lobhadh.

Ag fad, ní ag teacht amach as a staid distraught de réir céimeanna, ach ar an toirt, dúirt Miss Havisham, "Lig dom a fheiceáil duit dhá chárta spraoi; cén fáth nár thosaigh tú? Leis sin, d'fhilleamar ar a seomra, agus shuigh muid síos mar a bhíodh; Bhí mé beggared, mar a bhí roimhe seo; agus arís, mar a tharla cheana, d'fhéach Miss Havisham orainn an t-am ar fad, dhírigh mé m'aird ar áilleacht

Estella, agus thug mé faoi deara é níos mó trí thriail a bhaint as a seoda ar chíche agus gruaig Estella.

Estella, as a cuid, mar an gcéanna chaith mé mar a bhí roimhe seo, ach amháin nach raibh sí condescend a labhairt. Nuair a bhí roinnt cluichí leathdhosaen imeartha againn, ceapadh lá le go bhfillfeadh mé, agus tógadh síos sa chlós mé le cur sa sean-nós madraí. Ansin, freisin, fágadh arís mé ag fánaíocht faoi mar a thaitin liom.

Níl sé i bhfad chun na críche cibé an raibh geata sa bhalla gairdín sin a bhí scrofa agam suas chun peep thar ar an ócáid dheireanach, ar an ócáid dheireanach sin, oscailte nó dúnta. Go leor go bhfaca mé aon gheata ansin, agus go bhfaca mé ceann anois. Mar a sheas sé ar oscailt, agus mar a bhí a fhios agam go raibh lig Estella na cuairteoirí amach, - do bhí sí ar ais leis na heochracha ina láimh, - strolled mé isteach sa ghairdín, agus strolled ar fud é. Bhí sé go leor wilderness, agus bhí sean melon-frámaí agus cucumber-frámaí ann, a bhfuil an chuma ar a meath a tháirgtear fás spontáineach na n-iarrachtaí lag ag píosaí hataí agus buataisí d'aois, le anois agus ansin offshoot weedy isteach an likeness de sáspan battered.

Nuair a bhí an gairdín ídithe agam agus teach gloine gan aon rud ann ach fíniúna fíonchaor tite síos agus roinnt buidéal, fuair mé mé féin sa chúinne dismal ar a raibh mé ag breathnú amach as an bhfuinneog. Ná ceistiú ar feadh nóiméad go raibh an teach folamh anois, d'fhéach mé isteach ar fhuinneog eile, agus fuair mé mé féin, le mo iontas mór, ag malartú stare leathan le fear óg pale le eyelids dearg agus gruaig éadrom.

D'imigh an fear óg pale seo go tapa, agus d'imigh sé arís in aice liom. Bhí sé a chuid leabhar nuair a fuair mé mé féin ag stánadh air, agus chonaic mé anois go raibh sé inky.

"Halloa!" ar seisean, "fear óg!"

Halloa a bheith ina bhreathnóireacht ghinearálta a thug mé faoi deara de ghnáth a bheith is fearr a fhreagairt leis féin, a dúirt mé, "Halloa!" go múinte a fhágáil ar lár fear óg.

"Cé a lig *isteach thú?*" ar seisean.

"Iníon Estella."

"Cé a thug cead duit prowl faoi?"

"Iníon Estella."

"Tar agus troid," arsa an fear óg pale.

Cad a d'fhéadfainn a dhéanamh ach é a leanúint? Is minic a chuir mé an cheist orm féin ó shin; ach cad eile a d'fhéadfainn a dhéanamh? Bhí a bhealach chomh deiridh, agus bhí mé chomh iontas, gur lean mé nuair a bhí sé i gceannas, amhail is dá mbeadh mé faoi gheasa.

"Stop nóiméad, áfach," a dúirt sé, ag rothaí thart sula raibh muid imithe go leor paces. "Ba chóir dom cúis troda a thabhairt duit freisin. Tá sé! Ar bhealach is greannmhaire shleamhnaigh sé a lámha láithreach i gcoinne a chéile, d'eitil sé ceann dá chosa suas taobh thiar dó, tharraing sé mo chuid gruaige, shleamhnaigh sé a lámha arís, shleamhnaigh sé a cheann, agus chuir sé isteach i mo bholg é.

An t-imeacht cosúil le tarbh a luadh go deireanach, seachas go raibh sé gan cheist a mheas i bhfianaise saoirse, bhí go háirithe disagreeable díreach tar éis arán agus feoil. Bhuail mé amach air dá bhrí sin agus bhí mé ag dul a bhualadh amach arís, nuair a dúirt sé, "Aha! An mbeifeá?" agus thosaigh sé ag damhsa siar agus ar aghaidh ar bhealach nach raibh mórán taithí agam air.

"Dlíthe an chluiche!" A dúirt sé. Anseo, sciob sé óna chos chlé ar a dheis. "Rialacha rialta!" Anseo, sciob sé óna chos dheas ar a chlé. "Tar go talamh, agus téigh tríd na preliminaries!" Anseo, dodged sé ar gcúl agus ar aghaidh, agus rinne gach cineál rudaí agus d'fhéach mé helplessly air.

Bhí eagla rúnda orm air nuair a chonaic mé é chomh deaslámhach sin; ach mhothaigh mé cinnte go morálta agus go fisiciúil nach bhféadfadh aon ghnó a bheith ag a cheann éadrom gruaige i bpoll mo bholg, agus go raibh sé de cheart agam a mheas nach mbaineann sé le hábhar nuair a bhí sé chomh doiléir sin ar m'aird. Dá bhrí sin, lean mé é gan focal, go dtí nook scortha an ghairdín, déanta ag acomhal dhá bhalla agus scagadh ag roinnt bruscar. Ar a iarraidh orm má bhí mé sásta leis an talamh, agus ar mo fhreagra Tá, begged sé mo chead chun as láthair é féin ar feadh nóiméad, agus ar ais go tapa le buidéal uisce agus spúinse tumtha i fínéagar. "Ar fáil don dá rud," a dúirt sé, agus iad seo á gcur in aghaidh an bhalla. Agus ansin thit a tharraingt amach, ní hamháin a seaicéad agus waistcoat, ach a léine freisin, ar bhealach ag an am céanna éadrom-hearted, gnó-mhaith, agus bloodthirsty.

Cé nach raibh cuma an-sláintiúil air,-ag pimples ar a aghaidh, agus briseadh amach ar a bhéal,-chuir na hullmhúcháin uafásacha seo uafás orm. Mheas mé é a bheith faoi mo aois féin, ach bhí sé i bhfad níos airde, agus bhí bealach aige é féin a shníomh faoi sin a bhí lán de chuma. Don chuid eile, bhí sé ina fhear óg uasal i gculaith liath (nuair nach raibh sé séanta le haghaidh catha), lena uillinneacha, a ghlúine, a chaol na láimhe, agus a shála i bhfad roimh an gcuid eile de maidir le forbairt.

Theip ar mo chroí mé nuair a chonaic mé é ag squaring orm le gach léiriú de nicety meicniúil, agus eyeing mo anatamaíocht amhail is dá mbeadh sé ag roghnú nóiméad a chnámh. Ní raibh an oiread sin iontais orm riamh i mo shaol, mar a bhí mé nuair a lig mé amach an chéad bhuille, agus chonaic mé é ina luí ar a dhroim, ag féachaint suas orm le srón fuilteach agus a aghaidh thar a bheith giorraithe.

Ach, bhí sé ar a chosa go díreach, agus tar éis dó é féin a spongáil le seó mór deaslámhachta thosaigh sé ag squaring arís. An dara hiontas is mó a bhí agam riamh i mo shaol ná é a fheiceáil ar a dhroim arís, ag féachaint suas orm as súil dhubh.

Spreag a spiorad mé le meas mór. Dhealraigh sé go bhfuil aon neart, agus ní bhuail sé uair amháin dom go crua, agus bhí sé knocked i gcónaí síos; ach bheadh sé suas arís i láthair na huaire, sponging féin nó ag ól amach as an uisce-buidéal, leis an sásamh is mó i iasacht é féin de réir foirm, agus ansin tháinig ag dom le haer agus seó a rinne creidim go raibh sé i ndáiríre ag dul a dhéanamh dom ar deireadh. He got heavily bruised, for I am sorry to record that the more I hit him, is deacra a bhuail mé é; ach tháinig sé suas arís agus arís agus arís eile, go dtí ar deireadh fuair sé titim olc le cúl a chinn i gcoinne an bhalla. Fiú tar éis na géarchéime sin inár ngnóthaí, d'éirigh sé agus chas sé cruinn agus cruinn cúpla uair, gan a fhios agam cá raibh mé; ach ar deireadh chuaigh sé ar a ghlúine go dtí a spúinse agus chaith sé suas é: ag an am céanna panting amach, "Ciallaíonn sé sin go bhfuil tú bhuaigh."

Bhí an chuma air go raibh sé chomh cróga agus neamhchiontach, cé nach raibh an comórtas molta agam, mhothaigh mé ach sásamh gruama i mo bhua. Go deimhin, téim chomh fada le dóchas gur mheas mé mé féin agus mé gléasta mar speiceas de mhac tíre óg savage nó beithíoch fiáin eile. Mar sin féin, fuair mé cóirithe, dorcha wiping mo aghaidh sanguinary ag eatraimh, agus dúirt mé, "An féidir liom cabhrú leat?" agus dúirt sé "Níl thankee," agus dúirt mé "Tráthnóna maith," agus *dúirt sé* "Mar an gcéanna a thabhairt duit."

Nuair a chuaigh mé isteach sa chlós, fuair mé Estella ag fanacht leis na heochracha. Ach níor fhiafraigh sí díom cá raibh mé, ná cén fáth ar choinnigh mé uirthi ag fanacht; agus bhí dúiseacht gheal ar a héadan, amhail is gur tharla rud éigin chun aoibhneas a chur uirthi. In ionad dul díreach go dtí an geata, freisin, sheas sí ar ais isteach sa phasáiste, agus beckoned dom.

"Tar anseo! Is féidir leat póg dom, más mian leat. "

Phóg mé a leiceann agus í á chasadh chugam. Sílim go mbeinn imithe trí go leor chun a leiceann a phógadh. Ach mhothaigh mé gur tugadh an póg don bhuachaill garbh coitianta mar go mb'fhéidir go raibh píosa airgid ann, agus nárbh fhiú faic é.

Cad leis na cuairteoirí lá breithe, agus cad leis na cártaí, agus cad leis an troid, mhair mo fanacht chomh fada, go nuair a neared mé abhaile go raibh an solas ar an spit gainimh as an bpointe ar na riasca gleaming i gcoinne spéir oíche dubh, agus foirnéise Joe bhí flinging cosán tine trasna an bhóthair.

Caibidil XII.

D'fhás m'intinn an-mhíshuaimhneach ar ábhar an fhir óig bháin. Dá mhéad a smaoinigh mé ar an troid, agus mheabhraigh mé an fear óg pale ar a dhroim i gcéimeanna éagsúla de ghnúis puffy agus incrimsoned, is ea is cinnte go raibh an chuma air go ndéanfaí rud éigin dom. Mhothaigh mé go raibh fuil an fhir óig pale ar mo cheann, agus go ndéanfadh an Dlí é a dhíoghail. Gan aon smaoineamh cinnte a bheith agam ar na pionóis a bhí tabhaithe agam, ba léir dom nach bhféadfadh buachaillí an tsráidbhaile dul ag stalcaireacht faoin tír, tithe na n-uaisle a ruaigeadh agus a chur isteach in óige studious Shasana, gan iad féin a leagan oscailte do phionós dian. Ar feadh roinnt laethanta, choinnigh mé gar fiú sa bhaile, agus d'fhéach mé amach ag doras na cistine leis an rabhadh agus an trepidation is mó sula ndeachaigh mé ar errand, lest ba chóir d'oifigigh Phríosún an Chontae pounce orm. Bhí srón an fhir óig pale dhaite mo bhríste, agus rinne mé iarracht an fhianaise sin de mo chiontacht i marbh na hoíche a ní. Bhí mo chuid sceana gearrtha agam i gcoinne fhiacla an fhir óig bháin, agus chas mé mo shamhlaíocht ina míle tangles, mar cheap mé bealaí dochreidte chun cuntas a thabhairt ar an imthoisc damanta sin nuair ba chóir dom a leath os comhair na mBreithiúna.

Nuair a tháinig an lá thart le go bhfillfinn ar láthair ghníomhas an fhoréigin, shroich mo sceimhle a n-airde. Cibé an mbeadh myrmidons an Cheartais, go háirithe a sheoladh síos ó Londain, ina luí i luíochán taobh thiar den gheata;-cibé acu Miss Havisham, b'fhearr a ghlacadh vengeance pearsanta le haghaidh outrage a rinneadh chun a teach, d'fhéadfadh ardú sna héadaí uaighe of hers, a tharraingt piostal, agus shoot dom marbh:—cibé acu buachaillí suborned-banna iomadúla de mercenaries-d'fhéadfadh a bheith ag gabháil chun titim ar dom sa ghrúdlann, & do-ber-sa a n-ionnsaicchidh go h-i n-a m-bethaid-si;—& ba h-ard-fhiadhnaisi mo mhuinín i spiorad na h-uaisle óig pale, nár shamhlaigh mé riamh *é do* na frithshuidhiughadh so; tháinig siad i gcónaí i m'intinn mar ghníomhartha gaolta míchlúiteacha dá chuid, agus iad faoi gheasa ag staid a víosa agus comhbhrón neamhurchóideach le gnéithe an teaghlaigh.

Mar sin féin, téigh go dtí Miss Havisham's caithfidh mé, agus téigh a rinne mé. Agus behold! níor tháinig aon rud den streachailt dhéanach. Ní raibh sé alluded ar bhealach ar bith, agus ní raibh aon uasal óg pale le fáil ar an áitreabh. Fuair mé an geata céanna ar oscailt, agus rinne mé iniúchadh ar an ngairdín, agus d'fhéach mé isteach ar fhuinneoga an tí scoite fiú; ach stop na comhlaí dúnta mo thuairim go tobann laistigh, agus bhí gach rud gan saol. Sa chúinne ina raibh an comhrac ar siúl, ní fhéadfainn aon fhianaise a bhrath go raibh an fear óg ann. Bhí rianta dá ghuaire sa spota sin, agus chlúdaigh mé iad le múnla gairdín ó shúil an duine.

Ar an tuirlingt leathan idir seomra Miss Havisham féin agus an seomra eile sin inar leagadh amach an bord fada, chonaic mé cathaoir ghairdín,-cathaoir éadrom ar rothaí, a bhrúigh tú ón taobh thiar. Bhí sé curtha ann ó mo chuairt dheireanach, agus tháinig mé isteach, an lá céanna, ar shlí bheatha rialta ag brú Miss Havisham sa chathaoir seo (nuair a bhí sí tuirseach ag siúl lena lámh ar mo ghualainn) thart ar a seomra féin, agus trasna an tuirlingthe, agus thart ar an seomra eile. Arís agus arís eile, dhéanfadh muid na turais seo, agus uaireanta mhairfeadh siad chomh fada le trí uair an chloig ag stráice. Titeann mé isteach i lua ginearálta ar na turais seo mar go leor, toisc go raibh sé socraithe ag an am céanna gur chóir dom filleadh gach lá malartach ag meán lae chun na gcríoch seo, agus toisc go bhfuil mé ag dul anois chun achoimre a dhéanamh ar thréimhse ocht nó deich mí ar a laghad.

De réir mar a thosaigh muid ag dul i dtaithí ar a chéile, labhair Miss Havisham níos mó liom, agus chuir sí ceisteanna mar sin orm mar cad a d'fhoghlaim mé agus cad a bhí mé ag dul a bheith? Dúirt mé léi go raibh mé chun printíseacht a dhéanamh le Joe, chreid mé; agus mhéadaigh mé ar mo fhios agam rud ar bith agus ag iarraidh a fhios ag gach rud, le súil go bhféadfadh sí a thairiscint roinnt cabhrach i dtreo na críche inmhianaithe. Ach ní raibh; a mhalairt ar fad, ba chosúil gurbh fhearr léi mo bheith aineolach. Níor thug sí aon airgead dom riamh—ná aon rud ach mo dhinnéar laethúil,-ná níor ordaigh sí riamh gur chóir dom íoc as mo chuid seirbhísí.

Bhí Estella i gcónaí faoi, agus lig mé isteach agus amach i gcónaí, ach níor dhúirt sé liom go bhféadfainn í a phógadh arís. Uaireanta, chuirfeadh sí isteach go fuar orm; uaireanta, chuirfeadh sí condescend chugam; uaireanta, bheadh sí eolach go leor orm; Uaireanta, déarfadh sí liom go fuinniúil go raibh fuath aici dom. Ba mhinic a d'fhiafraigh Iníon Havisham díom i gcogar, nó nuair a bhí muid inár n-aonar, "An bhfásann sí prettier agus prettier, Pip?" Agus nuair a dúirt mé yes (do go deimhin rinne sí), bheadh cosúil le taitneamh a bhaint as greedily. Chomh maith leis sin, nuair a d'imir muid ar chártaí d'fhéachfadh Miss Havisham air, le mothúcháin Estella, cibé rud a bhí siad. Agus uaireanta, nuair a bhí a mothúcháin an oiread sin agus chomh contrártha dá chéile go raibh mé puzzled cad atá le rá nó a dhéanamh, bheadh Miss Havisham glacadh léi le fondness lavish, murmuring rud éigin ina chluas a sounded cosúil le "Briseadh a gcroí mo bród agus tá súil agam, briseadh a gcroí agus nach bhfuil aon trócaire!"

Bhí amhrán ann a d'úsáid Seosamh chun blúirí a náiriú ag an cheárta, agus ba é Old Clem an t-ualach a bhí air. Ní bealach an-deasghnách é seo le hómós a thabhairt do naomhphátrún, ach creidim gur sheas Old Clem sa chaidreamh sin i leith gaibhne. Amhrán a bhí ann a rinne aithris ar an mbeart beating ar iarann, agus ní raibh ann ach leithscéal liriciúil chun ainm measúil Old Clem a thabhairt isteach. Dá bhrí sin, bhí tú a hammer buachaillí bhabhta-Sean Clem! Le thump agus fuaim-Old Clem! Buille amach é, buille sé amach-Sean Clem! Le clink don stout-Sean Clem! Buille an tine, buille an tine-Sean Clem! Triomadóir roaring, soaring níos airde-Sean Clem! Lá amháin go luath tar éis chuma an chathaoir, Miss Havisham ag rá go tobann liom, le gluaiseacht mífhoighneach a méara, "Tá, ann, ann! Can! Bhí ionadh orm cromadh ar an ditty seo agus mé á bhrú thar an urlár. Tharla sé mar sin a ghabháil léi mhaisiúil gur thóg sí suas é i guth íseal brooding amhail is dá mbeadh sí ag canadh ina chodladh. Ina dhiaidh sin, ba nós linn é a bheith againn agus muid ag bogadh thart, agus ba mhinic a thiocfadh Estella isteach; cé go raibh an brú ar fad chomh subdued, fiú nuair a bhí triúr againn, go ndearna sé níos lú torann sa seanteach ghruama ná an anáil is éadroime na gaoithe.

Cad a d'fhéadfainn a bheith leis an timpeallacht seo? Conas a d'fhéadfadh tionchar a bheith acu ar mo charachtar? An bhfuil sé a bheith wondered ag má bhí dazed mo smaointe, mar a bhí mo shúile, nuair a tháinig mé amach ar an solas nádúrtha ó na seomraí buí misty?

B'fhéidir go mb'fhéidir gur inis mé do Sheosamh faoin bhfear óg geal, mura ndearnadh feall orm roimhe sin ar na haireagáin ollmhóra sin a d'admhaigh mé. Faoi na cúinsí sin, mhothaigh mé gur ar éigean a d'fhéadfadh Joe a bheith géarchúiseach san fhear óg pale, paisinéir cuí le cur isteach sa chóitseálaí veilbhit dubh; dá bhrí sin, ní dúirt mé aon rud de. Thairis sin, d'fhás an crapadh sin ó Miss Havisham agus Estella a phlé, a tháinig orm ar dtús, i bhfad níos láidre de réir mar a chuaigh an t-am ar aghaidh. Chuir mé muinín iomlán in aon duine ach Biddy; ach d'inis mé gach rud do Biddy bocht. Cén fáth gur tháinig sé nádúrtha dom é sin a dhéanamh, agus cén fáth go raibh imní mhór ar Biddy i ngach rud a dúirt mé léi, ní raibh a fhios agam ansin, cé go gceapaim go bhfuil a fhios agam anois.

Idir an dá linn, chuaigh na comhairlí ar aghaidh sa chistin sa bhaile, agus iad beagnach ag tacú le mo spiorad exasperated. Ba mhinic an t-asal sin, Pumblechook, ag teacht thar oíche chun mo chuid ionchais a phlé le mo dheirfiúr; agus creidim i ndáiríre (go dtí an uair an chloig le níos lú penitence ná mar ba chóir dom a bhraitheann), go más rud é go bhféadfadh na lámha a bheith tógtha linchpin as a chaise-cart, go mbeadh siad a bheith déanta. Ba é an fear olc fear den stolidity teoranta intinne, nach bhféadfadh sé a phlé mo ionchais gan a bheith os a chomhair,-mar a bhí sé, a oibriú ar,-agus go mbeadh sé a tharraingt dom suas ó mo stól (de ghnáth ag an collar) áit a raibh mé ciúin i gcúinne, agus, a chur orm os comhair na tine amhail is dá mbeadh mé ag dul a cooked, bheadh tús ag rá, "Anois, Mamaí, tá anseo an buachaill! Seo an buachaill a thug tú suas de láimh. Coinnigh suas do cheann, buachaill, agus a bheith buíoch go deo leo a rinne amhlaidh. Anois, Mamaí, le meas ar an mbuachaill seo! Agus ansin bheadh sé rumple mo chuid gruaige ar an mbealach mícheart,-a ó mo chuimhne is luaithe, mar atá leid cheana féin, tá mé i m'anam shéan an ceart aon chomh-chréatúr a dhéanamh,-agus bheadh a shealbhú dom os a chomhair ag an muinchille,- spectacle de imbecility ach a bheith comhionann leis féin.

Ansin, bheadh sé féin agus mo dheirfiúr péire amach i speculations nonsensical den sórt sin faoi Miss Havisham, agus faoi cad a bheadh sí a dhéanamh liom agus dom, go raibh mé ag iarraidh-painfully go leor-a pléasctha i deora spiteful, eitilt ag Pumblechook, agus pummel air ar fud. Sna comhráite seo, labhair mo dheirfiúr liom amhail is go raibh sí ag drannadh go morálta le ceann de mo chuid fiacla amach ag gach tagairt; cé go mbeadh Pumblechook féin, féin-comhdhéanta mo phátrún, suí maoirseacht dom le súil dímheasúil, cosúil leis an ailtire de mo fortunes a shíl é féin ag gabháil do phost an-unremunerative.

Sna díospóireachtaí sin, ní raibh aon pháirt ag Joe. Ach bhí sé ag caint go minic ag, cé go raibh siad ar siúl, mar gheall ar perceiving Mrs Joe nach raibh sé fabhrach do mo bheith tógtha as an cheárta. Bhí mé sách sean anois le bheith i mo phrintíseach ag Seosamh; agus nuair a shuigh Joe leis an poker ar a ghlúine raking thoughtfully amach an luaithreach idir na barraí níos ísle, bheadh mo dheirfiúr a fhorléiriú chomh soiléir go gníomh neamhchiontach i bhfreasúra ar a chuid, go mbeadh sí Léim ag dó, a chur ar an poker as a lámha, shake air, agus é a chur ar shiúl. Bhí deireadh an-ghreannmhar le gach ceann de na díospóireachtaí seo. Gach i láthair na huaire, le rud ar bith a threorú suas go dtí é, bheadh mo dheirfiúr stop a chur léi féin i yawn, agus ag teacht radharc orm mar a bhí sé teagmhasach, bheadh swoop orm le, "Tar! tá go leor agaibh ann! *Éiríonn tú* chomh maith leis an leaba; *tá* tú tar éis trioblóid go leor a thabhairt d'oíche amháin, tá súil agam! Amhail is dá mba rud é go raibh mé besought iad mar bhfabhar chun bodhraigh mo shaol amach.

Chuaigh muid ar aghaidh ar an mbealach seo ar feadh i bhfad, agus ba chosúil gur chóir dúinn leanúint ar aghaidh ag dul ar aghaidh ar an mbealach seo ar feadh i bhfad, nuair a stop Miss Havisham lá amháin gearr mar a bhí sí féin agus mé ag siúl, leaning sí ar mo ghualainn; agus adubhairt le díoghaltas éigin,—

"Tá tú ag fás go hard, Pip!"

Shíl mé gurbh fhearr leid a thabhairt, trí mheán cuma mhachnamhach, go bhféadfadh cúinsí nach raibh aon smacht agam orthu a bheith mar thoradh air seo.

Ní dúirt sí a thuilleadh ag an am; ach stop sí faoi láthair agus d'fhéach sí orm arís; agus faoi láthair arís; agus ina dhiaidh sin, d'fhéach sé frowning agus moody. An lá dár gcionn de mo fhreastal, nuair a bhí ár ngnáthchleachtadh thart, agus mé tar éis í a thabhairt i dtír ag a bord feistis, d'fhan sí liom le gluaiseacht a méar mífhoighneach:—

"Inis dom an t-ainm arís ar an gabha sin de do chuid."

"Joe Gargery, ma'am."

"Cén bhrí a bhí leis an máistir a raibh tú le printíseacht a dhéanamh air?"

"Sea, Iníon Havisham."

"B'fhearr duit a bheith printíseach ag an am céanna. An dtiocfadh Gargery anseo leat, agus do dhintiúir a thabhairt leat, an gceapann tú?

Thug mé le fios nach raibh aon amhras orm ach go dtógfadh sé mar onóir é a iarraidh.

"Ansin lig dó teacht."

"Ag aon am ar leith, Iníon Havisham?"

"Tá, tá! Níl a fhios agam rud ar bith faoi amanna. Lig dó teacht go luath, agus teacht in éineacht leat. "

Nuair a tháinig mé abhaile san oíche, agus thug mé an teachtaireacht seo do Joe, chuaigh mo dheirfiúr "ar an Rampage," i gcéim níos scanrúla ná mar a bhí ag aon tréimhse roimhe sin. D'fhiafraigh sí díom féin agus de Joe an raibh muid ag ceapadh go raibh sí ag mataí dorais faoinár gcosa, agus cén chaoi ar leomh muid í a úsáid mar sin, agus cén chuideachta a cheap muid go *raibh sí* oiriúnach? Nuair a bhí torrent de na fiosrúcháin sin ídithe aici, chaith sí coinnleoir ag Joe, phléasc sí isteach i sobbing ard, fuair sí amach an dustpan,-a bhí i gcónaí comhartha andona,-a chur ar a naprún garbh, agus thosaigh glanadh suas go dtí méid uafásach. Gan a bheith sásta le glanadh tirim, thóg sí go dtí pail agus scrobarnach-scuab, agus glanadh dúinn as teach agus sa bhaile, ionas gur sheas muid shivering sa chúlchlós. Bhí sé a deich a chlog san oíche sula ndeachaigh muid isteach arís, agus ansin d'fhiafraigh sí de Joe cén fáth nár phós sé Sclábhaí Negress ag an am céanna?

Níor thairg Seosamh aon fhreagra, fear bocht, ach sheas sé ag mothú a uisce beatha agus ag féachaint go dejectedly orm, amhail is gur shíl sé go mb'fhéidir gur tuairimíocht níos fearr a bhí ann.

Caibidil XIII.

Triail a bhí ann do mo chuid mothúchán, an lá dár gcionn ach ceann amháin, chun Joe a fheiceáil ag eagrú é féin ina chuid éadaí Domhnaigh le dul in éineacht liom chuig Miss Havisham's. Mar sin féin, mar a cheap sé go raibh a chulaith chúirte riachtanach don ócáid, ní raibh sé domsa a rá leis go raibh cuma i bhfad níos fearr air ina ghléas oibre; an áit, toisc go raibh a fhios agam go ndearna sé é féin chomh míchompordach dreadfully, go hiomlán ar mo chuntas, agus go raibh sé dom tharraing sé suas a léine-collar chomh hard taobh thiar de, go ndearna sé an ghruaig ar an choróin a cheann seasamh suas cosúil le tuft de cleití.

Ag am bricfeasta dhearbhaigh mo dheirfiúr go raibh sé ar intinn aici dul chun an bhaile linn, agus a bheith fágtha ag Uncail Pumblechook agus d'iarr sí "nuair a bhí déanta againn lenár mban breá"-bealach chun an cás a chur, as a raibh an chuma ar Joe go raibh claonadh aige an ceann is measa a mhéadú. Dúnadh an cheárta don lá, agus inscríobh Joe i gcailce ar an doras (mar ba nós leis a dhéanamh ar na hócáidí an-annamh nuair nach raibh sé ag obair) an HOUT monosyllable, in éineacht le sceitse de saighead ceaptha a bheith ag eitilt sa treo a bhí tógtha aige.

Shiúil muid go dtí an baile mór, mo dheirfiúr ag treorú an bhealaigh i mbuinéad beaver an-mhór, agus ag iompar ciseán cosúil le Séala Mór Shasana i Tuí plaited, péire pattens, shawl spártha, agus scáth fearthainne, cé gur lá breá geal a bhí ann. Níl mé soiléir go leor an ndearnadh na hailt seo go penitentially nó ostentatiously; ach is dóigh liom go raibh siad ar taispeáint mar earraí maoine,-oiread agus a d'fhéadfadh Cleopatra nó aon bhean cheannasach eile ar an Rampage a saibhreas a thaispeáint i pageant nó mórshiúl.

Nuair a tháinig muid go Pumblechook's, phreab mo dheirfiúr isteach agus d'imigh sí linn. Toisc go raibh sé beagnach meán lae, choinnigh Joe agus mé díreach ar aghaidh go dtí teach Miss Havisham. D'oscail Estella an geata mar is gnách, agus, an nóiméad a bhí sí le feiceáil, thóg Joe a hata as agus sheas sé á mheá ag an mbrú ina dhá lámh; amhail is go raibh cúis phráinneach éigin ina intinn aige as a bheith go háirithe go dtí leath cheathrú d'unsa.

Níor thug Estella aon aird ar cheachtar againn, ach threoraigh sé dúinn an bealach a raibh a fhios agam chomh maith sin. Lean mé in aice léi, agus tháinig

Joe go deireanach. Nuair a d'fhéach mé siar ar Joe sa phasáiste fada, bhí sé fós ag meá a hata leis an gcúram is mó, agus bhí sé ag teacht inár ndiaidh le fada an lá ar leideanna a bharraicíní.

Dúirt Estella liom go raibh an bheirt againn le dul isteach, mar sin thóg mé Joe ag an gcóta-chufa agus rinne mé é i láthair Miss Havisham. Bhí sí ina suí ag a bord feistis, agus d'fhéach sí thart orainn láithreach.

"Ó!" ar sise le Joe. "Is tusa fear céile dheirfiúr an bhuachalla seo?"

Is ar éigean a shamhlóinn sean-Joe daor ag breathnú chomh neamhchosúil leis féin nó mar sin cosúil le héan neamhghnách éigin; ina sheasamh mar a rinne sé gan urlabhra, lena tuft de cleití ruffled, agus a bhéal oscailte amhail is dá mba theastaigh sé worm.

"Is tusa an fear céile," a dúirt Iníon Havisham arís agus arís eile, "de dheirfiúr an bhuachalla seo?"

Bhí sé an-ghéaraitheach; ach, le linn an agallaimh, lean Joe air ag labhairt liom in áit Miss Havisham.

"Cé acu a bhí i gceist agam, Pip," a thug Joe faoi deara anois ar bhealach a bhí ag an am céanna argóinteacht forcible, muinín dian, agus dea-bhéasaíocht mhór, "mar hup mé agus phós mé do dheirfiúr, agus bhí mé ag an am cad a d'fhéadfá glaoch (má bhí tú claonta ar aon nós) fear amháin."

"Bhuel!" A dúirt Iníon Havisham. "Agus thóg tú an buachaill, agus é ar intinn agat é a thógáil do do phrintíseach; an amhlaidh sin, an tUasal Gargery?

"Tá a fhios agat, a Phíobaire," a d'fhreagair Joe, "mar a bhí tú féin agus mise riamh ina gcairde, agus d'fhéach sé orainn, mar a bheadh calc'lated mar thoradh ar larks. Ní ach cad, Pip, má rinne tú riamh agóidí i gcoinne an ghnó,-ar nós a bheith oscailte do dubh agus sut, nó den sórt sin-mhaith,-Ní ach cad a bheadh siad ag freastal ar, nach bhfeiceann tú? "

"An bhfuil an buachaill," a dúirt Iníon Havisham, "rinne riamh aon agóid? An maith leis an gceird?

"Cé acu is maith duit féin, a Pip," a d'fhill Joe, ag neartú a iar-mheascán d'argóint, de mhuinín agus de bhéasaíocht, "gurbh é mian do hart féin é." (Chonaic mé an smaoineamh a bhriseadh go tobann air go mbeadh sé in oiriúint a epitaph go dtí an ócáid, sula ndeachaigh sé ar aghaidh a rá) "Agus ní raibh aon agóid ar do thaobh, agus Pip bhí sé an mian mór de do hart!"

Bhí sé sách vain dom iarracht a dhéanamh é a dhéanamh ciallmhar gur chóir dó labhairt le Miss Havisham. Dá mhéad a rinne mé aghaidheanna agus gothaí dó chun é a dhéanamh, is ea is rúnda, is argóintí agus is béasaí, a d'fhan sé i mo Mhamaí.

"Ar thug tú a dhintiúirí leat?" a d'fhiafraigh Miss Havisham.

"Bhuel, Pip, tá a fhios agat," a d'fhreagair Joe, amhail is dá mba rud beag míréasúnta é sin, "feiceann tú féin mé a chur 'em i mo 'ag, agus dá bhrí sin tá a fhios agat mar atá siad anseo." Lena thóg sé amach iad, agus thug sé iad, ní do Miss Havisham, ach dom. Tá eagla orm go raibh náire orm faoin dea-chomhghleacaí daor, - *tá a fhios agam* go raibh náire orm faoi, - nuair a chonaic mé gur sheas Estella ar chúl chathaoir Miss Havisham, agus go raibh a súile ag gáire go mischievously. Thóg mé na dintiúirí as a láimh agus thug mé do Miss Havisham iad.

"Bhí súil agat," arsa Iníon Havisham, agus í ag breathnú orthu, "gan aon phréimh leis an mbuachaill?"

"Seosamh!" I remonstrated, mar ní dhearna sé aon fhreagra ar chor ar bith. "Cén fáth nach bhfreagraíonn tú—"

"Pip," ar ais Joe, ghearradh dom gearr amhail is dá mbeadh sé gortaithe, "a chiallaigh mé nach raibh ceist a éilíonn freagra betwixt féin agus dom, agus a bhfuil a fhios agat an freagra a bheith iomlán go maith Uimh. Tá a fhios agat é a bheith Níl, Pip, agus cá háit ar chóir dom é a rá?

Thug Iníon Havisham spléachadh air amhail is gur thuig sí cad a bhí sé i ndáiríre níos fearr ná mar a shíl mé a d'fhéadfadh a bheith ann, féachaint cad a bhí sé ann; agus thóg sé mála beag ón mbord in aice léi.

"Tá préimh tuillte ag Pip anseo," a dúirt sí, "agus anseo tá sé. Tá cúig agus fiche guine sa mhála seo. Tabhair do do mháistir é, a Pip."

Amhail is dá mbeadh sé go hiomlán as a intinn leis an iontas awakened i dó ag a figiúr aisteach agus an seomra aisteach, Joe, fiú ag an pas seo, fós i aghaidh a thabhairt dom.

"Tá sé seo liobrálach wery ar do thaobh, Pip," a dúirt Joe, "agus tá sé mar sin a fuarthas agus fáilte buíoch, cé riamh d'fhéach sé, i bhfad ná in aice, ná áit ar bith. Agus anois, sean-CHAP," a dúirt Joe, ag cur ceint in iúl dom, ar dtús dó agus ansin de reo, mar bhraith mé amhail is dá gcuirfí an abairt eolach sin i bhfeidhm ar Miss Havisham, - "agus anois, sean-CHAP, is féidir linn ár ndualgas a dhéanamh! Go ndéana tú féin agus mise ár ndualgas, orainne, ag a chéile agus ag a chéile, agus acusan a bhfuil do láthair liobrálach—tar éis a bheith i láthair—a bheith—chun sástacht na hintinne-de—iad mar a bhí riamh—" anseo thaispeáin Seosamh gur bhraith sé go raibh deacrachtaí scanrúla aige, go dtí gur tharrtháil sé é féin go buacach leis na focail, "agus uaim féin i bhfad é!" Bhí fuaim chomh cruinn agus chomh diongbháilte ag na focail seo dó go ndúirt sé faoi dhó iad.

"Dea-beannacht, Pip!" A dúirt Iníon Havisham. "Lig amach iad, a Estella."

"An bhfuil mé le teacht arís, a Iníon Havisham?" D'iarr mé.

"Níl. Is é Gargery do mháistir anois. Gargery! Focal amháin!

Mar sin, ag glaoch ar ais air agus mé ag dul amach an doras, chuala mé í ag rá le Joe i nguth suaithinseach ar leith, "Tá an buachaill ina bhuachaill maith anseo, agus is é sin a luach saothair. Ar ndóigh, mar fhear macánta, beidh tú ag súil le haon duine eile agus ní níos mó.

Conas a fuair Joe amach as an seomra, ní raibh mé in ann a chinneadh; ach tá a fhios agam go nuair a rinne sé a fháil amach go raibh sé ag dul go seasta thuas staighre in ionad teacht síos, agus bhí bodhar do gach remonstrances go dtí go ndeachaigh mé ina dhiaidh agus a leagtar a shealbhú air. I nóiméad eile bhí muid taobh amuigh den gheata, agus bhí sé faoi ghlas, agus bhí Estella imithe. Nuair a sheas muid i solas an lae ina n-aonar arís, thacaigh Joe suas in aghaidh balla, agus dúirt sé liom, "Astonishing!" Agus d'fhan sé chomh fada sin ag rá, "Astonishing" ag eatraimh, chomh minic sin, gur thosaigh mé ag smaoineamh nach raibh a chéadfaí ag teacht ar ais. Ag fad sineadh sé a ráiteas isteach "Pip, is féidir liom a chinntiú go bhfuil *tú* go bhfuil sé seo mar-TON-ishing!" agus mar sin, de réir céimeanna, tháinig comhrá agus in ann siúl ar shiúl.

Tá cúis agam a cheapadh go raibh intleacht Joe gealaithe ag an teagmháil a bhí déanta acu, agus gur chum sé dearadh caolchúiseach domhain ar ár mbealach go Pumblechook. Is é mo chúis le fáil i cad a bhí ar siúl i parlús an Uasail Pumblechook ar: i gcás, ar ár láthair féin, shuigh mo dheirfiúr i gcomhdháil leis an seedsman detested.

"Bhuel?" Adeir mo dheirfiúr, ag labhairt linn araon ag an am céanna. "Agus cad a tharla *duit*? N'fheadar tú condescend chun teacht ar ais go dtí an tsochaí bhocht mar seo, tá mé cinnte go ndéanfaidh mé!

"Iníon Havisham," a dúirt Joe, le breathnú seasta orm, cosúil le hiarracht cuimhneacháin, "rinne sé partick'ler wery gur chóir dúinn a thabhairt di - an raibh sé compliments nó meas, Pip?"

"Compliments," a dúirt mé.

"Cé acu sin mo chreideamh féin," a d'fhreagair Seosamh; "a compliments do Mrs J. Gargery-"

"Maith go leor déanfaidh siad mé!" arsa mo dheirfiúr; ach ba mhór an sásamh é freisin.

"Agus ar mian leo," arsa Joe, le súil sheasta eile orm, cosúil le hiarracht eile cuimhneacháin, "go raibh staid elth Miss Havisham sitch mar a bheadh - ceadaithe, an raibh sé, Pip?"

"As í a bhfuil an pléisiúr aici," a dúirt mé.

"As cuideachta na mban," arsa Seosamh. Agus tharraing sé anáil fhada.

"Bhuel!" Adeir mo dheirfiúr, le Sracfhéachaint mollified ar an Uasal Pumblechook. "B'fhéidir go raibh an bhéasaíocht aici an teachtaireacht sin a sheoladh ar dtús, ach tá sé níos fearr déanach ná riamh. Agus cad a thug sí do Rantipole óg anseo?

"Giv sí 'air," arsa Joe, "faic."

Bhí Bean Joe chun briseadh amach, ach chuaigh Joe ar aghaidh.

"Cad giv sí'," arsa Joe, "giv sí 'lena chairde. ' Agus ag a chairde,' an míniú a bhí aici, 'Ciallaíonn mé isteach i lámha a dheirfiúr Mrs J. Gargery.' Ba iad a focail; 'Bean Uí Ghairbhín.' B'fhéidir nach bhfuil a fhios aici," arsa Joe, le cuma mhachnaimh, "cibé acu Joe, nó Jorge a bhí ann."

D'fhéach mo dheirfiúr ar Pumblechook: a smoothed an elbows a lámhchathaoirleach adhmaid, agus Chlaon ar a agus ag an tine, amhail is dá mbeadh ar eolas aige go léir faoi roimh ré.

"Agus cé mhéad a fuair tú?" A d'fhiafraigh mo dheirfiúr, ag gáire. Ag gáire go dearfach!

"Cad a déarfadh an comhlacht reatha le deich bpunt?" a d'éiligh Joe.

"Ba mhaith leo a rá," ar ais mo dheirfiúr, curtly, "go maith go leor. Níl an iomarca ann, ach bhuel go leor."

"Tá sé níos mó ná sin, ansin," arsa Joe.

Chlaon an Impostor eaglach sin, Pumblechook, láithreach, agus dúirt sé, agus é ag cuimilt arm a chathaoire, "Tá sé níos mó ná sin, Mamaí."

"Cén fáth, ní chiallaíonn tú a rá-" thosaigh mo dheirfiúr.

"Sea is féidir liom, Mamaí," arsa Pumblechook; "Ach fan beagán. Téigh ar aghaidh, Joseph. Maith sibh! Téigh ar aghaidh!"

"Cad a déarfadh an chuideachta reatha," arsa Joe, "go fiche punt?"

"Bheadh dathúil an focal," ar ais mo dheirfiúr.

"Bhuel, ansin," arsa Joe, "Tá sé níos mó ná fiche punt."

Chlaon an hypocrite abject sin, Pumblechook, arís, agus dúirt sé, le gáire pátrúin, "Tá sé níos mó ná sin, Mamaí. Maith arís! Lean í suas, a Iósaef!

"Ansin chun deireadh a chur leis," arsa Seosamh, agus an mála á thabhairt go lúcháireach do mo dheirfiúr; "Tá sé cúig-agus-fiche punt."

"Tá sé cúig agus fiche punt, Mamaí," macalla go basest de swindlers, Pumblechook, ag ardú chun lámha a chroitheadh léi; "agus níl sé níos mó ná do fhiúntas (mar a dúirt mé nuair a iarradh ar mo thuairim), agus guím áthas an airgid ort!"

Dá stopfadh an villain anseo, bheadh a chás uafásach go leor, ach dhubhaigh sé a chiontacht trí dhul ar aghaidh chun mé a thabhairt faoi choimeád, le ceart pátrúnachta a d'fhág a iar-choiriúlacht go léir i bhfad taobh thiar de.

"Anois a fheiceann tú, Joseph agus a bhean chéile," a dúirt Pumblechook, mar a thóg sé dom ag an lámh os cionn an elbow, "Tá mé ar cheann acu a théann i gcónaí ceart tríd leis an méid atá siad tosaithe. Caithfidh an buachaill seo a bheith faoi cheangal, as láimh. Sin é *mo* bhealach. Ceangailte as láimh.

"Tá a fhios maitheasa, Uncail Pumblechook," a dúirt mo dheirfiúr (grasping an t-airgead), "táimid beholden go domhain a thabhairt duit."

"Ná bac liom, a Mhamaí," a d'fhill an cornchandler diabolical sin. "Is pléisiúr é an domhan ar fad. Ach an buachaill seo, tá a fhios agat; ní mór dúinn a bheith faoi cheangal air. Dúirt mé go bhfeicfinn é—chun an fhírinne a insint duit.

Bhí na Giúistísí ina suí i Halla an Bhaile in aice láimhe, agus chuamar anonn ag an am céanna chun printíseach a cheangal le Joe i láthair na Magisterial. Deirim go ndeachaigh muid anonn, ach bhrúigh Pumblechook orm, díreach amhail is dá mbeadh an nóiméad sin pioctha póca agam nó gur scaoil mé rick; go deimhin, ba é an tuiscint ghinearálta sa Chúirt gur tógadh ar láimh dhearg mé; óir, mar a shoved Pumblechook dom os a chomhair tríd an slua, Chuala mé roinnt daoine a rá, "Cad atá déanta aige?" agus daoine eile, "Tá sé ina óg 'un, freisin, ach tá sé dona, nach bhfuil sé?" Duine amháin de ghné éadrom agus benevolent thug fiú dom conradh ornamented le woodcut de fear óg malevolent feistithe suas le ispíní-siopa foirfe de fetters, agus dar teideal A LÉAMH I MO CELL.

Bhí an Halla áit Queer, shíl mé, le pews níos airde ann ná séipéal,-agus le daoine crochta thar na pews ag féachaint ar,-agus le Giúistísí mighty (ceann le ceann púdraithe) leaning ar ais i cathaoireacha, le arm fillte, nó ag cur snaois, nó ag dul a chodladh, nó ag scríobh, nó ag léamh na nuachtáin,-agus le roinnt portráidí dubh shining ar na ballaí, a mheas mo shúil unartistic mar chomhdhéanamh de hardbake agus sticking-plástar. Anseo, i gcúinne bhí mo dhintiúirí sínithe agus fianaithe go cuí, agus bhí mé "faoi cheangal"; An tUasal Pumblechook a bhfuil mé go léir an am céanna amhail is dá mbeadh d'fhéach muid i ar ár mbealach go dtí an scafall, go bhfuil na preliminaries beag dhiúscairt.

Nuair a bhí muid ag teacht amach arís, agus bhí fuair réidh leis na buachaillí a bhí curtha i biotáillí mór ag súil a fheiceáil dom céasadh go poiblí, agus a bhí i bhfad díomá a fháil go raibh mo chairde ach rallying bhabhta dom, chuaigh muid ar ais go dtí Pumblechook ar. Agus bhí mo dheirfiúr chomh corraithe ag na cúig ghiní is fiche, nach bhfreastalódh aon rud uirthi ach ní mór dúinn dinnéar a bheith againn as an ngaoth sin ag an Torc Gorm, agus go gcaithfidh Pumblechook dul anonn ina chaise-cart, agus na Hubbles agus an tUasal Wopsle a thabhairt.

Aontaíodh é a dhéanamh; agus lá is lionn dubh a rith liom. Óir, bhí an chuma ar an scéal go seasfadh sé le réasún, in intinn na cuideachta ar fad, go raibh mé i mo eisfhearadh ar an tsiamsaíocht. Agus chun é a dhéanamh níos measa, d'iarr siad go léir orm ó am go ham,-i mbeagán focal, aon uair nach raibh aon rud eile le déanamh acu,-cén fáth nár thaitin liom féin? Agus cad a d'fhéadfainn a dhéanamh ansin, b'fhéidir, ach a rá *go raibh mé* ag baint taitnimh asam féin—nuair nach raibh mé!

Mar sin féin, bhí siad fásta suas agus bhí a mbealach féin, agus rinne siad an chuid is mó de. Go swindling Pumblechook, exalted isteach sa contriver beneficent na hócáide ar fad, ghlac iarbhír an barr an tábla; agus, nuair a thug sé aghaidh orthu ar an ábhar go raibh mé faoi cheangal, agus gur thréaslaigh sé go fiendishly leo as mo bheith faoi dhliteanas príosúnachta má d'imir mé ag cártaí, ól deochanna láidre, choinnigh uaireanta déanacha nó droch-chuideachta, nó indulged i vagaries eile a bhfuil an chuma ar an bhfoirm mo dintiúirí a contemplate mar in aice le dosheachanta, chuir sé mé i mo sheasamh ar chathaoir in aice leis a léiriú a chuid cainte.

An t-aon chuimhne eile atá agam ar an bhféile mhór ná, Nach ligfeadh siad dom dul a chodladh, ach aon uair a chonaic siad mé ag titim amach, dhúisigh mé agus dúirt siad liom taitneamh a bhaint as mé féin. Sin, sách déanach sa tráthnóna thug an tUasal Wopsle óid Collins dúinn, agus chaith sé a chlaíomh fuilteach i toirneach síos, le héifeacht den sórt sin, gur tháinig freastalaí isteach agus dúirt sé, "The Commercials underneath sent up their compliments, and it wasn't the Tumblers' Arms." É sin, bhí siad go léir i spioraid den scoth ar an mbóthar abhaile, agus chan siad, O Lady Fair! An tUasal Wopsle ag cur an Bass, agus ag dearbhú le guth tremendously láidir (mar fhreagra ar an toll fiosrach a threoraíonn an píosa ceoil ar bhealach is impertinent, ag iarraidh a fhios go léir faoi gach duine gnóthaí príobháideacha) go *raibh sé* an fear lena glais bán flowing, agus go raibh sé ar an iomlán an oilithrigh is laige ag dul.

Mar fhocal scoir, is cuimhin liom nuair a chuaigh mé isteach i mo sheomra leapa beag, go raibh mé fíor-wretched, agus bhí ciontú láidir orm nár chóir dom a bheith cosúil le ceird Joe. Thaitin sé liom uair amháin, ach ní raibh uair amháin anois.

Caibidil XIV.

Is é an rud is truamhéalaí ná náire a bheith ort sa bhaile. D'fhéadfadh go mbeadh ingratitude dubh sa rud, agus d'fhéadfadh an pionós a bheith retributive agus tuillte go maith; ach gur rud truamhéalach é, is féidir liom fianaise a thabhairt.

Ní raibh an baile riamh ina áit an-taitneamhach dom, mar gheall ar temper mo dheirfiúr. Ach, bhí Joe beannaithe é, agus chreid mé ann. Chreid mé sa pharlús is fearr mar salún is galánta; Chreid mé sa doras tosaigh, mar thairseach mistéireach de Theampall an Stáit ar freastalaíodh ar a oscailt shollúnta le híobairt éanlaithe rósta; Chreid mé sa chistin mar chaste cé nach árasán iontach é; Chreid mé sa cheárta mar an bóthar glowing chun manhood agus neamhspleáchas. Taobh istigh d'aon bhliain amháin athraíodh é seo ar fad. Anois bhí sé go léir garbh agus coitianta, agus ní ba mhaith liom go raibh Miss Havisham agus Estella é a fheiceáil ar aon chuntas.

Cé mhéad de mo riocht intinne ungracious d'fhéadfadh a bheith ar mo locht féin, cé mhéad Miss Havisham ar, cé mhéad mo dheirfiúr, anois ar aon nóiméad dom nó d'aon duine. Rinneadh an t-athrú ionam; rinneadh an rud. Well or ill done, excusably or inexcusably, rinneadh é.

Uair amháin, chonacthas dom gur cheart idirdhealú agus sonas a dhéanamh nuair ba cheart dom mo léine-muinchillí a rolladh suas go deireanach agus dul isteach sa cheárta, 'prentice' Joe. Anois, bhí an réaltacht i mo shealbhú, bhraith mé ach go raibh mé dusty leis an deannach de ghual beag, agus go raibh mé meáchan ar mo cuimhneachán laethúil a raibh an anvil cleite. Bhí ócáidí i mo shaol níos déanaí (is dócha mar atá sa chuid is mó saol) nuair a bhraith mé ar feadh tamaill amhail is dá mbeadh cuirtín tiubh tar éis titim ar a leas agus grá go léir, a dhúnadh dom amach ó rud ar bith a shábháil endurance dull ar bith níos mó. Níor thit an cuirtín sin chomh trom agus chomh bán riamh, mar nuair a bhí mo bhealach sa saol sínte amach díreach romham tríd an mbóthar printíseachta nua do Sheosamh.

Is cuimhin liom gur ghnách liom seasamh thart ar an reilig tráthnóna Dé Domhnaigh nuair a bhí an oíche ag titim, ag cur mo dhearcadh féin i gcomparáid leis an dearcadh riasc gaofar, agus ag déanamh amach roinnt cosúlachta eatarthu ag smaoineamh ar cé chomh cothrom agus íseal a bhí an dá rud, agus conas ar an dá tháinig bealach anaithnid agus ceo dorcha agus ansin an fharraige. Bhí mé chomh dejected ar an gcéad lá oibre de mo phrintíseacht mar a bhí sa tar éis sin; ach tá áthas orm a fháil amach nár chuir mé murmur riamh ar Sheosamh fad is a mhair mo dhintiúirí. Is é an t-aon rud atá mé sásta a bheith ar an eolas faoi féin maidir leis sin.

Mar, cé go n-áirím an méid a théim ar aghaidh leis, ba é fiúntas an ruda a leanaim ar aghaidh leis ná Joe's. Ní toisc go raibh mé dílis, ach toisc go raibh Joe dílis, níor rith mé riamh agus chuaigh mé do shaighdiúir nó do mhairnéalach. Ní toisc go raibh tuiscint láidir agam ar bhua na tionsclaíochta, ach toisc go raibh tuiscint láidir ag Joe ar bhua na tionsclaíochta, gur oibrigh mé le zeal dofhulaingthe i gcoinne an ghráin. Ní féidir a fháil amach cé chomh fada agus a eitlíonn tionchar aon fhear dualgas macánta-chroíoch amiable amach ar fud an domhain; ach is féidir a fháil amach conas a chuaigh sé i bhfeidhm ar dhuine féin agus mé ag dul, agus tá a fhios agam go maith gur tháinig aon mhaith a chuir isteach ar mo phrintíseacht de Joe a bhí sásta go soiléir, agus gan a bheith ag súil go mór liom.

Cad a bhí uaim, cé atá in ann a rá? Conas is féidir *liom* a rá, nuair nach raibh a fhios agam riamh? Cad dreaded mé go raibh, go bhfuil i roinnt uair an chloig unlucky mé, a bheith ar mo grimiest agus is coitianta, Ba chóir ardaitheoir suas mo shúile agus a fheiceáil Estella ag féachaint i ar cheann de na fuinneoga adhmaid an cheárta. Bhí mé ciaptha ag an eagla go mbeadh sí, luath nó mall, a fháil amach dom, le aghaidh dubh agus lámha, ag déanamh an chuid is garbh de mo chuid oibre, agus go mbeadh exult thar dom agus despise dom. Go minic tar éis thitim na hoíche, nuair a bhí mé ag tarraingt na bolgaí do Joe, agus bhí muid ag canadh Old Clem, agus nuair a smaoinigh muid ar an gcaoi ar ghnách linn é a chanadh ag Miss Havisham's is cosúil go dtaispeánfadh sé aghaidh Estella dom sa tine, agus a gruaig deas ag sileadh sa ghaoth agus a súile ag scóráil orm,-go minic ag an am sin bheinn ag breathnú i dtreo na bpainéal sin d'oíche dhubh sa bhalla a bhfuil na fuinneoga adhmaid ansin bhí, agus bheadh mhaisiúil go bhfaca mé í díreach ag tarraingt a aghaidh ar shiúl, agus go mbeadh a chreidiúint go raibh sí ag teacht ar deireadh.

Ina dhiaidh sin, nuair a chuamar isteach chun suipéir, bheadh cuma níos baileaí ar an áit agus ar an mbéile ná mar a bhí riamh, agus bhraithfinn níos mó náire ar an mbaile ná mar a bhí riamh, i mo bhrollach neamhghéilliúil féin.

Caibidil XV.

De réir mar a bhí mé ag fáil ró-mhór do sheomra mór-aintín an Uasail Wopsle, tháinig deireadh le mo chuid oideachais faoin mban preposterous sin. Ní raibh, áfach, go dtí gur chuir Biddy gach rud a bhí ar eolas aici chugam, ón gcatalóg bheag praghsanna, go dtí amhrán grinn a bhí ceannaithe aici uair amháin ar leathphingin. Cé gurbh iad na línte tosaigh an t-aon chuid chomhleanúnach den dara píosa litríochta,

> Nuair a chuaigh mé go dtí sirs bhaile Lunnon, Too rul loo rulToo rul loo rulWasn't I done very brown sirs? Ró-rul loo rulToo rul loo rul

—fós, i mo mhian a bheith níos críonna, fuair mé an chumadóireacht seo de chroí leis an domhantarraingt is mó; ná ní cuimhin liom gur cheistigh mé a fhiúntas, ach amháin gur shíl mé (mar a dhéanaim fós) an méid Ró-rul beagán níos mó ná an fhilíocht. I mo ocras le haghaidh faisnéise, rinne mé moltaí don Uasal Wopsle a bhronnadh ar roinnt blúiríní intleachtúla orm, a chomhlíon sé kindly. Mar a tharla sé, áfach, nach raibh sé ach ag iarraidh orm le haghaidh leagan-figiúr drámatúil, a bheith contrártha agus glactha agus wept thar agus bulaíocht agus clutched agus stabbed agus knocked faoi ar bhealaí éagsúla, dhiúltaigh mé go luath an cúrsa teagaisc; cé nach go dtí go raibh an tUasal Wopsle ina Fury fileata mauled mór dom.

Cibé rud a fuair mé, rinne mé iarracht dul i gcion ar Sheosamh. This statement sounds so well, nach féidir liom i mo choinsias ligean dó pas a fháil gan mhíniú. Bhí mé ag iarraidh a dhéanamh Joe níos lú aineolach agus coitianta, go bhféadfadh sé a bheith níos fiúntaí de mo shochaí agus níos lú oscailte do reproach Estella.

Ba é an sean-Chadhnra amuigh ar na riasca ár n-áit staidéir, agus scláta briste agus píosa gearr peann luaidhe sclátaí ár n-uirlisí oideachais: ar chuir Seosamh píopa tobac leis i gcónaí. Ní raibh aithne agam riamh ar Sheosamh chun cuimhneamh ar rud ar bith ó Dhomhnach amháin go Domhnach eile, nó aon phíosa eolais a fháil, faoi mo theagasc, cibé. Ach chaithfeadh sé a phíopa ag an Battery le haer i bhfad níos sagacious ná áit ar bith eile,-fiú le haer foghlamtha,-

amhail is dá mba mheas sé é féin a bheith ag dul chun cinn go mór. A chara, tá súil agam go ndearna sé.

Bhí sé taitneamhach agus ciúin, amuigh ansin leis na seolta ar an abhainn ag dul thar an talamh, agus uaireanta, nuair a bhí an taoide íseal, ag féachaint amhail is dá mba le longa báite a bhí fós ag seoladh ar aghaidh ag bun an uisce. Aon uair a bhreathnaigh mé ar na soithí a bhí ina seasamh amach chun farraige agus a seolta bána scaipthe, smaoinigh mé ar bhealach ar Miss Havisham agus Estella; agus aon uair a bhuail an solas aslant, i bhfad amach, ar scamall nó seol nó cnocán glas nó uisce-líne, bhí sé díreach mar an gcéanna.—Miss Havisham agus Estella agus an teach aisteach agus an saol aisteach an chuma go bhfuil rud éigin a dhéanamh le gach rud a bhí pictiúrtha.

Domhnach amháin nuair a bhí Joe, ag baint an-taitneamh as a phíopa, chomh plumed féin ar a bheith "dull is uafásach," gur thug mé suas dó ar feadh an lae, leagan mé ar an earthwork ar feadh tamaill le mo smig ar mo lámh, rianta descrying de Miss Havisham agus Estella ar fud an ionchas, sa spéir agus san uisce, go dtí faoi dheireadh bheartaigh mé smaoineamh a lua fúthu a bhí i bhfad i mo chloigeann.

"A Sheosaimh," arsa mise; "nach gceapann tú gur chóir dom cuairt a thabhairt ar Miss Havisham?"

"Bhuel, Pip," ar ais Joe, ag smaoineamh go mall. "Cad le haghaidh?"

"Cad chuige, a Sheosaimh? Cad chuige a ndéantar aon chuairt?

"Tá roinnt wisits p'r'aps," a dúirt Joe, "mar go deo fós oscailte don cheist, Pip. Ach maidir le Miss Havisham a wisiting. B'fhéidir go gceapfadh sí go raibh rud éigin uait—ag súil le rud éigin di."

"Nach gceapann tú go bhféadfainn a rá nach ndearna mé, a Sheosaimh?"

"D'fhéadfá, sean-CHAP," arsa Joe. "Agus d'fhéadfadh sí creidiúint a thabhairt dó. Mar an gcéanna ní fhéadfadh sí. "

Bhraith Joe, mar a rinne mé, go raibh pointe déanta aige ansin, agus tharraing sé go crua ar a phíopa chun é féin a choinneáil ó lagú air trí athrá.

"Feiceann tú, Pip," a lean Joe, chomh luath agus a bhí sé anuas ar an gcontúirt sin, "Rinne Iníon Havisham an rud dathúil leat. Nuair a rinne Iníon Havisham an rud dathúil leat, ghlaoigh sí ar ais orm a rá liom mar a bhí go léir.

"Sea, a Sheosaimh. Chuala mé í."

"GACH," Joe arís agus arís eile, an-emphatically.

"Sea, a Sheosaimh. Deirim libh, chuala mé í.

"Cé acu i gceist agam, Pip, d'fhéadfadh sé a bheith go raibh a bhrí,-Déan deireadh ar sé!-Mar a bhí tú!-Mise go dtí an Tuaisceart, agus tú go dtí an Deisceart!-Coinnigh i sunders!"

Smaoinigh mé air sin freisin, agus bhí sé i bhfad ó chompord dom a fháil gur smaoinigh sé air; óir ba chosúil go raibh sé níos dóchúla.

"Ach, a Sheosaimh."

"Sea, sean-CHAP."

"Seo mé, ag dul ar aghaidh sa chéad bhliain de mo chuid ama, agus, ón lá a bhí mé faoi cheangal, níor ghabh mé buíochas riamh le Miss Havisham, nó d'iarr mé ina dhiaidh, nó thaispeáin mé gur cuimhin liom í."

"Tá sé sin fíor, Pip; agus muna raibh tú chun sraith bróga a chur uirthi ceithre bhabhta ar fad—agus a bhí i gceist agam mar shraith bróg fiú, b'fhéidir nach mbeadh gach ceann de na ceithre bhabhta inghlactha mar bhronntanas, i mbeagán focal ar fad—"

"Níl an saghas cuimhneacháin sin i gceist agam, a Sheosaimh; Ní bronntanas atá i gceist agam.

Ach bhí Joe tar éis smaoineamh ar bhronntanas ina cheann agus caithfidh sé cruit a chur air. "Nó fiú," a dúirt sé, "má chabhraigh tú a knocking di suas slabhra nua don doras tosaigh,-nó a rá comhlán nó dhó de scriúnna siorc-i gceannas lena n-úsáid go ginearálta,-nó roinnt alt mhaisiúil éadrom, ar nós toasting-forc nuair a thóg sí a muifíní,-nó gridiron nuair a ghlac sí salán nó a leithéid-"

"Níl aon láthair i gceist agam ar chor ar bith, a Sheosaimh," a dúirt mé.

"Bhuel," arsa Joe, agus é fós ag cruitireacht air amhail is gur bhrúigh mé go háirithe é, "dá mba mise féin, Pip, ní bheinn. Ní dhéanfainn. Cad is slabhra dorais ann nuair a bhíonn ceann aici i gcónaí? Agus tá siorcanna-headers oscailte do misrepresentations. Agus má bhí sé ina toasting-forc, ba mhaith leat dul isteach práis agus a dhéanamh duit féin aon chreidmheas. Agus ní féidir leis an oibrí oncommonest é féin a thaispeáint arcommon i gridiron,-do gridiron IS gridiron," a dúirt Joe, steadfastly luí sé orm, amhail is dá mbeadh sé ag iarraidh a rouse dom ó delusion seasta, "agus is féidir leat haim ar cad is mian leat, ach gridiron beidh sé ag teacht amach, bíodh sé ag do shaoire nó arís do shaoire, agus ní féidir leat cabhrú leat féin-"

"Mo Joe daor," adeir mé, in éadóchas, ag glacadh seilbh ar a chóta, "ná téigh ar aghaidh ar an mbealach sin. Níor smaoinigh mé riamh ar Miss Havisham a dhéanamh i láthair.

"Ní hea, a Phíobaire," a d'aontaigh Seosamh, amhail is go raibh sé ag áiteamh air sin, ar fad; "agus is é an rud a deirim leat, tá an ceart agat, a Pip."

"Sea, a Sheosaimh; ach cad a bhí mé ag iarraidh a rá, go bhfuil mar go bhfuil muid in áit slack díreach anois, más rud é go mbeadh tú a thabhairt dom leathsaoire a-amárach, I mo thuairimse, ba mhaith liom dul uptown agus glaoch a dhéanamh ar Miss Est-Havisham. "

"Cé acu a hainm," arsa Joe, go huafásach, "nach Estavisham, Pip, mura bhfuil sí rechris'ened."

"Tá a fhios agam, a Joe, tá a fhios agam. Duillín de mo chuid a bhí ann. Cad é do bharúil de, a Sheosaimh?"

I mbeagán focal, shíl Seosamh gur smaoinigh sé go maith air má smaoinigh mé go maith air. Ach, bhí sé go háirithe i sonraíocht más rud é nach raibh mé a fuarthas le cordiality, nó más rud é nach raibh mé spreagadh a dhéanamh arís mo chuairt mar chuairt nach raibh aon rud ulterior ach bhí ach ar cheann de buíochas do bhfabhar a fuarthas, ansin ba chóir go mbeadh an turas turgnamhach aon chomharba. Gheall mé go gcloífinn leis na coinníollacha seo.

Anois, choinnigh Seosamh fear aistir ar phá seachtainiúil agus Orlick an t-ainm a bhí air. Lig sé air gurbh é Dolge an t-ainm baiste a bhí air—Impossibility soiléir,— ach bhí sé ina chomhalta den diúscairt obstinate sin go gcreidim gurbh é an creach é gan aon delusion sa mhéid áirithe seo, ach go toiliúil gur chuir sé an t-ainm sin ar an sráidbhaile mar thús lena thuiscint. Bhí sé ina chomhalta swarthy leathanlimbed scaoilte-limbed de neart mór, riamh i Hurry, agus i gcónaí slouching. Ní raibh an chuma air fiú go dtiocfadh sé ar a chuid oibre ar an gcuspóir, ach bheadh sé slouch i amhail is dá mba trí thimpiste amháin; agus nuair a chuaigh sé go dtí an Jolly Bargemen chun a dhinnéar a ithe, nó nuair a chuaigh sé ar shiúl san oíche, bheadh sé ag slouch amach, cosúil le Cain nó an Giúdach Wandering, amhail is nach raibh aon smaoineamh aige cá raibh sé ag dul agus gan aon rún aige teacht ar ais riamh. Lóisteáil sé ag sliús-choimeádaí amach ar na riasca, agus ar laethanta oibre a bheadh teacht slouching as a díseart, lena lámha ina phócaí agus a dinnéar ceangailte go scaoilte i bundle bhabhta a mhuineál agus dangling ar a dhroim. Ar an Domhnach is mó a luigh sé an lá ar fad ar na geataí sliús, nó sheas sé in aghaidh brící agus sciobóil. He always slouched, locomotively, lena shúile ar an talamh; agus, nuair a accosted nó ar shlí eile ag teastáil chun iad a ardú, d'fhéach sé suas ar bhealach leath-resentful, leath-puzzled, amhail is dá mba é an t-aon smaoineamh a bhí aige riamh, go raibh sé in áit fíric corr agus díobhálach nár chóir dó a bheith ag smaoineamh.

Níor thaitin an fear aistir morose seo liom. Nuair a bhí mé an-bheag agus timid, thug sé dom a thuiscint go raibh cónaí ar an Diabhal i gcúinne dubh den cheárta, agus go raibh a fhios aige an fiend go han-mhaith: freisin go raibh sé riachtanach a dhéanamh suas an tine, uair amháin i seacht mbliana, le buachaill beo, agus go mb'fhéidir go mbeadh mé a mheas mé féin breosla. Nuair a bhí mé i mo 'prentice' ag Joe, b'fhéidir gur deimhníodh Orlick in amhras éigin gur cheart dom é a dhíláithriú; He liked me still less, thaitin sé liom níos lú fós. Ní hé go ndúirt sé tada riamh, nó go ndearna sé rud ar bith, ag iompórtáil naimhdeas go hoscailte; Níor thug mé faoi deara ach gur bhuail sé a spréacha i gcónaí i mo threo, agus nuair a chan mé Old Clem, tháinig sé isteach as am.

Bhí Dolge Orlick ag obair agus i láthair, an lá dár gcionn, nuair a chuir mé mo leathshaoire i gcuimhne do Sheosamh. Ní dúirt sé tada i láthair na huaire, óir ní bhfuair sé féin ná Joe ach píosa d'iarann te eatarthu, agus bhí mé ag na bolgaí; ach ag agus ag a dúirt sé, leaning ar a casúr,—

"Anois, a mháistir! Cinnte nach bhfuil tú ag dul i bhfabhar ach duine amháin againn. Má tá leath-saoire ag Pip Óg, déan an oiread do Old Orlick. Is dócha go raibh sé thart ar chúig bliana is fiche, ach de ghnáth labhair sé air féin mar dhuine ársa.

"Cén fáth, cad a dhéanfaidh tú le leath-lá saoire, má fhaigheann tú é?" arsa Joe.

"Cad a dhéanfaidh *mé* leis! Cad a dhéanfaidh *sé* leis? Déanfaidh mé an oiread leis *leis*," arsa Orlick.

"Maidir le Pip, tá sé ag dul suas an baile," a dúirt Joe.

"Bhuel ansin, maidir le Old Orlick, *tá sé* ag dul suas baile," retorted go fiú. "Is féidir le beirt dul suas an baile. Ní féidir le Tain't ach wot amháin dul suas an baile.

"Ná caill do temper," arsa Joe.

"Beidh más maith liom," growled Orlick. "Cuid acu agus a n-uptowning! Anois, a mháistir! Tar. Níl fabhar ar bith sa siopa seo. Bí i d'fhear!

An máistir diúltú siamsaíocht a thabhairt ar an ábhar go dtí go raibh an journeyman i temper níos fearr, Orlick plunged ag an foirnéise, tharraing amach barra dearg-te, a rinneadh ag dom leis amhail is dá mbeadh sé ag dul a reáchtáil trí mo chorp, whisked sé thart ar mo cheann, leag sé ar an anvil, hammered sé amach,-amhail is dá mba mé, Shíl mé, agus ba iad na spréacha mo chuid fola spirting,-agus ar deireadh dúirt sé, nuair a bhí hammered sé é féin te agus an fuar iarainn, agus chlaon sé arís ar a casúr,—

"Anois, a mháistir!"

"An bhfuil an ceart ar fad agat anois?" a d'éiligh Joe.

"Ah! Tá an ceart ar fad agam," arsa Gruff Old Orlick.

"Ansin, mar is iondúil go gcloíonn tú le do chuid oibre chomh maith leis an gcuid is mó de na fir," arsa Joe, "lig dó a bheith ina leath-lá saoire do chách."

Bhí mo dheirfiúr ina seasamh ciúin sa chlós, laistigh den éisteacht,-bhí sí ina spiaire agus éisteoir is neamhscrupallacha,-agus d'fhéach sí láithreach i ar cheann de na fuinneoga.

"Cosúil leatsa, amadán tú!" ar sise le Joe, "ag tabhairt laethanta saoire do hulkers mór díomhaoin mar sin. Is fear saibhir thú, ar mo shaol, to waste wages in that way. Is mian liom go raibh mé a mháistir!

"Ba mhaith leat a bheith gach duine máistir, má durst tú," retorted Orlick, le grin droch-favoured.

("Lig di féin," arsa Seosamh.)

"Ba mhaith liom a bheith ina chluiche do gach núdail agus gach bradacha," ar ais mo dheirfiúr, ag tosú ag obair í féin i buile mighty. "Agus ní fhéadfainn a bheith i mo chluiche do na núdail, gan a bheith i mo chluiche do do mháistir, atá ina rí dunder-i gceannas ar na núdail. Agus ní fhéadfainn a bheith i mo chluiche do na bradaithe, gan a bheith i mo chluiche duitse, cé hiad na daoine is duibhe agus an bradaí is measa idir seo agus an Fhrainc. Anois!"

"Tá tú ina shrew salach, Máthair Gargery," growled an journeyman. "Má dhéanann sé sin breitheamh bradacha, ba chóir duit a bheith ina maith'un."

("Lig di féin, an mbeidh tú?" arsa Joe.)

"Cad a dúirt tú?" Adeir mo dheirfiúr, ag tosú ag screadaíl. "Cad a dúirt tú? Cad a dúirt an fear sin Orlick liom, Pip? Cad a thug sé orm, agus m'fhear céile ina sheasamh? Ó! ó! ó! Bhí gach ceann de na exclamations shriek; agus ní mór dom a rá faoi mo dheirfiúr, cad atá chomh fíor céanna de na mná foréigneacha go léir a chonaic mé riamh, ní raibh an paisean sin aon leithscéal di, toisc go bhfuil sé undeniable gur in ionad lapsing isteach paisean, ghlac sí go comhfhiosach agus d'aon ghnó pianta urghnách chun bhfeidhm í féin isteach ann, agus d'éirigh blindly furious ag céimeanna rialta; "Cén t-ainm a thug sé dom roimh an mbunfhear a mhionnaigh mé a chosaint? Ó! Coinnigh orm! Ó!

"Ah-h-h!" D'fhás an journeyman, idir a chuid fiacla, "Ba mhaith liom a shealbhú tú, má bhí tú mo bhean chéile. Ba mhaith liom tú a choinneáil faoin gcaidéal, agus é a thachtadh as duit.

("Deirim libh, gan trácht uirthi," arsa Seosamh.)

"Ó! Chun éisteacht leis!" Adeir mo dheirfiúr, le clap a lámha agus scread le chéile,-a bhí sí an chéad chéim eile. "Chun éisteacht leis na hainmneacha atá sé a thabhairt dom! Go Orlick! I mo theach féin! Mise, bean phósta! Le m'fhear céile ina sheasamh! Ó! Ó! Anseo bhuail mo dheirfiúr, tar éis bualadh bos agus screadaíl, a lámha ar a bosom agus ar a glúine, agus chaith sí a caipín amach, agus tharraing sí a cuid gruaige síos,-a bhí na céimeanna deireanacha ar a bóthar chun frenzy. A bheith faoin am seo Fury foirfe agus rath iomlán, rinne sí Fleasc ag an doras a bhí mé faoi ghlas fortunately.

Cad a d'fhéadfadh an Joe wretched a dhéanamh anois, tar éis a bhriseadh parenthetical neamhaird, ach seasamh suas go dtí a journeyman, agus a iarraidh air cad a bhí i gceist aige ag cur isteach betwixt féin agus Mrs Joe; agus níos faide an raibh sé fear go leor chun teacht ar? Bhraith Old Orlick gur admhaigh an scéal nach raibh rud ar bith níos lú ná teacht air, agus go raibh sé ar a chosaint díreach; Mar sin, gan an oiread agus a tharraingt as a gcuid naprún singed agus dóite, chuaigh siad ag a chéile, cosúil le dhá giants. Ach, dá bhféadfadh fear ar bith sa chomharsanacht sin seasamh suas i gcoinne Joe, ní fhaca mé an fear riamh. Orlick, amhail is dá mbeadh sé ar aon chuntas níos mó ná an uasal óg pale, bhí an-luath i measc an gual-deannaigh, agus i aon Hurry chun teacht amach as é. Ansin dhíghlasáil Seosamh an doras agus phioc sé suas mo dheirfiúr, a bhí tite do-ghlactha ag an bhfuinneog (ach a chonaic an troid ar dtús, sílim), agus a rinneadh isteach sa teach agus a leagadh síos, agus a moladh a athbheochan, agus nach ndéanfadh rud ar bith ach streachailt agus clench a lámha i ngruaig Joe. Ansin tháinig an suaimhneas agus an tost uatha sin a n-éiríonn leo go léir; agus ansin, leis an mbraistint doiléir a raibh baint agam i gcónaí lena leithéid de lull,—is é sin, gur Dé Domhnaigh a bhí ann, agus go raibh duine éigin marbh,—chuaigh mé thuas staighre chun mé féin a ghléasadh.

Nuair a tháinig mé anuas arís, fuair mé Joe agus Orlick ag scuabadh suas, gan aon rian eile de mhíchompord ná scoilt i gceann de nostrils Orlick, nach raibh expressive ná ornáideach. Bhí pota beorach le feiceáil ó na Jolly Bargemen, agus bhí siad á roinnt le sealanna ar bhealach síochánta. Bhí tionchar sedative agus fealsúnachta ag an lull ar Joe, a lean mé amach ar an mbóthar a rá, mar bhreathnóireacht scaradh a d'fhéadfadh a dhéanamh dom go maith, "Ar an Rampage, Pip, agus as an Rampage, Pip:—is é sin an Saol!"

Leis na mothúcháin áiféiseacha (mar is dóigh linn na mothúcháin atá an-tromchúiseach i bhfear atá sách greannmhar i mbuachaill) fuair mé mé féin arís ag dul go Miss Havisham's, cúrsaí beag anseo. Ná, conas a rith mé agus repassed an geata mhéad uair sula raibh mé in ann a dhéanamh suas mo intinn chun fáinne.

Ná, conas a phléigh mé ar chóir dom dul amach gan bualadh; ná, conas ba chóir dom a bheith imithe gan amhras, más rud é go raibh mo chuid ama féin, chun teacht ar ais.

Tháinig Iníon Sarah Pocket go dtí an geata. Gan Estella.

"Conas, ansin? Tá tú anseo arís?" arsa Miss Pocket. "Cad atá uait?"

Nuair a dúirt mé nár tháinig mé ach chun a fheiceáil conas a bhí Miss Havisham, ba léir go ndearna Sarah d'aon ghnó cé acu ar chóir nó nár cheart di mé a sheoladh faoi mo ghnó. Ach toilteanach guais a chur ar an bhfreagracht, lig sí isteach mé, agus faoi láthair thug sí an teachtaireacht ghéar go raibh mé chun "teacht suas."

Bhí gach rud gan athrú, agus bhí Miss Havisham ina haonar.

"Bhuel?" ar sise, ag socrú a súile orm. "Tá súil agam nach bhfuil aon rud uait? Ní bhfaighidh tú faic."

"Níl go deimhin, Miss Havisham. Ní raibh mé ach ag iarraidh go mbeadh a fhios agat go bhfuil ag éirí go han-mhaith liom i mo phrintíseacht, agus tá dualgas mór orm i gcónaí."

"Tá, ann!" leis na sean-mhéara restless. "Tar anois is arís; teacht ar do lá breithe.—Ay!" Adeir sí go tobann, ag casadh í féin agus a cathaoir i dtreo dom, "Tá tú ag lorg bhabhta do Estella? Hey?"

Bhí mé ag lorg babhta,-i ndáiríre, do Estella,-agus stammered mé go raibh súil agam go raibh sí go maith.

"Thar lear," arsa Iníon Havisham; "oideachas a chur ar bhean; i bhfad as bealach; níos deise ná riamh; meas ag gach duine a fheiceann í. An mbraitheann tú gur chaill tú í?

Bhí a leithéid de thaitneamh urchóideach ina chaint ar na focail dheireanacha, agus bhris sí isteach i gáire chomh míshásta sin, go raibh mé ag cailleadh cad ba cheart a rá. Spáráil sí an trioblóid orm ag smaoineamh, ag briseadh as dom. Nuair a bhí an geata dúnta orm ag Sarah an ghnúis gallchnó-bhlaosc, mhothaigh mé níos mó ná riamh míshásta le mo theach agus le mo cheird agus le gach rud; agus ba é sin go léir a ghlac mé leis *an rún sin*.

De réir mar a bhí mé ag loitering ar an tSráid Ard, ag féachaint go discréideach ar fhuinneoga an tsiopa, agus ag smaoineamh ar cad a cheannóinn dá mbeinn i m'fhear uasal, ar cheart dó teacht amach as an siopa leabhar ach an tUasal Wopsle. Bhí an tUasal Wopsle ina láimh an tragóid a chuaigh i bhfeidhm ar George Barnwell, ina raibh sé pingin infheistithe aige an nóiméad sin, d'fhonn gach focal de a charnadh ar cheann Pumblechook, lena raibh sé chun tae a ól. Ní túisce a chonaic sé mé, ná mar a mheas sé gur chuir Providence speisialta 'prentice ina bhealach le léamh ag; agus leag sé greim orm, agus d'áitigh sé ar mo thionlacan é go dtí an parlús Pumblechookian. Mar a bhí a fhios agam go mbeadh sé olc sa bhaile, agus de réir mar a bhí na hoícheanta dorcha agus bhí an bealach dreary, agus beagnach aon comhluadar ar an mbóthar níos fearr ná aon cheann, rinne mé aon friotaíocht mór; dá bhrí sin, d'iompaigh muid isteach i Pumblechook's díreach mar a bhí an tsráid agus na siopaí ag soilsiú suas.

Ós rud é nár chabhraigh mé riamh le haon ionadaíocht eile de George Barnwell, níl a fhios agam cé chomh fada is a thógann sé de ghnáth; ach tá a fhios agam go han-mhaith gur thóg sé go dtí leathuair tar éis a naoi a chlog an oíche sin, agus nuair a fuair an tUasal Wopsle isteach Newgate, Shíl mé riamh go mbeadh sé ag dul go dtí an scafall, bhí sé i bhfad níos moille ná ag aon tréimhse roimhe sin dá ghairm bheatha náireach. Shíl mé go raibh sé beagáinín rómhór gur cheart dó gearán a dhéanamh faoi bheith gearrtha gearr ina bhláth tar éis an tsaoil, amhail is nach raibh sé ag rith chun síl, duilleog i ndiaidh duilleog, ó thosaigh a chúrsa. Ní raibh ansin, áfach, ach ceist a bhain le fad agus le caitheamh. An rud a chuir as dom, ná an caidreamh ar fad a aithint le mo chuid féin neamhoifigiúil. Nuair a thosaigh Barnwell ag dul mícheart, dearbhaím gur mhothaigh mé leithscéal dearfach, chuir stare indignant Pumblechook cáin orm leis. Wopsle, freisin, ghlac pianta a chur i láthair dom sa solas is measa. Ag an am céanna ferocious agus maudlin, rinneadh mé a dhúnmharú mo uncail gan aon imthosca extenuating cibé; Chuir Millwood síos mé in argóint, ar gach ócáid; bhí sé ina monomania fórsa i m'iníon mháistir chun aire a thabhairt do chnaipe dom; agus gach ar féidir liom a rá as mo iompar gasping agus procrastinating ar an maidin mharfach, is é sin, go raibh sé fiú an feebleness ginearálta de mo charachtar. Fiú amháin tar éis dom a bheith crochta go sona sásta agus gur dhún Wopsle an leabhar, shuigh Pumblechook ag stánadh orm, agus ag croitheadh a chinn, agus ag rá, "Tóg rabhadh, buachaill, tabhair rabhadh!" amhail is dá mba rud é go raibh sé ar eolas go maith go raibh mé ag smaoineamh ar dhúnmharú gaol gar, ar choinníoll go raibh mé in ann a spreagadh ach amháin go bhfuil an laige a bheith ar mo benefactor.

Bhí sé ina oíche an-dorcha nuair a bhí sé ar fud, agus nuair a leag mé amach leis an Uasal Wopsle ar an siúl abhaile. Taobh amuigh den bhaile, fuair muid ceo trom amach, agus thit sé fliuch agus tiubh. Bhí an lampa turnpike doiléir, go leor as gnátháit an lampa de réir dealraimh, agus d'fhéach a ghathanna substaint sholadach ar an gceo. Bhí muid ag tabhairt faoi deara é seo, agus ag rá conas a d'ardaigh an ceo le hathrú gaoithe ó cheathrú áirithe dár riasca, nuair a tháinig muid ar fhear, ag slouching faoi laoi an tí turnpike.

"Halloa!" A dúirt muid, ag stopadh. "Orlick ann?"

"Ah!" fhreagair sé, slouching amach. "Bhí mé i mo sheasamh nóiméad, ar an seans cuideachta."

"Tá tú déanach," a dúirt mé.

Níor fhreagair Orlick go mínádúrtha, "Bhuel? Agus *tá tú* déanach."

"Táimid tar éis a bhí," a dúirt an tUasal Wopsle, exalted lena fheidhmíocht déanach, - "ní mór dúinn a bheith indulging, an tUasal Orlick, i tráthnóna intleachtúil."

D'fhás Sean-Orlick, amhail is nach raibh aon rud le rá aige faoi sin, agus chuaigh muid ar fad ar aghaidh le chéile. D'fhiafraigh mé de faoi láthair an raibh sé ag caitheamh a leath-laethanta saoire suas agus síos an baile?

"Tá," ar seisean, "ar fad. Tagaim isteach taobh thiar díot féin. Ní fhaca mé thú, ach caithfidh go raibh mé gar go leor taobh thiar díot. Faoin am sin, tá na gunnaí ag dul arís."

"Ag na Hulks?" arsa mise.

"Ay! Tá cuid de na héin ar foluain ó na cages. Tá na gunnaí ag dul ó dhorchadas, faoi. Cloisfidh tú ceann faoi láthair.

I ndáiríre, ní raibh muid ag siúl go leor slata níos faide, nuair a tháinig an borradh dea-chuimhnithe i dtreo dúinn, deadened ag an ceo, agus rolladh go mór ar feadh na tailte íseal ag an abhainn, amhail is dá mbeadh sé ag leanúint agus ag bagairt ar na teifigh.

"Oíche mhaith do ghearradh amach i," arsa Orlick. "Ba mhaith linn a bheith puzzled conas a thabhairt síos jail-éan ar an sciathán, go-oíche."

Bhí an t-ábhar moltach dom, agus smaoinigh mé air ina thost. Thit an tUasal Wopsle, mar uncail droch-requited tragóid an tráthnóna, chun meditating os ard ina ghairdín ag Camberwell. Orlick, lena lámha ina phócaí, slouched go mór ar mo thaobh. Bhí sé an-dorcha, an-fhliuch, an-láibeach, agus mar sin splashed muid chomh maith. Anois agus ansin, bhris fuaim an gunna comhartha orainn arís, agus rolladh arís sulkily feadh chúrsa na habhann. Choinnigh mé mé féin liom féin agus le mo chuid smaointe. Fuair an tUasal Wopsle bás amiably ag Camberwell, agus cluiche exceedingly ar Bosworth Field, agus sna haoiseanna is mó ag Glastonbury. D'fhás Orlick uaireanta, "Buille amach é, buille sé amach,-Sean Clem! Le clink don stout, - Sean Clem! " Shíl mé go raibh sé ag ól, ach ní raibh sé ar meisce.

Dá bhrí sin, tháinig muid go dtí an sráidbhaile. An bealach a chuaigh muid thóg sé dúinn thar an Trí Jolly Bargemen, a bhí ionadh orainn a fháil-é a bheith a haon déag a chlog-i stát commotion, leis an doras oscailte ar fud, agus soilse unwonted a bhí gafa hastily suas agus a chur síos scaipthe faoi. Thit an tUasal Wopsle isteach chun a fhiafraí cad é an t-ábhar (surmising go raibh ciontaithe tógtha), ach tháinig sé ag rith amach i Hurry mór.

"Tá rud éigin cearr," a dúirt sé, gan stopadh, "suas ag d'áit, Pip. Rith go léir!

"Cad é?" D'iarr mé, ag coinneáil suas leis. Mar sin a rinne Orlick, ar mo thaobh.

"Ní féidir liom a thuiscint go leor. Is cosúil gur cuireadh isteach go foréigneach ar an teach nuair a bhí Joe Gargery amuigh. Ceaptha ag daoránach. Ionsaíodh agus gortaíodh duine éigin."

Bhí muid ag rith róthapa chun a admháil go raibh níos mó á rá, agus ní dhearna muid aon stad go dtí go ndeachaigh muid isteach inár gcistineach. Bhí sé lán le daoine; bhí an sráidbhaile ar fad ann, nó sa chlós; agus bhí máinlia ann, agus bhí Seosamh ann, agus bhí grúpa ban ann, iad go léir ar an urlár i lár na cistine. Tharraing na daoine dífhostaithe siar nuair a chonaic siad mé, agus mar sin tháinig mé ar an eolas faoi mo dheirfiúr,-suite gan chiall ná gluaiseacht ar na boird loma ina raibh sí buailte síos ag buille ollmhór ar chúl an chinn, ag déileáil le lámh anaithnid éigin nuair a bhí a aghaidh iompaithe i dtreo na tine,-i ndán riamh a bheith ar an Rampage arís, nuair a bhí sí ina bean chéile ag Joe.

Caibidil XVI.

Le mo cheann lán de George Barnwell, bhí mé ag fáil réidh ar dtús chun a chreidiúint go *gcaithfidh mé go* raibh lámh éigin agam san ionsaí ar mo dheirfiúr, nó ag gach imeacht a raibh aithne agam uirthi mar gheall ar a gaol gar, ar a dtugtar go coitianta a bheith faoi oibleagáidí di, bhí mé rud níos dlisteanach amhras ná aon duine eile. Ach nuair a thosaigh mé ag déanamh athmhachnamh ar an scéal an mhaidin dár gcionn agus nuair a chuala mé é á phlé thart orm ar gach taobh, ghlac mé dearcadh eile ar an gcás, rud a bhí níos réasúnta.

Bhí Joe ag na Three Jolly Bargemen, ag caitheamh a phíopa, ó cheathrú tar éis a hocht a chlog go dtí ceathrú roimh a deich. Nuair a bhí sé ann, chonacthas mo dheirfiúr ina seasamh ag doras na cistine, agus bhí Oíche Mhaith malartaithe aici le saothraí feirme ag dul abhaile. Ní fhéadfadh an fear a bheith níos sainiúla maidir leis an am a chonaic sé í (fuair sé mearbhall dlúth nuair a rinne sé iarracht a bheith), ná go gcaithfidh sé a bheith roimh naoi. Nuair a chuaigh Seosamh abhaile ag cúig nóiméad roimh a deich, fuair sé amach gur bhuail sé síos ar an urlár í, agus ghlaoigh sé i gcabhair air go pras. Ní raibh an tine dóite ansin go híseal, ná ní raibh snaois na coinneal an-fhada; Bhí an choinneal séidte amach, áfach.

Níor tógadh tada as aon chuid den teach. Ní raibh, thar an séideadh amach as an coinneal,-a sheas ar bhord idir an doras agus mo dheirfiúr, agus bhí taobh thiar di nuair a sheas sí os comhair na tine agus buaileadh,-bhí aon disarrangement na cistine, ach amháin mar a bhí déanta aici féin, ag titim agus bleeding. Ach, bhí píosa suntasach fianaise amháin ar an láthair. Bhí sí buailte le rud éigin blunt agus trom, ar an ceann agus spine; Tar éis déileáil leis na buillí, caitheadh rud éigin trom anuas uirthi le foréigean suntasach, agus í ag leagan ar a aghaidh. Agus ar an talamh in aice léi, nuair a phioc Seosamh suas í, bhí cos-iarann daoránach a comhdaíodh faoi.

Anois, dhearbhaigh Joe, agus é ag scrúdú an iarainn seo le súil gabha, gur comhdaíodh é tamall ó shin. An lí agus an caoineadh ag dul amach go dtí na Hulks, agus daoine ag teacht as sin chun scrúdú a dhéanamh ar an iarann, bhí tuairim Joe comhthacaithe. Níor gheall siad a rá cathain a d'fhág sé na longa príosúin lenar bhain sé tráth; ach mhaígh siad go raibh a fhios acu go cinnte nach raibh an mainicín áirithe sin caite ag ceachtar den bheirt daoránach a d'éalaigh aréir. Thairis sin, bhí duine den bheirt sin athghabháil cheana féin, agus níor shaor sé é féin dá iarann.

Agus a fhios agam cad a bhí ar eolas agam, bhunaigh mé tátal de mo chuid féin anseo. Chreid mé gurb é iarann mo chiontaí an t-iarann—an t-iarann a chonaic mé agus a chuala mé á chomhdú, ar na riasca,—ach níor chuir m'intinn ina leith gur chuir sé an úsáid is déanaí air. Do chreid mé go raibh duine de bheirt eile ina sheilbh, agus gur iompaigh sé ar an gcuntas cruálach seo. Orlick, nó an fear aisteach a thaispeáin an comhad dom.

Anois, maidir le Orlick; bhí sé imithe chun an bhaile go díreach mar a dúirt sé linn nuair a phioc muid suas é ag an turnpike, bhí sé le feiceáil faoi bhaile ar fad an tráthnóna, bhí sé i gcuideachtaí tumadóirí i roinnt tithe poiblí, agus bhí sé ag teacht ar ais liom féin agus an tUasal Wopsle. There was nothing against him, ní raibh aon ní ina choinne; agus bhí mo dheirfiúr quarrelled leis, agus le gach duine eile mar gheall uirthi, deich míle uair. Maidir leis an bhfear aisteach; dá dtiocfadh sé ar ais dá dhá nóta bainc ní fhéadfadh aon aighneas a bheith ann fúthu, toisc go raibh mo dheirfiúr lán-sásta iad a chur ar ais. Thairis sin, ní raibh aon athrú ann; bhí an t-assailant tagtha isteach chomh ciúin agus go tobann, gur thit sí sula bhféadfadh sí breathnú thart.

Bhí sé uafásach a cheapadh go raibh an t-arm curtha ar fáil agam, áfach, gan dearadh, ach is ar éigean a d'fhéadfainn smaoineamh ar a mhalairt. D'fhulaing mé trioblóid dhosháraithe agus mé ag machnamh agus ag athmhachnamh ar cheart dom an seal sin de m'óige a dhíscaoileadh faoi dheireadh agus an scéal ar fad a insint do Sheosamh. Ar feadh míonna ina dhiaidh sin, shocraigh mé an cheist ar deireadh sa diúltach, agus d'oscail mé arís í an mhaidin dár gcionn. Tháinig an t-ábhar, tar éis an tsaoil, leis seo;—bhí an rún chomh sean sin anois, bhí sé tar éis fás isteach ionam agus a bheith mar chuid díom féin, nach raibh mé in ann é a stróiceadh. Chomh maith leis an dread, tar éis an oiread sin mischief a bheith mar thoradh air, bheadh sé níos dóichí anois ná riamh Joe a choimhthiú uaim dá gcreidfeadh sé é, bhí dread srianta eile agam nach gcreidfeadh sé é, ach go ndéanfadh sé é a assort leis na madraí iontacha agus na cutlets laofheoil mar aireagán monstrous. Mar sin féin, temporized mé liom féin, ar ndóigh-do, ní raibh mé wavering idir ceart agus mícheart, nuair a bhíonn an rud a dhéanamh i gcónaí?-agus rún a dhéanamh nochtadh iomlán más rud é ba chóir dom a fheiceáil ar aon ócáid nua den sórt sin mar seans nua chun cabhrú le fionnachtain an assailant.

Bhí na Constáblaí agus fir Bow Street as Londain-mar, tharla sé seo i laethanta na bpóilíní dearg-waistcoated imithe in éag - bhí siad thart ar an teach ar feadh seachtaine nó dhó, agus rinne mé go leor an méid a chuala mé agus a léigh mé de na húdaráis a bhí ag déanamh i gcásanna eile den sórt sin. Thóg siad suas roinnt daoine mícheart ar ndóigh, agus rith siad a gceann an-deacair i gcoinne smaointe mícheart, agus lean siad ag iarraidh na cúinsí a chur in oiriúint do na smaointe, in ionad iarracht a dhéanamh smaointe a bhaint as na cúinsí. Chomh maith leis sin, sheas siad faoi dhoras an Jolly Bargemen, le breathnaíonn a fhios agam agus in áirithe a líonadh an chomharsanacht ar fad le admiration; agus bhí modh mistéireach acu chun a ndeoch a thógáil, bhí sé sin beagnach chomh maith leis an culprit a thógáil. Ach ní leor, mar ní dhearna siad riamh é.

I bhfad tar éis na cumhachtaí bunreachtúla seo a scaipeadh, bhí mo dheirfiúr an-tinn sa leaba. Bhí a radharc suaite, ionas go bhfaca sí rudaí iolraithe, agus graspeed ag teacups visionary agus wineglasses in ionad na réaltachtaí; bhí lagú mór ar a éisteacht; a cuimhne freisin; agus bhí a cuid cainte doléite. Nuair a tháinig sí thart ar deireadh, chomh fada agus a bhí sí ag cabhrú thíos staighre, bhí sé fós riachtanach mo scláta a choinneáil léi i gcónaí, go bhféadfadh sí a chur in iúl i scríbhinn cad nach bhféadfadh sí a chur in iúl sa chaint. Ós rud é go raibh sí (an-dona lámhscríbhneoireachta óna chéile) níos mó ná speller neamhshuimiúil, agus ós rud é go raibh Joe ina léitheoir níos neamhshuimiúla, d'eascair deacrachtaí neamhghnácha eatarthu a glaodh orm i gcónaí chun iad a réiteach. Bhí riaradh caoireola in ionad leighis, tae a chur in ionad Joe, agus an báicéir le haghaidh bagúin, i measc na mbotún is séimhe a rinne mé féin.

Mar sin féin, feabhsaíodh a meon go mór, agus bhí sí foighneach. Ba ghearr go raibh éiginnteacht tremulous faoi ghníomh a géaga go léir mar chuid dá staid rialta, agus ina dhiaidh sin, ag eatraimh dhá nó trí mhí, ba mhinic a chuirfeadh sí a lámha ar a ceann, agus d'fhanfadh sí ansin ar feadh thart ar sheachtain ag an am i roinnt aberration gruama intinne. Bhí muid ag cailleadh chun freastalaí oiriúnach a aimsiú di, go dtí gur tharla imthoisc go caoithiúil chun faoiseamh a thabhairt dúinn. Chuir aintín mór an Uasail Wopsle nós deimhnithe maireachtála isteach ina raibh sí tar éis titim, agus tháinig Biddy mar chuid dár mbunaíocht.

D'fhéadfadh sé a bheith thart ar mhí tar éis mo dheirfiúr reappearance sa chistin, nuair a tháinig Biddy chugainn le bosca beag speckled ina bhfuil an t-iomlán a éifeachtaí worldly, agus tháinig chun bheith ina blessing don teaghlach. Thar aon rud eile, beannacht a bhí inti do Sheosamh, óir bhí an seanduine daor gearrtha suas go brónach ag síor-oirchill raic a mhná céile, agus bhí sé de nós aici, agus í ag freastal uirthi tráthnóna, casadh chugam anois is arís agus a rá, lena shúile gorma moistened, "A leithéid d'fhigiúr breá de bhean mar a bhí sí tráth, Pip! Ar an toirt ghlac Biddy an cúram is cliste uirthi amhail is go raibh staidéar déanta aici uirthi ó naíonacht; D'éirigh le Joe meas de chineál éigin a bheith aige ar an ciúin is mó dá shaol, agus dul síos go dtí na Jolly Bargemen anois agus ansin le haghaidh athrú a rinne sé go maith. Ba thréith de mhuintir na bpóilíní é go raibh Joe bocht níos mó nó níos lú amhrasta acu (cé nach raibh a fhios aige riamh é), agus go raibh orthu fear a aontú leis mar cheann de na biotáillí is doimhne a bhuail siad riamh.

Ba é an chéad bhua a bhí ag Biddy ina hoifig nua ná deacracht a réiteach a d'imigh go hiomlán as dom. Rinne mé iarracht chrua air, ach ní dhearna mé aon rud de. Ag so mar adeir:—

Arís agus arís agus arís eile, bhí rianú déanta ag mo dheirfiúr ar an scláta, carachtar a raibh cuma T aisteach air, agus ansin leis an díocas is mó a tharraing ár n-aird air mar rud a theastaigh uaithi go háirithe. Bhí mé i vain iarracht gach rud producible a thosaigh le T, ó tarra go tósta agus tub. Ar fhad tháinig sé isteach i mo cheann go raibh cuma casúr ar an gcomhartha, agus ar mo ghlaoch lustily an focal sin i gcluas mo dheirfiúr, bhí tús curtha aici casúr ar an mbord agus bhí in iúl aontú cáilithe. Leis sin, thug mé isteach ár gcasúir go léir, ceann i ndiaidh a chéile, ach gan leas a bhaint as. Ansin bethought mé de crutch, an cruth a bheith i bhfad mar an gcéanna, agus fuair mé ceann ar iasacht sa sráidbhaile, agus thaispeáin sé do mo dheirfiúr le muinín nach beag. Ach chroith sí a ceann sa mhéid sin nuair a taispeánadh di é, go raibh faitíos orainn ina staid lag agus shattered ba chóir di a muineál a dhíscaoileadh.

Nuair a fuair mo dheirfiúr amach go raibh Biddy an-tapa chun í a thuiscint, tháinig an comhartha mistéireach seo ar ais ar an scláta. D'fhéach Biddy go tuisceanach air, chuala mé mo mhíniú, d'fhéach sé go tuisceanach ar mo dheirfiúr, d'fhéach sé go tuisceanach ar Joe (a raibh a chéad litir i gcónaí ar an scláta), agus rith sé isteach sa cheárta, agus Joe agus mise ina dhiaidh sin.

"Cén fáth, ar ndóigh!" Adeir Biddy, le aghaidh exultant. "Nach bhfeiceann tú? Eisean atá ann!

Orlick, gan amhras! Bhí a ainm caillte aici, agus ní fhéadfadh sé ach a chasúr a chur in iúl dó. D'inis muid dó cén fáth go raibh muid ag iarraidh air teacht isteach sa chistin, agus leag sé síos a chasúr go mall, chaith sé a bhrón lena lámh, thóg sé wipe eile air lena naprún, agus tháinig sé ag slouching amach, le bend vagabond scaoilte aisteach sna glúine a idirdhealú go láidir air.

Admhaím go raibh mé ag súil le mo dheirfiúr a fheiceáil ag cáineadh é, agus go raibh díomá orm faoin toradh difriúil. Léirigh sí an imní is mó a bheith ar théarmaí maithe leis, ba léir go raibh sé sásta go mór lena bheith ar fad, agus mhol sí go dtabharfadh sí rud éigin le n-ól dó. Bhreathnaigh sí ar a ghnúis amhail is dá mba mhian léi go háirithe a bheith cinnte gur ghlac sé cineálta lena fháiltiú, léirigh sí gach fonn is féidir chun conciliate dó, agus bhí aer de propitiation humble i ngach a rinne sí, mar shampla feicthe agam pervade an bhfuil leanbh i dtreo máistir crua. Tar éis an lae sin, is annamh a ritheadh lá gan í ag tarraingt an chasúir ar a scláta, agus gan slouching Orlick isteach agus ina seasamh go doggedly os a comhair, amhail is dá mbeadh a fhios aige níos mó ná mar a rinne mé cad a dhéanamh de.

Caibidil XVII.

Thit mé isteach i ngnáthamh rialta de shaol na printíseachta anois, rud a bhí éagsúil thar theorainneacha an tsráidbhaile agus na riasca, gan aon chúinse níos suntasaí ná teacht mo bhreithlá agus mo chuairt eile a thabhairt ar Miss Havisham. Fuair mé Miss Sarah Pocket fós ar dualgas ag an ngeata; Fuair mé Miss Havisham díreach mar a d'fhág mé í, agus labhair sí ar Estella ar an mbealach céanna, más rud é nach bhfuil sna focail an-chéanna. Mhair an t-agallamh ach cúpla nóiméad, agus thug sí guine dom nuair a bhí mé ag dul, agus dúirt sí liom teacht arís ar mo chéad bhreithlá eile. D'fhéadfainn a lua ag an am céanna gur nós bliantúil a bhí ann. Rinne mé iarracht meath a chur ar an nguine an chéad uair, ach gan aon éifeacht níos fearr ná a chur faoi deara di a iarraidh orm an-feargach, má bhí súil agam níos mó? Ansin, agus ina dhiaidh sin, ghlac mé é.

Mar sin, bhí unchanging an teach dull d'aois, an solas buí sa seomra darkened, an speictreach faded sa chathaoir ag an gloine feistis-tábla, gur bhraith mé amhail is dá mba stop an stopadh na cloig Am san áit mistéireach, agus, cé gur fhás mé féin agus gach rud eile taobh amuigh d'fhás sé níos sine, sheas sé fós. Níor tháinig solas an lae isteach sa teach riamh maidir le mo chuid smaointe agus cuimhneacháin air, níos mó ná mar a bhí ar an bhfíric iarbhír. Chuir sé alltacht orm, agus faoina thionchar lean mé orm ag cur fuatha ar mo cheird agus náire a bheith orm sa bhaile.

Go neamhbhalbh, tháinig mé ar an eolas faoi athrú ar Biddy, áfach. Her shoes came up at the heel, d'fhás a cuid gruaige geal agus néata, bhí a lámha glan i gcónaí. Ní raibh sí go hálainn, - bhí sí coitianta, agus ní fhéadfadh sí a bheith cosúil le Estella, - ach bhí sí taitneamhach agus folláin agus milis-tempered. Ní raibh sí linn níos mó ná bliain (is cuimhin liom í a bheith as caoineadh ag an am a bhuail sé mé), nuair a thug mé faoi deara dom féin tráthnóna amháin go raibh súile aisteacha tuisceanacha agus aireach aici; súile a bhí an-deas agus an-mhaith.

Tháinig sé de mo shúile féin a ardú ó thasc a bhí mé ag póirseáil—ag scríobh roinnt sleachta as leabhar, chun feabhas a chur orm féin ar dhá bhealach ag an am céanna le saghas stratagem-agus ag féachaint ar Biddy ag breathnú ar an méid a bhí i gceist agam. Leag mé síos mo pheann, agus stop Biddy ina snáthaid gan é a leagan síos.

"Biddy," arsa mise, "conas a bhainistíonn tú é? Tá mé an-dúr, nó tá tú an-chliste."

"Cad é a bhainistíonn mé? Níl a fhios agam," a d'fhill Biddy, mionghaire.

D'éirigh léi ár saol baile ar fad a bhainistiú, agus iontach freisin; ach ní raibh sé sin i gceist agam, cé go ndearna sé sin níos mó iontais dom.

"Conas a bhainistíonn tú, a Biddy," arsa mise, "gach rud a fhoghlaimím a fhoghlaim, agus coinneáil suas liom i gcónaí?" Bhí mé ag tosú a bheith in áit vain de mo chuid eolais, do chaith mé mo ghiní lá breithe ar sé, agus a chur ar leataobh an chuid is mó de mo phóca-airgead le haghaidh infheistíocht den chineál céanna; cé nach bhfuil aon amhras orm, anois, go raibh an beagán a bhí ar eolas agam thar a bheith daor ar an bpraghas.

"D'fhéadfainn chomh maith ceist a chur ort," arsa Biddy, "conas a *bhainistíonn* tú?"

"Níl; mar nuair a thiocfaidh mé isteach ó cheárta na hoíche, is féidir le duine ar bith mé a fheiceáil ag casadh air. Ach ní chasann tú air riamh, a Biddy.

"Is dócha go gcaithfidh mé breith air mar a bheadh casacht ann," arsa Biddy, go ciúin; agus chuaigh sí ar aghaidh lena fuáil.

Ag leanúint mo smaoineamh agus mé ag claonadh ar ais i mo chathaoir adhmaid, agus d'fhéach sé ar Biddy fuála ar shiúl lena ceann ar thaobh amháin, thosaigh mé ag smaoineamh uirthi in áit cailín neamhghnách. Do iarr mé chun cuimhne anois, go raibh sí chomh cumasach céanna i dtéarmaí ár gceirde, agus ainmneacha ár cineálacha éagsúla oibre, agus ár n-uirlisí éagsúla. I mbeagán focal, cibé rud a bhí ar eolas agam, bhí a fhios ag Biddy. Go teoiriciúil, bhí sí chomh maith le gabha cheana féin agus mé, nó níos fearr.

"Tá tú ar cheann de na, Biddy," a dúirt mé, "a dhéanann an chuid is mó de gach seans. Ní raibh seans agat riamh sular tháinig tú anseo, agus féach cé chomh feabhsaithe is atá tú!

D'fhéach Biddy orm ar feadh meandair, agus chuaigh sí ar aghaidh lena fuáil. "Ba mise do chéad mhúinteoir áfach; nach raibh mé?" ar sise, agus í ag fuáil.

"Biddy!" Exclaimed mé, i iontas. "Cén fáth, tá tú ag caoineadh!"

"Níl mé," arsa Biddy, ag breathnú suas agus ag gáire. "Cad a chuir sin i do cheann?"

Cad a d'fhéadfadh é a chur i mo cheann ach an glistening de cuimilt mar a thit sé ar a cuid oibre? Shuigh mé ciúin, ag cuimhneamh ar cad drudge a bhí sí go dtí an tUasal Wopsle ar mór-aintín overcame go rathúil go droch-nós maireachtála, mar sin an-inmhianaithe a fháil réidh le roinnt daoine. Chuimhnigh mé ar na cúinsí gan dóchas a bhí timpeallaithe aici sa siopa beag truamhéalach agus an scoil tráthnóna truamhéalach beag torannach, agus an seanchuach neamhinniúlachta sin i gcónaí le dragged agus gualainn ar ghualainn. Léirigh mé go gcaithfidh go raibh folaigh i Biddy an méid a bhí ag forbairt anois, mar, i mo chéad mhíshuaimhneas agus míshástacht a chas mé uirthi chun cabhair a fháil, mar ábhar ar ndóigh. Shuigh Biddy go ciúin fuála, shedding aon deora níos mó, agus cé gur fhéach mé uirthi agus smaoinigh mé air go léir, tharla sé dom go mb'fhéidir nach raibh mé sách buíoch de Biddy. B'fhéidir go raibh mé ró-fhorchoimeádta, agus ba chóir go mbeadh pátrúnacht níos mó agam uirthi (cé nár úsáid mé an focal beacht sin i mo mhachnamh) le mo mhuinín.

"Sea, a Biddy," a thug mé faoi deara, nuair a bhí sé déanta agam ag casadh air, "ba tusa mo chéad mhúinteoir, agus ag an am nuair a smaoinigh muid ar a bheith le chéile mar seo, sa chistin seo."

"Ah, rud bocht!" a d'fhreagair Biddy. Bhí sé cosúil lena féin-forgetfulness an ráiteas a aistriú chuig mo dheirfiúr, agus a fháil suas agus a bheith gnóthach mar gheall uirthi, a dhéanamh di níos compordaí; "Tá sé sin fíor faraor!"

"Bhuel!" arsa mise, "caithfimid labhairt le chéile beagáinín níos mó, mar ba ghnách linn a dhéanamh. Agus caithfidh mé dul i gcomhairle leat beagán níos mó, mar a úsáidtear mé a dhéanamh. Bíodh siúlóid chiúin againn ar na riasca Dé Domhnaigh seo chugainn, Biddy, agus comhrá fada."

Níor fágadh mo dheirfiúr riamh ina haonar anois; ach thug Joe níos mó ná aire di an tráthnóna Domhnaigh sin, agus chuaigh Biddy agus mé amach le chéile. Bhí sé samhradh-am, agus aimsir álainn. Nuair a bhí a rith muid an sráidbhaile agus an séipéal agus an reilig, agus bhí amach ar na riasca agus thosaigh a fheiceáil ar an seolta na longa mar sheol siad ar, thosaigh mé a chur le chéile Miss Havisham agus Estella leis an ionchas, i mo bhealach is gnách. Nuair a tháinig muid go dtí taobh na habhann agus shuigh muid síos ar an mbruach, agus an t-uisce ag sracadh ar ár gcosa, rud a d'fhág go raibh sé níos ciúine ná mar a bheadh sé gan an fhuaim sin, réitigh mé gur am agus áit mhaith a bhí ann chun Biddy a ligean isteach i mo mhuinín inmheánach.

"Biddy," arsa mise, tar éis í a cheangal le rúndacht, "ba mhaith liom a bheith i mo fhear uasal."

"O, ní ba mhaith liom, dá mba mise thú!" a d'fhill sí. "Ní dóigh liom go bhfreagródh sé."

"Biddy," arsa mise, le déine éigin, "tá cúiseanna ar leith agam le bheith i mo fhear uasal."

"Tá a fhios agat is fearr, Pip; ach nach gceapann tú go bhfuil tú níos sona mar atá tú?

"Biddy," exclaimed mé, mífhoighneach, "Níl mé sásta ar chor ar bith mar atá mé. Tá mé disgusted le mo ghlaoch agus le mo shaol. Níor ghlac mé le ceachtar acu, ó bhí mé faoi cheangal. Ná bí áiféiseach."

"An raibh mé áiféiseach?" arsa Biddy, ag ardú a malaí go ciúin; "Tá brón orm as sin; Ní raibh sé i gceist agam a bheith. Níl uaim ach go ndéanfá go maith, agus a bheith compordach."

"Bhuel, ansin, tuigim uair amháin do gach duine nach mbeidh mé riamh nó gur féidir liom a bheith compordach-nó rud ar bith ach olc-ann, Biddy!-mura féidir liom a bheith i gceannas ar chineál an-difriúil den saol mar thoradh orm anois."

"Is mór an trua é sin!" arsa Biddy, ag croitheadh a cinn le haer brónach.

Anois, shíl mé chomh minic sin gur trua é, go raibh mé leath claonta chun deora cráite agus anacair a chaitheamh nuair a thug Biddy caint ar a meon agus ar mo chuid féin. Dúirt mé léi go raibh an ceart aici, agus bhí a fhios agam go raibh aiféala uirthi, ach fós féin ní raibh sé le cuidiú.

"Dá bhféadfainn socrú síos," a dúirt mé le Biddy, ag plucking suas an féar gearr laistigh de bhaint amach, i bhfad mar a bhí agam uair amháin ar am tharraing mo mhothúcháin as mo chuid gruaige agus kicked iad isteach i mballa an ghrúdlann,- "más rud é go raibh mé in ann a bheith socraithe síos agus a bhí ach leath chomh fond an cheárta mar a bhí mé nuair a bhí mé beag, Tá a fhios agam go mbeadh sé i bhfad níos fearr domsa. Ní bheadh tusa ná mise ná Joe ag iarraidh tada ansin, agus b'fhéidir go mbeadh Joe agus mé imithe i mo chomrádaithe nuair a bhí mé as mo chuid ama, agus b'fhéidir gur fhás mé aníos chun comhluadar a choinneáil leat, agus b'fhéidir gur shuigh muid ar an mbanc seo ar Dhomhnach breá, daoine éagsúla go leor. Ba chóir dom a bheith maith go leor ar do *shon*, nár chóir dom, Biddy?"

Chlis ar Biddy agus í ag féachaint ar na longa a bhí ag seoladh ar aghaidh, agus d'fhill sí le freagra a thabhairt, "Sea; Níl mé ró-áirithe. Bhí sé gann ar flattering, ach bhí a fhios agam go raibh sí i gceist go maith.

"In áit sin," arsa mise, ag plucking suas níos mó féir agus ag cogaint lann nó dhó, "féach conas atá mé ag dul ar aghaidh. Míshásta, agus míchompordach, agus—cad a chuirfeadh sé in iúl dom, a bheith garbh agus coitianta, dá ndéarfadh aon duine liom é sin!

Chas Biddy a aghaidh go tobann i dtreo an mhianaigh, agus d'fhéach sí i bhfad níos aireach orm ná mar a d'fhéach sí ar na longa seoltóireachta.

"Ní rud an-fhíor ná an-bhéasach a bhí ann a rá," a dúirt sí, ag treorú a súile do na longa arís. "Cé a dúirt é?"

Bhí mé disconcerted, do bhí briste mé ar shiúl gan go leor a fheiceáil nuair a bhí mé ag dul go dtí. Ní raibh sé le suaitheadh as anois, áfach, agus d'fhreagair mé, "An bhean óg álainn ag Miss Havisham's, agus tá sí níos áille ná mar a bhí aon duine riamh, agus tá meas agam uirthi go dreadfully, agus ba mhaith liom a bheith ina fear uasal ar a cuntas." Tar éis dom an fhaoistin ghealt seo a dhéanamh, thosaigh mé ag caitheamh mo chuid féir stróicthe isteach san abhainn, amhail is go raibh roinnt smaointe agam é a leanúint.

"Ar mhaith leat a bheith i d'fhear uasal, í a spíonadh nó í a fháil thall?" D'iarr Biddy go ciúin orm, tar éis sosa.

"Níl a fhios agam," a d'fhreagair mé go mothúchánach.

"Mar, má tá sé a spite di," Biddy shaothrú, "Ba chóir dom smaoineamh-ach tá a fhios agat is fearr-d'fhéadfadh a bheith níos fearr agus níos neamhspleách a dhéanamh ag tabhairt aire rud ar bith as a cuid focal. Agus má tá sé chun í a fháil os a chionn, ba chóir dom smaoineamh-ach tá a fhios agat is fearr-ní raibh sí fiú a fháil os a chionn."

Go díreach cad a cheap mé féin, go minic. Go díreach cad a bhí breá follasach dom i láthair na huaire. Ach conas a d'fhéadfainn, leaid sráidbhaile bocht dazed, an neamhréireacht iontach sin a sheachaint ina dtiteann an chuid is fearr agus is críonna de na fir gach lá?

"D'fhéadfadh sé a bheith fíor go leor," a dúirt mé le Biddy, "ach tá meas agam uirthi go dreadfully."

I mbeagán focal, chas mé anonn ar m'aghaidh nuair a tháinig mé chuige sin, agus fuair mé greim maith ar an ghruaig ar gach taobh de mo cheann, agus chaith mé go maith é. Fad is a bhí a fhios agam an madness de mo chroí a bheith chomh an-mheabhair agus misplaced, go raibh mé go leor comhfhiosach go mbeadh sé sheirbheáil mo aghaidh ceart, dá mbeadh thóg mé suas é ag mo chuid gruaige, agus leag sé i gcoinne na púróga mar phionós as a bhaineann le leathcheann den sórt sin.

Ba é Biddy an duine ba chríonna de chailíní, agus rinne sí iarracht gan cúis níos mó a dhéanamh liom. Chuir sí a lámh, a bhí ina lámh chompordach cé roughened ag obair, ar mo lámha, ceann i ndiaidh a chéile, agus thóg go réidh iad as mo chuid gruaige. Ansin patted sí go bog mo ghualainn ar bhealach soothing, agus le mo aghaidh ar mo chum cried mé beagán, - go díreach mar a bhí déanta agam i gclós an ghrúdlann, - agus bhraith vaguely cinnte go raibh mé an-i bhfad droch-úsáid ag duine éigin, nó ag gach duine; Ní féidir liom a rá cé acu.

"Tá áthas orm faoi rud amháin," arsa Biddy, "agus is é sin, gur mhothaigh tú go bhféadfá do mhuinín a thabhairt dom, Pip. Agus tá mé sásta le rud eile, agus is é sin, go bhfuil a fhios agat ar ndóigh is féidir leat a bheith ag brath ar mo choinneáil air agus i gcónaí go dtí seo tuillte é. Dá mba é do chéad mhúinteoir (a stór! a leithéid de dhuine bocht, agus an oiread sin de dhíth uirthi féin!) do mhúinteoir faoi láthair, síleann sí go bhfuil a fhios aici cén ceacht a leagfadh sí. Ach bheadh sé deacair a fhoghlaim, agus tá tú fuair níos faide ná í, agus tá sé ar aon úsáid anois. " Mar sin, le osna ciúin dom, d'ardaigh Biddy ón mbanc, agus dúirt sé, le hathrú úr taitneamhach gutha, "An siúlfaimid beagán níos faide, nó dul abhaile?"

"Biddy," adeir mé, ag éirí, ag cur mo lámh thart ar a muineál, agus ag tabhairt póg di, "inseoidh mé gach rud duit i gcónaí."

"Till you're a gentleman," arsa Biddy.

"Tá a fhios agat nach mbeidh mé riamh, mar sin tá sé sin i gcónaí. Not that I have any occasion to tell you anything, mar tá a fhios agat gach rud atá ar eolas agam,-mar a dúirt mé leat sa bhaile an oíche eile.

"Ah!" A dúirt Biddy, go leor i gcogar, mar a d'fhéach sí ar shiúl ar na longa. Agus ansin arís agus arís eile, lena sean-athrú taitneamhach, "Beidh muid ag siúl beagán níos faide, nó dul abhaile?"

Dúirt mé le Biddy go mbeadh muid ag siúl beagán níos faide, agus rinne muid amhlaidh, agus an tráthnóna samhraidh toned síos go dtí an tráthnóna samhraidh, agus bhí sé an-álainn. Thosaigh mé ag smaoineamh an raibh mé níos nádúrtha agus níos folláine suite, tar éis an tsaoil, sna cúinsí seo, ná a bheith ag imirt beggar mo chomharsa ag solas coinnle sa seomra leis na cloig stoptha, agus á ghríosú ag Estella. Shíl mé go mbeadh sé an-mhaith dom dá bhféadfainn í a fháil amach as mo cheann, leis an gcuid eile de na cuimhneacháin agus na fancies sin, agus d'fhéadfadh sé dul ag obair a bhí meáite ar an méid a bhí le déanamh agam a relish, agus cloí leis, agus an chuid is fearr de a dhéanamh. Chuir mé an cheist orm féin an raibh a fhios agam go cinnte dá mbeadh Estella in aice liom ag an nóiméad sin in ionad Biddy, go gcuirfeadh sí olc orm? Bhí dualgas orm a admháil go raibh a fhios agam é ar feadh cinnteachta, agus dúirt mé liom féin, "Pip, cad amadán tú!"

Labhair muid go maith agus muid ag siúl, agus bhí an chuma cheart ar gach a ndúirt Biddy. Ní raibh Biddy riamh maslach, nó capricious, nó Biddy go lá agus duine éigin eile a-amárach; ní bhfaigheadh sí ach pian, agus gan aon phléisiúr, as pian a thabhairt dom; b'fhearr léi i bhfad a cíoch féin a chréachtú ná liomsa. Conas a d'fhéadfadh sé a bheith, ansin, nach raibh mé cosúil léi i bhfad níos fearr ar an dá?

"Biddy," arsa mise, nuair a bhí muid ag siúl abhaile, "is mian liom go bhféadfá mé a chur i gceart."

"Is mian liom go bhféadfainn!" arsa Biddy.

"Más rud é nach raibh mé in ann ach mé féin a fháil chun titim i ngrá leat,-ní miste leat mo chuid cainte chomh hoscailte sin le seanaithne den sórt sin?"

"Ó a stór, ní ar chor ar bith!" arsa Biddy. "Ná bac liom."

"Mura bhféadfainn ach mé féin a fháil chun é a dhéanamh, is é sin an rud domsa."

"Ach ní fheicfidh tú choíche," arsa Biddy.

Ní raibh sé le feiceáil chomh neamhdhóchúil sin dom an tráthnóna sin, mar a dhéanfadh sé dá mbeadh sé pléite againn cúpla uair an chloig roimhe sin. Dá bhrí sin, thug mé faoi deara nach raibh mé cinnte go leor de sin. Ach dúirt Biddy go *raibh sí*, agus dúirt sí go cinntitheach é. I mo chroí istigh chreid mé í a bheith ceart; agus fós ghlac mé é sách tinn, freisin, gur chóir di a bheith chomh dearfach ar an bpointe.

Nuair a tháinig muid in aice leis an reilig, bhí orainn claífort a thrasnú, agus dul thar tíl in aice le geata sliús. Thosaigh suas, ón ngeata, nó ó na luachra, nó ón ooze (a bhí go leor ina bhealach marbhánta), Old Orlick.

"Halloa!" ar seisean, "cá bhfuil tú beirt ag dul?"

"Cá háit ar chóir dúinn a bheith ag dul, ach sa bhaile?"

"Bhuel, ansin," a dúirt sé, "tá mé jiggered más rud é nach féidir liom tú a fheiceáil sa bhaile!"

Ba é an pionós seo a bhí á jiggered an cás is fearr leat supposititious dá chuid. Níor cheangail sé aon bhrí chinnte leis an bhfocal go bhfuil mé ar an eolas faoi, ach d'úsáid sé é, cosúil lena ainm Críostaí ligthe féin, chun an cine daonna a chur chun tosaigh, agus smaoineamh a chur in iúl faoi rud éigin a dhéanann dochar uafásach. Nuair a bhí mé níos óige, bhí tuairim ghinearálta agam go ndéanfadh sé é le crúca géar casta dá gcuirfeadh sé isteach orm go pearsanta.

Bhí Biddy i bhfad in aghaidh a dhul linn, agus dúirt sé liom i gcogar, "Ná lig dó teacht; Ní maith liom é. Toisc nár thaitin sé liom ach an oiread, ghlac mé leis an tsaoirse a rá gur ghabh muid buíochas leis, ach ní raibh muid ag iarraidh an baile a fheiceáil. Fuair sé an píosa eolais sin le yell gáire, agus thit sé ar ais, ach tháinig sé ag slouching inár ndiaidh ar achar beag.

Aisteach go raibh a fhios agam an raibh amhras ar Biddy go raibh lámh aige san ionsaí dúnmharaithe sin nach raibh mo dheirfiúr riamh in ann aon chuntas a thabhairt air, d'fhiafraigh mé di cén fáth nár thaitin sí leis.

"Ó!" a d'fhreagair sí, ag glancing thar a gualainn agus é ag slogadh inár ndiaidh, "mar tá eagla orm go dtaitníonn sé liom."

"Ar inis sé riamh duit gur thaitin sé leat?" D'iarr mé indignantly.

"Níl," arsa Biddy, ag gleadhradh thar a gualainn arís, "níor dhúirt sé riamh liom mar sin; ach bíonn sé ag damhsa orm, aon uair is féidir leis breith ar mo shúil.

Mar sin féin, ní raibh amhras orm faoi chruinneas an léirmhínithe. Bhí mé ante go deimhin ar leomh Old Orlick meas a bheith agam uirthi; chomh te is dá mba uafás orm féin é.

"Ach ní dhéanann sé aon difríocht duit, tá a fhios agat," a dúirt Biddy, go socair.

"Níl, Biddy, ní dhéanann sé aon difríocht domsa; ach ní maith liom é; Ní cheadóidh mé é.

"Ná mise ná," arsa Biddy. "Cé *nach ndéanann sé sin* aon difríocht duit."

"Go díreach," arsa mise; "ach caithfidh mé a rá leat nár cheart dom aon tuairim a bheith agam fútsa, a Biddy, má dhamhsaigh sé ort le do thoiliú féin."

Choinnigh mé súil ar Orlick tar éis na hoíche sin, agus, aon uair a bhí cúinsí fabhrach dá rince ag Biddy, fuair sé os a chomhair an léirsiú sin a cheilt. Bhí sé tar éis fréamh a bhualadh i mbunaíocht Sheosaimh, mar gheall ar mhaisiúil thobann mo dheirféar dó, nó ba cheart dom iarracht a dhéanamh é a bhriseadh as a phost. Thuig sé go maith agus chómhalartaigh sé mo dhea-intinn, mar bhí cúis agam a bheith ar an eolas ina dhiaidh sin.

Agus anois, toisc nach raibh mearbhall ar m'intinn go leor roimhe seo, chastaím a mearbhall caoga míle huaire, trí stáit agus séasúir a bheith agam nuair a bhí mé soiléir go raibh Biddy níos fearr ná Estella, agus nach raibh aon náire ar an saol oibre macánta a rugadh dom, ach thairg sé dóthain modhanna féinmheasa agus sonas dom. Ag na hamanna sin, ba mhaith liom cinneadh a dhéanamh go cinntitheach go raibh mo disaffection a daor Sean Joe agus an forge imithe, agus go raibh mé ag fás suas ar bhealach cothrom a bheith ina gcomhpháirtithe le Joe agus cuideachta a choinneáil le Biddy,—nuair a bheadh gach i láthair na huaire roinnt cuimhneacháin confounding ar na laethanta Havisham titim orm cosúil le diúracán millteach, agus scaip mo ghreim arís. Tógann sé tamall fada ag piocadh suas; agus go minic sula bhfuair mé iad go maith le chéile, bheadh siad scaipthe i ngach treo ag smaoineamh fáin amháin, go b'fhéidir tar éis gach Miss Havisham bhí ag dul a dhéanamh ar mo fhortún nuair a bhí mo chuid ama amach.

Dá rithfeadh mo chuid ama amach, d'fhágfadh sé mé fós ag airde mo chuid perplexities, leomh mé a rá. Níor rith sé amach riamh, áfach, ach cuireadh deireadh roimh am leis, agus mé ag dul ar aghaidh lena mbaineann.

Caibidil XVIII.

Bhí sé sa cheathrú bliain de mo phrintíseacht do Sheosamh, agus oíche Shathairn a bhí ann. Bhí grúpa le chéile thart ar an tine ag an Three Jolly Bargemen, aireach ar an Uasal Wopsle agus é ag léamh an nuachtáin os ard. As an ngrúpa sin a bhí mé ar cheann.

Bhí dúnmharú an-tóir déanta, agus bhí imbrued an tUasal Wopsle i fola do na eyebrows. Gloated sé thar gach aidiacht abhorrent sa chur síos, agus d'aithin sé é féin le gach finné ag an Ionchoisne. Moaned sé faintly, "Tá mé ag déanamh do," mar an t-íospartach, agus bellowed sé barbarously, "Beidh mé ag freastal ort amach," mar an dúnmharfóir. Thug sé an fhianaise leighis, in aithris phointeáilte ar ár gcleachtóir áitiúil; agus phíob sé agus chroith sé, mar an sean-choimeádaí turnpike a chuala buillí, go pointe chomh seafóideach is a thabharfadh le fios go raibh amhras ann faoi chumas intinne an fhinné sin. Rinneadh Timon na hAithne den chróinéir, i lámha an Uasail Wopsle; an beadle, Coriolanus. Bhain sé an-taitneamh as féin, agus bhaineamar go léir taitneamh as muid féin, agus bhí siad breá compordach. Sa staid intinne cosey tháinig muid go dtí an fíorasc Dúnmharú Toiliúil.

Ansin, agus ní túisce, tháinig mé ar an eolas faoi fhear uasal aisteach ag claonadh thar chúl an tsocraithe os mo chomhair, ag féachaint air. Bhí léiriú díspeagadh ar a aghaidh, agus giotán sé an taobh de forefinger mór agus é ag faire ar an ngrúpa aghaidheanna.

"Bhuel!" A dúirt an strainséir leis an Uasal Wopsle, nuair a rinneadh an léamh, "tá tú socraithe go léir chun do shástachta féin, tá mé aon amhras?"

Thosaigh gach duine agus d'fhéach sé suas, amhail is dá mba é an dúnmharfóir é. D'fhéach sé ar gach duine go fuar agus go searbhasach.

"Ciontach, ar ndóigh?" ar seisean. "Amach leis. Tar!"

"A dhuine uasail," ar ais an tUasal Wopsle, "gan a bhfuil an onóir do acquaintance, is féidir liom a rá Ciontach." Ar an ábhar sin ghlacamar go léir misneach chun aontú i murmur deimhnitheach.

"Tá a fhios agam go ndéanann tú," arsa an strainséir; "Bhí a fhios agam go mbeifeá. Dúirt mé leat mar sin. Ach anois cuirfidh mé ceist ort. An bhfuil a fhios agat, nó nach bhfuil a fhios agat, gur dóigh le dlí Shasana go bhfuil gach fear neamhchiontach, go dtí go gcruthófar é—cruthaithe—a bheith ciontach?"

"A dhuine uasail," thosaigh an tUasal Wopsle ag freagairt, "mar Sasanach mé féin, I-"

"Tar!" A dúirt an strainséir, biting a forefinger air. "Ná bac leis an gceist. Ceachtar a fhios agat é, nó nach bhfuil a fhios agat é. Cé acu atá sé a bheith?"

Sheas sé lena cheann ar thaobh amháin agus é féin ar thaobh amháin, ar bhealach bulaíochta, ceisteach, agus chaith sé a forefinger ag an Uasal Wopsle, - mar a bhí sé chun é a mharcáil amach-roimh biting sé arís.

"Anois!" ar seisean. "An bhfuil a fhios agat é, nó nach bhfuil a fhios agat é?"

"Cinnte tá a fhios agam é," d'fhreagair an tUasal Wopsle.

"Cinnte tá a fhios agat é. Ansin, cén fáth nach ndúirt tú amhlaidh ar dtús? Anois, cuirfidh mé ceist eile ort,"-seilbh a ghlacadh ar an Uasal Wopsle, amhail is dá mbeadh ceart aige chuige,-"*an bhfuil a* fhios agat nach ndearnadh aon cheann de na finnéithe seo a chroscheistiú fós?"

Bhí an tUasal Wopsle ag tosú, "Ní féidir liom a rá ach-" nuair a stop an strainséir air.

"Cad é? Ní fhreagróidh tú an cheist, sea nó níl? Anois, bainfidh mé triail eile as. Ag caitheamh a mhéar air arís. "Freastal orm. An bhfuil a fhios agat, nó an bhfuil a fhios agat, nach ndearnadh croscheistiú ar aon duine de na finnéithe seo go fóill? Tar, níl uaim ach focal amháin uait. Sea, nó níl?"

An tUasal Wopsle hesitated, agus thosaigh muid go léir a conceive in áit tuairim bocht air.

"Tar!" arsa an strainséir, "cabhróidh mé leat. Níl cabhair tuillte agat, ach cabhróidh mé leat. Féach ar an bpáipéar sin atá i do lámh agat. Cad é?"

"Cad é?" arís agus arís eile an tUasal Wopsle, eyeing sé, i bhfad ag caillteanas.

"An bhfuil sé," a shaothrú an strainséir ar a bhealach is sarcastic agus amhrasach, "an páipéar clóite a bhfuil tú díreach tar éis a léamh as?"

"Gan amhras."

"Gan amhras. Anois, cas ar an bpáipéar sin, agus inis dom an ndeir sé go soiléir go ndúirt an príosúnach go sainráite gur ordaigh a chomhairleoirí dlí dó a chosaint a chur in áirithe?

"Léigh mé go díreach anois," phléadáil an tUasal Wopsle.

"Ná bac leis an méid a léann tú díreach anois, a dhuine uasail; Ní chuirim ceist ort cad a léann tú díreach anois. Is féidir leat a léamh Paidir an Tiarna ar gcúl, más mian leat,-agus, b'fhéidir, a bheith déanta roimh go lá. Cas ar an bpáipéar. Ní hea, ní hea, mo chara; gan a bheith ar bharr an cholúin; tá a fhios agat níos fearr ná sin; go dtí an bun, go dtí an bun." (Thosaigh muid go léir ag smaoineamh ar an Uasal Wopsle lán de subterfuge.) "Bhuel? An bhfuair tú é?

"Anseo tá sé," a dúirt an tUasal Wopsle.

"Anois, lean an sliocht sin le do shúil, agus inis dom an ndeir sé go soiléir go ndúirt an príosúnach go sainráite gur thug a chomhairleoirí dlí treoir iomlán dó a chosaint a chur in áirithe? Tar! An ndéanann tú sin de?

D'fhreagair an tUasal Wopsle, "Ní hiad sin na focail chruinne."

"Nach bhfuil na focail cruinn!" arís agus arís eile an fear uasal bitterly. "An é sin an tsubstaint chruinn?"

"Sea," a dúirt an tUasal Wopsle.

"Sea," arís agus arís eile an strainséir, ag féachaint thart ar an gcuid eile den chuideachta lena lámh dheas síneadh i dtreo an finné, Wopsle. "Agus anois fiafraím díot cad a deir tú le coinsias an fhir sin ar féidir leis, leis an sliocht sin os comhair a shúile, a cheann a leagan ar a philiúr tar éis dó a chomh-chréatúr a fhógairt ciontach, unheard?"

Thosaigh muid go léir a bheith in amhras nach raibh an tUasal Wopsle an fear a cheap muid air, agus go raibh sé ag tosú a fháil amach.

"Agus an fear céanna, cuimhnigh," lean an fear uasal, throwing a mhéar ag an tUasal Wopsle go mór,-"D'fhéadfadh an fear céanna a thoghairm mar juryman ar an triail an-, agus, tar éis dá bhrí sin tiomanta go domhain é féin, d'fhéadfadh filleadh ar an bosom a theaghlaigh agus a leagan a cheann ar a pillow, tar éis mionnú d'aon ghnó go mbeadh sé go maith agus go fírinneach iarracht a dhéanamh ar an gceist ceangailte idir ár dTiarna Ceannasach an Rí agus an príosúnach ag an mbarra, agus go dtabharfadh fíorasc fíor de réir na fianaise, mar sin cabhrú leis Dia!

Cuireadh ina luí orainn go léir go raibh an trua Wopsle imithe rófhada, agus go raibh stop níos fearr aige ina ghairm mheargánta agus go raibh am fós ann.

An fear uasal aisteach, le haer údaráis gan a bheith faoi dhíospóid, agus ar bhealach expressive a fhios agam rud éigin rúnda faoi gach duine againn a bheadh a dhéanamh go héifeachtach do gach duine aonair má roghnaigh sé é a nochtadh, d'fhág an chúl an réiteach, agus tháinig sé isteach sa spás idir an dá settles, os comhair na tine, áit ar fhan sé ina sheasamh, a lámh chlé ina phóca, agus greim á fháil aige ar a dheis.

"Ón eolas a fuair mé," a dúirt sé, ag féachaint thart orainn agus muid ar fad ag clamhsán os a chomhair, "tá cúis agam a chreidiúint go bhfuil gabha i measc tú, faoin ainm Joseph—nó Joe—Gargery. Cé acu an fear?"

"Seo an fear," arsa Seosamh.

D'éirigh an fear uasal aisteach as a áit, agus chuaigh Joe.

"Tá printíseach agat," arsa an strainséir, "ar a dtugtar Pip go coitianta? An bhfuil sé anseo?"

"Tá mé anseo!" Chaoin mé.

Níor aithin an strainséir mé, ach d'aithin mé é mar an fear uasal ar bhuail mé leis ar an staighre, ar ócáid mo dhara cuairt ar Miss Havisham. Bhí aithne agam air an nóiméad a chonaic mé é ag féachaint thar an réiteach, agus anois gur sheas mé ag tabhairt aghaidh air lena lámh ar mo ghualainn, sheiceáil mé amach arís go mion a cheann mór, a choimpléasc dorcha, a shúile domhain-leagtha, a eyebrows dubh bushy, a slabhra faire mór, a poncanna dubh láidir féasóg agus whisker, agus fiú boladh gallúnach scented ar a lámh mhór.

"Ba mhaith liom comhdháil phríobháideach a bheith agam leat beirt," a dúirt sé, nuair a rinne sé suirbhé orm ar a shuaimhneas. "Tógfaidh sé beagán ama. B'fhéidir gurbh fhearr dúinn dul chuig d'áit chónaithe. B'fhearr liom gan a bheith ag súil le mo chumarsáid anseo; tabharfaidh tú an oiread nó chomh beag de agus is toil leat do do chairde ina dhiaidh sin; Níl aon bhaint agam leis sin."

I measc tost wondering, shiúil muid triúr amach as an Bargemen Jolly, agus i tost wondering shiúil abhaile. Agus é ag dul in éineacht, d'fhéach an fear aisteach orm ó am go chéile, agus ó am go chéile giotán an taobh a mhéar. Agus muid in aice leis an mbaile, d'admhaigh Joe go neamhbhalbh gur ócáid iontach searmanach a bhí ann, chuaigh sé ar aghaidh chun an doras tosaigh a oscailt. Bhí ár gcomhdháil ar siúl i bparlús an stáit, a lasadh go fíochmhar le coinneal amháin.

Thosaigh sé leis an uasal aisteach ina shuí síos ag an mbord, ag tarraingt na coinneal dó, agus ag féachaint thar roinnt iontrálacha ina phóca-leabhar. Ansin chuir sé suas an leabhar póca agus chuir sé an choinneal i leataobh beagáinín, tar éis dó é a phiaráil isteach sa dorchadas ag Joe agus mise, chun a fháil amach cé acu a bhí ann.

"M'ainm," a dúirt sé, "is Jaggers é, agus is dlíodóir mé i Londain. Tá aithne mhaith agam air. Tá gnó neamhghnách le déanamh agam leat, agus tosaím ag míniú nach de mo thionscnamh é. Dá n-iarrfaí mo chomhairle, níor cheart dom a bheith anseo. Níor iarradh air, agus feiceann tú mé anseo. An rud atá le déanamh agam mar ghníomhaire rúnda duine eile, is féidir liom. No less, gan a thuilleadh.

Nuair a fuair sé amach nach bhféadfadh sé muid a fheiceáil go han-mhaith ón áit ar shuigh sé, d'éirigh sé, agus chaith sé cos amháin thar chúl cathaoireach agus chlaon sé air; dá bhrí sin a bhfuil cos amháin ar an suíochán an chathaoir, agus cos amháin ar an talamh.

"Anois, Joseph Gargery, is mise iompróir tairisceana chun faoiseamh a thabhairt duit ón gcomhluadar óg seo do phrintíseach. Ní chuirfeá i gcoinne a dhintiúirí a chur ar ceal ar iarratas uaidh agus ar mhaithe leis? Ní bheifeá ag iarraidh rud ar bith as sin a dhéanamh?

"A Thiarna forbid gur chóir dom rud ar bith a iarraidh as gan seasamh ar bhealach Pip," a dúirt Joe, ag stánadh.

"Is é an Tiarna forbidding pious, ach ní chun na críche sin," ar ais an tUasal Jaggers. "Is í an cheist, Ar mhaith leat aon rud? An bhfuil aon rud uait?

"Is é an freagra," ar ais Joe, sternly, "Níl."

Shíl mé gur thug an tUasal Jaggers spléachadh ar Joe, amhail is gur mheas sé gur amadán é as a mhíshuaimhneas. Ach bhí mé i bhfad ró-bewildered idir fiosracht breathless agus iontas, a bheith cinnte de.

"An-mhaith," a dúirt an tUasal Jaggers. "Déan aithris ar an ligean isteach atá déanta agat, agus ná déan iarracht dul uaidh faoi láthair."

"Cé atá ag dul chun iarracht a dhéanamh?" retorted Joe.

"Ní deirim go bhfuil aon duine. An gcoinníonn tú madra?"

"Sea, coinním madra."

"Cuimhnigh ansin, gur madra maith é Brag, ach tá Holdfast níos fearr. Bear sin san áireamh, beidh tú?" arís agus arís eile an tUasal Jaggers, shutting a shúile agus nodding a cheann ag Joe, amhail is dá mbeadh sé forgiving dó rud éigin. "Anois, fillim ar an bhfear óg seo. Agus is í an chumarsáid a fuair mé a dhéanamh ná, go bhfuil ionchais mhóra aige.

Joe agus mé gasped, agus d'fhéach sé ar a chéile.

"Tá mé treoir a chur in iúl dó," a dúirt an tUasal Jaggers, throwing a mhéar ag dom sideways, "go mbeidh sé ag teacht isteach i maoin dathúil. Thairis sin, gurb é mian shealbhóir láithreach na maoine sin, go mbainfí láithreach é as a réimse reatha den saol agus as an áit seo, agus go dtabharfaí suas é mar fhear uasal,-i bhfocal, mar dhuine óg a bhfuil ionchais mhóra aige."

Bhí mo bhrionglóid amuigh; bhí mo mhaisiúil fiáin sáraithe ag réaltacht sober; Bhí Iníon Havisham chun mo fhortún a dhéanamh ar scála mór.

"Anois, an tUasal Pip," lean an dlíodóir, "Tugaim aghaidh ar an gcuid eile de na rudaí a bhfuil mé a rá, a thabhairt duit. Tá tú a thuiscint, ar dtús, go bhfuil sé an iarraidh ar an duine óna nglacfaidh mé mo threoracha go bhfuil tú i gcónaí ar an ainm Pip. Ní bheidh aon agóid agat, dare liom a rá, le do chuid ionchais mhóra a bheith encumbered leis an riocht éasca. Ach má tá aon agóid agat, is é seo an t-am chun é a lua."

Bhí mo chroí ag bualadh chomh tapa sin, agus bhí a leithéid d'amhránaíocht i mo chluasa, go raibh mé in ann stammer scarcely ní raibh aon agóid agam.

"Níor cheart dom smaoineamh! Anois tá tú a thuiscint, ar an dara dul síos, an tUasal Pip, go bhfuil an t-ainm an duine a bhfuil do benefactor liobrálach fós ina rún as cuimse, go dtí go roghnaíonn an duine a nochtadh. Tá sé de chumhacht agam a lua go bhfuil sé ar intinn ag an duine é a nochtadh ar an gcéad láimh le focal béil duit féin. Nuair is féidir nó nuair is féidir an rún sin a chur i gcrích, ní féidir liom a rá; ní féidir le duine ar bith a rá. D'fhéadfadh sé a bheith blianta mar sin. Anois, tá tú soiléir a thuiscint go bhfuil cosc is dearfaí ort aon fhiosrúchán a dhéanamh ar an gceann seo, nó aon chlaonpháirteachas nó tagairt, cibé slí i bhfad i gcéin, d'aon duine aonair cibé duine aonair, sna cumarsáidí go léir a d'fhéadfadh a bheith agat liom. Má tá amhras ort i do chíche féin, coinnigh an t-amhras sin i do chíche féin. Ní hé an cuspóir is lú atá leis na cúiseanna atá leis an toirmeasc seo; b'fhéidir gurb iad na cúiseanna is láidre agus is tromchúisí iad, nó b'fhéidir nach bhfuil iontu ach whim. Ní hé seo duit fiosrú a dhéanamh. Tá an coinníoll leagtha síos. Is é do ghlacadh leis, agus do urramú é mar cheangal, an t-aon choinníoll atá fágtha go bhfuil mé cúisithe, ag an duine óna nglacaim mo threoracha, agus nach bhfuil mé freagrach ar shlí eile. Is é an duine sin an duine óna bhfaigheann tú do chuid ionchais, agus is é an duine sin agus mise amháin atá i seilbh an rúin. Arís, ní riocht an-deacair é a leithéid d'ardú ar fhortún; ach má tá aon agóid agat ina choinne, is é seo an t-am chun é a lua. Labhair amach."

Uair amháin eile, stammered mé le deacracht nach raibh aon agóid agam.

"Níor cheart dom smaoineamh! Anois, an tUasal Pip, rinne mé le coinníollacha. Cé gur ghlaoigh sé orm an tUasal Pip, agus thosaigh sé in áit a dhéanamh suas dom, ní fhéadfadh sé fós fáil réidh le haer áirithe amhras bulaíochta; agus fiú anois dhún sé a shúile ó am go chéile agus chaith sé a mhéar orm nuair a labhair sé, an oiread agus is féidir a chur in iúl go raibh a fhios aige gach cineál rudaí le mo disparagement, más rud é roghnaigh sé ach iad a lua.

"Tagann muid chugainn, gan ach sonraí an tsocraithe. Caithfidh go bhfuil a fhios agat, cé gur úsáid mé an téarma 'ionchais' níos mó ná uair amháin, nach bhfuil tú ag súil leis ach amháin. Tá suim airgid curtha isteach i mo lámha cheana féin agus is leor é le haghaidh d'oideachas agus do chothabháil oiriúnach. Breithneoidh tú do chaomhnóir dom le do thoil. Ó!" mar bhí mé chun buíochas a ghabháil leis, "Deirim leat ag an am céanna, íoctar mé as mo sheirbhísí, nó níor chóir dom iad a dhéanamh. Meastar go gcaithfidh tú oideachas níos fearr a fháil, de réir do phoist athraithe, agus go mbeidh tú beo ar an tábhacht agus ar an riachtanas a bhaineann leis an mbuntáiste sin ag an am céanna."

Dúirt mé go raibh mé i gcónaí longed chun é.

"Ná bac leis an méid atá tú longed i gcónaí le haghaidh, an tUasal Pip," retorted sé; "Coinnigh ar an taifead. Más fada leat anois é, is leor sin. An bhfuil freagra agam go bhfuil tú réidh le cur ag an am céanna faoi theagascóir ceart éigin? An é sin é?"

Stammered mé yeah, go raibh sé.

"Go maith. Anois, tá do chlaonta le dul i gcomhairle leat. Ní dóigh liom go bhfuil sé ciallmhar, aigne, ach is é mo mhuinín é. Ar chuala tú trácht riamh ar aon oide arbh fhearr leat duine eile?

Níor chuala mé trácht riamh ar aon oide ach aintín mór Biddy agus Mr. Wopsle; mar sin, d'fhreagair mé sa diúltach.

"Tá teagascóir áirithe ann, a bhfuil eolas éigin agam air, a cheapaim a d'oirfeadh don chuspóir," a dúirt an tUasal Jaggers. "Ní mholaim é, breathnaigh; mar ní mholaim aon duine riamh. Is é an fear uasal a labhraím ar cheann an tUasal Matthew Pocket.

Ah! Rug mé ar an ainm go díreach. Gaol Iníon Havisham. An Matha ar labhair an tUasal agus Bean Camilla faoi. An Matthew a raibh a áit le bheith ag ceann Miss Havisham, nuair a leag sí marbh, i gúna a bríde ar bhord na brídeoige.

"Tá a fhios agat an t-ainm?" A dúirt an tUasal Jaggers, ag féachaint shrewdly ag dom, agus ansin shutting suas a shúile agus d'fhan sé le haghaidh mo fhreagra.

Ba é mo fhreagra, gur chuala mé an t-ainm.

"Ó!" ar seisean. "Chuala tú faoin ainm. Ach is í an cheist, cad a deir tú faoi?

Dúirt mé, nó rinne mé iarracht a rá, go raibh dualgas mór orm as a mholadh—

"Níl, mo chara óg!" a chuir sé isteach, ag croitheadh a chinn mhóir go han-mhall. "Cuimhnígí ort féin!"

Gan a bheith ag cuimhneamh orm féin, thosaigh mé arís go raibh dualgas mór orm as a mholadh—

"Níl, mo chara óg," ar seisean, ag croitheadh a chinn agus ag frowning agus ag miongháire araon ag an am céanna,—"níl, níl, níl; Tá sé déanta go han-mhaith, ach ní dhéanfaidh sé; tá tú ró-óg chun mé a shocrú leis. Ní moladh an focal, an tUasal Pip. Bain triail eile as.

Ag ceartú mé féin, dúirt mé go raibh dualgas mór orm é a lua leis an Uasal Matthew Pocket—

"*Sin* níos mó cosúil leis!" Adeir an tUasal Jaggers.—Agus (dúirt mé), Ba mhaith liom iarracht gladly go uasal.

"Go maith. B'fhearr duit triail a bhaint as ina theach féin. Beidh an bealach a ullmhú ar do shon, agus is féidir leat a fheiceáil a mhac ar dtús, atá i Londain. Cathain a thiocfaidh tú go Londain?

Dúirt mé (glancing at Joe, who stood looking on, motionless), gur cheap mé go bhféadfainn teacht go díreach.

"Gcéad dul síos," a dúirt an tUasal Jaggers, "ba chóir duit a bheith ar roinnt éadaí nua le teacht i, agus níor chóir dóibh a bheith ag obair-éadaí. Abair seachtain an lae seo. Beidh roinnt airgid uait. An bhfágfaidh mé fiche guine ort?

Tháirg sé sparán fada, leis an coolness is mó, agus chomhair sé amach ar an mbord iad agus bhrúigh sé chugam iad. Ba é seo an chéad uair a thóg sé a chos ón gcathaoir. Shuigh sé astride an chathaoir nuair a bhrúigh sé an t-airgead os a chionn, agus shuigh sé ag luascadh a sparán agus ag breathnú ar Joe.

"Bhuel, Joseph Gargery? Breathnaíonn tú dumbfounded?"

"Tá mé!" arsa Joe, ar bhealach an-chinnte.

"Tuigeadh nach raibh aon rud uait féin, cuimhnigh?"

"Tuigeadh," arsa Seosamh. "Agus tuigtear é. Agus beidh sé riamh den chineál céanna de réir."

"Ach cad," a dúirt an tUasal Jaggers, luascadh a sparán,-"cad má bhí sé i mo threoracha a dhéanamh duit i láthair, mar chúiteamh?"

"Mar chúiteamh cad le haghaidh?" D'éiligh Seosamh.

"As a chuid seirbhísí a chailleadh."

Leag Seosamh a lámh ar mo ghualainn le teagmháil mná. Is minic a shíl mé é ó shin, cosúil leis an casúr gaile a d'fhéadfadh fear a threascairt nó blaosc uibhe a chur air, ina mheascán de neart le uaisleacht. "Is é Pip an fháilte chroíúil sin," a dúirt Joe, "dul saor lena sheirbhísí, le hómós agus le fortun', mar ní féidir le focail ar bith a rá leis. Ach má cheapann tú mar is féidir airgead cúiteamh a dhéanamh dom as an caillteanas an linbh beag-cad a thagann chun an forge-agus riamh an chuid is fearr de chairde!—"

A Sheosaimh mhaith, a raibh mé chomh réidh sin le fágáil agus chomh míthrócaireach leis, feicim arís thú, le lámh do ghabha mhatánach os comhair do shúile, agus do chliabhrach leathan, agus do ghlór ag fáil bháis. A stór maith dílis Joe, mothaím crith grámhar do láimhe ar mo lámh, chomh sollúnta an lá seo amhail is dá mba é meirge sciathán aingeal é!

Ach spreag mé Joe ag an am. Bhí mé caillte i gcathair ghríobháin mo chuid foinn amach anseo, agus ní raibh mé in ann dul siar ar na fo-chosáin a bhí againn le chéile. D'impigh mé ar Sheosamh a bheith ar mo chompord, mar (mar a dúirt sé) bhí muid riamh ar an chuid is fearr de chairde, agus (mar a dúirt mé) go mbeadh muid riamh mar sin. Sciob Seosamh a shúile lena rosta díchéillí, amhail is go raibh sé lúbtha ar gouging féin, ach ní dúirt sé focal eile.

D'fhéach an tUasal Jaggers air seo, mar dhuine a d'aithin leathcheann an tsráidbhaile i Joe, agus ionamsa a choimeádaí. Nuair a bhí sé thart, a dúirt sé, agus an sparán á mheá ina láimh aige scoir sé de bheith ag luascadh:—

"Anois, Joseph Gargery, tugaim rabhadh duit gurb é seo do sheans deireanach. Níl aon leathbhearta liom. Má chiallaíonn tú a ghlacadh i láthair go bhfuil mé é i gceannas a dhéanamh leat, labhairt amach, agus beidh tú é. Más a mhalairt atá i gceist agat a rá—" Anseo, leis an iontas mór a bhí air, chuir Seosamh stop leis go tobann agus é ag obair thart air le gach léiriú ar chuspóir pugilistic a thit.

"Cé acu a bhí i gceist agam," adeir Joe, "má thagann tú isteach i m'áit tarbh-baiting agus broc orm, tar amach! A meantersay mé mar sech má tá tú fear, teacht ar! Rud a chiallaigh mé go bhfuil an méid a deirim, i gceist agam agus seasamh nó titim ag!

Tharraing mé Joe ar shiúl, agus d'éirigh sé placable láithreach; ach a rá liom, ar bhealach oibleagáideach agus mar fhógra expostulatory dea-bhéasach d'aon duine a d'fhéadfadh sé tarlú chun imní, nach raibh sé ag dul a bheith tarbh-baited agus badgered ina áit féin. Bhí an tUasal Jaggers éirithe nuair a léirigh Joe, agus bhí tacaíocht aige in aice an dorais. Gan aon chlaonadh le teacht isteach arís, thug sé a chuid cainte valedictory ann. Ba iad sin iad.

"Bhuel, an tUasal Pip, I mo thuairimse, an túisce a fhágann tú anseo-mar go bhfuil tú a bheith ina fhear uasal-an níos fearr. Lig dó seasamh don tseachtain lae seo, agus gheobhaidh tú mo sheoladh clóite idir an dá linn. Is féidir leat a ghlacadh hackney-cóiste ag an oifig státse-chóiste i Londain, agus teacht díreach chugam. Tuigim, nach gcuirim tuairim ar bith, bealach amháin nó bealach eile, in iúl maidir leis an muinín a thugaim faoi. Íoctar mé as tabhairt faoi, agus déanaim amhlaidh. Anois, tuigim é sin, ar deireadh. Tuigim é sin!

Bhí sé ag caitheamh a mhéar ar an mbeirt againn, agus sílim go mbeadh sé imithe ar aghaidh, murach go raibh an chuma air go raibh Joe contúirteach, agus ag dul as.

Tháinig rud éigin isteach i mo cheann a spreag mé chun rith ina dhiaidh, mar a bhí sé ag dul síos go dtí an Jolly Bargemen, áit ar fhág sé carráiste fruilithe.

"Impigh mé do logh, an tUasal Jaggers."

"Halloa!" A dúirt sé, os comhair bhabhta, "cad é an t-ábhar?"

"Ba mhaith liom a bheith ceart go leor, an tUasal Jaggers, agus a choinneáil ar do threoracha; mar sin shíl mé go raibh ceist níos fearr agam. An mbeadh aon agóid i gcoinne mo chead a thógáil d'aon duine a bhfuil aithne agam air, faoi anseo, sula n-imeoidh mé?"

"Níl," ar seisean, ag féachaint amhail is gur ar éigean a thuig sé mé.

"Ní sa sráidbhaile amháin atá i gceist agam, ach suas an baile?"

"Níl," ar seisean. "Níl aon agóid."

Ghabh mé buíochas leis agus rith mé abhaile arís, agus ansin fuair mé amach go raibh Joe tar éis an doras tosaigh a ghlasáil cheana féin agus gur fhág sé parlús an stáit, agus go raibh sé ina shuí ag tine na cistine le lámh ar gach glúin, ag gazáil go géar ag na guala dóite. Shuigh mé síos roimh an tine freisin agus gazed ag na coals, agus ní raibh aon rud a dúradh ar feadh i bhfad.

Bhí mo dheirfiúr ina cathaoir stuáilte ina cúinne, agus shuigh Biddy ag a snáthaid-obair roimh an tine, agus shuigh Joe in aice le Biddy, agus shuigh mé in aice le Joe sa chúinne os comhair mo dheirfiúr. Dá mhéad a d'fhéach mé isteach sna guala glowing, is ea is éagumasaí a tháinig mé ar Sheosamh; dá fhad a mhair an tost, is ea is mó nach raibh mé in ann labhairt.

Ag fad a fuair mé amach, "Joe, an ndúirt tú le Biddy?"

"Níl, Pip," ar ais Joe, fós ag féachaint ar an tine, agus a bhfuil a ghlúine daingean, amhail is dá mbeadh sé eolas príobháideach go raibh sé i gceist acu a dhéanamh amach áit éigin, "a d'fhág mé é duit féin, Pip."

"B'fhearr liom go ndúirt tú, a Sheosaimh."

"Pip's a gentleman of fortun' ansin," arsa Seosamh, "agus Dia leis ann!"

Thit Biddy a cuid oibre, agus d'fhéach sé orm. Choinnigh Seosamh a ghlúine agus d'fhéach sé orm. D'fhéach mé ar an mbeirt acu. Tar éis sosa, thréaslaigh siad beirt go croíúil liom; ach bhí tadhall áirithe bróin ina gcomhghairdeas go mb'fhearr liom a bheith sásta.

Thóg mé orm féin dul i bhfeidhm ar Biddy (agus trí Biddy, Joe) leis an dualgas tromchúiseach a mheas mé ar mo chairde faoi, gan aon rud a bheith ar eolas agam agus gan faic a rá faoi dhéantóir mo fhortúin. Thiocfadh sé ar fad amach in am trátha, thug mé faoi deara, agus idir an dá linn ní raibh aon rud le rá, ach amháin gur tháinig mé ag súil go mór le pátrún mistéireach. Chlaon Biddy a ceann go tuisceanach ag an tine agus í i mbun a cuid oibre arís, agus dúirt sí go mbeadh sí an-sonrach; agus Joe, fós ag coinneáil a ghlúine, dúirt sé, "Ay, ay, beidh mé partickler ekervally, Pip;" agus ansin comhghairdeas siad liom arís, agus chuaigh sé ar aghaidh a chur in iúl an oiread sin wonder ag an nóisean de mo bheith ina fhear uasal nach raibh mé leath mhaith é.

Thóg Biddy pianta gan teorainn ansin chun tuairim éigin a thabhairt do mo dheirfiúr faoin méid a tharla. Ar feadh mo thuairime, theip go hiomlán ar na hiarrachtaí sin. Rinne sí gáire agus chlaon sí a ceann go mór go minic, agus fiú arís agus arís eile tar éis Biddy, na focail "Pip" agus "Maoin." Ach tá amhras orm an raibh níos mó brí iontu ná caoin toghcháin, agus ní féidir liom pictiúr níos dorcha dá staid intinne a mholadh.

Ní fhéadfainn é a chreidiúint gan taithí, ach de réir mar a d'éirigh Joe agus Biddy níos mó ar a suaimhneas cheerful arís, d'éirigh mé gruama go leor. Dissatisfied with my fortune, ar ndóigh ní fhéadfainn a bheith; ach is féidir go mb'fhéidir go raibh mé, i ngan fhios dom féin, míshásta liom féin.

Pé scéal é, shuigh mé le m'uillinn ar mo ghlúin agus m'aghaidh ar mo lámh, ag féachaint isteach sa tine, mar a labhair an bheirt sin faoi mo dhul ar shiúl, agus faoi na rudaí ba cheart dóibh a dhéanamh gan mé, agus sin go léir. Agus aon uair a rug mé ar dhuine acu ag féachaint orm, cé nach raibh siad chomh taitneamhach sin riamh (agus d'fhéach siad orm go minic,-go háirithe Biddy), mhothaigh mé ciontach: amhail is dá mbeadh siad ag léiriú roinnt drochíde orm. Cé go bhfuil a fhios ag Neamh ní dhearna siad riamh le focal nó le comhartha.

Ag na hamanna sin ba mhaith liom éirí agus breathnú amach ar an doras; d'oscail doras na cistine ag an am céanna ar an oíche, agus sheas sé ar oscailt tráthnóna samhraidh chun an seomra a aer. Na réaltaí an-a d'ardaigh mé ansin mo shúile, tá eagla orm gur ghlac mé a bheith ach réaltaí bochta agus humble le haghaidh glittering ar na rudaí rustic i measc a bhí rith mé mo shaol.

"Oíche Dé Sathairn," arsa mise, nuair a shuigh muid ag ár suipéar aráin agus cáise agus beorach. "Cúig lá eile, agus ansin an lá roimh *an* lá! Is gearr go mbeidh siad ag dul."

"Sea, Pip," a thug Joe faoi deara, a raibh a ghuth log ina bheoir-mug. "Rachaidh siad go luath."

"Go gairid, téigh go luath," arsa Biddy.

"Bhí mé ag smaoineamh, a Joe, nuair a théim síos an baile Dé Luain, agus mo chuid éadaí nua a ordú, inseoidh mé don táilliúir go dtiocfaidh mé agus go gcuirfidh mé ann iad, nó go mbeidh siad seolta agam chuig Mr. Pumblechook's. Bheadh sé an-easaontach go mbeadh na daoine ar fad anseo ag stánadh air."

"B'fhéidir gur mhaith leis an Uasal agus Mrs Hubble tú a fheiceáil i d'fhigiúr nua gen-teel freisin, Pip," a dúirt Joe, ag gearradh a chuid aráin go industriously, lena cháis air, i dtearmann a láimhe clé, agus glancing ag mo shuipéar untasted amhail is dá mba smaoinigh sé ar an am nuair a d'úsáid muid chun slices a chur i gcomparáid. "Mar sin, d'fhéadfadh Wopsle. Agus d'fhéadfadh an Jolly Bargemen é a ghlacadh mar mholadh.

"Sin díreach an rud nach bhfuil uaim, a Sheosaimh. Dhéanfadh siad a leithéid de ghnó—a leithéid de ghnó garbh agus coitianta,—nach bhféadfainn mé féin a iompar."

"Ah, go deimhin, Pip!" A dúirt Joe. "Más rud é nach raibh tú in ann abear féin-"

D'iarr Biddy orm anseo, mar a shuigh sí ag a bhfuil pláta mo dheirfiúr, "Ar smaoinigh tú faoi nuair a thaispeánfaidh tú tú féin don Uasal Gargery, agus do dheirfiúr agus dom? Taispeánfaidh tú tú féin dúinn; nach mbeidh?

"Biddy," a d'fhill mé le roinnt resentment, "tá tú chomh tapa sin go bhfuil sé deacair coinneáil suas leat."

("Bhí sí gasta i gcónaí," arsa Seosamh.)

"Dá bhfanfá nóiméad eile, a Biddy, chloisfeá mé ag rá go dtabharfaidh mé mo chuid éadaí anseo i mbeart tráthnóna amháin,—is dócha tráthnóna sula n-imeoidh mé."

Ní dúirt Biddy a thuilleadh. Agus mé ag forgiving go dathúil léi, ba ghearr gur mhalartaigh mé oíche mhaith gheanúil léi féin agus le Joe, agus chuaigh mé suas a chodladh. Nuair a fuair mé isteach i mo sheomra beag, shuigh mé síos agus ghlac mé le breathnú fada ar sé, mar seomra beag meán gur chóir dom a bheith parted go luath ó agus a ardaíodh thuas, go deo. Tugadh cuimhneacháin óga úra dó freisin, agus fiú ag an nóiméad céanna thit mé isteach sa deighilt intinne chéanna idir é agus na seomraí níos fearr a raibh mé ag dul dóibh, mar a bhí mé chomh minic sin idir an cheárta agus Miss Havisham's, agus Biddy agus Estella.

Bhí an ghrian ag taitneamh go geal an lá ar fad ar dhíon m'áiléir, agus bhí an seomra te. Nuair a chuir mé an fhuinneog ar oscailt agus sheas mé ag féachaint amach, chonaic mé Joe ag teacht go mall amach ag an doras dorcha, thíos, agus seal nó dhó san aer; agus ansin chonaic mé Biddy ag teacht, agus píopa a thabhairt dó agus é a lasadh dó. Níor chaith sé tobac chomh déanach riamh, agus ba chosúil le leid dom go raibh sé ar a chompord, ar chúis éigin nó eile.

Sheas sé faoi láthair ag an doras láithreach faoi bhun dom, caitheamh tobac a phíopa, agus Biddy sheas ann freisin, go ciúin ag caint leis, agus bhí a fhios agam gur labhair siad de dom, do chuala mé m'ainm luaite i ton endearing ag an mbeirt acu níos mó ná uair amháin. I would not have listened for more, dá bhféadfainn níos mó a chloisteáil; mar sin tharraing mé amach as an bhfuinneog, agus shuigh mé síos i mo chathaoir amháin cois leapa, ag mothú an-bhrónach agus aisteach gur chóir go mbeadh an chéad oíche seo de mo fortunes geal ar an uaigneas a bhí ar eolas agam riamh.

Ag féachaint i dtreo na fuinneoige oscailte, chonaic mé bláthfhleasc éadrom ó phíopa Sheosaimh ar snámh ansin, agus fancied mé go raibh sé cosúil le beannacht ó Joe,-ní obtruded orm nó paráid os mo chomhair, ach pervading an t-aer roinnte againn le chéile. Chuir mé mo sholas amach, agus crept isteach sa leaba; agus leaba mhíshuaimhneach a bhí ann anois, agus níor chodail mé an seanchodladh fuaime ann níos mó.

Caibidil XIX.

Rinne Maidin difríocht shuntasach i mo ionchas ginearálta na Beatha, agus brightened sé an oiread sin go raibh an chuma air scarcely mar an gcéanna. What lay heaviest on my mind was, an chomaoin a rinne sé lá idir mé agus an lá imeachta; óir ní fhéadfainn mé féin a dhífheistiú de mhíthuiscint go dtarlódh rud éigin go Londain idir an dá linn, agus, nuair a fuair mé ann, go mbeadh sé imithe in olcas go mór nó glan imithe.

Bhí Joe agus Biddy an-bháúil agus an-taitneamhach nuair a labhair mé faoin scaradh a bhí ag druidim linn; ach níor thagair siad dó ach amháin nuair a rinne mé. Tar éis an bhricfeasta, thug Joe amach mo dhintiúirí ón bpreas sa pharlús is fearr, agus chuir muid sa tine iad, agus mhothaigh mé go raibh mé saor. Leis an úrnuacht ar fad a bhain le m'fhuascailt orm, chuaigh mé go dtí an séipéal le Seosamh, agus shíl mé, b'fhéidir, nach léifeadh an chléir é sin faoin bhfear saibhir agus faoi ríocht na bhFlaitheas, dá mbeadh aithne aige ar chách.

Tar éis ár dinnéar luath, strolled mé amach ina n-aonar, purposing a chríochnú as na riasca ag an am céanna, agus iad a fháil déanta leis. Agus mé ag dul thar an séipéal, mhothaigh mé (mar a mhothaigh mé le linn seirbhíse ar maidin) trua sublime do na créatúir bhochta a bhí i ndán dul ann, Dé Domhnaigh tar éis an Domhnaigh, a saol go léir trí, agus a luí go doiléir ar deireadh i measc na dumhaí ísle glasa. Gheall mé dom féin go ndéanfainn rud éigin dóibh ceann de na laethanta seo, agus chuir mé plean le chéile chun dinnéar mairteola rósta agus maróg pluma, pionta leann, agus galún condescension, a bhronnadh ar gach duine sa sráidbhaile.

Dá mba rud é gur smaoinigh mé go minic roimhe seo, le rud éigin gaolmhar le náire, ar mo chomrádaíocht leis an teifeach a chonaic mé uair amháin i measc na n-uaigheanna sin, cad iad na smaointe a bhí agam ar an Domhnach seo, nuair a chuimhnigh an áit ar an wretch, ragged agus shivering, lena iarann felon agus suaitheantas! Mo chompord a bhí, gur tharla sé i bhfad ó shin, agus go raibh sé doubtless iompar ar bhealach fada amach, agus go raibh sé marbh dom, agus d'fhéadfadh a bheith veritably marbh isteach sa mhargadh.

Níl níos mó tailte íseal, fliuch, gan níos mó dikes agus sluices, níos mó de na beithígh innilte,-cé go raibh an chuma orthu, ar a mbealach dull, aer níos measúla a chaitheamh anois, agus chun aghaidh a thabhairt ar bhabhta, ionas go bhféadfadh siad stare chomh fada agus is féidir ag an sealbhóir ionchais mór den sórt sin,-slán, acquaintances monotonous de mo óige, feasta bhí mé do Londain agus greatness; Ní le haghaidh obair Smith i gcoitinne, agus ar do shon! Rinne mé mo bhealach exultant go dtí an Battery d'aois, agus, atá suite síos ann chun machnamh a dhéanamh ar an gceist cibé an raibh Miss Havisham beartaithe dom do Estella, thit ina chodladh.

Nuair a dhúisigh mé, bhí iontas mór orm go raibh Joe ina shuí in aice liom, ag caitheamh a phíopa. Bheannaigh sé meangadh gáire dom ar m'oscailt mo shúile, agus dúirt sé,—

"Mar an uair dheireanach, Pip, shíl mé gur mhaith liom foller."

"Agus Joe, tá mé an-sásta go ndearna tú amhlaidh."

"Thankee, Pip."

"D'fhéadfá a bheith cinnte, a Sheosaimh," a dúirt mé, tar éis dúinn lámha a chroitheadh, "nach ndéanfaidh mé dearmad ort go deo."

"Níl, níl, Pip!" A dúirt Joe, i ton compordach, "Tá *mé* cinnte de sin. Ay, ay, chap d'aois! Beannaigh tú, ní raibh sé riachtanach ach é a fháil cruinn go maith in intinn fir, a bheith cinnte air. Ach thóg sé beagán ama é a fháil go maith babhta, tagann an t-athrú mar sin ar plump coitianta; nach raibh?

Ar bhealach, ní mó ná sásta a bhí mé le Joe a bheith chomh slán sin díom. Ba chóir gur thaitin sé liom go ndearna sé feall ar mhothúchán, nó go ndúirt sé, "It does you credit, Pip," nó rud éigin den chineál sin. Dá bhrí sin, ní dhearna mé aon ráiteas ar chéad cheann Joe; ach ag rá maidir lena dara, go raibh na tidings teacht go deimhin go tobann, ach go raibh mé i gcónaí ag iarraidh a bheith ina fhear uasal, agus bhí go minic agus go minic speculated ar cad ba mhaith liom a dhéanamh, dá mba rud é go raibh mé ar cheann.

"An bhfuil tú cé?" arsa Joe. "Astonishing!"

"Is mór an trua anois, a Sheosaimh," arsa mise, "nár éirigh leat beagán níos mó, nuair a bhí ár gceachtanna againn anseo; nach ea?

"Bhuel, níl a fhios agam," ar ais Joe. "Tá mé chomh uafásach dull. Níl ionam ach máistir ar mo cheird féin. Ba mhór an trua i gcónaí é mar bhí mé chomh uafásach sin; ach ní mó de trua anois é, ná mar a bhí—an lá seo dhá mhí dhéag—nach bhfeiceann tú?"

An rud a bhí i gceist agam ná, nuair a tháinig mé isteach i mo mhaoin agus nuair a bhí mé in ann rud éigin a dhéanamh do Sheosamh, bheadh sé i bhfad níos sásta dá mbeadh sé cáilithe níos fearr le haghaidh ardú sa stáisiún. Bhí sé chomh breá neamhchiontach de mo bhrí, áfach, gur shíl mé go luafainn é le Biddy mar rogha.

Mar sin, nuair a bhí muid ag siúl abhaile agus bhí tae againn, thóg mé Biddy isteach inár ngairdín beag le taobh an lána, agus, tar éis caitheamh amach ar bhealach ginearálta le haghaidh ingearchló a biotáille, nár chóir dom dearmad a dhéanamh uirthi, dúirt mé go raibh mé i bhfabhar a iarraidh uirthi.

"Agus is é, a Biddy," arsa mise, "nach bhfágfaidh tú aon deis ar lár cuidiú le Joe, beagáinín."

"Conas cabhrú leis ar?" D'iarr Biddy, le saghas seasta Sracfhéachaint.

"Bhuel! Is fear maith daor é Joe,—go deimhin, is dóigh liom gurb é an fear is dearfaí a mhair riamh,—ach tá sé sách siar i rudaí áirithe. Mar shampla, Biddy, ina chuid foghlama agus a bhéasa.

Cé go raibh mé ag féachaint ar Biddy mar a labhair mé, agus cé gur oscail sí a súile an-leathan nuair a labhair mé, níor fhéach sí orm.

"O, a bhéasa! ní dhéanfaidh a bhéasa ansin?" a d'fhiafraigh Biddy, ag plucking duilleog dubh-currant.

"Mo Biddy daor, a dhéanann siad go han-mhaith anseo-"

"O! *déanann* siad go han-mhaith anseo?" arsa Biddy, ag féachaint go géar ar an duilleog ina láimh.

"Éist liom amach,—ach dá mbeinn chun Joe a bhaint isteach i réimse níos airde, mar beidh súil agam é a bhaint nuair a thiocfaidh mé isteach i mo mhaoin go hiomlán, is ar éigean a dhéanfaidís ceartas dó."

"Agus nach gceapann tú go bhfuil a fhios aige sin?" a d'fhiafraigh Biddy.

Ceist an-spreagúil a bhí ann (óir níor tharla sé riamh ar an mbealach is faide i gcéin dom), a dúirt mé, go sciopptha—

"Biddy, cad atá i gceist agat?"

Biddy, tar éis an duilleog a chuimilt le píosaí idir a lámha,-agus tá boladh tor dubh-currant tugtha chun cuimhne dom an tráthnóna sin sa ghairdín beag le taobh an lána,-dúirt sé, "Ar mheas tú riamh go bhféadfadh sé a bheith bródúil?"

"Bródúil?" Arís agus arís eile, le béim dímheasúil.

"O! tá go leor cineálacha bróid ann," a dúirt Biddy, ag féachaint go hiomlán orm agus ag croitheadh a cinn; "Ní haon chineál amháin é bród—"

"Bhuel? Cad chuige a bhfuil tú ag stopadh?" arsa mise.

"Níl gach ceann de chineál amháin," resumed Biddy. "B'fhéidir go bhfuil sé róbhródúil ligean d'aon duine é a thabhairt amach as áit a bhfuil sé inniúil air a líonadh, agus líonann sé go maith agus le meas. Chun an fhírinne a insint duit, sílim go bhfuil sé; cé go bhfuaimníonn sé dána ionam é sin a rá, mar caithfidh go bhfuil aithne i bhfad níos fearr agat air ná mar a dhéanaim."

"Anois, a Biddy," arsa mise, "tá an-brón orm é seo a fheiceáil ionat. Ní raibh súil agam é seo a fheiceáil ionat. Tá tú éad, Biddy, agus grudging. Tá tú míshásta mar gheall ar mo ardú ar fhortún, agus ní féidir leat cabhrú lena thaispeáint.

"Má tá an croí agat smaoineamh mar sin," arsa Biddy, "abair é sin. Abair é sin arís agus arís eile, má tá an croí agat smaoineamh air sin."

"Má tá an croí agat a bheith amhlaidh, ciallaíonn tú, Biddy," a dúirt mé, i ton virtuous agus níos fearr; "Ná cuir as dom é. Tá an-brón orm é a fheiceáil, agus is droch-thaobh de nádúr an duine é. Bhí sé i gceist agam iarraidh ort aon deiseanna beaga a bheadh agat a úsáid tar éis dom a bheith imithe, feabhas a chur ar a chara Joe. Ach tar éis seo iarr mé tú rud ar bith. Tá an-brón orm é seo a fheiceáil ionat, a Biddy," a dúirt mé arís agus arís eile. "Is droch-thaobh de nádúr an duine é."

"Cibé scold tú dom nó a cheadú dom," ar ais Biddy bocht, "is féidir leat ag brath go cothrom ar mo iarraidh a dhéanamh go léir go luíonn i mo chumhacht, anseo, i gcónaí. Agus cibé tuairim a thógfaidh tú uaim, ní dhéanfaidh sé aon difríocht i mo chuimhne ort. Ach níor cheart go mbeadh fear uasal éagórach ach an oiread," a dúirt Biddy, agus a ceann á chasadh uaithi.

Arís agus arís eile arís eile go raibh sé ina thaobh dona de nádúr an duine (ina sentiment, waiving a chur i bhfeidhm, feicthe agam ó shin cúis chun smaoineamh go raibh mé ceart), agus shiúil mé síos an cosán beag ar shiúl ó Biddy, agus chuaigh Biddy isteach sa teach, agus chuaigh mé amach ag geata an ghairdín agus ghlac stroll dejected go dtí suipéar-am; arís ag mothú an-bhrónach agus aisteach gur chóir go mbeadh sé seo, an dara oíche de mo fortunes geal, chomh uaigneach agus míshásúil leis an gcéad cheann.

Ach, maidin uair amháin níos gile mo thuairim, agus síneadh mé mo clemency go Biddy, agus thit muid ar an ábhar. Ag cur ar na héadaí is fearr a bhí agam, chuaigh mé isteach sa bhaile chomh luath agus a d'fhéadfainn a bheith ag súil leis na siopaí a fháil ar oscailt, agus chuir mé mé féin os comhair an Uasail Trabb, an táilliúir, a bhí ag a bhricfeasta sa pharlús taobh thiar dá shiopa, agus nár cheap gurbh fhiú é agus é ag teacht amach chugam, ach ghlaoigh sé isteach orm.

"Bhuel!" A dúirt an tUasal Trabb, i hail-eile-dea-met chineál ar bhealach. "Cén chaoi a bhfuil tú, agus cad is féidir liom a dhéanamh ar do shon?"

Bhí an tUasal Trabb slisnithe a rolla te i dtrí cleite-leaba, agus bhí slipping im i idir na blaincéid, agus a chlúdaíonn sé suas. Bhí sé ina bhaitsiléir rathúil d'aois, agus d'fhéach a fhuinneog oscailte isteach i ngairdín beag rathúil agus úllord, agus bhí iarann rathúil sábháilte lig isteach sa bhalla ar thaobh a teallach, agus ní raibh amhras orm gur cuireadh heaps a rathúnas ar shiúl ann i málaí.

"An tUasal Trabb," a dúirt mé, "is rud míthaitneamhach é a lua, toisc go bhfuil sé cosúil le boasting; ach tháinig mé isteach i maoin dathúil."

Chuaigh athrú thar an Uasal Trabb. Rinne sé dearmad ar an im sa leaba, d'éirigh sé as taobh na leapa, agus chaith sé a mhéara ar an éadach boird, ag exclaiming, "A Thiarna beannaigh m'anam!"

"Tá mé ag dul suas go dtí mo chaomhnóir i Londain," a dúirt mé, ag tarraingt roinnt guine as mo phóca agus ag féachaint orthu; "Agus ba mhaith liom culaith faiseanta éadaí a chur isteach. Ba mhaith liom íoc astu," a dúirt mé -ar shlí eile shíl mé go bhféadfadh sé ligean air féin iad a dhéanamh, "le hairgead réidh."

"Mo dhuine uasail daor," a dúirt an tUasal Trabb, mar bent sé measúil a chorp, d'oscail a airm, agus ghlac an saoirse touching dom ar an taobh amuigh de gach Elbow, "ná Gortaítear dom ag lua go. An bhféadfainn comhghairdeas a dhéanamh libh? An ndéanfá fabhar dom dul isteach sa siopa?"

Ba é buachaill an Uasail Trabb an buachaill is audacious i ngach taobh tíre sin. Nuair a tháinig mé isteach bhí sé ag scuabadh an tsiopa, agus bhí a chuid saothair milsithe aige ag scuabadh tharam. Bhí sé fós sweeping nuair a tháinig mé amach sa siopa leis an Uasal Trabb, agus leag sé an broom i gcoinne gach coirnéil agus constaicí is féidir, a chur in iúl (mar a thuig mé é) comhionannas le haon gabha, beo nó marbh.

"Coinnigh go torann," a dúirt an tUasal Trabb, leis an sternness is mó, "nó beidh mé cnag do cheann amach!-An bhfuil mé an bhfabhar a bheith ina suí, a dhuine uasail. Anois, seo," a dúirt an tUasal Trabb, ag cur síos rolla éadach, agus tiding sé amach ar bhealach ag sileadh thar an gcuntar, ullmhúcháin chun dul a lámh faoi sé a thaispeáint ar an snasta, "Is alt an-milis. Is féidir liom é a mholadh chun do chuspóir, a dhuine uasail, toisc go bhfuil sé i ndáiríre Super breise. Ach feicfidh tú roinnt eile. Tabhair dom Uimhir a Ceathair, tú! (Chun an buachaill, agus le stare dreadfully dian; thuar an baol go miscreant scuabadh dom leis, nó a dhéanamh comhartha éigin eile ar an eolas.)

Níor bhain an tUasal Trabb a shúil stern as an mbuachaill go dtí go raibh uimhir a ceathair curtha i dtaisce aige ar an gcuntar agus bhí sé ag achar sábháilte arís. Ansin d'ordaigh sé dó uimhir a cúig a thabhairt, agus uimhir a hocht. "Agus lig

148

dom go bhfuil aon cheann de do chuid cleasanna anseo," a dúirt an tUasal Trabb, "nó beidh tú repent é, tú scoundrel óg, an lá is faide a bhfuil tú chun cónaí."

Ansin chrom an tUasal Trabb ar uimhir a ceathair, agus i saghas muiníne deferential mhol sé dom mar alt éadrom do chaitheamh an tsamhraidh, alt i bhfad i vogue i measc na uaisle agus gentry, alt go mbeadh sé riamh ina onóir dó machnamh a dhéanamh ar chomh-townsman oirirce (más rud é go bhféadfadh sé a éileamh dom le haghaidh eile-townsman) tar éis caite. "An bhfuil tú ag tabhairt uimhreacha a cúig agus a hocht, vagabond tú," a dúirt an tUasal Trabb leis an buachaill ina dhiaidh sin, "nó beidh mé ciceáil tú amach as an siopa agus iad a thabhairt dom féin?"

Roghnaigh mé na hábhair le haghaidh culaith, le cabhair ó bhreithiúnas an Uasail Trabb, agus chuaigh mé isteach sa pharlús arís le tomhas. I gcás cé go raibh an tUasal Trabb mo bheart cheana féin, agus bhí sásta go leor leis roimhe sin, dúirt sé leithscéal nach ndéanfadh sé "faoi chúinsí atá ann cheana féin, a dhuine uasail,-ní dhéanfadh sé ar chor ar bith." Mar sin,, an tUasal Trabb thomhas agus ríomh mé sa parlús, amhail is dá mba eastát mé agus sé an speiceas is fearr de suirbhéir, agus thug sé é féin den sórt sin ar domhan trioblóide gur bhraith mé go bhféadfadh aon oireann éadaí luach saothair b'fhéidir dó as a chuid pianta. Nuair a bhí sé déanta go deireanach agus bhí ceaptha chun na hailt a sheoladh chuig an Uasal Pumblechook ar an tráthnóna Déardaoin, dúirt sé, lena lámh ar an glas parlús, "Tá a fhios agam, a dhuine uasail, nach féidir a bheith ag súil uaisle Londain pátrúnacht obair áitiúil, mar riail; ach dá dtabharfá seal dom anois is arís i gcaighdeán fear bailte, ba cheart go mbeadh meas mór agam air. Dea-mhaidin, a dhuine uasail, dualgas i bhfad.—Doras!"

Bhí an focal deireanach flung ag an buachaill, nach raibh an nóisean a laghad cad a bhí i gceist aige. Ach chonaic mé é ag titim de réir mar a chuimil a mháistir amach mé lena lámha, agus ba é an chéad taithí a bhí agam ar chumhacht stupendous an airgid ná, go raibh sé leagtha go morálta ar a chúl buachaill Trabb.

Tar éis an ócáid i gcuimhne, chuaigh mé go dtí an hatter ar, agus an bootmaker ar, agus an hosier ar, agus bhraith in áit cosúil le madra Mother Hubbard a bhfuil a outfit ag teastáil na seirbhísí an oiread sin ceirdeanna. Chuaigh mé go dtí an oifig cóiste freisin agus thóg mé m'áit ar feadh a seacht a chlog maidin Dé Sathairn. Ní raibh sé riachtanach a mhíniú i ngach áit gur tháinig mé isteach i maoin dathúil; ach aon uair a dúirt mé rud ar bith chuige sin, lean sé gur scoir an ceardaí officiating a aird a atreorú tríd an bhfuinneog ag an tSráid Ard, agus dhírigh sé a intinn orm. Nuair a d'ordaigh mé gach rud a theastaigh uaim, d'ordaigh mé mo chéimeanna i dtreo Pumblechook's, agus, de réir mar a chuaigh mé chuig áit ghnó an fhir uasail sin, chonaic mé é ina sheasamh ag a dhoras.

Bhí sé ag fanacht liom le mífhoighne mór. Bhí sé amach go luath leis an chaise-cart, agus bhí ar a dtugtar ag an forge agus chuala an nuacht. D'ullmhaigh sé collation dom i bparlús Barnwell, agus d'ordaigh sé freisin dá fhear siopa "teacht amach as an gangway" mar a rith mo dhuine naofa.

"Mo chara daor," a dúirt an tUasal Pumblechook, ag cur dom ag an dá lámh, nuair a bhí sé féin agus mé féin agus an collation ina n-aonar, "a thabhairt dom tú áthas ar do fhortún maith. Tuillte go maith, tuillte go maith!

Bhí sé seo ag teacht go dtí an pointe, agus shíl mé gur bealach ciallmhar é chun é féin a chur in iúl.

"Chun smaoineamh," a dúirt an tUasal Pumblechook, tar éis admiration snorting ag dom ar feadh roinnt chuimhneacháin, "gur chóir dom a bheith ar an ionstraim humble as a dtiocfaidh suas go dtí seo, Is luach saothair bródúil."

D'impigh mé ar an Uasal Pumblechook cuimhneamh nach raibh aon rud le rá ná le leid riamh, ar an bpointe sin.

"Mo chara óg daor," a dúirt an tUasal Pumblechook; "Má ligfidh tú dom glaoch ort mar sin—"

Murmured mé "Cinnte," agus an tUasal Pumblechook ghlac mé ag an dá lámh arís, agus in iúl gluaiseacht ar a waistcoat, a raibh cuma mhothúchánach, cé go raibh sé in áit íseal síos, "Mo chara óg daor, ag brath ar mo dhéanamh mo beag go léir i do láthair, ag coinneáil ar an bhfíric roimh an aigne Joseph.—Joseph!" A dúirt an tUasal Pumblechook, ar bhealach adjuration atruach. "Seosamh!! Seosamh !!" Leis sin chroith sé a cheann agus bhuail sé é, ag léiriú a chiall easnaimh i Joseph.

"Ach mo chara óg daor," a dúirt an tUasal Pumblechook, "ní mór duit a bheith ocras, ní mór duit a bheith ídithe. Bí i do shuí. Seo cearc a bhí cruinn ón Torc, seo teanga a bhí cruinn ón Torc, seo ceann nó dhó a bhí thart ón Torc, go bhfuil súil agam nach féidir leat éadóchas. Ach an bhfuil mé," a dúirt an tUasal Pumblechook, ag dul suas arís an nóiméad tar éis shuigh sé síos, "féach thuasluaite dom, dó mar spórt mé riamh leis ina amanna naíonacht sona? Agus féadfaidh mé—*féadfaidh* mé—?"

Seo Bealtaine mé, i gceist d'fhéadfadh sé lámha a chroitheadh? Thoiligh mé, agus bhí sé fervent, agus ansin shuigh síos arís.

"Seo fíon," a dúirt an tUasal Pumblechook. "Lig dúinn deoch, Buíochas le Fortune, agus féadfaidh sí a phiocadh amach riamh a Favorites le breithiúnas comhionann! Agus fós ní féidir liom," a dúirt an tUasal Pumblechook, ag dul suas arís, "féach thuasluaite dom a hAon-agus mar an gcéanna deoch a hAon-gan arís in iúl-Bealtaine mé-Féadfaidh mé-?"

Dúirt mé go bhféadfadh sé, agus chroith sé lámha liom arís, agus fholmhú a ghloine agus chas sé bun os cionn. Rinne mé an rud céanna; agus dá gcasfainn mé féin bunoscionn roimh an ól, ní fhéadfadh an fíon a bheith imithe níos dírí ar mo cheann.

An tUasal Pumblechook chabhraigh liom go dtí an sciathán ae, agus leis an slice is fearr de theanga (aon cheann de na as-an-bhealach Uimh Thoroughfares muiceoil anois), agus ghlac, i gcomparáid labhairt, aon chúram de féin ar chor ar bith. "Ah! éanlaith chlóis, éanlaith chlóis! Shíl tú beag," a dúirt an tUasal Pumblechook, apostrophising an éanlaithe sa mhias, "nuair a bhí tú ag fledgling óg, cad a bhí i ndán duit. Shíl tú beag go raibh tú a bheith refreshment faoi bhun an díon humble do cheann mar-Glaoigh sé laige, más rud é go mbeidh tú," a dúirt an tUasal Pumblechook, ag dul suas arís, "ach is féidir liom? *an bhféadfainn*—?"

Thosaigh sé a bheith gan ghá a dhéanamh arís ar an bhfoirm rá d'fhéadfadh sé, mar sin rinne sé é ag an am céanna. Conas a rinne sé riamh é chomh minic sin gan é féin a ghortú le mo scian, níl a fhios agam.

"Agus do dheirfiúr," a thosaigh sé arís, tar éis ithe beag seasta, "a raibh sé d'onóir agat tú a thabhairt suas de láimh! Picter brónach atá ann, a léiriú nach bhfuil sí cothrom a thuilleadh leis an onóir a thuiscint go hiomlán. Bealtaine—"

Chonaic mé go raibh sé ar tí teacht orm arís, agus stop mé é.

"Ólfaidh muid a sláinte," arsa mise.

"Ah!" Adeir an tUasal Pumblechook, leaning ar ais ina chathaoirleach, go leor flaccid le admiration, "sin an bealach a fhios agat 'em, a dhuine uasail!" (Níl a fhios agam cérbh é Sir, ach is cinnte nach mise a bhí ann, agus ní raibh an tríú duine i láthair); "Sin é an bealach a fhios agat an uasal-minded, a dhuine uasail! Riamh forgiving agus riamh affable. D'fhéadfadh sé," a dúirt an servile Pumblechook, ag cur síos a ghloine untasted i Hurry agus ag dul suas arís, "le duine coiteann, tá an chuma ar athrá-ach *féadfaidh* mé-?"

Nuair a bhí sé déanta aige, d'fhill sé ar a shuíochán agus d'ól sé le mo dheirfiúr. "Lig dúinn riamh a bheith dall," a dúirt an tUasal Pumblechook, "chun a lochtanna temper, ach tá sé le bheith ag súil i gceist aici go maith."

Ag thart ar an am seo, thosaigh mé ag tabhairt faoi deara go raibh sé ag éirí lasta san aghaidh; maidir liom féin, mhothaigh mé gach aghaidh, sáite i bhfíon agus clisteacht.

Luaigh mé leis an Uasal Pumblechook gur mhian liom go gcuirfí mo chuid éadaí nua chuig a theach, agus bhí sé ecstatic ar mo idirdhealú sin air. Luaigh mé an chúis a bhí agam leis an mbreathnóireacht sa sráidbhaile a sheachaint, agus mhol sé do na spéartha é. Ní raibh aon duine ach é féin, pearsanta sé, fiú mo mhuinín, agus-i mbeagán focal, d'fhéadfadh sé? Ansin d'fhiafraigh sé díom go tairisceana ar chuimhnigh mé ar ár gcluichí buachaillí ag suimeanna, agus conas a bhí muid imithe le chéile chun printíseach faoi cheangal a bheith agam, agus, i ndáiríre, conas a bhí sé riamh ar mo mhaisiúil is fearr leat agus mo chara roghnaithe? Dá mba rud é gur thóg mé deich n-uaire an oiread spéaclaí fíona agus a bhí agam, ba chóir go mbeadh a fhios agam nár sheas sé riamh sa ndáil sin i mo leith, agus ba chóir go mbeadh i mo chroí istigh an smaoineamh a shéanadh. Ach ar feadh an méid sin go léir, is cuimhin liom a bheith cinnte go raibh dul amú mór orm ann, agus go raibh sé ina phríomh-chomhalta ciallmhar, praiticiúil, dea-chroíoch.

By degrees he fell to reposing such great confidence in me, maidir le mo chomhairle a iarraidh ag tagairt dá ghnóthaí féin. Luaigh sé go raibh deis ann cónascadh agus monaplacht mhór a dhéanamh ar thrádáil an arbhair agus na síl san áitreabh sin, dá méadófaí é, ar nós nár tharla riamh cheana sa chomharsanacht sin ná in aon chomharsanacht eile. An rud a bhí ina aonar ag iarraidh fortún ollmhór a bhaint amach, mheas sé gur Caipiteal Níos Mó a bhí ann. Ba iad sin an dá fhocal bheaga, níos mó caipitil. Anois, dhealraigh sé dó (Pumblechook) go má bhí fuair an chaipitil isteach sa ghnó, trí pháirtí codlata, a dhuine uasail,-a bheadh páirtí codlata bhfuil aon rud a dhéanamh ach siúl i, ag féin nó ionadaí, aon uair sásta sé, agus scrúdú a dhéanamh ar na leabhair,-agus siúl i dhá uair sa bhliain agus a chuid brabúis a chur ar shiúl ina phóca, le fonn caoga faoin gcéad—chonacthas dó go mb'fhéidir gur oscailt é sin d'fhear óg spioraid in éineacht le maoin, arbh fhiú a aird a thabhairt air. Ach cad a cheap mé? Bhí an-mhuinín aige as mo thuairim, agus cad a cheap mé? Thug mé mar mo thuairim é. "Fan beagán!" Bhuail fairsingeacht agus leithleachas aontaithe an dearcadh seo é, nár iarr sé a thuilleadh an bhféadfadh sé lámha a chroitheadh liom, ach dúirt sé go gcaithfidh sé i ndáiríre,-agus rinne.

D'ól muid go léir an fíon, agus gheall an tUasal Pumblechook é féin arís agus arís eile a choinneáil Joseph suas go dtí an marc (Níl a fhios agam cén marc), agus a thabhairt dom seirbhís éifeachtach agus leanúnach (Níl a fhios agam cén tseirbhís). Chuir sé in iúl dom freisin den chéad uair i mo shaol, agus is cinnte tar éis dó a rún a choinneáil iontach maith, go ndúirt sé liom i gcónaí, "That boy is no common boy, and mark me, his fortun' will be no common fortun'." Dúirt sé le gáire tearful go raibh sé rud uatha chun smaoineamh ar anois, agus dúirt mé mar sin freisin. Ar deireadh, chuaigh mé amach san aer, le tuiscint dim go raibh rud éigin unwonted i stiúradh na gréine, agus fuair sé amach go raibh mé fuair slumberously go dtí an turnpike gan aon chuntas ar an mbóthar.

Tá, bhí mé roused ag an tUasal Pumblechook ar hailing dom. Bhí sé i bhfad síos an tsráid grianmhar, agus bhí sé ag déanamh gothaí expressive dom a stopadh. Stop mé, agus tháinig sé suas breathless.

"Níl, mo chara daor," a dúirt sé, nuair a bhí sé aisghabháil gaoithe le haghaidh cainte. "Ní féidir liom cabhrú leis. Ní bheidh an ócáid seo pas go hiomlán gan an affability ar do thaobh.—Bealtaine mé, mar sheanchara agus dea-ghuí? *An féidir liom?*

Chroith muid lámha don chéad uair ar a laghad, agus d'ordaigh sé carter óg as mo bhealach leis an fearg is mó. Ansin, bheannaigh sé dom agus sheas sé ag croitheadh a láimhe chugam go dtí go raibh an camán sa bhóthar rite agam; agus ansin d'iompaigh mé isteach i bpáirc agus bhí nap fada faoi fhál agam sula ndeachaigh mé ar mo bhealach abhaile.

Bhí bagáiste scanta agam le tabhairt liom go Londain, mar is beag den bheagán a bhí agam a cuireadh in oiriúint do mo stáisiún nua. Ach thosaigh mé ag pacáil an tráthnóna céanna, agus pacáilte go fiáin rudaí a raibh a fhios agam gur chóir dom a bheith ag iarraidh an mhaidin dár gcionn, i bhficsean nach raibh nóiméad le cailleadh.

Mar sin, Dé Máirt, Dé Céadaoin, agus Déardaoin, ritheadh; agus maidin Dé hAoine chuaigh mé go dtí an tUasal Pumblechook ar, a chur ar mo chuid éadaí nua agus mo chuairt a íoc le Miss Havisham. Tugadh seomra an Uasail Pumblechook féin suas dom a ghléasadh isteach, agus bhí sé maisithe le tuáillí glana go sainráite don ócáid. Bhí díomá ar mo chuid éadaí, ar ndóigh. Is dócha gur thit gach ball éadaigh nua a rabhthas ag súil leis riamh ó tháinig éadaí isteach, trifle gearr ar ionchas an té a chaitheann é. Ach tar éis go raibh mé mo chulaith nua ar roinnt leath uair an chloig, agus bhí imithe trí immensity posturing leis an tUasal Pumblechook ar an-teoranta feistis-gloine, sa iarracht futile a fheiceáil mo chosa, dhealraigh sé a d'oirfeadh dom níos fearr. Maidin mhargaidh a bhí ann i mbaile in aice láimhe tuairim is deich míle amach, ní raibh an tUasal Pumblechook sa bhaile. Níor inis mé dó go díreach nuair a bhí sé i gceist agam imeacht, agus ní dócha go gcrochfadh mé lámha leis arís sular imigh mé. Bhí sé seo ar fad mar ba chóir dó a bheith, agus chuaigh mé amach i mo eagar nua, fearfully náire a bheith ag dul thar an siopadóir, agus amhrasach tar éis an tsaoil go raibh mé faoi mhíbhuntáiste pearsanta, rud éigin cosúil le Joe ina oireann Dé Domhnaigh.

Chuaigh mé go ciorcadach chuig Miss Havisham's ar na bealaí cúil go léir, agus ghlaoigh mé ar an gclog go sriantha, mar gheall ar mhéara fada righin mo lámhainní. Tháinig Sarah Pocket go dtí an geata, agus spól sí ar ais go dearfach nuair a chonaic sí mé chomh athraithe sin; D'iompaigh a ghnúis gallchnó-bhlaosc ó dhonn go glas agus buí.

"Tusa?" ar sise. "Tusa? Maith thú! Cad atá uait?"

"Tá mé ag dul go Londain, Miss Pocket," a dúirt mé, "agus ba mhaith liom slán a rá le Miss Havisham."

Ní raibh mé ag súil, mar d'fhág sí mé faoi ghlas sa chlós, agus chuaigh sí a iarraidh má bhí mé a ligean isteach. Tar éis moill an-ghearr, d'fhill sí agus thóg sí suas mé, ag stánadh orm an bealach ar fad.

Bhí Iníon Havisham ag déanamh aclaíochta sa seomra leis an mbord scaipthe fada, ag claonadh ar a maide crutch. Bhí solas ar an seomra mar yore, agus ag fuaim ár mbealach isteach, stop sí agus chas sí. Ní raibh sí ansin ach cloí leis an gcíste brídeoige lofa.

"Ná téigh, a Shorcha," ar sise. "Bhuel, Pip?"

"Tosaíonn mé do Londain, Miss Havisham, go-morrow," bhí mé thar a bheith cúramach cad a dúirt mé, "agus shíl mé nach mbeadh tú ag cuimhneamh ar mo shaoire a thógáil de tú."

"Is figiúr aerach é seo, a Pip," ar sise, agus í ag déanamh a maide crutch ag imirt thart orm, amhail is go raibh sí, an godmother fairy a d'athraigh mé, ag bronnadh an bhronntanais chríochnaithe.

"Tá an t-ádh dearg orm ó chonaic mé go deireanach thú, Miss Havisham," a dúirt mé. "Agus táim chomh buíoch as, a Iníon Havisham!"

"Ay, ay!" A dúirt sí, ag féachaint ar an discomfited agus éad Sarah, le gliondar. "Chonaic mé an tUasal Jaggers. *Chuala mé* faoi, Pip. Mar sin, a théann tú go dtí-amárach? "

"Sea, Iníon Havisham."

"Agus tá tú uchtaithe ag duine saibhir?"

"Sea, Iníon Havisham."

"Gan ainm?"

"Níl, Iníon Havisham."

"Agus tá an tUasal Jaggers déanta do chaomhnóir?"

"Sea, Iníon Havisham."

Bhí sí gloated go leor ar na ceisteanna agus freagraí, mar sin bhí fonn uirthi taitneamh a bhaint as dismay éad Sarah Pocket. "Bhuel!" ar sise; "Tá gairm bheatha geallta agat romhat. Bí go maith-tuillte é-agus cloí le treoracha an Uasail Jaggers. " D'fhéach sí orm, agus d'fhéach sí ar Shorcha, agus d'éirigh countenance Sarah as a héadan faire aoibh éadrócaireach. "Dea-beannacht, Pip!—beidh tú a choinneáil i gcónaí ar an t-ainm Pip, tá a fhios agat."

"Sea, Iníon Havisham."

"Dea-beannacht, Pip!"

Shín sí a lámh amach, agus chuaigh mé síos ar mo ghlúin agus chuir mé ar mo bheola é. Níor smaoinigh mé ar an gcaoi ar cheart dom imeacht uaithi; tháinig sé go nádúrtha chugam i láthair na huaire chun é seo a dhéanamh. D'fhéach sí ar Sarah Pocket le bua ina súile aisteacha, agus mar sin d'fhág mé mo mháthair fairy, lena lámha ar a bata crutch, ina seasamh i measc an tseomra dimly lighted in aice leis an císte Bride lofa a bhí i bhfolach i cobwebs.

Rinne Sarah Pocket síos mé, amhail is dá mba thaibhse mé a chaithfear a fheiceáil amach. Ní fhéadfadh sí a fháil thar mo chuma, agus bhí sé sa chéim dheireanach confounded. Dúirt mé "Good-bye, Miss Pocket;" ach stán sí ach, agus ní raibh an chuma a bailíodh go leor chun a fhios gur labhair mé. Glan an teach, rinne mé an chuid is fearr de mo bhealach ar ais go dtí Pumblechook ar, thóg amach mo chuid éadaí nua, rinne siad isteach i bundle, agus chuaigh sé ar ais abhaile i mo gúna níos sine, ag iompar sé-a labhairt ar an fhírinne-i bhfad níos mó ar mo shuaimhneas freisin, cé go raibh mé an bundle a iompar.

Agus anois, na sé lá a bhí a bheith ar siúl amach chomh mall, bhí rith amach go tapa agus bhí imithe, agus a-morrow d'fhéach mé san aghaidh níos seasta ná mar a d'fhéadfainn breathnú ar sé. De réir mar a bhí na sé thráthnóna imithe ar shiúl, go dtí a cúig, go dtí a ceathair, go dtí a trí, go dtí a dó, bhí mé níos mó agus níos mó buíoch de chumann Joe agus Biddy. An tráthnóna deireanach seo, ghléas mé mé féin amach i mo chuid éadaí nua as a n-aoibhneas, agus shuigh mé i mo splendour go dtí am codlata. Bhí suipéar te againn ar an ócáid, grásta ag an éanlaithe rósta dosheachanta, agus bhí smeach éigin againn le críochnú leis. Bhí muid go léir an-íseal, agus níl aon cheann níos airde chun ligean orainn a bheith i biotáillí.

Bhí mé chun an sráidbhaile a fhágáil ag a cúig ar maidin, ag iompar mo lámh-portmanteau beag, agus dúirt mé le Joe gur mhian liom siúl amach ina n-aonar.

Tá faitíos orm—eagla an domhain—gur eascair an cuspóir seo as mo chiall den chodarsnacht a bheadh idir mé féin agus Joe, dá rachaimis go dtí an cóitseálaí le chéile. Bhí mé ag ligean orm féin nach raibh aon rud den chlaonadh sin sa socrú; ach nuair a chuaigh mé suas go dtí mo sheomra beag aréir, mhothaigh mé go raibh orm a admháil go bhféadfadh sé a bheith amhlaidh, agus bhí fonn orm dul síos arís agus Joe a mhealladh chun siúil liom ar maidin. Ní dhearna mé.

Ar feadh na hoíche bhí cóistí i mo chodladh briste, ag dul go dtí áiteanna mícheart in ionad go Londain, agus a bhfuil sna rianta, madraí anois, cait anois, muca anois, fir anois,-riamh capaill. Bhí teipeanna iontacha na n-aistear i mo sheilbh go dtí an lá agus bhí na héin ag canadh. Ansin, d'éirigh mé agus cóirithe go páirteach, agus shuigh mé ag an bhfuinneog chun breathnú deireanach a dhéanamh amach, agus nuair a thóg sé thit sé ina chodladh.

Bhí Biddy chomh luath sin chun mo bhricfeasta a fháil, cé nár chodail mé ag an bhfuinneog uair an chloig, smelt mé deatach na tine cistine nuair a thosaigh mé suas le smaoineamh uafásach go gcaithfidh sé a bheith déanach san iarnóin. Ach i bhfad ina dhiaidh sin, agus i bhfad tar éis dom clinking na teacups a chloisteáil agus bhí sé réidh go leor, theastaigh uaim go rachadh an rún thíos staighre. Tar éis an tsaoil, d'fhan mé suas ansin, arís agus arís eile ag díghlasáil agus ag díghlasáil mo phortmanteau beag agus ag glasáil agus ag strapáil suas arís, go dtí gur ghlaoigh Biddy orm go raibh mé déanach.

Bricfeasta deisbhéalach a bhí ann agus gan aon bhlas air. D'éirigh mé as an mbéile, ag rá le saghas briskness, amhail is nár tharla sé ach dom, "Bhuel! Is dócha go gcaithfidh mé a bheith as!" agus ansin phóg mé mo dheirfiúr a bhí ag gáire agus ag nodding agus ag croitheadh ina gnáth-chathaoir, agus phóg mé Biddy, agus chaith mé mo ghéaga thart ar mhuineál Joe. Ansin thóg mé suas mo portmanteau beag agus shiúil amach. An ceann deireanach a chonaic mé díobh ná, nuair a chuala mé scliúchas i mo dhiaidh faoi láthair, agus ag féachaint siar, chonaic mé Joe ag caitheamh sean-bhróg i mo dhiaidh agus Biddy ag caitheamh sean-bhróg eile. Stop mé ansin, chun mo hata a thonnadh, agus chaith sean-Joe a lámh dheas láidir os cionn a chinn, ag caoineadh go huskily "Hooroar!" agus chuir Biddy a naprún ar a aghaidh.

Shiúil mé ar shiúl ar luas maith, ag ceapadh go raibh sé níos éasca dul ná mar a cheap mé go mbeadh sé, agus ag léiriú nach ndéanfadh sé riamh go gcaithfí sean-bhróg i ndiaidh an chóiste, i radharc na hArdsráide ar fad. Feadóg mé agus ní dhearna mé aon rud ag dul. Ach bhí an sráidbhaile an-síochánta agus ciúin, agus bhí na mists solas ag ardú go sollúnta, amhail is dá mba a thaispeáint dom ar fud an domhain, agus bhí mé chomh neamhchiontach agus beag ann, agus go léir níos faide ná sin anaithnid agus mór, gur i láthair le heave láidir agus sob bhris mé i deora. Bhí sé ag an finger-phost ag deireadh an tsráidbhaile, agus leag mé mo lámh air, agus dúirt sé, "Dea-beannacht, O mo daor, cara daor!"

Tá a fhios ag neamh nach gá dúinn a bheith náire ar ár deora, mar go bhfuil siad ag báisteach ar an deannach dalladh na talún, overlying ár gcroí crua. Bhí mé níos fearr tar éis cried mé ná riamh,-níos mó brón orm, níos mó ar an eolas faoi mo ingratitude féin, níos milis. Dá mbeinn cried roimhe seo, ba cheart go mbeadh Joe liom ansin.

Mar sin, subdued bhí mé ag na deora, agus ag a bhriseadh amach arís le linn an siúlóid ciúin, go nuair a bhí mé ar an cóiste, agus bhí sé soiléir ar an mbaile, d'aon ghnó mé le croí aching cibé acu nach mbeadh mé a fháil síos nuair a d'athraigh muid capaill agus siúl ar ais, agus tá tráthnóna eile sa bhaile, agus scaradh níos fearr. D'athraigh muid, agus ní raibh m'intinn déanta suas agam, agus fós léirigh mé do mo chompord go mbeadh sé indéanta go leor dul síos agus siúl ar ais, nuair a d'athraigh muid arís. Agus cé go raibh mé gafa leis na pléití seo, bheinn an-chosúil le Joe i bhfear éigin ag teacht ar an mbóthar inár dtreo, agus bhuailfeadh mo chroí go hard.—Amhail is go bhféadfadh sé a bheith ann, b'fhéidir!

D'athraigh muid arís, agus arís eile, agus bhí sé rómhall anois agus rófhada le dul ar ais, agus chuaigh mé ar aghaidh. Agus bhí na ceocháin go léir ardaithe go sollúnta anois, agus an domhan scaipthe romham.

Is é seo deireadh an chéad chéim d'ionchais Pip.

Caibidil XX.

Turas thart ar chúig uair an chloig a bhí i gceist leis an turas ón mbaile s'againne go dtí an chathair. Bhí sé beagán tar éis meán lae nuair a fuair an cóiste stáitse ceithre chapall ag a raibh mé i mo phaisinéir, isteach sa ravel tráchta frayed amach faoi na Cross Keys, Wood Street, Cheapside, Londain.

Bhí muid Britons ag an am socraithe go háirithe go raibh sé tréasach a bheith in amhras ar ár bhfuil agus ár bheith ar an chuid is fearr de gach rud: ar shlí eile, cé go raibh mé scanraithe ag an immensity Londain, I mo thuairimse, d'fhéadfadh mé go raibh roinnt amhras faint cibé an raibh sé in áit gránna, cam, caol, agus salach.

Chuir an tUasal Jaggers a sheoladh chugam go cuí; bhí sé, An Bhreatain Bheag, agus bhí scríofa ina dhiaidh ar a chárta, "díreach amach as Margadh na Feirme, agus gar ag an chóiste-oifig." Mar sin féin, a hackney-coachman, a bhfuil an chuma a bhfuil an oiread capes ar a greasy mór-cóta mar a bhí sé bliana d'aois, pacáilte mé suas ina chóiste agus hemmed dom i le bacainn fillte agus jingling céimeanna, amhail is dá mbeadh sé ag dul a ghlacadh dom caoga míle. Saothar ama go leor ab ea é a bheith ag dul ar a bhosca, agus is cuimhin liom a bheith maisithe le sean-aimsir pea-green hammercloth a itear ina cheirteacha. Bhí sé ina threalmhú iontach, le sé coronets mór taobh amuigh, agus rudaí ragged taobh thiar do níl a fhios agam cé mhéad footmen a shealbhú ar ag, agus harrow thíos iad, chun cosc a chur footmen amaitéaracha ó ghéilleadh don temptation.

Bhí am agam ar éigean chun taitneamh a bhaint as an gcóiste agus chun smaoineamh ar conas cosúil le tuí-chlós a bhí sé, agus fós conas cosúil le rag-siopa, agus a Wonder cén fáth a raibh na capaill 'srón-málaí coinnithe taobh istigh, nuair a thug mé faoi deara an coachman ag tosú a fháil síos, amhail is dá mbeadh muid ag dul a stopadh faoi láthair. Agus stop a rinne muid faoi láthair, i sráid gruama, ag oifigí áirithe le doras oscailte, whereon bhí péinteáilte MR JAGGERS.

"Cé mhéad?" D'iarr mé ar an coachman.

D'fhreagair an cóitseálaí, "Scilling—mura mian leat é a dhéanamh níos mó."

Dúirt mé go nádúrtha nach raibh aon fhonn orm é a dhéanamh níos mó.

"Ansin caithfidh sé a bheith scilling," breathnaíodh an coachman. "Níl mé ag iarraidh dul i dtrioblóid. *Tá aithne* agam *air*! Dhún sé súil go dorcha ar ainm an Uasail Jaggers, agus chroith sé a cheann.

Nuair a fuair sé a scilling, agus bhí i gcúrsa ama críochnaithe an ascent a bhosca, agus bhí fuair ar shiúl (a bhfuil an chuma a faoiseamh a intinn), Chuaigh mé isteach san oifig tosaigh le mo portmanteau beag i mo lámh agus d'iarr, An raibh an tUasal Jaggers sa bhaile?

"Níl sé," ar ais an cléireach. "Tá sé sa Chúirt faoi láthair. An bhfuil mé ag labhairt leis an Uasal Pip?

Thug mé le fios go raibh sé ag labhairt leis an Uasal Pip.

"D'fhág an tUasal Jaggers focal, an bhfanfá ina sheomra. Ní fhéadfadh sé a rá cé chomh fada is a d'fhéadfadh sé a bheith, agus cás a bheith aige. Ach seasann sé le réasún, a chuid ama a bheith luachmhar, nach mbeidh sé níos faide ná mar is féidir leis cabhrú.

Leis na focail sin, d'oscail an cléireach doras, agus chuir sé isteach i seomra istigh mé ar chúl. Anseo, fuair muid fear uasal le súil amháin, i gculaith velveteen agus glúine-breeches, a wiped a shrón lena muinchille ar a bheith isteach i perusal an nuachtáin.

"Téigh agus fan taobh amuigh, Mike," a dúirt an cléireach.

Thosaigh mé ag rá go raibh súil agam nach raibh mé ag cur isteach air, nuair a shoved an cléireach an fear uasal amach le searmanas chomh beag agus a chonaic mé riamh a úsáidtear, agus tossing a caipín fionnaidh amach ina dhiaidh, d'fhág mé i m'aonar.

Bhí solas seomra an Uasail Jaggers ag skylight amháin, agus bhí sé ina áit is dismal; an spéirsholas, an t-éiclipteach claonta mar a bheadh ceann briste ann, agus na tithe tadhlacha as a riocht ag féachaint amhail is go raibh siad tar éis iad féin a chasadh chun peep síos orm tríd. Ní raibh an oiread sin páipéar faoi, mar ba chóir dom a bheith ag súil a fheiceáil; agus bhí roinnt rudaí corr faoi, nár chóir dom a bheith ag súil a fheiceáil,-cosúil le piostal rusty d'aois, claíomh i scabbard, roinnt boscaí aisteach-lorg agus pacáistí, agus dhá casts dreadful ar sheilf, de aghaidheanna peculiarly swollen, agus twitchy mar gheall ar an srón. Bhí cathaoir ard-tacaíocht an Uasail Jaggers féin de horsehair deadly dubh, le sraitheanna de tairní práis bhabhta sé, cosúil le cónra; agus fancied mé raibh mé in ann a fheiceáil conas chlaon sé ar ais ann, agus giotán a forefinger ag na cliaint. Bhí an seomra ach beag, agus ba chosúil go raibh sé de nós ag na cliaint tacaíocht a thabhairt suas i gcoinne an bhalla; an balla, go háirithe os coinne chathaoir an Uasail Jaggers, a bheith gréisceach le guaillí. Chuimhnigh mé, freisin, go raibh an fear uasal aoneyed shuffled amach i gcoinne an bhalla nuair a bhí mé an chúis neamhchiontach a bheith iompaithe amach.

Shuigh mé síos sa chathaoir cliental a chur os a chionn i gcoinne chathaoirleach an Uasail Jaggers, agus bhí fascinated ag an atmaisféar dismal na háite. D'iarr mé chun cuimhne go raibh an t-aer céanna ag an gcléireach go raibh a fhios aige rud éigin faoi mhíbhuntáiste gach duine eile, mar a bhí ag a mháistir. N'fheadar cé mhéad cléireach eile a bhí thuas staighre, agus ar mhaígh siad go léir go raibh an mháistreacht dhochrach chéanna acu ar a gcomh-chréatúir. N'fheadar cad é stair an bhruscair chorr ar fad faoin seomra, agus conas a tháinig sé ann. Wondered mé an raibh an dá aghaidh swollen de theaghlach an Uasail Jaggers, agus, má bhí sé chomh trua go raibh péire de chaidreamh droch-lorg den sórt sin, cén fáth bhfostú sé iad ar an perch dusty do na blacks agus cuileoga a réiteach ar, in ionad a thabhairt dóibh áit sa bhaile. Ar ndóigh, ní raibh aon taithí agam ar lá samhraidh i Londain, agus b'fhéidir go raibh mo bhiotáille faoi chois ag an aer te ídithe, agus ag an deannach agus an grit a leagan tiubh ar gach rud. Ach shuigh mé wondering agus ag fanacht i seomra gar An tUasal Jaggers ar, go dtí nach raibh mé in ann a iompróidh i ndáiríre an dá casts ar an seilf os cionn chathaoir an Uasail Jaggers, agus fuair suas agus chuaigh sé amach.

Nuair a dúirt mé leis an gcléireach go dtógfainn seal san aer agus mé ag fanacht, chomhairligh sé dom dul timpeall an chúinne agus ba cheart dom teacht isteach i Margadh na Feirme. Mar sin, tháinig mé isteach i Margadh na Feirme; agus an áit náireach, a bheith go léir asmear le filth agus saill agus fola agus cúr, an chuma a bata dom. Mar sin, chuimil mé amach é le gach luas is féidir trí chasadh isteach i sráid nuair a chonaic mé an cruinneachán mór dubh de bulging Naomh Pól orm ó taobh thiar d'fhoirgneamh cloiche ghruama a dúirt fhéachadóir go raibh Príosún Newgate. Tar éis bhalla an phríosúin, fuair mé an ród clúdaithe le tuí chun torann feithiclí a bhí ag dul thar bráid a mharbhadh; agus as seo, agus ón méid daoine a bhí ina seasamh faoi bholadh láidir biotáille agus beorach, thuig mé go raibh na trialacha ar siúl.

Nuair a d'fhéach mé fúm anseo, d'fhiafraigh aire dlí agus cirt a bhí thar a bheith salach agus páirt-ólta díom ar mhaith liom céim isteach agus triail a chloisteáil nó mar sin: ag cur in iúl dom go bhféadfadh sé áit tosaigh a thabhairt dom ar leathchoróin, nuair ba chóir dom dearcadh iomlán an Tiarna Príomh-Bhreithimh a ordú ina wig agus róbaí,— ag lua an duine uafásach sin cosúil le hobair chéarach, agus faoi láthair ag tairiscint dó ar phraghas laghdaithe ocht bpingin déag. De réir mar a dhiúltaigh mé don mholadh maidir le coinne a phléadáil, bhí sé chomh maith sin mé a thabhairt isteach i gclós agus a thaispeáint dom cá raibh na galláin coinnithe, agus freisin nuair a bhí daoine ag bualadh go poiblí, agus ansin thaispeáin sé Doras na bhFéichiúnaithe dom, as ar tháinig culprits le crochadh; ag cur le spéis na tairsí uafásacha sin trí thuiscint a thabhairt dom go dtiocfadh "ceathrar ar 'em" amach ag an doras sin an lá tar éis a hocht ar maidin, le marú i ndiaidh a chéile. Bhí sé seo uafásach, agus thug sé smaoineamh corraitheach dom ar Londain; dá mhéad a chaith dílseánach an Tiarna Príomh-Bhreithimh (óna hata síos go dtí a bhróga agus suas arís go dtí a chiarsúr póca san áireamh) éadaí éadroma nár bhain leis ar dtús, agus a thóg mé isteach i mo cheann é a cheannaigh sé saor ón bhforghníomhú. Faoi na cúinsí seo shíl mé féin go maith réidh leis ar scilling.

Thit mé isteach san oifig a iarraidh má bhí an tUasal Jaggers teacht i go fóill, agus fuair mé nach raibh sé, agus strolled mé amach arís. An uair seo, rinne mé an turas ar an mBreatain Bheag, agus d'iompaigh mé isteach i Bartholomew Close; agus anois tháinig mé ar an eolas go raibh daoine eile ag fanacht faoi an tUasal Jaggers, chomh maith le mé. Bhí beirt fhear de chuma rúnda lounging i Bartholomew Close, agus thoughtfully fheistiú a chosa isteach i scoilteanna na pábhála mar a labhair siad le chéile, duine acu a dúirt leis an duine eile nuair a rith siad liom ar dtús, go "Bheadh Jaggers é a dhéanamh má bhí sé le déanamh." Bhí snaidhm de thriúr fear agus beirt bhan ina seasamh ag cúinne, agus bhí duine de na mná ag caoineadh ar a seál salach, agus thug an duine eile sólás di ag rá, agus í ag tarraingt a seálta féin thar a guaillí, "Jaggers is for him, 'Melia, and what more *could* you have?" Bhí Giúdach beag dearg-eyed a tháinig isteach sa Dún nuair a bhí mé loitering ann, i gcuideachta leis an dara Giúdach beag a chuir sé ar errand; agus cé go raibh an teachtaire imithe, dúirt mé an Giúdach seo, a bhí de mheon an-excitable, ag feidhmiú port imní faoi lampa-phost agus a ghabhann leis féin, i gcineál frenzy, leis na focail, "O Jaggerth, Jaggerth, Jaggerth! gach ceann eile ith Cag-Maggerth, tabhair dom Jaggerth! Chuaigh na teistiméireachtaí seo ar an tóir a bhí ar mo chaomhnóir i bhfeidhm go mór orm, agus bhí meas agus iontas orm níos mó ná riamh.

Ar fad, agus mé ag féachaint amach ar gheata iarainn Bartholomew Close isteach sa Bhreatain Bheag, chonaic mé an tUasal Jaggers ag teacht trasna an bhóthair i mo threo. Chonaic na daoine eile go léir a bhí ag fanacht air ag an am céanna, agus bhí go leor deifir air. An tUasal Jaggers, ag cur lámh ar mo ghualainn agus ag siúl dom ar a thaobh gan aon rud a rá liom, dhírigh sé é féin ar a lucht leanúna.

Ar dtús, thóg sé an bheirt fhear rúnda.

"Anois, tá mé aon rud a rá *leat*," a dúirt an tUasal Jaggers, throwing a mhéar orthu. "Níl a fhios agam níos mó ná mar atá a fhios agam. Maidir leis an toradh, is toss-up é. Dúirt mé leat ón gcéad cheann go raibh sé ina toss-up. Ar íoc tú Wemmick?

"Rinne muid an t-airgead suas ar maidin, a dhuine uasail," a dúirt ar cheann de na fir, submissively, agus an ceann eile perused aghaidh an Uasail Jaggers ar.

"Ní chuirim ceist ort nuair a rinne tú suas é, nó cén áit, nó an ndearna tú suas é ar chor ar bith. An bhfuair Wemmick é?

"Sea, a dhuine uasail," arsa an bheirt fhear le chéile.

"An-mhaith; ansin is féidir leat dul. Anois, ní bheidh sé agam!" a dúirt an tUasal Jaggers, waving a lámh orthu chun iad a chur taobh thiar dó. "Má deir tú focal liom, caithfidh mé an cás."

"Shíl muid, an tUasal Jaggers-" thosaigh ar cheann de na fir, ag tarraingt as a hata.

"Sin an méid a dúirt mé leat gan a dhéanamh," a dúirt an tUasal Jaggers. "*Shíl tú*! Sílim ar do shon; is leor sin duit. Más mian liom tú, tá a fhios agam cá bhfaighidh tú; Níl mé ag iarraidh go bhfaighidh tú mé. Anois ní bheidh sé agam. Ní chloisfidh mé focal."

D'fhéach an bheirt fhear ar a chéile mar a chaith an tUasal Jaggers iad taobh thiar arís, agus thit siad ar ais go humhal agus níor chualathas a thuilleadh.

"Agus anois *tú*!" A dúirt an tUasal Jaggers, stopadh go tobann, agus ag casadh ar an bheirt bhan leis na seálta, as a raibh an triúr fear scartha meekly,-"Ó! Amelia, an ea?

"Sea, an tUasal Jaggers."

"Agus an cuimhin leat," retorted an tUasal Jaggers, "go murach dom nach mbeadh tú a bheith anseo agus ní fhéadfadh a bheith anseo?"

"O yeah, a dhuine uasail!" Exclaimed an dá mhná le chéile. "A Thiarna beannaigh tú, a dhuine uasail, bhuel tá a fhios againn sin!"

"Ansin cén fáth," a dúirt an tUasal Jaggers, "an dtagann tú anseo?"

"Mo Bhille, a dhuine uasail!" phléadáil an bhean ag caoineadh.

"Anois, insím duit cad é!" A dúirt an tUasal Jaggers. "Uair amháin do chách. Mura bhfuil a fhios agat go bhfuil do Bhille i lámha maithe, tá a fhios agam é. Agus má thagann tú anseo ag cur isteach ar do Bhille, déanfaidh mé sampla de do Bhille agus daoibhse araon, agus ligfidh mé dó sleamhnú trí mo mhéara. Ar íoc tú Wemmick?

"O sea, a dhuine uasail! Gach farden. "

"An-mhaith. Ansin tá tú ag déanamh go léir a fuair tú a dhéanamh. Abair focal eile—focal amháin—agus tabharfaidh Wemmick do chuid airgid ar ais duit."

D'fhág an bhagairt uafásach seo go raibh an bheirt bhan ag titim as láithreach. Níor fhan aon duine anois ach an Giúdach excitable, a d'ardaigh sciortaí cóta an Uasail Jaggers ar a liopaí arís agus arís eile.

"Níl a fhios agam an fear seo!" A dúirt an tUasal Jaggers, sa brú tubaisteach céanna: "Cad a dhéanann an fear ag iarraidh?"

"Ma thear Mithter Jaggerth. Deartháir le Habraham Latharuth?

"Cé hé?" A dúirt an tUasal Jaggers. "Lig dom dul ar mo chóta."

D'fhreagair an suitor, ag pógadh ansiúd an éadaigh arís sular scar sé leis, "Habraham Latharuth, ar thuthpithion an phláta."

"Tá tú ró-dhéanach," a dúirt an tUasal Jaggers. "Tá mé thar an mbealach."

"Athair naofa, Mithter Jaggerth!" Adeir mo acquaintance excitable, ag casadh bán, "ná thay tá tú arís Habraham Latharuth!"

"Tá mé," a dúirt an tUasal Jaggers, "agus níl deireadh leis. Éirigh as an mbealach.

"Mithter Jaggerth! Leath nóiméad! Mo cuthen'ú hown imithe go Mithter Wemmick ag thith prethent nóiméad, a hoffer dó hany termth. Mithter Jaggerth! Leath ceathrú nóiméad! Más rud é gur mhaith leat a bheith ar an condethenthun a cheannach amach as an thide t'eile-ag hany thuperior prithe!-airgead aon rud!-Mithter Jaggerth-Mithter-!"

Chaith mo chaomhnóir a supplicant amach le neamhshuim uachtarach, agus d'fhág sé ag damhsa ar an gcosán amhail is dá mbeadh sé dearg te. Gan a thuilleadh briseadh, shroicheamar an oifig tosaigh, áit a bhfuair muid an cléireach agus an fear i velveteen leis an gcaipín fionnaidh.

"Seo Mike," a dúirt an cléireach, ag dul síos as a stól, agus ag druidim leis an Uasal Jaggers faoi rún.

"Ó!" A dúirt an tUasal Jaggers, ag casadh ar an fear, a bhí ag tarraingt glas gruaige i lár a forehead, cosúil leis an Bull i Robin Coileach tarraingt ar an clog-rópa; "Tagann d'fhear tráthnóna. Bhuel?"

"Bhuel, Mas'r Jaggers," ar ais Mike, i guth sufferer ó fuar bunreachtúil; "Arter a deal o' trouble, fuair mé ceann, a dhuine uasail, mar a d'fhéadfadh a dhéanamh."

"Cad é atá sé sásta a mhionnú?"

"Bhuel, Mas'r Jaggers," a dúirt Mike, ag cuimilt a shrón ar a chaipín fionnaidh an uair seo; "Ar bhealach ginearálta, anythink."

An tUasal Jaggers tháinig go tobann an chuid is mó irate. "Anois, thug mé rabhadh duit roimhe seo," a dúirt sé, ag caitheamh a forefinger ag an gcliant terrified, "go má thoimhdíonn tú riamh chun labhairt ar an mbealach sin anseo, ba mhaith liom a dhéanamh sampla de tú. Tá tú scoundrel infernal, conas leomh tú a insint dom go? "

D'fhéach an cliant scanraithe, ach bewildered freisin, amhail is dá mbeadh sé unconscious cad a bhí déanta aige.

"Spooney!" arsa an cléireach, i nglór íseal, ag tabhairt corraí lena uillinn dó. "Ceann Bog! An gá duit é a rá aghaidh ar aghaidh?

"Anois, iarraim ort, blundering tú booby," a dúirt mo chaomhnóir, an-sternly, "uair amháin níos mó agus don uair dheireanach, cad é an fear a thug tú anseo sásta a mhionnú?"

D'fhéach Mike go crua ar mo chaomhnóir, amhail is dá mbeadh sé ag iarraidh ceacht a fhoghlaim óna aghaidh, agus d'fhreagair sé go mall, "Ayther to character, or to having been in his company and never left him all the night in question."

"Anois, bí cúramach. Cén stáisiún saoil é an fear seo?

D'fhéach Mike ar a chaipín, agus d'fhéach sé ar an urlár, agus d'fhéach sé ar an tsíleáil, agus d'fhéach sé ar an gcléireach, agus fiú d'fhéach sé orm, sular thosaigh sé ag freagairt ar bhealach neirbhíseach, "Táimid tar éis é a chóiriú suas cosúil le-" nuair a mhaolaigh mo chaomhnóir amach,—

"Cad é? BEIDH tú, an mbeidh tú? "

("Spooney!" arsa an cléireach arís, le corraí eile.)

Tar éis roinnt réitigh helpless faoi, brightened Mike agus thosaigh arís:—

"Tá sé gléasta mar 'pieman spectable. Saghas taosráin-chócaire."

"An bhfuil sé anseo?" a d'fhiafraigh mo chaomhnóir.

"D'fhág mé é," a dúirt Mike, "suíomh ar roinnt doorsteps thart ar an choirnéal."

"Tóg anuas an fhuinneog sin é, agus lig dom é a fheiceáil."

Ba í an fhuinneog a tugadh le fios ná fuinneog na hoifige. Chuaigh muid go léir triúr chuige, taobh thiar den sreang dall, agus faoi láthair chonaic muid an cliant ag dul trí thimpiste, le duine ard dúnmharaithe, i gculaith ghearr línéadaigh bháin agus caipín páipéir. Ní raibh an milseogra guileless ar aon bhealach sober, agus bhí súil dubh sa chéim glas a ghnóthú, a bhí péinteáilte os a chionn.

"Abair leis a fhinné a thabhairt uaidh go díreach," arsa mo chaomhnóir leis an gcléireach, agus é faoi cheilt mhór, "agus fiafraigh de cad is brí leis trí chomhalta den sórt sin a thabhairt leis sin."

Ansin thóg mo chaomhnóir isteach ina sheomra féin mé, agus nuair a bhí sé ag lón, ina sheasamh, ó bhosca ceapaire agus fleascán póca de sherry (ba chosúil go ndearna sé bulaíocht ar a cheapaire agus é á ith), chuir sé in iúl dom cad iad na socruithe a rinne sé dom. Bhí mé chun dul go dtí "Barnard's Inn," go seomraí óga Mr Pocket, áit a raibh leaba curtha isteach le haghaidh mo chóiríochta; Bhí mé chun fanacht leis an Uasal Póca óg go dtí Dé Luain; Dé Luain bhí mé chun dul leis go dtí teach a athar ar cuairt, go mb'fhéidir go mbainfinn triail as an gcaoi ar thaitin sé liom. Chomh maith leis sin, dúradh liom cad é mo liúntas a bheith,-bhí sé an-liobrálach,-agus bhí láimh dom ó cheann de mo chaomhnóir tarraiceán, na cártaí de ceirdeanna áirithe lena raibh mé chun déileáil le haghaidh gach cineál éadaí, agus cibé rudaí eile a d'fhéadfadh mé i gcúis ba mhaith. "Gheobhaidh tú do chreidmheas maith, an tUasal Pip," a dúirt mo chaomhnóir, a bhfuil fleascán de sherry smelt cosúil le caskful iomlán, mar athnuachan sé hastily é féin, "ach beidh mé ag an modh seo a bheith in ann a sheiceáil do bhillí, agus a tharraingt tú suas má fhaigheann mé tú outrunning an constábla. Ar ndóigh, rachaidh tú mícheart ar bhealach, ach ní locht ar bith é sin."

Tar éis a bhí pondered mé beagán thar an sentiment spreagadh, d'iarr mé an tUasal Jaggers más rud é go raibh mé in ann a sheoladh le haghaidh cóiste? He said it was not worth while, bhí mé chomh gar do mo cheann scríbe; Ba chóir dúinn siúl thart liom, má tá áthas orm.

Fuair mé amach ansin gurbh é Wemmick an cléireach sa chéad seomra eile. Ritheadh cléireach eile síos ó thuas staighre chun a áit a thógáil agus é amuigh, agus thionlaic mé isteach sa tsráid é, tar éis lámha a chroitheadh le mo chaomhnóir. Fuair muid sraith nua daoine ag lingering taobh amuigh, ach rinne Wemmick bealach ina measc ag rá go fuarchúiseach ach go cinntitheach, "Deirim leat nach bhfuil aon úsáid ann; ní bheidh focal le rá aige le duine agaibh;" agus ba ghearr go rabhamar glan orthu, agus chuaigh muid ar thaobh le taobh.

Caibidil XXI.

Réitigh mo shúile ar an Uasal Wemmick mar a chuaigh muid chomh maith, a fheiceáil cad a bhí sé cosúil i bhfianaise an lae, fuair mé é a bheith ina fhear tirim, in áit gearr i stature, le aghaidh adhmaid cearnach, a bhfuil an chuma a léiriú a bheith chipped imperfectly amach le chisel dull-edged. Bhí roinnt marcanna ann a d'fhéadfadh a bheith dimples, dá mbeadh an t-ábhar níos boige agus an uirlis finer, ach a, mar a bhí sé, bhí ach leideanna. Bhí trí nó ceithre cinn de na hiarrachtaí seo déanta ag an chisel agus é ag cur thar a shrón, ach thug sé suas iad gan iarracht iad a ghlanadh amach. Mheas mé é a bheith ina bhaitsiléir ó riocht frayed a línéadaigh, agus an chuma air gur chothaigh sé go leor méala; óir do chaith sé ar a laghad ceithre fháinne caoineadh, seachas dealg a sheasann do bhean agus saileach ag gol ag tuama le síothal air. Thug mé faoi deara, freisin, go raibh roinnt fáinní agus rónta crochta ag a slabhra faire, amhail is dá mbeadh sé ualaithe go leor le cuimhneacháin ar chairde imigh. Bhí súile glittering aige,-beag, fonn, agus dubh,-agus liopaí tanaí leathan mottled. Bhí siad aige, ar feadh mo chreidimh, ó dhaichead go caoga bliain.

"Mar sin, ní raibh tú i Londain roimhe seo?" A dúirt an tUasal Wemmick liom.

"Níl," arsa mise.

"Bhí *mé* nua anseo uair amháin," a dúirt an tUasal Wemmick. "Rum chun smaoineamh ar anois!"

"Tá aithne mhaith agat air anois?"

"Cén fáth, tá," a dúirt an tUasal Wemmick. "Tá a fhios agam na gluaiseachtaí de."

"An áit an-ghránna í?" D'iarr mé, níos mó ar mhaithe le rud éigin a rá ná le haghaidh faisnéise.

"D'fhéadfá caimiléireacht, robáil agus dúnmharú a dhéanamh i Londain. Ach tá neart daoine in áit ar bith, a dhéanfaidh é sin duitse."

"Má tá droch-fhuil idir tú féin agus iad," arsa mise, chun é a mhaolú beagán.

"O! Níl a fhios agam faoi fhuil olc," ar ais an tUasal Wemmick; "Níl mórán droch-fhuil faoi. Déanfaidh siad é, má tá aon rud le fáil aige."

"Déanann sé sin níos measa é."

"Cheapann tú mar sin?" ar ais an tUasal Wemmick. "Go leor mar gheall ar an gcéanna, ba chóir dom a rá."

Chaith sé a hata ar chúl a chinn, agus d'fhéach sé díreach os a chomhair: ag siúl ar bhealach féinchuimsitheach amhail is nach raibh aon rud ar na sráideanna chun a aird a éileamh. Bhí a bhéal sórt post-oifig de bhéal go raibh cuma meicniúil mionghaire air. Bhí barr Holborn Hill faighte againn sula raibh a fhios agam nach raibh ann ach cuma mheicniúil, agus nach raibh sé ag mionghaire ar chor ar bith.

"An bhfuil a fhios agat cá gcónaíonn an tUasal Matthew Pocket?" D'iarr mé ar an Uasal Wemmick.

"Tá," a dúirt sé, nodding sa treo. "Ag Hammersmith, siar ó Londain."

"An bhfuil sé sin i bhfad?"

"Bhuel! Abair cúig mhíle."

"An bhfuil aithne agat air?"

"Cén fáth, tá tú tras-scrúdaitheoir rialta!" A dúirt an tUasal Wemmick, ag féachaint ar dom le haer ceadaithe. "Sea, tá aithne agam air. *Tá aithne agam* air!

Bhí aer toleration nó dímheas mar gheall ar a chaint ar na focail seo a chuir lagmhisneach orm; agus bhí mé fós ag féachaint ar a bhloc d'aghaidh ar thóir aon nóta misnigh don téacs, nuair a dúirt sé anseo go raibh muid ag Barnard's Inn. Níor mhaolaigh an fógra mo dhúlagar, mar, bhí mé ag ceapadh gur óstán a bhí á choimeád ag an Uasal Barnard, a raibh an Torc Gorm inár mbaile ina theach tábhairne amháin. Cé go bhfuair mé amach anois go raibh Barnard ina spiorad dícheillí, nó ina fhicsean, agus a theach ósta an bailiúchán dingiest d'fhoirgnimh shabby brúite le chéile riamh i gcúinne céim mar chlub do Tom-cait.

Chuaigh muid isteach sa tearmann seo trí gheata wicket, agus bhí disgorged ag sliocht tosaigh isteach i gcearnóg beag melancholy a d'fhéach sé dom cosúil le cothrom burying-talamh. Shíl mé go raibh sé na crainn is dismal ann, agus na sparrows is dismal, agus na cait is dismal, agus na tithe is dismal (in uimhir leath dosaen nó mar sin), go raibh feicthe agam riamh. Shíl mé go raibh fuinneoga na sraitheanna seomraí ina raibh na tithe sin roinnte i ngach céim de dhall agus cuirtín dilapidated, pota bláthanna crippled, gloine scáinte, lobhadh dusty, agus makeshift olc; agus do ligeadar, do Lig, do Lig, do ghluais mé ó sheomraí folmha, amhail is nár tháinig aon dreoilín nua ann riamh, agus do bhí an t-anam barnard á n-ionghabhadh go mall ag féinmharú de réir a chéile na n-áititheoirí atá ann fé láthair agus a n-adhlacadh gan fhios fén gairbhéal. Caoineadh frowzy súiche agus deataigh attired seo a chruthú forlorn Barnard, agus bhí sé strewn luaithreach ar a cheann, agus bhí ag dul faoi aithrí agus náiriú mar ach deannaigh-poll. Go dtí seo mo chiall radhairc; agus lobhadh tirim agus lobhadh fliuch agus na lobhadh ciúin go léir a lobhann i ndíon agus i siléar a ndearnadh faillí orthu, - lobhadh francach agus luch agus fabht agus cóitseáil-stáblaí in aice láimhe - thug siad aghaidh orthu féin go faintly le mo chiall boladh, agus moaned, "Bain triail as Meascán Barnard."

Mar sin, bhí neamhfhoirfe seo réadú an chéad cheann de mo ionchais mór, gur fhéach mé i dismay ag an Uasal Wemmick. "Ah!" ar seisean, ag magadh fúm; "Cuireann an scor an tír i gcuimhne duit. Mar sin a dhéanann sé dom. "

Threoraigh sé mé isteach i gcúinne agus rinne mé suas eitilt staighre,-a dhealraigh dom a bheith ag collapsing go mall i sawdust, ionas go mbeadh ceann de na laethanta sin na lóistéirí uachtair breathnú amach ar a ndoirse agus iad féin a fháil gan na modhanna chun teacht síos,-le sraith de seomraí ar an urlár barr. MR POCKET, JUN., Bhí péinteáilte ar an doras, agus bhí lipéad ar an litirbhosca, "Fill go gairid."

"Shíl sé ar éigean gur mhaith leat teacht chomh luath sin," a mhínigh an tUasal Wemmick. "Níl tú ag iarraidh níos mó orm?"

"Níl, go raibh maith agat," arsa mise.

"Mar a choinneáil mé an t-airgead tirim," an tUasal Wemmick breathnaíodh, "Beidh muid le chéile is dócha go leor go minic. Lá maith."

"Lá maith."

Chuir mé amach mo lámh, agus an tUasal Wemmick ar dtús d'fhéach sé ar sé amhail is dá mba shíl sé go raibh mé rud éigin. Ansin d'fhéach sé orm, agus dúirt sé, á cheartú féin,—

"Le bheith cinnte! Tá. Tá sé de nós agat lámha a chroitheadh?"

Bhí mearbhall orm, ag ceapadh go gcaithfidh sé a bheith as faisean Londan, ach dúirt sé go raibh.

"Fuair mé amhlaidh as é!" A dúirt an tUasal Wemmick,-"Ach amháin ar deireadh. An-sásta, tá mé cinnte, a dhéanamh do acquaintance. Lá maith!"

Nuair a bhí lámha croite againn agus é imithe, d'oscail mé fuinneog an staighre agus bhí mé beagnach beheaded mé féin, do, bhí na línte lofa ar shiúl, agus tháinig sé síos cosúil leis an guillotine. Go sona sásta bhí sé chomh tapaidh sin nár chuir mé mo cheann amach. Tar éis an éalaithe seo, bhí mé sásta dearcadh ceomhar a ghlacadh ar an Inn trí shalachar draíochtúil na fuinneoige, agus seasamh go dolefully ag breathnú amach, ag rá liom féin go raibh londain róthógtha.

Mr Pocket, Junior's, smaoineamh ar Shortly ní raibh mianach, do bhí mé beagnach maddened mé féin le breathnú amach ar feadh leath uair an chloig, agus bhí scríofa mo ainm le mo mhéar arís agus arís eile i salachar gach pána sa fhuinneog, sular chuala mé footsteps ar an staighre. De réir a chéile d'éirigh an hata, an ceann, an éadach muiníl, an waistcoat, na brístí, na buataisí, de bhall den tsochaí faoi mo sheasamh féin. Bhí mála páipéir aige faoi gach lámh agus pottle sútha talún i lámh amháin, agus bhí sé as anáil.

"An tUasal Pip?" A dúirt sé.

"An tUasal Póca?" A dúirt mé.

"A chara liom!" Exclaimed sé. "Tá an-brón orm; ach bhí a fhios agam go raibh cóiste ó do chuid den tír ag meán lae, agus shíl mé go dtiocfadh an ceann sin ort. Is é fírinne an scéil, bhí mé amuigh ar do chuntas,-ní hé sin leithscéal ar bith,-mar shíl mé, ag teacht ón tír, b'fhéidir gur mhaith leat toradh beag tar éis dinnéir, agus chuaigh mé go Covent Garden Market chun é a fháil go maith.

Ar chúis go raibh mé, bhraith mé amhail is dá dtosódh mo shúile as mo cheann. D'aithin mé a aird go neamhbhalbh, agus thosaigh mé ag smaoineamh gur aisling a bhí ann.

"A chara liom!" A dúirt an tUasal Pocket, Sóisearach. "Greamaíonn an doras seo mar sin!"

Toisc go raibh sé ag déanamh subh dá chuid torthaí go tapa ag iomrascáil leis an doras agus na málaí páipéir faoina ghéaga, d'impigh mé air ligean dom iad a choinneáil. Scar sé leo le meangadh gáire, agus chuaigh sé i ngleic leis an doras amhail is gur beithíoch fiáin a bhí ann. Ghéill sé chomh tobann sin ar deireadh, gur staggered sé ar ais orm, agus staggered mé ar ais ar an doras os coinne, agus gáire againn araon. Ach fós bhraith mé amhail is dá gcaithfidh mo shúile tosú amach as mo cheann, agus amhail is dá mba ní mór é seo a bheith ina aisling.

"Guigh teacht i," a dúirt an tUasal Póca, Sóisearach. "Lig dom a bheith i gceannas ar an mbealach. Tá mé sách lom anseo, ach tá súil agam go mbeidh tú in ann a dhéanamh amach go maith go dtí Dé Luain. Shíl m'athair go rachfá ar aghaidh níos sásta liom ná leis, agus b'fhéidir gur mhaith leis siúl faoi Londain. Táim cinnte go mbeidh mé an-sásta Londain a thaispeáint duit. Maidir lenár mbord, ní bhfaighidh tú go dona, tá súil agam, mar go mbeidh sé ar fáil ónár dteach caife anseo, agus (níl sé ach ceart ba chóir dom a chur leis) ar do chostas, mar shampla treoracha an Uasail Jaggers. Maidir lenár lóistín, níl sé ar aon bhealach splendid, toisc go bhfuil mé mo arán féin a thuilleamh, agus nach bhfuil mo athair rud ar bith a thabhairt dom, agus níor chóir dom a bheith sásta é a ghlacadh, má bhí sé. Is é seo ár suí-seomra,-ach cathaoireacha agus táblaí den sórt sin agus cairpéad agus mar sin de, a fheiceann tú, mar a d'fhéadfadh siad spártha ó bhaile. Ní mór duit a thabhairt dom creidmheasa le haghaidh an éadach boird agus spúnóga agus castors, toisc go dtagann siad ar do shon as an caife-teach. Seo é mo sheomra codlata beag; in áit musty, ach tá Barnard musty. Seo é do sheomra codlata; an troscán fostaithe don ócáid, ach tá súil agam go bhfreagróidh sé an cuspóir; má ba chóir duit rud ar bith a iarraidh, rachaidh mé agus beir é. Tá na seomraí ar scor, agus beidh muid inár n-aonar le chéile, ach níl muid ag troid, dare liom a rá. Ach a stór dom, impím ar do phardún, tá na torthaí agat an t-am seo ar fad. Guigh lig dom na málaí seo a thógáil uait. Tá náire orm.

Mar a sheas mé os coinne an Uasail Pocket, Junior, ag seachadadh dó na málaí, a hAon, a Dó, chonaic mé an chuma tosaigh ag teacht isteach ina shúile féin go raibh a fhios agam a bheith i mianach, agus dúirt sé, ag titim ar ais,—

"A Thiarna beannaigh dom, is tú an buachaill prowling!"

"Agus tusa," arsa mise, "an duine uasal óg pale!"

Caibidil XXII.

Sheas an fear óg pale agus mé ag smaoineamh ar a chéile in Barnard's Inn, go dtí gur phléasc muid beirt amach ag gáire. "An smaoineamh a bheith agat!" A dúirt sé. "An smaoineamh a bheith *agat*!" arsa mise. Agus ansin smaoinigh muid ar a chéile as an nua, agus rinne muid gáire arís. "Bhuel!" arsa an fear óg pale, ag síneadh amach a lámh go humhal, "tá sé ar fud anois, tá súil agam, agus beidh sé magnanimous i tú má beidh tú logh dom as a bheith knocked tú faoi sin."

Tháinig mé as an óráid seo go raibh an tUasal Herbert Pocket (do Herbert ainm an uasal óg pale) fós in áit confounded a intinn lena fhorghníomhú. Ach rinne mé freagra measartha, agus chroith muid lámha go te.

"Níor tháinig tú isteach i do dhea-fhortún ag an am sin?" arsa Herbert Pocket.

"Níl," arsa mise.

"Níl," a d'éigiontaigh sé: "Chuala mé gur tharla sé an-déanach. *Bhí mé* in áit ar lorg dea-fhortún ansin.

"Go deimhin?"

"Tá. Chuir Iníon Havisham chugam, féachaint an bhféadfadh sí mhaisiúil a thabhairt dom. Ach ní raibh sí in ann,-ag gach ócáid, ní raibh sí."

Shíl mé go raibh sé béasach a rá go raibh iontas orm é sin a chloisteáil.

"Drochbhlas," arsa Herbert, ag gáire, "ach fíric. Sea, chuir sí ar cuairt trialach mé, agus dá dtiocfainn amach as go rathúil, is dócha gur cheart dom a bheith curtha ar fáil; b'fhéidir gur chóir dom a bheith cad-tú-féadfaidh-ar a dtugtar é a Estella. "

"Cad é sin?" D'iarr mé, le domhantarraingt tobann.

Bhí sé ag socrú a chuid torthaí i bplátaí agus muid ag caint, a roinn a aird, agus ba é ba chúis leis an bhfocal seo a bheith imithe i léig. "Affianced," a mhínigh sé, fós gnóthach leis na torthaí. "Betrothed. Gafa. Cad é-a-ainmnithe. Aon fhocal den saghas sin."

"Cén chaoi ar iompróidh tú do dhíomá?" D'iarr mé.

"Pooh!" ar seisean, "ní raibh mórán measa agam air. *Is* Tartar í."

"Iníon Havisham?"

"Ní deirim aon leis sin, ach bhí Estella i gceist agam. Tá an cailín sin crua agus haughty agus capricious go dtí an chéim dheireanach, agus tá sé tugtha suas ag Miss Havisham díoltas wreak ar an gnéas fireann go léir. "

"Cén gaol atá aici le Miss Havisham?"

"Níl aon cheann," a dúirt sé. "Níor glacadh ach amháin."

"Cén fáth ar chóir di díoltas a chaitheamh ar an ngnéas fireann go léir? Cén díoltas?"

"A Thiarna, an tUasal Pip!" ar seisean. "Nach bhfuil a fhios agat?"

"Níl," arsa mise.

"A chara liom! Tá sé go leor scéal, agus beidh a shábháil till dinnéar-am. Agus anois lig dom a chur ar an saoirse a iarraidh ort ceist. Conas a tháinig tú ann, an lá sin?

Dúirt mé leis, agus bhí sé aireach go dtí go raibh mé críochnaithe, agus ansin phléasc sé amach ag gáire arís, agus d'fhiafraigh sé díom an raibh mé tinn ina dhiaidh sin? Níor iarr mé air an *raibh sé*, mar go raibh mo chiontú ar an bpointe sin bunaithe go foirfe.

"Is é an tUasal Jaggers do chaomhnóir, tuigim?" Chuaigh sé ar aghaidh.

"Tá."

"Tá a fhios agat gurb é fear gnó agus aturnae Miss Havisham é, agus tá muinín aici nuair nach bhfuil ag aon duine eile?"

Bhí sé seo ag tabhairt dom (bhraith mé) i dtreo talamh contúirteach. D'fhreagair mé le srian a rinne mé aon iarracht a cheilt, go raibh feicthe agam an tUasal Jaggers i dteach Miss Havisham ar an lá an-ár chomhrac, ach ní ag aon am eile, agus gur chreid mé go raibh sé aon chuimhne a bheith feicthe riamh dom ann.

"Bhí sé chomh oibleagáideach sin go molfadh sé m'athair do do theagascóir, agus d'iarr sé ar m'athair é a mholadh. Ar ndóigh, bhí a fhios aige faoi m'athair ón gceangal a bhí aige le Miss Havisham. Col ceathrar Miss Havisham is ea m'athair; ní hé sin le tuiscint go bhfuil caidreamh eolach eatarthu, óir is drochchúirtéir é agus ní chuirfidh sé isteach uirthi."

Bhí bealach macánta éasca ag Herbert Pocket leis a bhí an-tógtha. Ní fhaca mé aon cheann ansin, agus ní fhaca mé aon duine ó shin, a chuir in iúl níos láidre dom, i ngach cuma agus ton, éagumas nádúrtha aon rud a dhéanamh rúnda agus ciallaíonn. Bhí rud éigin iontach dóchasach faoina aer ginearálta, agus rud a dúirt liom ag an am céanna nach mbeadh sé an-rathúil nó saibhir. Níl a fhios agam conas a bhí sé seo. Tháinig mé imbued leis an nóisean ar an gcéad ócáid sular shuigh muid síos go dtí dinnéar, ach ní féidir liom a shainmhíniú ag cad a chiallaíonn.

Bhí sé fós ina uasal óg pale, agus bhí languor conquered áirithe mar gheall air i measc a bhiotáille agus briskness, nach raibh cosúil táscach de neart nádúrtha. Ní raibh aghaidh dathúil aige, ach bhí sé níos fearr ná dathúil: a bheith thar a bheith amiable agus cheerful. Bhí a figiúr beagán ungainly, mar a bhí sna laethanta nuair a bhí mo knuckles tógtha saoirsí den sórt sin leis, ach d'fhéach sé amhail is dá mbeadh sé i gcónaí éadrom agus óg. Cibé an mbeadh obair áitiúil an Uasail Trabb shuigh níos gracefully air ná ormsa, d'fhéadfadh a bheith ina cheist; ach tuigim go ndearna sé a chuid éadaí sách sean i bhfad níos fearr ná mar a rinne mé mo chulaith nua.

Ós rud é go raibh sé chomh cumarsáideach sin, mhothaigh mé gur drochthoradh a bheadh sa chúltaca ar mo thaobh gan a bheith oiriúnach dár mblianta. Dá bhrí sin, d'inis mé mo scéal beag dó, agus leag mé béim ar mo bheith toirmiscthe a fhiosrú cérbh é mo bheannacht. Luaigh mé freisin, mar go raibh gabha tugtha suas agam in áit tíre, agus nach raibh mórán eolais agam ar na bealaí béasaíochta, go dtógfainn é mar chineáltas mór ann dá dtabharfadh sé leid dom aon uair a chonaic sé mé ag cailleadh nó ag dul mícheart.

"Le pléisiúr," a dúirt sé, "cé go fiontair mé a tairngreacht go mbainfidh tú ag iarraidh leideanna an-beag. Dare liom a rá go mbeidh muid go minic le chéile, agus ba mhaith liom aon srian gan ghá a dhíbirt eadrainn. An ndéanfaidh tú an fabhar dom tosú ag an am céanna chun glaoch orm le m'ainm baiste, Herbert?

Ghabh mé buíochas leis agus dúirt mé go ndéanfainn. Chuir mé in iúl dó mar mhalairt gurbh é Pilib an t-ainm baiste a bhí orm.

"Ní ghlacaim le Pilib," ar seisean, ag miongháire, "óir is cosúil le buachaill morálta as an leabhar litrithe, a bhí chomh leisciúil sin gur thit sé isteach i lochán, nó chomh ramhar sin nach bhféadfadh sé a fheiceáil as a shúile, nó chomh héagsúil sin gur chuir sé a cháca faoi ghlas go dtí gur ith na lucha é, nó mar sin chinn sé ar dhul ag neadú éin go bhfuair sé é féin ite ag béir a bhí ina chónaí áisiúil sa chomharsanacht. Insím duit cad ba cheart dom a dhéanamh. Tá muid chomh comhchuí, agus bhí tú i do ghabha dubh,-ar mhiste leat é?

"Níor cheart dom cuimhneamh ar rud ar bith a mholann tú," a d'fhreagair mé, "ach ní thuigim thú."

"Ar mhiste leat Handel a thabhairt ar ainm aithnidiúil? Tá píosa ceoil gleoite le Handel, ar a dtugtar an Harmonious Blacksmith.

"Ba cheart go dtaitneodh sé go mór liom."

"Ansin, mo Handel daor," a dúirt sé, ag casadh bhabhta mar a d'oscail an doras, "anseo tá an dinnéar, agus caithfidh mé impigh de tú a chur ar an barr an tábla, toisc go bhfuil an dinnéar de do sholáthar."

This I would not hear of, so he took the top, agus thug mé aghaidh air. Dinnéar beag deas a bhí ann—ba chuma liom ansin féasta an Ardmhéara—agus fuair sé relish breise ó bheith á ithe faoi na cúinsí neamhspleácha sin, gan aon seandaoine ag, agus le Londain mórthimpeall orainn. Bhí carachtar giofógach áirithe a chuir an féasta as; ar feadh tamaill go raibh an tábla, mar a d'fhéadfadh an tUasal Pumblechook a dúirt, an lap só, - á thabhairt go hiomlán amach as an caife-teach, - bhí an réigiún circumjacent de suí-seomra de charachtar comparáideach féarach agus shifty; ag cur nósanna fánaíochta ar an bhfreastalaí na clúdaigh a chur ar an urlár (áit ar thit sé os a gcionn), an t-im leáite sa chathaoir láimhe, an t-arán ar na seilfeanna leabhar, an cháis sa scuttle guail, agus an éanlaithe bruite isteach i mo leaba sa chéad seomra eile,-áit a bhfuair mé cuid mhaith dá peirsil agus im i riocht congelation nuair a d'éirigh mé as an oíche. Rinne sé seo go léir an féasta delightful, agus nuair nach raibh an freastalaí ann chun féachaint orm, bhí mo phléisiúr gan cóimhiotal.

Bhí roinnt dul chun cinn déanta againn sa dinnéar, nuair a mheabhraigh mé do Herbert an gealltanas a thug sé dom faoi Miss Havisham.

"Fíor," a d'fhreagair sé. "Fuasclóidh mé é ag an am céanna. Lig dom an t-ábhar a thabhairt isteach, Handel, trína lua nach é an nós é an scian a chur sa bhéal i Londain,-ar eagla timpistí,-agus cé go bhfuil an forc curtha in áirithe don úsáid sin, nach gcuirtear níos faide isteach é ná mar is gá. It is scarcely worth mentioning, níl ann ach go bhfuil sé chomh maith le déanamh mar a dhéanann daoine eile. Chomh maith leis sin, ní úsáidtear an spúnóg de ghnáth thar láimh, ach faoi. Tá dhá bhuntáiste ag baint leis sin. Éiríonn tú níos fearr ar do bhéal (agus tar éis an tsaoil is é an rud é), agus sábhálann tú cuid mhaith den dearcadh a bhaineann le hoisrí a oscailt, ar thaobh na huillinne deise."

Thairg sé na moltaí cairdiúla seo ar bhealach chomh bríomhar, go ndearna muid beirt gáire agus go raibh mé gann.

"Anois," a shaothraigh sé, "maidir le Miss Havisham. Iníon Havisham, ní mór duit a fhios, bhí leanbh millte. Fuair a máthair bás nuair a bhí sí ina leanbh, agus shéan a hathair rud ar bith di. Bhí a hathair ina fhear uasal tíre síos i do chuid den domhan, agus bhí sé ina ghrúdaire. Níl a fhios agam cén fáth ar chóir go mbeadh sé ina rud crack a bheith ina brewer; ach tá sé indisputable go cé nach féidir leat a bheith b'fhéidir genteel agus bácáil, d'fhéadfá a bheith chomh genteel mar a bhí riamh agus brew. Feiceann tú é gach lá.

"Ach ní féidir le fear uasal teach tábhairne a choinneáil; an bhféadfaidh sé?" arsa mise.

"Ní ar aon chuntas," ar ais Herbert; "Ach d'fhéadfadh teach tábhairne fear uasal a choinneáil. Bhuel! Bhí an tUasal Havisham an-saibhir agus an-bhródúil. Mar sin a bhí a iníon."

"Ba í Iníon Havisham an t-aon leanbh?" Ghuigh mé.

"Stop nóiméad, táim ag teacht chuige sin. Ní hea, ní raibh inti ach páiste; bhí leathdheartháir aici. Phós a hathair go príobháideach arís—a chócaire, is dóigh liom."

"Shíl mé go raibh sé bródúil," arsa mise.

"Mo Handel maith, mar sin bhí sé. Phós sé a dhara bean go príobháideach, toisc go raibh sé bródúil, agus i rith an ama *fuair sí* bás. Nuair a bhí sí marbh, ghabh mé gur inis sé dá iníon ar dtús cad a bhí déanta aige, agus ansin tháinig an mac mar chuid den teaghlach, ina chónaí sa teach a bhfuil aithne agat air. De réir mar a d'fhás an mac ina fhear óg, d'iompaigh sé amach círéibeacha, extravagant, undutiful,-ar fad dona. Faoi dheireadh chuir a athair as a ríocht é; ach bhog sé nuair a bhí sé ag fáil bháis, agus d'fhág sé go maith as, cé nach bhfuil sé beagnach chomh maith as mar Miss Havisham.—Tóg gloine fíona eile, agus gabh mo leithscéal a lua nach bhfuil an tsochaí mar chorp ag súil go mbeadh duine chomh coinsiasach sin i bhfolmhú gloine duine, maidir le dul bun os cionn leis an imeall ar shrón duine. "

Bhí mé á dhéanamh seo, i bhfad níos mó airde ar a aithris. Ghabh mé buíochas leis, agus ghabh mé leithscéal. Dúirt sé, "Níl ar chor ar bith," agus atosú.

"Bhí Miss Havisham ina heiress anois, agus b'fhéidir gur dócha gur tugadh aire duit mar chluiche iontach. Bhí neart acmhainní ag a leathdheartháir anois arís, ach cad le fiacha agus cad le madness nua a chuir amú iad is mó a raibh eagla orthu arís. Bhí difríochtaí níos láidre idir é agus í ná mar a bhí idir é féin agus a athair, agus táthar in amhras gur chothaigh sé grudge domhain marfach ina coinne mar go raibh tionchar aige ar fhearg an athar. Anois, tagaim go dtí an chuid éadrócaireach den scéal,-ach briseadh amach, mo Handel daor, a rá nach mbeidh dinnéar-naipcín dul isteach i tumbler. "

Cén fáth go raibh mé ag iarraidh mianach a phacáil isteach i mo tumbler, níl mé in ann a rá go hiomlán. Níl a fhios agam ach go bhfuair mé féin, le buanseasmhacht fiú cúis i bhfad níos fearr, ag déanamh na n-iarrachtaí is déine chun é a chomhbhrú laistigh de na teorainneacha sin. Arís ghabh mé buíochas leis agus ghabh mé leithscéal, agus arís dúirt sé ar an mbealach cheerfullest, "Níl ar chor ar bith, tá mé cinnte!" agus atosú.

"Bhí an chuma ar an ardán-rá ag na rásaí, nó na liathróidí poiblí, nó áit ar bith eile is mian leat-fear áirithe, a rinne grá do Miss Havisham. Ní fhaca mé riamh é (mar tharla sé seo cúig bliana is fiche ó shin, sula raibh tú féin agus mé, Handel), ach chuala mé m'athair ag lua gur fear seó a bhí ann, agus an cineál fear chun na críche sin. Ach nach raibh sé a bheith, gan aineolas nó dochar, dhearmad do dhuine uasal, m'athair is láidre asseverates; óir is prionsabal dá chuid é nach raibh aon fhear nach raibh ina fhear uasal fíor riamh, ó thosaigh an domhan, ina fhear uasal fíor ar bhealach. Deir sé nach féidir le vearnais gráin na coille a cheilt; agus dá mhéad vearnais a chuir tú air, is ea is mó a chuirfidh an grán é féin in iúl. Bhuel! Shaothraigh an fear seo Miss Havisham go dlúth, agus d'admhaigh sé go raibh sé dírithe uirthi. Creidim nár léirigh sí mórán so-ghabhálachta go dtí an t-am sin; ach is cinnte gur tháinig an so-ghabhálacht go léir a bhí aici amach ansin, agus bhí grá paiseanta aici dó. Níl aon amhras ach go ndearna sí idolized breá air. Chleachtadh sé ar a gean ar an mbealach córasach sin, go bhfuair sé suimeanna móra airgid uaithi, agus spreag sé í chun a deartháir a cheannach as scair sa ghrúdlann (a d'fhág a athair go lag é) ar phraghas ollmhór, ar an bpléadáil go gcaithfidh sé é a shealbhú agus a bhainistiú go léir nuair a bhí sé ina fhear céile. Ní raibh do chaomhnóir ag an am sin i gcomhairleoirí Miss Havisham, agus bhí sí ró-mhúinte agus an iomarca i ngrá le comhairle a fháil ó aon duine. Bhí a caidreamh bocht agus scéiméireachta, cé is moite de m'athair; bhí sé bocht go leor, ach ní raibh sé ag freastal ar am ná in éad. An t-aon duine neamhspleách ina measc, thug sé rabhadh di go raibh sí ag déanamh an iomarca don fhear seo, agus go raibh sí á cur féin ró-gan choinne ina chumhacht. Thapaigh sí an chéad deis m'athair a ordú go feargach as an teach, ina láthair, agus ní fhaca m'athair riamh í ó shin."

Smaoinigh mé uirthi tar éis a rá, "Beidh Matthew teacht agus a fheiceáil dom ar deireadh nuair a bheidh mé leagtha marbh ar an tábla;" agus d'fhiafraigh mé Herbert an raibh a athair chomh inveterate ina choinne?

"Níl sé sin," a dúirt sé, "ach chúisigh sí air, i láthair a fear céile beartaithe, le bheith díomá le súil fawning uirthi as a chur chun cinn féin, agus, dá mbeadh sé chun dul di anois, bheadh sé cuma fíor-fiú dó-agus fiú di. Filleadh ar an bhfear agus deireadh a chur leis. Socraíodh lá an phósta, ceannaíodh na gúnaí bainise, bhí turas na bainise beartaithe, tugadh cuireadh d'aíonna na bainise. Tháinig an lá, ach ní an bridegroom. Scríobh sé litir di—"

"Cé acu a fuair sí," bhuail mé isteach, "nuair a bhí sí ag cóiriú dá pósadh? Ag fiche nóiméad go dtí a naoi?"

"Ag an uair agus nóiméad," a dúirt Herbert, nodding, "ag a stop sí ina dhiaidh sin go léir na cloig. Cad a bhí ann, níos faide ná sin bhris sé an pósadh gan chroí, ní féidir liom a rá leat, mar níl a fhios agam. Nuair a tháinig sí ar ais ó dhrochthinneas a bhí uirthi, leag sí an áit ar fad amú, mar a chonaic tú é, agus níor fhéach sí riamh ó shin ar sholas an lae.

"An é sin an scéal ar fad?" D'iarr mé, tar éis smaoineamh air.

"Tá a fhios agam go léir é; agus go deimhin níl a fhios agam ach an méid sin, trí é a piecing amach dom féin; óir seachnaíonn m'athair i gcónaí é, agus, fiú nuair a thug Miss Havisham cuireadh dom dul ann, dúirt sé liom nach raibh níos mó de ná mar a bhí sé fíor-riachtanach ba chóir dom a thuiscint. Ach tá dearmad déanta agam ar rud amháin. Tá sé ceaptha gur ghníomhaigh an fear ar thug sí a mímhuinín dó i gcaitheamh an ama i gcomhar lena leathdheartháir; gur comhcheilg a bhí ann eatarthu; agus gur roinn siad na brabúis."

"N'fheadar nár phós sé í agus go bhfuair sé an mhaoin ar fad," arsa mise.

"B'fhéidir go raibh sé pósta cheana féin, agus b'fhéidir go raibh a bás cruálach mar chuid de scéim a leathdheartháir," a dúirt Herbert. "Cuimhnigh! Níl a fhios agam é sin.

"Cad a tháinig den bheirt fhear?" D'iarr mé, tar éis smaoineamh arís ar an ábhar.

"Thit siad i náire níos doimhne agus díghrádú-más féidir a bheith níos doimhne-agus ruin."

"An bhfuil siad beo anois?"

"Níl a fhios agam."

"Dúirt tú díreach anois nach raibh baint ag Estella le Miss Havisham, ach glacadh leis. Nuair a ghlacfar leis?"

Shrugged Herbert a ghualainn. "Bhí Estella ann i gcónaí, ó chuala mé Miss Havisham. Níl a fhios agam níos mó. Agus anois, Handel," a dúirt sé, ag caitheamh amach an scéal mar a bhí sé, "tá tuiscint breá oscailte eadrainn. Gach a bhfuil ar eolas agam faoi Miss Havisham, tá a fhios agat.

"Agus go léir go bhfuil a fhios agam," retorted mé, "tá a fhios agat."

"Creidim go hiomlán é. Mar sin, ní féidir aon iomaíocht nó perplexity a bheith idir tú féin agus mise. Agus maidir leis an riocht ar a bhfuil tú i seilbh do dhul chun cinn sa saol,-is é sin, nach bhfuil tú a fhiosrú nó a phlé a bhfuil tú chomaoin air,-is féidir leat a bheith an-cinnte nach mbeidh sé a bheith encroached ar, nó fiú chuaigh, ag dom, nó ag aon duine a bhaineann liom. "

I bhfírinne, dúirt sé é seo leis an oiread sin delicacy, gur mhothaigh mé an t-ábhar a rinneadh leis, cé gur chóir dom a bheith faoi dhíon a athar ar feadh na mblianta agus na mblianta atá le teacht. Ach dúirt sé é leis an oiread sin brí, freisin, gur mhothaigh mé gur thuig sé go foirfe Miss Havisham a bheith ar mo benefactress, mar a thuig mé féin an bhfíric.

Níor tharla sé dom roimhe seo, go raibh sé i gceannas ar an téama chun é a ghlanadh as ár mbealach; ach bhí muid i bhfad níos éadroime agus níos éasca as é a bhrú, gur bhraith mé anois gurb amhlaidh a bhí. Bhí muid an-aerach agus sociable, agus d'fhiafraigh mé de, le linn comhrá, cad a bhí ann? D'fhreagair sé, "Caipitlí,—Árachóir Long." Is dócha go bhfaca sé mé ag glancing faoin seomra ar thóir roinnt comharthaí Loingseoireachta, nó caipitil, mar a dúirt sé, "Sa Chathair."

Bhí smaointe móra agam maidir le saibhreas agus tábhacht Árachóirí Long sa Chathair, agus thosaigh mé ag smaoineamh le teann bróid gur leag mé Árachóir óg ar a dhroim, gur dhúisigh sé a shúil fiontraíoch, agus ghearr sé a cheann freagrach ar oscailt. Ach arís tháinig orm, mar gheall ar mo fhaoiseamh, an tuiscint chorr sin nach mbeadh Herbert Pocket an-rathúil ná saibhir.

"Ní bheidh mé sásta le mo chaipiteal a fhostú ach amháin chun longa a árachú. Ceannóidh mé roinnt scaireanna maithe Árachais Saoil, agus gearrfaidh mé isteach sa Treoir. Déanfaidh mé rud beag ar an mbealach mianadóireachta freisin. Ní chuirfidh aon cheann de na rudaí seo isteach ar mo chairtfhostú cúpla míle tonna ar mo chuntas féin. Sílim go mbeidh mé ag trádáil," a dúirt sé, leaning ar ais ina chathaoirleach, "go dtí na hIndiacha Thoir, le haghaidh síodaí, seálta, spíosraí, ruaimeanna, drugaí, agus coillte lómhara. Is ceird spéisiúil í."

"Agus tá na brabúis mór?" arsa mise.

"Iontach!" ar seisean.

D'éirigh mé arís, agus thosaigh mé ag smaoineamh anseo go raibh ionchais níos mó ná mo chuid féin.

"Sílim go ndéanfaidh mé trádáil, freisin," a dúirt sé, ag cur a ordóg ina phócaí waist-cóta, "go dtí na hIndiacha Thiar, le haghaidh siúcra, tobac, agus rum. Chomh maith leis sin do Ceylon, go háirithe le haghaidh eilifintí 'tusks."

"Beidh tú ag iarraidh go leor longa maith," arsa mise.

"Cabhlach foirfe," ar seisean.

Go leor overpowered ag an magnificence na n-idirbheart, d'iarr mé air i gcás na longa árachaithe sé thrádáil den chuid is mó go dtí faoi láthair?

"Níor thosaigh mé ag cothú go fóill," a d'fhreagair sé. "Táim ag féachaint fúm."

Ar bhealach, bhí an chuma ar an scéal go raibh an tóir sin ag teacht le Barnard's Inn. Dúirt mé (i ton ciontaithe), "Ah-h!"

"Tá. Tá mé i dteach comhairimh, agus ag féachaint fúm.

"An bhfuil teach comhairimh brabúsach?" D'iarr mé.

"Chun—an gciallaíonn tú don fhear óg atá ann?" a d'fhiafraigh sé, mar fhreagra.

"Tá; a thabhairt duit."

"Cén fáth, n-aon; ní liomsa é." Dúirt sé é seo le haer duine ag ríomh suas go cúramach agus cothromaíocht a bhaint amach. "Níl sé brabúsach go díreach. Is é sin, ní íocann sé rud ar bith liom, agus caithfidh mé-mé féin a choinneáil."

Is cinnte nach raibh cuma bhrabúsach air seo, agus chroith mé mo cheann amhail is go dtabharfainn le tuiscint go mbeadh sé deacair caipiteal i bhfad a leagan as foinse ioncaim den sórt sin.

"Ach is é an rud," arsa Herbert Pocket, "go bhféachann tú fút. *Sin* an rud mór. Tá tú i dteach comhairimh, tá a fhios agat, agus féachann tú fút."

Bhuail sé mé mar impleacht uatha nach bhféadfá a bheith as teach comhairimh, tá a fhios agat, agus breathnú fút; ach chuir mé siar go ciúin ar a thaithí.

"Ansin tagann an t-am," arsa Herbert, "nuair a fheiceann tú d'oscailt. Agus a théann tú i, agus swoop tú ar sé agus a dhéanann tú do chaipiteal, agus ansin tá tú! Nuair a bheidh do chaipiteal déanta agat uair amháin, níl aon rud le déanamh agat ach é a fhostú."

Bhí sé seo an-chosúil lena bhealach chun an teagmháil sin a dhéanamh sa ghairdín; an-mhaith. His manner of bearing his poverty, freisin, bhí sé ag freagairt go díreach dá bhealach chun an ruaig sin a iompar. Chonacthas dom gur thóg sé gach buille agus buffets anois leis an aer céanna agus a bhí tógtha aige ansin. Ba léir nach raibh aon rud timpeall air ach na riachtanais is simplí, mar gheall ar gach rud a dúirt mé nuair a cuireadh isteach ar mo chuntas é ón teach caife nó áit éigin eile.

Ach, tar éis dó a fhortún a dhéanamh ina intinn féin cheana féin, bhí sé chomh míshuaimhneach leis gur mhothaigh mé an-bhuíoch dó as gan a bheith puffed suas. Bhí sé ina theannta taitneamhach ar a bhealaí nádúrtha taitneamhach, agus fuair muid ar famously. Um thráthnóna chuamar amach ag siúl ar na sráideanna, agus chuamar ar leathphraghas go dtí an Amharclann; agus an lá arna mhárach chuamar go dtí an séipéal i Mainistir Westminster, agus um thráthnóna shiúil muid sna Páirceanna; agus n'fheadar cé a shod na capaill go léir ann, agus ghuigh mé gach rath ar Sheosamh.

Ar ríomh measartha, bhí sé go leor míonna, an Domhnach sin, ó d'fhág mé Joe agus Biddy. Bhí an spás idir mé féin agus iad ag scaradh leis an leathnú sin, agus bhí ár riasca achar ar bith amach. Go raibh mé in ann a bheith ag ár séipéal d'aois i mo éadaí séipéal-dul d'aois, ar an Domhnach seo caite a bhí riamh, an chuma meascán de impossibilities, geografach agus sóisialta, gréine agus gealaí. Ach ar shráideanna Londan a bhí chomh plódaithe sin le daoine agus chomh héadrom sin i ndorchadas an tráthnóna, bhí leideanna dúlagair ann go raibh an tseanchistin bhocht curtha agam sa bhaile chomh fada sin ar shiúl; agus i marbh na hoíche, thit lorg impostor éagumasach éigin de phortóir ag gealadh faoi Barnard's Inn, faoi bhrón ag breathnú air, log ar mo chroí.

Maidin Dé Luain ag ceathrú roimh a naoi, chuaigh Herbert go dtí an teach comhairimh chun é féin a thuairisciú,-chun breathnú air, freisin, is dócha,-agus rug mé air cuideachta. Bhí sé le teacht amach in uair nó dhó chun freastal orm go Hammersmith, agus bhí mé chun fanacht faoi. Chonacthas dom go raibh na huibheacha as ar goradh Árachóirí óga goir i ndeannaigh agus teas, cosúil le huibheacha ostraisí, ag moltóireacht ó na háiteanna ar deisíodh na fathaigh incipient sin maidin Dé Luain. Ná ní raibh an teach comhairimh inar chabhraigh Herbert, a thaispeáint i mo shúile mar Réadlann maith ar chor ar bith; a bheith ar ais dara hurlár suas clós, de láithreacht ghruama i ngach sonraí, agus le breathnú isteach ar chúl eile dara hurlár, seachas breathnú amach.

D'fhan mé thart go dtí go raibh sé meán lae, agus chuaigh mé ar 'Athraigh, agus chonaic mé fir fluey ina suí ansin faoi na billí faoi loingseoireacht, a ghlac mé a bheith ceannaithe mór, cé nach raibh mé in ann a thuiscint cén fáth ba chóir dóibh go léir a bheith as biotáillí. Nuair a tháinig Herbert, chuaigh muid agus bhí lón againn i dteach ceiliúrtha a raibh mé ansin go leor venerated, ach anois creidim go raibh an piseog is abject san Eoraip, agus nuair nach raibh mé in ann cabhrú noticing, fiú ansin, go raibh i bhfad níos mó gravy ar na éadach boird agus sceana agus éadaí waiters ', ná sna steaks. Diúscraíodh an collation seo ar phraghas measartha (ag smaoineamh ar an ramhar, nár gearradh táille air), chuaigh muid ar ais go dtí Barnard's Inn agus fuair mé mo portmanteau beag, agus ansin ghlac muid cóiste do Hammersmith. Shroicheamar ansin ag a dó nó a trí a chlog tráthnóna, agus ní raibh mórán slí againn le siúl go teach an Uasail Pocket. Ag ardú an latch de gheata, rith muid díreach isteach i ngairdín beag breathnú amach ar an abhainn, áit a raibh leanaí Mr Pocket ag imirt faoi. Agus mura mheabhlaireachta mé féin ar phointe ina bhfuil mo leasanna nó prepossessions cinnte nach bhfuil i gceist, chonaic mé nach raibh an tUasal agus Mrs Pocket leanaí ag fás suas nó á thabhairt suas, ach bhí tumbling suas.

Bhí Mrs Pocket ina suí ar chathaoir ghairdín faoi chrann, ag léamh, lena cosa ar chathaoir ghairdín eile; agus bhí beirt bhanaltra-maidí Mrs Pocket ag féachaint orthu agus na páistí ag súgradh. "Mamaí," arsa Herbert, "is é seo an tUasal Pip óg." Ar a fuair Mrs Pocket dom le cuma dínit amiable.

"Máistir Alick agus Iníon Jane," adeir duine de na haltraí le beirt de na páistí, "má théann tú ag preabadh suas ina gcoinne toir titfidh tú anonn isteach san abhainn agus beidh tú báite, agus cad a déarfaidh do pa ansin?"

Ag an am céanna phioc an t-altra seo ciarsúr Mrs Pocket, agus dúirt sé, "Mura ndéanann sé sin sé huaire tá tú tar éis titim air, Mamaí!" Ar a gáire Mrs Pocket agus dúirt sé, "Go raibh maith agat, Flopson," agus a shocrú í féin i gcathaoir amháin, atosú a leabhar. Ghlac a ghnúis láithreach le léiriú cniotáilte agus intinne amhail is dá mbeadh sí ag léamh ar feadh seachtaine, ach sula bhféadfadh sí leathdhosaen líne a léamh, shocraigh sí a súile orm, agus dúirt sí, "Tá súil agam go bhfuil do mhama sách maith?" Chuir an fiosrúchán gan choinne seo deacracht chomh mór sin orm gur thosaigh mé ag rá ar an mbealach áiféiseach dá mbeadh aon duine den sórt sin ann nach raibh aon amhras orm go mbeadh sí sách maith agus go mbeadh dualgas mór uirthi agus go mbeadh sí tar éis moladh a chur chuici, nuair a tháinig an t-altra chun mo tharrthála.

"Bhuel!" Adeir sí, ag piocadh suas an ciarsúr póca, "mura ndéanann sé sin seacht n-uaire! Cad atá á dhéanamh agat tráthnóna, Mamaí! Mrs Pocket fuair a maoin, ar dtús le breathnú ar iontas unutterable amhail is dá mba riamh go raibh sí le feiceáil sé roimh, agus ansin le gáire aitheantais, agus dúirt sé, "Go raibh maith agat, Flopson," agus dearmad orm, agus chuaigh sé ar léamh.

Fuair mé amach, anois go raibh fóillíocht agam chun iad a chomhaireamh, nach raibh níos lú ná sé Pócaí beaga i láthair, i gcéimeanna éagsúla de tumbling suas. Bhí mé tar éis teacht ar éigean ar an iomlán nuair a chuala an seachtú, mar atá i régiún an aeir, wailing dolefully.

"Mura bhfuil Babaí ann!" arsa Flopson, agus is cosúil gur ábhar iontais é. "Déan haste suas, Millers."

Millers, a bhí an altra eile, ar scor isteach sa teach, agus de réir céimeanna bhí hushed wailing an linbh agus stopadh, amhail is dá mba ventriloquist óg le rud éigin ina bhéal. Mrs Pocket léamh an t-am ar fad, agus bhí mé fiosrach a fhios cad a d'fhéadfadh an leabhar a bheith.

Bhíomar ag fanacht, dar liom, go dtiocfadh an tUasal Pocket amach chugainn; ag aon ráta d'fhan muid ann, agus mar sin bhí mé deis chun breathnú ar an feiniméan teaghlaigh iontach go aon uair a strayed aon cheann de na páistí in aice le Mrs Pocket ina spraoi, tripped siad i gcónaí iad féin suas agus tumbled thar a, - i gcónaí go mór chun a astonishment momentary, agus a n-caoineadh níos buaine féin. Bhí mé ag caillteanas chun cuntas a thabhairt ar an imthoisc iontas, agus ní fhéadfadh cabhrú a thabhairt ar mo intinn a speculations mar gheall air, go dtí go ag agus ag Millers tháinig síos leis an leanbh, a tugadh leanbh do Flopson, a bhí Flopson thabhairt dó Mrs Pocket, nuair a chuaigh sí ró-cheann go cothrom foremost thar Mrs Pocket, agus gach duine, agus rug Herbert agus mé féin air.

"Gracious dom, Flopson!" A dúirt Mrs Pocket, ag féachaint as a leabhar ar feadh nóiméad, "gach duine tumbling!"

"Gracious tú, go deimhin, Mamaí!" ar ais Flopson, an-dearg san aghaidh; "Cad a fuair tú ann?"

"Fuair *mé* anseo, Flopson?" D'iarr Mrs Pocket.

"Cén fáth, más rud é nach bhfuil sé do footstool!" Adeir Flopson. "Agus má choinníonn tú faoi do sciortaí mar sin é, cé atá chun cabhrú leat? Anseo! Tóg an leanbh, Mamaí, agus tabhair dom do leabhar."

Mrs Pocket ghníomhaigh ar an gcomhairle, agus rince inexpertly an naíonán beagán ina lap, agus na páistí eile ag súgradh faoi. Mhair sé seo ach tréimhse an-ghearr, nuair a d'eisigh Mrs Pocket orduithe achoimre go raibh siad go léir le tabhairt isteach sa teach le haghaidh nap. Dá bhrí sin rinne mé an dara fionnachtain ar an gcéad ócáid sin, go raibh cothú na bpócaí beaga comhdhéanta de tumbling suas agus atá suite síos.

Faoi na cúinsí seo, nuair a fuair Flopson agus Millers na páistí isteach sa teach, cosúil le tréad beag caorach, agus tháinig an tUasal Pocket as é chun mo lucht aitheantais a dhéanamh, ní raibh iontas orm i bhfad a fháil amach go raibh an tUasal Pocket ina fhear uasal le léiriú sách perplexed aghaidh, agus lena chuid gruaige an-liath neamhord ar a cheann, amhail is nach bhfaca sé go leor a bhealach chun aon rud a chur díreach.

Caibidil XXIII.

Dúirt an tUasal Pocket go raibh sé sásta mé a fheiceáil, agus bhí súil aige nach raibh brón orm é a fheiceáil. "I gcás, níl mé i ndáiríre," a dúirt sé, le gáire a mhic, "personage scanrúil." Fear óg a bhí ann, in ainneoin a chuid perplexities agus a chuid gruaige an-liath, agus bhí cuma nádúrtha go leor ar a bhealach. Bainim úsáid as an bhfocal nádúrtha, sa chiall nach bhfuil aon tionchar aige air; Bhí rud éigin grinn ina bhealach distraught, mar cé go mbeadh sé ludicrous downright ach as a thuairim féin go raibh sé an-aice a bheith amhlaidh. Nuair a labhair sé liom beagán, dúirt sé le Mrs Pocket, le crapadh sách imníoch ar a eyebrows, a bhí dubh agus dathúil, "Belinda, Tá súil agam go bhfuil tú fáilte roimh an Uasal Pip?" Agus d'fhéach sí suas as a leabhar, agus dúirt sí, "Tá." Rinne sí aoibh gháire orm ansin i riocht intinne as láthair, agus d'fhiafraigh sí díom ar thaitin blas uisce bláth oráiste liom? Ós rud é nach raibh aon tionchar ag an gceist, gar nó iargúlta, ar aon idirbheart ligthe thar ceal nó ina dhiaidh sin, measaim gur caitheadh amach í, cosúil lena cur chuige roimhe seo, i gcomhcheilg chomhrá ghinearálta.

Fuair mé amach laistigh de chúpla uair an chloig, agus d'fhéadfadh a lua ag an am céanna, go raibh Mrs Pocket an iníon amháin de Ridire áirithe go leor thaisme éagtha, a bhí invented dó féin a chiontú go mbeadh a athair éagtha a bheith déanta Baronet murach freasúra diongbháilte duine éigin a eascraíonn as motives go hiomlán pearsanta,-Dearmad mé a bhfuil, dá mbeadh a fhios agam riamh,—an Ceannasach, an Príomh-Aire, an Tiarna Seansailéir, Ardeaspag Canterbury, duine ar bith,-agus bhí tacked é féin ar aghaidh go dtí an uaisle an domhain i gceart an bhfíric go leor supposititious. Creidim go raibh ridireacht déanta air féin as gramadach an Bhéarla a stoirmiú ag pointe an phinn, in aitheasc éadóchasach a cuireadh ar vellum, nuair a leagadh an chéad chloch d'fhoirgneamh éigin nó eile, agus as pearsa Ríoga éigin a thabhairt ar láimh an trowel nó an moirtéal. Bíodh sin mar a d'fhéadfadh sé, d'ordaigh sé Mrs Pocket a thabhairt suas as a cliabhán mar dhuine a chaithfidh teideal a phósadh i nádúr na rudaí, agus a bhí le cosaint ó eolas baile plebeian a fháil.

Mar sin, d'éirigh le faire agus barda a bheith bunaithe thar an bhean óg ag an tuismitheoir judicious, go raibh sí tar éis fás suas an-ornáideach, ach breá helpless agus useless. Lena carachtar déanta dá bhrí sin go sona sásta, sa chéad bhláth a óige a bhí sí a bhíonn an tUasal Pocket: a bhí freisin sa chéad bhláth na hóige, agus ní cinneadh go leor cibé acu a mount go dtí an Woolsack, nó chun díon féin i le mitre. Toisc go raibh sé ag déanamh an ceann amháin nó an ceann eile ceist ach ní bhíonn ach an t-am, bhí sé féin agus Mrs Pocket tógtha Am ag an forelock (nuair, a mheas as a fhad, bheadh sé cosúil go raibh ag iarraidh gearradh), agus bhí pósta gan an t-eolas ar an tuismitheoir judicious. An tuismitheoir judicious, a bhfuil aon rud a bestow nó a choinneáil siar ach a bheannacht, bhí socraithe handsomely go dower orthu tar éis streachailt ghearr, agus bhí in iúl an tUasal Pocket go raibh a bhean chéile "treasure do Prionsa." Bhí an tUasal Pocket infheistithe stór an Prionsa ar bhealaí an domhain ó shin i leith, agus bhí sé ceaptha a bheith thug sé i ach leas neamhshuimiúil. Fós, bhí Mrs Pocket i gcoitinne an cuspóir de chineál Queer de trua measúil, toisc nach raibh sí pósta teideal; cé go raibh an tUasal Pocket an cuspóir de chineál Queer de reproach forgiving, toisc nach raibh fuair sé ar cheann.

An tUasal Pocket thóg mé isteach sa teach agus léirigh dom mo sheomra: a bhí ina cheann taitneamhach, agus mar sin ar fáil mar go raibh mé in ann é a úsáid le compord do mo sheomra suí príobháideach féin-. Bhuail sé ansin ag doirse dhá sheomra eile den chineál céanna, agus chuir sé in aithne dom a n-áitritheoirí, faoin ainm Drummle agus Startop. Bhí Drummle, fear óg seanbhreathnaitheach d'ord trom ailtireachta, ag feadaíl. Bhí Startop, níos óige le blianta agus cuma, ag léamh agus ag coinneáil a chinn, amhail is gur shíl sé féin go raibh sé i mbaol é a phléascadh le muirear eolais ró-láidir.

Bhí an tUasal agus Mrs Pocket araon den sórt sin aer suntasach a bheith i lámha duine éigin eile, go wondered mé a bhí i ndáiríre i seilbh an tí agus lig dóibh cónaí ann, go dtí go bhfuair mé an chumhacht anaithnid a bheith ar na seirbhísigh. Bealach réidh a bhí ann le dul ar aghaidh, b'fhéidir, maidir le trioblóid a shábháil; ach bhí an chuma air go raibh sé costasach, mar cheap na seirbhísigh go raibh sé de dhualgas orthu féin a bheith deas ina n-ithe agus ina n-ól, agus cuid den chomhluadar a choinneáil thíos staighre. Cheadaigh siad bord an-liobrálach don Uasal agus do Mrs. Pocket, ach chonacthas dom i gcónaí gurb é an chuid is fearr den teach a bheadh ar bord sa chistin,-i gcónaí ag ceapadh go raibh an bordóir in ann féin-chosaint, le haghaidh, sula raibh mé ann in aghaidh na seachtaine, bean in aice láimhe lena raibh an teaghlach go pearsanta unacquainted, scríobh sí isteach chun a rá go bhfaca sí Millers ag bualadh an linbh. Chuir sé seo isteach go mór ar Mrs Pocket, a phléasc deora nuair a fuair siad an nóta, agus dúirt sé gur rud neamhghnách é nach raibh na comharsana in ann cuimhneamh ar a ngnó féin.

De réir céimeanna d'fhoghlaim mé, agus go príomha ó Herbert, go raibh an tUasal Pocket oideachas ag Harrow agus ag Cambridge, áit a raibh idirdhealú déanta aige féin; ach nuair a bhí sé an sonas pósadh Mrs Pocket an-luath sa saol, bhí lagaithe sé a ionchais agus ghlac sé suas an glaoch ar Grinder. Tar éis roinnt lanna dull a mheilt,-a raibh sé iontach go raibh a n-aithreacha, nuair a bhí tionchar acu, ag dul i gcónaí chun cabhrú leis a fearr, ach i gcónaí dearmad a dhéanamh air nuair a d'fhág na lanna an Grindstone, - bhí wearied sé an obair bhocht sin agus bhí teacht go Londain. Anseo, tar éis dó cliseadh de réir a chéile i ndúchas ard, bhí "léamh" aige le tumadóirí nach raibh deiseanna acu nó a rinne faillí orthu, agus a rinne athchóiriú ar thumadóirí eile le haghaidh ócáidí speisialta, agus bhí a chuid éadálacha iompaithe aige ar an gcuntas ar thiomsú agus ceartú liteartha, agus ar na modhanna sin, a cuireadh le roinnt acmhainní príobháideacha an-measartha, choinnigh sé an teach a chonaic mé fós.

Bhí comharsa buacach ag an Uasal agus ag Bean Uí Phóca; bean bhaintreach den chineál an-bháúil sin a d'aontaigh sí le gach duine, bheannaigh sí gach duine, agus cuireann sí meangadh gáire agus deora ar gach duine, de réir cúinsí. Mrs Coiler an t-ainm a bhí ar an mbean seo, agus bhí sé d'onóir agam í a thabhairt síos chun dinnéir lá mo shuiteála. Thug sí dom a thuiscint ar an staighre, go raibh sé ina buille a daor Mrs Póca gur chóir daor an tUasal Póca a bheith faoi riachtanas uaisle a fháil a léamh leis. Níor shín sé sin liom, dúirt sí liom i gush an ghrá agus na muiníne (ag an am sin, bhí rud éigin níos lú ná cúig nóiméad ar eolas agam di); dá mbeadh siad ar fad cosúil liomsa, bheadh sé rud eile go leor.

"Ach daor Mrs Pocket," a dúirt Mrs Coiler, "tar éis a díomá go luath (ní go daor a bhí an tUasal Pocket a milleán sa mhéid sin), Éilíonn só an oiread sin agus elegance-"

"Sea, ma'am," a dúirt mé, chun í a stopadh, mar bhí eagla orm go raibh sí chun caoineadh.

"Agus tá sí chomh aristocratic diúscairt-"

"Sea, ma'am," a dúirt mé arís, leis an rud céanna is a bhí roimhe seo.

"-Go *bhfuil* sé deacair," a dúirt Mrs Coiler, "a bheith daor am an tUasal Pocket agus aird atreorú ó daor Mrs Pocket."

Ní raibh mé in ann cabhrú ag smaoineamh go bhféadfadh sé a bheith níos deacra dá gcuirfí am agus aird an bhúistéara ó daor Mrs Pocket; ach dúirt mé rud ar bith, agus go deimhin bhí go leor le déanamh chun faire bashful a choinneáil ar mo bhéasa cuideachta.

Tháinig sé ar m'eolas, tríd an méid a ritheadh idir Mrs Pocket agus Drummle agus mé ag tabhairt aire do mo scian agus forc, spúnóg, spéaclaí, agus uirlisí eile féinscriosta, go raibh Drummle, a raibh a ainm baiste Bentley, i ndáiríre an chéad oidhre eile ach ceann le barúntacht. Dhealraigh sé freisin go raibh an leabhar a chonaic mé Mrs Pocket léamh sa ghairdín ar fad faoi theidil, agus go raibh a fhios aici an dáta cruinn ag a mbeadh a grandpapa teacht isteach sa leabhar, dá mbeadh sé riamh teacht ar chor ar bith. Níor dhúirt Drummle mórán, ach ar a bhealach teoranta (bhuail sé mé mar chineál sulky eile) labhair sé mar dhuine de na toghaí, agus d'aithin sé Mrs Pocket mar bhean agus deirfiúr. Níor léirigh aon duine ach iad féin agus Mrs. Coiler an comharsa buacach aon suim sa chuid seo den chomhrá, agus chonacthas dom go raibh sé pianmhar do Herbert; ach gheall sé go mairfeadh sé i bhfad, nuair a tháinig an leathanach isteach nuair a fógraíodh go raibh an baile ag cur as dó. Ba é, i ndáiríre, gur chuir an cócaire an mhairteoil amú. Chun mo iontas unutterable, chonaic mé anois, den chéad uair, an tUasal Pocket faoiseamh a intinn ag dul trí fheidhmíocht a bhuail mé mar an-neamhghnách, ach a rinne aon tuiscint ar aon duine eile, agus lena raibh mé go luath chomh eolach leis an gcuid eile. Leag sé síos an scian snoíodóireachta agus an forc,-a bheith ag gabháil do shnoíodóireacht, i láthair na huaire,-chuir sé a dhá lámh isteach ina ghruaig suaite, agus ba chosúil go ndearna sé iarracht neamhghnách é féin a thógáil suas leis. Nuair a bhí sé seo déanta aige, agus nach raibh thóg sé é féin suas ar chor ar bith, chuaigh sé go ciúin ar aghaidh leis an méid a bhí sé faoi.

D'athraigh Mrs Coiler an t-ábhar ansin agus thosaigh sé ag flatter dom. Thaitin sé liom ar feadh cúpla nóiméad, ach flattered sí dom chomh mór sin go raibh an pléisiúr go luath os a chionn. Bhí bealach serpentine aici le teacht in aice liom nuair a lig sí uirthi go raibh suim mhór aici sna cairde agus sna dúichí a bhí fágtha agam, rud a bhí snaky agus fork-tongued ar fad; agus nuair a rinne sí preab ó am go chéile ar Startop (a dúirt an-bheag léi), nó ar Drummle (a dúirt níos lú), b'fhearr liom iad a thoibhiú as a bheith ar an taobh eile den tábla.

Tar éis an dinnéir tugadh isteach na páistí, agus rinne Mrs Coiler tuairimí admiring ar a súile, srón, agus cosa, - ar bhealach sagacious chun feabhas a chur ar a n-intinn. Bhí ceathrar cailíní beaga ann, agus beirt bhuachaillí beaga, seachas an leanbh a d'fhéadfadh a bheith ann ach an oiread, agus comharba eile an linbh nach raibh ann go fóill. Thug Flopson agus Millers isteach iad, i bhfad amhail is go raibh an bheirt oifigeach neamhchoimisiúnaithe sin ag earcú áit éigin do leanaí agus gur liostáil siad seo, agus d'fhéach Mrs Pocket ar na hUaisle óga ba chóir a bheith amhail is gur shíl sí go raibh an sásamh aici iad a iniúchadh roimhe seo, ach ní raibh a fhios aici go leor cad ba cheart a dhéanamh díobh.

"Anseo! Tabhair dom do forc, Mamaí, agus tóg an leanbh," a dúirt Flopson. "Ná tóg é ar an mbealach sin, nó gheobhaidh tú a cheann faoin mbord."

Dá bhrí sin comhairle, Mrs Pocket ghlac sé ar an mbealach eile, agus fuair a cheann ar an tábla; a fógraíodh do gach duine a bhí i láthair ag comhtholgadh prodigious.

"A chara, a stór! Tabhair ar ais dom é, a Mhamaí," arsa Flopson; "agus Iníon Jane, teacht agus damhsa a leanbh, a dhéanamh!"

Ceann de na cailíní beaga, mite ach ní raibh ach a bhfuil an chuma a bheith tógtha roimh am ar í féin roinnt muirear de na daoine eile, sheas amach as a áit ag dom, agus rince chuig agus ón leanbh go dtí gur fhág sé amach ag caoineadh, agus gáire. Ansin, rinne na páistí go léir gáire, agus rinne an tUasal Pocket (a rinne iarracht faoi dhó é féin a ardú suas ag an ghruaig) gáire, agus rinne muid go léir gáire agus bhí áthas orainn.

Flopson, ag dint dúbailt an leanbh ag na hailt cosúil le doll Ollainnis, ansin fuair sé go sábháilte i lap Mrs Pocket, agus thug sé an cnó-crackers a imirt leis; ag an am céanna ag moladh do Mrs Pocket fógra a thabhairt nach dócha go n-aontódh láimhseálacha na hionstraime sin lena súile, agus go ngearrfaí go géar ar Miss Jane aire a thabhairt don rud céanna. Ansin, d'fhág an bheirt altraí an seomra, agus bhí scuffle bríomhar ar an staighre le leathanach dissipated a bhí ag fanacht ag dinnéar, agus a bhí caillte go soiléir leath a cnaipí ag an mbord cearrbhachais-.

Rinneadh mé an-mhíshuaimhneach i m'intinn ag Mrs Pocket's ag titim isteach i bplé le Drummle maidir le dhá bharúntachtaí, agus d'ith sí oráiste slisnithe sáite i siúcra agus fíon, agus, dearmad a dhéanamh ar fad faoin leanbh ar a lap, a rinne rudaí is uafásaí leis na cnó-crackers. Ag fad beag Jane, perceiving a brains óga a imperilled, d'fhág go bog a áit, agus le go leor artifices beag coaxed an arm contúirteach ar shiúl. Mrs Pocket ag críochnú a oráiste ag thart ar an am céanna, agus gan é seo a cheadú, a dúirt Jane,—

"Leanbh dána tú, conas a leomh tú? Téigh agus suigh síos an toirt seo!

"Mamma daor," arsa an cailín beag, "tá ood leanbh tar éis hith eyeth a chur amach."

"Conas leomh tú a insint dom mar sin?" retorted Mrs Pocket. "Téigh agus suigh síos i do chathaoir an nóiméad seo!"

187

Bhí dínit Mrs Pocket chomh brúite, gur mhothaigh mé go leor abashed, amhail is dá mbeadh rud éigin déanta agam féin chun é a rouse.

"Belinda," remonstrated an tUasal Pocket, ón taobh eile den tábla, "conas is féidir leat a bheith chomh míréasúnta? Níor chuir Jane isteach ach ar chosaint an linbh."

"Ní ligfidh mé d'aon duine cur isteach air," a dúirt Mrs Pocket. "Tá ionadh orm, a Mhatha, gur chóir duit mé a nochtadh chun tosaigh ar chur isteach."

"Dia maith!" Adeir an tUasal Pocket, i ráig de éadóchas desolate. "An bhfuil naíonáin le cnó-scáinte isteach ina dtuamaí, agus an bhfuil aon duine chun iad a shábháil?"

"Ní chuirfidh Jane isteach orm," a dúirt Mrs Pocket, le sracfhéachaint maorga ar an gciontóir beag neamhchiontach sin. "Tá súil agam go bhfuil a fhios agam seasamh mo grandpapa bocht. Jane, go deimhin!

Fuair an tUasal Pocket a lámha ina chuid gruaige arís, agus an uair seo thóg sé é féin roinnt orlach as a chathaoir. "Éist seo!" Exclaimed sé helplessly leis na heilimintí. "Tá leanaí le bheith marbh cnó-scáinte, do phoist grandpapa bocht daoine!" Ansin lig sé é féin síos arís, agus d'éirigh sé ciúin.

D'fhéachamar go léir go huafásach ar an éadach boird agus é seo ag dul ar aghaidh. D'éirigh sos, nuair a rinne an leanbh macánta agus doleigheasta sraith léimeanna agus préacháin ag Jane beag, a chonacthas dom gurb é an t-aon duine den teaghlach (beag beann ar sheirbhísigh) a raibh aon aithne chinn aige air.

"An tUasal Drummle," a dúirt Mrs Pocket, "an mbeidh tú fáinne do Flopson? Jane, tú rud beag undutiful, dul agus luí síos. Anois, darling leanbh, teacht le ma!"

Ba é an leanbh an t-anam onóra, agus agóid lena d'fhéadfadh go léir. Dhúblaigh sé é féin suas an bealach mícheart thar lámh Mrs Pocket, thaispeáin sé péire bróga cniotáilte agus rúitíní dimpled don chuideachta in ionad a aghaidh bhog, agus rinneadh é sa staid is airde frithcheilg. Agus fuair sé a phointe tar éis an tsaoil, mar chonaic mé é tríd an bhfuinneog laistigh de chúpla nóiméad, á altra ag Jane beag.

Tharla sé gur fágadh an cúigear leanaí eile ina ndiaidh ag an mbord dinnéir, trí rannpháirtíocht phríobháideach éigin a bheith ag Flopson, agus nach gnó aon duine eile iad. Dá bhrí sin, tháinig mé ar an eolas faoin gcaidreamh frithpháirteach idir iad agus an tUasal Pocket, a bhí léirithe ar an mbealach seo a leanas. An tUasal Pocket, leis an perplexity gnáth a aghaidh airde agus a chuid gruaige rumpled, d'fhéach sé orthu ar feadh roinnt nóiméad, amhail is dá mba nach bhféadfadh sé a dhéanamh amach conas a tháinig siad a bheith ar bord agus lóistín sa bhunaíocht sin, agus cén fáth nach raibh siad billeted ag Nádúr ar dhuine éigin eile. Ansin, ar bhealach Misinéireachta i bhfad i gcéin chuir sé ceisteanna áirithe orthu, - mar cén fáth go raibh an poll sin ag Joe beag ina frill, a dúirt, Pa, bhí Flopson ag dul a mend sé nuair a bhí sí am, - agus cé chomh beag Fanny tháinig ag an whitlow, a dúirt, Pa, Millers bhí ag dul a poultice sé nuair nach raibh sí dearmad. Ansin, leáigh sé isteach i dtairngreacht tuismitheoirí, agus thug sé scilling dóibh agus dúirt sé leo dul agus imirt; agus ansin mar a chuaigh siad amach, le hiarracht an-láidir amháin é féin a thógáil suas ag an ghruaig bhris sé an t-ábhar hopeless.

Sa tráthnóna bhí rámhaíocht ar an abhainn. Ós rud é go raibh bád ag Drummle agus Startop, bheartaigh mé mianach a chur ar bun, agus iad araon a ghearradh amach. Bhí mé maith go leor ag an chuid is mó cleachtaí ina bhfuil buachaillí tír adepts, ach de réir mar a bhí a fhios agam ar mian leo elegance stíl do na Thames, - gan a rá le haghaidh uiscí eile, - mé ag gabháil ag an am céanna chun mé féin a chur faoi theagasc an buaiteoir duais-wherry a plied ag ár staighre, agus a thug mo chomhghuaillithe nua isteach dom. Chuir an t-údarás praiticiúil seo mearbhall mór orm ag rá go raibh lámh gabha agam. Dá mbeadh a fhios aige cé chomh mór is a chaill an moladh a dhalta, tá amhras orm an mbeadh sé íoctha aige.

Bhí suipéar-tráidire ann tar éis dúinn teacht abhaile san oíche, agus sílim gur cheart dúinn go léir taitneamh a bhaint as muid féin, ach le haghaidh tarlú baile sách easaontach. Bhí an tUasal Pocket i biotáillí maith, nuair a tháinig bean tí isteach, agus dúirt sé, "Más é do thoil é, a dhuine uasail, ba chóir dom a bheith ag iarraidh labhairt leat."

"Labhair le do mháistir?" A dúirt Mrs Pocket, a bhfuil a dínit roused arís. "Conas is féidir leat smaoineamh ar a leithéid de rud? Téigh agus labhair le Flopson. Nó labhair liom-ag am éigin eile."

"Begging do logh, ma'am," ar ais ar an housemaid, "Ba chóir dom a iarraidh a labhairt ag an am céanna, agus chun labhairt le máistir."

Air sin, chuaigh an tUasal Pocket amach as an seomra, agus rinne muid an chuid is fearr de féin go dtí gur tháinig sé ar ais.

"Is é seo an rud go leor, Belinda!" A dúirt an tUasal Pocket, ag filleadh le countenance expressive de grief agus éadóchas. "Seo an cócaire atá ina luí ar meisce go neamhbhalbh ar urlár na cistine, le carn mór ime úr déanta suas sa chófra réidh le díol le haghaidh ramhar!"

Léirigh Mrs Pocket mothúcháin i bhfad amiable láithreach, agus dúirt sé, "Is é seo an rud a dhéanann Sophia aisteach!"

"Cad atá i gceist agat, a Belinda?" a d'éiligh an tUasal Pocket.

"D'inis Sophia duit," a dúirt Mrs Pocket. "Nach bhfaca mé í le mo shúile féin agus í a chloisteáil le mo chluasa féin, teacht isteach sa seomra díreach anois agus iarraidh labhairt leat?"

"Ach nach bhfuil sí tógtha dom thíos staighre, Belinda," ar ais an tUasal Pocket, "agus thaispeáin dom an bhean, agus an bundle freisin?"

"Agus an bhfuil tú a chosaint uirthi, Matthew," a dúirt Mrs Pocket, "chun mischief a dhéanamh?"

An tUasal Pocket uttered groan dismal.

"An bhfuil mé, gariníon Grandpapa, a bheith rud ar bith sa teach?" A dúirt Mrs Pocket. "Thairis sin, bhí an cócaire i gcónaí ina bean an-deas measúil, agus dúirt sí ar an mbealach is nádúrtha nuair a tháinig sí chun aire a thabhairt don scéal, gur bhraith sí gur rugadh mé mar Bandiúc."

Bhí tolg ann nuair a sheas an tUasal Pocket, agus thit sé air i ndearcadh an Gladiator Dying. Fós sa dearcadh sin a dúirt sé, le guth log, "Oíche mhaith, an tUasal Pip," nuair a mheas mé go raibh sé inmholta dul a chodladh agus é a fhágáil.

Caibidil XXIV.

Tar éis dhá nó trí lá, nuair a bhí bunaithe mé féin i mo sheomra agus bhí imithe ar gcúl agus ar aghaidh go Londain arís agus arís eile, agus d'ordaigh gach theastaigh uaim de mo tradesmen, an tUasal Pocket agus bhí mé ag caint fada le chéile. Bhí a fhios aige níos mó de mo ghairm bheatha atá beartaithe ná mar a bhí a fhios agam féin, do thagair sé dó a bheith in iúl ag an tUasal Jaggers nach raibh mé deartha le haghaidh aon ghairm, agus gur chóir dom a bheith oilte go maith go leor do mo chinniúint más rud é go raibh mé in ann "a shealbhú mo chuid féin" leis an meán na bhfear óg i gcúinsí rathúla. D'éigiontaigh mé, ar ndóigh, gan a fhios agam a mhalairt.

Chuir sé comhairle orm freastal ar áiteanna áirithe i Londain, chun cibé rudiments a bhí uaim a fháil, agus mo chuid infheistíochta a dhéanamh air le feidhmeanna mínitheora agus stiúrthóir mo chuid staidéir go léir. Bhí súil aige, le cúnamh cliste, gur cheart dom bualadh le beagán chun mé a dhíspreagadh, agus ba cheart go mbeadh sé in ann aon chabhair a ligean thar ceal go luath ach a chuid. Tríná bhealach chun é seo a rá, agus i bhfad níos mó chun na críche céanna, chuir sé é féin ar théarmaí rúnda liom ar bhealach admirable; agus tig liom a rá ag an am céanna go raibh sé i gcónaí chomh díograiseach agus onórach ag comhlíonadh a dhlúth liom, go ndearna sé mé díograiseach agus onórach i gcomhlíonadh mianach leis. Má léirigh sé neamhshuim mar mháistir, níl aon amhras orm ach gur cheart dom an moladh a thabhairt ar ais mar dhalta; níor thug sé aon leithscéal den sórt sin dom, agus rinne gach duine againn an ceartas eile. Ná níor mheas mé riamh go raibh aon rud ludicrous mar gheall air-nó rud ar bith ach cad a bhí tromchúiseach, macánta, agus go maith-ina chumarsáid teagascóir liom.

Nuair a socraíodh na pointí seo, agus go dtí seo mar go raibh tús curtha agam ag obair go dícheallach, tharla sé dom dá bhféadfainn mo sheomra leapa a choinneáil in Barnard's Inn, go mbeadh mo shaol éagsúil, cé nach mbeadh mo bhéasa níos measa do shochaí Herbert. Níor chuir an tUasal Pocket i gcoinne an tsocraithe seo, ach d'áitigh sé go gcaithfear é a chur faoi bhráid mo chaomhnóra sula bhféadfaí aon chéim a thógáil ann. Bhraith mé gur eascair an delicacy seo as an gcomaoin go sábhálfadh an plean costas éigin ar Herbert, mar sin chuaigh mé amach go dtí an Bhreatain Bheag agus chuir mé mo mhian ar an Uasal Jaggers.

"Dá bhféadfainn an troscán atá fostaithe anois a cheannach dom," arsa mise, "agus rud beag nó dhó eile, ba cheart dom a bheith sa bhaile ansin."

"Téigh é!" A dúirt an tUasal Jaggers, le gáire gearr. "Dúirt mé leat gur mhaith leat dul ar aghaidh. Bhuel! Cé mhéad atá uait?

Dúirt mé nach raibh a fhios agam cé mhéad.

"Tar!" retorted an tUasal Jaggers. "Cé mhéad? Caoga punt?"

"O, ní beagnach an oiread sin."

"Cúig phunt?" A dúirt an tUasal Jaggers.

Bhí sé seo den sórt sin titim mhór, a dúirt mé i discomfiture, "O, níos mó ná sin."

"Níos mó ná sin, eh!" retorted an tUasal Jaggers, atá suite i fanacht dom, lena lámha ina phócaí, a cheann ar thaobh amháin, agus a shúile ar an mballa taobh thiar dom; "Cé mhéad eile?"

"Tá sé chomh deacair suim a shocrú," a dúirt mé, hesitating.

"Tar!" A dúirt an tUasal Jaggers. "A ligean ar a fháil ar sé. Dhá uair a cúig; An ndéanfaidh sé sin? Trí huaire a cúig; An ndéanfaidh sé sin? Ceithre huaire a cúig; an ndéanfaidh sé sin?

Dúirt mé gur shíl mé go ndéanfadh sé sin go dathúil.

"Ceithre huaire beidh cúig a dhéanamh handsomely, beidh sé?" A dúirt an tUasal Jaggers, cniotála a brows. "Anois, cad a dhéanann tú de cheithre huaire a cúig?"

"Cad a dhéanfaidh mé de?"

"Ah!" A dúirt an tUasal Jaggers; "Cé mhéad?"

"Is dócha go ndéanann tú fiche punt é," arsa mise, ag miongháire.

"Ná bac leis an méid a dhéanaim é, mo chara," a thug an tUasal Jaggers faoi deara, le toss a fhios agam agus contrártha dá cheann. "Ba mhaith liom a fháil amach cad a dhéanann tú é."

"Fiche punt, ar ndóigh."

"Wemmick!" A dúirt an tUasal Jaggers, oscailt a doras oifige. "Tóg ordú scríofa an Uasail Pip, agus íoc fiche punt leis."

Chuaigh an bealach seo a bhí marcáilte go láidir le gnó a dhéanamh i bhfeidhm go mór orm, agus ní de chineál comhaontaithe é sin. Ní dhearna an tUasal Jaggers gáire riamh; ach chaith sé buataisí móra geala creaking, agus, i poising féin ar na buataisí, lena cheann mór lúbtha síos agus a eyebrows ceangailte le chéile, ag fanacht le freagra, ba chúis sé uaireanta na buataisí a creak, amhail is dá mba *gáire siad* ar bhealach tirim agus amhrasach. Mar a tharla sé chun dul amach anois, agus mar a bhí Wemmick brisk agus cainteach, dúirt mé le Wemmick go raibh a fhios agam ar éigean cad a dhéanamh ar bhealach an Uasail Jaggers ar.

"Inis dó sin, agus tógfaidh sé mar mholadh é," a d'fhreagair Wemmick; "ní chiallaíonn sé gur chóir go *mbeadh* a fhios agat cad atá le déanamh de.—Ó!" do d'fhéach mé ionadh, "nach bhfuil sé pearsanta; tá sé gairmiúil: ach gairmiúil."

Bhí Wemmick ag a dheasc, ag lón—agus ag crunching—ar bhrioscaí crua tirim; píosaí a chaith sé ó am go ham isteach ina scoilt de bhéal, amhail is dá mbeadh sé ag postáil orthu.

"Dealraíonn sé liom i gcónaí," a dúirt Wemmick, "amhail is dá mbeadh sé leagtha fear-gaiste agus bhí sé ag breathnú air. Go tobann-cliceáil-tá tú gafa!

Gan a rá nach raibh fear-gaistí i measc áiseanna an tsaoil, dúirt mé gur cheap mé go raibh sé an-sciliúil?

"Deep," a dúirt Wemmick, "mar An Astráil." Ag pointeáil lena pheann ar urlár na hoifige, chun a chur in iúl gur tuigeadh don Astráil, chun críocha an fhigiúir, a bheith siméadrach ar an láthair eile ar fud na cruinne. "Má bhí aon rud níos doimhne," arsa Wemmick, ag tabhairt a phinn le páipéar, "bheadh sé ann."

Ansin, dúirt mé gur cheap mé go raibh gnó breá aige, agus dúirt Wemmick, "Ca-pi-tal!" Ansin d'fhiafraigh mé an raibh go leor cléireach ann? a d'fhreagair sé,—

"Ní ritheann muid mórán isteach i gcléirigh, mar níl ach Jaggers amháin ann, agus ní bheidh sé ag daoine ar an dara láimh. Níl ach ceathrar againn ann. Ar mhaith leat 'em' a fheiceáil? Tá tú ar dhuine againn, mar a déarfainn.

Ghlac mé leis an tairiscint. Nuair a bhí an tUasal Wemmick a chur go léir an briosca isteach sa phost, agus d'íoc mé mo chuid airgid ó airgead tirim-bosca i sábháilte, an eochair a sábháilte choinnigh sé áit éigin síos a chúl agus a tháirgtear as a cóta-collar cosúil le iarann-pigtail, chuaigh muid thuas staighre. Bhí an teach dorcha agus shabby, agus na guaillí gréisceach a d'fhág a rian i seomra an Uasail Jaggers chuma a bheith shuffling suas agus síos an staighre ar feadh na mblianta. Sa chéad urlár tosaigh, cléireach a d'fhéach rud éigin idir tábhairneoir agus francach-catcher-fear mór pale, puffed, swollen-bhí ag gabháil go haireach le triúr nó ceathrar de chuma shabby, a chaith sé mar unceremoniously mar gach duine an chuma a chóireáil a chuidigh le cónraí an Uasail Jaggers ar. "Ag fáil fianaise le chéile," a dúirt an tUasal Wemmick, mar a tháinig muid amach, "don Bailey." Sa seomra os a chionn sin, bhí terrier beag flabby cléireach le gruaig dangling (a cropping chuma a bheith dearmad nuair a bhí sé ina puppy) bhí ag gabháil mar an gcéanna le fear le súile lag, a bhfuil an tUasal Wemmick i láthair dom mar smelter a choinnigh a phota fiuchphointe i gcónaí, agus a bheadh leá dom rud ar bith áthas orm,— agus a bhí i ró-bhán-perspiration, amhail is dá mbeadh sé ag iarraidh a chuid ealaíne air féin. I seomra cúil, fear ard-ghualainn le duine-ache ceangailte suas i flannel salach, a bhí cóirithe i éadaí dubh d'aois a rug an chuma a bheith waxed, bhí stooping thar a chuid oibre a dhéanamh cóipeanna cothrom de na nótaí an dá uaisle eile, le haghaidh úsáid an Uasail Jaggers féin.

Ba é seo an bhunaíocht ar fad. Nuair a chuaigh muid thíos staighre arís, threoraigh Wemmick mé isteach i seomra mo chaomhnóra, agus dúirt sé, "Seo atá feicthe agat cheana féin."

"Guigh," arsa mise, mar a chaitheann an bheirt aisteach leis an leer twitchy orthu ghabh mo radharc arís, "a bhfuil a likenesses siúd?"

"Seo?" arsa Wemmick, ag dul ar chathaoir, agus ag séideadh an deannaigh as na cinn uafásacha sula dtugann sé síos iad. "Is dhá cheann cheiliúrtha iad seo. Cliaint cáiliúla de linne a fuair dúinn ar fud an domhain creidmheasa. Seo CHAP (cén fáth go gcaithfidh tú a bheith ag teacht síos san oíche agus bhí peeping isteach sa inkstand, a fháil ar an blot ar do eyebrow, tú rascal d'aois!) dúnmharaíodh a mháistir, agus, ag smaoineamh nach raibh sé tugtha suas chun fianaise, ní raibh plean sé go dona. "

"An bhfuil sé cosúil leis?" D'iarr mé, recoiling as an brute, mar a spat Wemmick ar a eyebrow agus thug sé rub lena muinchille.

"Cosúil leis? Tá sé féin, tá a fhios agat. Rinneadh an caitheadh i Newgate, go díreach tar éis dó a bheith tógtha síos. Bhí mhaisiúil ar leith agat dom, nach raibh tú, Old Artful?" arsa Wemmick. Mhínigh sé ansin an uaschamóg gheanúil seo, trí theagmháil a dhéanamh lena dealg ag déanamh ionadaíochta don bhean agus don saileach ag gol ag an tuama leis an síothal air, agus ag rá, "Dá ndéanfadh sé dom, cuir in iúl!"

"An bhfuil an bhean aon duine?" arsa mise.

"Níl," ar ais Wemmick. "Níl ach a chluiche. (Thaitin do chuid giota cluiche leat, nach raibh?) Ní hea; deuce le beagán de bhean sa chás, an tUasal Pip, ach amháin ceann amháin,-agus ní raibh sí ar an bhean caol-mhaith saghas, agus ní ba mhaith leat a bheith gafa *aici* ag tabhairt aire don urn, mura raibh rud éigin a ól ann. " Mar sin, dhírigh aird Wemmick ar a dealg, chuir sé síos an cliar, agus chuir sé snas ar an dealg lena chiarsúr póca.

"Ar tháinig an créatúr eile sin chun na críche céanna?" D'iarr mé. "Tá an cuma chéanna air."

"Tá an ceart agat," arsa Wemmick; "Is é an cuma fíor é. I bhfad amhail is dá mbeadh nostril amháin gafa suas le capall-gruaige agus beagán iasc-Hook. Sea, tháinig sé chun na críche céanna; go leor an deireadh nádúrtha anseo, geallaim duit. Bhrionnaigh sé uachtanna, rinne an lann seo, murar chuir sé na tiomnóirí ceaptha a chodladh freisin. Cove uasal a bhí ionat, áfach" (bhí an tUasal Wemmick ag aspalacht arís), "agus dúirt tú go bhféadfá Gréigis a scríobh. Yah, Bounceable! Cad liar a bhí tú! Níor bhuail mé riamh lena leithéid de liar leat! Sular chuir sé a chara nach maireann ar a sheilf arís, chuaigh Wemmick i dteagmháil leis an gceann is mó dá fháinní caoineadh agus dúirt sé, "Sent out to buy it for me, only the day before."

Cé go raibh sé ag cur suas an caitheadh eile agus ag teacht anuas ón gcathaoir, thrasnaigh an smaoineamh m'intinn go raibh a jewelry pearsanta go léir díorthaithe ó fhoinsí cosúil le. Mar a léirigh sé aon diffidence ar an ábhar, chuaigh mé ar an tsaoirse a iarraidh air an cheist, nuair a sheas sé os mo chomhair, dusting a lámha.

"O sea," ar seisean, "is bronntanais den chineál sin iad seo go léir. Tugann ceann eile, feiceann tú; sin mar atá sé. Glacaim 'em' i gcónaí. Is fiosrachtaí iad. Agus is maoin iad. B'fhéidir nach fiú mórán iad, ach, tar éis an tsaoil, is maoin agus iniompartha iad. Ní chuireann sé in iúl duit le do chuardach iontach, ach maidir liom féin, is é mo réalta treorach i gcónaí, 'Faigh greim ar mhaoin iniompartha'."

Nuair a bhí hómós tugtha agam don solas seo, dúirt sé, ar bhealach cairdiúil:—

"Más rud é ag aon am corr nuair a bhfuil tú aon rud níos fearr a dhéanamh, ní bheadh tú ag cuimhneamh ag teacht anonn a fheiceáil dom ag Walworth, d'fhéadfadh mé a thairiscint duit leaba, agus ba chóir dom a mheas sé ina onóir. Níl mórán le taispeáint agam duit; ach cibé dhá nó trí fiosracht a fuair mé b'fhéidir gur mhaith leat breathnú thairis; agus tá mé bréan de rud beag gairdín agus teach samhraidh."

Dúirt mé gur cheart dom a bheith sásta glacadh lena fháilteachas.

"Thankee," ar seisean; "Ansin déanfaimid machnamh go bhfuil sé le teacht amach, nuair a bheidh sé áisiúil duit. An bhfuil dined tú leis an Uasal Jaggers fós?"

"Níl go fóill."

"Bhuel," arsa Wemmick, "tabharfaidh sé fíon duit, agus fíon maith. Beidh mé a thabhairt duit Punch, agus ní punch dona. Agus anois inseoidh mé rud éigin duit. Nuair a théann tú chun dine leis an Uasal Jaggers, féach ar a bhean tí.

"An bhfeicfidh mé rud éigin an-neamhchoitianta?"

"Bhuel," arsa Wemmick, "feicfidh tú beithíoch fiáin tamed. Níl sé chomh neamhchoitianta sin, inseoidh tú dom. Freagraim, braitheann sé sin ar fhiántas bunaidh an bheithígh, agus ar an méid taming. Ní ísleoidh sé do thuairim faoi chumhachtaí an Uasail Jaggers. Coinnigh do shúil air."

Dúirt mé leis go ndéanfainn amhlaidh, leis an spéis agus an fhiosracht ar fad a dhúisigh a ullmhúchán. Mar a bhí mé ag cur mo imeacht, d'iarr sé orm más mian liom a chaitheamh cúig nóiméad a fheiceáil an tUasal Jaggers "ar sé?"

Ar chúiseanna éagsúla, agus ní ar a laghad toisc nach raibh a fhios agam go soiléir cad a bheadh an tUasal Jaggers a fháil a bheith "ag," d'fhreagair mé sa dearfach. Thum muid isteach sa Chathair, agus tháinig muid suas i gcúirt póilíní plódaithe, áit a raibh gaol fola (sa chiall dhúnmharaithe) an duine mhairbh, agus blas fanciful i dealga, ina sheasamh ag an mbarra, rud éigin míchompordach; cé go raibh bean faoi scrúdú nó faoi chroscheistiú ag mo chaomhnóir—níl a fhios agam cé acu,—agus bhí sí buailte, agus an binse, agus gach duine a bhí i láthair, le teann bróin. Má dúirt duine ar bith, de chéim ar bith, focal nár cheadaigh sé, b'éigean dó láithreach é a bheith "tógtha síos." Mura ndéanfadh duine ar bith cead isteach, dúirt sé, "Beidh sé agam as duit!" agus má rinne aon duine cead isteach, dúirt sé, "Anois tá mé fuair tú!" Shivered na giúistísí faoi greim amháin dá mhéar. Thieves agus thief-takers crochadh i rapture dread ar a chuid focal, agus shrank nuair a d'iompaigh gruaig a eyebrows ina dtreo. Which side he was on I couldn't make out, mar ba chuma leis dom a bheith ag meilt na háite ar fad i muileann; Níl a fhios agam ach nuair a ghoid mé amach ar tiptoe, nach raibh sé ar thaobh an bhinse; óir, bhí sé ag déanamh cosa an tseanduine a bhí i gceannas, go leor trithí faoin mbord, trína shéanadh ar a iompar mar ionadaí dhlí agus cheartais na Breataine sa chathaoir sin an lá sin.

Caibidil XXV.

Bentley Drummle, a bhí chomh sulky ina chomhalta gur ghlac sé fiú leabhar amhail is dá mbeadh a scríbhneoir a rinne gortú dó, ní raibh glacadh le acquaintance i spiorad níos agreeable. Trom i bhfigiúr, gluaiseacht, agus tuiscint,- i gcoimpléasc sluggish a aghaidh, agus sa teanga mhór, awkward go bhfuil an chuma a loll faoi ina bhéal mar lolled sé féin faoi i seomra,-bhí sé díomhaoin, bródúil, niggardly, in áirithe, agus amhrasach. Tháinig sé de dhaoine saibhir síos i Somersetshire, a bhí nursed an meascán de cháilíochtaí go dtí go ndearna siad an fhionnachtain go raibh sé ach d'aois agus blockhead. Dá bhrí sin, tháinig Bentley Drummle go dtí an tUasal Pocket nuair a bhí sé ina cheann níos airde ná an fear uasal sin, agus leathdhosaen cloigeann níos tibhe ná an chuid is mó uaisle.

Bhí máthair lag millte ag Startop agus choinnigh sé sa bhaile é nuair ba chóir dó a bheith ar scoil, ach bhí sé ceangailte go díograiseach léi, agus bhí meas thar tomhas aige uirthi. Bhí delicacy mná gné aige, agus bhí sé - "mar a fheiceann tú, cé nach bhfaca tú riamh í," a dúirt Herbert liom - "díreach cosúil lena mháthair." Bhí sé ach nádúrtha gur cheart dom a thabhairt dó i bhfad níos cineálta ná go Drummle, agus, fiú amháin sna tráthnónta is luaithe dár bádóireacht, ba chóir dó agus mé a tharraingt abhaile abreast ar a chéile, conversing ó bhád go bád, agus Bentley Drummle tháinig suas inár ndiaidh ina n-aonar, faoi na bainc overhanging agus i measc na luachra. Bheadh sé creep i gcónaí i-cladach cosúil le roinnt créatúr amphibious míchompordach, fiú amháin nuair a bheadh an taoide a sheoladh dó go tapa ar a bhealach; agus smaoiním air i gcónaí agus é ag teacht inár ndiaidh sa dorchadas nó ag an gcúluisce, nuair a bhí ár dhá bhád féin ag briseadh luí na gréine nó solas na gealaí i lár an tsrutha.

Ba é Herbert mo chompánach pearsanta agus mo chara. Bhronn mé leathshúil air i mo bhád, agus ba mhinic é ag teacht anuas go Hammersmith; agus is minic a thóg mo sheilbh ar leath-scair ina sheomraí mé suas go Londain. Bhíodh muid ag siúl idir an dá áit i gcónaí. Tá gean agam ar an mbóthar go fóill (cé nach bhfuil sé chomh taitneamhach le bóthar mar a bhí sé an uair sin), déanta i luí na hóige agus an dóchais.

Nuair a bhí mé i dteaghlach Mr Pocket ar mhí nó dhó, chas an tUasal agus Mrs Camilla suas. Ba í Camilla deirfiúr an Uasail Pocket. D'iompaigh Georgiana, a chonaic mé ag Miss Havisham ar an ócáid chéanna, suas freisin. Col ceathrair a bhí inti—bean shingil dhochreidte, a thug reiligiún dolúbthachta uirthi, agus a grá ae. Bhí fuath agus díomá ag na daoine seo dom. Mar ábhar ar ndóigh, fawned siad orm i mo rathúnas leis an meanness basest. I dtreo an Uasail Pocket, mar naíonán fásta gan aon nóisean dá leasanna féin, léirigh siad an forbearance réchúiseach a chuala mé iad a chur in iúl. Mrs. Pocket a choinnigh siad i ndíspeagadh; ach lig siad don anam bocht a bheith díomách go mór sa saol, mar gheall ar an tseid sin a léirigh solas orthu féin.

Ba iad seo an timpeallacht inar shocraigh mé síos, agus chuir mé mé féin i bhfeidhm ar mo chuid oideachais. Ba ghearr gur tholg mé nósanna costasacha, agus thosaigh mé ag caitheamh méid airgid gur chóir dom smaoineamh beagnach fabulous laistigh de chúpla mí ghearr; ach tríd an maith agus an t-olc ghreamaigh mé de mo chuid leabhar. Ní raibh fiúntas ar bith eile leis seo, ná mo chiall go leor chun mo chuid easnamh a mhothú. Idir an tUasal Pocket agus Herbert fuair mé ar go tapa; agus, le ceann amháin nó an ceann eile i gcónaí ag m'uillinn chun an tús a bhí uaim a thabhairt dom, agus bacainní a ghlanadh amach as mo bhóthar, caithfidh go raibh mé chomh mór le Drummle dá mbeadh níos lú déanta agam.

Ní fhaca mé an tUasal Wemmick ar feadh roinnt seachtainí, nuair a shíl mé go scríobhfainn nóta dó agus go molfainn dul abhaile leis tráthnóna áirithe. D'fhreagair sé go dtabharfadh sé mórán pléisiúir dó, agus go mbeadh sé ag súil liom san oifig ag a sé a chlog. Chuaigh mé, agus ansin fuair mé é, ag cur eochair a shábháilte síos a dhroim mar a bhuail an clog.

"Ar smaoinigh tú ar siúl síos go Walworth?" ar seisean.

"Cinnte," arsa mise, "má cheadaíonn tú."

"Go mór," an freagra a bhí ag Wemmick, "óir bhí mo chosa faoin deasc agam an lá ar fad, agus beidh áthas orm iad a shíneadh. Anois, inseoidh mé duit cad a fuair mé le haghaidh suipéar, an tUasal Pip. Fuair mé steak stewed, - atá d'ullmhúchán baile, - agus éanlaithe rósta fuar, - atá ó shiopa an chócaire. Sílim go bhfuil sé tairisceana, toisc go raibh an máistir an tsiopa ina Juryman i gcásanna áirithe de linne an lá eile, agus lig muid síos go héasca é. Chuir mé i gcuimhne dó é nuair a cheannaigh mé an éanlaithe, agus dúirt mé, "Pioc amach ceann maith, sean-Bhriotáinis, mar dá roghnódh muid tú a choinneáil sa bhosca lá nó dhó eile, d'fhéadfaimis é a dhéanamh go héasca." Dúirt sé leis sin, "Lig dom bronntanas a dhéanamh duit den éanlaithe is fearr sa siopa." Lig mé dó, ar ndóigh. Chomh fada agus a théann sé, tá sé maoin agus iniompartha. Ní chuireann tú i gcoinne tuismitheoir aosta, tá súil agam?

Shíl mé i ndáiríre go raibh sé fós ag labhairt ar an éanlaithe, go dtí go dúirt sé, "Toisc go bhfuair mé tuismitheoir d'aois i m'áit." Dúirt mé ansin cén bhéasaíocht a bhí ag teastáil.

"Mar sin, nach bhfuil tú dined leis an Uasal Jaggers fós?" Shaothraigh sé, mar a shiúil muid chomh maith.

"Níl go fóill."

"Dúirt sé liom mar sin tráthnóna nuair a chuala sé go raibh tú ag teacht. Tá mé ag súil go mbeidh cuireadh agat chun-amárach. Tá sé ag dul a iarraidh ar do pals, freisin. Trí cinn de 'em; nach bhfuil?"

Cé nach raibh sé de nós agam Drummle a chomhaireamh mar dhuine de mo chomhghleacaithe pearsanta, d'fhreagair mé, "Tá."

"Bhuel, tá sé ag dul a iarraidh ar an gang ar fad,"-Bhraith mé ar éigean complimented ag an focal,-"Agus is cuma cad a thugann sé duit, beidh sé a thabhairt duit go maith. Ná bí ag tnúth le héagsúlacht, ach beidh sármhaitheas agat. Agus tá rud eile rum ina theach," arsa Wemmick, tar éis sos nóiméad, amhail is gur thuig bean an tí an ráiteas; "Ní ligeann sé riamh doras nó fuinneog a cheangail san oíche."

"An bhfuil sé riamh robbed?"

"Sin é!" ar ais Wemmick. "Deir sé, agus tugann sé amach go poiblí é, "Ba mhaith liom an fear a fheiceáil a robálfaidh *mé*." A Thiarna beannaigh tú, chuala mé é, céad uair, má chuala mé é uair amháin, a rá le cracksmen rialta inár n-oifig tosaigh, "Tá a fhios agat cá bhfuil cónaí orm; anois, ní tharraingítear aon bolta riamh ann; Cén fáth nach ndéanann tú stróc gnó liom? Tar; nach féidir liom tú a mhealladh? Ní bheadh fear acu, a dhuine uasail, dána go leor chun triail a bhaint as, ar ghrá nó ar airgead."

"Dread siad an oiread sin air?" arsa mise.

"Dread air," arsa Wemmick. "Creidim tú dread siad air. Níl ach cad tá sé artful, fiú ina defiance acu. Gan airgead, a dhuine uasail. Miotal Britannia, gach spúnóg."

"Mar sin, ní bheadh mórán acu," a thug mé faoi deara, "fiú má tá siad-"

"Ah! Ach bheadh mórán aige," arsa Wemmick, ag gearradh gearr orm, "agus tá a fhios acu é. Bheadh a saol aige, agus saol na scórtha 'em. Bheadh gach a bhféadfadh sé a fháil aige. Agus tá sé dodhéanta a rá cad nach bhféadfadh sé a fháil, má thug sé a intinn dó. "

Bhí mé ag titim i machnamh ar greatness mo chaomhnóra, nuair a dúirt Wemmick:—

"Maidir leis an easpa pláta, níl ansin ach a dhoimhneacht nádúrtha, tá a fhios agat. A abhainn a doimhneacht nádúrtha, agus tá sé a doimhneacht nádúrtha. Féach ar a slabhra faire. Tá sé sin fíor go leor."

"Tá sé an-ollmhór," arsa mise.

"Ollmhór?" arís agus arís eile Wemmick. "Sílim go bhfuil. Agus is athsheoltóir óir é a uaireadóir, agus is fiú céad punt é más fiú pingin é. An tUasal Pip, tá thart ar seacht gcéad gadaithe sa bhaile seo a bhfuil a fhios acu go léir faoin uaireadóir sin; níl fear, bean, ná páiste, ina measc, nach n-aithneodh an nasc is lú sa slabhra sin, agus scaoil é amhail is go raibh sé dearg te, dá mbeadh sé inveigled isteach i dteagmháil léi."

Ar dtús le dioscúrsa den sórt sin, agus ina dhiaidh sin le comhrá de chineál níos ginearálta, rinne an tUasal Wemmick agus beguile mé an t-am agus an bóthar, go dtí gur thug sé dom a thuiscint go raibh tháinig muid i gceantar Walworth.

Ba chosúil gur bailiúchán de lánaí cúil, díoga agus gairdíní beaga a bhí ann, agus an ghné de scor sách dull a chur i láthair. Teachín beag adhmaid a bhí i dteach Wemmick i measc ceapacha gairdín, agus gearradh amach a bharr agus péinteáladh é mar a bheadh ceallraí suite le gunnaí.

"Mo dhéanamh féin," arsa Wemmick. "Breathnaíonn go leor; nach ea?

I highly commended it, sílim gurbh é an teach ba lú a chonaic mé riamh é; leis na fuinneoga gotach queerest (i bhfad an chuid is mó acu sham), agus doras gotach beagnach ró-bheag a fháil i ag.

"Sin bratach fíor, a fheiceann tú," a dúirt Wemmick, "agus ar an Domhnach ritheann mé suas bratach fíor. Ansin féach anseo. Tar éis dom an droichead seo a thrasnú, crochaim suas é—mar sin—agus ghearr mé an chumarsáid."

Planc a bhí sa droichead, agus thrasnaigh sé chasm thart ar cheithre throigh ar leithead agus dhá dhoimhne. Ach bhí sé an-taitneamhach an bród a fheiceáil lenar chroch sé suas é agus rinne sé go tapa é; Smiling mar a rinne sé amhlaidh, le relish agus ní hamháin go meicniúil.

"Ag a naoi a chlog gach oíche, am Greenwich," a dúirt Wemmick, "na tinte gunna. Tá sé, feiceann tú! Agus nuair a chloiseann tú é ag dul, sílim go ndéarfaidh tú gur Stinger é."

Bhí an píosa ordanáis dá dtagraítear, suite i ndún ar leith, tógtha d'obair laitíse. Bhí sé cosanta ón aimsir ag gléas tarpaulin beag ingenious i nádúr scáth fearthainne.

"Ansin, ar chúl," a dúirt Wemmick, "as radharc, ionas nach bac a chur ar an smaoineamh fortifications,-do tá sé ina phrionsabal liom, má tá tú smaoineamh, é a chur i gcrích agus é a choinneáil suas,-Níl a fhios agam an é sin do thuairim-"

Dúirt mé, go cinnte.

"—Ar chúl, tá muc ann, agus tá éanlaithe agus coiníní ann; ansin, cnagaim le chéile mo fhráma beag féin, feiceann tú, agus fásann cúcamar; agus beidh tú breitheamh ag suipéar cén saghas sailéad is féidir liom a ardú. Mar sin, a dhuine uasail," a dúirt Wemmick, miongháire arís, ach dáiríre freisin, mar chroith sé a cheann, "más féidir leat dócha an áit beag besieged, bheadh sé a shealbhú amach diabhal ama i bpointe na soláthairtí."

Ansin, rinne sé mé le bower thart ar dosaen slat amach, ach a bhí i dteagmháil le casadh ingenious den sórt sin de chosán gur thóg sé go leor ar feadh i bhfad a fháil ar; agus sa chúlráid seo bhí ár spéaclaí leagtha amach cheana féin. Bhí ár punch fuaraithe i loch ornáideach, ar a imeall ardaíodh an bower. Bhí an píosa uisce seo (le hoileán i lár a d'fhéadfadh a bheith ina sailéad don suipéar) de fhoirm chiorclach, agus bhí fountain tógtha aige ann, a d'imir sé, nuair a leag tú muileann beag ag dul agus thóg corc as píopa, a mhéid cumhachtach sin go ndearna sé cúl do láimhe fliuch go leor.

"Is mise m'innealtóir féin, agus mo shiúinéir féin, agus mo phluiméir féin, agus mo gharraíodóir féin, agus mo Jack féin de gach Ceird," a dúirt Wemmick, agus mé ag admháil mo mholtaí. "Bhuel; Is rud maith é, tá a fhios agat. Scuabann sé na cobwebs Newgate ar shiúl, agus pleases an Aois. Níor mhiste leat a bheith curtha in aithne don Aois ag an am céanna, an mbeifeá? Ní chuirfeadh sé amach thú?

Chuir mé in iúl an ullmhacht a mhothaigh mé, agus chuaigh muid isteach sa chaisleán. Ansin fuair muid, ina shuí cois tine, fear an-sean i gcóta flannel: glan, cheerful, compordach, agus cúram maith do, ach dian bodhar.

"Bhuel tuismitheoir d'aois," a dúirt Wemmick, lámha a chroitheadh leis ar bhealach cordial agus jocose, "conas atá tú?"

"Ceart go leor, a Sheáin; ceart go leor!" a d'fhreagair an seanfhear.

"Seo an tUasal Pip, tuismitheoir d'aois," a dúirt Wemmick, "agus is mian liom go bhféadfá a ainm a chloisteáil. Nod away at him, an tUasal Pip; sin an rud is maith leis. Nod away ag dó, más é do thoil é, cosúil le winking!

"Is áit bhreá é seo de mo mhac, a dhuine uasail," adeir an seanfhear, agus chrom mé chomh crua agus a d'fhéadfainn. "Is talamh deas pléisiúir é seo, a dhuine uasail. Ba chóir don Náisiún an spota seo agus na saothair áille seo air a choinneáil le chéile, tar éis am mo mhic, ar mhaithe le taitneamh a bhaint as na daoine."

"Tá tú chomh bródúil as mar Punch; nach tú, a Aois?" arsa Wemmick, ag smaoineamh ar an seanfhear, agus a aghaidh chrua bogtha i ndáiríre; "*Níl* nod ar do shon;" a thabhairt dó ceann ollmhór; "*Tá* ceann eile ann duit;" a thabhairt dó ceann níos mó fós; "Is maith leat sin, nach bhfuil? Mura bhfuil tú tuirseach, an tUasal Pip-cé go bhfuil a fhios agam go bhfuil sé tiring do strainséirí-beidh tú tip dó amháin níos mó? Ní féidir leat smaoineamh ar conas a pleases sé air. "

Tipped mé dó roinnt níos mó, agus bhí sé i biotáillí mór. D'fhágamar é ag iarraidh é féin a bheathú na éanlaithe, agus shuigh muid síos go dtí ár bpionta san arbhar; áit a ndúirt Wemmick liom, agus é ag caitheamh píopa, gur thóg sé blianta maithe air an mhaoin a thabhairt suas go dtí an pháirc foirfeachta atá ann faoi láthair.

"An bhfuil sé do chuid féin, an tUasal Wemmick?"

"O sea," arsa Wemmick, "tá greim faighte agam air, beagán ag an am. Is ruílse é, ag George!

"An bhfuil sé go deimhin? Tá súil agam go bhfuil meas ag an Uasal Jaggers air?

"Ní fhaca riamh é," arsa Wemmick. "Níor chuala riamh é. Ní fhaca riamh an Aois. Níor chualathas trácht riamh air. Ní hea; Is rud amháin é an oifig, agus is rud eile é an saol príobháideach. Nuair a théim isteach san oifig, fágaim an Caisleán i mo dhiaidh, agus nuair a thagaim isteach sa Chaisleán, fágaim an oifig i mo dhiaidh. Mura n-aontaíonn tú leat ar bhealach ar bith, cuirfidh tú iallach orm an rud céanna a dhéanamh. Ní mian liom go labhrófaí go gairmiúil faoi.

Ar ndóigh, mhothaigh mé mo mheon macánta a raibh baint aige le comhlíonadh a iarratais. An punch a bheith an-deas, shuigh muid ann ag ól é agus ag caint, go dtí go raibh sé beagnach a naoi a chlog. "Ag dul in aice le gunna-tine," a dúirt Wemmick ansin, mar a leag sé síos a phíopa; "is é caitheamh an Aois é."

Ag dul isteach sa Chaisleán arís, fuair muid an Aois téamh an poker, le súile expectant, mar réamh-fheidhmíocht an searmanas oíche mór. Sheas Wemmick lena faire ina láimh go dtí go raibh an nóiméad teacht dó a chur ar an poker dearg-te ón Aois, agus a dheisiú ar an ceallraí. Thóg sé é, agus chuaigh sé amach, agus faoi láthair chuaigh an Stinger amach le Bang a chroith an bosca beag craiceáilte de theachín amhail is go gcaithfidh sé titim go píosaí, agus rinne sé gach gloine agus teacup ann fáinne. Ar seo, an Aois-a creidim go mbeadh séidte as a lámh-chathaoirleach ach le haghaidh a bhfuil ar ag an elbows-cried amach exultingly, "Tá sé fired! Heerd mé air!" agus Chlaon mé ag an sean-uasal go dtí go bhfuil sé aon figiúr cainte a dhearbhú nach raibh mé in ann a fheiceáil go hiomlán air.

An t-eatramh idir an t-am sin agus an suipéar Wemmick dírithe ar a bhailiúchán fiosrachtaí a thaispeáint dom. Carachtar feileonach a bhí iontu den chuid is mó; comhdhéanta den pheann lena ndearnadh brionnú ceiliúrtha, rásúr nó dhó oirirce, roinnt glais gruaige, agus roinnt faoistiní lámhscríbhinne a scríobhadh faoi dhaoradh,-ar a leag an tUasal Wemmick luach ar leith mar a bheith, chun a chuid focal féin a úsáid, "gach ceann de 'em Lies, a dhuine uasail." Scaipeadh iad seo i measc eiseamail bheaga den tSín agus den ghloine, trifles néata éagsúla a rinne dílseánach an mhúsaeim, agus roinnt stopallán tobac snoite ag an Aois. Bhí siad go léir ar taispeáint sa seomra sin den Chaisleán ina raibh mé ionduchtaithe den chéad uair, agus a sheirbheáil, ní hamháin mar an seomra suí ginearálta ach mar an chistin freisin, más rud é go bhféadfainn breithiúnas a thabhairt ó sáspan ar an hob, agus bijou brazen thar an teallach deartha chun seac rósta a chur ar fionraí.

Bhí cailín beag néata i láthair, a thug aire don Aois sa lá. Nuair a bhí an suipéar-éadach leagtha aici, íslíodh an droichead chun a bealach éalaithe a thabhairt di, agus tharraing sí siar don oíche. Bhí an suipéar ar fheabhas; agus cé go raibh an Caisleán in áit insomuch tirim-lobhadh go raibh blas sé cosúil le cnó dona, agus cé go bhféadfadh an mhuc a bheith níos faide amach, bhí mé sásta go croíúil le mo siamsaíocht ar fad. Ná ní raibh aon míbhuntáiste ar mo sheomra codlata turret beag, thar a bheith den sórt sin síleáil an-tanaí idir mé féin agus an flagstaff, go nuair a leagan mé síos ar mo chúl sa leaba, dhealraigh sé amhail is dá mbeadh mé a chothromú go cuaille ar mo forehead ar feadh na hoíche.

Bhí Wemmick suas go luath ar maidin, agus tá eagla orm gur chuala mé é ag glanadh mo bhróga. Ina dhiaidh sin, thit sé chun garraíodóireachta, agus chonaic mé é ó mo fhuinneog gotach ag ligean air an Aois a fhostú, agus nodding air ar bhealach is dírithe. Bhí ár mbricfeasta chomh maith leis an suipéar, agus ag leathuair tar éis a hocht go beacht thosaigh muid don Bhreatain Bheag. De réir céimeanna, fuair Wemmick triomadóir agus níos deacra mar a chuaigh muid chomh maith, agus a bhéal níos doichte isteach in oifig an phoist arís. Ar deireadh, nuair a fuair muid go dtí a áit ghnó agus tharraing sé amach a eochair as a cóta-collar, d'fhéach sé mar unconscious a mhaoin Walworth amhail is dá mbeadh an Caisleán agus an droichead tarraingthe agus an arbour agus an loch agus an fountain agus an Aois, go léir séidte isteach sa spás le chéile ag an urscaoileadh deireanach an Stinger.

Caibidil XXVI.

Thit sé amach mar a dúirt Wemmick liom go mbeadh sé, go raibh deis agam go luath comparáid a dhéanamh idir bunú mo chaomhnóra agus bunú a airgeadóra agus a chléirigh. Bhí mo chaomhnóir ina sheomra, ag ní a lámha lena ghallúnach scented, nuair a chuaigh mé isteach san oifig ó Walworth; agus ghlaoigh sé orm chuige, agus thug sé an cuireadh dom féin agus do chairde a d'ullmhaigh Wemmick dom a fháil. "Níl aon searmanas," a d'ordaigh sé, "agus gan aon gúna dinnéar, agus a rá le-amárach." D'iarr mé air nuair ba chóir dúinn teacht go dtí (do bhí mé aon smaoineamh nuair a bhí cónaí air), agus creidim go raibh sé ina agóid ghinearálta a dhéanamh rud ar bith cosúil le ligean isteach, gur fhreagair sé, "Tar anseo, agus beidh mé a thabhairt duit abhaile liom." Glacaim leis an deis seo a rá gur nigh sé a chliaint as, amhail is dá mba mháinlia nó fiaclóir é. Bhí closet ina sheomra aige, feistithe suas chun na críche sin, a smelt an gallúnach scented cosúil le siopa chumhrán. Bhí jack-tuáille neamhghnách mór ar sorcóir taobh istigh den doras, agus bheadh sé nigh a lámha, agus wipe iad agus iad a thriomú ar fud an tuáille, aon uair a tháinig sé isteach ó chúirt póilíní nó a dhíbhe cliant as a sheomra. Nuair a dheisigh mé féin agus mo chairde dó ag a sé a chlog an lá dár gcionn, ba chosúil go raibh sé ag gabháil do chás casta níos dorcha ná mar is gnách, mar fuair muid é lena cheann butted isteach sa closet seo, ní hamháin ag ní a lámha, ach ag laving a aghaidh agus gargling a scornach. Agus fiú nuair a bhí sin ar fad déanta aige, agus go raibh sé imithe ar fud an jack-tuáille, thóg sé amach a penknife agus scraped an cás as a tairní sular chuir sé a chóta ar.

Bhí roinnt daoine ag spalpadh faoi mar ba ghnách nuair a ritheamar amach ar an tsráid, agus ba léir go raibh fonn orthu labhairt leis; ach bhí rud éigin chomh dochloíte sa halo de gallúnach scented a encircled a bheith i láthair, gur thug siad suas é don lá sin. Agus muid ag siúl siar, d'aithin duine éigin i slua na sráideanna é riamh is arís, agus aon uair a tharla sin labhair sé níos airde liom; ach níor aithin sé aon duine ar shlí eile, nó thug sé faoi deara gur aithin aon duine é.

Thug sé muid go Sráid Gerrard, Soho, go dtí teach ar an taobh ó dheas den tsráid sin. Ina ionad sin teach stately dá chineál, ach dolefully i mian péintéireacht, agus le fuinneoga salach. Thóg sé amach a eochair agus d'oscail an doras, agus chuaigh muid go léir isteach i halla cloiche, lom, gruama, agus beag a úsáidtear.

Mar sin, suas staighre dorcha donn i sraith de thrí sheomra dorcha donn ar an gcéad urlár. Bhí garlands snoite ar na ballaí painéil, agus mar a sheas sé ina measc ag tabhairt fáilte dúinn, tá a fhios agam cén cineál lúb a cheap mé a bhí cosúil leo.

Leagadh an dinnéar sa chuid is fearr de na seomraí seo; ba é an dara ceann a seomra feistis-; An tríú ceann, a sheomra codlata. Dúirt sé linn go raibh an teach ar fad aige, ach is annamh a d'úsáid sé níos mó de ná mar a chonaic muid. Bhí an tábla leagtha go compordach-aon airgead sa tseirbhís, ar ndóigh-agus ar thaobh a chathaoir bhí balbh-waiter capacious, le héagsúlacht buidéil agus decanters air, agus ceithre miasa torthaí le haghaidh milseog. Thug mé faoi deara tríd síos, gur choinnigh sé gach rud faoina láimh féin, agus gur dháil sé gach rud é féin.

Bhí mála leabhar sa seomra; Chonaic mé ó chúl na leabhar, go raibh siad faoi fhianaise, dlí coiriúil, beathaisnéis choiriúil, trialacha, gníomhartha Parlaiminte, agus rudaí mar sin. Bhí an troscán an-láidir agus an-mhaith ar fad, cosúil lena slabhra faire. Bhí cuma oifigiúil air, áfach, agus ní raibh aon rud ach ornáideach le feiceáil. I gcúinne bhí bord beag páipéar le lampa scáthaithe: ionas go raibh an chuma air an oifig a thabhairt abhaile leis ina leith sin freisin, agus é a rothú amach as tráthnóna agus titim chun na hoibre.

Mar a chonaic sé ar éigean mo thriúr compánach go dtí seo,-do bhí shiúil sé féin agus mé le chéile,-sheas sé ar an teallach-rug, tar éis ringing an clog, agus ghlac cuardach breathnú orthu. Chun mo iontas, bhí an chuma air ag an am céanna go príomha mura raibh suim aige i nDroim Móir amháin.

"Pip," ar seisean, ag cur a lámh mhór ar mo ghualainn agus ag bogadh go dtí an fhuinneog mé, "níl aithne agam ar dhuine ón gceann eile. Cé hé an Damhán Alla?"

"An damhán alla?" arsa mise.

"An blotchy, sprawly, comhalta sulky."

"Sin Bentley Drummle," a d'fhreagair mé; "Is é an ceann leis an aghaidh íogair Startop."

Gan an cuntas is lú a dhéanamh ar "an ceann leis an aghaidh íogair," d'fhill sé, "Bentley Drummle is his name, is it? Is maith liom cuma an chomhalta sin.

Thosaigh sé ag caint le Drummle láithreach: ní raibh sé ag cur bac ar chor ar bith ar a fhreagra ar a bhealach trom reticent, ach de réir cosúlachta thug sé air dioscúrsa a scriú amach as. Bhí mé ag féachaint ar an mbeirt, nuair a tháinig bean an tí idir mé agus iad, leis an gcéad mhias don bhord.

Bean de thart ar dhaichead a bhí inti, dar liom—ach b'fhéidir gur shíl mé go raibh sí níos óige ná mar a bhí sí. Sách ard, de fhigiúr nimble, thar a bheith pale, le súile faded mór, agus méid gruaige sruthú. Ní féidir liom a rá ar chuir aon ghean galraithe ar an gcroí a liopaí a scaradh amhail is dá mbeadh sí ag panting, agus a aghaidh a iompróidh léiriú aisteach tobann agus flutter; ach tá a fhios agam go raibh mé chun Macbeth a fheiceáil ag an amharclann, oíche nó dhó roimhe sin, agus gur fhéach a aghaidh orm amhail is go raibh sé suaite ar fad ag aer fiery, cosúil leis na haghaidheanna a chonaic mé ag éirí as caldron na Witches.

Leag sí an mhias air, leag sí lámh ar mo chaomhnóir go ciúin ar an lámh le méar chun a chur in iúl go raibh an dinnéar réidh, agus d'imigh sí. Thógamar ár suíocháin ag an mbord cruinn, agus choinnigh mo chaomhnóir Drummle ar thaobh amháin de, agus shuigh Startop ar an taobh eile. Mias uasal éisc a bhí ann a chuir bean an tí ar bord, agus bhí caoireoil chomh rogha céanna againn ina dhiaidh sin, agus ansin éan chomh rogha céanna. Tugadh anlainn, fíonta, na gabhálais go léir a theastaigh uainn, agus gach ceann de na cinn is fearr, amach ag ár n-óstach as a fhreastalaí balbh; agus nuair a bhí ciorcad an bhoird déanta acu, chuir sé ar ais arís iad i gcónaí. Mar an gcéanna, dhéileáil sé linn plátaí glan agus sceana agus forcanna, do gach cúrsa, agus thit iad siúd díreach disused isteach i dhá ciseáin ar an talamh ag a chathaoir. Ní raibh aon fhreastalaí eile seachas bean an tí le feiceáil. Leag sí ar gach mias; agus chonaic mé i gcónaí ina aghaidh, aghaidh ag ardú amach as an caldron. Blianta ina dhiaidh sin, rinne mé cosúlacht uafásach ar an mbean sin, trí aghaidh a thabhairt nach raibh aon chosúlacht nádúrtha eile leis ná mar a tháinig sé ó ghruaig a shreabhadh chun pas a fháil taobh thiar de bhabhla biotáille flaming i seomra dorcha.

Agus í spreagtha chun aird ar leith a thabhairt ar bhean an tí, trína cuma buailte féin agus trí ullmhúchán Wemmick, thug mé faoi deara gur choinnigh sí a súile go haireach ar mo chaomhnóir aon uair a bhí sí sa seomra, agus go mbainfeadh sí a lámha as aon mhias a chuir sí os a chomhair, go hesitatingly, amhail is dá mbeadh sí ag iarraidh í a ghlaoch ar ais, agus theastaigh uaidh labhairt nuair a bhí sí nigh, dá mbeadh aon rud le rá aige. Fancied mé go raibh mé in ann a bhrath ina bhealach chonaic seo, agus cuspóir a shealbhú i gcónaí di i fionraí.

D'imigh an dinnéar go aerach, agus cé go raibh an chuma ar mo chaomhnóir go leanfadh sé ábhair seachas gur tháinig sé, bhí a fhios agam gur chaith sé an chuid is laige dár ndiúscairtí amach uainn. Maidir liom féin, fuair mé amach go raibh mé ag cur in iúl go raibh claonadh agam caiteachas lavish a dhéanamh, agus herbert a phátrún, agus a bheith bródúil as mo chuid ionchais mhóra, sula raibh a fhios agam go leor gur oscail mé mo bheola. Bhí sé amhlaidh le gach duine againn, ach gan aon duine níos mó ná Drummle: an fhorbairt a bhfuil a claonadh chun gird ar bhealach grudging agus amhrasach ag an gcuid eile, bhí screwed amach as dó sular tógadh an t-iasc amach.

Ní raibh sé ansin, ach nuair a fuair muid go dtí an cáis, gur iompaigh ár gcomhrá ar ár n-éachtaí rámhaíochta, agus go raibh Drummle rallied le teacht suas taobh thiar de oíche sa bhealach mall amphibious dá chuid. Chuir Drummle air seo, in iúl dár n-óstach gurbh fhearr leis i bhfad ár seomra dár gcuideachta, agus go raibh sé níos mó ná ár máistir, agus go bhféadfadh sé muid a scaipeadh mar chaff maidir le neart. Ag gníomhaireacht dofheicthe éigin, mo chaomhnóir fhoirceannadh air suas go dtí páirc beag gearr de ferocity mar gheall ar an trifle; agus do thuit sé ag barradh agus ag réabadh a láimhe chun a thaisbéanadh cé chomh matánach is a bhí sé, agus thiteamar go léir chun barbartha agus ag réabadh ár n-arm ar bhealach magúil.

Anois bhí bean an tí ag glanadh an bhoird ag an am sin; mo chaomhnóir, ag cur aon heed di, ach leis an taobh a aghaidh iompaithe as di, bhí leaning ar ais ina chathaoir biting an taobh a forefinger agus ag léiriú suim i Drummle, go, dom, bhí go leor inexplicable. Go tobann, bhuail sé a lámh mhór ar fhear an tí, cosúil le gaiste, agus í sínte trasna an bhoird. Mar sin, go tobann agus go cliste rinne sé é seo, gur stop muid go léir inár n-ábhar amaideach.

"Má labhraíonn tú ar neart," a dúirt an tUasal Jaggers, "*Beidh mé* a thaispeáint duit wrist. Molly, lig dóibh do rosta a fheiceáil.

Bhí a lámh entrapped ar an mbord, ach bhí sí tar éis a lámh eile a chur taobh thiar dá choim cheana féin. "A Mháistir," a dúirt sí, i nguth íseal, agus a súile socraithe go haireach agus go mealltach air. "Ná."

"*Beidh mé* a thaispeáint duit wrist," arís agus arís eile an tUasal Jaggers, le cinneadh dochorraithe a thaispeáint dó. "Molly, lig dóibh do rosta a fheiceáil."

"A Mháistir," ar sise arís. "Le do thoil!"

"Molly," a dúirt an tUasal Jaggers, ní ag féachaint uirthi, ach obstinately ag féachaint ar an taobh eile den seomra, "lig dóibh a fheiceáil *araon* do wrists. Taispeáin dóibh. Tar!"

Thóg sé a lámh uaithi, agus chas sé an rosta sin suas ar an mbord. Thug sí a lámh eile ón taobh thiar di, agus choinnigh sí an bheirt amach taobh le taobh. Bhí an rosta deireanach i bhfad disfigured,-go domhain scanraithe agus scanraithe trasna agus trasna. Nuair a bhí sí a lámha amach thóg sí a súile ón Uasal Jaggers, agus chas siad watchfully ar gach ceann de na chuid eile againn i ndiaidh a chéile.

"Níl cumhacht anseo," a dúirt an tUasal Jaggers, coolly rianú amach na sinews lena forefinger. "Is beag fear a bhfuil cumhacht láimhe ag an mbean seo. Is iontach an rud é nach bhfuil ach fórsa greim sna lámha seo. Bhí deis agam go leor lámha a thabhairt faoi deara; ach ní fhaca mé riamh níos láidre ina leith sin, fear ná bean, ná iad seo."

Cé go ndúirt sé na focail seo i stíl suaimhneach, chriticiúil, lean sí uirthi ag breathnú ar gach duine againn go rialta agus muid inár suí. An nóiméad a scoir sé, d'fhéach sí air arís. "Déanfaidh sin, Molly," a dúirt an tUasal Jaggers, ag tabhairt nod beag di; "Bhí meas agat, agus is féidir leat dul." Tharraing sí a lámha agus chuaigh sí amach as an seomra, agus an tUasal Jaggers, ag cur na decanters ar as a balbh-waiter, líonadh a ghloine agus a rith thart ar an fíon.

"Ag leathuair tar éis a naoi, a dhaoine uaisle," ar seisean, "caithfimid briseadh suas. Guigh a dhéanamh ar an úsáid is fearr de do chuid ama. Tá áthas orm sibh go léir a fheiceáil. An tUasal Drummle, ólaim chugat."

Má bhí a chuspóir ag canadh amach Drummle chun é a thabhairt amach níos mó fós, d'éirigh go breá leis. I mbua sulky, léirigh Drummle a dímheas morose ar an gcuid eile againn, i gcéim níos mó agus níos maslaí, go dtí go raibh sé downright dofhulaingthe. Trí gach a chéimeanna, lean an tUasal Jaggers é leis an leas aisteach céanna. Dhealraigh sé i ndáiríre chun fónamh mar zest le fíon an Uasail Jaggers ar.

In ár mian boyish discréid leomh mé a rá ghlac muid i bhfad ró-ól, agus tá a fhios agam labhair muid i bhfad ró-. D'éirigh muid an-te ar sraothartach éigin de chuid Drummle's, rud a d'fhág go raibh muid ró-shaor lenár gcuid airgid. D'fhág sé go ndúirt mé, le níos mó zeal ná discréid, gur tháinig sé le droch-ghrásta uaidh, ar thug Startop airgead ar iasacht dó i mo láthair ach seachtain nó mar sin roimhe sin.

"Bhuel," retorted Drummle; "Íocfar é."

"Ní féidir liom a chiallaíonn a thabhairt le tuiscint nach mbeidh sé," a dúirt mé, "ach d'fhéadfadh sé a dhéanamh leat a shealbhú do theanga mar gheall orainn agus ár gcuid airgid, ba chóir dom smaoineamh."

"*Ba chóir duit* smaoineamh!" retorted Drummle. "Ó a Thiarna!"

"Dare liom a rá," a dúirt mé, rud a chiallaíonn a bheith an-dian, "nach dtabharfadh tú airgead ar iasacht d'aon duine againn dá mba mhian linn é."

"Tá an ceart agat," arsa Drummle. "Ní thabharfainn sé phingin ar iasacht do dhuine agaibh. Ní thabharfainn sé phingin ar iasacht d'aon duine."

"In áit a chiallaíonn iasacht a fháil faoi na cúinsí sin, ba chóir dom a rá."

"*Ba chóir duit* a rá," arís agus arís eile Drummle. "Ó a Thiarna!"

Bhí sé seo an-ghéaraitheach-an níos mó go háirithe mar a fuair mé féin ag déanamh aon bhealach i gcoinne a obtuseness surly-a dúirt mé, neamhaird a dhéanamh ar iarrachtaí Herbert a sheiceáil dom,—

"Tar, an tUasal Drummle, ós rud é go bhfuil muid ar an ábhar, inseoidh mé duit cad a rith idir Herbert anseo agus mise, nuair a fuair tú an t-airgead sin ar iasacht."

"Níl *mé* ag iarraidh a fháil amach cad a rith idir Herbert ansin agus tusa," a d'fhás Drummle. Agus sílim gur chuir sé i bhfásach níos ísle, go bhféadfaimis araon dul go dtí an diabhal agus muid féin a chroitheadh.

"Inseoidh mé duit, áfach," arsa mise, "an bhfuil tú ag iarraidh a fháil amach nó nach bhfuil. Dúirt muid, agus tú á chur i do phóca an-sásta é a fháil, go raibh an chuma ort go raibh sé an-sásta é a bheith chomh lag agus a thabharfadh sé ar iasacht é."

Rinne Drummle gáire thar barr, agus shuigh sé ag gáire inár n-aghaidh, lena lámha ina phócaí agus a ghuaillí cruinn ardaithe; ag tabhairt le fios go soiléir go raibh sé fíor go leor, agus go raibh meas aige orainn mar asail go léir.

Leis sin thóg Startop ar láimh é, cé go raibh grásta i bhfad níos fearr aige ná mar a léirigh mé, agus chuir sé as dó a bheith beagán níos sásta. Startop, a bheith ina chomhalta óg bríomhar, geal, agus Drummle a bheith ar an os coinne cruinn, bhí an dara ceann réidh i gcónaí a resent dó mar affront pearsanta díreach. Retorted sé anois ar bhealach garbh, lumpish, agus Startop iarracht chun dul ar an plé ar leataobh le roinnt pleasantry beag a rinne dúinn go léir gáire. Agus an rath beag seo níos mó ná rud ar bith, tharraing Drummle, gan aon bhagairt ná rabhadh, a lámha amach as a phócaí, thit sé a ghuaillí cruinn, mhionnaigh sé, thóg sé gloine mhór, agus bheadh sé tar éis é a chrochadh ag ceann a adversary, ach le haghaidh ár siamsóir ar seizing dexterously é ar an toirt nuair a ardaíodh é chun na críche sin.

"Uaisle," a dúirt an tUasal Jaggers, a chur síos d'aon ghnó ar an ghloine, agus a tharraingt amach a athsheoltóra óir ag a slabhra ollmhór, "Tá mé exceedingly leithscéal a fhógairt go bhfuil sé leathuair tar éis a naoi."

Ar an leid seo d'éirigh linn go léir imeacht. Sula ndeachaigh muid go doras na sráide, bhí Startop ag glaoch go ceanúil ar Drummle "old boy," amhail is nár tharla aon rud. Ach bhí an seanbhuachaill chomh fada sin ó fhreagairt, nach siúlfadh sé fiú go Hammersmith ar an taobh céanna den bhealach; mar sin, chonaic Herbert agus mé féin, a d'fhan sa bhaile, iad ag dul síos an tsráid ar an taobh eile; Startop tosaigh, agus Drummle lagging taobh thiar faoi scáth na dtithe, i bhfad mar a bhí sé wont a leanúint ina bhád.

Toisc nach raibh an doras dúnta fós, shíl mé go bhfágfainn Herbert ann ar feadh nóiméid, agus rith suas staighre arís chun focal a rá le mo chaomhnóir. Fuair mé é ina sheomra feistis-timpeallaithe ag a stoc buataisí, cheana féin crua ar sé, níocháin a lámha de dúinn.

Dúirt mé leis go raibh mé tagtha suas arís chun a rá cé chomh leithscéalach is a bhí mé gur cheart go dtarlódh aon rud nach n-aontaíonn leis, agus go raibh súil agam nach gcuirfeadh sé an milleán orm i bhfad.

"Pooh!" A dúirt sé, sluicing a aghaidh, agus ag labhairt tríd an uisce-titeann; "níl aon rud ann, Pip. Is maith liom an Damhán Alla sin áfach.

Bhí sé iompaithe i dtreo dom anois, agus bhí sé ag croitheadh a cheann, agus ag séideadh, agus ag towelling féin.

"Tá áthas orm gur mhaith leat é, a dhuine uasail," arsa mise —"ach ní féidir liom."

"Níl, níl," a d'aontaigh mo chaomhnóir; "Ná bíodh an iomarca le déanamh agat leis. Coinnigh chomh soiléir air agus is féidir leat. Ach is maith liom an fear eile, Pip; tá sé ar cheann de na saghas fíor. Cén fáth, má bhí mé fortune-teller-"

Ag féachaint amach as an tuáille, ghabh sé mo shúil.

"Ach ní fortune-teller mé," a dúirt sé, ag ligean dá cheann titim isteach i festoon tuáille, agus towelling ar shiúl ag a dhá chluas. "Tá a fhios agat cad tá mé, nach bhfuil tú? Oíche mhaith, Pip.

"Oíche mhaith, a dhuine uasail."

I thart ar mhí ina dhiaidh sin, bhí am an Spider leis an Uasal Pocket suas go maith, agus, le faoiseamh mór an tí go léir ach Mrs Pocket, chuaigh sé abhaile go dtí an poll teaghlaigh.

Caibidil XXVII.

"MO UASAIL PIP DAOR:—

"Scríobh mé é seo ar iarratas ón Uasal Gargery, chun a chur in iúl duit go bhfuil sé ag dul go Londain i gcuideachta leis an Uasal Wopsle agus go mbeadh sé sásta dá mbeadh cead agat tú a fheiceáil. Bhuailfeadh sé in Óstán Barnard maidin Dé Máirt ag a naoi a chlog, nuair nach n-aontódh sé leis an bhfocal a fhágáil. Tá do dheirfiúr bhocht i bhfad mar an gcéanna nuair a d'imigh tú. Labhraímid fút sa chistin gach oíche, agus n'fheadar cad atá á rá agus á dhéanamh agat. Má bhreathnaítear anois air i bhfianaise saoirse, gabh mo leithscéal as grá na seanlaethanta bochta. Níl níos mó, a chara an tUasal Pip, ó

"Do riamh oibleagáid, agus seirbhíseach affectionate,
"BIDDY."

"P.S. Is mian leis go háirithe dom a scríobh *cad larks*. Deir sé go dtuigeann tú. Tá súil agam agus níl amhras orm go mbeidh sé sásta é a fheiceáil, cé gur fear uasal é, óir bhí croí maith agat riamh, agus is fear fiúntach, fiúntach é. Léigh mé é go léir, ach amháin an abairt bheag dheireanach, agus is mian leis go háirithe dom a scríobh arís *cad larks*."

Fuair mé an litir seo leis an bpost maidin Dé Luain, agus dá bhrí sin ceapadh í don lá dár gcionn. Lig dom a admháil go díreach leis na mothúcháin a bhí mé ag tnúth le teacht Joe.

Ní le pléisiúr, cé go raibh mé faoi cheangal dó ag an oiread sin ceangail; Ní hea; le suaitheadh suntasach, roinnt mortification, agus tuiscint fonn ar incongruity. Dá bhféadfainn é a choinneáil ar shiúl trí airgead a íoc, is cinnte go mbeadh airgead íoctha agam. An suaimhneas is mó a bhí agam ná go raibh sé ag teacht go Barnard's Inn, ní go Hammersmith, agus dá bhrí sin nach dtitfeadh sé ar bhealach Bentley Drummle. Is beag agóid a bhí agam in aghaidh a bheith feicthe ag Herbert ná ag a athair, agus bhí meas agam ar an mbeirt acu; ach bhí an íogairt is géire agam maidir lena bheith feicthe ag Drummle, a raibh drochmheas agam air. Mar sin, i rith an tsaoil, is iondúil go ndéantar ár laigí agus ár meannesses is measa ar mhaithe leis na daoine is mó a bhfuil éadóchas orainn.

Bhí tús curtha agam a bheith i gcónaí maisiú na seomraí ar bhealach éigin gan ghá agus míchuí nó eile, agus an-daor na wrestles le Barnard bhí a bheith. Faoin am seo, bhí na seomraí an-difriúil ón méid a fuair mé iad, agus bhain mé antaitneamh as cúpla leathanach feiceálach a bheith agam i leabhair upholsterer in aice láimhe. Bhí mé tar éis éirí chomh tapa sin go déanach, go raibh mé tosaithe fiú buachaill i buataisí,-buataisí barr,-i ngéibheann agus sclábhaíocht a d'fhéadfadh mé a bheith ráite chun pas a fháil mo laethanta. Óir, tar éis dom an t-arrachtach a dhéanamh (as diúltú mhuintir mo leicneáin), agus go raibh cóta gorm, waistcoat canárach, cravat bán, breeches creamy, agus na buataisí a luadh cheana féin curtha i gcló agam, b'éigean dom beagán le déanamh a fháil dó agus go leor le n-ithe; agus leis an dá riachtanas uafásach sin chuir sé alltacht orm.

Ordaíodh go mbeadh an phantom avenging seo ar dualgas ag a hocht maidin Dé Máirt sa halla, (bhí sé dhá throigh cearnach, mar a gearradh ar éadach urláir,) agus mhol Herbert rudaí áirithe don bhricfeasta a cheap sé a thaitneodh le Joe. Cé gur mhothaigh mé go raibh dualgas ó chroí air as a bheith chomh suimiúil agus tuisceanach sin, bhí corrdhuine leath-spreagtha agam ar amhras orm, dá mbeadh Joe ag teacht chun é a fheiceáil, nach mbeadh sé chomh briosc sin faoi.

Mar sin féin, tháinig mé isteach sa bhaile oíche Dé Luain le bheith réidh do Joe, agus d'éirigh mé go luath ar maidin, agus ba chúis leis an seomra suí agus an bricfeasta-tábla glacadh leis an gcuma is splendid. Ar an drochuair bhí an mhaidin drizzly, agus ní fhéadfadh aingeal a cheilt ar an bhfíric go raibh Barnard shedding deora súiche taobh amuigh den fhuinneog, cosúil le fathach lag éigin de Sweep.

De réir mar a chuaigh an t-am i dteagmháil ba cheart dom a bheith ag rith ar shiúl, ach bhí an Avenger de bhun orduithe sa halla, agus faoi láthair chuala mé Joe ar an staighre. Bhí a fhios agam gurbh é Seosamh a bhí ann, agus é ag teacht aníos an staighre—bhí a bhróga stáit rómhór dó i gcónaí—agus faoin am ar thóg sé air na hainmneacha ar na hurláir eile a léamh le linn a ascent. Nuair a stop sé taobh amuigh den doras faoi dheireadh, d'fhéadfainn a mhéar a chloisteáil ag rianú thar litreacha péinteáilte m'ainm, agus chuala mé ina dhiaidh sin é ag análú isteach ag an bpríomhpholl. Ar deireadh thug sé rap aonair faint, agus pepper - ba é sin an t-ainm a bhí ar an mbuachaill avenging - d'fhógair "Mr. Gargery!" Shíl mé riamh go mbeadh sé déanta wiping a chosa, agus go gcaithfidh mé a bheith imithe amach a thógann sé as an mata, ach ar deireadh tháinig sé isteach.

"A Sheosaimh, cén chaoi a bhfuil tú, a Sheosaimh?"

"Pip, conas AIR tú, Pip?"

Lena aghaidh macánta maith go léir glowing agus shining, agus a hata a chur síos ar an urlár eadrainn, ghabh sé mo lámha agus d'oibrigh siad díreach suas agus síos, amhail is dá mba mé an Caidéal deireanach-paitinnithe.

"Tá áthas orm tú a fheiceáil, a Joe. Tabhair dom do hata."

Ach ní chloisfeadh Joe, agus é á thógáil suas go cúramach leis an dá lámh, cosúil le nead éan le huibheacha ann, scaradh leis an bpíosa maoine sin, agus lean sé air ag seasamh ag caint air ar bhealach is míchompordaí.

"A bhfuil tú go bhfuil fás," a dúirt Joe, "agus go swelled, agus go milis-folked;" Mheas Seosamh beagán sular aimsigh sé an focal seo; "As to be sure you are a honour to your king and country."

"Agus tá cuma iontach maith ort, a Sheosaimh."

"Buíochas le Dia," arsa Joe, "tá mé ekerval don chuid is mó. Agus do dheirfiúr, níl sí níos measa ná mar a bhí sí. Agus Biddy, tá sí riamh ceart agus réidh. Agus tá gach cairde aon backerder, más rud é nach bhfuil aon forarder. 'Ceptin Wopsle; bhí braon aige."

An t-am seo ar fad (fós agus an dá lámh ag tabhairt aire mhór do nead an éin), bhí Joe ag rolladh a shúile thart agus timpeall an tseomra, agus thart ar phatrún bláthanna mo ghúna feistis.

"An raibh braon agat, a Sheosaimh?"

"Cén fáth go bhfuil," arsa Joe, ag ísliú a ghutha, "d'fhág sé an Eaglais agus chuaigh sé isteach sa dráma. Thug an drámadóir go Londain é in éineacht liom. Agus ba é a mhian," arsa Seosamh, ag fáil nead an éin faoina lámh chlé ar feadh na huaire, agus ag gropáil ann le haghaidh ubh lena dheis; "mura bhfuil cion ar bith ann, mar a dhéanfainn 'agus tusa é sin."

Thóg mé an méid a thug Joe dom, agus fuair mé amach gurb é an bille súgartha crumpled d'amharclann bheag chathrach, ag fógairt an chéad chuma, sa tseachtain sin, ar "the celebrated Provincial Amateur of Roscian renown, whose unique performance in the highest tragic walk of our National Bard has lately occasioned so great a sensation in local dramatic circles."

"An raibh tú ag a léiriú, a Sheosaimh?" D'fhiosraigh mé.

"*Bhí* mé," arsa Joe, le béim agus sollúntacht.

"An raibh ceint iontach ann?"

"Cén fáth," arsa Joe, "sea, is cinnte go raibh peck de craiceann oráiste ann. Partickler nuair a fheiceann sé an taibhse. Cé chuir mé é chun tú féin, a dhuine uasail, cibé an raibh sé calc'lated a choinneáil fear suas go dtí a chuid oibre le hart maith, a bheith ag gearradh continiwally i betwixt dó agus an Ghost le "Amen!" B'fhéidir go raibh mífhoighne ag fear agus go raibh sé san Eaglais," a dúirt Joe, agus é ag ísliú a ghutha go ton argóinteach agus mothúchánach, "ach ní hé sin an fáth gur chóir duit é a chur amach ag an am sin. Cé acu i gceist agam, más rud é nach féidir leis an taibhse fear athair féin a cheadú a éileamh a aird, cad is féidir, Sir? Níos mó fós, nuair a dhéantar a bhrón 'ar an drochuair chomh beag agus a thugann meáchan na gcleití dubha amach é, déan iarracht é a choinneáil ar an gcaoi ar féidir leat."

Chuir éifeacht taibhsiúil i ghnúis Sheosaimh féin in iúl dom go ndeachaigh Herbert isteach sa seomra. Mar sin, bhronn mé Joe ar Herbert, a choinnigh a lámh amach; ach thacaigh Seosamh leis, agus choinnigh nead an éin air.

"Do sheirbhíseach, a Dhuine Uasail," a dúirt Joe, "a bhfuil súil agam mar tú féin agus Pip"-anseo thit a shúil ar an Avenger, a bhí ag cur roinnt tósta ar an mbord, agus mar sin denoted plainly intinn a dhéanamh go uasal óg ar cheann de na teaghlaigh, go frowned mé sé síos agus mearbhall air níos mó -"I meantersay, tú beirt uaisle,-a bhfuil súil agam mar a gheobhaidh tú do elths sa láthair gar? D'fhéadfadh an lá atá inniu ann a bheith ina ósta maith werry, de réir tuairimí Londain," a dúirt Joe, faoi rún, "agus creidim go bhfuil a charachtar seasamh é; ach ní choinneoinn muc ann féin—ní sa chás gur mhian liom go mbeadh sé folláin agus go n-íosfainn le blas meller air."

Tar éis an fhianaise flattering iompar ar an tuillteanais ár n-áit chónaithe-, agus tar éis a thaispeáint teagmhasach an claonadh chun glaoch orm "a dhuine uasail," Joe, á cuireadh chun suí síos chun boird, d'fhéach sé ar fud an seomra le haghaidh láthair oiriúnach ar a thaisceadh a hata,-amhail is dá mba rud é go raibh sé ach ar roinnt substaintí an-beag annamh sa nádúr go bhféadfadh sé teacht ar áit scíthe,— agus ar deireadh thiar sheas sé ar choirnéal mhór den simléar-píosa, as ar thit sé riamh ina dhiaidh sin amach ag eatraimh.

"An nglacann tú tae, nó caife, an tUasal Gargery?" a d'fhiafraigh Herbert, a bhí i gceannas ar maidin i gcónaí.

"Thankee, a Dhuine Uasail," arsa Joe, righin ó cheann go cos, "tógfaidh mé cibé ceann is mó a aontaíonn leat féin."

"Cad a deir tú le caife?"

"Thankee, a Dhuine Uasail," ar ais Joe, evidently dispirited ag an togra, "ós rud é go *bhfuil tú* chomh cineálta a dhéanamh chice caife, ní bheidh mé ag rith contrairy le do chuid tuairimí féin. Ach nach bhfaigheann tú riamh é beagán 'ag ithe?"

"Abair tae ansin," arsa Herbert, á dhoirteadh amach.

Anseo tumbled hata Joe as an mantel-píosa, agus thosaigh sé amach as a chathaoir agus phioc sé suas é, agus feistithe sé ar an láthair ceannann céanna. Amhail is dá mba phointe absalóideach de phórú maith é gur chóir é a tumble amach arís go luath.

"Cathain a tháinig tú chun an bhaile, an tUasal Gargery?"

"An raibh sé tráthnóna inné?" arsa Joe, tar éis dó casacht a dhéanamh taobh thiar dá lámh, amhail is go raibh am aige breith ar an triuch ó tháinig sé. "Ní raibh. Sea a bhí sé. Tá. Bhí sé tráthnóna inné" (le cuma eagna mingled, faoiseamh, agus neamhchlaontacht dian).

"An bhfaca tú aon rud i Londain fós?"

"Cén fáth, sea, a Dhuine Uasail," arsa Joe, "chuaigh mise agus Wopsle amach díreach chun breathnú ar an Blacking Ware'us. Ach ní bhfuair muid amach go raibh sé cosúil leis na billí dearga ag doirse an tsiopa; rud a bhí i gceist agam," arsa Joe, ar bhealach mínitheach, "mar tá sé ann a tharraingítear ró-ailtire."

Creidim i ndáiríre go mbeadh Joe tar éis síneadh a chur leis an bhfocal seo (b'fhéidir go gcuirfeadh sé m'intinn ar ailtireacht éigin atá ar eolas agam) isteach i gCór foirfe, ach as a aird a bheith meallta ag a hata, a bhí toppling. Go deimhin, d'éiligh sé uaidh aird leanúnach, agus quickness na súl agus na láimhe, an-mhaith sin cruinn ag wicket-choimeád. Rinne sé imirt neamhghnách leis, agus léirigh sé an scil is mó; anois, ag réabadh air agus ag breith air go néata mar a thit sé; anois, ach é a stopadh leath bealaigh, beating sé suas, agus humouring sé i gcodanna éagsúla den seomra agus i gcoinne cuid mhaith de phatrún an pháipéir ar an mballa, sular bhraith sé sábháilte a dhúnadh leis; ar deireadh splashing sé isteach sa slop-báisín, áit ar ghlac mé an tsaoirse a leagan lámha air.

Maidir lena léine-collar, agus a chóta-collar, bhí siad perplexing chun machnamh a dhéanamh ar, - mysteries dothuaslagtha araon. Cén fáth ar chóir fear scrape é féin a mhéid sin, sula bhféadfadh sé a mheas é féin cóirithe go hiomlán? Cén fáth ar chóir dó a cheapadh gur gá é a íonú trí fhulaingt dá chuid éadaí saoire? Ansin thit sé isteach i n-oireann unaccountable den sórt sin meditation, lena forc leath bealaigh idir a phláta agus a bhéal; bhí a shúile meallta i dtreonna aisteacha den sórt sin; bhí casacht chomh suntasach sin ag cur as dó; shuigh sé chomh fada ón mbord, agus thit sé i bhfad níos mó ná mar a d'ith sé, agus lig air nár thit sé é; go raibh áthas an chroí orm nuair a d'fhág Herbert muid don Chathair.

Ní raibh an dea-chiall ná an dea-mhothú agam go raibh an locht ar fad orm, agus dá mbeadh sé níos éasca agam le Joe, bheadh Joe níos éasca liom. Bhraith mé mífhoighneach air agus as meon leis; he heaped coals of fire on my head, chuir sé gual tine ar mo cheann.

"Táimid beirt anois ina n-aonar, a dhuine uasail,"—thosaigh Joe.

"Joe," isteach mé, pettishly, "conas is féidir leat glaoch orm, a dhuine uasail?"

D'fhéach Seosamh orm ar feadh meandair amháin le rud éigin cosúil le reproach. Utterly preposterous mar a bhí a cravat, agus mar a bhí a collars, bhí mé feasach ar saghas dínit sa cuma.

"Us two being now alone," arsa Seosamh arís, "agus an rún agus an cumas agam fanacht gan mórán nóiméad eile, críochnóidh mé anois—tosaíonn na leastways—gan trácht ar an onóir a bhí agam faoi láthair. Óir ní raibh," arsa Seosamh, agus a shean-aer de sheanfhondúir lucid, "nach raibh de mhian agam ach a bheith úsáideach duit, níor cheart go mbeadh sé d'onóir agam wittles a bhriseadh sa chomhluadar agus cónaí ar uaisle."

I was so unwilling to see the look again, ní dhearna mé aon athmhachnamh in aghaidh an ton seo.

"Bhuel, a dhuine uasail," arsa Joe, "seo mar a bhí. Bhí mé ag an Bargemen t'oíche eile, Pip;" —aon uair a chuaigh sé i ngean, ghlaoigh sé Pip orm, agus aon uair a d'athiompaigh sé ina bhéasaíocht d'iarr sé orm a dhuine uasail; "nuair a thagann suas ina shay-cart, Pumblechook. Cé acu is ionann sin," arsa Joe, ag dul síos rian nua, "déan cíoradh ar mo 'aer ar an mbealach mícheart uaireanta, uafásach, trí thabhairt amach suas agus síos an baile mar a bhí sé a bhí riamh do chompánach naíonán agus d'fhéach sé ar mar playfellow ag tú féin. "

"Nonsense. Is tusa, a Sheosaimh."

"Cé acu chreid mé go hiomlán go raibh sé, Pip," a dúirt Joe, beagán tossing a cheann, "cé signify sé beag anois, a dhuine uasail. Bhuel, Pip; mar an gcéanna céanna, a thugtar a bhéasa do blusterous, teacht chugam ag an Bargemen (wot píopa agus pionta beorach a thabhairt refreshment don oibrí, a dhuine uasail, agus nach bhfuil thar stimilate), agus a chuid focal, 'Joseph, Iníon Havisham mian léi a labhairt leat.'"

"Iníon Havisham, Joe?"

"'Is mian léi,' an focal a bhí ag Pumblechook, 'labhairt leat.'" Shuigh Seosamh agus rolladh a shúile ag an tsíleáil.

"Sea, a Sheosaimh? Téigh ar aghaidh, le do thoil.

"An lá dár gcionn, a dhuine uasail," arsa Joe, ag féachaint orm amhail is dá mba rud é go raibh mé i bhfad as, "tar éis dom mé féin a ghlanadh, téim agus feicim Iníon A."

"Iníon A., a Sheosaimh? Iníon Havisham?"

"A deirim, a dhuine uasail," a d'fhreagair Joe, le haer foirmiúlachta dlíthiúla, amhail is dá mbeadh sé ag déanamh a uachta, "Iníon A., nó bealaí eile Havisham. D'imigh a léiriú ansin mar fhollering: 'Mr. Gargery. Craoltar tú i gcomhfhreagras leis an Uasal Pip?' Tar éis dom litir a fháil uait, bhí mé in ann a rá 'Tá mé.' (Nuair a phós mé do dheirfiúr, a dhuine uasail, dúirt mé 'Déanfaidh mé;' agus nuair a d'fhreagair mé do chara, Pip, dúirt mé 'Tá mé.') 'An ndéarfá leis, mar sin,' ar sise, 'go bhfuil Estella tagtha abhaile agus go mbeadh sé sásta é a fheiceáil.'"

D'airigh mé m'aghaidh trí thine agus mé ag féachaint ar Joe. Tá súil agam go mb'fhéidir gurbh é an chúis iargúlta amháin a bhí lena scaoileadh ná an tuiscint a bhí agam gur cheart dom níos mó misnigh a thabhairt dó dá mbeadh aithne agam ar a errand.

"Biddy," arsa Joe, "nuair a tháinig mé abhaile agus d'iarr mé ar a fionnadh an teachtaireacht a scríobh chugat, rud beag crochta siar. Deir Biddy, 'Tá a fhios agam go mbeidh sé an-sásta é a bheith aige de bhriathar béil, is am saoire é, ba mhaith leat é a fheiceáil, téigh!' Tá mé i gcrích anois, a dhuine uasail," a dúirt Joe, ag ardú as a chathaoirleach, "agus, Pip, Guím gach rath ort riamh go maith agus riamh rathúil go dtí airde níos mó agus níos mó."

"Ach níl tú ag dul anois, a Sheosaimh?"

"Tá mé," arsa Seosamh.

"Ach tá tú ag teacht ar ais chuig an dinnéar, a Sheosaimh?"

"Níl mé," arsa Joe.

Bhuail ár súile, agus leáigh an "Sir" go léir as an gcroí manly sin mar a thug sé dom a lámh.

"Pip, daor chap d'aois, tá an saol déanta as riamh an oiread sin partings táthaithe le chéile, mar is féidir liom a rá, agus fear amháin gabha, agus ceann amháin gabha bán, agus ceann amháin ar gabha óir, agus ceann amháin ar gabha copair. Ní mór diwisions i measc den sórt sin teacht, agus ní mór a chomhlíonadh mar a thagann siad. Má bhí aon locht ar chor ar bith go lá, is liomsa é. Ní tusa ná mise dhá fhigiúr le bheith le chéile i Londain; ná fós in áit ar bith eile ach cad é príobháideach, agus beknown, agus a thuiscint i measc cairde. Ní hé go bhfuil mé bródúil as, ach gur mhaith liom a bheith ceart, mar ní fheicfidh tú mé níos mó sna héadaí seo. Tá mé mícheart sna héadaí seo. Tá mé mícheart as an cheárta, an chistin, nó as mogalra ú '. Ní bhfaighidh tú leath an oiread sin lochta orm má smaoiníonn tú orm i mo ghúna ceárta, le mo chasúr i mo lámh, nó fiú mo phíopa. Ní bhfaighidh tú leath an oiread sin lochta ionam más rud é, ag ceapadh mar ba mhaith leat riamh mé a fheiceáil, go dtiocfaidh tú agus go gcuirfidh tú do cheann isteach ag fuinneog an cheárta agus go bhfeicfidh tú Joe an gabha, ansin, ag an sean-anvil, sa sean-naprún dóite, ag cloí leis an sean-obair. Tá mé uafásach dull, ach tá súil agam go bhfuil mé buille amach rud éigin nigh na cearta seo ar deireadh. Agus mar sin Dia leat, a chara Pip d'aois, chap d'aois, Dia leat! "

Ní raibh dul amú orm i mo mhaisiúil go raibh dínit shimplí ann. Ní fhéadfadh faisean a ghúna teacht níos mó ina bhealach nuair a labhair sé na focail seo ná mar a d'fhéadfadh sé teacht ina bhealach ar Neamh. Leag sé lámh orm go réidh ar an mhullach, agus chuaigh sé amach. Chomh luath agus a d'fhéadfainn mé féin a ghnóthú go leor, d'éirigh mé amach ina dhiaidh agus d'fhéach mé air ar na sráideanna in aice láimhe; ach bhí sé imithe.

Caibidil XXVIII.

Ba léir go gcaithfidh mé deisiú a dhéanamh ar an mbaile an lá dár gcionn, agus sa chéad sruth de m'aithreachas, bhí sé chomh soiléir céanna go gcaithfidh mé fanacht ag Seosamh. Ach, nuair a bhí faighte agam mo bhosca-áit ag go-morrow ar cóiste, agus bhí síos go dtí an tUasal Pocket agus ar ais, ní raibh mé ar aon bhealach cinnte ar an bpointe deireanach, agus thosaigh cúiseanna a chumadh agus leithscéalta a dhéanamh le cur suas ag an Torc Gorm. Ba cheart dom a bheith i mo mhíchaoithiúlacht ag Seosamh; Ní raibh mé ag súil leis, agus ní bheadh mo leaba réidh; Ba chóir dom a bheith rófhada ó Miss Havisham's, agus bhí sí cruinn agus b'fhéidir nach dtaitneodh sé léi. Tá gach swindlers eile ar domhan aon rud do na féin-swindlers, agus le pretences den sórt sin rinne mé cheat mé féin. Is cinnte gur rud aisteach é. Gur cheart dom leathchoróin olc a ghlacadh de dhéantús duine éigin eile réasúnta go leor; ach gur chóir dom a mheas go feasach ar an bonn spurious de mo chuid féin a dhéanamh mar airgead maith! Strainséir oibleagáideach, faoi bhrón ag filleadh go dlúth ar mo nótaí bainc ar mhaithe le slándáil, déanann sé achoimre ar na nótaí agus tugann sé cnósanna dom; ach cad é a sleight de láimh a mianach, nuair a fhilleadh mé suas mo nutshells féin agus iad a chur ar aghaidh mé féin mar nótaí!

Tar éis dom a shocrú go gcaithfidh mé dul go dtí an Torc Gorm, bhí m'intinn suaite go mór ag cinneadh cibé acu an Avenger a ghlacadh nó gan é a thógáil. Bhí sé meallach smaoineamh ar an Mercenary daor sin ag craoladh a chuid buataisí go poiblí in áirse chlós poist an Torc Gorm; bhí sé beagnach sollúnta é a shamhlú go casually a tháirgtear i siopa an táilliúra, agus na céadfaí drochmheasúla a bhí ag buachaill Trabb a choigistiú. Ar an láimh eile, d'fhéadfadh buachaill Trabb é féin a phéist isteach ina intimacy agus rudaí a insint dó; nó, wretch meargánta agus éadóchasach mar a bhí a fhios agam d'fhéadfadh sé a bheith, d'fhéadfadh hoot air sa tSráid Ard. B'fhéidir go gcloisfeadh mo phátrúin é, freisin, agus ní cheadódh sé é. Ar an iomlán, bheartaigh mé an Avenger a fhágáil taobh thiar de.

Ba é an cóitseálaí tráthnóna a thóg mé m'áit, agus, de réir mar a bhí an geimhreadh tagtha thart anois, níor cheart dom mo cheann scríbe a bhaint amach go dtí dhá nó trí uair an chloig tar éis thitim na hoíche. Ba é an t-am a thosaigh muid ó Eochracha na Croise a dó a chlog. Tháinig mé ar an talamh le ceathrú uair an chloig le spáráil, ar fhreastail an Avenger air, - más féidir liom an abairt sin a nascadh le duine nár fhreastail orm riamh dá bhféadfadh sé cabhrú leis, b'fhéidir.

Ag an am sin ba ghnách Daoránach a iompar síos go dtí na dugaí-chlóis ag cóiste stáitse. Ós rud é gur chuala mé go minic fúthu i gcáil na bpaisinéirí taobh amuigh, agus go bhfaca mé níos mó ná uair amháin iad ar an mbóthar ard ag dangling a gcosa iarainn thar dhíon an chóiste, ní raibh aon chúis iontais orm nuair a tháinig Herbert, ag bualadh liom sa chlós, suas agus dúirt sé liom go raibh beirt daoránach ag dul síos liom. Ach bhí cúis agam go raibh seanchúis anois le faltering bunreachtúil aon uair a chuala mé an focal "daoránach."

"Ní miste leat iad, a Handel?" arsa Herbert.

"O níl!"

"Shíl mé go raibh an chuma ort amhail is nár thaitin siad leat?"

"Ní féidir liom ligean orm féin go dtaitníonn siad liom, agus is dócha nach bhfuil tú go háirithe. Ach ní miste liom iad.

"Féach! Tá siad ann," arsa Herbert, "ag teacht amach as an Sconna. Cén radharc díghrádaithe agus vile atá ann!

Bhí siad ag caitheamh lena ngarda, is dócha, mar bhí príosún acu leo, agus tháinig an triúr amach ag cuimilt a mbéal ar a lámha. Bhí an bheirt daoránach lámhdhéanta le chéile, agus bhí iarainn ar a gcosa,-iarainn de phatrún a raibh aithne mhaith agam air. Chaith siad an gúna a raibh aithne mhaith agam air. Bhí braon piostail ag a gcoimeádaí, agus d'iompair siad bludgeon tiubh-knobbed faoina lámh; ach bhí sé ar théarmaí dea-thuisceana leo, agus sheas sé leo in aice leis, ag féachaint ar chur chun na gcapall, in áit le haer amhail is dá mba Thaispeántas suimiúil é na ciontaithe nach raibh oscailte go foirmiúil i láthair na huaire, agus sé an Coimeádaí. Bhí duine amháin fear níos airde agus stouter ná an ceann eile, agus an chuma mar ábhar ar ndóigh, de réir na bealaí mistéireach ar fud an domhain, idir daoránach agus saor in aisce, go raibh leithroinnte dó an oireann níos lú éadaí. Bhí a ghéaga agus a chosa cosúil le pincushions mór de na cruthanna sin, agus a attire disguised air absurdly; ach bhí a fhios agam a shúil leathdhúnta ar aon amharc amháin. Sheas an fear a chonaic mé ar an socrú ag na Three Jolly Bargemen oíche Dé Sathairn, agus a thug síos mé lena ghunna dofheicthe!

B'fhurasta a chinntiú nach raibh a fhios aige níos mó ná dá mba rud é nach bhfaca sé mé riamh ina shaol. D'fhéach sé trasna orm, agus mheas a shúil mo slabhra faire, agus ansin spat sé teagmhasach agus dúirt rud éigin leis an daoránach eile, agus gáire siad agus slued iad féin bhabhta le clink a manacle cúplála, agus d'fhéach sé ar rud éigin eile. Na huimhreacha móra ar a ndroim, amhail is dá mba dhoirse sráide iad; a n-mangy garbh dromchla seachtrach ungainly, amhail is dá mba ainmhithe níos ísle iad; a gcosa iarnáilte, garlanded apologetically le póca-ciarsúir; agus an dóigh ar fhéach gach duine a bhí i láthair orthu agus a choinnigh uathu iad; rinne siad (mar a dúirt Herbert) spectacle is disagreeable agus degraded.

Ach níorbh é seo an ceann ba mheasa de. Tháinig sé amach go raibh cúl iomlán an chóiste tógtha ag teaghlach a bhí ag aistriú as Londain, agus nach raibh aon áit ann don bheirt phríosúnach ach ar an suíochán os comhair fhear an chóiste. Leis sin, d'eitil fear uasal choleric, a ghlac an ceathrú háit ar an suíochán sin, isteach i bpaisean is foréigneach, agus dúirt sé gur sárú conartha a bhí ann é a mheascadh le cuideachta villainous den sórt sin, agus go raibh sé nimhiúil, agus pernicious, agus infamous, agus náireach, agus níl a fhios agam cad eile. Ag an am seo bhí an cóiste réidh agus an coachman mífhoighneach, agus bhí muid go léir ag ullmhú a fháil suas, agus bhí na príosúnaigh teacht os chionn lena coimeádaí, - a thabhairt leo go blas aisteach arán-poultice, baize, rópa-snáth, agus leac teallaigh, a fhreastalaíonn ar an láthair daoránach.

"Ná tóg an oiread sin amiss air, a dhuine uasail," a phléadáil an coimeádaí leis an bpaisinéir feargach; "Suífidh mé in aice leat féin. Cuirfidh mé 'em ar an taobh amuigh den tsraith. Ní chuirfidh siad isteach ort, a dhuine uasail. Ní gá go mbeadh a fhios agat go bhfuil siad ann."

"Agus ná cuir an milleán *orm*," a d'fhás an daoránach a d'aithin mé. "Níl *mé* ag iarraidh dul. Tá *mé* réidh go leor chun fanacht taobh thiar de. Chomh fionn agus atá imní orm tá fáilte roimh aon duine chuig *m'*áit."

"Nó liomsa," arsa an duine eile, go gruama. "Ní bheinn incommoded aon cheann de tú, más rud é go mbeadh *mé go raibh mo* bhealach." Ansin rinne siad beirt gáire, agus thosaigh siad ag scoilteadh cnónna, agus ag spitting na sliogáin faoi.—Mar is dóigh liom gur chóir dom a thaitin liom féin a dhéanamh, dá mbeinn ina n-áit agus mar sin despised.

Ar a fhad, vótáladh nach raibh aon chabhair ann don fhear uasal feargach, agus go gcaithfidh sé dul ina chuideachta seans nó fanacht taobh thiar de. Mar sin, chuaigh sé isteach ina áit, ag déanamh gearán fós, agus chuaigh an coimeádaí isteach san áit in aice leis, agus tharraing na ciontaithe iad féin suas chomh maith agus a d'fhéadfaidís, agus shuigh an daoránach a d'aithin mé taobh thiar díom lena anáil ar ghruaig mo chinn.

"Dea-beannacht, Handel!" Ghlaoigh Herbert amach agus muid ag tosú. Shíl mé cén t-ádh beannaithe a bhí ann, go bhfuair sé ainm eile dom ná Pip.

Ní féidir a chur in iúl cén géarchúis a mhothaigh mé análú an daoránach, ní hamháin ar chúl mo chinn, ach ar feadh mo spine. Bhí an ceint cosúil le bheith i dteagmháil léi sa smior le roinnt pungent agus ag cuardach aigéad, leag sé mo chuid fiacla an-ar imeall. Ba chosúil go raibh níos mó gnó análaithe le déanamh aige ná fear eile, agus níos mó torainn a dhéanamh agus é á dhéanamh; agus bhí a fhios agam go raibh mé ag fás ardghuaillí ar thaobh amháin, i mo chuid iarrachtaí craptha chun é a chur as.

Bhí an aimsir go dona amh, agus chuir an bheirt mallacht ar an bhfuacht. Rinne sé muid ar fad leimhe sula raibh muid imithe i bhfad, agus nuair a d'fhág muid an Teach Leathshlí taobh thiar de, ba ghnách linn dozed agus shivered agus bhí ciúin. Dozed mé amach, mé féin, ag smaoineamh ar an gceist ar chóir dom a chur ar ais cúpla punt steirling leis an créatúr roimh chailliúint radharc air, agus conas a d'fhéadfadh sé a dhéanamh is fearr. I ngníomh dipping ar aghaidh amhail is dá mbeadh mé ag dul a bathe i measc na capaill, dhúisigh mé i fright agus ghlac an cheist suas arís.

Ach caithfidh gur chaill mé níos faide é ná mar a shíl mé, ós rud é, cé nach raibh mé in ann aon rud a aithint sa dorchadas agus soilse agus scáthanna oiriúnacha ár lampaí, rianaigh mé tír riasc sa ghaoth fhuar taise a shéid orainn. Cowering ar aghaidh le haghaidh teas agus a dhéanamh dom scáileán i gcoinne na gaoithe, bhí na ciontaithe níos gaire dom ná riamh. Ba iad na chéad fhocail a chuala mé iad a mhalartú de réir mar a tháinig mé ar an eolas, ná focail mo smaoinimh féin, "Two One Pound notes."

"Conas a fuair sé 'em?" arsa an daoránach nach bhfaca mé riamh.

"Cén chaoi a mbeadh a fhios agam?" ar ais an ceann eile. "Bhí sé 'em stowed away somehows. Giv dó ag cairde, tá súil agam."

"Is mian liom," arsa an duine eile, le mallacht searbh ar an bhfuacht, "go raibh 'em anseo' agam."

"Dhá nóta punt, nó cairde?"

"Dhá nóta punt. Dhíolfainn na cairde go léir a bhí agam riamh ar cheann amháin, agus cheapfainn gur margadh maith beannaithe é. Bhuel? Mar sin, a deir sé—?"

"Mar sin, a deir sé," arsa an daoránach a d'aithin mé,—"bhí sé ráite agus déanta ar fad i gceann leath nóiméid, taobh thiar de charn adhmaid i gclós na nDugaí,— 'You're a-going to be discharged?' Sea, bhí mé. An bhfaighinn amach an buachaill sin a chothaigh é agus a rún a kep, agus dhá nóta punt a thabhairt dó? Sea, ba mhaith liom. Agus rinne mé.

"Níos mó amadán tú," growled an ceann eile. "Ba mhaith liom a bheith caite 'em ar Fear, i wittles agus deoch. Caithfidh gur ceann glas a bhí ann. Mean a rá nach raibh a fhios aige rud ar bith de tú? "

"Ní ha'porth. Dronga éagsúla agus longa éagsúla. Cuireadh ar a thriail arís é as briseadh príosúin, agus rinneadh Lifer de."

"Agus an é sin—Onóir!—an t-aon uair a d'oibrigh tú amach, sa chuid seo den tír?"

"An t-aon uair."

"Cad é do thuairim faoin áit?"

"Áit is beithíoch. Mudbank, ceo, swamp, agus obair; obair, swamp, ceo, agus mudbank."

Rinne an bheirt acu eiseamláir den áit i dteanga an-láidir, agus de réir a chéile d'fhás siad iad féin amach, agus ní raibh aon rud fágtha le rá acu.

Tar éis dom an dialóg seo a shárú, ba chóir dom a bheith cinnte go bhfuair mé síos agus fágadh i solitude agus dorchadas an mhórbhealaigh mé, ach le mothú cinnte nach raibh aon amhras ar an bhfear faoi mo chéannacht. Go deimhin, ní hamháin go raibh mé athraithe mar sin le linn an dúlra, ach mar sin cóirithe go difriúil agus mar sin difriúil imthoisc, nach raibh sé ar chor ar bith dócha go bhféadfadh sé a bheith ar eolas agam gan cabhair thaisme. Fós féin, bhí an chomhtharlú ar ár bheith le chéile ar an gcóiste, aisteach go leor chun mé a líonadh le dread go bhféadfadh comhtharlúint éigin eile ceangal a dhéanamh liom tráth ar bith, ina éisteacht, le m'ainm. Ar an gcúis seo, bheartaigh mé tuirlingt chomh luath agus a leag muid lámh ar an mbaile, agus chuir mé mé féin as a éisteacht. D'éirigh leis an ngléas seo a rith liom. Bhí mo portmanteau beag sa bhróg faoi mo chosa; Bhí orm ach hinge a chasadh chun é a fháil amach; Chaith mé síos romham é, d'éirigh mé síos ina dhiaidh, agus fágadh ag an gcéad lampa é ar na chéad chlocha de phábháil an bhaile. Maidir leis na daoránaigh, chuaigh siad a mbealach leis an gcóiste, agus bhí a fhios agam ag an bpointe go mbeadh siad spirited amach go dtí an abhainn. I mo mhaisiúil, chonaic mé an bád lena fhoireann daoránach ag fanacht leo ag an staighre slime-nite, - arís chuala an gruff "Tabhair bealach, tú!" Cosúil le agus a ordú do mhadraí, - arís chonaic an ghránna Noah ar Ark atá suite amach ar an uisce dubh.

Ní fhéadfainn a rá cad a bhí eagla orm, mar bhí eagla orm ar fad gan sainmhíniú agus doiléir, ach bhí eagla mhór orm. Agus mé ag siúl ar aghaidh go dtí an t-óstán, mhothaigh mé gur chuir dread, i bhfad níos mó ná an t-aitheantas pianmhar nó easaontach, crith orm. Tá mé cinnte nár ghlac sé aon leithleachas crutha, agus gurbh í an athbheochan ar feadh cúpla nóiméad de sceimhle na hóige.

Bhí an seomra caife ag an Torc Gorm folamh, agus ní hamháin gur ordaigh mé mo dhinnéar ansin, ach shuigh mé síos chuige, sula raibh aithne ag an bhfreastalaí orm. Chomh luath agus a ghabh sé leithscéal as an remissness a chuimhne, d'fhiafraigh sé díom ar chóir dó Boots a sheoladh don Uasal Pumblechook?

"Níl," arsa mise, "cinnte nach bhfuil."

Bhí iontas ar an bhfreastalaí (ba é an té a thug suas an Remonstrance Mór ó na Commercials, an lá a raibh mé faoi cheangal), agus thapaigh sé an deis is luaithe chun seanchóip salach de nuachtán áitiúil a chur chomh díreach sin i mo bhealach, gur thóg mé suas é agus gur léigh mé an mhír seo:—

Foghlaimeoidh ár léitheoirí, ní gan spéis ar fad, ag tagairt don ardú rómánsúil a tháinig le déanaí ar fhortún artificer óg in iarann na comharsanachta seo (cad é téama, dála an scéil, do pheann draíochta ár mbailte nach n-aithnítear go huilíoch TOOBY, file ár gcolún!) go bhfuil pátrún, compánach, is luaithe na hóige, agus cara, ba dhuine é a raibh ardmheas air nach raibh baint ar bith aige le trádáil an arbhair agus an tsíl, agus a bhfuil a áitreabh gnó áisiúil agus commodious suite laistigh de chéad míle ón tSráid Ard. Níl sé go hiomlán beag beann ar ár mothúcháin phearsanta a thaifeadadh againn HIM mar Mheantóir ar ár Telemachus óg, mar tá sé go maith a fhios go bhfuil ár mbaile a tháirgtear an bunaitheoir an dara ceann fortunes. An bhfuil an brow thought-contracted an Sage áitiúil nó an tsúil lustrous de áilleacht áitiúil fiosrú a fortunes? Creidimid gurbh é Quintin Matsys gabha Antwerp. BRIATHAR. SAP.

Is dóigh liom, bunaithe ar thaithí mhór, dá mba rud é go ndeachaigh mé go dtí an Mol Thuaidh i laethanta mo rathúnais, gur cheart dom bualadh le duine éigin ansin, ag fánaíocht Esquimaux nó fear sibhialta, a déarfadh liom gurbh é Pumblechook an pátrún ba luaithe a bhí agam agus bunaitheoir mo chuid foinn.

Caibidil XXIX.

Betimes ar maidin bhí mé suas agus amach. Bhí sé róluath fós dul chuig Miss Havisham's, agus mar sin chuaigh mé isteach sa tír ar thaobh Miss Havisham den bhaile—rud nach raibh taobh Joe; D'fhéadfainn dul ann go dtí-morrow,-ag smaoineamh ar mo phátrúin, agus pictiúir iontacha dá pleananna a phéinteáil dom.

Bhí glactha aici le Estella, bhí sí chomh maith agus a d'uchtaigh mé, agus ní fhéadfadh sé a bheith ar intinn aici muid a thabhairt le chéile. Chuir sí in áirithe dom an teach desolate a chur ar ais, an solas na gréine a ligean isteach sna seomraí dorcha, na cloig a shocrú ag dul agus na teallaigh fhuara a-blazing, cuimilt síos na cobwebs, scrios an vermin, - i mbeagán focal, déan na gníomhais shining an Ridire óg grá, agus pósadh an Banphrionsa. Stop mé ag breathnú ar an teach mar a rith liom; agus a ballaí brící dearga seared, fuinneoga blocáilte, agus eidhneán glas láidir clasping fiú na cruacha simléir lena craobhóga agus tendons, amhail is dá mba le sean-arm sinewy, bhí déanta suas Mystery saibhir tarraingteach, a raibh mé an laoch. Ba é Estella a spreag é, agus croí an scéil, ar ndóigh. Ach, cé gur ghlac sí seilbh chomh láidir sin orm, cé go raibh mo mhaisiúil agus mo dhóchas leagtha uirthi mar sin, cé go raibh a tionchar ar mo shaol agus ar mo charachtar boyish uile-chumhachtach, ní raibh mé, fiú an mhaidin rómánsúil sin, í a infheistiú le haon tréithe ach amháin iad siúd a bhí aici. Luaim é seo san áit seo, de chuspóir seasta, toisc gurb é an leid a bhfuil mé le leanúint isteach i mo labyrinth bocht. De réir mo thaithí, ní féidir leis an nóisean traidisiúnta de leannán a bheith fíor i gcónaí. Is í an fhírinne neamhcháilithe, nuair a bhí grá agam do Estella le grá fear, go raibh grá agam di go simplí toisc go bhfuair mé í dochoiscthe. Uair amháin do chách; Bhí a fhios agam le mo bhrón, go minic agus go minic, más rud é nach i gcónaí, go raibh grá agam di in aghaidh cúise, in aghaidh gealltanas, in aghaidh na síochána, in aghaidh an dóchais, in aghaidh an tsonais, in aghaidh gach díspreagadh a d'fhéadfadh a bheith. Uair amháin do chách; Bhí grá agam di ar bith níos lú toisc go raibh a fhios agam é, agus ní raibh aon tionchar níos mó aige srian a chur orm ná dá mba rud é gur chreid mé go devoutly í a bheith foirfeachta daonna.

Mhúnlaigh mé mo shiúlóid chomh mór sin gur shroich mé an geata ag mo sheanam. Nuair a bhí mé ag rith ag an gclog le lámh unsteady, chas mé mo dhroim ar an ngeata, agus rinne mé iarracht a fháil ar mo anáil agus a choinneáil ar an beating mo chroí measartha ciúin. Chuala mé an taobhdhoras ar oscailt, agus tháinig céimeanna trasna an chlóis; ach lig mé orm gan a chloisteáil, fiú nuair a chastar an geata ar a insí meirgeacha.

Agus mé i dteagmháil léi go deireanach ar an ngualainn, thosaigh mé agus chas mé. Thosaigh mé i bhfad níos nádúrtha ansin, chun mé féin a fháil i láthair ag fear i gúna liath sober. An fear deireanach ba cheart dom a bheith ag súil a fheiceáil san áit sin de porter ag doras Miss Havisham.

"Orlick!"

"Ah, máistir óg, tá níos mó athruithe ná mise. Ach tar isteach, tar isteach. Tá sé i gcoinne mo chuid orduithe an geata a choinneáil oscailte."

Tháinig mé isteach agus swung sé é, agus faoi ghlas é, agus thóg an eochair amach. "Sea!" ar seisean, agus é ag tabhairt aghaidh ar bhabhta, tar éis dom cúpla céim a thabhairt i dtreo an tí. "Seo mise!"

"Conas a tháinig tú anseo?"

"Tagaim anseo," ar seisean, "ar mo chosa. Bhí mo bhosca tugtha in éineacht liom i mbearna."

"An bhfuil tú anseo go maith?"

"Níl mé anseo le haghaidh dochair, a mháistir óg, is dócha?"

Ní raibh mé chomh cinnte de sin. Bhí fóillíocht agam chun siamsaíocht a chur ar an atvuít i m'intinn, agus thóg sé a sracfhéachaint throm go mall ón gcosán, suas mo chosa agus mo ghéaga, go dtí m'aghaidh.

"Ansin d'fhág tú an cheárta?" Dúirt mé.

"An bhfuil cuma bhrionnú air seo?" a d'fhreagair Orlick, ag seoladh a sracfhéachaint timpeall air le haer gortaithe. "Anois, an bhfuil an chuma air?"

D'fhiafraigh mé de cén fhad a d'fhág sé ceárta Gargery?

"Tá lá amháin chomh cosúil le ceann eile anseo," a d'fhreagair sé, "nach bhfuil a fhios agam gan é a chaitheamh suas. Mar sin féin, tagaim anseo tamall ó d'imigh tú.

"D'fhéadfainn é sin a rá leat, a Orlick."

"Ah!" ar seisean, go tirim. "Ach ansin caithfidh tú a bheith i do scoláire."

Faoin am seo bhí muid tagtha go dtí an teach, áit a bhfuair mé amach go raibh a sheomra ar cheann díreach laistigh den taobh-doras, agus fuinneog bheag ann ag féachaint ar an gclós. Ina chionmhaireachtaí beaga, ní raibh sé murab ionann agus an cineál áite a shanntar de ghnáth do gheata-porter i bPáras. Bhí eochracha áirithe crochta ar an mballa, agus chuir sé eochair an gheata leis anois; agus bhí a leaba clúdaithe le paisteáil i roinn bheag istigh nó cuasáin. Bhí cuma shlachtmhar, ghaibhnithe, agus chodlata ar an iomlán, cosúil le cage do dormouse daonna; agus é, looming dorcha agus trom faoi scáth cúinne ag an bhfuinneog, d'fhéach sé cosúil leis an dormouse daonna a raibh sé feistithe suas,-mar go deimhin bhí sé.

"Ní fhaca mé an seomra seo riamh cheana," a dúirt mé; "ach ní bhíodh Porter ar bith anseo."

"Níl," ar seisean; "Ní till fuair sé faoi nach raibh aon chosaint ar an áitreabh, agus a thagann sé a mheas contúirteacha, le daoránach agus Tag agus Rag agus Bobtail ag dul suas agus síos. Agus ansin moladh mé go dtí an áit mar fhear a d'fhéadfadh a thabhairt fear eile chomh maith agus a thug sé, agus ghlac mé é. Tá sé níos éasca ná bellowsing agus hammering.—Sin luchtaithe, is é sin."

Bhí mo shúil gafa ag gunna le stoc práis-cheangal thar an simléar-píosa, agus bhí a shúil lean mianach.

"Bhuel," arsa mise, ní mian liom tuilleadh comhrá a dhéanamh, "an rachaidh mé suas go Miss Havisham?"

"Dóigh dom, má tá a fhios agam!" retorted sé, síneadh ar dtús é féin agus ansin croitheadh é féin; "Críochnaíonn mo chuid orduithe anseo, a mháistir óg. Tugaim é seo anseo clog rap leis an casúr anseo, agus téann tú ar aghaidh ar feadh an phasáiste go dtí go mbuaileann tú le duine éigin.

"Táthar ag súil leis, creidim?"

"Dóigh liom faoi dhó os a chionn, más féidir liom a rá!" ar seisean.

Ar sin, chas mé síos an pasáiste fada a bhí agam ar dtús i mo bhróga tiubha, agus rinne sé fuaim a chloigín. Ag deireadh an phasáiste, agus an clog fós ag reverberating, fuair mé Sarah Pocket, a raibh an chuma air go bhfuil sí anois glas agus buí de bharr mé.

"Ó!" ar sise. "Tusa, an ea, an tUasal Pip?"

"Tá sé, Miss Pocket. Tá áthas orm a rá leat go bhfuil an tUasal Pocket agus an teaghlach go léir go maith.

"An bhfuil siad aon wiser?" arsa Sorcha, le croitheadh dismal an ceann; "Bhí siad níos fearr a bheith níos críonna, ná go maith. Ah, Matha, Matha! Tá a fhios agat do bhealach, a dhuine uasail? "

Is dócha, mar bhí mé imithe suas an staighre sa dorchadas, go leor ama. Chuaigh mé suas anois é, i mbróga níos éadroime ná yore, agus tapped i mo sheanbhealach ag doras sheomra Miss Havisham. "Pip's rap," a chuala mé í a rá, láithreach; "tar isteach, a Pip."

Bhí sí ina cathaoir in aice leis an seanbhord, sa seanghúna, agus a dhá lámh trasnaithe ar a maide, a smig ag luí orthu, agus a súile ar an tine. Ina suí in aice léi, leis an bróg bán, nach raibh caite riamh, ina láimh, agus a ceann lúbtha mar a d'fhéach sí air, bhí bean galánta nach bhfaca mé riamh.

"Tar isteach, Pip," lean Miss Havisham ar aghaidh ag mutter, gan breathnú cruinn nó suas; "tar isteach, Pip, conas a dhéanann tú, Pip? mar sin póg tú mo lámh amhail is dá mba banríon mé, eh?-Bhuel?"

D'fhéach sí suas orm go tobann, gan ach a súile a bhogadh, agus arís agus arís eile ar bhealach gruama spraíúil,—

"Bhuel?"

"Chuala mé, Iníon Havisham," a dúirt mé, in áit ag cailleanas, "go raibh tú chomh cineálta agus is mian liom teacht agus tú a fheiceáil, agus tháinig mé go díreach."

"Bhuel?"

An bhean nach bhfaca mé riamh cheana, thóg sí suas a súile agus d'fhéach sí go stua orm, agus ansin chonaic mé gur súile Estella a bhí sna súile. Ach bhí sí an oiread sin athraithe, bhí i bhfad níos áille, i bhfad níos mó womanly, i ngach rud a bhuaigh admiration, bhí déanta dul chun cinn iontach den sórt sin, go raibh an chuma orm go ndearna aon cheann. Fancied mé, mar a d'fhéach mé ar a, gur shleamhnaigh mé hopelessly ar ais isteach sa buachaill garbh agus coitianta arís. O an tuiscint ar fad agus difríocht a tháinig orm, agus an inaccessibility a tháinig mar gheall uirthi!

Thug sí a lámh dom. Stammered mé rud éigin mar gheall ar an pléisiúr a mhothaigh mé i féachaint uirthi arís, agus mar gheall ar mo bheith ag tnúth leis, ar feadh i bhfad, fada.

"An bhfuil tú ag teacht uirthi athrú i bhfad, Pip?" D'iarr Iníon Havisham, lena cuma greedy, agus buailte a bata ar chathaoir a sheas eatarthu, mar chomhartha dom chun suí síos ann.

"Nuair a tháinig mé isteach, Miss Havisham, shíl mé nach raibh aon rud de Estella san aghaidh nó san fhigiúr; ach anois socraíonn sé go léir síos chomh fiosrach isteach sa sean-"

"Cad é? Níl tú ag dul a rá isteach sa sean-Estella? Chuir Iníon Havisham isteach. "Bhí sí bródúil agus maslach, agus bhí tú ag iarraidh imeacht uaithi. Nach cuimhin leat?

Dúirt mé mearbhall go raibh sé sin i bhfad ó shin, agus go raibh a fhios agam nach raibh níos fearr ansin, agus a leithéidí. Rinne Estella aoibh gháire le composure foirfe, agus dúirt sí nach raibh aon amhras uirthi go raibh an ceart go leor agam, agus go raibh sí an-easaontach.

"An bhfuil *sé* athraithe?" D'iarr Iníon Havisham uirthi.

"Go mór," arsa Estella, ag féachaint orm.

"Níos lú garbh agus coitianta?" A dúirt Miss Havisham, ag imirt le gruaig Estella.

Rinne Estella gáire, agus d'fhéach sí ar an mbróg ina láimh, agus rinne sí gáire arís, agus d'fhéach sé orm, agus chuir sí an bhróg síos. Chaith sí liom mar bhuachaill go fóill, ach lured sí orm.

Shuigh muid sa seomra brionglóideach i measc na sean-tionchair aisteacha a bhí chomh mór sin orm, agus d'fhoghlaim mé go raibh sí ach díreach tar éis teacht abhaile ón bhFrainc, agus go raibh sí ag dul go Londain. Bródúil agus toiliúil mar a bhí sí d'aois, thug sí na cáilíochtaí sin isteach ina háilleacht go raibh sé dodhéanta agus as nádúr-nó shíl mé mar sin-iad a scaradh óna háilleacht. Go fírinneach, níorbh fhéidir í a scaradh óna láithreacht ó na hankerings wretched sin go léir tar éis airgead agus gentility a chuir isteach ar mo bhuachailleacht,-ó na mianta drochrialaithe sin go léir a chuir náire orm ar dtús sa bhaile agus Joe,-ó na físeanna sin go léir a d'ardaigh a aghaidh sa tine glowing, bhuail sé amach as an iarann ar an anvil, bhain sé as dorchadas na hoíche é chun breathnú isteach ar fhuinneog adhmaid an cheárta, agus flit ar shiúl. I bhfocal, níorbh fhéidir liom í a scaradh, san am atá caite nó san am i láthair, ó shaol inmheánach mo shaoil.

Socraíodh gur cheart dom fanacht ann an chuid eile den lá, agus filleadh ar an óstán istoíche, agus go Londain go moch. Nuair a bhí conversed againn ar feadh tamaill, chuir Miss Havisham chugainn beirt amach chun siúl sa ghairdín a ndearnadh faillí air: ar ár teacht isteach ag agus ag, a dúirt sí, ba chóir dom roth di faoi beagán, mar atá in amanna yore.

Mar sin, chuaigh Estella agus mé amach sa ghairdín ag an ngeata trína ndeachaigh mé ar strae go dtí mo theagmháil leis an uasal óg pale, anois Herbert; Mé, crith i spiorad agus adhradh an hem an-a gúna; sí, cumtha go leor agus an chuid is mó decidedly nach adhradh an hem de mo. Agus muid ag tarraingt in aice leis an áit a raibh an teagmháil, stad sí agus dúirt sí,—

"Caithfidh gur créatúr beag uatha a bhí ionam chun an troid sin a cheilt agus a fheiceáil an lá sin; ach rinne mé, agus bhain mé an-taitneamh as."

"Thug tú luach saothair mór dom."

"An raibh mé?" D'fhreagair sí, ar bhealach teagmhasach agus dearmadach. "Is cuimhin liom gur chuir mé an-agóid in aghaidh do chuid adversary, mar gheall ar ghlac mé tinn é gur chóir é a thabhairt anseo chun mé a mhealladh lena chuideachta."

"Is cairde iontacha é féin agus mise anois."

"An bhfuil tú? Is dóigh liom go gcuimhneoidh mé áfach, gur léigh tú lena athair?

"Tá."

Rinne mé an cead isteach le drogall, mar ba chosúil go raibh cuma boyish air, agus chaith sí níos mó ná go leor liom cheana féin cosúil le buachaill.

"Ó d'athraigh tú fortún agus ionchais, d'athraigh tú do chompánaigh," a dúirt Estella.

"Ar ndóigh," arsa mise.

"Agus gá," a dúirt sí, i ton haughty; "An rud a bhí oiriúnach duit uair amháin, bheadh sé mí-oiriúnach go leor duit anois."

I mo choinsias, tá amhras mór orm an raibh aon rún lingering fágtha agam dul chun Joe a fheiceáil; ach dá mbeadh, chuir an tuairim seo chun eitilte é.

"Ní raibh aon smaoineamh agat ar do fhortún maith, sna hamanna sin?" arsa Estella, le tonn bheag dá lámh, ag léiriú in amanna na troda.

"Níl a laghad."

An t-aer iomláine agus superiority lena shiúil sí ar mo thaobh, agus an t-aer na hóige agus aighneacht a shiúil mé ar a cuid, rinne codarsnacht gur bhraith mé go láidir. Bheadh sé rangaithe ionam níos mó ná mar a rinne sé, dá mba rud é nár mheas mé féin go raibh sé ag eliciting trí bheith chomh leagtha amach di agus sannta di.

Bhí an gairdín ró-fhásta agus céim chun siúl isteach gan stró, agus tar éis dúinn an babhta de a dhéanamh faoi dhó nó thrice, tháinig muid amach arís i gclós na grúdlainne. Thaispeáin mé di go deas nuair a chonaic mé í ag siúl ar na cascaí, an chéad seanlá sin, agus dúirt sí, le cuma fhuar mhíchúramach sa treo sin, "An raibh mé?" Mheabhraigh mé di cár tháinig sí amach as an teach agus thug mé mo chuid feola agus dí dom, agus dúirt sí, "Ní cuimhin liom." "Ní cuimhin go ndearna tú caoin dom?" arsa mise. "Níl," ar sise, agus chroith sí a ceann agus d'fhéach sí fúithi. Creidim go fírinneach nach bhfuil sí ag cuimhneamh agus gan a bheith ag cuimhneamh ar a laghad, rinne mé caoin arís, isteach,-agus is é sin an caoineadh is géire ar fad.

"Caithfidh go bhfuil a fhios agat," arsa Estella, ag caint liom mar a d'fhéadfadh bean iontach álainn, "nach bhfuil croí ar bith agam,-má tá aon rud le déanamh agam le mo chuimhne."

Fuair mé trí bhéarlagair éigin sa chaoi is gur ghlac mé an tsaoirse amhras a bheith orm faoi sin. Go raibh a fhios agam níos fearr. Nach bhféadfadh a leithéid d'áilleacht a bheith ann gan é.

"Ó! Tá croí agam a bheith sáinnithe isteach nó lámhaigh isteach, níl aon amhras orm," arsa Estella, "agus ar ndóigh má scoir sé de bhuille ba cheart dom éirí as. Ach tá a fhios agat cad is ciall agam. Níl aon softness agam ann, níl-comhbhrón-sentiment-nonsense.

Cad é a bhí iompartha isteach ar m'intinn nuair a sheas sí fós agus d'fhéach sí go haireach orm? Aon rud a chonaic mé in Miss Havisham? Ní hea. I gcuid de na breathnaíonn agus na gothaí a bhí aici bhí an tinge de chosúlacht le Miss Havisham a d'fhéadfaí a thabhairt faoi deara go minic go bhfuair leanaí iad, ó dhuine fásta a raibh baint mhór acu leis agus a raibh baint mhór acu leis, agus a dhéanfaidh, nuair a ritear an óige, cosúlacht iontach ócáideach ar léiriú idir aghaidheanna atá difriúil ar shlí eile. Agus fós ní raibh mé in ann é seo a rianú chuig Miss Havisham. D'fhéach mé arís, agus cé go raibh sí fós ag féachaint orm, bhí an moladh imithe.

Cad a *bhí* ann?

"Tá mé dáiríre," arsa Estella, gan an oiread sin le frown (mar bhí a beanna réidh) mar a bheadh dorchacht ar a aghaidh; "Má tá muid le caitheamh i bhfad le chéile, b'fhearr duit é a chreidiúint ag an am céanna. Níl!" imperiously stopadh dom mar a d'oscail mé mo liopaí. "Níor bhronn mé mo thairngreacht in áit ar bith. Ní raibh a leithéid riamh agam."

I nóiméad eile bhí muid sa ghrúdlann, chomh fada sin as úsáid, agus dhírigh sí ar an ngailearaí ard ina bhfaca mé í ag dul amach an chéad lá céanna, agus dúirt sí liom gur chuimhnigh sí go raibh sí suas ansin, agus go bhfaca sí mé i mo sheasamh scanraithe thíos. Mar a lean mo shúile a lámh bhán, arís an moladh dim céanna nach raibh mé in ann a thuiscint b'fhéidir thrasnaigh mé. Mo thús neamhdheonach ba chúis léi a lámh a leagan ar mo lámh. Láithreach rith an taibhse uair amháin eile agus bhí sé imithe.

Cad a *bhí* ann?

"Cad é an t-ábhar?" D'iarr Estella. "An bhfuil eagla ort arís?"

"Ba chóir dom a bheith, má chreid mé an méid a dúirt tú díreach anois," d'fhreagair mé, chun é a mhúchadh.

"Ansin nach bhfuil tú? An-mhaith. Deirtear, ar aon chuma. Is gearr go mbeidh Iníon Havisham ag súil leat ag do sheanphost, cé go gceapaim go bhféadfaí é sin a chur ar leataobh anois, le sean-ghiuirléidí eile. Lig dúinn a dhéanamh babhta amháin níos mó den ghairdín, agus ansin dul isteach. Tar! Ní chailIfidh tú deora as mo chruálacht go lá; beidh tú a bheith ar mo Leathanach, agus a thabhairt dom do ghualainn. "

Bhí a gúna dathúil trailed ar an talamh. Choinnigh sí é i lámh amháin anois, agus leis an gceann eile i dteagmháil léi go héadrom mo ghualainn agus muid ag siúl. Shiúil muid thart ar an ngairdín scriosta faoi dhó nó thrice níos mó, agus bhí sé go léir faoi bhláth dom. Dá mba é fás glas agus buí fiailí i smigeanna an tseanbhalla na bláthanna ba luachmhaire a shéid riamh, ní fhéadfadh sé a bheith níos mó i mo chuimhne.

Ní raibh aon neamhréireacht blianta eadrainn chun í a bhaint i bhfad uaim; bhí muid beagnach ar an aois chéanna, cé ar ndóigh an aois a dúradh le haghaidh níos mó ina cás ná i mianach; ach an t-aer inaccessibility a thug a háilleacht agus a modh di, cráite mé i measc mo aoibhnis, agus ag airde an dearbhaithe bhraith mé gur roghnaigh ár bpátrúin muid dá chéile. Buachaill wretched!

Faoi dheireadh chuamar ar ais isteach sa teach, agus ansin chuala mé, le hiontas, go raibh mo chaomhnóir tagtha anuas chun Miss Havisham a fheiceáil ar ghnó, agus go dtiocfadh sé ar ais chuig an dinnéar. Lasadh na seanbhrainsí de chandeliers sa seomra ina raibh an tábla múnlaithe scaipthe agus muid amuigh, agus bhí Miss Havisham ina cathaoir agus ag fanacht liom.

Bhí sé cosúil leis an gcathaoir féin a bhrú ar ais san am atá caite, nuair a thosaigh muid ar an seanchuaird mhall faoi luaithreach na féile brídeoige. Ach, sa seomra funereal, leis an figiúr sin den uaigh tar éis titim ar ais sa chathaoir ag socrú a súile uirthi, d'fhéach Estella níos gile agus níos áille ná riamh, agus bhí mé faoi enchantment níos láidre.

An t-am leáite mar sin ar shiúl, gur tharraing ár n-uair an chloig dinnéar luath gar ar láimh, agus d'fhág Estella dúinn a ullmhú í féin. Stopamar in aice le lár an bhoird fhada, agus Miss Havisham, agus ceann dá hairm feoite sínte amach as an gcathaoir, quieuit an lámh clenched sin ar an éadach buí. De réir mar a d'fhéach Estella siar thar a gualainn sula ndeachaigh sí amach ag an doras, phóg Miss Havisham an lámh sin di, le déine ravenous a bhí dá chineál uafásach go leor.

Ansin, Estella a bheith imithe agus d'imigh muid beirt ina n-aonar, chas sí liom, agus dúirt sí i gcogar,—

"An bhfuil sí álainn, galánta, dea-fhásta? An bhfuil meas agat uirthi?"

"Caithfidh gach duine a fheiceann í, Miss Havisham."

Tharraing sí lámh thart ar mo mhuineál, agus tharraing sí mo cheann gar di agus í ina suí sa chathaoir. "Grá di, grá di, grá di! Conas a úsáideann sí tú?"

Sula raibh mé in ann a fhreagairt (más rud é go raibh mé in ann a fhreagairt chomh deacair ceist ar chor ar bith) arís agus arís eile sí, "Grá di, grá di, grá di! Má tá sí i bhfabhar tú, grá di. Má wounds sí tú, grá di. Má stróiceann sí do chroí le píosaí,-agus de réir mar a éiríonn sé níos sine agus níos láidre stróicfidh sé níos doimhne,-grá di, grá di, grá di!

Ní fhaca mé riamh an díocas paiseanta sin agus a bhí ceangailte lena chaint ar na focail seo. D'fhéadfainn matáin na láimhe tanaí a mhothú thart ar mo mhuineál leis an vehemence a bhí aici.

"Éist liom, a Pip! Ghlac mé léi, to be loved. Phóraigh mé í agus chuir mé oideachas uirthi, le grá a thabhairt di. I developed her into what she is, d'fhorbair mé í ina bhfuil sí, go mb'fhéidir go mbeadh grá aici di. Grá di!

Dúirt sí an focal minic go leor, agus ní fhéadfadh aon amhras a bheith ann go raibh sé i gceist aici é a rá; ach dá mba fuath an focal a athrá go minic in ionad an ghrá—éadóchas—díoltas—bás dire—ní fhéadfadh sé a bheith níos cosúla le mallacht.

"Inseoidh mé duit," ar sise, sa chogar paiseanta céanna, "cad é an fíor-ghrá. Tá sé deabhóid dall, unquestioning féin-náiriú, aighneacht utter, muinín agus creideamh i gcoinne tú féin agus i gcoinne an domhain ar fad, a thabhairt suas do chroí ar fad agus anam leis an smiter-mar a rinne mé! "

Nuair a tháinig sí go dtí sin, agus le caoin fiáin a lean sin, rug mé uirthi thart ar an choim. Do d'éirigh sí suas sa chathaoir, ina shroud de gúna, agus bhuail ag an aer amhail is dá mbeadh sí chomh luath agus a bhuail í féin i gcoinne an bhalla agus tar éis titim marbh.

Rith sé seo go léir i gceann cúpla soicind. De réir mar a tharraing mé síos ina cathaoir í, bhí a fhios agam boladh a raibh a fhios agam, agus ag casadh, chonaic mé mo chaomhnóir sa seomra.

D'iompair sé i gcónaí (níor luaigh mé fós é, dar liom) ciarsúr póca de shíoda saibhir agus de chionmhaireachtaí maorga, a raibh luach mór ag baint leis ina ghairm. Chonaic mé é chomh terrify cliant nó finné ag searmanas unfolding an póca-ciarsúr amhail is dá mbeadh sé ag dul láithreach a buille a shrón, agus ansin pausing, amhail is dá mbeadh a fhios aige nár chóir go mbeadh sé am chun é a dhéanamh roimh an gcliant nó finné tiomanta é féin, go bhfuil an féin-cimiú leanúint go díreach, go leor mar ábhar ar ndóigh. Nuair a chonaic mé é sa seomra bhí an ciarsúr póca sainráiteach seo aige sa dá lámh, agus bhí sé ag féachaint orainn. Nuair a bhuail sé le mo shúil, dúirt sé go soiléir, ag sos momentary agus ciúin sa dearcadh sin, "Go deimhin? Uatha!" agus ansin cuir an ciarsúr ar a úsáid cheart le héifeacht iontach.

Chonaic Iníon Havisham é chomh luath agus a bhí mé, agus bhí (cosúil le gach duine eile) eagla air. Rinne sí iarracht láidir í féin a chumadh, agus stammered go raibh sé chomh poncúil agus a bhí riamh.

"Chomh poncúil is a bhí riamh," a dúirt sé arís agus arís eile, ag teacht aníos chugainn. "(Conas a dhéanann tú, Pip? Beidh mé a thabhairt duit turas, Iníon Havisham? Uair amháin?) Agus mar sin tá tú anseo, Pip?"

Dúirt mé leis nuair a tháinig mé, agus conas a theastaigh ó Miss Havisham dom teacht agus Estella a fheiceáil. D'fhreagair sé, "Ah! Bean óg an-bhreá! Ansin bhrúigh sé Miss Havisham ina cathaoir os a chomhair, le ceann dá lámha móra, agus chuir sé an ceann eile ina póca bríste amhail is dá mbeadh an póca lán de rúin.

"Bhuel, Pip! Cé chomh minic a chonaic tú Miss Estella roimhe seo?" ar seisean, nuair a tháinig stad air.

"Cé chomh minic?"

"Ah! Cé mhéad uair? Deich míle uair?"

"Ó! Is cinnte nach bhfuil an oiread sin ann."

"Faoi dhó?"

"Jaggers," interposed Miss Havisham, i bhfad ar mo faoiseamh, "fág mo Pip ina n-aonar, agus téigh leis go dtí do dhinnéar."

Chomhlíon sé, agus groped muid ár mbealach síos an staighre dorcha le chéile. Cé go raibh muid fós ar ár mbealach chuig na hárasáin scoite sin trasna an chlóis phábháilte ar chúl, d'fhiafraigh sé díom cé chomh minic is a chonaic mé Miss Havisham ag ithe agus ag ól; ag tairiscint fairsinge rogha dom, mar is gnách, idir céad uair agus uair amháin.

Mheas mé, agus dúirt sé, "Riamh."

"Agus ní bheidh, Pip," retorted sé, le aoibh gháire frowning. "Níor lig sí di féin a bheith le feiceáil ag déanamh ach an oiread, ó chaith sí an saol reatha seo aici. Wanders sí thart san oíche, agus ansin leagann lámha ar cibé bia mar a thógann sí."

"Guigh, a dhuine uasail," arsa mise, "an bhféadfainn ceist a chur ort?"

"Féadfaidh tú," a dúirt sé, "agus is féidir liom diúltú é a fhreagairt. Cuir do cheist."

"Ainm Estella. An é Havisham nó-?" Ní raibh aon rud le cur agam.

"Nó cad é?" ar seisean.

"An é Havisham é?"

"Is é Havisham é."

Thug sé seo muid go dtí an dinnéar-tábla, áit a raibh sí féin agus Sarah Pocket ag fanacht linn. An tUasal Jaggers i gceannas, shuigh Estella os coinne dó, thug mé aghaidh ar mo chara glas agus buí. Dined muid go han-mhaith, agus bhí waited ar ag maid-seirbhíseach riamh a bhí feicthe agam i ngach mo comings agus goings, ach a, le haghaidh aon rud a fhios agam, a bhí sa teach mistéireach an t-am ar fad. Tar éis an dinnéir cuireadh buidéal de rogha seanphort os comhair mo chaomhnóra (ba léir go raibh aithne mhaith aige ar an seanré), agus d'fhág an bheirt bhan muid.

Rud ar bith a comhionann leis an reticence chinneadh an tUasal Jaggers faoin díon riamh chonaic mé in áit eile, fiú i dó. Choinnigh sé a chuid breathnaíonn an-dó féin, agus d'ordaigh sé a shúile ar aghaidh Estella uair amháin le linn dinnéir. Nuair a labhair sí leis, d'éist sé, agus in am trátha d'fhreagair sé, ach níor fhéach sé uirthi riamh, go raibh mé in ann a fheiceáil. Ar an láimh eile, d'fhéach sí go minic air, le hús agus fiosracht, más rud é nach distrust, ach níor léirigh a aghaidh an chonaic is lú. Le linn an dinnéir ghlac sé gliondar tirim ar Sarah Pocket a dhéanamh níos glaise agus níos buí, trí thagairt a dhéanamh go minic i gcomhrá liom do mo chuid ionchais; ach anseo, arís, léirigh sé aon chonaic, agus fiú rinne sé le feiceáil go extorted sé-agus fiú rinne extort, cé nach bhfuil a fhios agam conas-na tagairtí as mo chuid féin neamhchiontach.

Agus nuair a bhí sé féin agus mé fágtha ina n-aonar le chéile, shuigh sé le haer air de luí ginearálta ag mar thoradh ar fhaisnéis a bhí aige, go raibh i ndáiríre i bhfad ró-dom. Rinne sé croscheistiú ar a fhíon nuair nach raibh aon rud eile idir lámha aige. Choinnigh sé idir é féin agus an choinneal, bhlais sé an port, rolladh ina bhéal é, shlog sé é, d'fhéach sé ar a ghloine arís, smelt an port, thriail sé, d'ól sé, líonadh arís, agus croscheistiú an ghloine arís, go dtí go raibh mé chomh neirbhíseach is dá mbeadh a fhios agam an fíon a bheith ag insint dó rud éigin le mo mhíbhuntáiste. Trí nó ceithre huaire a shíl mé go dtosódh mé ag comhrá; ach aon uair a chonaic sé mé ag dul a iarraidh air rud ar bith, d'fhéach sé ar dom lena ghloine ina láimh, agus rollta a fíon faoi ina bhéal, amhail is dá mba iarraidh orm a ghlacadh faoi deara go raibh sé ar aon úsáid, do ní raibh sé in ann a fhreagairt.

Sílim go raibh a fhios ag Miss Pocket go raibh baint ag an radharc a bhí agam léi sa chontúirt go n-éireodh sí as a meabhair, agus b'fhéidir ag stróiceadh as a caipín, - rud a bhí an-cheilteach, i nádúr mop muslin, - agus ag strewing an talamh lena cuid gruaige, - rud nár fhás cinnte ar *a* ceann. Ní raibh sí le feiceáil nuair a chuaigh muid suas go dtí seomra Miss Havisham ina dhiaidh sin, agus d'imir muid ceathrar ag feadaíl. San eatramh, chuir Miss Havisham, ar bhealach iontach, cuid de na seoda is áille óna bord feistis isteach i ngruaig Estella, agus faoina bosom agus a hairm; agus chonaic mé fiú mo chaomhnóir ag breathnú uirthi as faoina malaí tiubha, agus iad a ardú beagán, nuair a bhí a loveliness os a chomhair, leis na flushes saibhir glitter agus dath ann.

As an modh agus an méid a thóg sé ár trumpaí i gcoimeád, agus tháinig sé amach le cártaí beag meán ag na foircinn na lámha, roimh a raibh an ghlóir ár Ríthe agus Queens utterly abased, a rá liom rud ar bith; ná, ar an mothú go raibh mé, meas a lorg ar dúinn go pearsanta i bhfianaise trí tomhaiseanna an-soiléir agus bocht go raibh fuair sé amach i bhfad ó shin. An rud a d'fhulaing mé, ná an neamh-chomhoiriúnacht idir a láithreacht fhuar agus mo mhothúcháin i dtreo Estella. It was not that I knew I could never bear to speak to him about her, ní raibh a fhios agam nach bhféadfainn a bhróga a chloisteáil uirthi, go raibh a fhios agam nach bhféadfainn a lámha a ní; bhí sé, gur chóir mo admiration a bheith laistigh de chos nó dhó de dó,-bhí sé, gur chóir mo mothúcháin a bheith san áit chéanna leis,-*go*, bhí an imthoisc agonizing.

D'imir muid go dtí a naoi a chlog, agus ansin socraíodh nuair a tháinig Estella go Londain gur cheart dom a bheith forewarned di ag teacht agus ba chóir bualadh léi ag an gcóiste; agus ansin thóg mé cead di, agus leag mé lámh uirthi agus d'fhág mé í.

Luigh mo chaomhnóir ag an Torc sa chéad seomra eile liom. I bhfad isteach san oíche, focail Miss Havisham, "Grá di, grá di, grá di!" sounded i mo chluasa. Chuir mé in oiriúint iad do mo athrá féin, agus dúirt mé le mo philiúr, "Is breá liom í, is breá liom í, is breá liom í!" na céadta uair. Ansin, tháinig pléasc buíochais orm, gur chóir di a bheith i ndán dom, nuair a bhí buachaill an gabha. Ansin shíl mé dá mbeadh sí, mar a bhí eagla orm, ar aon bhealach rapturously buíoch as an gcinniúint sin go fóill, cathain a bheadh sí tús a bheith suim acu i dom? Cathain ba cheart dom an croí a mhúscailt istigh inti a bhí ina codladh agus ina codladh anois?

Ah dom! Shíl mé gur mothúcháin arda agus iontacha a bhí iontu sin. Ach níor shíl mé riamh go raibh aon rud íseal agus beag i mo choinneáil amach ó Joe, mar bhí a fhios agam go mbeadh sí díspeagúil air. Ní raibh ann ach lá imithe, agus thug Seosamh na deora isteach i mo shúile; bhí siad triomaithe go luath, Dia logh dom! a thriomú go luath.

Caibidil XXX.

Tar éis dom machnamh maith a dhéanamh ar an ábhar agus mé ag gléasadh ag an Torc Gorm ar maidin, bheartaigh mé a rá le mo chaomhnóir go raibh amhras orm gurb é Orlick an saghas ceart fear chun post muiníne a líonadh ag Miss Havisham's. "Cén fáth, ar ndóigh, nach bhfuil sé an saghas ceart fear, Pip," a dúirt mo chaomhnóir, compordach sásta roimh ré ar an ceann ginearálta, "toisc go bhfuil an fear a líonann an post iontaobhais riamh an saghas ceart fear." Dhealraigh sé go leor chun é a chur i biotáillí a fháil nach raibh an post áirithe seo go heisceachtúil ag an saghas ceart fear, agus d'éist sé ar bhealach sásta agus d'inis mé dó cén t-eolas a bhí agam ar Orlick. "An-mhaith, Pip," thug sé faoi deara, nuair a bhí críochnaithe agam, "Rachaidh mé thart faoi láthair, agus íocfaidh mé ár gcara as." Ina ionad sin alarmed ag an gníomh achomair, bhí mé ar feadh moill beag, agus fiú leid go bhféadfadh ár gcara féin a bheith deacair chun déileáil leis. "Oh no he won't," arsa mo chaomhnóir, ag déanamh a phóca-ciarsúr-phointe, le muinín foirfe; "Ba mhaith liom é a fheiceáil ag argóint na ceiste liom."

Mar a bhí muid ag dul ar ais le chéile go Londain ag an cóiste meán lae, agus mar bricfeasta mé faoi terrors den sórt sin de Pumblechook go raibh mé in ann a shealbhú scarcely mo cupán, thug sé seo dom deis a rá go raibh mé ag iarraidh siúlóid, agus go mbeadh mé ag dul ar feadh an bhóthair Londain cé go raibh an tUasal Jaggers áitiú, más rud é go mbeadh sé in iúl an coachman a fhios go ba mhaith liom a fháil isteach i mo áit nuair overtaken. Mar sin, cuireadh ar mo chumas eitilt ón Torc Gorm díreach tar éis an bhricfeasta. Faoin am sin agus mé ag déanamh lúb de thart ar chúpla míle isteach sa tír oscailte ar chúl áitreabh Pumblechook, chuaigh mé thart ar an tSráid Ard arís, beagán níos faide ná an clampar sin, agus mhothaigh mé mé féin i slándáil chomparáideach.

Bhí sé suimiúil a bheith sa seanbhaile ciúin uair amháin eile, agus ní raibh sé inghlactha a bheith anseo agus ansiúd a aithint go tobann agus stánadh ina dhiaidh. D'imigh duine nó beirt de lucht na ceirde amach as a gcuid siopaí agus chuaigh siad ar bhealach beag síos an tsráid romham, go dtiocfadh leo dul, amhail is go raibh dearmad déanta acu ar rud éigin, agus go dtabharfadh siad aghaidh ar aghaidh orm,—ar na hócáidí sin níl a fhios agam an ndearna siad nó mé an cur i gcéill is measa; níl siad á dhéanamh, nó ní fhaca mé é. Fós bhí mo sheasamh ina cheann oirirce, agus ní raibh mé míshásta ar chor ar bith leis, go dtí gur chaith Cinniúint mé ar bhealach an mhíchlú neamhtheoranta sin, buachaill Trabb.

Ag caitheamh mo shúile ar an tsráid ag pointe áirithe de mo dhul chun cinn, choinnigh mé buachaill Trabb ag druidim, ag lashing féin le mála gorm folamh. Ag meas gurbh fhearr dom machnamh séimh agus neamh-chomhfhiosach a dhéanamh air, agus gurbh é is dóichí a chuirfeadh a intinn olc orm, chuaigh mé chun cinn leis an léiriú sin ar ghnúis, agus bhí mé in áit comhghairdeas a dhéanamh liom féin ar mo rath, nuair a smote go tobann na glúine de bhuachaill Trabb le chéile, a chuid gruaige uprose, thit a chaipín as, trembled sé foirtil i ngach géag, staggered amach ar an mbóthar, agus ag caoineadh leis an populace, "Coinnigh dom! Tá mé chomh scanraithe!" feigned a bheith i paroxysm de terror agus contrition, ba chúis leis an dínit mo chuma. Mar a rith liom é, a chuid fiacla chattered os ard ina cheann, agus le gach marc de náiriú mhór, prostrated sé é féin sa deannach.

Ba rud deacair é seo a iompar, ach ní raibh aon rud ann. Ní raibh mé chun cinn dhá chéad slat eile nuair, le mo sceimhle inexpressible, iontas, agus fearg, beheld mé arís buachaill Trabb ag druidim. Bhí sé ag teacht thart ar choirnéal caol. Bhí a mhála gorm slung thar a ghualainn, tionscal macánta beamed ina shúile, léiríodh cinneadh chun dul ar aghaidh go dtí Trabb le briskness cheerful ina gait. Le turraing tháinig sé ar an eolas faoi dom, agus tugadh cuairt mhór air mar a bhí roimhe seo; ach an uair seo bhí a tairiscint rothlach, agus staggered sé bhabhta agus bhabhta dom le glúine níos afflicted, agus le lámha uplifted amhail is dá mba beseeching do trócaire. Bhí a fhulaingt hailed leis an áthas is mó ag snaidhm de lucht féachana, agus bhraith mé utterly confounded.

Ní raibh mé i bhfad níos faide síos an tsráid mar an oifig an phoist, nuair a beheld mé arís buachaill Trabb lámhach bhabhta ar bhealach ar ais. An uair seo, bhí sé athraithe go hiomlán. Chaith sé an mála gorm ar bhealach mo chóta mór, agus bhí sé ag strutting feadh na pábhála i dtreo dom ar an taobh eile den tsráid, ar fhreastail cuideachta de chairde óga áthas a bhfuil sé exclaimed ó am go ham, le tonn a lámh, "Níl a fhios yah!" Ní féidir le focail a rá an méid tromaithe agus gortaithe a chuir buachaill Trabb orm, agus é ag dul thar bráid orm, tharraing sé suas a bhóna léine, cheangail sé a chuid gruaige taobh, ghreamaigh sé akimbo lámh, agus smirked extravagantly ag, wriggling a uillinn agus comhlacht, agus ag tarraingt ar a chuid freastalaithe, "Níl a fhios yah, níl a fhios yah, 'pon my soul don't know yah!" An freastalaí náire ar a díreach ina dhiaidh sin ag cur chun crowing agus leanúint dom trasna an droichead le préacháin, mar ó fowl exceedingly dejected a bhí ar eolas agam nuair a bhí mé gabha, chríochnaigh an náire a d'fhág mé an baile, agus bhí, mar sin a labhairt, ejected sé isteach sa tír oscailte.

Ach mura raibh saol bhuachaill Trabb tógtha agam an uair sin, ní fheicim anois céard a d'fhéadfainn a dhéanamh. Chun a bheith ag streachailt leis ar an tsráid, nó a bheith cruinn aon chúiteamh níos ísle uaidh ná fuil is fearr a chroí, bheadh futile agus degrading. Thairis sin, buachaill a bhí ann nach bhféadfadh aon fhear a ghortú; nathair invulnerable agus dodging a, nuair a chased isteach i gcúinne, eitil amach arís idir cosa a captor, yelping scornfully. Scríobh mé, áfach, chuig an Uasal Trabb ag post an lae seo chugainn, a rá go gcaithfidh an tUasal Pip diúltú chun déileáil níos faide le duine a d'fhéadfadh dearmad a dhéanamh go dtí seo ar an méid a bhí dlite aige do leas is fearr na sochaí, maidir le buachaill a fhostú a excited Loathing i ngach intinn respectable.

An cóiste, leis an Uasal Jaggers taobh istigh, tháinig suas in am trátha, agus ghlac mé mo bhosca-suíochán arís, agus tháinig i Londain sábháilte, - ach ní fuaime, do mo chroí a bhí imithe. Chomh luath agus a tháinig mé, chuir mé trosc penitential agus bairille oisrí chuig Joe (mar chúiteamh as gan a bheith imithe mé féin), agus ansin chuaigh mé ar aghaidh go dtí Barnard's Inn.

Fuair mé Herbert ag ithe ar fheoil fhuar, agus áthas orm fáilte a chur romham ar ais. Tar éis The Avenger a chur chun bealaigh go dtí an teach caife ar feadh tréimhse chomh maith leis an dinnéar, mhothaigh mé go gcaithfidh mé mo chíche a oscailt an tráthnóna sin do mo chara agus chum. De réir mar a bhí muinín as an gceist le The Avenger sa halla, nach bhféadfaí a mheas ach i bhfianaise antechamber go dtí an poll eochrach, chuir mé chuig an Play é. D'fhéadfaí cruthúnas níos fearr a thabhairt ar dhéine mo ghéibhinn don tascmháistir sin, ná na hathruithe díghrádaithe a raibh mé de shíor ag iarraidh fostaíocht a fháil dó. Mar sin, is é an chiall atá leis ná antoisceacht, gur chuir mé chuig cúinne Hyde Park é uaireanta chun a fháil amach cad a bhí ann.

Dinnéar déanta agus muid inár suí lenár gcosa ar an fender, dúirt mé le Herbert, "Mo Herbert daor, tá mé rud éigin an-sonrach a insint duit."

"Mo Handel daor," ar seisean, "beidh meas agus meas agam ar do mhuinín."

"Baineann sé liom féin, a Herbert," arsa mise, "agus duine amháin eile."

Thrasnaigh Herbert a chosa, d'fhéach sé ar an tine lena cheann ar thaobh amháin, agus tar éis dó féachaint air i vain ar feadh tamaill, d'fhéach sé orm toisc nach ndeachaigh mé ar aghaidh.

"Herbert," arsa mise, ag leagan mo láimhe ar a ghlúin, "is breá liom — adhair mé — Estella."

In ionad a bheith transfixed, d'fhreagair Herbert ar bhealach éasca ábhar-de-chúrsa, "Go díreach. Bhuel?"

"Bhuel, Herbert? An é sin go léir a deir tú? Bhuel?"

"Cad é seo chugainn, ciallaíonn mé?" arsa Herbert. "Ar ndóigh tá a fhios agam é *sin*."

"Cén chaoi a bhfuil a fhios agat é?" arsa mise.

"Cén chaoi a bhfuil a fhios agam é, Handel? Cén fáth, uaitse."

"Níor dhúirt mé riamh leat."

"Dúirt sé liom! Níor inis tú dom riamh nuair a fuair tú do chuid gruaige gearrtha, ach bhí céadfaí agam é a bhrath. You have always adored her, ó shin i leith tá aithne agam ort. Thug tú do adoration agus do portmanteau anseo le chéile. Dúirt sé liom! Cén fáth, a dúirt tú liom i gcónaí an lá ar fad. Nuair a d'inis tú do scéal féin dom, d'inis tú dom go soiléir gur thosaigh tú ag adoring di an chéad uair a chonaic tú í, nuair a bhí tú an-óg go deimhin."

"Go han-mhaith, ansin," a dúirt mé, a raibh sé seo ina solas nua agus ní unwelcome, "Níor fhág mé riamh as adoring di. Agus tá sí tagtha ar ais, créatúr is áille agus is galánta. Agus chonaic mé inné í. Agus má adored mé í roimh, adhair mé anois doubly di. "

"Lucky for you then, Handel," arsa Herbert, "go bhfuil tú pioctha amach di agus tugtha di. Gan cur isteach ar thalamh toirmiscthe, is féidir linn a rá nach féidir aon amhras a bheith idir muid féin ar an bhfíric sin. An bhfuil aon smaoineamh agat go fóill, ar thuairimí Estella ar an gceist adoration?

Chroith mé mo cheann go gruama. "Ó! Tá sí na mílte míle ar shiúl, uaim," arsa mise.

"Foighne, mo Handel daor: am go leor, am go leor. Ach tá rud éigin eile le rá agat?

"Tá náire orm é a rá," a d'fhill mé, "agus fós níl sé níos measa é a rá ná smaoineamh air. Tugann tú fear ádhúil orm. Ar ndóigh, tá mé. Buachaill gabha a bhí ionam ach inné; Tá mé-cad a déarfaidh mé go bhfuil mé-go lá? "

"Abair fear maith, más mian leat frása," ar ais Herbert, miongháire, agus bualadh a lámh ar chúl mianach -"fear maith, le impetuosity agus leisce, boldness agus diffidence, gníomh agus dreaming, measctha aisteach i dó."

Stop mé ar feadh nóiméad chun a mheas an raibh an meascán seo i mo charachtar i ndáiríre. Ar an iomlán, níor aithin mé an anailís ar chor ar bith, ach shíl mé nárbh fhiú é a chur as a riocht.

"Nuair a iarraim cad tá mé chun glaoch orm féin go lá, Herbert," chuaigh mé ar aghaidh, "Molaim cad tá mé i mo smaointe. Deir tú go bhfuil an t-ádh orm. Tá a fhios agam nach ndearna mé aon rud chun mé féin a ardú sa saol, agus gur ardaigh Fortune amháin mé; Tá an t-ádh dearg air sin. Agus fós, nuair a smaoiním ar Estella-"

("Agus nuair nach bhfuil tú, tá a fhios agat?" Chaith Herbert isteach, lena shúile ar an tine; a shíl mé cineálta agus báúil leis.)

"-Ansin, mo Herbert daor, Ní féidir liom a insint duit cé chomh spleách agus éiginnte is dóigh liom, agus conas a nochtadh do na céadta seans. Ag seachaint talamh toirmiscthe, mar a rinne tú díreach anois, is féidir liom a rá fós go mbraitheann mo chuid ionchais go léir ar sheasmhacht duine amháin (gan aon duine a ainmniú). Agus ar an chuid is fearr, cé chomh éiginnte agus míshásúil, ach a fhios chomh doiléir cad iad! " Agus é seo á rá agam, thug mé faoiseamh do m'intinn faoin méid a bhí ann i gcónaí, níos mó nó níos lú, cé nach raibh aon amhras orm ó inné.

"Anois, a Handel," a d'fhreagair Herbert, ar a bhealach aerach, dóchasach, "feictear dom go bhfuilimid ag féachaint isteach i mbéal ár gcapall bronntanais le gloine formhéadúcháin. Mar an gcéanna, feictear dom, ag díriú ár n-aird ar an scrúdú, go ndéanaimid dearmad ar fad ar cheann de na pointí is fearr den ainmhí. Nár inis tú dom go ndúirt do chaomhnóir, an tUasal Jaggers, leat ar dtús, nach raibh tú ag súil leis ach amháin? Agus fiú más rud é nach raibh sé in iúl duit mar sin,-cé go bhfuil an-mhór Más rud é, deontas mé,-d'fhéadfá a chreidiúint go bhfuil de gach fir i Londain, is é an tUasal Jaggers an fear a shealbhú a chaidreamh i láthair i dtreo tú mura raibh sé cinnte ar a thalamh? "

Dúirt mé nach bhféadfainn a shéanadh gur pointe láidir é seo. Dúirt mé é (is minic a dhéanann daoine amhlaidh, i gcásanna den sórt sin) cosúil le lamháltas sách drogallach don fhírinne agus don cheartas;-amhail is dá mba mhian liom é a shéanadh!

"Ba cheart dom smaoineamh gur pointe láidir a bhí ann," arsa Herbert, "agus ba cheart dom a cheapadh go mbeadh tú buartha níos láidre a shamhlú; Maidir leis an gcuid eile, ní mór duit am do chaomhnóra a chaitheamh, agus caithfidh sé am a chliaint a chaitheamh. Beidh tú aon-agus-fiche sula mbeidh a fhios agat cá bhfuil tú, agus ansin b'fhéidir go bhfaighidh tú léargas breise. Ag gach imeacht, beidh tú níos gaire é a fháil, mar caithfidh sé teacht ar deireadh.

"Cad diúscairt dóchasach agat!" A dúirt mé, buíoch admiring a bhealaí cheery.

"Ba chóir dom a bheith," arsa Herbert, "mar níl mórán eile agam. Caithfidh mé a admháil, ag an by, nach bhfuil an tuiscint mhaith ar an méid atá ráite agam díreach tar éis mo chuid féin, ach m'athair. Ba é an t-aon ráiteas a chuala mé riamh é a dhéanamh ar do scéal, an ceann deiridh, 'Tá an rud socraithe agus déanta, nó ní bheadh an tUasal Jaggers ann." Agus anois sula ndeirim rud ar bith níos mó faoi m'athair, nó faoi mhac m'athar, agus muinín a aisíoc go muiníneach, ba mhaith liom mé féin a dhéanamh go mór in aontíos leat ar feadh nóiméid,-dearfach repulsive."

"Ní éireoidh leat," arsa mise.

"O sea beidh mé!" A dúirt sé. "A haon, a dó, a trí, agus anois tá mé istigh air. Handel, mo chomrádaí maith;" —cé gur labhair sé sa ton éadrom seo, bhí sé go mór i ndáiríre,—"Bhí mé ag smaoineamh ó bhí muid ag caint lenár gcosa ar an fender seo, nach féidir le Estella a bheith ina choinníoll de d'oidhreacht, mura ndearna do chaomhnóir tagairt di riamh. An bhfuil an ceart agam an méid a dúirt tú liom a thuiscint, mar nár thagair sé di riamh, go díreach nó go hindíreach, ar bhealach ar bith? Nár thug tú leid fiú, mar shampla, go mb'fhéidir go mbeadh tuairimí ag do phátrún maidir le do phósadh i ndeireadh na dála?

"Riamh."

"Anois, a Handel, tá mé saor go leor ó bhlas fíonchaora géara, ar m'anam agus ar m'onóir! Gan a bheith faoi cheangal léi, nach féidir leat tú féin a scaradh uaithi?—Dúirt mé leat gur chóir dom a bheith disagreeable."

Chas mé mo cheann ar leataobh, le haghaidh, le rush agus scuabadh, cosúil leis na gaotha riasc d'aois ag teacht suas as an bhfarraige, mothú mar sin a bhí subdued dom ar maidin nuair a d'fhág mé an forge, nuair a bhí na mists ag ardú go sollúnta, agus nuair a leag mé mo lámh ar an sráidbhaile finger-post, smote ar mo chroí arís. Bhí ciúnas eadrainn ar feadh tamaill bhig.

"Tá; ach mo Handel daor," Chuaigh Herbert ar aghaidh, amhail is dá mbeadh muid ag caint, in ionad adh, "a bheith fréamhaithe chomh láidir i chíche buachaill a bhfuil nádúr agus cúinsí a rinneadh chomh rómánsúil, rindreáil sé an-tromchúiseach. Smaoinigh ar a thabhairt suas, agus smaoineamh ar Miss Havisham. Smaoinigh ar a bhfuil sí féin (anois tá mé repulsive agus abominate tú dom). D'fhéadfadh rudaí uafásacha a bheith mar thoradh air seo."

"Tá a fhios agam é, Herbert," arsa mise, agus mo cheann iompaithe fós ar shiúl, "ach ní féidir liom cabhrú leis."

"Ní féidir leat tú féin a scaradh?"

"Níl. Dodhéanta!

"Ní féidir leat triail a bhaint as, a Handel?"

"Níl. Dodhéanta!"

"Bhuel!" arsa Herbert, ag éirí le croitheadh bríomhar amhail is dá mbeadh sé ina chodladh, agus ag corraí na tine, "anois déanfaidh mé iarracht mé féin a aontú arís!"

Mar sin, chuaigh sé thart ar an seomra agus chroith sé na cuirtíní amach, chuir sé na cathaoireacha ina n-áiteanna, shéid sé na leabhair agus mar sin de a bhí suite faoi, d'fhéach sé isteach sa halla, peeped isteach sa litir-bhosca, dhún an doras, agus tháinig sé ar ais go dtí a chathaoir ag an tine: nuair a shuigh sé síos, altranais a chos chlé sa dá arm.

"Bhí mé chun focal nó dhó a rá, Handel, maidir le m'athair agus mac m'athar. Tá faitíos orm go bhfuil sé gann go ndúirt mac m'athar nach iontach an rud é bunú m'athar sa teach."

"Tá neart ann i gcónaí, a Herbert," arsa mise, rud éigin spreagúil a rá.

"O sea! agus mar sin a deir an dustman, creidim, leis an gcead is láidre, agus mar sin a dhéanann an siopa mara-siopa sa chúlsráid. Gravely, Handel, for the subject is grave enough, tá a fhios agat conas atá sé chomh maith agus is féidir liom. Is dócha go raibh am ann uair amháin nuair nár thug m'athair cúrsaí suas; Ach má bhí riamh ann, tá an t-am imithe. An bhféadfainn ceist a chur ort an raibh deis agat riamh a rá, síos i do chuid den tír, go bhfuil páistí pósta nach bhfuil oiriúnach go díreach i gcónaí ag iarraidh a bheith pósta?

Bhí sé seo den sórt sin ceist uatha, gur iarr mé air mar chúiteamh, "An bhfuil sé amhlaidh?"

"Níl a fhios agam," arsa Herbert, "sin an rud ba mhaith liom a fháil amach. Toisc go bhfuil sé decidedly an cás le linn. Sampla suntasach ab ea mo dheirfiúr bhocht Charlotte, a bhí in aice liom agus a fuair bás sula raibh sí ceithre bliana déag d'aois. Tá Little Jane mar an gcéanna. Agus í ag iarraidh a bheith bunaithe go pósta, d'fhéadfá a cheapadh gur éirigh léi a bheith ann go gairid in oirchill suthain bliss baile. Tá socruithe déanta cheana féin ag Little Alick i bhfarraig dá cheardchumann le duine óg oiriúnach ag Kew. Agus go deimhin, sílim go bhfuil muid ar fad gafa, ach amháin an leanbh."

"Ansin tá tú?" arsa mise.

"Is mise," ar Herbert; "Ach is rún é."

Dhearbhaigh mé dó go raibh an rún á choinneáil agam, agus d'impigh mé go dtabharfaí tuilleadh sonraí dó. Labhair sé chomh ciallmhar agus mothúchánach ar mo laige gur theastaigh uaim rud éigin a fháil amach faoina neart.

"An bhféadfainn an t-ainm a iarraidh?" Dúirt mé.

"Ainm Clara," ar Herbert.

"Beo i Londain?"

"Sea, b'fhéidir gur chóir dom a lua," a dúirt Herbert, a bhí tar éis éirí aisteach crestfallen agus meek, ó tháinig muid ar an téama suimiúil, "go bhfuil sí in áit faoi bhun nóisean teaghlaigh nonsensical mo mháthar. B'éigean dá hathair a dhéanamh le biataíocht na bpaisinéirí. Sílim gur speiceas purser a bhí ann."

"Cad é anois?" arsa mise.

"Tá sé neamhbhailí anois," a d'fhreagair Herbert.

"Maireachtáil ar-?"

"Ar an gcéad urlár," arsa Herbert. Which was not at all what I meant, mar bhí sé i gceist agam mo cheist a chur i bhfeidhm ar a acmhainn. "Ní fhaca mé riamh é, óir choinnigh sé a sheomra lastuas i gcónaí, ós rud é go bhfuil aithne agam ar Clara. Ach chuala mé i gcónaí é. Déanann sé sraitheanna ollmhóra, - roars, agus pegs ag an urlár le roinnt ionstraim scanrúil. Agus é ag féachaint orm agus ansin ag gáire go croíúil, d'éirigh le Herbert ar feadh an ama a ghnáthbhealach bríomhar a ghnóthú.

"Nach bhfuil tú ag súil go bhfeicfidh tú é?" arsa mise.

"O sea, bím de shíor ag súil go bhfeicfidh mé é," arsa Herbert, "mar ní chloisim riamh é, gan a bheith ag súil go dtiocfadh sé tríd an tsíleáil. Ach níl a fhios agam cé chomh fada is a d'fhéadfadh na rachtaí a shealbhú.

Nuair a bhí sé ag gáire go croíúil arís, d'éirigh sé meek arís, agus dúirt sé liom go raibh sé ar intinn aige an bhean óg seo a phósadh. Dúirt sé mar proposition féin-soiléir, engendering biotáillí íseal, "Ach *ní féidir leat* pósadh, tá a fhios agat, cé go bhfuil tú ag lorg faoi tú."

Agus muid ag smaoineamh ar an tine, agus de réir mar a shíl mé cén fhís dheacair a bhí ann an Phríomhchathair chéanna a bhaint amach uaireanta, chuir mé mo lámha i mo phócaí. Píosa páipéir fillte i gceann acu ag mealladh m'aird, d'oscail mé é agus fuair mé amach gurb é an bille súgartha a fuair mé ó Sheosamh, i gcomparáid leis an amaitéarach cúige cáiliúil a raibh cáil Roscian air. "Agus beannaigh mo chroí," a dúirt mé go neamhdheonach os ard, "tá sé go-oíche!"

245

D'athraigh sé seo an t-ábhar ar an toirt, agus rinne sé rún daingean dúinn dul chuig an dráma. Mar sin, nuair a gheall mé mé féin a chompord agus abet Herbert i affair a chroí ar gach modh praiticiúil agus impracticable, agus nuair a d'inis Herbert dom go raibh a fhios ag a affianced cheana féin dom ag dea-cháil agus gur chóir dom a chur i láthair di, agus nuair a bhí muid lámha a chroitheadh ó chroí ar ár muinín frithpháirteach, shéid muid amach ár gcoinnle, déanta suas ár tine, faoi ghlas ár doras, agus a eisíodh amach i rompu an tUasal Wopsle agus an Danmhairg.

Caibidil XXXI.

Nuair a shroicheamar an Danmhairg, fuaireamar rí agus banríon na tíre sin ardaithe in dhá chathaoir láimhe ar bhord cistine, agus Cúirt ina seilbh acu. Bhí uaisle na Danmhairge ar fad i láthair; ina bhfuil buachaill uasal i mbróga leathair níocháin sinsear gigantic, Piaras venerable le aghaidh salach a raibh an chuma air gur ardaigh sé ó na daoine go déanach sa saol, agus an chivalry Danmhairge le cíor ina chuid gruaige agus péire cosa síoda bán, agus a chur i láthair ar an iomlán cuma baininscneach. Sheas mo townsman cumasach gloomily óna chéile, le hairm fillte, agus d'fhéadfadh mé a bheith ag iarraidh go raibh a gcuacha agus forehead níos dóchúla.

Tharla roinnt cúinsí beaga aisteacha de réir mar a chuaigh an gníomh ar aghaidh. Ní hamháin go raibh an chuma ar an scéal go raibh rí déanach na tíre trioblóideach le casacht nuair a bhí sé ag dul i léig, ach gur thug sé leis go dtí an tuama é, agus gur thug sé ar ais é. Rinne an phantom ríoga lámhscríbhinn ghostly bhabhta a truncheon, a raibh an chuma air tagairt ó am go chéile, agus go freisin, le haer imní agus claonadh a chailleadh an áit tagartha a bhí le fios ar staid mortlaíochta. Ba é seo, cumadh mé, rud a d'fhág gur chomhairligh an gailearaí don Scáthaigh "dul anonn!" —moladh a ghlac sé thar a bheith tinn. Bhí sé mar an gcéanna a thabhairt faoi deara ar an spiorad maorga, cé go raibh sé i gcónaí le feiceáil le haer a bheith amach ar feadh i bhfad agus shiúil achar ollmhór, tháinig sé perceptibly ó bhalla dlúth tadhlach. D'fhág sin go raibh a sceimhle le fáil go deisbhéalach. Mheas an pobal go raibh an iomarca práis fúithi ag Banríon na Danmhairge, bean an-bhuxom, cé nach raibh aon amhras uirthi go stairiúil; a smig á cheangal lena diadem ag banda leathan den mhiotal sin (amhail is dá mbeadh toothache taibhseach aici), a coim á thimpeallú ag ceann eile, agus gach ceann dá hairm ag ceann eile, ionas go raibh sí luaite go hoscailte mar "an citeal-druma." Ní raibh an buachaill uasal sna buataisí sinsearacha ag teacht salach ar a chéile, ag léiriú dó féin, mar a bhí sé in aon anáil amháin, mar mhairnéalach ábalta, mar aisteoir spaisteoireachta, mar thochaltóir uaighe, mar chléir, agus mar dhuine a raibh an-tábhacht ag baint leis ag cluiche fálúcháin Cúirte, ar údarás a raibh a shúil chleachtadh agus idirdhealú deas ar na buillí ab fhearr. De réir a chéile, d'fhág sin go raibh fonn toleration air, agus fiú—nuair a braitheadh é in oird naofa, agus ag meath chun seirbhís na sochraide a dhéanamh—go dtí an fearg ghinearálta a bhí i bhfoirm cnónna. Ar deireadh, bhí Ophelia ina chreiche le madness ceoil chomh mall sin, nuair a bhí sí tar éis a scairf muslin bán a thógáil as, é a fhilleadh suas, agus é a adhlacadh, fear sulky a bhí ag fuarú a shrón mífhoighneach le fada i gcoinne barra iarainn i sraith tosaigh an ghailearaí, d'fhás sé, "Now the baby's put to bed let's have supper!" Cé acu, a rá ar a laghad de, a bhí as a choinneáil.

Ar mo townsman trua carnadh na heachtraí seo go léir le héifeacht spraíúil. Aon uair a bhí ar an bPrionsa neamhchinnte sin ceist a chur nó amhras a lua, chabhraigh an pobal leis. Mar shampla; ar an gceist an bhfuil 'twas nobler in the mind to suffer, some roared yes, and some no, and some inclining to both opinions said "Toss up for it;" agus go leor Cumann Díospóireachta tháinig chun cinn. Nuair a d'iarr sé cad ba chóir comhaltaí den sórt sin mar a dhéanann sé crawling idir talamh agus neamh, bhí sé spreagadh le cries ard de "Éist, éisteacht!" Nuair a bhí sé le feiceáil lena neamhord stocála (a neamhord in iúl, de réir úsáide, ag fillte an-néata amhain sa bharr, is dócha go bhfuair mé suas le hiarann cothrom i gcónaí), bhí comhrá ar siúl sa ghailearaí maidir le paleness a chos, agus cibé an raibh sé mar thoradh ar an cas a thug an taibhse dó. Nuair a thóg sé na taifeadáin,— cosúil le fliúit bheag dhubh a bhí díreach seinnte sa cheolfhoireann agus a tugadh amach ag an doras,—glaodh air d'aon ghuth ar Riail Britannia. Nuair a mhol sé don imreoir gan an t-aer a fheiceáil mar sin, dúirt an fear sulky, "Agus ná déan é, ná; tá tú ag déileáil níos measa ná é! Agus grieve mé a chur go peals gáire bheannaigh an tUasal Wopsle ar gach ceann de na hócáidí.

Ach bhí a chuid trialacha is mó sa reilig, a raibh an chuma ar foraoise primeval, le cineál teach níocháin eaglasta beag ar thaobh amháin, agus geata turnpike ar an taobh eile. An tUasal Wopsle i clóca dubh cuimsitheach, á descried ag dul isteach ag an turnpike, bhí admonished an gravedigger ar bhealach cairdiúil, "Féach amach! Seo an gnóthaire ag teacht, chun a fháil amach conas atá tú ag dul ar aghaidh le do chuid oibre! Creidim go bhfuil sé ar eolas go maith i dtír bhunreachtúil nach bhféadfadh an tUasal Wopsle a bheith ar ais b'fhéidir an cloigeann, tar éis moralizing os a chionn, gan dusting a mhéara ar naipcín bán a tógadh as a chíche; ach fiú nár rith an gníomh neamhchiontach agus fíorriachtanach sin gan an trácht, "Wai-ter!" Ba é teacht an choirp le haghaidh interment (i mbosca dubh folamh leis an clúdach tumbling oscailte), an comhartha le haghaidh áthas ginearálta, a bhí i bhfad níos fearr ag an fhionnachtain, i measc na n-iompróirí, ar dhuine aonair obnoxious a aithint. D'fhreastail an t-áthas ar an Uasal Wopsle trína streachailt le Laertes ar bhrat na ceolfhoirne agus na huaighe, agus níor slackened níos mó go dtí go raibh tumbled sé an rí as an chistin-tábla, agus bhí fuair bás ag orlach ó na rúitíní aníos.

Bhí roinnt iarrachtaí pale déanta againn ar dtús chun bualadh bos a thabhairt don Uasal Wopsle; ach bhí siad ró-dhóchasach le bheith fós ann. Dá bhrí sin, shuigh muid, ag mothú go fonnmhar dó, ach ag gáire, mar sin féin, ó chluas go cluas. Rinne mé gáire in ainneoin mé féin an t-am ar fad, bhí an rud ar fad chomh droll; agus fós bhí mé le tuiscint folaigh go raibh rud éigin decidedly fíneáil i elocution Mr Wopsle ar, - ní ar mhaithe le cumainn d'aois ', Tá eagla orm, ach toisc go raibh sé an-mhall, an-dreary, an-suas an cnoc agus síos an cnoc, agus an-murab ionann agus aon bhealach ina bhfuil aon fhear in aon chúinsí nádúrtha den saol nó bás in iúl riamh é féin faoi rud ar bith. Nuair a bhí an tragóid thart, agus bhí sé ar a dtugtar agus hooted, dúirt mé le Herbert, "Lig dúinn dul ag an am céanna, nó b'fhéidir beidh muid ag freastal air."

Rinne muid an haste go léir a d'fhéadfaimis thíos staighre, ach ní raibh muid tapa go leor ach an oiread. Ina sheasamh ag an doras bhí fear Giúdach le smearadh trom mínádúrtha de shúil, a rug ar mo shúile agus muid chun cinn, agus dúirt sé, nuair a tháinig muid suas leis,—

"An tUasal Pip agus cara?"

Aitheantas an Uasail Pip agus cara confessed.

"An tUasal Waldengarver," a dúirt an fear, "Bheadh áthas a bheith acu ar an onóir."

"Waldengarver?" Arís agus arís eile mé-nuair a murmured Herbert i mo chluas, "Is dócha Wopsle."

"Ó!" arsa mise. "Tá. An leanfaidh muid thú?

"Cúpla céim, le do thoil." Nuair a bhí muid i alley taobh, chas sé agus d'iarr, "Conas a cheap tú d'fhéach sé?-cóirithe mé air."

Níl a fhios agam cén chuma a bhí air, ach amháin sochraid; nuair a cuireadh grian nó réalta mhór Danmhargach ar crochadh thart ar a mhuineál le ribín gorm, rud a thug an chuma air go raibh sé faoi árachas in Oifig Dóiteáin neamhghnách éigin. Ach dúirt mé go raibh cuma an-deas air.

"Nuair a thagann sé go dtí an uaigh," a dúirt ár stiúrthóir, "thaispeáin sé a chlóca álainn. Ach, ag moltóireacht ón sciathán, d'fhéach sé liom go mb'fhéidir go ndearna sé níos mó dá stocaí nuair a fheiceann sé an taibhse in árasán na banríona.

D'aontaigh mé go measartha, agus thit muid ar fad trí dhoras luascáin beag salach, isteach i saghas cás pacála te díreach taobh thiar de. Anseo bhí an tUasal

Wopsle divesting é féin ar a chuid éadaigh Danmhairgis, agus anseo ní raibh ach seomra dúinn chun breathnú air thar a chéile ar ghualainn, ag a choinneáil ar an doras pacáil-cás, nó clúdach, oscailte leathan.

"Uaisle," a dúirt an tUasal Wopsle, "Tá mé bródúil as tú a fheiceáil. Tá súil agam, an tUasal Pip, beidh tú leithscéal mo bhabhta sheoladh. Bhí an sonas orm aithne a chur ort san am a caitheadh, agus bhí éileamh riamh ag an Dráma a admhaíodh riamh, ar an uasal agus ar an saibhreas."

Idir an dá linn, bhí an tUasal Waldengarver, i perspiration scanrúil, ag iarraidh é féin a fháil amach as a chuid sables princely.

"Craiceann na stocaí as an tUasal Waldengarver," a dúirt úinéir na maoine sin, "nó beidh tú bust 'em. Bust 'em, agus beidh tú bust cúig-agus-tríocha scilling. Níor moladh Shakspeare riamh le péire níos míne. Coinnigh ciúin i do chathaoir anois, agus fág 'em dom."

Leis sin, chuaigh sé ar a ghlúine, agus thosaigh sé ag flay a íospartach; a bheadh, ar an gcéad stocáil ag teacht amach, tar éis titim thar gcúl lena chathaoir, ach nach mbeadh aon seomra le titim ar bhealach ar bith.

Bhí faitíos orm go dtí sin focal a rá faoin dráma. Ach ansin, d'fhéach an tUasal Waldengarver suas orainn go réchúiseach, agus dúirt sé,—

"A dhaoine uaisle, conas a chonacthas duit é, dul, os comhair?"

Dúirt Herbert ón taobh thiar (ag an am céanna ag poking dom), "Capitally." Mar sin, dúirt mé "Capitally."

"Cén chaoi ar mhaith leat mo léamh ar an gcarachtar, uaisle?" A dúirt an tUasal Waldengarver, beagnach, más rud é nach bhfuil go leor, le pátrúnacht.

Herbert dúirt ó taobh thiar (arís poking dom), "Ollmhór agus coincréite." Mar sin, dúirt mé boldly, amhail is dá mba tháinig mé é, agus ní mór impigh a éileamh ar sé, "Ollmhór agus coincréite."

"Tá áthas orm go bhfuil do approbation, uaisle," a dúirt an tUasal Waldengarver, le haer dínit, in ainneoin a bheith talamh i gcoinne an bhalla ag an am, agus a bhfuil ar aghaidh ag an suíomh an chathaoir.

"Ach beidh mé ag insint duit rud amháin, an tUasal Waldengarver," a dúirt an fear a bhí ar a ghlúine, "ina bhfuil tú amach i do léamh. Anois cuimhnigh! Is cuma liom cé a deir a mhalairt; Deirim leat mar sin. Tá tú amuigh i do léamh ar Hamlet nuair a fhaigheann tú do chosa i bpróifíl. An Hamlet deireanach mar cóirithe mé, rinne na botúin chéanna ina léamh ag cleachtadh, till fuair mé air a chur wafer mór dearg ar gach ceann dá shins, agus ansin ag an cleachtadh (a bhí an ceann deireanach) Chuaigh mé i tosaigh, a dhuine uasail, ar chúl an poll, agus aon uair a thug a léamh air i próifíl, Ghlaoigh mé amach "Ní fheicim aon wafers!" Agus san oíche bhí a léamh go hálainn."

An tUasal Waldengarver aoibh ag dom, an oiread agus is a rá "Spleách dílis-overlook mé a baois;" agus ansin dúirt os ard, "Is é mo thuairim beagán clasaiceach agus tuisceanach dóibh anseo; ach feabhsóidh siad, feabhsóidh siad."

Herbert agus dúirt mé le chéile, O, gan amhras go dtiocfadh feabhas orthu.

"An raibh tú faoi deara, uaisle," a dúirt an tUasal Waldengarver, "go raibh fear sa ghailearaí a rinne iarracht a chaitheamh derision ar an tseirbhís,-Ciallaíonn mé, an ionadaíocht?"

D'fhreagair muid go bunúsach gur shíl muid go raibh a leithéid d'fhear tugtha faoi deara againn. Dúirt mé, "Bhí sé ar meisce, gan amhras."

"O daor aon, a dhuine uasail," a dúirt an tUasal Wopsle, "nach bhfuil ar meisce. D'fheicfeadh a fhostóir é sin, a dhuine uasail. Ní ligfeadh a fhostóir dó a bheith ar meisce."

"Tá aithne agat ar a fhostóir?" arsa mise.

Dhún an tUasal Wopsle a shúile, agus d'oscail sé arís iad; ag déanamh an dá shearmanas go han-mhall. "Caithfidh tú a bheith faoi deara, uaisle," a dúirt sé, "asal aineolach agus blatant, le scornach rasping agus countenance expressive de urchóid íseal, a chuaigh tríd-Ní bheidh mé a rá marthanach-an rôle (más féidir liom a úsáid abairt Fraincise) de Claudius, Rí na Danmhairge. Sin é a fhostóir, a dhaoine uaisle. Is é sin an ghairm!

Gan a fhios agam go soiléir ar chóir dom a bheith níos mó leithscéal don Uasal Wopsle má bhí sé i éadóchas, bhí mé chomh leithscéal dó mar a bhí sé, gur ghlac mé an deis a bhabhta casadh a bheith acu a braces a chur ar,-a jostled dúinn amach ag an doras,-a iarraidh Herbert cad a cheap sé a bhfuil sé abhaile chun suipéar? Dúirt Herbert gur shíl sé go mbeadh sé cineálta é sin a dhéanamh; dá bhrí sin thug mé cuireadh dó, agus chuaigh sé go dtí Barnard's linn, fillte suas go dtí na súile, agus rinne muid ár ndícheall dó, agus shuigh sé go dtí a dó a chlog ar maidin, athbhreithniú a dhéanamh ar a rath agus a chuid pleananna a fhorbairt. Déanaim dearmad go mion ar a raibh iontu, ach tá cuimhne ghinearálta agam go raibh sé chun tús a chur le hathbheochan an Dráma, agus deireadh a chur leis an mbrú; inasmuch mar a d'fhágfadh a decease é go hiomlán bereft agus gan seans ná dóchas.

Is trua go ndeachaigh mé a chodladh tar éis an tsaoil, agus smaoinigh mé go truamhéalach ar Estella, agus shamhlaigh mé go truamhéalach go raibh mo chuid ionchais ar fad curtha ar ceal, agus go raibh orm mo lámh a thabhairt i bpósadh do Clara Herbert, nó Hamlet a imirt le Miss Havisham's Ghost, roimh fiche míle duine, gan fiche focal de a bheith ar eolas agam.

Caibidil XXXII.

Lá amháin nuair a bhí mé gnóthach le mo leabhair agus an tUasal Pocket, fuair mé nóta ag an bpost, an taobh amuigh ach chaith mé isteach i flutter mór; óir, cé nach bhfaca mé riamh an lámhscríbhneoireacht inar díríodh é, dhiaga mé a raibh a lámh. Ní raibh aon tús socraithe aige, mar a chara Mr. Pip, nó Dear Pip, nó Dear Sir, nó Dear Anything, ach rith sé mar sin:—

> "Tá mé le teacht go Londain an lá tar éis an cóitseálaí meán lae. Creidim go raibh sé socraithe gur chóir duit bualadh liom? Ag gach imeacht tá an tuiscint sin ag Miss Havisham, agus scríobhaim i chách géilleadh dó. Cuireann sí a meas ort.
>
> "Mise, ESTELLA."

Dá mbeadh an t-am ann, is dócha gur ordaigh mé roinnt cultacha éadaí don ócáid seo; ach mar nach raibh, bhí mé fain a bheith sásta leis na daoine a bhí agam. D'imigh mo ghoile ar an toirt, agus ní raibh síocháin ná scíth ar eolas agam go dtí gur tháinig an lá. Ní hé gur thug a theacht mé ach an oiread; óir, ansin bhí mé níos measa ná riamh, agus thosaigh mé ag cur isteach ar oifig an chóiste i Sráid na Coille, Cheapside, sular fhág an cóiste an Torc Gorm inár mbaile. I gcás gach go raibh a fhios agam seo breá go maith, Bhraith mé fós amhail is dá mba nach raibh sé sábháilte a ligean ar an chóiste-oifig a bheith as mo radharc níos faide ná cúig nóiméad ag an am; agus sa riocht seo míshuaimhnis bhí an chéad leathuair an chloig d'uaireadóir ceithre nó cúig uair an chloig déanta agam, nuair a rith Wemmick i mo choinne.

"Halloa, an tUasal Pip," a dúirt sé; "Conas a dhéanann tú? Is ar éigean gur shíl mé gurbh é seo *do* bhuille."

Mhínigh mé go raibh mé ag fanacht le bualadh le duine éigin a bhí ag teacht suas le cóiste, agus d'fhiosraigh mé i ndiaidh an Chaisleáin agus an Aois.

"An dá buíochas faoi bhláth," a dúirt Wemmick, "agus go háirithe an Aois. Tá sé i cleite iontach. Beidh sé ochtó a dó lá breithe seo chugainn. Tá nóisean agam gur lámhaigh mé ochtó a dó uair, mura ndéanfadh an chomharsanacht gearán, agus gur chóir go mbeadh gunna mór de mo chuid ar comhchéim leis an mbrú. Ní caint Londan í seo, áfach. Cá gceapann tú go bhfuil mé ag dul?

"Chun na hoifige?" arsa mise, mar bhí sé ag claonadh sa treo sin.

"An chéad rud eile leis," a d'fhill Wemmick, "Táim ag dul go Newgate. Tá muid i gcás beartán baincéara díreach faoi láthair, agus bhí mé síos an bóthar ag glacadh squint ag láthair an aicsin, agus air sin caithfidh focal nó dhó a bheith againn lenár gcliant."

"An ndearna do chliant an robáil?" D'iarr mé.

"Beannaigh d'anam agus do chorp, níl," a d'fhreagair Wemmick, an-drily. "Ach tá sé cúisithe as. Mar sin, d'fhéadfá nó liom a bheith. D'fhéadfaí ceachtar againn a chúiseamh as, tá a fhios agat.

"Níl ach ceachtar againn," a dúirt mé.

"Yah!" A dúirt Wemmick, touching dom ar an chíche lena forefinger; "Tá tú ar cheann domhain, an tUasal Pip! Ar mhaith leat féachaint ar Newgate? An bhfuil am le spáráil agat?

Bhí an oiread sin ama le spáráil agam, gur tháinig an togra mar fhaoiseamh, d'ainneoin a neamh-chomhoiriúnachta le mo mhian folaigh mo shúil a choinneáil ar oifig an chóiste. Muttering go ba mhaith liom a dhéanamh ar an bhfiosrúchán cibé an raibh mé am chun siúl leis, chuaigh mé isteach san oifig, agus fuair sé amach ón gcléireach leis an cruinneas is deise agus i bhfad chun an iarraidh a temper, an nóiméad is luaithe ag a bhféadfaí a bheith ag súil leis an cóiste, - a bhí a fhios agam roimh ré, go leor chomh maith leis. Tháinig mé ar ais ansin an tUasal Wemmick, agus a dhéanann difear dul i gcomhairle le mo faire, agus a bheith ionadh ag an t-eolas a fuair mé, ghlac a thairiscint.

Bhíomar ag Newgate i gceann cúpla nóiméad, agus chuaigh muid tríd an lóiste ina raibh roinnt laincisí crochta suas ar na ballaí loma i measc rialacha an phríosúin, isteach ar an taobh istigh den phríosún. Ag an am sin rinneadh faillí mhór ar phríosúin, agus bhí tréimhse an fhrithghníomhaithe áibhéalach mar thoradh ar gach éagóir phoiblí—agus arb é an pionós is troime agus is faide i gcónaí é—fós i bhfad as. Mar sin, ní raibh felons thaisceadh agus chothaithe níos fearr ná saighdiúirí (a rá rud ar bith de paupers), agus is annamh a leagtar tine ar a bpríosúin leis an réad excusable feabhas a chur ar an blas a anraith. Bhí sé ag tabhairt cuairte ar am nuair a thóg Wemmick isteach mé, agus bhí potman ag dul a bhabhtaí le beoir; agus bhí na príosúnaigh, taobh thiar de bharraí i gclóis, ag ceannach beorach, agus ag caint le cairde; agus radharc frowzy, gránna, mí-ordúil, depressing a bhí ann.

Bhuail sé liom gur shiúil Wemmick i measc na bpríosúnach i bhfad mar a d'fhéadfadh garraíodóir siúl i measc a phlandaí. Cuireadh é seo isteach i mo cheann ar dtús ag a fheiceáil shoot a tháinig suas san oíche, agus ag rá, "Cad, Captaen Tom? An bhfuil *tú* ann? Ah, go deimhin!" agus freisin, "An bhfuil an Bille Dubh sin taobh thiar den sistéal? Cén fáth nár lorg mé an dá mhí seo ort; conas a aimsíonn tú tú féin? Chomh maith céanna ina stopadh ag na barraí agus ag freastal ar whisperers imníoch,-i gcónaí ina n-aonar,-Wemmick lena phost-oifig i stát dochorraithe, d'fhéach sé orthu agus iad i gcomhdháil, amhail is dá mbeadh sé ag tabhairt fógra ar leith ar an dul chun cinn a bhí déanta acu, ó breathnaíodh go deireanach, i dtreo teacht amach i buille iomlán ag a dtriail.

Bhí an-tóir air, agus fuair mé amach gur ghlac sé an roinn eolach ar ghnó an Uasail Jaggers; cé rud éigin de staid an Uasail Jaggers crochadh mar gheall air freisin, forbidding cur chuige thar theorainneacha áirithe. Bhí a aitheantas pearsanta ar gach cliant i ndiaidh a chéile cuimsithe i nod, agus ina shocrú a hata beagán níos éasca ar a cheann leis an dá lámh, agus ansin tightening an oifig an phoist, agus a lámha a chur ina phócaí. I gcás amháin nó dhó bhí deacracht ann maidir le táillí a ardú, agus ansin dúirt an tUasal Wemmick, ag tacú chomh fada agus is féidir ón airgead neamhleor a tháirgtear, "níl aon úsáid ann, mo bhuachaill. Níl ionamsa ach fo-íochtar. Ní féidir liom é a ghlacadh. Ná téigh ar aghaidh ar an mbealach sin le fo-ordaithe. Mura bhfuil tú in ann do chandam a dhéanamh suas, mo bhuachaill, b'fhearr duit tú féin a sheoladh chuig príomhoide; tá neart príomhoidí sa ghairm, tá a fhios agat, agus b'fhéidir gur fiú an fad is atá ceann amháin ann; Sin é mo mholadh duit, speaking as a subordinate. Ná bain triail as bearta gan úsáid. Cén fáth ar chóir duit? Anois, cé atá chugainn?"

Dá bhrí sin, shiúil muid trí cheaptha teasa Wemmick, go dtí gur chas sé chugam agus dúirt sé, "Tabhair faoi deara an fear a chroithfidh mé lámha leis." I should have done so, without the preparation, mar bhí lámha croite aige gan aon duine go fóill.

Beagnach chomh luath agus a labhair sé, fear portly ina seasamh (ar féidir liom a fheiceáil anois, mar a scríobh mé) i dea-caite olóige-daite frock-cóta, le pallor peculiar overspreading an dearg ina complexion, agus súile a chuaigh wandering faoi nuair a rinne sé a shocrú dóibh, tháinig suas go dtí cúinne de na barraí, agus a chur ar a lámh ar a hata-a raibh dromchla gréisceach agus sailleach cosúil le brat fuar-le leath-tromchúiseach agus cúirtéis mhíleata leath-jocose.

"Coirnéal, chugat!" arsa Wemmick; "cén chaoi a bhfuil tú, a Chornail?"

"Ceart go leor, an tUasal Wemmick."

"Rinneadh gach rud a d'fhéadfaí a dhéanamh, ach bhí an fhianaise ró-láidir dúinne, a Chornail."

"Sea, bhí sé ró-láidir, a dhuine uasail,-ach *is cuma* liom."

"Níl, níl," a dúirt Wemmick, coolly, "is cuma leat." Ansin, ag casadh dom, "Sheirbheáil a Shoilse an fear seo. Bhí sé ina shaighdiúir sa líne agus cheannaigh sé a urscaoileadh."

Dúirt mé, "Go deimhin?" agus d'fhéach súile an fear orm, agus ansin d'fhéach sé thar mo cheann, agus ansin d'fhéach sé ar fud dom, agus ansin tharraing sé a lámh ar fud a liopaí agus gáire.

"Sílim go mbeidh mé as seo Dé Luain, a dhuine uasail," a dúirt sé le Wemmick.

"B'fhéidir," ar ais mo chara, "ach níl a fhios agam."

"Tá áthas orm go bhfuil an deis bidding tú dea-beannacht, an tUasal Wemmick," a dúirt an fear, síneadh amach a lámh idir dhá barraí.

"Go raibh maith agat," arsa Wemmick, ag croitheadh lámh leis. "Mar an gcéanna leat, a Chornail."

"Más rud é go raibh an méid a bhí mé orm nuair a glacadh fíor, an tUasal Wemmick," a dúirt an fear, toilteanach a ligean ar a lámh dul, "Ba chóir dom a bheith d'iarr an bhfabhar do caitheamh fáinne eile-i admháil ar do aird."

"Glacfaidh mé leis an uacht don ghníomhas," arsa Wemmick. "De réir an by; bhí tú go leor pigeon-fancier. " D'fhéach an fear suas ar an spéir. "Deirtear liom go raibh pór iontach tumblers agat. *An bhféadfá* aon chara de do chuid a choimisiúnú chun péire a thabhairt dom, mura bhfuil aon úsáid eile agat le haghaidh 'em?"

"Déanfar é, a dhuine uasail."

"Ceart go leor," arsa Wemmick, "tabharfar aire dóibh. Dea-tráthnóna, Colonel. Slán leat! Chroith siad lámha arís, agus mar a shiúil muid ar shiúl dúirt Wemmick liom, "A Coiner, fear oibre an-mhaith. Déantar tuairisc an Taifeadta go dtí an lá atá inniu ann, agus is cinnte go gcuirfear chun báis é Dé Luain. Fós feiceann tú, chomh fada agus a théann sé, is maoin iniompartha iad péire colúir mar an gcéanna." Leis sin, d'fhéach sé siar, agus chrom sé ar an ngléasra marbh seo, agus ansin chaith sé a shúile mar gheall air ag siúl amach as an gclós, amhail is dá mbeadh sé ag smaoineamh ar an bpota eile is fearr ina áit.

Agus muid ag teacht amach as an bpríosún tríd an lóiste, fuair mé amach go raibh meas ag na turnkeys ar thábhacht mhór mo chaomhnóra, nach lú ná iad siúd a bhí i gceannas orthu. "Bhuel, an tUasal Wemmick," a dúirt an turnkey, a choinnigh dúinn idir an dá studded agus spiked geataí thaiscead, agus a faoi ghlas go cúramach amháin sula dhíghlasáil sé an ceann eile, "cad é an tUasal Jaggers ag dul a dhéanamh leis an dúnmharú uisce-taobh? An bhfuil sé chun dúnorgain a dhéanamh de, nó cad é atá sé ag dul a dhéanamh de?

"Cén fáth nach bhfuil tú ag iarraidh air?" ar ais Wemmick.

"O sea, leomh mé a rá!" arsa an turnkey.

"Anois, sin an bealach leo anseo, an tUasal Pip," a dúirt Wemmick, ag casadh dom lena oifig phoist fadaithe. "Ní miste leo cad a iarrann siad orm, an fo-íochtar; ach ní ghabhfaidh tú 'em ag cur aon cheisteanna ar mo phríomhoide."

"An bhfuil an fear óg seo ar cheann de na 'prentices or articled ones of your office?" a d'fhiafraigh an turnkey, le grin ag greann an Uasail Wemmick.

"Tá téann sé arís, a fheiceann tú!" Adeir Wemmick, "Dúirt mé leat mar sin! Cuireann sé ceist eile ar an bhfo-íochtar sula mbíonn a chéad cheann tirim! Bhuel, ag ceapadh go bhfuil an tUasal Pip ar cheann acu?

"Cén fáth ansin," a dúirt an turnkey, grinning arís, "tá a fhios aige cad é an tUasal Jaggers."

"Yah!" Adeir Wemmick, go tobann ag bualadh amach ag an turnkey ar bhealach facetious, "tá tú balbh mar cheann de do chuid eochracha féin nuair a chaithfidh tú a dhéanamh le mo phríomhoide, tá a fhios agat go bhfuil tú. Lig dúinn amach, tú sionnach d'aois, nó beidh mé a fháil dó a thabhairt caingean i do choinne le haghaidh príosúnacht bréagach. "

Rinne an turnkey gáire, agus thug sé lá maith dúinn, agus sheas sé ag gáire linn thar spící an wicket nuair a shíolraigh muid na céimeanna isteach sa tsráid.

"Mind tú, an tUasal Pip," a dúirt Wemmick, gravely i mo chluas, mar a ghlac sé mo lámh a bheith níos rúnda; "Níl a fhios agam go ndéanann an tUasal Jaggers rud níos fearr ná an bealach ina gcoinníonn sé é féin chomh hard. Tá sé i gcónaí chomh hard. Tá a airde leanúnach de phíosa lena chumas ollmhór. Ní mó ná sásta a bhí *an Cornal sin leis*, ná mar a d'fhiafraigh an turnkey sin de agus é ar intinn aige cás a urramú. Ansin, idir a airde agus iad, duillíní sé ina subordinate,-nach bhfeiceann tú?-agus mar sin tá sé 'em, anam agus comhlacht. "

Chuaigh caolchúis mo chaomhnóra i bhfeidhm go mór orm, agus ní den chéad uair. Chun an fhírinne a admháil, ba mhian liom go croíúil, agus ní den chéad uair, go raibh caomhnóir éigin eile agam ar mhionchumais.

257

An tUasal Wemmick agus scar mé ag an oifig sa Bhreatain Bheag, áit a raibh suppliants le haghaidh fógra an Uasail Jaggers lingering faoi mar is gnách, agus d'fhill mé ar mo faire ar an tsráid an chóiste-oifig, le roinnt trí uair an chloig ar láimh. Chaith mé an t-am ar fad ag smaoineamh ar cé chomh aisteach is a bhí sé gur chóir dom a bheith cuimsithe ag an taint seo go léir de phríosún agus de choir; gur cheart, i m'óige amuigh ar ár riasca uaigneacha tráthnóna geimhridh, gur cheart dom é a chasadh ar dtús; go, ba chóir go mbeadh sé reappeared ar dhá ócáid, ag tosú amach cosúil le stain a bhí faded ach nach bhfuil imithe; go, ba chóir é ar an mbealach nua pervade mo fhortún agus dul chun cinn. Cé go raibh m'intinn gafa mar sin, smaoinigh mé ar an Estella óg álainn, bródúil agus scagtha, ag teacht i mo threo, agus shíl mé go raibh an chodarsnacht idir an príosún agus í. Ba mhian liom nár bhuail Wemmick liom, nó nár ghéill mé dó agus go ndeachaigh mé leis, ionas, gach lá sa bhliain ar an lá seo, b'fhéidir nach raibh Newgate i m'anáil agus ar mo chuid éadaí. Bhuail mé deannach an phríosúin as mo chosa agus mé ag sauntered agus fro, agus chroith mé é as mo gúna, agus exhaled mé a aer ó mo scamhóga. Mar sin, éillithe raibh mé ag mothú, ag cuimhneamh a bhí ag teacht, gur tháinig an cóiste go tapa tar éis an tsaoil, agus ní raibh mé fós saor ó chonaic soiling an tUasal Wemmick ar grianán, nuair a chonaic mé a aghaidh ag an fhuinneog chóiste agus a lámh waving dom.

Cad é an scáth gan ainm a bhí caite arís sa toirt amháin sin?

Caibidil XXXIII.

Ina gúna taistil furred, bhí an chuma ar Estella níos áille ná mar a bhí sí riamh go fóill, fiú i mo shúile. Bhí a bealach níos buaine ná mar a bhí cúram uirthi ligean dó a bheith dom roimhe seo, agus shíl mé go bhfaca mé tionchar Miss Havisham ar an athrú.

Sheasamar i gClós an Inn nuair a chuir sí a bagáiste in iúl dom, agus nuair a bailíodh ar fad é chuimhnigh mé—tar éis dearmad a dhéanamh ar gach rud ach í féin idir an dá linn—nach raibh a fhios agam rud ar bith dá ceann scríbe.

"Tá mé ag dul go Richmond," a dúirt sí liom. "Is é an ceacht atá againn, go bhfuil dhá Richmonds, ceann i Surrey agus ceann i Yorkshire, agus is é an mianach sin an Surrey Richmond. Tá an fad deich míle. Tá mé a bheith carráiste, agus tá tú a ghlacadh dom. Is é seo mo sparán, agus tá tú a íoc mo muirir as é. O, caithfidh tú an sparán a ghlacadh! Níl aon rogha againn, tusa agus mise, ach géilleadh dár dtreoracha. Níl cead againn ár bhfeistí féin a leanúint, tusa agus mise."

Mar a d'fhéach sí orm agus an sparán á thabhairt dom, bhí súil agam go raibh brí inmheánach ina cuid focal. Dúirt sí iad beagán, ach ní le míshástacht.

"Caithfear carráiste a sheoladh le haghaidh, Estella. An ligfidh tú scíth anseo beagáinín?

"Sea, tá mé chun sosa anseo beagán, agus tá mé a ól roinnt tae, agus tá tú chun aire a thabhairt dom an am céanna."

Tharraing sí a lámh trí mhianach, amhail is go gcaithfear é a dhéanamh, agus d'iarr mé ar fhreastalaí a bhí ag stánadh ar an gcóiste cosúil le fear nach bhfaca a leithéid riamh ina shaol, seomra suí príobháideach a thaispeáint dúinn. Ar sin, tharraing sé amach naipcín, amhail is dá mba leid draíochta é nach raibh sé in ann an bealach a fháil thuas staighre, agus thug sé dúinn poll dubh na bunaíochta, feistithe suas le scáthán laghdaithe (alt iomarcach go leor, ag smaoineamh ar chionmhaireachtaí an phoill), anlann ainseabhaithe, agus pattens duine éigin. Ar mo agóid i gcoinne an retreat, thóg sé dúinn isteach i seomra eile le dinnéar-tábla ar feadh tríocha, agus sa gráta duilleog scorched de cóip-leabhar faoi bushel de gual-deannaigh. Tar éis dó féachaint ar an gcoimhlint seo atá imithe in éag agus a cheann a chroitheadh, ghlac sé m'ordú; a, a chruthú a bheith ach, "Roinnt tae don bhean," chuir sé amach as an seomra i staid an-íseal intinne.

Bhí mé, agus tá mé, ciallmhar go bhféadfadh aer an tseomra seo, ina mheascán láidir cobhsaí le stoc anraith, a bheith mar thoradh ar cheann a infer nach raibh an roinn cóitseála ag déanamh go maith, agus go raibh an dílseánach fiontraíoch ag fiuchadh síos na capaill don roinn úrúcháin. Ach bhí an seomra ar fad i mo leith, Estella a bheith ann. Shíl mé go mb'fhéidir go raibh mé sásta léi ar feadh a saoil. (Ní raibh mé sásta ar chor ar bith ann ag an am, breathnaigh, agus bhí a fhios agam go maith é.)

"Cá bhfuil tú ag dul, ag Richmond?" D'iarr mé ar Estella.

"Tá mé ag dul chun cónaí," a dúirt sí, "ar chostas mór, le bean ann, a bhfuil an chumhacht-nó a deir sí-a ghlacadh dom faoi, agus a thabhairt isteach dom, agus daoine a thaispeáint dom agus a thaispeáint dom do dhaoine."

"Is dócha go mbeidh tú sásta le héagsúlacht agus le meas?"

"Sea, is dócha mar sin."

D'fhreagair sí chomh míchúramach, a dúirt mé, "Labhraíonn tú leat féin amhail is dá mba rud é go raibh tú ar cheann éigin eile."

"Cár fhoghlaim tú conas a labhraím ar dhaoine eile? Tar, tar," arsa Estella, ag miongháire go lúcháireach, "ní mór duit a bheith ag súil go rachaidh mé ar scoil chugat; Caithfidh mé labhairt ar mo bhealach féin. Conas a éiríonn leat leis an Uasal Pocket?

"Tá mé i mo chónaí go taitneamhach ansin; ar a laghad—" Chonacthas dom go raibh mé ag cailleadh seans.

"Ar a laghad?" arís agus arís eile Estella.

"Chomh taitneamhach agus a d'fhéadfainn áit ar bith, ar shiúl uait."

"Buachaill amaideach tú," arsa Estella, cumtha go leor, "conas is féidir leat nonsense den sórt sin a labhairt? Tá do chara an tUasal Matthew, creidim, níos fearr ná an chuid eile dá theaghlach?

"An-níos fearr go deimhin. Is namhaid aon duine é—"

"Ná cuir ach a chuid féin," interposed Estella, "mar is fuath liom an aicme sin de dhéantús an duine. Ach tá sé i ndáiríre disinterested, agus os cionn éad beag agus spite, chuala mé? "

"Tá mé cinnte go bhfuil gach cúis agam é sin a rá."

"Níl gach cúis agat a rá mar sin den chuid eile dá mhuintir," a dúirt Estella, nodding ag dom le léiriú ar aghaidh a bhí ag an am céanna uaigh agus rallying, "do beset siad Miss Havisham le tuairiscí agus insinuations do do mhíbhuntáiste. Féachann siad ort, cuireann siad mífhaisnéis ort, scríobhann siad litreacha fút (gan ainm uaireanta), agus is tú crá agus slí bheatha a saoil. Is ar éigean is féidir leat an fuath a bhraitheann na daoine sin duit féin a thuiscint duit féin."

"Ní dhéanann siad aon dochar dom, tá súil agam?"

In ionad freagra a thabhairt, phléasc Estella amach ag gáire. Bhí sé seo an-uatha dom, agus d'fhéach mé uirthi i perplexity suntasach. Nuair a d'imigh sí as—agus ní raibh sí ag gáire languidly, ach le taitneamh fíor-a dúirt mé, i mo bhealach diffident léi,—

"Tá súil agam go bhféadfainn a cheapadh nach mbeadh tú amused má rinne siad dom aon dochar."

"Níl, ní féidir leat a bheith cinnte de sin," a dúirt Estella. "D'fhéadfá a bheith cinnte go bhfuil mé ag gáire mar go dteipeann orthu. O, na daoine sin le Miss Havisham, agus na céasadh a dhéantar orthu! Rinne sí gáire arís, agus fiú anois nuair a d'inis sí dom cén fáth, bhí a gáire an-uatha dom, mar ní raibh amhras orm go raibh sé fíor, agus fós bhí an chuma air go raibh an iomarca ann don ócáid. Shíl mé go gcaithfeadh rud éigin níos mó a bheith anseo ná mar a bhí a fhios agam; Chonaic sí an smaoineamh i m'intinn, agus d'fhreagair sí é.

"Níl sé éasca do fiú tú." A dúirt Estella, "a fhios cén sásamh a thugann sé dom a fheiceáil ar na daoine thwarted, nó cad tuiscint taitneamhach ar an ridiculous tá mé nuair a dhéantar ridiculous. Óir níor tógadh sa teach aisteach sin thú ó leanbh amháin. Bhí mé. Ní raibh tú do wits beag sharpened ag a n-intriguing i do choinne, faoi chois agus cosanta, faoi masc comhbhrón agus trua agus cad nach bhfuil bog agus soothing. Bhí agam. Níor oscail tú do shúile cruinn childish de réir a chéile níos leithne agus níos leithne le teacht ar an impostor sin de bhean a ríomhann a siopaí suaimhneas intinne le haghaidh nuair a dhúisíonn sí san oíche. Rinne mé.

Ní raibh aon ábhar gáire le Estella anois, ná ní raibh sí ag gairm na cuimhneacháin seo ó aon áit éadomhain. Ní bheinn i mo chúis leis an gcuma sin uirthi as ucht mo chuid ionchais go léir i gcarn.

"Dhá rud is féidir liom a rá leat," arsa Estella. "Ar an gcéad dul síos, d'ainneoin an tseanfhocail go gcaithfidh titim leanúnach cloch ar shiúl, d'fhéadfá d'intinn a leagan ar an gcuid eile nach mbeidh na daoine seo riamh—ní dhéanfadh siad i gceann céad bliain—do thalamh a chur i mbaol le Miss Havisham, in aon cheann ar leith, mór nó beag. Dara, Tá mé beholden a thabhairt duit mar an chúis a bheith chomh gnóthach agus mar sin ciallaíonn i vain, agus tá mo lámh ar sé. "

Mar a thug sí dom go spraíúil,-as a giúmar níos dorcha a bhí ach momentary-choinnigh mé é agus é a chur ar mo liopaí. "Buachaill magúil tú," arsa Estella, "nach dtabharfaidh tú rabhadh choíche? Nó an bpógann tú mo lámh sa spiorad céanna inar lig mé duit mo leiceann a phógadh uair amháin?

"Cén spiorad a bhí ann?" arsa mise.

"Caithfidh mé smaoineamh ar nóiméad. Spiorad díspeagadh do na fawners agus plotters. "

"Má deirim sea, an bhféadfainn an leiceann a phógadh arís?"

"Ba chóir duit a bheith d'iarr sula dteagmháil léi tú an lámh. Ach, sea, más maith leat.

Chlaon mé síos, agus bhí a aghaidh socair cosúil le dealbh. "Anois," a dúirt Estella, gliding ar shiúl ar an toirt i dteagmháil léi mé a leiceann, "tá tú a ghlacadh cúram go bhfuil mé roinnt tae, agus tá tú a thabhairt dom a Richmond."

D'fhill sí ar an ton seo amhail is dá gcuirfí iallach ar ár gcumann orainn, agus ní raibh ionainn ach puipéid, thug sí pian dom; ach thug gach rud inár lánúnas pian dom. Cibé ton a bhí aici liom, ní fhéadfainn aon mhuinín a chur ann, agus gan aon dóchas a thógáil air; agus fós chuaigh mé ar aghaidh i gcoinne muiníne agus in aghaidh dóchais. Cén fáth é a dhéanamh arís míle uair? Mar sin, bhí sé i gcónaí.

Ghlaoigh mé ar an tae, agus ar an bhfreastalaí, ag teacht ar ais lena leid draíochta, a thug isteach caoga adjuncts leis an sólaistí sin, ach tae ní léargas. Clár tae, cupáin agus saucers, plátaí, sceana agus forcanna (lena n-áirítear carvers), spúnóga (éagsúla), siléir salainn, muifín beag meek teoranta leis an réamhchúram is mó faoi chlúdach láidir iarainn, Moses sna bulrushes typified ag beagán bog ime i gcainníocht peirsil, builín pale le ceann púdraithe, dhá imprisean cruthúnas ar bharraí an teallach cistine ar giotán triantánach aráin, agus ar deireadh thiar síothal teaghlaigh ramhar; a staggered an freastalaí i le, in iúl ina ualach countenance agus fulaingt. Tar éis neamhláithreacht fhada ag an gcéim seo den tsiamsaíocht, tháinig sé ar ais le caiséad de chuma luachmhar ina raibh craobhóga. Bhí siad seo sáite in uisce te, agus mar sin as iomlán na bhfearas seo bhain mé cupán amháin de níl a fhios agam cad é do Estella.

D'íoc an bille, agus chuimhnigh an freastalaí, agus níor ligeadh an ostler i ndearmad, agus chuir an chambermaid san áireamh,-i bhfocal, an teach ar fad bribed isteach i staid díspeagadh agus animosity, agus sparán Estella lightened i bhfad, - fuair muid isteach inár iar-chóiste agus thiomáin ar shiúl. Ag casadh isteach i Cheapside agus ag creathadh suas Sráid Newgate, ba ghearr go raibh muid faoi na ballaí a raibh náire orm.

"Cén áit é sin?" D'iarr Estella orm.

Rinne mé cur i gcéill amaideach gan é a aithint ar dtús, agus ansin dúirt mé léi. Mar a d'fhéach sí air, agus tharraing sí ina ceann arís, murmuring, "Wretches!" Ní bheinn tar éis admháil ar mo chuairt ar aon chomaoin.

"An tUasal Jaggers," a dúirt mé, trí é a chur go néata ar dhuine éigin eile, "Tá an cháil a bheith níos mó i rúin na háite dismal ná aon fhear i Londain."

"Tá sé níos mó i rúin gach áit, sílim," a dúirt Estella, i guth íseal.

"Bhí sé de nós agat é a fheiceáil go minic, is dócha?"

"Bhí sé de nós agam é a fheiceáil ag eatraimh éiginnte, ó shin i leith is cuimhin liom. Ach níl aithne níos fearr agam air anois, ná mar a rinne mé sula bhféadfainn labhairt go soiléir. Cén taithí atá agat féin air? An dtéann tú ar aghaidh leis?

"Chomh luath agus habituated ar a bhealach distrustful," a dúirt mé, "Tá déanta agam go han-mhaith."

"An bhfuil tú pearsanta?"

"Tá mé dined leis ag a theach príobháideach."

"Mhaisiúil mé," a dúirt Estella, crapadh "ní mór a bheith ina áit aisteach."

"Is áit aisteach é."

Ba chóir dom a bheith chary ag plé mo chaomhnóir ró-shaor fiú léi; ach ba chóir dom a bheith imithe ar aghaidh leis an ábhar chomh fada agus is féidir cur síos a dhéanamh ar an dinnéar i Sráid Gerrard, más rud é nach raibh muid ag teacht ansin i glare tobann gáis. Ba chosúil, cé gur mhair sé, go raibh sé ar fad beo leis an mothú dosháraithe sin a bhí agam roimhe seo; agus nuair a bhí muid as é, bhí mé an oiread dazed ar feadh cúpla nóiméad amhail is dá mbeadh mé i lightning.

Mar sin, thit muid isteach i gcaint eile, agus bhí sé go príomha mar gheall ar an mbealach a bhí muid ag taisteal, agus faoi na codanna de Londain leagan ar an taobh seo de, agus cad ar sin. Bhí an chathair mhór beagnach nua di, a dúirt sí liom, mar níor fhág sí comharsanacht Miss Havisham go dtí go ndeachaigh sí go dtí an Fhrainc, agus ní raibh sí ach ag dul trí Londain ansin ag dul agus ag filleadh. D'fhiafraigh mé di an raibh aon chúiseamh ag mo chaomhnóir uirthi fad is a d'fhan sí anseo? Chun go dúirt sí emphatically "Dia forbid!" agus nach bhfuil níos mó.

Níorbh fhéidir liom a sheachaint go bhfaca sí gur thug sí aire dom a mhealladh; go ndearna sí í féin a bhuaigh, agus go mbeadh an bua agam fiú dá mbeadh pianta ag teastáil ón tasc. Ach rinne sé seo dom aon cheann an happier, le haghaidh fiú amháin más rud é nach raibh sí ag glacadh go ton ar ár á dhiúscairt ag daoine eile, ba chóir dom a bhraith go raibh sí mo chroí ina láimh mar gheall ar roghnaigh sí go toiliúil é a dhéanamh, agus ní toisc go mbeadh sé wrung aon tenderness inti a threascairt agus é a chaitheamh ar shiúl.

Nuair a chuaigh muid trí Hammersmith, thaispeáin mé di cá raibh cónaí ar an Uasal Matthew Pocket, agus dúirt sé nach raibh aon bhealach iontach ó Richmond, agus go raibh súil agam gur chóir dom í a fheiceáil uaireanta.

"O sea, tá tú chun mé a fheiceáil; tá tú le teacht nuair a cheapann tú ceart; tá tú le bheith luaite leis an teaghlach; go deimhin tá tú luaite cheana féin."

D'fhiafraigh mé an teaghlach mór a bhí inti a raibh sí chun a bheith ina ball de?

"Níl; níl ach dhá cheann ann; máthair agus iníon. Is bean de chuid stáisiúin éigin í an mháthair, cé nach bhfuil sí in ann a hioncam a mhéadú."

"N'fheadar go bhféadfadh Iníon Havisham páirt a ghlacadh leat arís chomh luath sin."

"Tá sé mar chuid de phleananna Miss Havisham dom, Pip," a dúirt Estella, le osna, amhail is dá mbeadh sí tuirseach; "Tá mé chun scríobh chuici i gcónaí agus í a fheiceáil go rialta agus tuairisc a thabhairt ar an gcaoi a dtéim ar aghaidh,—mise agus na seoda,—óir tá siad beagnach gach mianach anois."

Ba é seo an chéad uair riamh a thug sí m'ainm orm. Ar ndóigh, rinne sí amhlaidh d'aon ghnó, agus bhí a fhios agam gur chóir dom é a stór suas.

Tháinig muid go Richmond ró-luath, agus ár gceann scríbe bhí teach ag an glas,-teach staid d'aois, áit a raibh fonsaí agus púdar agus paistí, cótaí bróidnithe, stocaí rollta, ruffles agus claimhte, bhí a gcuid laethanta cúirte go leor ama. Bhí roinnt crann ársa roimh an teach fós gearrtha i bhfaisean chomh foirmiúil agus mínádúrtha leis na fonsaí agus na wigs agus sciortaí righin; ach ní raibh a n-áiteanna leithroinnte féin i mórshiúl mór na marbh i bhfad amach, agus ba ghearr go scaoilfidís isteach iontu agus go rachadh siad ar bhealach ciúin an chuid eile.

Clog le guth d'aois-a leomh mé a rá ina chuid ama a dúirt go minic leis an teach, Seo é an farthingale glas, Seo é an claíomh Diamond-hilted, Seo iad na bróga le sála dearga agus an solitaire gorm-sounded gravely i solas na gealaí, agus tháinig dhá maids silíní-daite fluttering amach a fháil Estella. An doras absorbed luath a boscaí, agus thug sí dom a lámh agus aoibh gháire, agus dúirt dea-oíche, agus bhí absorbed mar an gcéanna. Agus fós sheas mé ag féachaint ar an teach, ag smaoineamh ar cé chomh sásta ba chóir dom a bheith má bhí cónaí orm ann léi, agus a fhios agam go raibh mé riamh sásta léi, ach i gcónaí olc.

Chuaigh mé isteach sa charráiste le tabhairt ar ais go Hammersmith, agus fuair mé isteach le droch-chroí-ache, agus d'éirigh mé amach le croí-pian níos measa. Ag ár ndoras féin, fuair mé Jane Pocket beag ag teacht abhaile ó chóisir bheag a thionlaic a leannán beag; agus thoibhigh mé a leannán beag, in ainneoin é a bheith faoi réir Flopson.

Bhí an tUasal Pocket amuigh ag léachtóireacht; óir, bhí sé ina léachtóir ba aoibhne ar gheilleagar an bhaile, agus measadh gurbh iad na tráchtais a rinne sé ar bhainistiú leanaí agus seirbhíseach na téacsleabhair ab fhearr ar na téamaí sin. Ach bhí Mrs Pocket sa bhaile, agus bhí sé i gcruachás beag, mar gheall ar an leanbh a bheith cóiríocht le snáthaid-chás a choinneáil ciúin le linn an neamhláithreacht unaccountable (le gaol sna Gardaí Crúibe) de Millers. Agus bhí níos mó snáthaidí in easnamh ná mar a d'fhéadfaí a mheas mar othar de bhlianta tairisceana den sórt sin chun iarratas a dhéanamh go seachtrach nó a ghlacadh mar tonic.

An tUasal Pocket á cheiliúradh justly as a thabhairt comhairle phraiticiúil is fearr, agus as a bhfuil dearcadh soiléir agus fuaime ar rudaí agus aigne an-judicious, Bhí mé roinnt nóisean i mo chroí-ache begging air glacadh le mo mhuinín. Ach ag tarlú chun breathnú suas ar Mrs Pocket mar shuigh sí ag léamh a leabhar dínit tar éis a fhorordú Leaba mar leigheas ceannasach do leanbh, shíl mé-Bhuel-Níl, ní ba mhaith liom.

Caibidil XXXIV.

De réir mar a d'fhás mé i dtaithí ar mo chuid ionchais, bhí tús curtha agam go neamhbhalbh lena n-éifeacht a thabhairt faoi deara orm féin agus orthu siúd timpeall orm. A dtionchar ar mo charachtar féin cheilt mé ó mo aitheantas oiread agus is féidir, ach bhí a fhios agam go han-mhaith nach raibh sé go léir go maith. Bhí mé i mo chónaí i riocht míshuaimhnis ainsealach maidir le m'iompar do Sheosamh. Ní raibh mo choinsias compordach ar aon bhealach faoi Biddy. Nuair a dhúisigh mé san oíche,-cosúil le Camilla,-ba ghnách liom smaoineamh, le weariness ar mo bhiotáille, gur chóir dom a bheith níos sona agus níos fearr mura bhfaca mé aghaidh Miss Havisham riamh, agus go raibh méadú tagtha ar ábhar manhood a bheith ina gcomhpháirtithe le Joe sa sean-bhrionnú macánta. Is iomaí uair tráthnóna, nuair a shuigh mé i m'aonar ag féachaint ar an tine, shíl mé, tar éis an tsaoil ní raibh aon tine cosúil leis an tine bhrionnú agus tine na cistine sa bhaile.

Ach bhí Estella chomh doscartha ó mo restlessness agus disquiet intinne, gur thit mé i ndáiríre mearbhall maidir le teorainneacha mo chuid féin ina tháirgeadh. Is é sin le rá, ag ceapadh nach raibh aon choinne agam leis, agus go raibh Estella fós le smaoineamh air, ní raibh mé in ann a dhéanamh amach chun mo shástachta gur chóir dom a bheith déanta i bhfad níos fearr. Anois, maidir le tionchar mo sheasamh ar dhaoine eile, ní raibh aon deacracht den sórt sin agam, agus mar sin bhraith mé-cé go raibh sé dimly go leor b'fhéidir-nach raibh sé tairbheach d'aon duine, agus, thar aon rud eile, nach raibh sé tairbheach do Herbert. Mo nósanna lavish stiúir a nádúr éasca i gcostais nach bhféadfadh sé a íoc, truaillithe an simplíocht a shaol, agus suaite a síocháin le imní agus aiféala. Ní raibh mé sásta ar chor ar bith as na craobhacha eile sin de theaghlach Pocket a chur go neamhbhalbh leis na drochealaíona a chleacht siad; óir do bhrígh gurab iad na beagáin sin a n-adhnacal nádúrtha, agus go mbíd ag easbaidh ar aon duine eile, dá bhfágbhadh mé ag slumbering iad. Ach ba chás an-difriúil é Herbert, agus ba mhinic a chuir sé cúpla duine ag smaoineamh go ndearna mé seirbhís olc dó agus é ag plódú a sheomraí spártha le hobair upholstery neamhchinnte, agus an Avenger Canary-breasted a chur ar fáil dó.

Mar sin, anois, mar bhealach infallible a dhéanamh éasca beag éasca, thosaigh mé ag conradh méid fiach. Is ar éigean a d'fhéadfainn tosú ach caithfidh Herbert tosú freisin, mar sin lean sé go luath. Ag moladh Startop, chuireamar muid féin síos le toghadh isteach i gclub darb ainm The Finches of the Grove: an institiúid nár dhiaga mé riamh, mura mbeadh sé gur chóir do na baill dine go daor uair sa choicís, a quarrel eatarthu féin oiread agus is féidir tar éis dinnéar, agus a chur faoi deara seisear waiters a fháil ar meisce ar an staighre. Tá a fhios agam go raibh na foircinn shóisialta gratifying chomh i gcónaí i gcrích, gur thuig Herbert agus mé rud ar bith eile a bheith dá dtagraítear sa chéad toast seasamh an tsochaí: a bhí ar siúl "Uaisle, d'fhéadfadh an cur chun cinn i láthair na mothú maith reign riamh is mó i measc na Finches an Grove."

Chaith na Finches a gcuid airgid go hamhrasach (bhí an tÓstán a bhí againn i nGairdín Covent), agus ba é Bentley Drummle an chéad Finch a chonaic mé nuair a bhí sé d'onóir agam dul isteach sa Gharrán, ag an am sin ag snámh thart ar an mbaile i gcábán dá chuid féin, agus ag déanamh go leor damáiste do na postaí ag coirnéil na sráide. Ó am go chéile, scaoil sé é féin amach as a threalmhú thar an naprún; agus chonaic mé é ar ócáid amháin é féin a sheachadadh ag doras an Gharráin ar an mbealach neamhbheartaithe seo—cosúil le guail. Ach anseo tá súil agam beagán, mar ní raibh mé finch, agus ní fhéadfadh a bheith, de réir dhlíthe naofa an chumainn, go dtí gur tháinig mé d'aois.

I mo mhuinín as mo chuid acmhainní féin, ba mhaith liom costais Herbert a ghlacadh orm féin; ach bhí Herbert bródúil as, agus ní fhéadfainn a leithéid de mholadh a dhéanamh dó. Mar sin, fuair sé deacrachtaí i ngach treo, agus lean sé ag breathnú mar gheall air. Nuair a thit muid de réir a chéile ag coinneáil uaireanta déanacha agus cuideachta déanach, thug mé faoi deara gur fhéach sé mar gheall air le súil desponding ag am bricfeasta-; gur thosaigh sé ag breathnú air níos dóchasaí faoi mheán lae; gur éirigh sé nuair a tháinig sé isteach sa dinnéar; go raibh an chuma air go raibh sé ag cur síos ar Capital i gcéin, sách soiléir, tar éis dinnéir; gur thuig sé go léir ach Príomhchathair i dtreo meán oíche; agus ag thart ar a dó a chlog ar maidin, d'éirigh sé chomh mór sin mífhreagrach arís agus é ag caint ar raidhfil a cheannach agus dul go Meiriceá, agus é mar chuspóir ginearálta aige buabhaill a chur de dhroim seoil chun a fhortún a dhéanamh.

Bhí mé de ghnáth ag Hammersmith thart ar leath na seachtaine, agus nuair a bhí mé ag Hammersmith haunted mé Richmond, whereof separately by and by. Is minic a thiocfadh Herbert go Hammersmith nuair a bhí mé ann, agus sílim ag na séasúir sin go mbeadh tuairim éigin ag a athair ó am go chéile nach raibh an oscailt a bhí á lorg aige le feiceáil go fóill. Ach i gcoitinne tumbling suas an teaghlaigh, a tumbling amach sa saol áit éigin, bhí rud a dhéanamh féin ar bhealach. Idir an dá linn d'fhás an tUasal Pocket níos liath, agus rinne sé iarracht níos minice é féin a thógáil as a chuid perplexities ag an ghruaig. Cé go tripped Mrs Pocket suas an teaghlach lena footstool, léigh a leabhar de uaisle, chaill sí póca-ciarsúr, d'inis dúinn mar gheall ar a grandpapa, agus mhúin an smaoineamh óg conas a shoot, ag lámhach sé isteach sa leaba aon uair a mheall sé a fógra.

Ós rud é go bhfuil tréimhse de mo shaol á ginearálú agam anois agus é mar aidhm agam mo bhealach a dhéanamh romham, is féidir liom é sin a dhéanamh ar éigean níos fearr ná an cur síos ar ár ngnáthbhéasa agus nósanna ag Barnard's Inn a chríochnú ag an am céanna.

Chaith muid an oiread airgid agus a d'fhéadfaimis, agus fuair muid chomh beag dó agus a d'fhéadfadh daoine a n-intinn a dhéanamh suas le tabhairt dúinn. Bhí muid i gcónaí níos mó nó níos lú olc, agus bhí an chuid is mó dár lucht aitheantais sa riocht céanna. Bhí ficsean aerach inár measc go raibh muid i gcónaí ag baint taitnimh asainn féin, agus fírinne chnámharlach nach ndearna muid riamh. Ar feadh mo thuairime, bhí ár gcás sa ghné dheireanach sách coitianta.

Gach maidin, le haer riamh nua, chuaigh Herbert isteach sa Chathair chun breathnú air. Is minic a d'íoc mé cuairt air sa chúlseomra dorcha ina ndearna sé comhcheilg le dúch-jar, hata-peg, bosca guail, bosca sreangáin, almanac, deasc agus stól, agus rialóir; agus ní cuimhin liom go bhfaca mé riamh é ag déanamh aon rud eile ach breathnú air. Dá ndéanfaimis go léir an rud a gheallaimid a dhéanamh, chomh dílis agus a rinne Herbert, d'fhéadfaimis maireachtáil i bPoblacht na mBuachaillí. Ní raibh aon rud eile le déanamh aige, fear bocht, ach amháin ag uair an chloig áirithe de gach tráthnóna chun "dul go Lloyd's"-in observance of a ceremony of seeing his principal, I mo thuairimse. Ní dhearna sé aon rud eile riamh maidir le Lloyd's a d'fhéadfainn a fháil amach, ach amháin teacht ar ais arís. Nuair a mhothaigh sé a chás neamhghnách tromchúiseach, agus go gcaithfeadh sé oscailt a fháil go dearfach, rachadh sé ar 'Change at a busy time, and walk in and out, in a kind of gloomy country dance figure, among the assembled magnates. "I gcás," a deir Herbert liom, ag teacht abhaile chun dinnéir ar cheann de na hócáidí speisialta sin, "faighim an fhírinne a bheith, Handel, nach dtiocfaidh oscailt ar cheann, ach caithfidh duine dul chuige,-mar sin bhí mé."

Dá mba rud é nach raibh muid chomh ceangailte lena chéile, sílim go gcaithfimid fuath a bheith againn dá chéile go rialta gach maidin. Rinne mé tástáil ar na seomraí thar léiriú ag an tréimhse aithrí sin, agus ní raibh mé in ann radharc libhré an Avenger a fhulaingt; a raibh cuma níos costasaí agus níos lú luach saothair air ansin ná mar a bhí ag aon am eile sna ceithre huaire fichead. De réir mar a fuair muid níos mó agus níos mó i bhfiacha, tháinig bricfeasta foirm hollower agus hollower, agus, a bheith ar ócáid amháin ag am bricfeasta-bhagairt (trí litir) le himeachtaí dlí, "ní unwholly unconnected," mar a d'fhéadfadh mo pháipéar áitiúil é a chur, "le seodra," Chuaigh mé chomh fada agus a urghabháil an Avenger ag a collar gorm agus shake air as a chosa,— ionas go raibh sé i ndáiríre san aer, cosúil le Cupid booted, - le haghaidh presuming a cheapadh go raibh muid ag iarraidh rolla.

Ag amanna áirithe—brí ag amanna éiginnte, mar bhí siad ag brath ar ár greann— déarfainn le Herbert, amhail is dá mba fhionnachtain iontach é,—

"Mo Herbert daor, táimid ag dul ar aghaidh go dona."

"Mo Handel daor," a déarfadh Herbert liom, i ngach dáiríreacht, "má chreideann tú mé, bhí na focail sin ar mo bheola, trí chomhtharlú aisteach."

"Ansin, Herbert," ba mhaith liom freagra a thabhairt, "lig dúinn breathnú isteach inár ngnóthaí."

Bhaineamar an-sásamh i gcónaí as coinne a dhéanamh chun na críche sin. Shíl mé i gcónaí gur gnó a bhí ann, ba é seo an bealach chun aghaidh a thabhairt ar an rud, ba é seo an bealach chun an ceo a thógáil ag an scornach. Agus tá a fhios agam gur shíl Herbert chomh maith.

D'ordaigh muid rud éigin sách speisialta don dinnéar, le buidéal rud éigin mar an gcéanna as an mbealach coitianta, ionas go bhféadfaí ár n-intinn a dhaingniú don ócáid, agus d'fhéadfadh muid teacht go maith suas go dtí an marc. Dinnéar os a chionn, tháirg muid beart pinn, soláthar copious dúch, agus seó maith scríbhneoireachta agus páipéar blotting. Do bhí rud éigin an-chompordach maidir le neart stáiseanóireachta a bheith ann.

Thógfainn bileog páipéir ansin, agus scríobhfainn trasna a bharr, i lámh néata, an ceannteideal, "Memorandum of Pip's debts"; le Barnard's Inn agus an dáta curtha leis go han-chúramach. Thógfadh Herbert bileog páipéir freisin, agus scríobhfadh sé trasna air le foirmiúlachtaí den chineál céanna, "Memorandum of Herbert's debts."

Dhéanfadh gach duine againn tagairt ansin do charn mearbhall páipéar ar a thaobh, a caitheadh isteach i dtarraiceáin, caite i bpoll i bpócaí, leath dóite i gcoinnle soilsithe, greamaithe ar feadh seachtainí isteach sa ghloine lorg, agus damáiste déanta dó ar shlí eile. An fhuaim ar ár pinn ag dul athnuachan dúinn exceedingly, insomuch go raibh sé deacair orm uaireanta idirdhealú a dhéanamh idir an t-imeacht gnó edifying agus i ndáiríre ag íoc an t-airgead. In point of meritorious character, ba chosúil go raibh an dá rud cothrom.

Nuair a bhí tamall beag scríofa againn, chuirfinn ceist ar Herbert cén chaoi ar éirigh leis? Is dócha go mbeadh Herbert ag scríobadh a chinn ar bhealach is truamhéalaí ag amharc ar a chuid figiúirí carntha.

"Tá siad gléasta suas, Handel," a déarfadh Herbert; "Ar mo shaol, tá siad gléasta suas."

"Bí daingean, a Herbert," ba mhaith liom retort, plying mo peann féin le assiduity mór. "Féach an rud san aghaidh. Féach ar do ghnóthaí. Stare iad as countenance. "

"Mar sin, ba mhaith liom, Handel, ach tá siad ag stánadh *orm* as countenance."

Mar sin féin, bheadh a éifeacht ag mo bhealach diongbháilte, agus thitfeadh Herbert ag obair arís. Tar éis tamaill thabharfadh sé suas uair amháin eile, ar an bpléadáil nach bhfuair sé bille Cobbs, nó Lobbs's, nó Nobbs's, de réir mar a bheidh.

"Ansin, Herbert, meastachán; meastachán a dhéanamh air i líon cruinn, agus é a chur síos."

"Cén acmhainn atá agat!" a d'fhreagair mo chara, le meas. "I ndáiríre tá do chumhachtaí gnó an-suntasach."

Shíl mé mar sin freisin. Bhunaigh mé liom féin, ar na hócáidí seo, an cháil atá ar fhear gnó den chéad scoth, - pras, cinntitheach, fuinniúil, soiléir, fionnuar-i gceannas. Nuair a fuair mé mo chuid freagrachtaí go léir síos ar mo liosta, chuir mé gach ceann acu i gcomparáid leis an mbille, agus chuir mé tic leis. Bhí mo chuid féin-cheadú nuair a chuir mé tic le hiontráil go leor ceint luxurious. Nuair nach raibh sceartáin níos mó le déanamh agam, d'fhill mé mo bhillí go léir suas go haonfhoirmeach, dhuillín gach ceann ar chúl, agus cheangail mé an t-iomlán i mbeart siméadrach. Ansin rinne mé an rud céanna do Herbert (a dúirt go measartha nach raibh mo genius riaracháin aige), agus mhothaigh mé gur thug mé a ghnóthaí isteach i bhfócas dó.

Bhí gné gheal amháin eile ag mo nósanna gnó, ar a dtugtar mé "ag fágáil Imeall." Mar shampla; ag ceapadh go mbeadh fiacha Herbert céad seasca is ceithre phunt ceithre phingin, déarfainn, "Fág corrlach, agus cuir síos iad ag dhá chéad." Nó, ag ceapadh go mbeadh mo chuid féin ceithre huaire an oiread, d'fhágfainn corrlach, agus chuirfinn síos iad ag seacht gcéad. Bhí an tuairim is airde agam faoi ghaois an Imeall chéanna, ach tá sé de cheangal orm a admháil gur gléas costasach a bhí ann nuair a fhéachaim siar. I gcás, rith muid i gcónaí i bhfiacha nua láithreach, go feadh méid iomlán an corrlaigh, agus uaireanta, sa chiall saoirse agus sócmhainneachta imparted sé, fuair go leor i bhfad ar isteach i corrlach eile.

Ach bhí calma, scíth, hush virtuous, mar thoradh ar na scrúduithe ar ár ngnóthaí a thug dom, ar feadh an ama, tuairim admirable de féin. Soothed ag mo exertions, mo mhodh, agus compliments Herbert ar, Ba mhaith liom suí lena bundle siméadrach agus mo chuid féin ar an tábla os mo chomhair i measc na stáiseanóireachta, agus a bhraitheann cosúil le Banc de chineál éigin, seachas duine príobháideach.

Dhúnamar ár ndoras seachtrach ar na hócáidí sollúnta seo, ionas nach gcuirfí isteach orainn. Thit mé isteach i mo stát serene tráthnóna amháin, nuair a chuala muid litir thit tríd an scoilt sa doras sin, agus titim ar an talamh. "Tá sé ar do shon, a Handel," arsa Herbert, ag dul amach agus ag teacht ar ais leis, "agus tá súil agam nach bhfuil aon rud ann." Bhí sé seo ag tagairt dá rón trom dubh agus don teorainn.

Síníodh an litir Trabb & Co., agus bhí a bhfuil inti go simplí, go raibh mé i mo dhuine uasail onórach, agus gur impigh siad a chur in iúl dom gur fhág Mrs J. Gargery an saol seo Dé Luain seo caite ag fiche nóiméad tar éis a sé sa tráthnóna, agus gur iarradh ar mo fhreastal ag an adhlacadh Dé Luain seo chugainn ag a trí a chlog tráthnóna.

Caibidil XXXV.

Ba é seo an chéad uair a osclaíodh uaigh i mo bhóthar saoil, agus bhí an bhearna a rinne sé sa talamh réidh iontach. An figiúr de mo dheirfiúr ina cathaoir ag an tine cistine, haunted dom oíche agus lá. Go bhféadfadh an áit a bheith, b'fhéidir, gan í, rud nach raibh m'intinn in ann compás a dhéanamh; agus de bhrí gur annamh nó nach raibh sí riamh i mo smaointe go déanach, bhí na smaointe aisteacha agam anois go raibh sí ag teacht i mo threo ar an tsráid, nó go mbuailfeadh sí ag an doras faoi láthair. I mo sheomraí freisin, nach raibh baint ar bith aici leo, bhí bánú an bháis agus síormholadh ar fhuaim a gutha nó casadh a héadain nó a figiúr, amhail is dá mbeadh sí fós beo agus go raibh sí ann go minic.

Cibé rud a d'fhéadfadh a bheith agam, d'fhéadfainn a bheith gann ar mo dheirfiúr le go leor tenderness. Ach is dócha go bhfuil turraing aiféala ann a d'fhéadfadh a bheith ann gan mórán tairisceana. Faoina thionchar (agus b'fhéidir a dhéanamh suas le haghaidh an mian leis an mothú níos boige) Gabhadh mé le fearg foréigneach i gcoinne an assailant as ar fhulaing sí an oiread sin; agus mhothaigh mé, ar chruthúnas leordhóthanach, go bhféadfainn dul sa tóir ar Orlick, nó ar aon duine eile, go dtí an t-antoisceacht dheireanach.

Tar éis dom scríobh chuig Joe, chun sólás a thairiscint dó, agus chun a chinntiú dó go dtiocfainn go dtí an tsochraid, rith mé na laethanta idirmheánacha sa staid aisteach intinne ar thug mé spléachadh air. Chuaigh mé síos go luath ar maidin, agus thuirling mé ag an Torc Gorm in am trátha chun siúl anonn go dtí an ceárta.

Bhí sé aimsir bhreá samhraidh arís, agus, mar a shiúil mé chomh maith, na hamanna nuair a bhí mé créatúr beag helpless, agus ní raibh mo dheirfiúr spártha dom, ar ais beoga. Ach d'fhill siad le ton milis orthu a mhaolaigh fiú imeall Tickler. Anois, dúirt anáil na bpónairí agus na seamair le mo chroí go gcaithfeadh an lá teacht nuair a bheadh sé go maith do mo chuimhne gur cheart daoine eile a bhí ag siúl i solas na gréine a mhaolú agus iad ag smaoineamh orm.

Faoi dheireadh tháinig mé i radharc an tí, agus chonaic mé go raibh Trabb agus Co. tar éis cur chun báis funereal agus seilbh a ghlacadh. Beirt áiféiseacha áiféiseacha, gach duine acu ag taispeáint crutch déanta suas i bindealán dubh,— amhail is go bhféadfadh an uirlis sin aon chompord a chur in iúl d'aon duine, b'fhéidir—ag an doras tosaigh; agus i gceann acu d'aithin mé buachaill poist a scaoileadh amach as an Torc as lánúin óg a iompú ina sáibh ar a maidin bhradach, de bharr meisce, rud a d'fhág gur ghá dó a chapall a thiomáint thart ar an muineál leis an dá ghéag. Bhí meas ag clann uile an tsráidbhaile, agus ag formhór na mban, ar na maoir sable seo agus ar fhuinneoga dúnta an tí agus an cheárta; agus de réir mar a tháinig mé suas, bhuail duine den bheirt bharda (an buachaill poist) ag an doras,—ag tabhairt le tuiscint go raibh mé i bhfad ró-ídithe ag brón go raibh neart fágtha le cnagadh orm féin.

D'oscail warder sable eile (siúinéir, a d'ith dhá ghé uair amháin le haghaidh wager) an doras, agus thaispeáin sé dom an parlús is fearr. Anseo, bhí tógtha an tUasal Trabb ris féin an tábla is fearr, agus bhí fuair na duilleoga suas, agus bhí a bhfuil ar chineál an Bazaar dubh, le cabhair ó chainníocht bioráin dubh. Nuair a tháinig mé, bhí sé díreach críochnaithe ag cur hata duine éigin isteach in éadaí fada dubha, cosúil le leanbh Afracach; Mar sin, choinnigh sé amach a lámh le haghaidh mianach. Ach mé, misled ag an ngníomh, agus mearbhall ag an ócáid, chroith lámha leis le gach fianaise de affection te.

Bhí Joe bocht daor, agus é ceangailte le clóca beag dubh ceangailte i bogha mór faoina smig, ina shuí óna chéile ag barr an tseomra; áit, mar phríomh-bhrón, ba léir go raibh sé lonnaithe ag Trabb. Nuair a chrom mé síos agus dúirt sé leis, "A Joe, conas atá tú?" a dúirt sé, "Pip, sean-CHAP, bhí a fhios agat í nuair a bhí sí ina figiúr breá de-" agus clasped mo lámh agus dúirt nach bhfuil níos mó.

Chuaigh Biddy, ag breathnú an-néata agus measartha ina gúna dubh, go ciúin anseo agus ansiúd, agus bhí sé an-chabhrach. Nuair a labhair mé le Biddy, mar cheap mé nach raibh sé in am dom a bheith ag caint chuaigh mé agus shuigh mé síos in aice le Joe, agus thosaigh ag déanamh iontais cén chuid den teach a bhí ann—sí—mo dheirfiúr—a bhí ann. Aer an pharlúis á faint le boladh cáca milis, d'fhéach mé thart ar bhord na sólaistí; bhí sé le feiceáil gann go dtí go bhfuair duine i dtaithí ar an gruaim, ach bhí císte pluma gearrtha suas air, agus bhí oráistí gearrtha suas, agus ceapairí, agus brioscaí, agus dhá decanters go raibh a fhios agam go han-mhaith mar ornáidí, ach ní fhaca mé a úsáidtear i mo shaol go léir; ceann lán de phort, agus ceann de sherry. Agus mé i mo sheasamh ag an mbord seo, tháinig mé ar an eolas faoin servile Pumblechook i gclóca dubh agus roinnt slata hatband, a bhí ag líonadh é féin gach re seach, agus ag déanamh gluaiseachtaí obsequious chun m'aird a ghabháil. An nóiméad a d'éirigh leis, tháinig sé anall chugam (sherry análaithe agus blúiríní), agus dúirt sé i nguth subdued, "Bealtaine mé, a dhuine uasail daor?" agus rinne. Rinne mé dícheoiriú ansin ar an Uasal agus ar Mrs Hubble; an duine deireanach a ainmníodh i bparoxysm réasúnta gan urlabhra i gcúinne. Bhí muid go léir ag dul a "leanúint," agus bhí siad go léir le linn a bheith ceangailte suas ar leithligh (ag Trabb) i bundles ridiculous.

"Cé acu i gceist agam, Pip," Joe whispered dom, mar a bhí muid a bheith cad a dtugtar an tUasal Trabb "déanta" sa parlús, dhá agus dhá,-agus bhí sé dreadfully cosúil le hullmhú do chineál éigin ghruama damhsa; "a chiallaigh mé, a dhuine uasail, mar b'fhearr liom í a iompar go dtí an eaglais mé féin, mar aon le trí nó ceithre cinn chairdiúla wot teacht chuige le harts toilteanach agus airm, ach measadh go mbeadh sé wot bheadh na comharsana breathnú síos ar a leithéid agus go mbeadh tuairimí mar a bhí sé ag iarraidh i leith."

"Pocket-handkerchiefs amach, go léir!" Adeir an tUasal Trabb ag an bpointe seo, i guth depressed gnó-mhaith. "Ciarsúir phóca amach! Táimid réidh!

Mar sin, chuir muid go léir ár gciarsúir phóca ar ár n-aghaidh, amhail is dá mbeadh ár srón ag cur fola, agus chomhdaigh muid amach dhá agus dhá cheann; Seosamh agus mise; Biddy agus Pumblechook; An tUasal agus Mrs Hubble. Bhí iarsmaí mo dheirféar bhocht tugtha thart ag doras na cistine, agus, is é sin le rá go gcaithfear an seisear béarlóirí a stifled agus a dhalladh faoi thithíocht veilbhit dhubh uafásach le teorainn bhán, d'fhéach an t-iomlán cosúil le ollphéist dall le dhá cheann déag de chosa daonna, ag bualadh agus ag blundering chomh maith, faoi threoir beirt choimeádaithe—an buachaill poist agus a chomrádaí.

D'fhaomh an chomharsanacht go mór leis na socruithe seo, áfach, agus bhí an-mheas againn air agus muid ag dul tríd an sráidbhaile; an chuid is óige agus níos bríomhar den phobal ag déanamh dashes anois agus ansin chun muid a ghearradh amach, agus atá suite i fanacht chun intercept dúinn ag pointí vantage. Ag amanna den sórt sin an níos exuberant ina measc ar a dtugtar amach ar bhealach excited ar ár teacht chun cinn bhabhta éigin ionchas, "*Anseo* a thagann siad!" "*Anseo* tá siad!" agus bhí muid go léir ach cheered. Sa dul chun cinn seo bhí mé i bhfad cráite ag an Pumblechook abject, a bhí, a bheith taobh thiar dom, fós ar an mbealach ar fad mar aird íogair i socrú mo hatband sruthú, agus smoothing mo clóca. Bhí mo chuid smaointe distracted a thuilleadh ag an bród iomarcach an tUasal agus Mrs Hubble, a bhí surpassingly conceited agus vainglorious i bheith ina mbaill de sin idirdhealú mórshiúl.

Agus anois tá raon na riasca soiléir os ár gcomhair, agus seolta na long ar an abhainn ag fás amach aisti; agus chuamar isteach sa reilig, gar d'uaigheanna mo thuismitheoirí anaithnide, Philip Pirrip, déanach sa pharóiste seo, agus Georgiana, Bean chéile an Thuas. Agus ansin, leagadh mo dheirfiúr go ciúin sa talamh, agus chan na larks go hard os a chionn, agus strewed an ghaoth éadrom é le scáthanna áille scamaill agus crainn.

As iompar an Pumblechook a bhí ar intinn ar fud an domhain agus é seo á dhéanamh, is mian liom a rá nach mó ná mar a bhí sé ar fad dírithe orm; agus, fiú nuair a léadh na sleachta uaisle sin a mheabhraíonn don chine daonna conas a thug sé rud ar bith isteach sa saol agus nach féidir leis rud ar bith a thógáil amach, agus an chaoi ar theith sé mar scáth agus nár lean sé ar aghaidh i bhfad in aon fhanacht amháin, chuala mé é ag casacht ar chás duine uasal óg a tháinig gan choinne i maoin mhór. Nuair a d'éirigh muid ar ais, bhí sé deacair a rá liom gur mhian leis go mbeadh a fhios ag mo dheirfiúr go raibh an oiread sin onóra déanta agam di, agus leid a thabhairt go measfadh sí gur cheannaigh sí go réasúnta é ar phraghas a báis. Ina dhiaidh sin, d'ól sé an chuid eile den sherry, agus d'ól an tUasal Hubble an port, agus labhair an bheirt (a thug mé faoi deara ó shin a bheith gnách i gcásanna den sórt sin) amhail is dá mba chine eile go leor iad ón duine éagtha, agus go raibh siad neamhbhásmhar. Ar deireadh, chuaigh sé ar shiúl leis an Uasal agus Mrs Hubble, - chun tráthnóna a dhéanamh de, bhraith mé cinnte, agus a insint don Jolly Bargemen go raibh sé an bunaitheoir mo fortunes agus mo benefactor is luaithe.

Nuair a bhí siad go léir imithe, agus nuair a Trabb agus a chuid fear-ach ní a Bhuachaill; D'fhéach mé air-bhí crammed a mummery i málaí, agus bhí imithe freisin, bhraith an teach wholesomer. Go gairid ina dhiaidh sin, bhí dinnéar fuar ag Biddy, Joe, agus mé féin; ach dined muid sa parlús is fearr, ní sa chistin d'aois, agus bhí Joe chomh exceedingly háirithe cad a rinne sé lena scian agus forc agus an saltcellar agus cad nach bhfuil, go raibh srian mór orainn. Ach tar éis an dinnéir, nuair a rinne mé é a chur ar a phíopa, agus nuair a bhí loitered mé leis mar gheall ar an cheárta, agus nuair a shuigh muid síos le chéile ar an bloc mór cloiche taobh amuigh de, fuair muid ar níos fearr. Thug mé faoi deara gur athraigh Seosamh a chuid éadaí go dtí seo tar éis na sochraide, go ndearna sé comhréiteach idir a ghúna Domhnaigh agus a ghúna oibre; ina raibh cuma nádúrtha ar an bhfear daor, agus cosúil leis an bhFear a bhí ann.

Bhí sé an-sásta le mo iarraidh an bhféadfainn codladh i mo sheomra beag féin, agus bhí áthas orm freisin; mar mhothaigh mé go raibh rud iontach déanta agam chun an t-iarratas a dhéanamh. Nuair a bhí scáileanna an tráthnóna ag dúnadh isteach, thapaigh mé deis dul isteach sa ghairdín le Biddy le haghaidh beagán cainte.

"Biddy," arsa mise, "sílim go mb'fhéidir gur scríobh tú chugam faoi na cúrsaí brónacha seo."

"An bhfuil tú, an tUasal Pip?" A dúirt Biddy. "Ba cheart dom a bheith scríofa dá gceapfainn é sin."

"Ná cuir i gcás go bhfuil sé i gceist agam a bheith neamhchinnte, Biddy, nuair a deirim go measaim gur chóir duit smaoineamh air sin."

"An bhfuil tú, an tUasal Pip?"

Bhí sí chomh ciúin, agus bhí a leithéid de bhealach ordúil, maith, agus deas léi, nár thaitin an smaoineamh liom a dhéanamh caoin arís. Tar éis breathnú beagán ar a súile downcast agus í ag siúl in aice liom, thug mé suas an pointe sin.

"Is dócha go mbeidh sé deacair duit fanacht anseo anois, a stór Biddy?"

"Ó! Ní féidir liom é sin a dhéanamh, an tUasal Pip," a dúirt Biddy, i ton aiféala ach fós de chiontú ciúin. "Bhí mé ag labhairt le Mrs Hubble, agus tá mé ag dul di go dtí-amárach. Tá súil agam go mbeidh muid in ann aire éigin a thabhairt don Uasal Gargery, le chéile, go dtí go socraíonn sé síos."

"Cén chaoi a bhfuil tú chun cónaí, Biddy? Más mian leat aon mo-"

"Cén chaoi a bhfuil mé ag dul chun cónaí?" arís agus arís eile Biddy, buailte i, le flush momentary ar a aghaidh. "Inseoidh mé duit, an tUasal Pip. Táim chun iarracht a dhéanamh áit na máistreása sa scoil nua a fháil beagnach críochnaithe anseo. Is féidir liom a bheith molta go maith ag na comharsana go léir, agus tá súil agam gur féidir liom a bheith industrious agus foighneach, agus mé féin a mhúineadh agus mé ag múineadh daoine eile. Tá a fhios agat, an tUasal Pip," lean Biddy, le gáire, mar d'ardaigh sí a súile ar mo aghaidh, "nach bhfuil na scoileanna nua cosúil leis an sean, ach d'fhoghlaim mé go leor uait tar éis an ama sin, agus bhí am ó shin chun feabhas a chur."

"Sílim go dtiocfadh feabhas ort i gcónaí, a Biddy, ar chúinsí ar bith."

"Ah! Ach amháin i mo thaobh olc de nádúr an duine," murmured Biddy.

Ní raibh sé an oiread sin a reproach mar smaoineamh irresistible os ard. Bhuel! Shíl mé go dtabharfainn suas an pointe sin freisin. Mar sin, shiúil mé beagán níos faide le Biddy, ag féachaint go ciúin ar a súile downcast.

"Níor chuala mé sonraí bhás mo dheirféar, Biddy."

"Is rud an-bheag, bocht iad. Bhí sí i gceann de na droch-stáit-cé go raibh fuair siad níos fearr de déanach, seachas níos measa-ar feadh ceithre lá, nuair a tháinig sí amach as é sa tráthnóna, díreach ag tae-am, agus dúirt go leor plainly, 'Joe.' Mar a dúirt sí riamh aon fhocal ar feadh tamaill fhada, rith mé agus fetched i Mr Gargery as an cheárta. Rinne sí comharthaí dom go raibh sí ag iarraidh air suí síos in aice léi, agus theastaigh uaim a lámha a chur thart ar a mhuineál. Mar sin, chuir mé thart ar a mhuineál iad, agus leag sí a ceann síos ar a ghualainn ábhar go leor agus sásta. Agus mar sin dúirt sí 'Joe' arís faoi láthair, agus uair amháin 'Pardún,' agus uair amháin 'Pip.' Agus mar sin níor thóg sí a ceann suas níos mó, agus ní raibh sé ach uair an chloig ina dhiaidh sin nuair a leag muid síos ar a leaba féin é, mar fuair muid go raibh sí imithe."

Chaoin Biddy; bhí an gairdín dorcha, agus an lána, agus na réaltaí a bhí ag teacht amach, doiléir i mo radharc féin.

"Níor aimsíodh aon rud riamh, a Biddy?"

"Ní dhéanfaidh aon ní."

"An bhfuil a fhios agat cad atá i gceist le Orlick?"

"Ba cheart dom smaoineamh ó dhath a chuid éadaí go bhfuil sé ag obair sna cairéil."

"Ar ndóigh, chonaic tú ansin é?—Cén fáth a bhfuil tú ag féachaint ar an gcrann dorcha sin sa lána?"

"Chonaic mé ansin é, ar an oíche a fuair sí bás."

"Níorbh é sin an uair dheireanach ach an oiread, a Biddy?"

"Níl; Chonaic mé ansin é, ós rud é go raibh muid ag siúl anseo.—Níl aon úsáid ann," arsa Biddy, ag leagan a láimhe ar mo lámh, mar a bhí mé le rith amach, "tá a fhios agat nach gcuirfinn dallamullóg ort; ní raibh sé ann nóiméad, agus tá sé imithe."

D'athbheoigh sé mo dhícheall a fháil amach go raibh sí fós á saothrú ag an gcomhluadar seo, agus mhothaigh mé inveterate ina choinne. Dúirt mé léi mar sin, agus dúirt mé léi go gcaithfinn aon airgead nó go dtógfainn aon phianta chun é a thiomáint amach as an tír sin. De réir a chéile thug sí caint níos measartha dom, agus d'inis sí dom an chaoi a raibh grá ag Joe dom, agus an chaoi nach ndearna Joe gearán riamh faoi rud ar bith,—ní dúirt sí, díom; ní raibh aon ghá léi; Bhí a fhios agam cad a bhí i gceist aici,-ach rinne sé riamh a dhualgas ina shlí bheatha, le lámh láidir, teanga ciúin, agus croí milis.

"Go deimhin, bheadh sé deacair an iomarca a rá dó," arsa mise; "agus Biddy, ní mór dúinn labhairt go minic ar na rudaí seo, ar ndóigh beidh mé go minic síos anseo anois. Níl mé chun Joe bocht a fhágáil i m'aonar.

Ní dúirt Biddy focal amháin riamh.

"Biddy, nach gcloiseann tú mé?"

"Sea, an tUasal Pip."

"Gan trácht ar do ghlaoch orm an tUasal Pip,-a fheictear dom a bheith i blas dona, Biddy,-cad a chiallaíonn tú?"

"Cad atá i gceist agam?" a d'fhiafraigh Biddy, timidly.

"Biddy," a dúirt mé, ar bhealach virtuously féin-dhearbhú, "Caithfidh mé a iarraidh a fháil amach cad atá i gceist agat leis seo?"

"Faoi seo?" arsa Biddy.

"Anois, ná macalla," retorted mé. "Níor ghnách leat macalla a dhéanamh, a Biddy."

"Ní úsáidtear!" arsa Biddy. "O An tUasal Pip! Úsáidte!

Bhuel! B'fhearr liom go dtabharfainn suas an pointe sin freisin. Tar éis seal ciúin eile sa ghairdín, thit mé ar ais ar an bpríomhshuíomh.

"Biddy," arsa mise, "rinne mé ráiteas maidir le mo theacht anuas anseo go minic, chun Joe a fheiceáil, rud a fuair tú le tost marcáilte. Bíodh an mhaitheas agat, a Biddy, a insint dom cén fáth.

"An bhfuil tú cinnte go leor, ansin, go mbeidh tú ag teacht chun é a fheiceáil go minic?" D'iarr Biddy, stopadh sa siúlóid gairdín caol, agus ag féachaint orm faoi na réaltaí le súil soiléir agus macánta.

"O daor dom!" A dúirt mé, amhail is dá mba rud é go raibh iallach orm féin a thabhairt suas Biddy i éadóchas. "Is taobh an-dona de nádúr an duine é seo i ndáiríre! Ná habair a thuilleadh, más é do thoil é, Biddy. Cuireann sé seo iontas mór orm.

Ar an gcúis cogent choinnigh mé Biddy ar fad le linn suipéar, agus nuair a chuaigh mé suas go dtí mo sheomra beag d'aois féin, ghlac mar stately saoire di mar a d'fhéadfainn, i m'anam murmuring, mheas reconcilable leis an reilig agus imeacht an lae. Chomh minic agus a bhí mé restless san oíche, agus go raibh gach ceathrú uair an chloig, léirigh mé cad unkindness, cad gortú, cad éagóir, a bhí déanta Biddy dom.

Go luath ar maidin a bhí mé le dul. Go luath ar maidin bhí mé amuigh, agus ag féachaint isteach, gan feiceáil, ar cheann d'fhuinneoga adhmaid an cheárta. Sheas mé ansin, ar feadh nóiméid, ag féachaint ar Joe, cheana féin ag obair le luisne sláinte agus neart ar a aghaidh a rinne sé a thaispeáint amhail is dá mbeadh grian gheal an tsaoil i ndán dó ag taitneamh air.

"Dea-bheannacht, a Joe daor!—Níl, ná wipe sé amach-ar mhaithe le Dia, a thabhairt dom do lámh blackened!-Beidh mé a bheith síos go luath agus go minic."

"Ná ró-luath, a dhuine uasail," arsa Joe, "agus ní rómhinic riamh, Pip!"

Bhí Biddy ag fanacht liom ag doras na cistine, le muga bainne nua agus screamh aráin. "Biddy," arsa mise, nuair a thug mé mo lámh di ag scaradh, "níl fearg orm, ach tá mé gortaithe."

"Níl, ná bí gortaithe," phléadáil sí go leor pathetically; "lig dom a bheith gortaithe, má bhí mé ungenerous."

Uair amháin eile, bhí na ceocháin ag ardú agus mé ag siúl amach. Má nocht siad dom, mar is dóigh liom go ndearna siad, nár chóir dom teacht ar ais, agus go raibh Biddy ceart go leor, is féidir liom a rá,-bhí siad ceart go leor freisin.

Caibidil XXXVI.

Herbert agus chuaigh mé ar aghaidh ó olc go níos measa, ar an mbealach chun ár bhfiacha a mhéadú, ag féachaint isteach inár ngnóthaí, ag fágáil Margins, agus na hidirbhearta eiseamláireacha céanna; and Time went on, whether or no, mar tá bealach le déanamh aige; agus tháinig mé in aois,-i gcomhlíonadh thuar Herbert, gur chóir dom é sin a dhéanamh sula raibh a fhios agam cá raibh mé.

Bhí Herbert féin tagtha in aois ocht mí romham. Ós rud é nach raibh aon rud eile aige seachas a mhóramh le teacht isteach, níor chuir an ócáid isteach go mór ar Barnard's Inn. Ach bhí muid ag tnúth le mo bhreithlá aon-agus fichiú, le slua tuairimíochta agus réamh-mheasta, mar bhí an bheirt againn den tuairim gur ar éigean a d'fhéadfadh mo chaomhnóir cabhrú le rud éigin cinnte a rá an uair sin.

Bhí mé tar éis a bheith cúramach go dtuigfeadh sé go maith sa Bhreatain Bheag nuair a bhí mo bhreithlá. Ar an lá roimhe sin, fuair mé nóta oifigiúil ó Wemmick, ag cur in iúl dom go mbeadh an tUasal Jaggers sásta dá nglaofainn air ag a cúig san iarnóin den lá auspicious. Chuir sé seo ina luí orainn go raibh rud éigin iontach le tarlú, agus chaith mé isteach i flutter neamhghnách nuair a dheisigh mé oifig mo chaomhnóra, samhail poncúlachta.

San oifig sheachtrach thairg Wemmick a chomhghairdeas dom, agus chuimil sé taobh a shrón go teagmhasach le píosa fillte fíocháin-pháipéir a thaitin liom an cuma. Ach dúirt sé rud ar bith meas air, agus motioned dom le nod isteach i seomra mo chaomhnóir. Samhain a bhí ann, agus bhí mo chaomhnóir ina sheasamh roimh a thine ag claonadh a chúil i gcoinne an simléar-phíosa, lena lámha faoina chóta.

"Bhuel, Pip," a dúirt sé, "Caithfidh mé glaoch ort an tUasal Pip go lá. Comhghairdeas, an tUasal Pip."

Chroith muid lámha,-bhí sé i gcónaí ina shaker thar a bheith gearr,-agus ghabh mé buíochas leis.

"Tóg cathaoir, an tUasal Pip," a dúirt mo chaomhnóir.

Mar a shuigh mé síos, agus chaomhnaigh sé a dhearcadh agus chrom sé a bhrabhsáil ar a bhróga, mhothaigh mé faoi mhíbhuntáiste, rud a chuir i gcuimhne dom an sean-am sin nuair a bhí mé curtha ar leac uaighe. Ní raibh an dá theilgthe ghastly ar an tseilf i bhfad uaidh, agus bhí a léiriú amhail is dá mbeadh siad ag déanamh iarracht dúr apoplectic chun freastal ar an gcomhrá.

"Anois mo chara óg," a thosaigh mo chaomhnóir, amhail is dá mba fhinné sa bhosca mé, "táim chun focal nó dhó a bheith agam leat."

"Má tá tú le do thoil, a dhuine uasail."

"Cad a dhéanann tú dócha," a dúirt an tUasal Jaggers, lúbthachta ar aghaidh chun breathnú ar an talamh, agus ansin throwing a cheann ar ais chun breathnú ar an tsíleáil,-"cad a dhéanann tú dócha go bhfuil tú i do chónaí ag an ráta de?"

"Ag an ráta, a dhuine uasail?"

"Ag," arís agus arís eile an tUasal Jaggers, fós ag féachaint ar an uasteorainn, "an-ráta-de?" Agus ansin d'fhéach sé ar fud an tseomra, agus shos lena póca-ciarsúr ina láimh, leath-bhealach ar a shrón.

D'fhéach mé isteach i mo ghnóthaí chomh minic sin, go raibh mé scriosta go maith aon nóisean beag a d'fhéadfadh a bheith agam riamh ar a n-imthacaí. Go drogallach, d'admhaigh mé féin nach raibh mé in ann an cheist a fhreagairt. Ba chosúil go raibh an freagra seo sásta leis an Uasal Jaggers, a dúirt, "Shíl mé mar sin!" agus shéid sé a shrón le haer sástachta.

"Anois, chuir mé ceist *ort*, mo chara," a dúirt an tUasal Jaggers. "An bhfuil aon rud agat le ceist a chur *orm*?"

"Ar ndóigh ba mhór an faoiseamh dom roinnt ceisteanna a chur ort, a dhuine uasail; ach is cuimhin liom do thoirmeasc."

"Iarr ar cheann," a dúirt an tUasal Jaggers.

"An bhfuil mo bhean chéile le cur in iúl dom go lá?"

"Níl. Cuir ceist ar dhuine eile.

"An bhfuil an mhuinín sin le cur i mo leith go luath?"

"Tarscaoil sin, nóiméad," a dúirt an tUasal Jaggers, "agus iarr eile."

D'fhéach mé mar gheall orm, ach bhí an chuma ar an scéal anois nach bhféadfaí éalú ón bhfiosrúchán, "Have-I-anything to receive, sir?" Ar sin, dúirt an tUasal Jaggers, triumphantly, "Shíl mé gur chóir dúinn teacht air!" agus d'iarr sé ar Wemmick an píosa páipéir sin a thabhairt dó. Wemmick chuma, láimh sé isteach, agus imithe.

"Anois, an tUasal Pip," a dúirt an tUasal Jaggers, "freastal, má tá tú le do thoil. Tá tú ag tarraingt go deas faoi shaoirse anseo; tarlaíonn d'ainm minic go leor i leabhar airgid Wemmick; ach tá tú i bhfiacha, ar ndóigh?

"Tá eagla orm caithfidh mé a rá go bhfuil, a dhuine uasail."

"Tá a fhios agat go gcaithfidh tú a rá go bhfuil; nach bhfuil tú?" A dúirt an tUasal Jaggers.

"Sea, a dhuine uasail."

"Ní fhiafraím díot cad atá dlite duit, mar níl a fhios agat; agus dá mbeadh a fhios agat, ní déarfá liom; déarfá níos lú. Sea, sea, mo chara," adeir an tUasal Jaggers, waving a forefinger chun stop a chur liom mar a rinne mé seó agóide: "tá sé dócha go leor go gceapann tú nach mbeadh tú, ach ba mhaith leat. Gabhfaidh tú mo leithscéal, ach tá a fhios agam níos fearr ná tú. Anois, tóg an píosa páipéir seo i do lámh. Tá sé agat? An-mhaith. Anois, unfold é agus inis dom cad é. "

"Is nóta bainc é seo," arsa mise, "ar chúig chéad punt."

"Is nóta bainc é sin," arís agus arís eile an tUasal Jaggers, "ar feadh cúig chéad punt. Agus suim an-dathúil airgid freisin, sílim. Meas tú é mar sin?"

"Conas a d'fhéadfainn a mhalairt a dhéanamh!"

"Ah! Ach freagair an cheist," a dúirt an tUasal Jaggers.

"Gan amhras."

"Measann tú é, gan amhras, suim dathúil airgid. Anois, is é an tsuim dathúil airgid sin, Pip, do chuid féin. Tá sé i láthair a thabhairt duit ar an lá seo, i earnest de do ionchais. Agus ag ráta na suime dathúla airgid sin in aghaidh na bliana, agus gan aon ráta níos airde, tá tú chun cónaí go dtí go bhfeictear deontóir an iomláin. Is é sin le rá, beidh tú a chur anois do ghnóthaí airgid go hiomlán isteach i do lámha féin, agus beidh tú a tharraingt ó Wemmick céad fiche cúig punt in aghaidh na ráithe, go dtí go bhfuil tú i gcumarsáid leis an fountain-ceann, agus a thuilleadh leis an gníomhaire ach ní bhíonn ach. Mar a dúirt mé leat roimhe seo, is mise an gníomhaire amháin. Rithim mo threoracha, agus íoctar as é sin a dhéanamh. Sílim go bhfuil siad doicheallach, ach ní íoctar mé as aon tuairim a thabhairt ar a bhfiúntas."

Bhí mé ag tosú a chur in iúl mo bhuíochas le mo benefactor as an liobrálachas mór a caitheadh liom, nuair a stop an tUasal Jaggers dom. "Níl mé íoctha, Pip," a dúirt sé, coolly, "a iompar do chuid focal le haon duine;" agus ansin a bailíodh suas a cóta-eireabaill, mar a bhí bailithe sé suas an t-ábhar, agus sheas frowning ag a buataisí amhail is dá mbeadh amhras air iad dearaí ina choinne.

Tar éis sosa, thug mé leid,—

"Bhí ceist díreach anois, an tUasal Jaggers, a theastaigh uait dom a tharscaoileadh ar feadh nóiméad. Tá súil agam nach bhfuil aon rud mícheart á dhéanamh agam agus mé á iarraidh arís?"

"Cad é?" ar seisean.

B'fhéidir go raibh a fhios agam nach gcabhródh sé liom go deo; ach thóg sé siar orm an cheist a mhúnlú as an nua, amhail is dá mbeadh sé nua go leor. "An bhfuil sé dócha," a dúirt mé, tar éis hesitating, "go mbeidh mo phátrún, an fountain-ceann a labhair tú, an tUasal Jaggers, go luath-" ann stop mé delicately.

"An mbeidh go luath cad?" D'iarr an tUasal Jaggers. "Sin aon cheist mar atá sé, tá a fhios agat."

"An dtiocfaidh go Londain go luath," arsa mise, tar éis dom foirm bheacht focal a chaitheamh, "nó mé a thoghairm áit ar bith eile?"

"Anois, anseo," d'fhreagair an tUasal Jaggers, shocrú dom den chéad uair lena súile dorcha domhain-leagtar, "ní mór dúinn filleadh ar an tráthnóna nuair a bhíonn muid ar dtús a chéile i do sráidbhaile. Cad a dúirt mé leat ansin, a Pip?"

"Dúirt tú liom, an tUasal Jaggers, go bhféadfadh sé a bheith blianta mar sin nuair a bhí an duine sin le feiceáil."

"Díreach mar sin," a dúirt an tUasal Jaggers, "sin mo fhreagra."

Agus muid ag breathnú go hiomlán ar a chéile, mhothaigh mé m'anáil ag teacht níos tapúla i mo mhian láidir rud éigin a fháil amach as. Agus mar a mhothaigh mé gur tháinig sé níos tapúla, agus de réir mar a mhothaigh mé go bhfaca sé gur tháinig sé níos tapúla, mhothaigh mé go raibh seans níos lú agam ná riamh aon rud a fháil as dó.

"An gceapann tú go mbeidh sé fós blianta mar sin, an tUasal Jaggers?"

Chroith an tUasal Jaggers a cheann, - ní i negativing an cheist, ach ar fad negativing an nóisean go bhféadfadh sé a fháil ar bhealach ar bith chun é a fhreagairt,-agus d'fhéach an dá casts Uafásach na n-aghaidheanna twitched, nuair a strayed mo shúile suas dóibh, amhail is dá mba tháinig siad ar ghéarchéim ina n-aird ar fionraí, agus bhí siad ag dul a sneeze.

"Tar!" A dúirt an tUasal Jaggers, téamh an backs a chosa leis an chúl a lámha warmed, "Beidh mé a bheith plain le leat, mo chara Pip. Sin ceist nár cheart dom a chur. Tuigfidh tú é sin níos fearr, nuair a deirim leat gur ceist í a chuirfeadh as dom. Tar! Rachaidh mé beagán níos faide leat; Déarfaidh mé rud éigin eile."

Chrom sé síos chomh híseal sin le frown ar a bhróga, go raibh sé in ann laonna a chosa a chuimilt sa sos a rinne sé.

"Nuair a nochtann an duine sin," a dúirt an tUasal Jaggers, straightening féin, "beidh tú féin agus an duine sin a réiteach do ghnóthaí féin. Nuair a nochtann an duine sin, scoirfidh agus cinnfidh mo chuid sa ghnó seo. Nuair a nochtann an duine sin, ní bheidh sé riachtanach dom aon rud a bheith ar eolas agam faoi. Agus sin uile atá le rá agam.

D'fhéachamar ar a chéile go dtí gur tharraing mé siar mo shúile, agus d'fhéach mé go tuisceanach ar an urlár. Ón óráid dheireanach seo a fuair mé an nóisean nár thug Miss Havisham, ar chúis éigin nó ar chúis ar bith, isteach ina muinín maidir lena dearadh dom do Estella; gur athraigh sé é seo, agus gur mhothaigh sé éad faoi; nó go ndearna sé agóid i ndáiríre i gcoinne na scéime sin, agus nach mbeadh aon bhaint aige leis. Nuair a d'ardaigh mé mo shúile arís, fuair mé amach go raibh sé ag féachaint go géar orm an t-am ar fad, agus go raibh sé á dhéanamh sin fós.

"Más é sin go léir a chaithfidh tú a rá, a dhuine uasail," a dúirt mé, "ní féidir aon rud a fhágáil dom a rá."

Chlaon sé aontú, agus tharraing sé amach a faire thief-dreaded, agus d'fhiafraigh sé dom cá raibh mé ag dul a dine? D'fhreagair mé ag mo sheomraí féin, le Herbert. Mar sheicheamh riachtanach, d'fhiafraigh mé de an mbeadh sé i bhfabhar dúinn lena chuideachta, agus ghlac sé go pras leis an gcuireadh. Ach d'áitigh sé ar siúl abhaile liom, ionas nach bhféadfainn aon ullmhúchán breise a dhéanamh dó, agus ar dtús bhí litir nó dhó le scríobh aige, agus (ar ndóigh) go raibh a lámha le nigh aige. Mar sin, dúirt mé go rachainn isteach san oifig amuigh agus go labhróinn le Wemmick.

Ba é fírinne an scéil, nuair a tháinig na cúig chéad punt isteach i mo phóca, gur tháinig smaoineamh isteach i mo cheann a bhí ann go minic roimhe sin; agus chonacthas dom gur duine maith é Wemmick chun comhairle a thabhairt maidir leis an smaoineamh sin.

Bhí sé faoi ghlas cheana féin suas a sábháilte, agus rinne ullmhúcháin chun dul abhaile. D'fhág sé a dheasc, thug sé amach a dhá choinnleoir oifige gréisceach agus sheas sé iad ar aon dul leis na snaoisíní ar leac in aice an dorais, réidh le múchadh; Bhí raked sé a tine íseal, a chur ar a hata agus mór-cóta réidh, agus bhí beating féin ar fud an cófra lena sábháilte-eochair, mar chleachtadh Lúthchleas Gael tar éis gnó.

"An tUasal Wemmick," a dúirt mé, "Ba mhaith liom a iarraidh ar do thuairim. Tá an-fhonn orm freastal ar chara.

Ghéaraigh Wemmick a oifig phoist agus chroith sé a cheann, amhail is go raibh a thuairim marbh in aghaidh aon laige mharfach den chineál sin.

"An cara seo," a shaothraigh mé, "tá sé ag iarraidh dul ar aghaidh sa saol tráchtála, ach níl aon airgead aige, agus bíonn sé deacair agus díchéillí tús a chur leis. Anois, ba mhaith liom ar bhealach chun cabhrú leis go dtí tús. "

"Le hairgead síos?" A dúirt Wemmick, i ton níos tirime ná aon sawdust.

"Le *roinnt* airgid síos," a d'fhreagair mé, le haghaidh cuimhneacháin míshuaimhneach lámhaigh trasna orm ar an bundle siméadrach páipéir sa bhaile- "le *roinnt* airgid síos, agus b'fhéidir roinnt ag súil le mo ionchais."

"An tUasal Pip," a dúirt Wemmick, "Ba chóir dom buíochas díreach a reáchtáil thar a bhfuil tú ar mo mhéara, más é do thoil, ainmneacha na droichid éagsúla suas chomh hard le Chelsea Reach. Fan go bhfeicfidh mé; tá Londain ann, ceann; Southwark, dhá cheann; Blackfriars, a trí; Waterloo, ceithre cinn; Westminster, cúigear; Vauxhall, sé. Sheiceáil sé as gach droichead ina sheal, le láimhseáil a eochair shábháilte ar bhos a láimhe. "Tá oiread agus seisear ann, feiceann tú, le roghnú as."

"Ní thuigim thú," arsa mise.

"Roghnaigh do dhroichead, an tUasal Pip," ar ais Wemmick, "agus a chur ar siúl ar do dhroichead, agus pháirc do chuid airgid isteach sa Thames thar an áirse lár do dhroichead, agus tá a fhios agat an deireadh é. Freastal ar chara leis, agus b'fhéidir go mbeadh a fhios agat deireadh sé freisin, - ach tá sé ina deireadh níos lú taitneamhach agus brabúsach. "

I could have posted a newspaper in his mouth, rinne sé chomh leathan sin é tar éis é seo a rá.

"Tá sé seo an-discouraging," a dúirt mé.

"I gceist a bheith amhlaidh," a dúirt Wemmick.

"Ansin tá sé do thuairim," fhiafraigh mé, le roinnt fearg beag, "nár chóir fear-"

"-Infheistiú maoin iniompartha i cara?" A dúirt Wemmick. "Cinnte níor chóir dó. Mura bhfuil sé ag iarraidh fáil réidh leis an gcara, - agus ansin bíonn sé ina cheist cé mhéad maoin iniompartha b'fhéidir gur fiú fáil réidh leis.

"Agus sin," a dúirt mé, "Is é do thuairim d'aon ghnó, an tUasal Wemmick?"

"Sin," a d'fhill sé, "is é mo thuairim d'aon ghnó san oifig seo."

"Ah!" arsa mise, ag brú air, mar cheap mé go bhfaca mé é in aice le lúb ar lár anseo; "ach an é sin do thuairim ag Walworth?"

"An tUasal Pip," d'fhreagair sé, le domhantarraingt, "Is Walworth áit amháin, agus tá an oifig eile. Tá i bhfad mar an Aois duine amháin, agus tá an tUasal Jaggers eile. Ní féidir iad a confounded le chéile. Ní mór mo sentiments Walworth a ghlacadh ag Walworth; ní féidir glacadh le mo mheon oifigiúil san oifig seo."

"Go han-mhaith," a dúirt mé, faoiseamh i bhfad, "ansin beidh mé ag breathnú tú suas ag Walworth, is féidir leat ag brath ar sé."

"An tUasal Pip," ar seisean, "beidh fáilte romhat ansin, i gcáil phríobháideach agus phearsanta."

Bhí an comhrá seo againn i nguth íseal, agus fios maith againn go raibh cluasa mo chaomhnóra ar an gceann is géire den ghéar. Mar a bhí sé anois ina dhoras, towelling a lámha, fuair Wemmick ar a cóta mór agus sheas sé ag a snuff amach na coinnle. Chuaigh muid go léir trí isteach ar an tsráid le chéile, agus ón doras-chéim Wemmick iompú a bhealach, agus an tUasal Jaggers agus chas mé linne.

Ní raibh mé in ann cabhrú ar mian leo níos mó ná uair amháin an tráthnóna sin, go raibh an tUasal Jaggers Aois i Sráid Gerrard, nó Stinger, nó Rud éigin, nó Duine éigin, a unbend a brows beagán. Breithniú míchompordach a bhí ann ar lá breithe is fiche, gur ar éigean ab fhiú teacht in aois ar chor ar bith agus é i ndomhan chomh cosantach amhrasach agus a rinne sé de. Bhí sé míle uair níos eolaí agus níos cliste ná Wemmick, agus fós ba mhaith liom míle uair in áit go raibh Wemmick chun dinnéir. Agus ní dhearna an tUasal Jaggers mé féin go dian lionn dubh, mar, tar éis dó a bheith imithe, dúirt Herbert de féin, lena shúile socraithe ar an tine, gur shíl sé go gcaithfidh sé feileonacht a dhéanamh agus dearmad a dhéanamh ar na sonraí a bhaineann leis, bhraith sé chomh dejected agus ciontach.

Caibidil XXXVII.

Deeming Dé Domhnaigh an lá is fearr chun cur sentiments Walworth Mr Wemmick ar, chaith mé an tráthnóna Dé Domhnaigh ina dhiaidh sin ar oilithreacht go dtí an Caisleán. Nuair a shroich mé na cathanna, fuair mé an Union Jack ag eitilt agus an droichead tarraingthe suas; ach gan trácht ar an seó seo defiance agus friotaíocht, ghlaoigh mé ag an ngeata, agus d'admhaigh an Aois é ar bhealach is ciúin.

"Mo mhac, a dhuine uasail," arsa an seanfhear, tar éis dó an droichead tarraingthe a dhaingniú, "in áit é a bheith ina intinn go dtiocfadh leat titim isteach, agus d'fhág sé focal go mbeadh sé sa bhaile go luath óna shiúlóid tráthnóna. He is very regular in his walks, tá mo mhac aige. An-rialta i ngach rud, is é mo mhac.

Chlaon mé ar an sean-fhear uasal mar a d'fhéadfadh Wemmick féin a chlaonadh, agus chuaigh muid isteach agus shuigh muid síos cois na tine.

"Chuir tú aithne ar mo mhac, a dhuine uasail," arsa an seanfhear, ina bhealach chirping, agus é ag téamh a lámha ag an mbláth, "ag a oifig, tá súil agam?" Chlaon mé. "Hah! Tá mé heerd go bhfuil mo mhac lámh iontach ar a ghnó, a dhuine uasail? " Chlaon mé go crua. "Tá; Mar sin, insíonn siad dom. Is é a ghnó an Dlí? Chlaon mé níos deacra. "Cé acu a dhéanann sé níos mó iontas i mo mhac," a dúirt an sean-fhear, "do ní raibh sé a thabhairt suas go dtí an Dlí, ach leis an Fíon-Coopering."

Aisteach a fhios conas a sheas an fear d'aois ar an eolas maidir le dea-cháil an Uasail Jaggers, roared mé an t-ainm sin air. Chaith sé mé isteach sa mearbhall is mó ag gáire heartily agus freagra a thabhairt ar bhealach an-sprightly, "Níl, a bheith cinnte; tá an ceart agat. Agus leis an uair an chloig nach bhfuil mé an nóisean faintest cad a bhí i gceist aige, nó cén joke shíl sé a bhí déanta agam.

Toisc nach raibh mé in ann suí ann nodding ag dó suthain, gan a dhéanamh ar roinnt iarracht eile chun suim a chur air, scairt mé ag fiosrú cibé an raibh a ghlaoch féin sa saol "an Fíon-Coopering." Nuair a chuir mé brú ar an téarma sin asam féin arís agus arís eile agus an sean-fhear uasal ar an gcliabhrach a bhualadh chun é a cheangal leis, d'éirigh liom ar deireadh mo bhrí a thuiscint.

"Níl," arsa an seanduine; "An trádstóráil, an trádstóráil. Ar dtús, thar yonder;" dhealraigh sé a chiallaíonn suas an simléar, ach creidim go raibh sé i gceist aige mé a tharchur go Learpholl; "agus ansin i gCathair Londan anseo. Mar sin féin, a bhfuil éiglíocht-do tá mé deacair a éisteacht, a dhuine uasail-"

Chuir mé in iúl i pantomime an astonishment is mó.

"—Tá, deacair éisteacht; agus an éiglíocht sin ag teacht orm, chuaigh mo mhac isteach sa Dlí, agus chuaigh sé i gceannas orm, agus is beag a rinne sé amach an mhaoin galánta álainn seo. Ach ag filleadh ar an méid a dúirt tú, tá a fhios agat," arsa an seanfhear, arís ag gáire go croíúil, "is é an rud a deirim, Níl a bheith cinnte; tá an ceart agat."

Bhí mé ag wondering measartha an mbeadh mo ingenuity ndícheall ar chumas dom a rá rud ar bith a bheadh amused dó leath an oiread agus is an pleasantry samhailteach, nuair a bhí geit mé ag cliceáil tobann sa bhalla ar thaobh amháin den simléar, agus an tumbling ghostly oscailte de flap adhmaid beag le "JOHN" ar sé. Ghlaoigh an seanfhear, ag leanúint mo shúile, le bua mór, "Tháinig mo mhac abhaile!" agus chuaigh muid beirt amach go dtí an droichead tarraingthe.

B'fhiú aon airgead a fheiceáil Wemmick waving cúirtéis dom ón taobh eile den mhóta, nuair a d'fhéadfadh muid a bheith lámha chroitheadh trasna air leis an éascaíocht is mó. Bhí an Aois chomh sásta a bheith ag obair ar an droichead tarraingthe, nach ndearna mé aon tairiscint chun cabhrú leis, ach sheas sé ciúin go dtí gur tháinig Wemmick trasna, agus gur bhronn mé ar Miss Skiffins mé; bean a raibh sé in éineacht léi.

Bhí cuma adhmaid ar Miss Skiffins, agus bhí sí, cosúil lena coimhdeacht, i mbrainse iar-oifige na seirbhíse. B'fhéidir go raibh sí dhá nó trí bliana níos óige ná Wemmick, agus mheas mé go raibh maoin iniompartha aici. Rinne gearradh a gúna ón gcoim aníos, roimh agus taobh thiar de, a figiúr an-chosúil le eitleog buachaill; agus b'fhéidir gur fhuaimnigh mé a gúna beagáinín ró-oráiste, agus a lámhainní beagáinín ró-ghlas. Ach ba chosúil go raibh sí saghas maith eile, agus léirigh sí ardmheas ar an Aois. Ní raibh mé i bhfad ag fáil amach go raibh sí ina cuairteoir go minic ag an gCaisleán; óir, ar ár dul isteach, agus mo complimenting Wemmick ar a contrivance ingenious chun é féin a fhógairt don Aois, begged sé dom a thabhairt ar mo aird ar feadh nóiméad ar an taobh eile den simléar, agus imithe. Faoi láthair tháinig cliceáil eile, agus tumbled doras beag eile ar oscailt le "Miss Skiffins" ar sé; ansin dhún Miss Skiffins suas agus thit John ar oscailt; ansin thit Miss Skiffins agus John araon ar oscailt le chéile, agus ar deireadh dhún siad le chéile. Nuair a d'fhill Wemmick ó na fearais mheicniúla seo a oibriú, chuir mé in iúl an meas mór a bhí agam orthu, agus dúirt sé, "Bhuel, tá a fhios agat, tá siad araon taitneamhach agus úsáideach don Aois. Agus ag George, a dhuine uasail, is fiú a lua, sin de na daoine go léir a thagann chuig an ngeata seo, níl rún na dtarraingtí sin ar eolas ach ag an Aois, Miss Skiffins, agus mise!

"Agus rinne an tUasal Wemmick iad," arsa Miss Skiffins, "lena lámha féin as a cheann féin."

Cé go raibh Miss Skiffins ag éirí as a bonnéad (choinnigh sí a lámhainní glasa i rith an tráthnóna mar chomhartha amach agus infheicthe go raibh cuideachta ann), thug Wemmick cuireadh dom siúl leis thart ar an maoin, agus a fheiceáil conas a d'fhéach an t-oileán i rith an gheimhridh. Ag smaoineamh go ndearna sé é seo chun deis a thabhairt dom a chuid sentiments Walworth a thógáil, thapaigh mé an deis chomh luath agus a bhí muid as an gCaisleán.

Tar éis dom smaoineamh ar an ábhar le cúram, chuaigh mé i dteagmháil le m'ábhar amhail is nár thug mé leid dó roimhe seo. Chuir mé in iúl do Wemmick go raibh mé imníoch thar ceann Herbert Pocket, agus d'inis mé dó conas a bhuail muid le chéile den chéad uair, agus conas a throid muid. Thug mé spléachadh ar theach Herbert, agus ar a charachtar, agus ar a chumas gan aon acmhainn a bheith aige ach ar nós go raibh sé ag brath ar a athair; éiginnte agus neamhphionta. Alluded mé leis na buntáistí a bhí díorthaithe agam i mo chéad amhas agus aineolas as a shochaí, agus d'admhaigh mé go raibh eagla orm go raibh mé ach tinn aisíoc leo, agus go bhféadfadh sé a bheith déanta níos fearr gan dom agus mo ionchais. Ag coinneáil Miss Havisham sa chúlra ag achar mór, leid mé fós ar an bhféidearthacht go raibh mé in iomaíocht leis ina ionchais, agus ag cinnteacht a bhfuil anam flaithiúil aige, agus a bheith i bhfad os cionn aon distrusts meán, retaliations, nó dearaí. Ar na cúiseanna seo go léir (dúirt mé le Wemmick), agus toisc gurbh é mo chompánach agus mo chara óg é, agus go raibh gean mór agam air, ghuigh mé mo dhea-ádh féin chun roinnt gathanna a léiriú air, agus dá bhrí sin d'iarr mé comhairle ó thaithí agus eolas Wemmick ar fhir agus ar ghnóthaí, conas ab fhearr a d'fhéadfainn iarracht a dhéanamh le mo chuid acmhainní chun cabhrú le Herbert ioncam reatha éigin a fháil,— céad bliain a rá, chun é a choinneáil i ndea-dhóchas agus i gcroí,—agus de réir a chéile é a cheannach ar aghaidh chuig comhpháirtíocht bheag éigin. D'impigh mé ar Wemmick, mar fhocal scoir, a thuiscint go gcaithfear mo chabhair a thabhairt i gcónaí gan eolas nó amhras Herbert, agus nach raibh aon duine eile ar domhan a raibh mé in ann comhairle a thabhairt dó. Fhoirceannadh mé suas ag leagan mo lámh ar a ghualainn, agus ag rá, "Ní féidir liom cabhrú confiding i duit, cé go bhfuil a fhios agam caithfidh sé a bheith trioblóideach a thabhairt duit; ach is ortsa atá an locht, gur thug sé anseo mé riamh."

Bhí Wemmick ciúin ar feadh tamaill beag, agus ansin dúirt sé le cineál tús, "Bhuel tá a fhios agat, an tUasal Pip, caithfidh mé rud amháin a insint duit. Tá sé seo diabhal maith agat.

"Abair go gcabhróidh tú liom a bheith go maith ansin," arsa mise.

"Ecod," a d'fhreagair Wemmick, ag croitheadh a chinn, "ní hé sin mo cheird."

"Ná ní hé seo d'áit trádála," arsa mise.

"Tá an ceart agat," a d'fhill sé. "Bhuail tú an ingne ar an gceann. An tUasal Pip, beidh mé a chur ar mo smaoineamh-caipín, agus sílim go léir is mian leat a dhéanamh is féidir a dhéanamh de réir céimeanna. Is cuntasóir agus gníomhaire é Skiffins (sin é a dheartháir). Féachfaidh mé suas air agus rachaidh mé ag obair duit.

"Gabhaim buíochas leat deich míle uair."

"A mhalairt ar fad," ar seisean, "gabhaim buíochas leat, mar cé go bhfuil muid go docht inár gcumas príobháideach agus pearsanta, fós d'fhéadfaí a lua go *bhfuil* cobwebs Newgate faoi, agus scuabann sé iad ar shiúl."

Tar éis comhrá beag eile ar an éifeacht chéanna, d'fhill muid ar an gCaisleán áit a bhfuair muid Miss Skiffins ag ullmhú tae. Tarmligeadh an dualgas freagrach as an tósta a dhéanamh chuig an Aois, agus bhí an sean-uasal den scoth chomh hintinneach sin air gur chuma leis go raibh baol éigin ann go leáfadh sé a shúile. Ní béile ainmniúil a bhí le déanamh againn, ach réaltacht bhríomhar. D'ullmhaigh an Aois a leithéid de chruach féir de thóst ime, go bhféadfainn é a fheiceáil ar éigean os a chionn agus é ag suanbhruith ar sheastán iarainn a bhí greamaithe ar an mbarra; cé gur ghrúdaigh Miss Skiffins a leithéid de jorum tae, go raibh an mhuc san áitreabh cúil ar bís go láidir, agus arís agus arís eile chuir sé in iúl gur mhian leis páirt a ghlacadh sa tsiamsaíocht.

Bhí an bhratach buailte, agus bhí an gunna fired, ag an am ceart ama, agus bhraith mé mar a ghearradh snugly amach as an gcuid eile de Walworth amhail is dá mbeadh an móta tríocha troigh ar leithead ag an oiread domhain. Níor chuir aon ní isteach ar suaimhneas an Chaisleáin, ach d'oscail John agus Miss Skiffins ó am go chéile: a bhí ina chreiche ag roinnt éiglíocht spasmodic a d'fhág míchompordach mé go dtí go ndeachaigh mé i dtaithí air. Bhain mé siar as nádúr modhúil shocruithe Miss Skiffins go ndearna sí tae ann gach oíche Dhomhnaigh; agus bhí amhras orm in áit go raibh dealg clasaiceach a chaith sí, a léiríonn próifíl mná neamh-inmhianaithe le srón an-dhíreach agus gealach an-nua, píosa maoine iniompartha a thug Wemmick di.

D'ith muid iomlán an tósta, agus d'ól muid tae i gcomhréir, agus bhí sé aoibhinn a fheiceáil cé chomh te agus gréisceach a fuair muid ar fad ina dhiaidh. An Aois go háirithe, d'fhéadfadh a bheith caite le haghaidh roinnt taoiseach glan d'aois de threibh savage, ach oiled. Tar éis sos gairid de repose, Miss Skiffins-in éagmais an seirbhíseach beag a, dhealraigh sé, ar scor go dtí an bosom a teaghlaigh tráthnóna Dé Domhnaigh-nite suas an tae-rudaí, ar bhealach amaitéarach trifling bhean-mhaith a chuir i mbaol aon cheann de dúinn. Ansin, chuir sí ar a lámhainní arís, agus tharraing muid thart ar an tine, agus dúirt Wemmick, "Anois, Tuismitheoir Aois, tip dúinn an páipéar."

Mhínigh Wemmick dom nuair a fuair an Aois a spéacláirí amach, go raibh sé seo de réir nós, agus gur thug sé sásamh gan teorainn don sean-uasal an nuacht a léamh os ard. "Ní thairgfidh mé leithscéal," arsa Wemmick, "mar níl sé in ann mórán pléisiúir a bhaint as—an bhfuil tú, Aois P.?"

"Ceart go leor, a Sheáin, ceart go leor," a d'fhill an seanfhear, nuair a chonaic sé é féin á labhairt.

"Ach tip dó nod gach anois agus ansin nuair a bhreathnaíonn sé as a pháipéar," a dúirt Wemmick, "agus beidh sé chomh sásta le rí. Táimid go léir aird, Aois a hAon."

"Ceart go leor, John, ceart go leor!" Ar ais an fear d'aois cheerful, chomh gnóthach agus mar sin sásta, go raibh sé i ndáiríre go leor a fheictear.

Chuir léamh an Aois i gcuimhne dom na ranganna ag mór-aintín Mr Wopsle, leis an peculiarity pleasanter go raibh an chuma air teacht trí keyhole. Toisc go raibh sé ag iarraidh na coinnle gar dó, agus mar a bhí sé i gcónaí ar tí a cheann nó an nuachtán a chur isteach iontu, bhí an oiread faire ag teastáil uaidh mar mhuileann púdair. Ach bhí Wemmick chomh místuama agus chomh séimh céanna ina aireachas, agus léigh an Aois air, i ngan fhios dá chuid tarrthálacha iomadúla. Aon uair a d'fhéach sé orainn, léirigh muid go léir an spéis agus an t-iontas is mó, agus chrom sé go dtí go ndeachaigh sé ar ais arís.

Mar a shuigh Wemmick agus Miss Skiffins taobh le taobh, agus de réir mar a shuigh mé i gcúinne shadowy, thug mé faoi deara fadú mall agus de réir a chéile ar bhéal an Uasail Wemmick, le fios go cumhachtach ar a chuid go mall agus de réir a chéile stealing a lámh bhabhta waist Miss Skiffins ar. I rith an ama chonaic mé a lámh le feiceáil ar an taobh eile de Miss Skiffins; ach ag an nóiméad sin stop Miss Skiffins go néata é leis an lámhainn ghlas, unwound a lámh arís amhail is dá

291

mba alt gúna é, agus leis an plé is mó a leagtar sé ar an tábla os a comhair. Composure Miss Skiffins cé go ndearna sí é seo ar cheann de na radharcanna is suntasaí a chonaic mé riamh, agus dá bhféadfainn smaoineamh ar an ngníomh ag teacht le teibíocht intinne, ba chóir dom a mheas go ndearna Miss Skiffins é go meicniúil.

De réir agus ag, thug mé faoi deara go raibh lámh Wemmick ag imeacht arís, agus de réir a chéile ag dul as radharc. Go gairid ina dhiaidh sin, thosaigh a bhéal ag leathnú arís. Tar éis eatramh fionraí ar mo thaobh a bhí go leor enthralling agus beagnach painful, chonaic mé a lámh le feiceáil ar an taobh eile de Miss Skiffins. Láithreach, stop Miss Skiffins é le néata dornálaí placid, thóg sé an girdle nó cestus sin mar a bhí roimhe seo, agus leag sé ar an mbord é. Ag tabhairt an tábla chun ionadaíocht a dhéanamh ar chonair an bhua, tá údar agam a rá go raibh lámh Wemmick ag dul ar strae ó chosán an bhua agus á thabhairt chun cuimhne dó ag Miss Skiffins.

Faoi dheireadh, léigh an Seanduine é féin isteach i slumber éadrom. Ba é seo an t-am do Wemmick citeal beag, tráidire spéaclaí, agus buidéal dubh le corc poirceallán-topped a tháirgeadh, rud a léiríonn dínit chléireachais éigin de ghné rubicund agus sóisialta. Le cabhair na bhfearas seo bhí rud éigin te le n-ól againn go léir, an Aois ina measc, a bhí ina dhúiseacht arís go luath. Miss Skiffins measctha, agus thug mé faoi deara gur ól sí féin agus Wemmick as gloine amháin. Ar ndóigh, bhí a fhios agam níos fearr ná a thairiscint Miss Skiffins a fheiceáil sa bhaile, agus faoi na cúinsí shíl mé gurbh fhearr dom dul ar dtús; rud a rinne mé, ag glacadh saoire cordial an Aois, agus tar éis a rith tráthnóna taitneamhach.

Sula raibh seachtain amuigh, fuair mé nóta ó Wemmick, dar dáta Walworth, ag rá go raibh súil aige go ndearna sé roinnt dul chun cinn san ábhar sin a bhaineann lenár gcumas príobháideach agus pearsanta, agus go mbeadh sé sásta dá bhféadfainn teacht agus é a fheiceáil arís air. Mar sin, chuaigh mé amach go Walworth arís, agus arís eile, agus arís eile, agus chonaic mé é trí choinne sa Chathair arís agus arís eile, ach ní raibh aon chumarsáid agam leis ar an ábhar sa Bhreatain Bheag nó in aice leis. Ba é an upshot, go bhfuair muid ceannaí óg fiúntach nó bróicéir loingseoireachta, nach bhfuil bunaithe le fada i ngnó, a bhí ag iarraidh cabhair Chliste, agus a bhí ag iarraidh caipitil, agus a bheadh ag iarraidh comhpháirtí in am trátha agus a fháil. Idir é agus mise, síníodh earraí rúnda a raibh Herbert mar ábhar dóibh, agus d'íoc mé leath de mo chúig chéad punt síos leis, agus d'fhostaigh mé íocaíochtaí éagsúla eile: cuid acu, le titim dlite ar dhátaí áirithe as m'ioncam: cuid acu, ag brath ar mo theacht isteach i mo mhaoin. Rinne deartháir Miss Skiffins an idirbheartaíocht. Wemmick pervaded sé ar fud, ach ní raibh le feiceáil ann.

Bhí an gnó ar fad chomh cliste sin, nach raibh amhras dá laghad ar Herbert go raibh mo lámh ann. Ní dhéanfaidh mé dearmad go deo ar an aghaidh raidiciúil lenar tháinig sé abhaile tráthnóna amháin, agus dúirt sé liom, mar phíosa mór nuachta, gur thit sé isteach le Clarriker amháin (ainm an cheannaí óig), agus gur léirigh Clarriker claonadh neamhghnách ina leith, agus go gcreideann sé gur tháinig an oscailt ar deireadh. Lá i ndiaidh lae de réir mar a d'fhás a dhóchas níos láidre agus a aghaidh níos gile, caithfidh sé gur shíl sé cara níos mó agus níos geanúla dom, mar bhí an deacracht is mó agam srian a chur ar mo dheora bua nuair a chonaic mé é chomh sásta. Ag fad, an rud atá á dhéanamh, agus tar éis dó an lá sin dul isteach i dTeach Clarriker, agus tar éis dó labhairt liom ar feadh tráthnóna ar fad i flush de pléisiúr agus rath, rinne mé caoin i ndáiríre i earnest maith nuair a chuaigh mé a chodladh, chun smaoineamh go raibh mo ionchais déanta roinnt maith do dhuine éigin.

Ócáid mhór i mo shaol, cor cinniúnach mo shaoil, oscailte anois ar mo thuairim. Ach, sula rachaidh mé ar aghaidh chun é a insint, agus sula dtéann mé ar aghaidh chuig na hathruithe go léir a bhí i gceist, caithfidh mé caibidil amháin a thabhairt do Estella. Níl sé i bhfad a thabhairt ar an téama a líonadh chomh fada mo chroí.

Caibidil XXXVIII.

Má thagann an seanteach sin in aice leis an bhFaiche ag Richmond go brách nuair a bheidh mé marbh, beidh sé ciaptha, cinnte, ag mo thaibhse. O na hoícheanta agus na laethanta go leor, trína raibh an spiorad unquiet istigh ionam haunted an teach sin nuair a bhí cónaí ar Estella ann! Let my body be where it would, bhí mo spiorad i gcónaí ag fánaíocht, ag fánaíocht, ag fánaíocht, faoin teach sin.

Baintreach ab ea an bhean ar cuireadh Estella léi, Mrs Brandley de réir ainm, agus iníon amháin roinnt blianta níos sine ná Estella. D'fhéach an mháthair óg, agus d'fhéach an iníon d'aois; bhí coimpléasc na máthar bándearg, agus bhí dath buí ar an iníon; an mháthair a chur ar bun le haghaidh frivolity, agus an iníon le haghaidh diagachta. Bhí siad i riocht maith ar a dtugtar, agus thug siad cuairt, agus thug líon na ndaoine cuairt orthu. Is beag pobal mothúcháin, más ann dó, a bhí idir iad agus Estella, ach bunaíodh an tuiscint go raibh siad riachtanach di, agus go raibh sí riachtanach dóibh. Bhí Mrs Brandley ina chara le Miss Havisham roimh am a seclusion.

I dteach Mrs Brandley agus as teach Mrs Brandley, d'fhulaing mé gach cineál agus méid céastóireachta a d'fhéadfadh Estella a chur faoi deara dom. An cineál caidrimh a bhí agam léi, a chuir mé ar théarmaí cur amach gan mé a chur ar théarmaí fabhar, a tharraing mo sheachrán. Bhain sí úsáid as mé chun admirers eile a chuimilt, agus chas sí an cur amach an-idir í féin agus mé ar an gcuntas a chur beagán leanúnach ar mo dheabhóid di. Dá mbeinn i mo rúnaí, ina maor, ina leathdheartháir, ina droch-ghaol—dá mbeinn i mo dheartháir níos óige dá fear céile ceaptha,—ní fhéadfainn a bheith níos faide ó mo dhóchas nuair ba ghaire dom í. An phribhléid a bhaineann le glaoch uirthi faoina hainm agus éisteacht léi glaoch orm le mianach, faoi na cúinsí a bhí ina ghéarú ar mo thrialacha; agus cé gur dóigh liom gur chuir sé as go mór dá leannáin eile, tá a fhios agam freisin go bhfuil sé beagnach maddened dom.

Bhí admirers aici gan deireadh. Gan amhras rinne m'éad meas ar gach duine a chuaigh in aice léi; ach bhí níos mó ná go leor acu gan sin.

Chonaic mé í go minic ag Richmond, chuala mé fúithi go minic sa bhaile, agus ba mhinic liom í féin agus na Brandleys a thabhairt ar an uisce; bhí picnicí, laethanta fête, drámaí, ceoldrámaí, ceolchoirmeacha, cóisirí, gach cineál pléisiúir, trínar shaothraigh mé í,-agus bhí siad go léir ainnise dom. Ní raibh uair an chloig sonas agam riamh ina sochaí, agus fós bhí m'intinn ar feadh na gceithre huaire fichead ag cruitireacht ar an sonas a bhain léi a bheith liom ris an mbás.

Le linn na coda seo dár lánúnas,—agus mhair sé, mar a fheicfear faoi láthair, ar feadh i bhfad—d'fhill sí ar an ton sin de ghnáth a chuir in iúl gur cuireadh iallach ar ár gcumann orainn. Bhí amanna eile nuair a bheadh sí ag teacht ar sheiceáil tobann sa ton agus i ngach a toin go leor, agus bheadh cosúil le trua dom.

"Pip, Pip," a dúirt sí tráthnóna amháin, ag teacht chuig seic den sórt sin, nuair a shuigh muid óna chéile ag fuinneog dhorchaigh an tí i Richmond; "An dtabharfaidh tú rabhadh choíche?"

"Cad é?"

"As dom."

"Rabhadh gan a bheith meallta agat, an bhfuil i gceist agat, a Estella?"

"An bhfuil i gceist agam! Mura bhfuil a fhios agat cad atá i gceist agam, tá tú dall.

Ba chóir dom a d'fhreagair go raibh cáil ar Love go coitianta dall, ach ar an gcúis go raibh srian orm i gcónaí-agus níorbh é seo an ceann is lú de mo chuid ainnise-ag mothú go raibh sé neamhghéilliúil mé féin a bhrú uirthi, nuair a bhí a fhios aici nach bhféadfadh sí a roghnú ach géilleadh do Miss Havisham. Mo dread i gcónaí, gur leag an t-eolas seo ar a cuid mé faoi mhíbhuntáiste trom lena bród, agus rinne mé an t-ábhar streachailt rebellious ina bosom.

"Ar aon chuma," arsa mise, "níl aon rabhadh tugtha agam dom anois, óir scríobh tú chugam le teacht chugat, an uair seo."

"Is fíor sin," arsa Estella, le meangadh fuar míchúramach a d'fhuaraigh mé i gcónaí.

Tar éis féachaint ar an Twilight gan, ar feadh tamaill beag, chuaigh sí ar aghaidh a rá:—

"Tá an t-am tagtha thart nuair is mian le Miss Havisham mé a bheith agam ar feadh lae ag Satis. Tá tú a ghlacadh dom ann, agus a thabhairt dom ar ais, más rud é go mbeidh tú. B'fhearr léi nach raibh mé ag taisteal i m'aonar, agus rudaí le mo mhaide a fháil, mar tá uafás íogair uirthi a bheith ag caint ar na daoine sin. An féidir leat mé a thógáil?

"An féidir liom tú a ghlacadh, a Estella!"

"Is féidir leat ansin? The day after to-morrow, más é do thoil é. Tá tú chun gach muirear a íoc as mo sparán. Cloiseann tú an bhail atá ar do dhul?

"Agus caithfidh mé géilleadh," arsa mise.

Ba é seo an t-ullmhúchán ar fad a fuair mé don chuairt sin, nó do dhaoine eile mar é; Níor scríobh Iníon Havisham chugam riamh, ná ní raibh mé riamh chomh mór agus a chonaic sí a lámhscríbhneoireacht. Chuamar síos an lá dár gcionn ach ceann amháin, agus fuair muid í sa seomra ina raibh mé coinnithe siar ar dtús, agus ní gá a rá nach raibh aon athrú i dTeach Satis.

Bhí sí níos dreadfully fond de Estella ná mar a bhí sí nuair a chonaic mé go deireanach iad le chéile; Athrá mé an focal comhairle, mar go raibh rud éigin dearfach dreadful i bhfuinneamh a Breathnaíonn agus glacadh. Chroch sí ar áilleacht Estella, chroch sí ar a cuid focal, chroch sí ar a gothaí, agus shuigh sí ag magadh a méara crith féin agus í ag féachaint uirthi, amhail is go raibh sí ag caitheamh an chréatúr álainn a bhí tógtha aici.

Ó Estella d'fhéach sí orm, le sracfhéachaint chuardaigh a raibh an chuma air go raibh sé ag priocadh isteach i mo chroí agus ag tóraíocht a chuid créachtaí. "Conas a úsáideann sí tú, Pip; cén chaoi a n-úsáideann sí thú?" a d'fhiafraigh sí díom arís, lena cíocras cosúil le cailleach, fiú in éisteacht Estella. Ach, nuair a shuigh muid ag a tine flickering san oíche, bhí sí an chuid is mó aisteach; óir an tan soin, ag coimhéad lámh Estella tré n-a lámh agus ag cromadh ina láimh féin, do sgaoileadh sí uaithi, tré bheith ag tagairt siar don mhéid do bhí innte ag Estella dhi ina litreacha rialta, ainmneacha agus coinníollacha na bhfear do bhí 'n-a fhochair aici; agus mar do-chonnairc Iníon Havisham ar an rolla so, agus déine intinne gortaithe agus galraithe go marfach, shuigh sí lena lámh eile ar a maide crutch, agus a smig air sin, agus a súile geala eala ag glaring orm, speictreach an-mhór.

Chonaic mé sa, wretched cé a rinne sé dom, agus searbh an tuiscint ar spleáchas agus fiú díghrádú gur dhúisigh sé,-Chonaic mé sa mhéid seo go raibh Estella leagtha chun wreak díoltas Miss Havisham ar fhir, agus nach raibh sí a thabhairt dom go dtí go raibh sí gratified sé ar feadh téarma. I saw in this, cúis a bhí aici a bheith sannta dom roimh ré. Agus í á cur amach chun í a mhealladh agus a chrá agus chun míshásamh a dhéanamh, chuir Miss Havisham í leis an dearbhú mailíseach go raibh sí thar a bheith sroichte ag gach aimiréal, agus go raibh gach duine a ghlac leis an gcaitheamh sin daingnithe a chailleadh. Chonaic mé sa mhéid seo go raibh mé, freisin, cráite ag perversion de ingenuity, fiú nuair a bhí an duais in áirithe dom. Chonaic mé sa mhéid sin an chúis go raibh mé sáinnithe chomh fada sin agus an chúis go raibh mo chaomhnóir déanach ag diúltú é féin a thiomnú d'eolas foirmiúil ar a leithéid de scéim. I bhfocal, chonaic mé sa Miss Havisham seo mar a bhí agam í ansin agus ansin roimh mo shúile, agus bhí sí i gcónaí os comhair mo shúile; agus chonaic mé ann seo, scáth ar leith an tí dhorchaigh mhíshláintiúil ina raibh a saol i bhfolach ón ngrian.

Cuireadh na coinnle a las an seomra sin dá cuid i sconces ar an mballa. Bhí siad ard ón talamh, agus dóite siad le dulness seasta an tsolais shaorga san aer is annamh a athnuaitear. Mar a d'fhéach mé thart orthu, agus ar an gruaim pale a rinne siad, agus ag an clog stoptha, agus ag na hearraí withered gúna bridal ar an mbord agus ar an talamh, agus ar a figiúr uafásach féin lena machnamh ghostly thrown mór ag an tine ar an tsíleáil agus an balla, chonaic mé i ngach rud an tógáil go raibh teacht ar m'intinn, arís agus arís eile agus caite ar ais chugam. Chuaigh mo chuid smaointe isteach sa seomra mór trasna an tuirlingthe ina raibh an bord scaipthe, agus chonaic mé scríofa é, mar a bhí sé, i dtitim na cobwebs ón lárphíosa, i crawlings na damháin alla ar an éadach, i rianta na lucha agus iad ag gealladh a gcroí beag mearaithe taobh thiar de na painéil, agus i ngruagairí agus i bpócaí na gciaróg ar an urlár.

Tharla sé ar ócáid na cuairte seo gur eascair roinnt focal géar idir Estella agus Miss Havisham. Ba é seo an chéad uair riamh a chonaic mé ina gcoinne iad.

Bhí muid inár suí ag an tine, mar a thuairiscítear anois, agus bhí lámh Estella tarraingthe fós ag Miss Havisham trína cuid féin, agus fós clutched lámh Estella ina cuid, nuair a thosaigh Estella ag scaradh léi féin de réir a chéile. Léirigh sí mífhoighne bródúil níos mó ná uair amháin roimhe sin, agus b'fhearr léi an gean fíochmhar sin a fhulaingt ná glacadh leis nó é a thabhairt ar ais.

"Cad é!" arsa Iníon Havisham, ag splancadh a súile uirthi, "an bhfuil tú tuirseach díom?"

"Ach beagán tuirseach de féin," d'fhreagair Estella, disengaging a lámh, agus ag bogadh go dtí an simléar-píosa mór, áit a sheas sí ag féachaint síos ar an tine.

"Labhair an fhírinne, ingrate tú!" Adeir Iníon Havisham, paiseanta buailte a bata ar an urlár; "Tá tú tuirseach díom."

D'fhéach Estella uirthi le composure foirfe, agus arís d'fhéach sé síos ar an tine. Léirigh a figiúr galánta agus a aghaidh álainn neamhshuim féin-sheilbh le teas fiáin an duine eile, a bhí beagnach cruálach.

"Stoc tú agus cloch!" Exclaimed Miss Havisham. "Tá tú fuar, croí fuar!"

"Cad é?" A dúirt Estella, chaomhnú a dearcadh neamhshuim mar chlaon sí i gcoinne an simléar-píosa mór agus gan ach bogadh a súile; "An bhfuil tú reproach dom as a bheith fuar? Tusa?"

"Nach bhfuil tú?" Bhí an retort fíochmhar.

"Ba chóir go mbeadh a fhios agat," arsa Estella. "Is mise an rud a rinne tú dom. Take all the praise, glac an milleán ar fad; To take all the success, an teip ar fad a ghlacadh; i mbeagán focal, tóg mé.

"O, féach uirthi, féach uirthi!" Adeir Miss Havisham, go searbh; "Féach uirthi chomh crua agus buíoch, ar an teallach inar tógadh í! Nuair a thóg mé í isteach sa chíche wretched nuair a bhí sé ag cur fola den chéad uair as a stabs, agus i gcás ina bhfuil mé lavished blianta de tenderness uirthi! "

"Ar a laghad ní raibh aon pháirtí agam sa chomhshocrú," arsa Estella, "óir dá bhféadfainn siúl agus labhairt, nuair a rinneadh é, bhí sé chomh mór agus a d'fhéadfainn a dhéanamh. Ach cad a bheadh agat? Bhí tú an-mhaith dom, agus tá gach rud faoi chomaoin agam duit. Cad a bheadh agat?

"Grá," a d'fhreagair an duine eile.

"Tá sé agat."

"Níl mé," a dúirt Iníon Havisham.

"Máthair trí uchtú," retorted Estella, riamh ag imeacht ó ghrásta éasca a dearcadh, riamh ardú a guth mar a rinne an ceann eile, riamh toradh ceachtar fearg nó tenderness,-"máthair trí uchtú, Tá mé a dúirt go chomaoin mé gach rud a thabhairt duit. Is leatsa faoi shaoirse gach a bhfuil agam. All that you have given me, ar d'ordú a bheith agat arís. Taobh amuigh de sin, níl faic agam. Agus má iarrann tú orm a thabhairt duit, cad a thug tú riamh dom, ní féidir mo bhuíochas agus dualgas a dhéanamh impossibilities. "

"Ar thug mé grá di riamh!" Adeir Miss Havisham, ag casadh go fiáin dom. "Nár thug mé grá dóite di riamh, doscartha ó éad i gcónaí, agus ó phian géar, agus labhraíonn sí mar sin liom! Lig di glaoch as mo mheabhair, lig di glaoch orm as a meabhair!

"Cén fáth ar chóir dom glaoch ort as do mheabhair," ar ais Estella, "mé, de gach duine? An bhfuil aon duine beo, a bhfuil a fhios aige cad iad na cuspóirí atá agat, leath chomh maith agus a dhéanaim? An bhfuil aon duine beo, a bhfuil a fhios aige cad cuimhne seasta atá agat, leath chomh maith agus is féidir liom? Mise a shuigh ar an teallach céanna ar an stól beag atá in aice leat anois ansin, ag foghlaim do cheachtanna agus ag féachaint suas i d'aghaidh, nuair a bhí d'aghaidh aisteach agus scanraithe orm!

"Dearmad go luath!" moaned Miss Havisham. "Amanna dearmad go luath!"

"Níl, ní dearmad," retorted Estella,-"Ní dearmad, ach treasured suas i mo chuimhne. Cathain a fuair tú bréagach mé le do theagasc? Cathain a fuair tú amach nach raibh mé sásta le do chuid ceachtanna? Nuair a fuair tú mé ag tabhairt cead isteach anseo," leag sí lámh ar a bosom lena lámh, "le rud ar bith a chuir tú as an áireamh? Bí díreach liom.

"Chomh bródúil, chomh bródúil!" moaned Miss Havisham, ag brú ar shiúl a cuid gruaige liath leis an dá lámh.

"Cé a mhúin dom a bheith bródúil?" ar ais Estella. "Cé a mhol mé nuair a d'fhoghlaim mé mo cheacht?"

"Chomh crua, chomh crua!" moaned Miss Havisham, lena gníomh iar.

"Cé a mhúin dom a bheith deacair?" ar ais Estella. "Cé a mhol mé nuair a d'fhoghlaim mé mo cheacht?"

"Ach a bheith bródúil agus deacair dom!" Iníon Havisham shrieked go leor, mar shín sí amach a airm. "Estella, Estella, Estella, a bheith bródúil agus deacair dom!"

D'fhéach Estella uirthi ar feadh nóiméad le cineál iontas socair, ach níor cuireadh isteach uirthi ar shlí eile; Nuair a bhí an nóiméad caite, d'fhéach sí síos ar an tine arís.

"Ní féidir liom smaoineamh," a dúirt Estella, ag ardú a súile tar éis tost "cén fáth ar chóir duit a bheith chomh míréasúnta nuair a thagann mé chun tú a fheiceáil tar éis scaradh. Ní dhearna mé dearmad riamh ar do chuid éagóracha agus ar na cúiseanna atá leo. Ní raibh mé riamh i ngan fhios duit féin ná do do chuid scolaíochta. Níor léirigh mé aon laige riamh gur féidir liom mé féin a chúiseamh.

"An mbeadh sé laige mo ghrá a thabhairt ar ais?" exclaimed Miss Havisham. "Ach sea, sea, thabharfadh sí sin air!"

"Tosaíonn mé ag smaoineamh," a dúirt Estella, ar bhealach musing, tar éis nóiméad eile de Wonder calma, "go dtuigim beagnach conas a thagann sé seo faoi. Má thug tú suas d'iníon uchtaithe go hiomlán i ngéibheann dorcha na seomraí seo, agus nár chuir tú in iúl di go raibh a leithéid de rud ann agus solas an lae nach bhfaca sí d'aghaidh uair amháin,—dá mbeadh sin déanta agat, agus ansin, chun críche bhí sí ag iarraidh uirthi solas an lae a thuiscint agus fios a bheith agat faoi, bheadh díomá agus fearg ort?

Shuigh Iníon Havisham, lena ceann ina lámha, ag déanamh moaning íseal, agus ag luascadh í féin ar a cathaoir, ach níor thug sí aon fhreagra.

"Nó," a dúirt Estella,-"a bhfuil cás níos gaire,-má bhí mhúin tú di, ó thús a faisnéise, le do chuid fuinnimh ndícheall agus d'fhéadfadh, go raibh a leithéid de rud mar sholas an lae, ach go ndearnadh é a bheith ar a namhaid agus destroyer, agus ní mór di dul i gcónaí ina choinne, do bhí blighted sé tú, agus go mbeadh blight eile di;-dá mbeadh déanta agat seo, agus ansin, chun críche, bhí sí ag iarraidh í a ghlacadh go nádúrtha go dtí solas an lae agus ní fhéadfadh sí é a dhéanamh, bheadh díomá agus fearg ort?

Shuigh Iníon Havisham ag éisteacht (nó ba chosúil mar sin, mar ní raibh mé in ann a aghaidh a fheiceáil), ach fós ní dhearna sí aon fhreagra.

"Mar sin," arsa Estella, "caithfear glacadh liom mar a rinneadh mé. Ní liomsa an rath, ní liomsa an teip, ach déanann an bheirt le chéile mé."

Bhí Miss Havisham socraithe síos, is ar éigean a bhí a fhios agam conas, ar an urlár, i measc na iarsmaí bridal faded lena raibh sé strewn. Bhain mé leas as an nóiméad-bhí mé ag lorg ceann ón gcéad-a fhágáil ar an seomra, tar éis beseeching aird Estella di, le gluaiseacht de mo lámh. Nuair a d'fhág mé, bhí Estella fós ina seasamh ag an simléar-píosa mór, díreach mar a bhí sí ar fud. Bhí gruaig liath Miss Havisham go léir adrift ar an talamh, i measc na raiceanna bridal eile, agus bhí radharc olc a fheiceáil.

Bhí sé le croí depressed gur shiúil mé i solas na réalta ar feadh uair an chloig agus níos mó, mar gheall ar an gclós, agus mar gheall ar an ghrúdlann, agus mar gheall ar an gairdín scriosta. Nuair a ghlac mé misneach faoi dheireadh filleadh ar an seomra, fuair mé Estella ina suí ag glúine Miss Havisham, ag glacadh le roinnt greamanna i gceann de na sean-earraí gúna sin a bhí ag titim go píosaí, agus a bhfuil mé i gcuimhne go minic ó shin ag na tatters faded na meirgí d'aois go bhfuil feicthe agam crochta suas in ardeaglaisí. Ina dhiaidh sin, d'imir Estella agus mé ag cártaí, mar yore,-ach bhí muid sciliúil anois, agus d'imir mé cluichí na Fraince,-agus mar sin chaith an tráthnóna ar shiúl, agus chuaigh mé a chodladh.

Luigh mé isteach san fhoirgneamh ar leith sin trasna an chlóis. Ba é seo an chéad uair riamh a maraíodh mé síos chun sosa i dTeach Satis, agus dhiúltaigh codladh teacht in aice liom. Chuir míle Iníon Havishams alltacht orm. Bhí sí ar an taobh seo de mo pillow, ar sin, ag ceann na leapa, ag an gcos, taobh thiar den doras leath-oscailte an seomra feistis-, sa seomra feistis-, sa seomra lastuas seomra, sa seomra faoi bhun,-i ngach áit. Ar deireadh, nuair a bhí an oíche mall a creep ar i dtreo a dó a chlog, Bhraith mé go raibh mé in ann a thuilleadh iompróidh an áit mar áit a bheidh síos i, agus go gcaithfidh mé a fháil suas. Mar sin, d'éirigh mé agus chuir mé mo chuid éadaí orm, agus chuaigh mé amach trasna an chlóis isteach sa phasáiste fada cloiche, ag dearadh chun an clós seachtrach a fháil agus siúl ann chun faoiseamh a thabhairt do m'intinn. Ach ní túisce sa sliocht mé ná gur mhúch mé mo choinneal; do chonaic mé Miss Havisham ag dul in éineacht leis ar bhealach taibhsiúil, ag déanamh caoin íseal. Lean mé í i gcéin, agus chonaic mé í ag dul suas an staighre. D'iompair sí coinneal lom ina láimh, agus is dócha gur thóg sí ó cheann de na sconces ina seomra féin, agus bhí sé ina réad is neamhthuillte ag a solas. Agus mé i mo sheasamh ag bun an staighre, mhothaigh mé aer séimh an tseomra féasta, gan í a fheiceáil ar oscailt an dorais, agus chuala mé í ag siúl ann, agus mar sin trasna isteach ina seomra féin, agus mar sin trasna arís isteach ann, gan deireadh a chur leis an caoin íseal. Tar éis tamaill, rinne mé iarracht sa dorchadas araon dul amach, agus dul ar ais, ach ní raibh mé in ann a dhéanamh go dtí go ndeachaigh roinnt streaks den lá isteach agus thaispeáin sé dom cá leagfaidh mé mo lámha. Le linn an eatraimh ar fad, aon uair a chuaigh mé go bun an staighre, chuala mé a footstep, chonaic sí pas solais thuas, agus chuala sí caoin íseal gan stad.

Sular fhágamar an lá dár gcionn, ní raibh athbheochan ar bith ar an difríocht idir í féin agus Estella, ná ní raibh athbheochan riamh ann ar aon ócáid den chineál céanna; agus bhí ceithre ócáid den chineál céanna ann, chomh fada le mo chuimhne. Ná, rinne modh Miss Havisham i dtreo Estella athrú ar bhealach ar bith, ach amháin gur chreid mé go raibh rud éigin cosúil le eagla infused i measc a saintréithe iar.

Ní féidir an duilleog seo de mo shaol a chasadh, gan ainm Bentley Drummle a chur air; nó ba mhaith liom, an-sásta.

Ar ócáid áirithe nuair a cuireadh na Finches le chéile i bhfeidhm, agus nuair a bhí mothú maith á chur chun cinn ar an ngnáthbhealach ag aon duine a bhí ag aontú le duine ar bith eile, ghlaoigh an Finch ceannais ar an nGarrán a ordú, mar nach raibh an tUasal Drummle tar éis bean a mhealladh go fóill; agus, de réir bhunreacht sollúnta an chumainn, ba é casadh na bruite an lá sin a dhéanamh. Shíl mé go bhfaca mé é ar bhealach gránna orm agus na decanters ag dul thart, ach toisc nach raibh aon ghrá caillte eadrainn, d'fhéadfadh sé sin a bheith go héasca. Cén t-iontas a bhí orm nuair a d'iarr sé ar an gcuideachta gealltanas a thabhairt dó "Estella!"

"Estella cé?" arsa mise.

"Ná bac leat," arsa Drummle.

"Estella an áit?" arsa mise. "Tá tú faoi cheangal a rá cá háit." A bhí sé, mar Finch.

"As Richmond, a dhaoine uaisle," arsa Drummle, ag cur na ceiste orm, "agus áilleacht gan phiaraí."

I bhfad a fhios aige faoi beauties peerless, a mean, leathcheann olc! Chuir mé cogar ar Herbert.

"Tá a fhios agam an bhean sin," arsa Herbert, trasna an bhoird, nuair a tugadh onóir don tósta.

"*An bhfuil* tú?" arsa Drummle.

"Agus mar sin is féidir liom," a dúirt mé, le aghaidh scarlet.

"*An bhfuil* tú?" arsa Drummle. "*O*, a Thiarna!"

Ba é seo an t-aon retort-ach amháin gloine nó crockery-go raibh an créatúr trom in ann a dhéanamh; ach, d'éirigh mé chomh claonta leis amhail is dá mba rud é go raibh sé barbartha le WIT, agus d'ardaigh mé láithreach i m'áit agus dúirt mé nach raibh mé in ann ach féachaint air mar a bheadh impudence an Finch onórach teacht anuas go dtí an Garrán sin,—labhair muid i gcónaí faoi theacht anuas go dtí an Garrán sin, mar chasadh néata Parlaiminte ar léiriú,— síos go dtí an Garrán sin, ag moladh bean nach raibh aon eolas aige uirthi. An tUasal Drummle, ar seo, ag tosú suas, d'éiligh cad a bhí i gceist agam leis sin? Leis sin rinne mé an freagra mór air gur chreid mé go raibh a fhios aige cá raibh mé le fáil.

Cibé an raibh sé indéanta i dtír Chríostaí a fháil ar gan fuil, tar éis seo, bhí ceist ar a roinneadh na Finches. D'fhás an díospóireacht air chomh bríomhar, go deimhin, gur dhúirt seisear comhaltaí onóracha eile ar a laghad le seisear eile, le linn na díospóireachta, gur chreid siad go raibh a fhios acu cá *raibh siad* le fáil. Mar sin féin, socraíodh ar deireadh (an Garrán a bheith ina Chúirt Onóra) más rud é nach dtabharfadh an tUasal Drummle teastas chomh beag sin ón mbean, ag iompórtáil go raibh onóir a lucht aitheantais aige, caithfidh an tUasal Pip a aiféala a chur in iúl, mar fhear uasal agus mar Finch, as "tar éis feall a dhéanamh ar theas."

Ceapadh an lá dár gcionn don léiriú (lest our honour should take cold from delay), agus an lá dár gcionn bhí Drummle le feiceáil le avowal beag dea-bhéasach i lámh Estella, go raibh sé d'onóir aici damhsa leis arís agus arís eile. D'fhág sé seo mé aon chúrsa ach aiféala go raibh mé "betrayed isteach i teas a," agus ar an iomlán a shéanadh, mar untenable, an smaoineamh go raibh mé le fáil in áit ar bith. Ansin shuigh Drummle agus mé ag snortáil ar a chéile ar feadh uair an chloig, agus an Garrán ag gabháil do chontrárthacht neamh-idirdhealaitheach, agus ar deireadh dearbhaíodh go raibh cur chun cinn an dea-mhothúcháin imithe ar aghaidh ag ráta iontach.

Deirim é seo go héadrom, ach ní rud éadrom a bhí ann domsa. Mar, ní féidir liom a chur in iúl go leordhóthanach cén pian a thug sé dom smaoineamh gur chóir do Estella aon fhabhar a thaispeáint do booby díspeagúil, clumsy, sulky, go dtí seo faoi bhun an mheáin. I láthair na huaire, creidim go raibh sé inchurtha le tine íon éigin flaithiúlachta agus míshástachta i mo ghrá di, nach raibh mé in ann an smaoineamh ar a stooping leis an cú sin a fhulaingt. Gan dabht ba cheart dom a bheith olc cibé duine a raibh sí i bhfabhar; ach bheadh rud fiúntach tar éis cineál agus méid difriúil anacair a chur orm.

Bhí sé éasca dom a fháil amach, agus fuair mé amach go luath, go raibh Drummle tosaithe ag leanúint go dlúth léi, agus gur lig sí dó é a dhéanamh. Tamall beag, agus bhí sé i gcónaí sa tóir uirthi, agus thrasnaigh sé féin agus mé a chéile gach lá. Choinnigh sé air, ar bhealach leanúnach dull, agus choinnigh Estella air; Anois le spreagadh, anois le discouragement, anois beagnach flattering air, anois despising go hoscailte air, anois a fhios agam dó go han-mhaith, anois scarcely cuimhneamh a bhí sé.

Baineadh úsáid as an Spider, mar a d'iarr an tUasal Jaggers air, chun luí i fanacht, áfach, agus bhí foighne a threibh. Chomh maith leis sin, bhí muinín blockhead aige as a chuid airgid agus as greatness a theaghlaigh, rud a rinne seirbhís mhaith dó uaireanta,-beagnach ag glacadh áit an chomhchruinnithe agus na críche diongbháilte. Mar sin, an Spider, doggedly ag breathnú ar Estella, outwatched feithidí go leor níos gile, agus bheadh uncoil go minic é féin agus titim ag an nick ceart ama.

Ag Ball Tionóil áirithe ag Richmond (bhíodh Liathróidí Tionóil ann i bhformhór na n-áiteanna ansin), áit a raibh Estella ag cur thar maoil le gach áilleacht eile, bhí an Drummle seo ag crochadh fúithi, agus leis an oiread sin toleration uirthi, go raibh rún agam labhairt léi ina thaobh. Thapaigh mé an chéad deis eile; a bhí nuair a bhí sí ag fanacht le Mrs Blandley a thabhairt abhaile, agus bhí sé ina suí óna chéile i measc roinnt bláthanna, réidh le dul. Bhí mé léi, mar bhí mé beagnach i gcónaí in éineacht leo go dtí agus ó áiteanna den sórt sin.

"An bhfuil tú tuirseach, a Estella?"

"Ina ionad sin, Pip."

"Ba chóir duit a bheith."

"Abair in áit, níor chóir dom a bheith; óir tá mo litir agam chuig Teach Satis le scríobh, sula dtéann mé a chodladh."

"Recounting to-night's triumph?" arsa mise. "Surely ceann an-bhocht, Estella."

"Cad atá i gceist agat? Ní raibh a fhios agam go raibh aon cheann ann.

"Estella," arsa mise, "féach ar an gcomhluadar sin sa chúinne, atá ag féachaint anonn anseo orainn."

"Cén fáth ar chóir dom breathnú air?" ar ais Estella, lena súile orm ina ionad. "Cad atá sa chomhluadar sin sa chúinne,—do chuid focal a úsáid,—go gcaithfidh mé breathnú air?"

"Go deimhin, is é sin an cheist an-ba mhaith liom a iarraidh ort," a dúirt mé. "I gcás go bhfuil sé ag hovering faoi tú ar feadh na hoíche."

"Moths, agus gach cineál créatúir ghránna," d'fhreagair Estella, le Sracfhéachaint i dtreo dó, "hover faoi coinneal lighted. An féidir leis an gcoinneal cabhrú leis?

"Níl," a d'fhill mé; "ach ní féidir leis an Estella cabhrú leis?"

"Bhuel!" ar sise, ag gáire, tar éis nóiméad, "b'fhéidir. Tá. Rud ar bith is maith leat.

"Ach, a Estella, ná cloisim ag labhairt. Cuireann sé alltacht orm gur cheart duit fear a spreagadh a bheadh chomh mór sin faoi dhraíocht ag Drummle. Tá a fhios agat go bhfuil éadóchas air.

"Bhuel?" ar sise.
"Tá a fhios agat go bhfuil sé chomh ungainly laistigh mar gan. Fear easnamhach, droch-tempered, ísliú, dúr.

"Bhuel?" ar sise.

"Tá a fhios agat nach bhfuil aon rud le moladh aige ach airgead agus rolla ridiculous de réamhtheachtaithe addle-headed; Anois, nach bhfuil tú?"

"Bhuel?" ar sise arís; agus gach uair a dúirt sí é, d'oscail sí a súile álainn níos leithne.

Chun an deacracht a bhaineann le dul thart go monosyllable a shárú, thóg mé uaithi é, agus dúirt sé, á athrá le béim, "Bhuel! Ansin, is é sin an fáth a dhéanann sé wretched dom."

Anois, dá bhféadfainn a chreidiúint go raibh sí i bhfabhar Drummle le haon smaoineamh a dhéanamh dom-dom-wretched, ba chóir dom a bheith i gcroí níos fearr faoi; ach sa ghnáthbhealach sin dá cuid, chuir sí mé chomh hiomlán as an gceist, go bhféadfainn rud ar bith den chineál a chreidiúint.

"Pip," a dúirt Estella, réitigh a Sracfhéachaint thar an seomra, "ná bí foolish mar gheall ar a éifeacht ar tú. D'fhéadfadh sé a éifeacht a bheith aige ar dhaoine eile, agus d'fhéadfadh sé a bheith i gceist go mbeadh. Ní fiú é a phlé."

"Sea tá sé," arsa mise, "mar ní féidir liom a iompróidh gur chóir do dhaoine a rá, 'caitheann sí uaithi a grásta agus a díol spéise ar bhorradh amháin, an ceann is ísle sa slua.'"

"Is féidir liom é a iompróidh," arsa Estella.

"Ó! ná bí chomh bródúil, Estella, agus chomh dolúbtha sin."

"Glaonna orm bródúil agus dolúbtha san anáil seo!" arsa Estella, ag oscailt a lámha. "Agus ina anáil dheireanach reproached dom le haghaidh stooping le boor!"

"Níl aon dabht ach go ndéanann tú," arsa mise, rud éigin go tapa, "óir chonaic mé go dtugann tú breathnaíonn agus meangadh gáire dó an oíche seo, ar nós nach dtugann tú riamh do-dom."

"Ar mhaith leat dom ansin," a dúirt Estella, ag casadh go tobann le seasta agus tromchúiseach, más rud é nach feargach, breathnú, "a mheabhlaireachta agus entrap tú?"

"An bhfuil tú mheabhlaireachta agus entrap air, Estella?"

"Sea, agus go leor eile,—iad go léir ach tusa. Seo Mrs Brandley. Ní déarfaidh mé a thuilleadh.

Agus anois go bhfuil an chaibidil amháin tugtha agam don téama a líon mo chroí mar sin, agus mar sin is minic a chuir sé pian agus pian air arís, rithim gan bhac, leis an ócáid a chuir isteach orm níos faide fós; an ócáid a bhí tosaithe a ullmhú le haghaidh, sula raibh a fhios agam go raibh an domhan Estella, agus sna laethanta nuair a bhí a faisnéis leanbh ag fáil a chéad saobhadh ó lámha wasting Miss Havisham.

I scéal an Oirthir, bhí an leac throm a bhí le titim ar leaba an stáit i nduibheagán an choncais ag dul amach as an gcairéal go mall, rinneadh an tollán don rópa chun é a choinneáil ina áit go mall trí shraitheanna na carraige, ardaíodh an leac go mall agus feistithe sa díon, Rove an rópa dó agus tógadh go mall tríd an míle log go dtí an fáinne mór iarainn. Gach á dhéanamh réidh le saothair i bhfad, agus an uair a tháinig, bhí aroused an sultan i marbh na hoíche, agus an tua sharpened a bhí a sever an téad as an fáinne iarainn mór cuireadh isteach ina láimh, agus bhuail sé leis, agus an rópa parted agus rushed ar shiúl, agus thit an tsíleáil. So, i mo chássa; All the work, near and afar, a bhí i bhfad chun deiridh, curtha i gcrích; agus ar an toirt buaileadh an buille, agus thit díon mo daingean orm.

Caibidil XXXIX.

Bhí mé trí bliana is fiche d'aois. Ní focal eile a chuala mé chun léargas a thabhairt dom ar ábhar mo chuid ionchais, agus bhí mo thríú breithlá is fiche seachtain imithe. D'fhágamar Teach Ósta Barnard níos mó ná bliain, agus bhí cónaí orainn sa Teampall. Bhí ár seomraí i nGairdín-chúirt, síos cois na habhann.

An tUasal Pocket agus bhí mé ar feadh tamaill parted cuideachta maidir lenár gcaidreamh bunaidh, cé gur lean muid ar na téarmaí is fearr. D'ainneoin mo neamhábaltacht socrú le rud ar bith,-a bhfuil súil agam d'eascair as an tionacht restless agus neamhiomlán ar a raibh mé mo acmhainn,-Bhí mé blas le haghaidh léitheoireachta, agus a léamh go rialta an oiread sin uair an chloig in aghaidh an lae. Bhí an t-ábhar sin de Herbert fós ag dul chun cinn, agus bhí gach rud liom mar a thug mé síos go dtí deireadh na caibidle deiridh roimhe seo é.

Bhí gnó a thóg Herbert ar thuras go Marseilles. Bhí mé i m'aonar, agus bhí tuiscint dull agam a bheith i m'aonar. Míshásta agus imníoch, fada ag súil go mbeadh to-morrow nó an tseachtain seo chugainn soiléir mo bhealach, agus díomá fada, chaill mé faraor an aghaidh cheerful agus freagra réidh mo chara.

Bhí sé aimsir wretched; stoirmiúil agus fliuch, stoirmiúil agus fliuch; agus láib, láib, láib, domhain ar na sráideanna go léir. Lá i ndiaidh lae, bhí veil mhór throm ag tiomáint thar Londain ón Oirthear, agus thiomáin sé fós, amhail is dá mbeadh síoraíocht scamall agus gaoithe san Oirthear. Mar sin, bhí na séideáin ar buile, go raibh foirgnimh arda sa bhaile tar éis an luaidhe a bhaint dá díonta; agus sa tír, bhí crainn stróicthe, agus seolta muilte gaoithe á n-iompar ar shiúl; agus tháinig cuntais ghruama isteach ón gcósta, ón longbhriseadh agus ón mbás. Bhí soinneáin fhoréigneacha báistí ag gabháil leis na ceirteacha gaoithe seo, agus ba é an lá díreach dúnta agus mé i mo shuí síos le léamh an ceann ba mheasa ar fad.

Tá athruithe déanta ar an gcuid sin den Teampall ón am sin i leith, agus níl sé chomh uaigneach anois mar charachtar is a bhí sé an uair sin, ná níl sé chomh nochta sin don abhainn. Bhí cónaí orainn ag barr an tí dheireanaigh, agus chroith an ghaoth ag réabadh suas an abhainn an teach an oíche sin, ar nós scaoileadh gunnaí móra, nó briseadh farraige. Nuair a tháinig an bháisteach leis agus dashed i gcoinne na fuinneoga, shíl mé, ardú mo shúile dóibh mar rocked siad, go mb'fhéidir go raibh mé fancied mé féin i dteach solais stoirm-buailte. Ó am go chéile, tháinig an deatach ag rolladh síos an simléar amhail is nach bhféadfadh sé dul amach ina leithéid d'oíche; agus nuair a leag mé na doirse ar oscailt agus nuair a d'fhéach mé síos an staighre, séideadh lampaí an staighre amach; agus nuair a scáthaigh mé m'aghaidh le mo lámha agus nuair a d'fhéach mé trí na fuinneoga dubha (bhí siad á n-oscailt riamh chomh beag sin as an gceist i bhfiacla na gaoithe agus na báistí sin), chonaic mé go raibh na lampaí sa chúirt séidte amach, agus go raibh na lampaí ar na droichid agus ar an gcladach ag crith, agus go raibh na tinte guail i mbáirsí ar an abhainn á n-iompar ar shiúl roimh an ngaoth mar a bheadh splancanna dearga te sa bháisteach.

Léigh mé le m'uaireadóir ar an mbord, purposing to close my book at eleven o'clock. Mar a dhún mé é, Naomh Pól, agus na cloig séipéal go leor sa Chathair-roinnt tosaigh, roinnt ag gabháil, roinnt seo a leanas-bhuail an uair sin. Bhí an fhuaim lochtach go fiosrach ag an ngaoth; agus bhí mé ag éisteacht, agus ag smaoineamh ar conas a d'éirigh an ghaoth assailed agus tore é, nuair a chuala mé footstep ar an staighre.

Cad a rinne baois neirbhíseach dom tús, agus millteanach ceangal sé leis an footstep de mo dheirfiúr marbh, nithe nach bhfuil. Bhí sé thart i láthair na huaire, agus d'éist mé arís, agus chuala mé an footstep stumble ag teacht ar. Ag cuimhneamh ansin, gur séideadh na soilse staighre amach, thóg mé suas mo lampa léitheoireachta agus chuaigh mé amach go dtí ceann an staighre. An té a bhí thíos stop ar mo lampa a fheiceáil, do bhí gach duine ciúin.

"Tá ceann éigin síos ansin, nach bhfuil?" Ghlaoigh mé amach, ag féachaint síos.

"Tá," arsa glór ón dorchadas thíos.

"Cén t-urlár atá uait?"

"An barr. An tUasal Pip."

"Sin é m'ainm.—Níl aon rud ann?"

"Ní dhéanfaidh aon ní an t-ábhar," ar ais an guth. Agus tháinig an fear ar aghaidh.

Sheas mé le mo lampa ar siúl amach thar an staighre-iarnróid, agus tháinig sé go mall laistigh dá solas. Lampa scáthaithe a bhí ann, chun taitneamh a bhaint as leabhar, agus bhí a chiorcal solais an-chonradh; ionas go raibh sé ann ar feadh toirt ach ní bhíonn ach, agus ansin as é. Ar an toirt, chonaic mé aghaidh a bhí aisteach dom, ag breathnú suas le haer dothuigthe a bheith i dteagmháil léi agus sásta ag an radharc orm.

Ag bogadh an lampa de réir mar a bhog an fear, rinne mé amach go raibh sé cóirithe go mór, ach go garbh, cosúil le voyager ar muir. Go raibh gruaig fhada iarainn-liath air. Go raibh sé thart ar sheasca bliain d'aois. Go raibh sé ina fhear matánach, láidir ar a chosa, agus go raibh sé donn agus cruaite ag nochtadh don aimsir. De réir mar a chuaigh sé suas an staighre deireanach nó dhó, agus solas mo lampa san áireamh dúinn araon, chonaic mé, le cineál dúr iontas, go raibh sé ag coinneáil amach an dá lámh dom.

"Guigh cad é do ghnó?" D'iarr mé air.

"Mo ghnó?" arís agus arís eile sé, pausing. "Ah! Tá. Míneoidh mé mo ghnó, le do shaoire."

"Ar mhaith leat teacht isteach?"

"Tá," a d'fhreagair sé; "Ba mhaith liom teacht isteach, a mháistir."

D'iarr mé an cheist air inhospitably go leor, do resented mé an saghas aitheantas geal agus gratified a scairt fós ina aghaidh. D'athraigh mé é, mar ba chosúil go raibh sé le tuiscint go raibh sé ag súil liom freagra a thabhairt air. Ach thóg mé isteach sa seomra é a bhí díreach fágtha agam, agus, tar éis dom an lampa a leagan ar an mbord, d'iarr mé air chomh sibhialta agus a d'fhéadfainn é féin a mhíniú.

D'fhéach sé mar gheall air leis an aer strangest,-aer de pléisiúir wondering, amhail is dá mbeadh sé páirt éigin sna rudaí admired sé,-agus tharraing sé amach cóta seachtrach garbh, agus a hata. Ansin, chonaic mé go raibh a cheann furrowed agus maol, agus gur fhás an ghruaig fhada iarann-liath ach amháin ar a thaobh. Ach, ní fhaca mé rud ar bith a mhínigh ar a laghad é. A mhalairt ar fad, chonaic mé é an chéad nóiméad eile, uair amháin eile ag coinneáil amach a lámha chugam.

"Cad atá i gceist agat?" arsa mise, leath ag ceapadh go bhfuil sé as a mheabhair.

Stop sé ina fhéachaint orm, agus chuimil sé a lámh dheas go mall thar a cheann. "Tá sé disapinting le fear," a dúirt sé, i guth garbh briste, "arter tar éis d'fhéach sé do'ard sin i bhfad i gcéin, agus teacht chomh fionnaidh; Ach níl tú chun an milleán as sin,—níl ceachtar againn chun an milleán as sin. Labhróidh mé i gceann leath nóiméid. Tabhair leath nóiméad dom, le do thoil.

Shuigh sé síos ar chathaoir a sheas os comhair na tine, agus chlúdaigh sé a mhullach lena lámha móra féitheacha donn. D'fhéach mé air go haireach ansin, agus recoiled beagán uaidh; ach ní raibh aithne agam air.

"Níl aon duine nigh," a dúirt sé, ag féachaint thar a ghualainn; "An bhfuil?"

"Cén fáth a bhfuil tú, strainséir ag teacht isteach i mo sheomra ag an am seo den oíche, an cheist sin a chur?" arsa mise.

"Tá tú cluiche amháin," d'fhill sé, croitheadh a cheann ag dom le gean d'aon ghnó, ag an am céanna is unintelligible agus is exasperating; "Tá áthas orm go bhfuil tú ag fás suas, cluiche amháin! Ach ná gabh greim orm. Bheadh brón ort go ndearna tú é."

Scar mé leis an rún a bhraith sé, mar bhí aithne agam air! Fiú amháin fós ní raibh mé in ann gné amháin a thabhairt chun cuimhne, ach bhí aithne agam air! Má bhí an ghaoth agus an bháisteach tiomáinte ar shiúl na blianta idir eatarthu, bhí scaipthe go léir na rudaí intervening, bhí swept dúinn go dtí an reilig áit a sheas muid ar dtús aghaidh ar aghaidh ar leibhéil éagsúla den sórt sin, ní raibh mé in ann a bheith ar eolas mo chiontú níos soiléire ná mar a bhí a fhios agam air anois mar a shuigh sé sa chathaoir roimh an tine. Ní gá comhad a thógáil as a phóca agus é a thaispeáint dom; ní gá an ciarsúr a thógáil óna mhuineál agus é a chasadh thart ar a cheann; ní gá barróg a thabhairt dó féin lena ghéaga, agus seal glioscarnach a ghlacadh trasna an tseomra, ag féachaint siar orm le haitheantas a fháil. Bhí aithne agam air sular thug sé ceann de na seifteanna sin dom, áfach, nóiméad roimhe sin, ní raibh a fhios agam go cianda go raibh amhras ar a fhéiniúlacht.

Tháinig sé ar ais go dtí an áit ar sheas mé, agus arís choinnigh sé amach a lámha. Gan a fhios agam cad atá le déanamh,-do, i mo astonishment bhí chaill mé mo féin-seilbh,-Thug mé drogallach dó mo lámha. Rug sé go croíúil orthu, d'ardaigh sé go dtí a bheola iad, phóg sé iad, agus choinnigh sé fós iad.

"Ghníomhaigh tú uasal, a bhuachaill," ar seisean. "Uasal, Pip! Agus ní dhearna mé dearmad air riamh!"

Ag athrú ar a bhealach amhail is dá mbeadh sé fiú ag dul a glacadh liom, leag mé lámh ar a chíche agus é a chur ar shiúl.

"Fan!" arsa mise. "Coinnigh amach! Má tá tú buíoch dom as an méid a rinne mé nuair a bhí mé i mo leanbh beag, tá súil agam gur léirigh tú do bhuíochas trí do shlí bheatha a mhaolú. Má tháinig tú anseo chun buíochas a ghabháil liom, ní raibh sé riachtanach. Fós féin, áfach, fuair tú amach mé, caithfidh go bhfuil rud éigin maith sa mothú a thug tú anseo, agus ní dhéanfaidh mé tú a shéanadh; ach is cinnte go gcaithfidh tú é sin a thuiscint—mise—"

Bhí m'aird chomh meallta sin ag uathachas a fhéachaint sheasta orm, go bhfuair na focail bás ar mo theanga.

"Bhí tú ag rá," a thug sé faoi deara, nuair a thug muid aghaidh ar a chéile ina dtost, "is cinnte go gcaithfidh mé a thuiscint. Cad é, cinnte caithfidh mé a thuiscint?

"Nach féidir liom an deis sin a athnuachan leat fadó, faoi na cúinsí éagsúla seo. Tá áthas orm a chreidiúint go bhfuil aithreachas ort agus gur ghnóthaigh tú tú féin. Tá áthas orm é sin a rá leat. I am glad that, thinking I deserve to be thanked, tá tú tagtha chun buíochas a ghabháil liom. Ach tá ár mbealaí bealaí éagsúla, aon cheann níos lú. Tá tú fliuch, agus tá cuma traochta ort. An ólfaidh tú rud éigin sula n-imeoidh tú?

Bhí sé in áit a neckerchief loosely, agus bhí sheas, keenly observant de dom, biting deireadh fada de. "Sílim," fhreagair sé, fós leis an deireadh ag a bhéal agus fós observant de dom, "go *mbeidh mé* ag ól (gabhaim buíochas leat) thuasluaite rachaidh mé."

Bhí tráidire réidh ar thaobh-bhord. Thug mé go dtí an bord in aice na tine é, agus d'fhiafraigh mé de cad a bheadh aige? Leag sé lámh ar cheann de na buidéil gan féachaint air ná labhairt, agus rinne mé rum te agus uisce dó. Rinne mé iarracht mo lámh a choinneáil seasta nuair a rinne mé amhlaidh, ach d'fhéach sé orm agus é ag claonadh siar ina chathaoir le deireadh fada a mhuinchille idir a fhiacla—dearmad déanta go soiléir air—rinne sé an-deacair mo lámh a mháistir. Nuair a chuir mé an ghloine chuige faoi dheireadh, chonaic mé le hiontas go raibh a shúile lán deora.

Up to this time I had remained standing, gan a cheilt gur mhian liom go n-imeodh sé. Ach bhí mé softened ag an ghné softened an fear, agus bhraith i dteagmháil de reproach. "Tá súil agam," arsa mise, ag cur rud éigin isteach i ngloine dom féin, agus ag tarraingt cathaoir ar an mbord, "nach gceapann tú gur labhair mé go géar leat anois. Ní raibh sé ar intinn agam é a dhéanamh, agus tá brón orm as má rinne mé. Guím gach rath agus áthas oraibh!

Agus mé ag cur mo ghloine ar mo bheola, spléach sé le hiontas ag deireadh a mhuinchille, ag titim as a bhéal nuair a d'oscail sé é, agus shín sé a lámh amach. Thug mé mianach dó, agus ansin d'ól sé, agus tharraing sé a mhuinchille trasna a shúile agus a mhullach.

"Cén chaoi a bhfuil tú i do chónaí?" D'iarr mé air.

"Feirmeoir caorach, stoc-tógálaí, ceirdeanna eile seachas, ar shiúl sa domhan nua a bhí ionam," a dúirt sé; "míle míle d'uisce stoirmiúil as seo."

"Tá súil agam go ndearna tú go maith?"

"Tá ag éirí go hiontach liom. Tá daoine eile a chuaigh amach alonger dom mar atá déanta go maith freisin, ach níl aon fhear déanta nigh chomh maith liomsa. Tá clú agus cáil orm as.

"Tá áthas orm é a chloisteáil."

"Tá súil agam a chloisteáil a rá leat mar sin, mo bhuachaill daor."

Gan stopadh chun iarracht a dhéanamh na focail sin nó an ton inar labhraíodh iad a thuiscint, chas mé amach go pointe a bhí díreach tagtha isteach i m'intinn.

"An bhfaca tú teachtaire riamh a chuir tú chugam uair amháin," a d'fhiafraigh mé, "ó thug sé faoin muinín sin?"

"Ná leag súile air riamh. Ní dóigh liom é.

"Tháinig sé go dílis, agus thug sé an dá nóta aon phunt dom. Bhí mé i mo bhuachaill bocht ansin, mar is eol duit, agus le buachaill bocht bhí an t-ádh dearg orthu. Ach, cosúil leatsa, rinne mé go maith ó shin, agus caithfidh tú ligean dom iad a íoc ar ais. Is féidir leat iad a chur ar úsáid buachaill bocht éigin eile. Thóg mé amach mo sparán.

Bhreathnaigh sé orm agus mé ag leagan mo sparán ar an mbord agus d'oscail sé é, agus bhreathnaigh sé orm agus mé ag scaradh dhá nóta aon phunt óna raibh ann. Bhí siad glan agus nua, agus scaip mé amach iad agus thug mé dó iad. Fós ag breathnú orm, leag sé ceann orthu ar an gceann eile, fillte orthu fada-ciallmhar, thug siad casadh, leag tine dóibh ag an lampa, agus thit an luaithreach isteach sa tráidire.

"Go ndéana mé chomh dána," a dúirt sé ansin, le gáire a bhí cosúil le frown, agus le frown a bhí cosúil le gáire, "mar a fhiafraíonn tú conas a rinne tú go maith, ós rud é go raibh tú féin agus mise amuigh orthu riasca aonair shivering?"

"Conas?"

"Ah!"

Fholmhú sé a ghloine, d'éirigh sé, agus sheas sé ar thaobh na tine, lena lámh trom donn ar an tseilf mantel-. Chuir sé cos suas go dtí na barraí, chun é a thriomú agus a théamh, agus thosaigh an bhróg fhliuch ag gal; ach, níor fhéach sé air, ná ar an tine, ach d'fhéach sé go seasta orm. Ní raibh sé ach anois gur thosaigh mé ag crith.

Nuair a bhí scaradh mo bheola, agus bhí múnlaithe roinnt focal a bhí gan fuaim, iachall mé féin a insint dó (cé nach raibh mé in ann é a dhéanamh ar leith), go raibh mé roghnaithe chun teacht i gcomharbas ar roinnt maoine.

"D'fhéadfadh ach warmint iarraidh cén mhaoin?" A dúirt sé.

Faltered mé, "Níl a fhios agam."

"D'fhéadfadh a warmint ach ceist a bhfuil maoin?" A dúirt sé.

Faltered mé arís, "Níl a fhios agam."

"An bhféadfainn buille faoi thuairim a dhéanamh, n'fheadar," arsa an Daoránach, "ar d'ioncam ó tháinig tú in aois! Maidir leis an gcéad fhigiúr anois. Cúig cinn?"

Le mo chroí ag bualadh cosúil le casúr trom de ghníomh mí-ordúil, d'ardaigh mé amach as mo chathaoir, agus sheas mé le mo lámh ar chúl é, ag féachaint go fiáin air.

"Maidir le caomhnóir," ar seisean. "Ba chóir go mbeadh caomhnóir éigin ann, nó a leithéid, fad is a bhí tú i do mhionaoiseach. Dlíodóir éigin, b'fhéidir. Maidir leis an gcéad litir d'ainm an dlíodóra sin anois. An é J a bheadh ann?

Tháinig fírinne mo sheasamh ag splancadh orm; agus a díomá, contúirtí, náire, iarmhairtí de gach cineál, rushed i cibé iliomad go raibh mé iompartha síos acu agus bhí a streachailt le haghaidh gach anáil tharraing mé.

"Cuir é," a dúirt sé arís, "mar fhostóir an dlíodóra sin ar thosaigh a ainm le J, agus d'fhéadfadh sé a bheith Jaggers,-é a chur mar a tháinig sé thar farraige go Portsmouth, agus bhí i dtír ann, agus bhí ag iarraidh teacht ar a thabhairt duit. ' Mar sin féin, fuair tú amach mé,' a deir tú díreach anois. Bhuel! Mar sin féin, an bhfuair mé amach thú? Cén fáth, scríobh mé ó Portsmouth chuig duine i Londain, le haghaidh sonraí ar do sheoladh. Ainm an duine sin? Cén fáth, Wemmick.

Ní fhéadfainn focal amháin a labhairt, cé go raibh sé chun mo shaol a shábháil. Sheas mé, le lámh ar an gcathaoir-ais agus lámh ar mo chíche, áit a raibh an chuma orm a bheith suffocating,-Sheas mé mar sin, ag féachaint wildly air, go dtí go grasped mé ag an chathaoir, nuair a thosaigh an seomra a surge agus cas. Rug sé orm, tharraing sé go dtí an tolg mé, chuir sé suas mé i gcoinne na cúisíní, agus chrom sé ar ghlúin amháin romham, ag tabhairt an aghaidh a chuimhnigh mé go maith anois, agus gur shuddered mé ag, an-aice liom.

"Sea, a Pip, a bhuachaill dhil, tá fear uasal déanta agam ort! Is mise a rinne é! Mhionnaigh mé an t-am sin, cinnte mar a thuill mé guine riamh, ba cheart go rachadh an ghuine sin chugat. Mhionnaigh mé artaire, cinnte mar a bhí riamh spec'lated mé agus fuair saibhir, ba chóir duit a fháil saibhir. Bhí mé i mo chónaí garbh, gur chóir duit maireachtáil go réidh; D'oibrigh mé go crua, gur chóir duit a bheith os cionn na hoibre. Cad odds, buachaill daor? An bhfuil mé ag insint dó, fur tú a bhraitheann oibleagáid? Ní beag. Deirim é, fionnadh a fhios agat mar go bhfuil fiach madra dunghill wot tú kep saol i, fuair a cheann chomh hard go bhféadfadh sé a dhéanamh fear uasal,-agus, Pip, tá tú air! "

Ní fhéadfaí an t-abhorrence inar shealbhaigh mé an fear, an dread a bhí agam air, an t-aisfhreagra lenar chroith mé uaidh, a shárú dá mba bheithíoch uafásach éigin é.

"Féach anseo, Pip. Is mise an dara hathair agat. Is tú mo mhac,—níos mó domsa ná d'aon mhac. Tá airgead curtha ar shiúl agam, only for you to spend. Nuair a bhí mé aoire fostaithe-amach i both solitary, ní fheiceann aon aghaidheanna ach aghaidheanna caorach till mé leath dearmad wot fir agus mná wos aghaidheanna cosúil le, Feicim yourn. Titeann mé mo scian go minic sa bothán sin nuair a bhí mé ag ithe mo dhinnéir nó mo suipéar, agus deirim, 'Seo an buachaill arís, ag féachaint orm agus mé ag ithe agus ag ól!' Feicim tú ann go minic, chomh soiléir agus a fheiceann mé riamh tú orthu riasca misty. 'A Thiarna buail marbh mé!' Deirim gach uair,—agus téann mé amach san aer chun é a rá faoi na flaithis oscailte,—'ach wot, má fhaigheann mé saoirse agus airgead, déanfaidh mé fear uasal den bhuachaill sin!' Agus rinne mé é. Cén fáth, féach ort, a bhuachaill dhil! Féach ar na lóistín anseo de do chuid, oiriúnach do thiarna! A thiarna? Ah! Beidh tú airgead a thaispeáint le tiarnaí do wagers, agus buille 'em!"

Ina theas agus bua, agus ina chuid eolais go raibh mé beagnach fainting, ní raibh sé ráiteas ar mo fáiltiú seo go léir. Ba é an t-aon ghrán faoisimh a bhí agam.

"Féach anseo!" ar seisean, ag cur m'uaireadóir amach as mo phóca, agus ag casadh ina threo fáinne ar mo mhéar, agus mé ag cúlú óna lámh amhail is dá mba nathair é, "ór 'un agus áilleacht: *sin* fear uasal, tá súil agam! Diamant socraithe go léir le rubies; *sin* fear uasal, tá súil agam! Féach ar do línéadach; breá álainn! Féach ar do chuid éadaí; is fearr nach bhfaighfí! Agus do leabhair freisin," ag casadh a shúile thart ar an seomra, "gléasta suas, ar a gcuid seilfeanna, ag na céadta! Agus léann tú 'em; nach bhfuil tú? Feicim gur mhaith leat a bheith ina léamh ar 'em nuair a thagann mé isteach. Há há há! Beidh tú ag léamh 'em dom, buachaill daor! Agus má tá siad i dteangacha iasachta wot ní thuigim, beidh mé chomh bródúil is dá mba rud é go ndearna mé."

Arís thóg sé mo lámha agus chuir sé ar a bheola iad, agus rith mo chuid fola fuar istigh ionam.

"Ná bac leat a bheith ag caint, a Pip," ar seisean, tar éis dó a mhuinchille a tharraingt thar a shúile agus a mhullach, mar a tháinig an cliceáil ina scornach a chuimhnigh mé go maith, - agus bhí sé níos uafásaí dom go raibh sé an oiread sin i ndáiríre; "Ní féidir leat a dhéanamh níos fearr ná a choinneáil ciúin, buachaill daor. Ní raibh tú ag tnúth go mall leis seo mar atá agam; wosn't ullmhaithe le haghaidh seo mar wos mé. Ach nár cheap tú riamh go mb'fhéidir gur mise a bheadh ann?

"O no, no, no," a d'fhill mé, "Ná, riamh!"

"Bhuel, feiceann tú é *wos* dom, agus aon-láimh. Ná anam ann ach mo chuid féin agus an tUasal Jaggers.

"An raibh aon duine eile ann?" D'iarr mé.

"Níl," a dúirt sé, le sracfhéachaint ar iontas: "cé eile ba chóir a bheith ann? Agus, a bhuachaill dhil, cé chomh maith is a d'fhás tú! Tá súile geala áit éigin-eh? Nach bhfuil súile geala áit éigin, wot grá agat na smaointe ar?"

O Estella, Estella!

"Beidh siad a bheith agat, buachaill daor, más féidir airgead a cheannach 'em. Not that a gentleman like you, so well set up as you, ní féidir 'em as a chluiche féin a bhuachan; ach beidh airgead ar ais agat! Let me finish wot I was a telling you, a bhuachaill dhil. Ón both sin agus go bhfuil fhostú-amach, fuair mé airgead d'fhág mé ag mo mháistir (a fuair bás, agus bhí mar an gcéanna liomsa), agus fuair mo saoirse agus chuaigh mé dom féin. I every single thing I went for, chuaigh mé ar do shon. 'A Thiarna buail dúchan air,' a deir mé, wotever it was I went for, 'if it ain't for him!' D'éirigh go hiontach ar fad leis. Mar giv mé 'tú a thuiscint díreach anois, Tá mé cáiliúil as é. Ba é an t-airgead a d'fhág mé, agus na gnóthachain an chéad cúpla bliain wot chuir mé abhaile go dtí an tUasal Jaggers-go léir ar do shon-nuair a thagann sé ar dtús artaire tú, agreeable le mo litir."

O nár tháinig sé riamh! Gur fhág sé mé ag an cheárta,-i bhfad ó ábhar, fós, trí chomparáid sásta!

"Agus ansin, buachaill daor, bhí sé ina chúiteamh dom, look'ee anseo, a fhios faoi rún go raibh mé ag déanamh fear uasal. D'fhéadfadh na capaill fola acu coilínigh fling suas an deannach os mo chionn agus mé ag siúl; cad a déarfaidh mé? Deir mé liom féin, 'Tá mé ag déanamh fear uasal níos fearr ná riamh *beidh tú*!' Nuair a deir duine de 'em le duine eile, 'Bhí sé ina chiontú, cúpla bliain ó shin, agus is fear coitianta aineolach é anois, do gach duine a bhfuil an t-ádh air,' cad a déarfaidh mé? Deir mé liom féin, 'Mura bhfuil mé i mo fhear uasal, ná fós nach bhfuair mé aon fhoghlaim, is mise úinéir a leithéid. Tá stoc agus talamh ag gach duine agaibh; cé acu fear uasal as Londain atá tugtha suas agat?' Ar an mbealach seo kep mé féin ag dul. Agus ar an mbealach seo bhí mé seasta os cionn m'intinne go dtiocfainn go cinnte lá amháin agus go bhfeicfinn mo bhuachaill, agus go gcuirfinn mé féin in aithne dó, ar a thalamh féin."

Leag sé a lámh ar mo ghualainn. Shuddered mé ag an smaoineamh go bhféadfadh a lámh a dhaite le fuil ar feadh aon rud a bhí a fhios agam.

"Ní thugann sé rabhadh, Pip, dom codanna a fhágáil dóibh, ná fós ní thugann sé rabhadh sábháilte. Ach choinnigh mé leis, agus an níos deacra a bhí sé, an níos láidre a bhí agam, do bhí mé diongbháilte, agus mo intinn daingean déanta suas. Faoi dheireadh rinne mé é. A bhuachaill dhil, rinne mé é!

Rinne mé iarracht mo chuid smaointe a bhailiú, ach bhí iontas orm. Tríd síos, ba chuma liom féin freastal níos mó ar an ngaoth agus ar an mbáisteach ná air; fiú anois, ní raibh mé in ann a ghuth a scaradh ó na guthanna sin, cé go raibh siad siúd ard agus bhí sé ciúin.

"Cá gcuirfidh tú mé?" a d'fhiafraigh sé, faoi láthair. "Caithfidh mé a chur áit éigin, buachaill daor."

"A chodladh?" arsa mise.

"Tá. Agus a chodladh fada agus fuaime," fhreagair sé; "do bhí mé farraige-tossed agus farraige-nite, míonna agus míonna."

"Mo chara agus mo chompánach," arsa mise, ag éirí as an tolg, "as láthair; caithfidh tú a sheomra a bheith agat."

"Ní thiocfaidh sé ar ais go dtí-amárach; an mbeidh?

"Níl," arsa mise, ag freagairt beagnach go meicniúil, in ainneoin mo dhícheall; "Gan a-amárach."

"Mar gheall ar, look'ee anseo, buachaill daor," a dúirt sé, dropping a ghuth, agus leagan méar fada ar mo chíche ar bhealach suntasach, "Tá rabhadh riachtanach."

"Conas atá i gceist agat? Rabhadh?"

"De réir G——, tá sé Bás!"

"Cad é an bás?"

"Cuireadh ar feadh an tsaoil mé. Is é an bás teacht ar ais. Tá an iomarca ag teacht ar ais sna blianta déanacha, agus ba chóir dom cinnteacht a chrochadh má thógtar é."

Ní raibh aon rud ag teastáil ach seo; an fear wretched, tar éis luchtú wretched dom lena slabhraí óir agus airgid ar feadh na mblianta, bhí risked a shaol chun teacht chugam, agus choinnigh mé é ann i mo choimeád! Dá mba rud é go raibh grá agam dó in ionad abhorring air; dá mbeinn meallta chuige ag an meas agus an gean is láidre, in ionad crapadh uaidh leis an díoltas is láidre; ní fhéadfadh sé a bheith níos measa. A mhalairt ar fad, bheadh sé níos fearr, mar go mbeadh a chaomhnú ansin go nádúrtha agus tenderly aghaidh a thabhairt ar mo chroí.

Ba é an chéad chúram a bhí agam ná na comhlaí a dhúnadh, ionas nach bhfeicfí aon solas ó gan, agus ansin na doirse a dhúnadh agus a dhéanamh go tapa. Cé go ndearna mé amhlaidh, sheas sé ag an mbord ag ól rum agus ag ithe brioscaí; agus nuair a chonaic mé é ag gabháil dá bhrí sin, chonaic mé mo chiontú ar na riasca ag a bhéile arís. Dhealraigh sé beagnach dom amhail is dá gcaithfidh sé stoop síos faoi láthair, chun comhad ag a chos.

Nuair a bhí mé imithe isteach i seomra Herbert, agus go raibh aon chumarsáid eile idir é agus an staighre múchta ná tríd an seomra ina raibh ár gcomhrá ar siúl, d'fhiafraigh mé de an rachadh sé a chodladh? Dúirt sé go raibh, ach d'iarr sé orm cuid de mo "línéadach uasal" a chur ar maidin. Thug mé amach é, agus leag mé réidh dó é, agus rith mo chuid fola fuar arís nuair a thóg sé arís mé ag an dá lámh chun dea-oíche a thabhairt dom.

Fuair mé ar shiúl ó dó, gan a fhios agam conas a rinne mé é, agus mended an tine sa seomra ina raibh muid le chéile, agus shuigh síos aige, eagla chun dul a chodladh. Ar feadh uair an chloig nó níos mó, d'fhan mé ró-stunned chun smaoineamh; agus ní go dtí gur thosaigh mé ag smaoineamh, gur thosaigh mé go hiomlán a fháil amach cé chomh raic a bhí mé, agus conas a bhí an long inar sheol mé imithe go píosaí.

Intinn Miss Havisham i mo leith, aisling amháin ar fad; Estella nach bhfuil deartha dom; Níor fhulaing mé ach i dTeach Satis mar áis, sting don chaidreamh greedy, samhail le croí meicniúil a chleachtadh ar nuair nach raibh aon chleachtas eile ar láimh; ba iad sin na chéad smarts a bhí agam. Ach, pian is géire agus is doimhne ar fad—ba don daoránach é, ciontach ní raibh a fhios agam cad iad na coireanna, agus d'fhéadfaí iad a thógáil amach as na seomraí sin inar shuigh mé ag smaoineamh, agus crochta ag doras an Old Bailey, gur thréig mé Joe.

Ní bheinn imithe ar ais chuig Joe anois, ní bheinn imithe ar ais go Biddy anois, ar aon chomaoin; go simplí, is dócha, toisc go raibh mo chiall féin iompar worthless dóibh níos mó ná gach comaoin. Ní fhéadfadh aon eagna ar domhan an compord a thabhairt dom gur chóir dom a bheith díorthaithe as a simplíocht agus fidelity; ach ní fhéadfainn, riamh, an méid a bhí déanta agam a chealú.

I ngach buile gaoithe agus rush na báistí, chuala mé pursuers. Faoi dhó, d'fhéadfainn a mhionnú go raibh cnagadh agus cogar ag an doras seachtrach. Leis na faitíos seo orm, thosaigh mé ag samhlú nó ag meabhrú go raibh rabhaidh mhistéireacha agam faoi chur chuige an fhir seo. Go, ar feadh seachtaíní imithe ag, bhí mé tar éis aghaidheanna a rith ar na sráideanna a shíl mé cosúil leis. Go raibh na likenesses tar éis fás níos líonmhaire, mar a bhí sé, ag teacht thar an bhfarraige, tharraingt níos gaire. Go raibh a spiorad ghránna sheoladh ar bhealach na teachtairí chun mianach, agus go anois ar an oíche stoirmiúil go raibh sé chomh maith lena focal, agus liom.

Ag plódú suas leis na machnaimh seo tháinig an machnamh a chonaic mé é le mo shúile childish a bheith ina fhear desperately foréigneach; gur chuala mé an daoránach eile sin arís go ndearna sé iarracht é a dhúnmharú; go bhfaca mé síos sa díog é ag cuimilt agus ag troid mar a bheadh beithíoch fiáin ann. As cuimhneacháin den sórt sin thug mé sceimhle leathdhéanta isteach i bhfianaise na tine nach mbeadh sé sábháilte é a dhúnadh suas ansin leis i marbh na hoíche fiáine solitary. Seo dilated go dtí go líonadh sé an seomra, agus impelled dom coinneal a ghlacadh agus dul isteach agus breathnú ar mo ualach dreadful.

Bhí ciarsúr rollta aige thart ar a cheann, agus bhí a aghaidh socraithe agus ag ísliú ina chodladh. Ach bhí sé ina chodladh, agus go ciúin freisin, cé go raibh piostal ina luí ar an bpiliúr. Cinnte de seo, bhain mé an eochair go bog ar an taobh amuigh dá dhoras, agus chas mé air é sular shuigh mé síos ag an tine arís. De réir a chéile shleamhnaigh mé ón gcathaoir agus luigh mé ar an urlár. Nuair a dhúisigh mé gan a bheith páirteach i mo chodladh leis an tuiscint ar mo wretchedness, bhí cloig na séipéil Eastward buailte cúig, bhí na coinnle amú amach, bhí an tine marbh, agus threisigh an ghaoth agus an bháisteach an dorchadas tiubh dubh.

IS É SEO DEIREADH AN DARA CÉIM D'IONCHAIS PIP.

Caibidil XL.

Bhí an t-ádh orm go raibh orm réamhchúraimí a ghlacadh chun sábháilteacht mo chuairteora dreaded a chinntiú (chomh fada agus a d'fhéadfainn); óir, an smaoineamh seo ag brú orm nuair a dhúisigh mé, bhí smaointe eile i gconscúrsa mearbhall ar fad.

Ba léir go raibh sé dodhéanta é a choinneáil i bhfolach sna seomraí. Ní fhéadfaí é a dhéanamh, agus is cinnte go gcuirfeadh an iarracht é a dhéanamh amhras ar dhaoine. Fíor, ní raibh aon Avenger agam i mo sheirbhís anois, ach thug seanbhean athlastacha aire dom, le cúnamh ó rag-mhála beoite a d'iarr sí ar a neacht, agus chun rún seomra a choinneáil uathu ná fiosracht agus áibhéil a iarraidh. Bhí súile laga ag an mbeirt acu, rud a chuir mé i leith a n-amharc ainsealach isteach ar phoill eochracha, agus bhí siad i gcónaí ar láimh nuair nach raibh siad ag iarraidh; go deimhin ba é sin an t-aon chaighdeán iontaofa a bhí acu seachas larceny. Gan rúndiamhair a fháil leis na daoine seo, bheartaigh mé a fhógairt ar maidin gur tháinig m'uncail ón tír gan choinne.

An cúrsa seo shocraigh mé ar cé go raibh mé fós groping faoi sa dorchadas do na modhanna a fháil solas. Gan stumbling ar na modhanna tar éis an tsaoil, bhí mé fain chun dul amach go dtí an Lodge in aice láimhe agus a fháil ar an watchman ann chun teacht lena lantern. Anois, agus mé ar mo bhealach síos an staighre dubh, thit mé thar rud éigin, agus go raibh rud éigin ina fhear ag cromadh i gcúinne.

Mar a rinne an fear aon fhreagra nuair a d'iarr mé air cad a rinne sé ann, ach eluded mo dteagmháil i tost, Rith mé go dtí an Lodge agus d'áitigh an fear faire chun teacht go tapa; ag insint dó faoin eachtra ar an mbealach ar ais. An ghaoth a bheith chomh fíochmhar is a bhí riamh, ní raibh cúram orainn an solas sa lóchrann a chur i mbaol trí na lampaí múchta ar an staighre a athinsint, ach scrúdaíomar an staighre ó bhun go barr agus ní bhfuair muid aon duine ann. Tharla sé dom ansin agus ab fhéidir gur shleamhnaigh an fear isteach i mo sheomraí; mar sin, ag lasadh mo choinneal ag an bhfear faire, agus ag fágáil ina sheasamh ag an doras é, scrúdaigh mé iad go cúramach, lena n-áirítear an seomra ina raibh mo aoi dreaded ina chodladh. Bhí gach duine ciúin, agus cinnte ní raibh aon fhear eile sna seomraí sin.

Chuir sé trioblóid orm gur cheart go mbeadh lurker ar an staighre, an oíche sin de gach oíche sa bhliain, agus d'fhiafraigh mé den fhear faire, ar an seans míniú dóchasach éigin a fháil agus mé ag tabhairt dram dó ag an doras, ar admhaigh sé ag a gheata aon fhear uasal a bhí ag ithe amach? Sea, a dúirt sé; At different times of the night, trí cinn. Bhí cónaí ar dhuine acu i gCúirt an Tobair, agus bhí an bheirt eile ina gcónaí sa Lána, agus chonaic sé iad go léir ag dul abhaile. Arís, an t-aon fhear eile a dwelt sa teach a raibh mo sheomraí mar chuid de a bhí sa tír ar feadh roinnt seachtainí, agus is cinnte nach raibh sé ar ais san oíche, toisc go bhfaca muid a dhoras lena shéala air agus muid ag teacht thuas staighre.

"An oíche a bheith chomh dona, a dhuine uasail," a dúirt an fear faire, mar a thug sé dom ar ais mo ghloine, "neamhchoitianta beag tar éis teacht isteach ag mo gheata. Chomh maith leo triúr uaisle atá ainmnithe agam, ní ghlaoim chun cuimhne eile ó thart ar a haon déag a chlog, nuair a d'iarr strainséir ort.

"M'uncail," arsa mise. "Tá."

"Chonaic tú é, a dhuine uasail?"

"Tá. Ó tá."

"Mar an gcéanna leis an duine leis?"

"Duine leis!" Arís agus arís eile.

"Mheas mé an duine a bheith leis," ar ais an fear faire. "Stop an duine, nuair a stop sé chun fiosrúchán a dhéanamh orm, agus ghlac an duine an bealach seo nuair a ghlac sé an bealach seo."

"Cén sórt duine?"

Níor thug an fear faire faoi deara go háirithe; ba cheart dó duine oibre a rá; He had a dust-coloured kind of clothes on, faoi chóta dorcha a bhí sé. Rinne an fear faire níos mó solais ar an ábhar ná mar a rinne mé, agus go nádúrtha; gan mo chúis meáchan a cheangal leis.

Nuair a fuair mé réidh leis, rud a shíl mé go maith a dhéanamh gan mínithe fada, bhí m'intinn i bhfad buartha faoin dá chás seo a tógadh le chéile. De bhrí go raibh siad éasca ar réiteach neamhchiontach óna chéile,-mar, mar shampla, roinnt diner amach nó diner sa bhaile, nach raibh imithe in aice le geata an watchman ar, d'fhéadfadh a bheith strayed go dtí mo staighre agus thit ina chodladh ann,-agus d'fhéadfadh mo chuairteoir nameless thug roinnt amháin leis a thaispeáint dó ar an mbealach,-fós, chuaigh, bhí siad cuma ghránna ar cheann chomh seans maith a distrust agus eagla mar a bhí na hathruithe de cúpla uair an chloig a bhí rinne sé mé.

Las mé mo thine, a dódh le flare pale amh ag an am sin den mhaidin, agus thit mé i doze os a chomhair. Ba chosúil go raibh mé ag dozing oíche ar fad nuair a bhuail na cloig sé. Toisc go raibh uair an chloig go leith idir mé agus solas an lae, dozed mé arís; Anois, dúiseacht go míshuaimhneach, le comhráite prolix faoi rud ar bith, i mo chluasa; anois, ag déanamh toirneach na gaoithe sa simléar; Ar a fhad, ag titim amach i gcodladh as cuimse as ar dhúisigh solas an lae mé le tús.

An t-am seo ar fad ní raibh mé in ann mo chás féin a mheas, ná ní fhéadfainn é sin a dhéanamh go fóill. Ní raibh sé de chumhacht agam freastal air. Bhí mé dejected go mór agus suaite, ach i saghas mórdhíola incoherent ar bhealach. Maidir le plean ar bith a chur le chéile don todhchaí, d'fhéadfainn eilifint a dhéanamh chomh luath agus a bheadh eilifint déanta agam. Nuair a d'oscail mé na comhlaí agus d'fhéach mé amach ar an maidin fhiáin fhliuch, gach ceann de lí leaden; nuair a shiúil mé ó sheomra go seomra; nuair a shuigh mé síos arís ag glioscarnach, roimh an tine, ag fanacht le mo laundress a bheith i láthair; Shíl mé cé chomh dona is a bhí mé, ach ar éigean a bhí a fhios agam cén fáth, nó cé chomh fada is a bhí mé mar sin, nó cén lá den tseachtain a rinne mé an machnamh, nó fiú cé a bhí mé a rinne é.

Faoi dheireadh, tháinig an tseanbhean agus an neacht isteach—an dara ceann le ceann nach furasta a idirdhealú óna broom dusty,-agus thug sí fianaise ar iontas ag amharc ormsa agus ar an tine. Cé dó imparted mé conas a tháinig mo uncail san oíche agus bhí sé ina chodladh ansin, agus conas a bhí na hullmhúcháin bricfeasta a mhodhnú dá réir. Ansin nigh mé agus chóirigh mé agus leag siad an troscán thart agus rinne siad deannach; agus mar sin, i saghas aisling nó codlata-dúiseacht, fuair mé mé féin ina suí ag an tine arís, ag fanacht-Eisean-chun teacht ar bricfeasta.

By and by, d'oscail a dhoras agus tháinig sé amach. Ní raibh mé in ann mé féin a thabhairt chun an radharc air a iompróidh, agus shíl mé go raibh cuma níos measa air faoi sholas an lae.

"Níl a fhios agam fiú," a dúirt mé, ag labhairt íseal mar a ghlac sé a shuíochán ag an mbord, "cén t-ainm a ghlaoch ort. Thug mé amach gur tusa m'uncail.

"Sin é, a bhuachaill dhil! Glaoigh orm uncail.

"Ghlac tú ainm éigin, is dócha, ar bord loinge?"

"Sea, a bhuachaill dhil. Ghlac mé an t-ainm Provis. "

"An bhfuil sé i gceist agat an t-ainm sin a choinneáil?"

"Cén fáth, sea, a bhuachaill daor, tá sé chomh maith le duine eile,-mura dtaitneodh ceann eile leat."

"Cad é d'ainm fíor?" D'iarr mé air i gcogar.

"Magwitch," a d'fhreagair sé, sa ton céanna; "chrisen'd Abel."

"Cad a bhí tú a thabhairt suas a bheith?"

"Buachaill teasaí, daor."

D'fhreagair sé dáiríre go leor, agus d'úsáid sé an focal amhail is gur chuir sé gairm éigin in iúl.

"Nuair a tháinig tú isteach sa Teampall aréir-" a dúirt mé, pausing a Wonder an bhféadfadh sé sin a bheith i ndáiríre aréir, a chuma chomh fada ó shin.

"Sea, a bhuachaill dhil?"

"Nuair a tháinig tú isteach ag an ngeata agus nuair a d'fhiafraigh tú den fhear faire an bealach anseo, an raibh aon duine leat?"

"Liomsa? Ní hea, a bhuachaill dhil."

"Ach bhí ceann éigin ann?"

"Níor thug mé suntas ar leith," a dúirt sé, go dubiously, "gan a fhios agam bealaí na háite. Ach sílim go *raibh* duine ann, freisin, ag teacht isteach níos faide orm.

"An bhfuil aithne ort i Londain?"

"Tá súil agam nach bhfuil!" A dúirt sé, ag tabhairt a mhuineál jerk lena forefinger a rinne mé dul te agus tinn.

"An raibh aithne agat i Londain, uair amháin?"

"Níl sé os cionn agus os a chionn, a bhuachaill dhil. Bhí mé sna cúigí den chuid is mó."

"An raibh tú-thriail-i Londain?"

"Cén t-am?" ar seisean, agus cuma ghéar air.

"An uair dheireanach."

Chlaon sé. "Bhí a fhios ar dtús an tUasal Jaggers ar an mbealach sin. Bhí Jaggers domsa.

Bhí sé ar mo liopaí a iarraidh air cad a bhí sé iarracht le haghaidh, ach thóg sé suas scian, thug sé flourish, agus leis na focail, "Agus cad a rinne mé ag obair amach agus d'íoc as!" Thit go dtí ag a bhricfeasta.

D'ith sé ar bhealach ravenous a bhí an-disagreeable, agus bhí gach a chuid gníomhartha uncouth, noisy, agus greedy. Theip ar chuid dá fhiacla ó chonaic mé é ag ithe ar na riasca, agus de réir mar a chas sé a chuid bia ina bhéal, agus chas sé a cheann le taobh chun a chuid fangs is láidre a thabhairt air, d'fhéach sé uafásach cosúil le sean-mhadra ocrach. Dá mba rud é gur thosaigh mé le haon ghoile, bheadh sé tar éis é a thógáil ar shiúl, agus ba chóir dom a bheith shuigh i bhfad mar a rinne mé,-repelled uaidh ag aversion insurmountable, agus gloomily ag féachaint ar an éadach.

"Tá mé grubber trom, buachaill daor," a dúirt sé, mar chineál dea-bhéasach leithscéal nuair a rinne sé deireadh a bhéile, "ach bhí mé i gcónaí. Dá mba rud é go raibh sé i mo bhunreacht a bheith ina grubber níos éadroime, d'fhéadfadh mé ha ' fuair i dtrioblóid níos éadroime. Mar an gcéanna, caithfidh mé mo dheatach a bheith agam. Nuair a fostaíodh mé ar dtús mar aoire t'other side the world, is é mo chreideamh gur chóir dom ha' iompú ina chaoirigh molloncolly-mad mé féin, más rud é nach raibh mé go raibh mo deatach. "

Mar a dúirt sé mar sin, d'éirigh sé as bord, agus chuir sé a lámh isteach i gcíoch an chóta pea-chóta a chaith sé, thug sé píopa gearr dubh amach, agus dornán tobac scaoilte den chineál ar a dtugtar Negro-ceann. Tar éis dó a phíopa a líonadh, chuir sé an tobac barrachais ar ais arís, amhail is dá mba tarraiceán a phóca. Ansin, thóg sé gual beo ón tine leis na tongs, agus las sé a phíopa air, agus ansin chas sé thart ar an ruga teallaigh lena ais go dtí an tine, agus chuaigh sé tríd an ngníomh ab ansa leis an dá lámh a choinneáil amach dom.

"Agus seo," a dúirt sé, dandling mo lámha suas agus síos ina, mar puffed sé ag a phíopa,-"Agus is é seo an fear uasal cad a rinne mé! An ceann fíor fíor! Déanann sé fionnadh maith dom chun breathnú ar tú, Pip. Gach stip'late mé, tá, chūn seasamh ag agus breathnú ar tú, buachaill daor! "

Scaoil mé mo lámha chomh luath agus a d'fhéadfainn, agus fuair mé amach go raibh mé ag tosú go mall ag socrú síos go dtí an smaoineamh ar mo riocht. Cad a bhí chained mé, agus cé chomh mór, tháinig intuigthe dom, mar a chuala mé a ghuth hoarse, agus shuigh ag féachaint suas ar a cheann maol furrowed lena gruaig liath iarainn ag na taobhanna.

"Ní mór dom a fheiceáil mo uasal footing sé i mire na sráideanna; ní mór nach mbeadh aon láib ar *a* bhróga. Caithfidh capaill a bheith ag m'fhear uasal, Pip! Capaill a thiomána, agus capaill a thiomáint, agus capaill as a sheirbhíseach a thiomána agus a thiomáint chomh maith. An mbeidh a gcapaill ag coilínigh (agus fuil 'uns, más é do thoil é, a Thiarna maith!) agus ní ag mo dhuine uasal i Londain? Ní hea. Taispeánfaimid 'em péire bróg eile ná sin, Pip; nach mbeidh muid?"

Thóg sé amach as a phóca leabhar póca mór tiubh, pléasctha le páipéir, agus tossed sé ar an mbord.

"Tá rud éigin ar fiú a chaitheamh sa leabhar sin, a bhuachaill dhil. Is leatsa é. Ní liomsa ar fad mé; is leatsa é. Ná bíodh tú afeerd air. Tá níos mó nuair a thagann sé sin as. Tháinig mé go fionnadh na seantíre le go bhfeicfidh mé go gcaitheann m'fhear uasal a chuid airgid mar a bheadh fear uasal ann. Beidh sé sin *mar phléisiúr* agam. *Mo* phléisiúr 'll a bheith fionnaidh a fheiceáil dó é a dhéanamh. Agus soinneáin tú go léir!" fhoirceannadh sé suas, ag féachaint thart ar an seomra agus snapping a mhéara uair amháin le snap ard, "soinneáin tú gach ceann, as an breitheamh ina wig, leis an colonist a stirring suas an deannaigh, beidh mé a thaispeáint uasal níos fearr ná an trealamh ar fad ar chuir tú le chéile!"

"Stop!" A dúirt mé, beagnach i frenzy eagla agus nach dtaitníonn, "Ba mhaith liom a labhairt leat. Ba mhaith liom a fháil amach cad atá le déanamh. Ba mhaith liom a fháil amach conas atá tú a choinneáil as contúirt, cé chomh fada is atá tú ag dul chun fanacht, cad iad na tionscadail atá agat. "

"Féach anseo, a Pip," ar seisean, ag leagan a láimhe ar mo lámh ar bhealach a athraíodh go tobann agus a subdued; "Ar an gcéad dul síos, féach'ee anseo. Rinne mé dearmad orm féin leath nóiméad ó shin. Bhí an méid a dúirt mé íseal; sin é a bhí ann; íseal. Féach'ee anseo, Pip. Féach os a chionn. Níl mé ag dul a bheith íseal.

"Ar dtús," a dúirt mé arís, leath groaning, "cad iad na réamhchúraimí is féidir a ghlacadh i gcoinne d'aitheantas a fháil agus a urghabháil?"

"Níl, a bhuachaill dhil," a dúirt sé, sa ton céanna is a bhí roimhe seo, "ní théann sé sin ar dtús. Téann lowness ar dtús. I ain't took so many year to make a gentleman, ní i ngan fhios dom cad atá dlite dó. Féach'ee anseo, Pip. Bhí mé íseal; sin é a bhí ionam; íseal. Féach thairis, a bhuachaill dhil.

Bhog tuiscint éigin ar an grimly-ludicrous mé le gáire fretful, mar a d'fhreagair mé, "*D*'fhéach mé os a chionn. In ainm na bhFlaitheas, ná cláirseach air!

"Sea, ach féach'ee anseo," ar seisean. "A bhuachaill dhil, ní thagann fionnadh orm, gan fionnadh a bheith íseal. Anois, téigh ar aghaidh, a bhuachaill daor. Bhí tú ag rá—"

"Cén chaoi a bhfuil tú le cosaint ón gcontúirt a thabhaigh tú?"

"Bhuel, a bhuachaill dhil, níl an chontúirt chomh mór sin. Without I was informed agen, ní raibh an chontúirt chomh mór sin le cur in iúl. Tá Jaggers ann, agus tá Wemmick ann, agus tá tú ann. Cé eile atá ann le cur ar an eolas?

"An bhfuil seans ar bith ann go n-aithneodh duine thú ar an tsráid?" arsa mise.

"Bhuel," ar seisean, "níl mórán ann. Ná fós níl sé i gceist agam mé féin a fhógairt sna nuachtáin faoin ainm A.M. teacht ar ais ó Botany Bay; agus tá na blianta caite ar shiúl, agus cé atá le gnóthú aige? Fós, féach'ee anseo, Pip. Dá mbeadh an chontúirt caoga uair chomh mór, ba cheart dom ha ' teacht chun tú a fheiceáil, cuimhnigh ort, díreach mar an gcéanna.

"Agus cá fhad a fhanann tú?"

"Cá fhad?" ar seisean, ag tógáil a phíopa dubh as a bhéal, agus ag titim a fhód agus é ag stánadh orm. "Níl mé ag dul ar ais. Tá mé ag teacht go maith.

"Cá bhfuil tú chun cónaí?" arsa mise. "Cad atá le déanamh leat? Cá mbeidh tú sábháilte?

"Buachaill a chara," ar seisean, "tá wigs disguising is féidir a cheannach ar airgead, agus tá púdar gruaige, agus spéacláirí, agus éadaí dubh,-shorts agus cad nach bhfuil. Tá daoine eile tar éis é a dhéanamh sábháilte thuas, agus an méid atá déanta ag daoine eile thuas, is féidir le daoine eile aen a dhéanamh. Maidir leis an áit agus conas maireachtáil, buachaill daor, a thabhairt dom do thuairimí féin ar sé. "

"Glacann tú go réidh anois é," arsa mise, "ach bhí tú an-dáiríre aréir, nuair a mhionnaigh tú gurbh é an Bás é."

"Agus mar sin mionnaím gurb é an Bás é," ar seisean, ag cur a phíopa ar ais ina bhéal, "agus Bás ag an rópa, sa tsráid oscailte gan fionnadh as seo, agus tá sé tromchúiseach gur chóir duit é a thuiscint go hiomlán le bheith amhlaidh. Cad ansin, nuair a dhéantar é sin uair amháin? Seo anois mé. Chun dul ar ais anois 'ud a bheith chomh dona agus a seasamh talamh-níos measa. Thairis sin, Pip, tá mé anseo, mar tá sé i gceist agam agat, blianta agus blianta. Maidir leis an méid a leomh mé, tá mé éan d'aois anois, mar tá dared gach modh gaistí ó chéad bhí sé fledged, agus nach bhfuil mé afeerd a perch ar scarecrow. Má tá Bás i bhfolach taobh istigh de, tá, agus lig dó teacht amach, agus beidh mé aghaidh air, agus ansin beidh mé creidim i dó agus ní thuasluaite. Agus anois lig dom féachaint ar mo agen uasal. "

Uair amháin eile, thóg sé an dá lámh orm agus rinne sé suirbhé orm le haer de dhílseacht admiring: caitheamh tobac le complacency mór an t-am ar fad.

Chonacthas dom nach raibh mé in ann a dhéanamh níos fearr ná lóistín ciúin éigin a fháil dó, agus d'fhéadfadh sé seilbh a ghlacadh air nuair a d'fhill Herbert: a raibh súil agam leis i gceann dhá nó trí lá. Go gcaithfear an rún a chur in iúl do Herbert mar ábhar riachtanais dosheachanta, fiú dá bhféadfainn an faoiseamh ollmhór ba chóir dom a bhaint as é a roinnt leis as an gceist, ba léir dom. Ach ní raibh sé chomh soiléir sin don Uasal Provis (bheartaigh mé glaoch air faoin ainm sin), a d'fhorchoimeád a thoiliú le rannpháirtíocht Herbert go dtí go bhfaca sé é agus gur chruthaigh sé breithiúnas fabhrach ar a fhisiognomy. "Agus fiú ansin, a bhuachaill daor," a dúirt sé, ag tarraingt Tiomna dubh gréisceach beag as a phóca, "beidh orainn é a bheith ar a mhionn."

Chun a rá go ndearna mo phátrún uafásach an leabhar beag dubh seo faoin domhan amháin chun daoine a mhionnú i gcásanna éigeandála, is é sin a rá cad a bhunaigh mé riamh go leor; ach seo is féidir liom a rá, nach raibh a fhios agam riamh é a chur le haon úsáid eile. Bhí an chuma ar an leabhar féin gur goideadh é ó chúirt bhreithiúnais éigin, agus b'fhéidir gur thug an t-eolas a bhí aige ar a réamhinsintí, in éineacht lena thaithí féin sa chiall sin, brath ar a chumhachtaí mar chineál litrithe nó briochta dlíthiúla. Ar an gcéad ócáid seo dá tháirgeadh, chuimhnigh mé ar an gcaoi a ndearna sé dílseacht dom sa reilig fadó, agus an chaoi ar chuir sé síos air féin aréir agus é ag mionnú a rúin ina uaigneas i gcónaí.

Ós rud é go raibh sé gléasta faoi láthair i gculaith fána farraige, inar fhéach sé amhail is dá mbeadh roinnt parrots agus todóga le fáil réidh leis, phléigh mé leis an gúna ba chóir dó a chaitheamh. Chothaigh sé creideamh neamhghnách i virtues "shorts" mar bhréagriocht, agus bhí ina intinn féin sceitseáil gúna dó féin a dhéanfadh rud éigin dó idir déan agus fiaclóir. Ba mhór an deacracht a bhí ann gur bhuaigh mé air go dtí go raibh gúna níos cosúla le feirmeoir rachmasach; agus shocraigh muid gur chóir dó a chuid gruaige a ghearradh gar, agus púdar beag a chaitheamh. Ar deireadh, toisc nach raibh sé feicthe fós ag an laundress nó a neacht, bhí sé chun é féin a choinneáil as a dtuairim go dtí go ndearnadh a athrú gúna.

Is cosúil gur ceist shimplí a bheadh ann cinneadh a dhéanamh maidir leis na réamhchúraimí sin; ach i mo dazed, gan a rá distracted, stáit, thóg sé chomh fada, nach raibh mé a fháil amach chun iad a chur chun cinn go dtí dhá nó trí san iarnóin. Bhí sé le fanacht dúnta suas sna seomraí nuair a bhí mé imithe, agus ní raibh sé ar aon chuntas an doras a oscailt.

Tá a bheith ar m'eolas teach lóistín respectable i Sráid Essex, d'fhéach an chúl isteach sa Teampall, agus bhí beagnach laistigh de hail de mo fuinneoga, mé an chéad cheann de gach deisiú go dtí an teach sin, agus bhí an t-ádh sin a dhaingniú ar an dara hurlár do mo uncail, an tUasal Provis. Chuaigh mé ó shiopa go siopa ansin, ag déanamh cibé ceannacháin a bhí riachtanach don athrú ar a chuma. Rinne an gnó seo, chas mé m'aghaidh, ar mo chuntas féin, go dtí an Bhreatain Bheag. Bhí an tUasal Jaggers ag a dheasc, ach, ag féachaint dom dul isteach, d'éirigh sé láithreach agus sheas sé roimh a thine.

"Anois, a Pip," ar seisean, "bí cúramach."

"Beidh mé, a dhuine uasail," d'fhill mé. Do, ag teacht chomh maith bhí mé ag smaoineamh go maith ar an méid a bhí mé ag dul a rá.

"Ná tiomantas duit féin," a dúirt an tUasal Jaggers, "agus nach tiomantas aon cheann. Tuigeann tú—aon duine. Ná habair tada liom: níl mé ag iarraidh rud ar bith a fháil amach; Níl mé fiosrach."

Ar ndóigh chonaic mé go raibh a fhios aige go raibh an fear ag teacht.

"Ba mhaith liom ach, an tUasal Jaggers," a dúirt mé, "a chinntiú dom féin go bhfuil an méid a dúradh liom fíor. Níl aon dóchas agam nach bhfuil sé fíor, ach ar a laghad is féidir liom é a fhíorú."

Chlaon an tUasal Jaggers. "Ach an ndúirt tú 'dúirt' nó 'ar an eolas'?" a d'fhiafraigh sé díom, lena cheann ar thaobh amháin, agus gan féachaint orm, ach ag féachaint ar bhealach éisteachta ar an urlár. "Is cosúil go dtugann sé le tuiscint go bhfuil cumarsáid bhriathartha i gceist. Ní féidir leat cumarsáid ó bhéal a bheith agat le fear i New South Wales, tá a fhios agat."

"Beidh mé a rá, ar an eolas, an tUasal Jaggers."

"Go maith."

"Chuir duine darb ainm Abel Magwitch in iúl dom, gurb é an benefactor chomh fada anaithnid dom."

"Is é sin an fear," a dúirt an tUasal Jaggers, "i New South Wales."

"Agus gan ach sé?" arsa mise.

"Agus amháin sé," a dúirt an tUasal Jaggers.

"Níl mé chomh míréasúnta, a dhuine uasail, mar a cheapann tú ar chor ar bith freagrach as mo botúin agus conclúidí mícheart; ach cheap mé i gcónaí gurbh í Miss Havisham a bhí ann."

"Mar a deir tú, Pip," ar ais an tUasal Jaggers, ag casadh a shúile orm coolly, agus ag cur greim ar a forefinger, "Níl mé ar chor ar bith freagrach as sin."

"Agus fós d'fhéach sé mar sin cosúil leis, a dhuine uasail," phléadáil mé le croí downcast.

"Ní cáithnín fianaise, Pip," a dúirt an tUasal Jaggers, croitheadh a cheann agus a bhailiú suas a sciortaí. "Ná tóg aon rud ar a bhreathnaí; gach rud a ghlacadh ar fhianaise. Níl aon riail níos fearr ann."

"Níl a thuilleadh le rá agam," arsa mise, le osna, tar éis seasamh i mo thost ar feadh tamaill bhig. "Tá mo chuid faisnéise fíoraithe agam, agus tá deireadh leis."

"Agus Magwitch-i New South Wales-tar éis é féin a nochtadh go deireanach," a dúirt an tUasal Jaggers, "beidh tú comprehend, Pip, cé chomh docht le linn mo chumarsáid leat, chloígh mé i gcónaí leis an líne dian na fírinne. Ní raibh an t-imeacht is lú riamh ón líne dhocht fíricí. Tá tú ar an eolas go maith faoi sin?

"Go leor, a dhuine uasail."

"Chuir mé in iúl do Magwitch—i New South Wales—nuair a scríobh sé chugam den chéad uair—ó New South Wales—an rabhadh nár cheart dó a bheith ag súil go n-imeoidh mé riamh ón líne dhocht fíricí. Chuir mé rabhadh eile in iúl dó freisin. Chonacthas dom go raibh leid gháirsiúil aige ina litir ag smaoineamh éigin i bhfad i gcéin go bhfaca sé thú i Sasana anseo. Thug mé rabhadh dó nach mór dom a thuilleadh de sin a chloisteáil; nach raibh seans ar bith aige pardún a fháil; gur díbríodh é ar feadh téarma a shaoil nádúrtha; agus gur gníomh feileonachta a bheadh ann é féin a chur i láthair sa tír seo, rud a d'fhágfadh go ndlífí pionós mór an dlí a ghearradh air. Thug mé an rabhadh sin do Magwitch," a dúirt an tUasal Jaggers, ag féachaint go crua orm; "Scríobh mé é chuig New South Wales. Threoraigh sé é féin leis, gan amhras.

"Gan dabht," arsa mise.

"Chuir Wemmick in iúl dom," a lean an tUasal Jaggers, fós ag féachaint go crua orm, "go bhfuair sé litir, faoi dháta Portsmouth, ó choilíneoir d'ainm Purvis, nó-"

"Nó Provis," a mhol mé.

"Nó Provis-go raibh maith agat, Pip. B'fhéidir gurb é Provis é? B'fhéidir go bhfuil a fhios agat gur Provis é?

"Tá," arsa mise.

"Tá a fhios agat go bhfuil sé Provis. Litir, faoi dháta Portsmouth, ó choilíneoir d'ainm Provis, ag iarraidh sonraí do sheoladh, thar ceann Magwitch. Wemmick sent him the particulars, tuigim, trí fhilleadh ar an bpost. Is dócha gur trí Provis a fuair tú an míniú ar Magwitch-i New South Wales?

"Tháinig sé trí Provis," a d'fhreagair mé.

"Lá maith, Pip," a dúirt an tUasal Jaggers, ag tairiscint a lámh; "Sásta go bhfaca tú. Agus é ag scríobh tríd an bpost chuig Magwitch—i New South Wales—nó le linn cumarsáid a dhéanamh leis trí Provis, bíodh sé de mhaitheas agat a lua go seolfar sonraí agus dearbháin ár gcuntas fada chugat, mar aon leis an gcothromaíocht; tá cothromaíocht fós ann. Dea-lá, Pip!

Chroith muid lámha, agus d'fhéach sé go crua orm chomh fada agus a d'fhéadfadh sé mé a fheiceáil. Chas mé ag an doras, agus bhí sé fós ag féachaint go crua orm, agus an chuma ar an dá vile casts ar an tseilf a bheith ag iarraidh a fháil ar a n-eyelids oscailte, agus a bhfeidhm as a scornach swollen, "O, cad fear go bhfuil sé!"

Bhí Wemmick amuigh, agus cé go raibh sé ag a dheasc ní fhéadfadh sé aon rud a dhéanamh domsa. Chuaigh mé díreach ar ais go dtí an Teampall, áit a bhfuair mé an Provis uafásach ag ól rum agus uisce agus caitheamh tobac negro-ceann, go sábháilte.

An lá dár gcionn tháinig na héadaí a d'ordaigh mé go léir abhaile, agus chuir sé ar aghaidh iad. Cibé rud a chuir sé air, ba lú é (ba chuma liomsa) ná an méid a bhí caite aige roimhe sin. Le mo bharúil, bhí rud éigin ann a d'fhág go raibh sé gan dóchas iarracht a dhéanamh é a cheilt. Dá mhéad a chóirigh mé é agus dá fheabhas a ghléas mé é, is ea is mó a d'fhéach sé cosúil leis an teifeach slouching ar na riasca. Bhí an éifeacht seo ar mo mhaisiúil imníoch inchurtha go páirteach, gan amhras, ar a aghaidh d'aois agus ar a bhealach ag fás níos mó eolas dom; ach creidim freisin gur tharraing sé ceann dá chosa amhail is dá mbeadh meáchan iarainn fós air, agus go raibh Daoránach i ngrán an fhir ó cheann go cos.

Bhí tionchair a shaol solitary air seachas, agus thug sé aer savage dó nach bhféadfadh aon gúna tame; leis seo bhí tionchair a shaoil brandáilte ina dhiaidh sin i measc na bhfear, agus, ag corónú go léir, a chonaic go raibh sé dodging agus i bhfolach anois. I ngach a bhealach chun suí agus seasamh, agus ag ithe agus ag ól,—de brooding faoi i stíl drogallach ard-ghualainn,—a thógáil amach a jackknife adharc-láimhseáil mór agus wiping sé ar a chosa agus a ghearradh ar a chuid bia,—de ardú spéaclaí solais agus cupáin a liopaí, amhail is dá mba pannikins clumsy,—de chopping ding as a chuid aráin, agus soaking suas leis na blúirí deireanacha de bhabhta gravy agus bhabhta a phláta, amhail is dá mba a dhéanamh ar an chuid is mó de liúntas, agus ansin a thriomú a mhéar-foircinn ar sé, agus ansin shlogtar é,—ar na bealaí seo agus míle cásanna beag nameless eile a eascraíonn gach nóiméad sa lá, bhí Príosúnach, Felon, Bondsman, chomh soiléir agus a d'fhéadfadh a bheith.

Ba é a smaoineamh féin an teagmháil sin púdair a chaitheamh, agus bhí an púdar conced agam tar éis na shorts a shárú. Ach is féidir liom a chur i gcomparáid leis an éifeacht é, nuair ar, le rud ar bith ach an éifeacht is dócha rouge ar na mairbh; Mar sin, bhí uafásach ar an mbealach ina raibh gach rud i dó go raibh sé is inmhianaithe a repress, thosaigh tríd an ciseal tanaí de pretence, agus an chuma a thagann blazing amach ag an chorón a cheann. Tréigeadh é chomh luath agus a thriailtear é, agus chaith sé a chuid gruaige grizzled gearrtha gearr.

Ní féidir le focail a rá cén chiall a bhí agam, ag an am céanna, den rúndiamhair uafásach a bhí aige dom. Nuair a thit sé ina chodladh tráthnóna, lena lámha snaidhmthe clenching an taobh an éasca-chathaoirleach, agus a cheann maol tattooed le wrinkles domhain ag titim ar aghaidh ar a chíche, Ba mhaith liom suí agus breathnú air, wondering cad a bhí déanta aige, agus luchtú dó leis na coireanna go léir sa Fhéilire, go dtí go raibh an impulse cumhachtach ar dom chun tús a chur suas agus eitilt uaidh. Gach uair an chloig mar sin mhéadaigh mo abhorrence air, go sílim fiú go mb'fhéidir gur ghéill mé don impulse seo sa chéad agonies de bheith chomh haunted, d'ainneoin gach a rinne sé dom agus an riosca a rith sé, ach le haghaidh an t-eolas go gcaithfidh Herbert teacht ar ais go luath. Uair amháin, thosaigh mé amach as an leaba san oíche, agus thosaigh mé ag gléasadh mé féin i mo chuid éadaí is measa, agus é ar intinn agam é a fhágáil ansin le gach rud eile a bhí agam, agus liostáil don India mar shaighdiúir príobháideach.

Tá amhras orm an bhféadfadh taibhse a bheith níos uafásaí dom, suas sna seomraí uaigneacha sin tráthnóna fada agus oícheanta fada, agus an ghaoth agus an bháisteach ag réabadh i gcónaí. Ní fhéadfaí taibhse a thógáil agus a chrochadh ar mo chuntas, agus ní raibh an chomaoin a d'fhéadfadh sé a bheith, agus an dread go mbeadh sé, aon bhreis beag ar mo uafáis. Nuair nach raibh sé ina chodladh, nó ag imirt cineál casta Foighne le paca cártaí dá chuid féin,—cluiche nach bhfaca mé riamh roimhe ná ó shin, agus inar thaifead sé a bhuaiteoirí trína jackknife a ghreamú isteach sa tábla,—nuair nach raibh sé ag gabháil do cheachtar de na caitheamh aimsire seo, d'iarrfadh sé orm léamh dó,— "Teanga iasachta, a bhuachaill dhil!" Cé gur chomhlíon mé, ní thuigfeadh sé focal amháin, go seasfadh sé os comhair na tine ag déanamh suirbhé orm le haer Taispeántóir, agus d'fheicfinn é, idir mhéara na láimhe lenar scáthaigh mé m'aghaidh, ag impí ar an troscán fógra a thabhairt faoi mo chumas. An mac léinn samhailteach a bhí á shaothrú ag an créatúr misshapen a bhí déanta aige impiously, ní raibh níos mó wretched ná mé, shaothrú ag an créatúr a rinne mé, agus recoiling uaidh le repulsion níos láidre, an níos mó admired sé dom agus an fonder a bhí sé de dom.

Tá sé seo scríofa de, tá mé ciallmhar, amhail is dá mba mhair sé bliain. Mhair sé thart ar chúig lá. Ag súil le Herbert an t-am ar fad, ní leomh mé dul amach, ach amháin nuair a ghlac mé Provis le haghaidh aerála tar éis dorcha. Ar a fhad, tráthnóna amháin nuair a bhí an dinnéar thart agus thit mé isteach i slumber caite go leor amach,—do bhí mo chuid oícheanta agitated agus mo chuid eile briste ag aisling fearful,—Bhí mé roused ag an footstep fáilte ar an staighre. Provis, a bhí ina chodladh freisin, staggered suas ag an torann a rinne mé, agus ar an toirt chonaic mé a jackknife shining ina láimh.

"Ciúin! Herbert atá ann! Dúirt mé; agus tháinig Herbert ag pléascadh isteach, agus úire sé chéad míle ón bhFrainc air.

"Handel, mo chomrádaí daor, conas atá tú, agus arís conas atá tú, agus arís conas atá tú? Is cosúil go raibh mé imithe dhá mhí dhéag! Cén fáth, mar sin caithfidh mé a bheith, mar tá tú tar éis fás go leor tanaí agus pale! Handel, mo-Halloa! Impím ar do phardún.

Stopadh é agus é ag rith ar aghaidh agus ina lámha cromtha liom, trí Provis a fheiceáil. Bhí Provis, maidir leis le haird sheasta, ag cur suas a jackknife go mall, agus groping i bpóca eile le haghaidh rud éigin eile.

"Herbert, mo chara daor," a dúirt mé, shutting na doirse dúbailte, agus Herbert sheas stánadh agus wondering, "tá rud éigin an-aisteach a tharla. Is é seo—cuairteoir de mo chuid."

"Tá sé ceart go leor, a bhuachaill daor!" A dúirt Provis ag teacht ar aghaidh, lena leabhar beag dubh clasped, agus ansin é féin a sheoladh chuig Herbert. "Tóg i do lámh dheas é. A Thiarna stailc tú marbh ar an láthair, má scoilt tú riamh ar bhealach ar bith sumever! Póg é!

"Déan amhlaidh, mar is mian leis é," a dúirt mé le Herbert. Mar sin, Herbert, ag féachaint orm le míshuaimhneas cairdiúil agus iontas, comhlíonta, agus Provis lámha a chroitheadh láithreach leis, dúirt sé, "Anois tá tú ar do mhionn, tá a fhios agat. Agus ná creid mise ar mo shonsa, mura ndéanfadh Pip fear uasal ort!

Caibidil XLI.

I vain ba chóir dom iarracht chun cur síos ar an astonishment agus disquiet herbert, nuair a shuigh sé féin agus mé féin agus Provis síos roimh an tine, agus d'inis mé an t-iomlán an rún. Go leor, go bhfaca mé mo mhothúcháin féin le feiceáil in aghaidh Herbert, agus go háirithe ina measc, mo repugnance i dtreo an fear a rinne an oiread sin dom.

An rud a bheadh ina aonar a leag deighilt idir an fear sin agus muidne, mura mbeadh aon imthoisc roinnte eile ann, ba é an bua a bhí aige i mo scéal. Shábháil a chiall troublesome a bheith "íseal" ar ócáid amháin ó d'fhill sé,-ar an bpointe a thosaigh sé a shealbhú amach go Herbert, an nóiméad a bhí críochnaithe mo revelation,-bhí sé aon tuiscint ar an bhféidearthacht mo aimsiú aon locht le mo dea-fhortún. A mhaíomh go ndearna sé fear uasal dom, agus gur tháinig sé chun mé a fheiceáil ag tacú leis an gcarachtar ar a chuid acmhainní cuimsithí, rinneadh dom an oiread agus is dó féin. Agus go raibh sé ina boast an-agreeable don bheirt againn, agus go gcaithfidh muid araon a bheith an-bhródúil as é, bhí conclúid bunaithe go leor ina intinn féin.

"Cé, féach'ee anseo, comrádaí Pip," a dúirt sé le Herbert, tar éis dó dioscúrsa a dhéanamh le tamall, "Tá a fhios agam go han-mhaith go bhfuil uair amháin ó tháinig mé ar ais-ar feadh leath nóiméad-Tá mé íseal. Dúirt mé le Pip, bhí a fhios agam mar a bhí mé íseal. Ach ná fret tú féin ar an scór. Ní dhearna mé Pip fear uasal, agus Pip ain't a-going to make you a gentleman, not fur me not to know what's due to ye both. Buachaill a chara, agus comrádaí Pip, is féidir leat beirt brath orm i gcónaí a bhfuil muzzle genteel ar. Muzzled Tá mé ó leath nóiméad nuair a bhí mé betrayed isteach lowness, muzzled tá mé ag an am i láthair, muzzled beidh mé riamh a bheith. "

Dúirt Herbert, "Cinnte," ach d'fhéach sé amhail is nach raibh aon sólás ar leith ann, agus d'fhan sé cráite agus díomách. Bhí muid imníoch faoin am a rachadh sé go dtí a lóistín agus d'fhágfadh sé le chéile muid, ach ba léir go raibh éad air muid a fhágáil le chéile, agus shuigh sé go déanach. Bhí sé meán oíche sular thug mé thart é go Sráid Essex, agus chonaic mé é go sábháilte isteach ag a dhoras dorcha féin. Nuair a dhún sé air, chonaic mé an chéad nóiméad faoisimh a bhí ar eolas agam ó oíche a theachta.

Riamh saor go leor ó chuimhne uneasy ar an fear ar an staighre, bhí mé d'fhéach sé i gcónaí mar gheall orm ag cur mo aoi amach tar éis dorcha, agus i thabhairt dó ar ais; agus d'fhéach mé fúm anois. Deacair mar go bhfuil sé i gcathair mhór an t-amhras a sheachaint go bhfuiltear ag faire air, nuair a bhíonn an intinn feasach ar chontúirt ina leith sin, ní fhéadfainn a chur ina luí orm féin go raibh cúram ar aon duine de na daoine laistigh de mo ghluaiseachtaí. Rith an cúpla duine a bhí ag dul thar bráid ar a mbealaí éagsúla, agus bhí an tsráid folamh nuair a chas mé ar ais isteach sa Teampall. Nobody had come out at the gate with us, ní dheachaigh aon duine isteach ag an ngeata liom. Agus mé ag trasnú an tobair, chonaic mé a fhuinneoga ar ais éadrom ag breathnú geal agus ciúin, agus, nuair a sheas mé ar feadh cúpla nóiméad i ndoras an fhoirgnimh ina raibh cónaí orm, sula ndeachaigh mé suas an staighre, bhí Cúirt an Ghairdín chomh fóill agus gan saol agus a bhí an staighre nuair a chuaigh mé suas é.

Fuair Herbert airm oscailte dom, agus níor mhothaigh mé riamh roimhe sin go beannaithe cad é cara a bheith agam. Nuair a labhair sé roinnt focal fuaime comhbhróin agus misnigh, shuigh muid síos chun machnamh a dhéanamh ar an gceist, Cad a bhí le déanamh?

An chathaoir a bhí áitithe ag Provis fós san áit ar sheas sé,—óir bhí bealach beairice aige leis ag crochadh thart ar aon láthair amháin, ar bhealach míshocair amháin, agus ag dul trí bhabhta amháin observances lena phíopa agus a cheann negro agus a jackknife agus a phaca cártaí, agus cad nach raibh, amhail is dá mba rud é go léir a chur síos dó ar scláta,— Deirim go raibh a chathaoir fágtha san áit ar sheas sé, thóg Herbert go neamh-chomhfhiosach é, ach an chéad nóiméad eile thosaigh sé amach as, bhrúigh sé ar shiúl é, agus thóg sé ceann eile. Ní raibh aon ócáid le rá aige ina dhiaidh sin gur cheap sé aversion do mo phátrún, ní raibh deis agam mo chuid féin a admháil. D'athraigh muid an mhuinín sin gan siolla a mhúnlú.

"Cad é," arsa mise le Herbert, nuair a bhí sé sábháilte i gcathaoir eile,—"cad atá le déanamh?"

"Mo Handel daor bocht," d'fhreagair sé, a bhfuil a cheann, "Tá mé ró-stunned chun smaoineamh."

"Mar sin a bhí mé, Herbert, nuair a thit an buille ar dtús. Fós féin, caithfear rud éigin a dhéanamh. Tá sé intinn ar chostais nua éagsúla,-capaill, agus carráistí, agus láithrithe lavish de gach cineál. Caithfear stop a chur leis ar bhealach."

"Ciallaíonn tú nach féidir leat glacadh leis—"

"Conas is féidir liom?" Interposed mé, mar a shos Herbert. "Smaoinigh air! Féach air!

Chuaigh cúthail neamhdheonach thar an mbeirt againn.

"Ach tá eagla orm go bhfuil an fhírinne uafásach, Herbert, go bhfuil sé ceangailte liom, ceangailte go láidir liom. An raibh a leithéid de chinniúint ann riamh!

"Mo Handel daor bocht," a dúirt Herbert arís agus arís eile.

"Ansin," arsa mise, "tar éis an tsaoil, ag stopadh go gairid anseo, gan pingin eile a thógáil uaidh, smaoinigh ar an méid atá dlite agam dó cheana féin! Ansin arís: Tá mé go mór i bhfiacha, - go mór mór dom, nach bhfuil aon súil leis anois, - agus tá mé bréan gan aon ghlaoch, agus tá mé oiriúnach do rud ar bith. "

"Bhuel, bhuel, bhuel!" Herbert remonstrated. "Ná habair oiriúnach do rud ar bith."

"Cad chuige a n-oirfidh mé? Níl a fhios agam ach rud amháin go bhfuil mé oiriúnach do, agus is é sin, dul le haghaidh saighdiúir. Agus b'fhéidir go bhfuil mé imithe, mo Herbert daor, ach le haghaidh an ionchas abhcóide a ghlacadh le do chairdeas agus gean. "

Ar ndóigh bhris mé síos ansin: agus ar ndóigh Herbert, thar greim te a fháil ar mo lámh, lig sé orm féin nach raibh a fhios aige.

"Anyhow, my dear Handel," a dúirt sé faoi láthair, "ní dhéanfaidh saighdiúireacht. Dá mbeifeá chun an phátrúnacht seo agus na fabhar seo a thréigean, is dócha go ndéanfá amhlaidh le dóchas faint lá amháin ag aisíoc an méid a bhí agat cheana féin. Níl sé an-láidir, an dóchas sin, má chuaigh tú ag saighdiúireacht! Thairis sin, tá sé áiféiseach. B'fhearr duit gan teorainn i dteach Clarriker, beag mar atá sé. Táim ag obair i dtreo comhpháirtíochta, tá a fhios agat.

Fear bocht! Is beag amhras a bhí air faoina chuid airgid.

"Ach tá ceist eile ann," arsa Herbert. "Is fear aineolach, diongbháilte é seo, a raibh smaoineamh seasta amháin aige le fada. Níos mó ná sin, feictear dom (is féidir liom misjudge air) a bheith ina fhear de charachtar éadóchasach agus fíochmhar. "

"Tá a fhios agam go bhfuil sé," a d'fhill mé. "Lig dom a insint duit cén fhianaise atá feicthe agam de." Agus d'inis mé dó cad nach raibh luaite agam i mo scéal, ar an teagmháil sin leis an daoránach eile.

"Féach, ansin," arsa Herbert; "Smaoinigh air seo! He comes here at the peril of his life, tagann sé anseo ar mhaithe lena smaoineamh seasta a chur i gcrích. I láthair na huaire a réadú, tar éis go léir a toil agus ag fanacht, gearrtha tú an talamh ó faoi a chosa, scrios a smaoineamh, agus a dhéanamh ar a ghnóthachain worthless dó. An bhfeiceann tú aon rud a d'fhéadfadh sé a dhéanamh, faoin díomá?

"Chonaic mé é, Herbert, agus shamhlaigh sé é, ó shin i leith oíche mharfach a theacht. Ní raibh aon rud i mo chuid smaointe chomh soiléir agus a chuir sé é féin sa bhealach ar a bheith tógtha."

"Ansin is féidir leat brath air," arsa Herbert, "go mbeadh baol mór ann go ndéanfadh sé é. Is é sin a chumhacht thar tú chomh fada agus a fhanann sé i Sasana, agus bheadh sé sin a chúrsa meargánta má forsook tú air."

Bhí mé chomh buailte ag uafás an smaoinimh seo, a bhí meáite orm ón gcéad cheann, agus chuirfeadh an obair as a riocht mé féin, de chineál éigin, mar dhúnmharfóir, nach raibh mé in ann scíth a ligean i mo chathaoir, ach thosaigh mé ag pacing agus fro. Dúirt mé le Herbert, idir an dá linn, fiú dá n-aithneofaí agus dá dtógfaí Provis, in ainneoin é féin, gur cheart dom a bheith buartha mar chúis, áfach. Tá; cé go raibh mé chomh buartha sin go raibh sé i gcoitinne agus in aice liom, agus cé go mb'fhearr liom i bhfad a bheith ag obair ar an cheárta gach lá de mo shaol ná mar a thiocfainn riamh air seo!

Ach ní raibh aon staving as an gceist, Cad a bhí le déanamh?

"An chéad rud agus an rud is mó atá le déanamh," arsa Herbert, "ná é a thabhairt amach as Sasana. Beidh ort dul leis, agus ansin d'fhéadfadh sé a bheith spreagtha chun dul."

"Ach é a fháil nuair a bheidh mé, an bhféadfainn cosc a chur ar a theacht ar ais?"

"Mo Handel maith, nach bhfuil sé soiléir go gcaithfidh i bhfad níos mó guaise a bheith i do bhriseadh d'intinn dó agus é a dhéanamh meargánta, anseo, ná in aon áit eile? Dá bhféadfaí leithscéal a fháil uaidh as an gciontóir eile sin, nó as aon rud eile ina shaol, anois."

"Tá, arís!" A dúirt mé, stopadh roimh Herbert, le mo lámha oscailte ar siúl amach, amhail is dá mbeadh siad an éadóchas an cháis. "Níl a fhios agam rud ar bith dá shaol. Is beag nár chuir sé as mo mheabhair mé suí anseo d'oíche agus é a fheiceáil romham, agus mar sin ceangailte suas le mo chuid foinn agus mí-ádh, agus fós anaithnid dom, ach amháin mar an wretch olc a terrified dom dhá lá i mo óige!"

D'éirigh Herbert, agus cheangail sé a lámh i mianach, agus shiúil muid go mall agus fro le chéile, ag déanamh staidéir ar an cairpéad.

"Handel," arsa Herbert, ag stopadh, "braitheann tú cinnte nach féidir leat aon tairbhe bhreise a bhaint as; an bhfuil tú?"

"Go hiomlán. Is cinnte go mbeifeá, freisin, dá mbeifeá i m'áit?

"Agus braitheann tú cinnte go gcaithfidh tú briseadh leis?"

"Herbert, an féidir leat ceist a chur orm?"

"Agus tá tú, agus tá siad faoi cheangal a bheith acu, go tenderness don saol tá sé i mbaol ar do chuntas, go gcaithfidh tú a shábháil air, más féidir, ó chaitheamh sé ar shiúl. Ansin caithfidh tú é a fháil amach as Sasana sula gcuireann tú méar ort féin a dhíbirt. Sin déanta, extricate féin, in ainm na bhFlaitheas, agus beidh muid é a fheiceáil amach le chéile, daor buachaill d'aois. "

Sólás a bhí ann lámha a chroitheadh air, agus siúl suas agus síos arís, gan ach sin déanta.

"Anois, a Herbert," arsa mise, "agus mé ag tagairt d'eolas éigin a fháil ar a stair. Níl ach bealach amháin go bhfuil a fhios agam. Caithfidh mé pointe bán a iarraidh air.

"Tá. Fiafraigh de," arsa Herbert, "nuair a shuíonn muid ag an mbricfeasta ar maidin." Ocus adubairt sé, iar n-dol d'fágbáil Herbert, go t-tiocfadh sé chun bricfeasta linn.

Leis an tionscadal seo déanta, chuaigh muid a chodladh. Bhí na brionglóidí is fiáine agam ina thaobh, agus dhúisigh mé gan staonadh; Dhúisigh mé, freisin, chun an eagla a bhí caillte agam san oíche a aisghabháil, go bhfuarthas amach é mar iompar ar ais. Ag dúiseacht, níor chaill mé an eagla sin riamh.

Tháinig sé thart ag an am ceaptha, thóg sé amach a jackknife, agus shuigh síos go dtí a bhéile. Bhí sé lán de phleananna "for his gentleman's coming out strong, and like a gentleman," agus d'áitigh sé orm tosú go gasta ar an leabhar póca a d'fhág sé i mo sheilbh. Mheas sé na seomraí agus a thaisceadh féin mar áiteanna cónaithe sealadacha, agus chomhairligh sé dom breathnú amach ag an am céanna le haghaidh "crib faiseanta" in aice le Hyde Park, ina bhféadfadh sé "croitheadh síos." Nuair a bhí deireadh a bhricfeasta déanta aige, agus nuair a bhí sé ag cuimilt a scian ar a chos, dúirt mé leis, gan focal réamhrá,—

"Tar éis duit a bheith imithe aréir, dúirt mé le mo chara faoin streachailt go bhfuair na saighdiúirí tú ag gabháil do na riasca, nuair a tháinig muid suas. An cuimhin leat?

"Cuimhnigh!" ar seisean. "Sílim go bhfuil!"

"Ba mhaith linn rud éigin a fháil amach faoin bhfear sin—agus fútsa. Tá sé aisteach nach bhfuil a fhios agam níos mó faoi cheachtar, agus go háirithe tú, ná mar a bhí mé in ann a rá aréir. Nach bhfuil sé seo chomh maith le ham eile le haghaidh ár n-eolas níos mó? "

"Bhuel!" A dúirt sé, tar éis breithniú. "Tá tú ar do mhionn, tá a fhios agat, comrádaí Pip?"

"Cinnte," a d'fhreagair Herbert.

"Maidir le rud ar bith a deirim, tá a fhios agat," a d'áitigh sé. "Baineann an mionn le cách."

"Tuigim é sin a dhéanamh."

"Agus féach'ee anseo! Is mairg a rinne mé ná oibriú amach agus íoc as," a d'áitigh sé arís.

"Mar sin é."

Thóg sé amach a phíopa dubh agus bhí sé chun é a líonadh le negro-ceann, nuair, ag féachaint ar an tangle tobac ina láimh, dhealraigh sé a cheapann go bhféadfadh sé perplex an snáithe a insint. Chuir sé ar ais arís é, ghreamaigh sé a phíopa i bpoll cnaipe dá chóta, scaip lámh ar gach glúin, agus tar éis dó súil feargach a chasadh ar an tine ar feadh cúpla nóiméad ciúin, d'fhéach sé thart orainn agus dúirt sé cad a leanas.

Caibidil XLII.

"Buachaill a chara agus comrádaí Pip. Níl fionnadh orm mo shaol a insint duit mar amhrán, nó mar scéal-leabhar. Ach chun é a thabhairt duit gearr agus áisiúil, cuirfidh mé i mbéal an Bhéarla é ag an am céanna. I bpríosún agus as príosún, i bpríosún agus as príosún, i bpríosún agus as príosún. Tá, tá sé agat. Sin é *mo* shaol go leor, síos go dtí cibé amanna a fuair mé shipped amach, sheas Arter Pip mo chara.

"Tá gach rud déanta agam, go maith—ach amháin crochta. Tá mé faoi ghlas suas an oiread agus is tae-kittle airgid. Tá mé carted anseo agus carted ann, agus a chur amach as an mbaile seo, agus a chur amach as an mbaile sin, agus bhfostú sna stoic, agus whipped agus buartha agus thiomáin. Níl mé níos mó nóisean nuair a rugadh mé ná mar atá agat-má tá an oiread sin. Bím ar an eolas mé féin ar dtús in Essex, tornapaí gadaíochta do mo bheo. Rith Summun uaim—fear—tincéir—agus thóg sé an tine leis, agus d'fhág sé fuar fiailí orm.

"Tá a fhios agam gur Magwitch m'ainm, chrisen'd Abel. Cén chaoi a raibh a fhios agam é? Mórán mar is eol dom ainmneacha na n-éan sna fálta a bheith chaffinch, sparrer, smólach. B'fhéidir gur shíl mé go raibh sé ar fad bréaga le chéile, ach amháin de réir mar a thagann ainmneacha na n-éan amach fíor, cheap mé go ndearna mé.

"Chomh fionn agus a d'fhéadfainn a fháil, níl rabhadh ann d'anam a fheiceann Abel Magwitch óg, gan mórán againn air mar atá ann, ach ghabh wot eagla air, agus thiomáin sé as, nó thóg sé suas é. I was took up, took up, took up, sa mhéid is go raibh mé reg'larly grow'd up took up.

"Is é seo an bealach a bhí sé, go nuair a bhí mé creetur beag ragged an oiread a bheith pitied mar a chonaic mé riamh (ní gur fhéach mé sa ghloine, le haghaidh rabhadh go leor taobh istigh de thithe ar fáil ar eolas dom), fuair mé an t-ainm a bheith cruaite. ' Is uafásach an cruaite é seo,' a deir siad le wisitors príosúin, ag piocadh amach dom. 'D'fhéadfaí a rá go bhfuil cónaí air i ngéibheann, an buachaill seo.' Ansin d'fhéach siad orm, agus d'fhéach mé orthu, agus thomhais siad mo cheann, cuid acu ar 'em,-bhí siad níos fearr mo bholg tomhaiste,-agus daoine eile ar 'em giv me tracts what I couldn't read, and made me speeches what I couldn't understand. Chuaigh siad ar agen dom i gcónaí mar gheall ar an Diabhal. Ach cad é an Diabhal a bhí le déanamh agam? Caithfidh mé rud éigin a chur isteach i mo bholg, ní mór dom?-Howsomever, tá mé ag éirí íseal, agus tá a fhios agam cad atá dlite. Buachaill a chara agus comrádaí Pip, nach bhfuil tú afeerd de dom a bheith íseal.

"Tramping, begging, thieving, ag obair uaireanta nuair a d'fhéadfainn,-cé nach rabhadh chomh minic agus is féidir leat smaoineamh, till chuir tú an cheist an mbeadh tú ha' bhí ró-réidh a thabhairt dom obair díbh féin,-le beagán de poacher, le beagán de labourer, le beagán de wagoner, le beagán de haymaker, le beagán de hawker, beagán de na rudaí is mó nach n-íocann agus a mbíonn trioblóid mar thoradh orthu, fuair mé a bheith i mo fhear. Saighdiúir tréigthe i Sos an Lucht Siúil, an rud a chuir i bhfolach go dtí an smig faoi go leor taturs, d'fhoghlaim sé mé le léamh; agus Fathach taistil a shínigh a ainm ar phingin ag an am a d'fhoghlaim mé le scríobh. Ní thugaim rabhadh faoi ghlas chomh minic anois is a bhíodh, ach chaith mé amach mo sciar maith d'eochair-mhiotal fós.

"Ag rásaí Epsom, ábhar os cionn fiche bliain ó shin, fuair mé acquainted wi 'fear a bhfuil a cloigeann ba mhaith liom crack wi' an poker, cosúil leis an claw de gliomach, más rud é gur mhaith liom é a fuair sé ar an hob. Compeyson an t-ainm ceart a bhí air; agus sin é an fear, a bhuachaill dhil, an rud a fheiceann tú mé ag bualadh sa díog, de réir an méid a dúirt tú go fírinneach le d'artaire comrádaí a bhí mé imithe aréir.

"Chuir sé fear uasal ar bun, an Compeyson seo, agus bhí sé ar scoil chónaithe phoiblí agus bhí sé ag foghlaim. Bhí sé ina cheann réidh chun labhairt, agus bhí sé ina dab ar na bealaí na gentlefolks. Bhí cuma na maitheasa air freisin. Bhí sé an oíche roimh an rás mór, nuair a fuair mé air ar an heath, i mbothán go bhfuil a fhios agam ar. Eisean agus roinnt eile a bhí ina shuí i measc na mbord nuair a chuaigh mé isteach, agus ghlaoigh an tiarna talún (a raibh eolas aige orm, agus a bhí ina cheann spóirt) air, agus dúirt sé, 'Sílim gur fear é seo a d'oirfeadh duit," — rud a chiallaíonn go raibh mé.

"Compeyson, féachann sé orm an-noticing, agus táim ag féachaint air. Tá uaireadóir agus slabhra agus fáinne agus biorán cíche agus culaith dathúil éadaí aige.

"'To judge from appearances, you're out of luck,' a deir Compeyson liom.

"'Sea, a mháistir, agus ní raibh mé riamh ann i bhfad.' (Tháinig mé amach as Príosún Kingston go deireanach ar chimiú vagrancy. Ní ach cad a d'fhéadfadh sé a bheith le haghaidh rud éigin eile; ach ní thugann sé rabhadh.)

"'Athraíonn an t-ádh,' a deir Compeyson; ' b'fhéidir go bhfuil mise chun athrú.'

"Deirim, 'Tá súil agam go bhféadfadh sé a bheith amhlaidh. Tá seomra ann.'

"Cad is féidir leat a dhéanamh?' arsa Compeyson.

"'Ith agus ól,' a deir mé; ' má gheobhaidh tú na hábhair.'

"Rinne Compeyson gáire, d'fhéach sé orm arís an-noticing, giv dom cúig scilling, agus cheap mé don oíche seo chugainn. An áit chéanna.

"Chuaigh mé go Compeyson an oíche dár gcionn, an áit chéanna, agus thóg Compeyson orm a bheith ina fhear agus ina phardún. Agus cén gnó a bhí ag Compeyson ina raibh muid le dul pardners? Ba é gnó Compeyson an caimiléireacht, an brionnú lámhscríbhneoireachta, an nóta bainc goidte, agus a leithéid. Gach cineál gaistí mar a d'fhéadfadh Compeyson a leagan lena cheann, agus a chosa féin a choinneáil amach as agus na brabúis a fháil ó agus ligean d'fhear eile isteach, ba é gnó Compeyson é. Ní mó croí ná comhad iarainn a bhí ann, bhí sé chomh fuar leis an mbás, agus bhí ceann an Diabhail thuasluaite aige.

"Bhí ceann eile ann le Compeyson, mar a thugtaí ar Arthur,—ní mar chrisen'd, ach mar shloinne. Bhí sé i Meath, agus bhí scáth le breathnú air. Bhí sé féin agus Compeyson i ndroch-chaoi le bean shaibhir roinnt blianta roimhe sin, agus rinne siad pota airgid leis; ach d'imigh Compeyson agus d'imigh sé, agus rithfeadh sé trí chánacha an rí. Mar sin, bhí Arthur ag fáil bháis, agus bocht ag fáil bháis agus leis na huafáis air, agus bhí trua ag bean Compeyson (a chiceáil Compeyson den chuid is mó) air nuair a d'fhéadfadh sí, agus bhí trua ag Compeyson do rud ar bith agus d'aon duine.

"B'fhéidir gur ghlac mé rabhadh ó Arthur, ach ní raibh mé; agus ní ligfidh mé orm gur partick'ler a bhí ionam—cá raibh 'ud be the good on it, dear boy and comrade? Mar sin, thosaigh mé wi' Compeyson, agus uirlis bhocht a bhí mé ina lámha. Bhí Arthur ina chónaí ag barr theach Compeyson (os cionn nigh Brentford a bhí ann), agus choinnigh Compeyson cuntas cúramach air le dul ar bord agus lóistín, ar fhaitíos go bhfaigheadh sé níos fearr riamh é a oibriú amach. Ach ba ghearr gur shocraigh Arthur an cuntas. An dara nó an tríú huair mar a fheicim riamh é, tagann sé ag stróiceadh síos i bparlús Compeyson go déanach san oíche, gan ach gúna flannel, lena chuid gruaige go léir i allas, agus deir sé le bean Compeyson, 'Sally, tá sí thuas staighre i ndáiríre, anois, agus ní féidir liom fáil réidh léi. Tá sí go léir i bán,' a deir sé, 'wi' bláthanna bána ina cuid gruaige, agus tá sí uafásach as a meabhair, agus tá sí fuair shroud crochta thar a lámh, agus deir sí go mbainfidh sí é a chur orm ag a cúig ar maidin.'

"Deir Compeyson: 'Cén fáth, amadán tú, nach bhfuil a fhios agat go bhfuil corp beo aici? Agus cén chaoi ar chóir di a bheith suas ansin, gan teacht tríd an doras, nó isteach ag an bhfuinneog, agus suas an staighre?'

"'Níl a fhios agam cén chaoi a bhfuil sí ann,' a deir Arthur, agus í ag glioscarnach leis na huafáis, 'ach tá sí ina seasamh sa chúinne ag bun na leapa, uafásach as a meabhair. Agus thall san áit ar bhris a croí—*bhris tú* é!—tá braon fola ann.'

"Labhair Compeyson hardy, ach bhí sé i gcónaí ina coward. ' Téigh suas alonger an fear tinn drivelling,' a deir sé lena bhean chéile, 'agus Magwitch, ar iasacht di lámh, beidh tú?' Ach níor tháinig sé nigh féin riamh.

"Bean chéile Compeyson agus mise a thóg sé suas a chodladh agen, agus raved sé an chuid is mó dreadful. ' Cén fáth breathnú uirthi!' cries sé amach. 'Tá sí ag croitheadh an tsúgáin orm! Nach bhfeiceann tú í? Féach ar a súile! Nach uafásach an rud é í a fheiceáil chomh buile sin?' Ansin cries sé, 'Beidh sí é a chur ar dom, agus ansin tá mé ag déanamh le haghaidh! Tóg uaithi é, tóg uaithi é!' Agus ansin rug sé greim orainn, agus kep ar caint léi, agus ag freagairt di, go dtí gur chreid mé leath go bhfeicim í féin.

"Bean chéile Compeyson, á úsáid dó, giv dó roinnt deoch a fháil ar an horrors amach, agus ag agus ag quieted sé. ' O, tá sí imithe! An raibh a coimeádaí ar a son?' a deir sé. 'Sea,' a deir bean Compeyson. 'An ndúirt tú leis í a ghlasáil agus í a bheáráil isteach?' 'Tá.' 'Agus an rud gránna sin a thógáil uaithi?' 'Sea, sea, ceart go leor.' 'Is creetur maith thú,' a deir sé, 'ná fág mise, cibé rud a dhéanann tú, agus go raibh maith agat!'

"Rested sé ciúin go leor till d'fhéadfadh sé ag iarraidh cúpla nóiméad de chúig, agus ansin tosaíonn sé suas le scread, agus screams amach, 'Anseo tá sí! Tá sí fuair an shroud arís. Tá sí á nochtadh. Tá sí ag teacht amach as an gcúinne. Tá sí ag teacht go dtí an leaba. Coinnigh orm, an bheirt agaibh—ceann de gach taobh—ná lig di teagmháil a dhéanamh liom leis. Hah! chaill sí mé an t-am sin. Ná lig di é a chaitheamh thar mo ghuaillí. Ná lig di mé a ardú chun é a fháil thart orm. Tá sí ag ardú mé suas. Coinnigh síos mé!' Ansin thóg sé é féin suas go crua, agus bhí sé marbh.

"Thóg Compeyson go héasca é mar mheas maith ar an dá thaobh. Ba ghearr go raibh sé féin agus mise gnóthach, agus ar dtús mhionnaigh sé mé (a bheith riamh artful) ar mo leabhar féin,—an leabhar beag dubh anseo, a bhuachaill dhil, an rud a mhionnaigh mé do chomrádaí.

"Gan dul isteach sna rudaí a bhí beartaithe ag Compeyson, agus rinne mé - a 'ud take a week-I'll simply say to you, dear boy, and Pip's comrade, that man got me into such nets as made me his black slave. Bhí mé i gcónaí i bhfiacha dó, i gcónaí faoina ordóg, i gcónaí ag obair, i gcónaí ag dul i mbaol. Bhí sé níos óige ná mé, ach fuair sé ceird, agus d'éirigh sé ag foghlaim, agus sháraigh sé mé cúig chéad uair a dúradh agus gan trócaire ar bith. Mo Missis mar a bhí mé an t-am crua wi'- Stop cé! Níor thug mé *isteach í*—"

D'fhéach sé mar gheall air ar bhealach mearbhall, amhail is dá mbeadh chaill sé a áit i leabhar a cuimhneacháin; agus chas sé a aghaidh ar an tine, agus scaip a lámha níos leithne ar a ghlúine, agus thóg sé amach iad agus chuir sé ar aghaidh arís iad.

"Ní gá dul isteach ann," a dúirt sé, ag féachaint thart arís. "Bhí an t-am wi' Compeyson a'most as hard a time as ever I had; É sin ráite, a dúirt gach duine. Ar inis mé duit mar a triaileadh mé, i m'aonar, mar gheall ar mhíghníomh, agus mé le Compeyson?

D'fhreagair mé, Uimh.

"Bhuel!" A dúirt sé, "*Bhí mé*, agus fuair ciontaithe. Maidir le hamhras, bhí sé sin dhá uair nó trí huaire sa cheithre nó cúig bliana a mhair sé; ach bhí fianaise ag iarraidh. Faoi dheireadh, bhí mise agus Compeyson araon tiomanta don fheileonacht—ar chúiseamh nótaí goidte a chur i gcúrsaíocht—agus bhí cúisimh eile taobh thiar de. Deir Compeyson liom, 'Cosaintí ar leith, gan aon chumarsáid,' agus b'shin uile. Agus bhí mé chomh dona bocht, gur dhíol mé na héadaí go léir a bhí agam, ach amháin an méid a crochadh ar mo dhroim, thuasluaite d'fhéadfainn Jaggers a fháil.

"Nuair a cuireadh sa duga muid, thug mé faoi deara ar dtús cad a d'fhéach fear uasal Compeyson, wi' a chuid gruaige curly agus a chuid éadaí dubha agus a phóca- handkercher bán, agus cén saghas coitianta de wretch d'fhéach mé. Nuair a d'oscail an t-ionchúiseamh agus nuair a cuireadh an fhianaise gearr, thuasluaite, thug mé faoi deara cé chomh trom is a bhí sé ar fad orm, agus cé chomh héadrom is a bhí sé. Nuair a bhí an fhianaise giv sa bhosca, thug mé faoi deara conas a bhí sé i gcónaí dom a tháinig le haghaidh'ard, agus d'fhéadfaí a mhionnú, conas a bhí sé i gcónaí dom go raibh an t-airgead a íocadh leis, conas a bhí sé i gcónaí dom go raibh an chuma a bheith ag obair ar an rud agus a fháil ar an brabús. Ach nuair a thagann an chosaint ar aghaidh, feicim an plean níos soiléire; óir, adeir an comhairleoir do Compeyson, 'Mo thighearna agus a uaisle, so tá tú thuas, taobh le taobh, beirt mar is féidir le do shúile scaradh leathan; duine, an t-óganach, tugtha suas go maith, a labhróidh leis mar sin; duine, an seanóir, tinn a thabhairt suas, a labhróidh leis mar sin; ceann amháin, an óige, annamh má fheictear riamh sna hidirbhearta anseo, agus gan amhras ach; t'other, an elder, le feiceáil i gcónaí i 'em agus i gcónaí wi' thug a chiontacht abhaile. An féidir leat amhras a bheith ort, má tá ach ceann amháin ann, cé acu an ceann, agus, má tá dhá cheann ann, cé acu an ceann is measa?' Agus a leithéid. Agus nuair a thagann sé chun carachtar, rabhadh a thabhairt dó Compeyson mar a bhí ar an scoil, agus rabhadh a thabhairt dó a schoolfellows mar a bhí sa phost seo agus sa mhéid sin, agus rabhadh a thabhairt dó mar a bhí a fhios ag finnéithe i gclubanna agus cumainn den sórt sin, agus nowt chun a mhíbhuntáiste? Agus rabhadh sé dom mar a bhí iarracht thuasluaite, agus mar a bhí know'd suas cnoc agus síos dale i Bridewells agus Lock-Ups! Agus nuair a thagann sé chun cainte a dhéanamh, rabhadh a thabhairt dó Compeyson mar a d'fhéadfadh labhairt le 'em wi' a aghaidh dropping gach anois agus ansin isteach ina póca-handkercher bán,-ah! agus véarsaí wi ina chuid cainte, freisin,—agus rabhadh a thabhairt dom mar a d'fhéadfadh a rá ach, 'Uaisle, is rascal is luachmhaire é an fear seo ar mo thaobh'? Agus nuair a thagann an fíorasc, rabhadh a thabhairt dó Compeyson mar a moladh trócaire mar gheall ar charachtar maith agus droch-chuideachta, agus a thabhairt suas go léir an t-eolas a d'fhéadfadh sé agen dom, agus rabhadh a thabhairt dom mar a fuair riamh focal ach Ciontach? Agus nuair a deirim le Compeyson, 'Nuair a bheidh mé as an gcúirt seo, bainfidh mé an aghaidh sin díot!' nach é Compeyson é agus é ag guí go gcosnófaí an Breitheamh, agus go bhfaigheann sé dhá chasadh ina sheasamh orainn? Agus nuair a chuirtear pianbhreith orainn, nach bhfuil sé mar a fhaigheann seacht mbliana, agus mise ceithre bliana déag, agus nach bhfuil sé mar go bhfuil an Breitheamh leithscéal as, toisc go bhféadfadh sé a dhéanamh chomh maith, agus nach bhfuil sé dom mar a bhraitheann an Breitheamh a bheith ina chiontóir d'aois de paisean wiolent, is dócha a thagann chun níos measa? "

D'oibrigh sé é féin isteach i riocht spleodrach mór, ach sheiceáil sé é, thóg sé dhá nó trí anáil ghearr, shlogtha chomh minic, agus ag síneadh amach a lámh i dtreo dom dúirt sé, ar bhealach suaimhneasach, "Níl mé ag dul a bheith íseal, buachaill daor!"

Bhí sé chomh téite é féin gur thóg sé amach a ciarsúr agus wiped a aghaidh agus ceann agus muineál agus lámha, sula bhféadfadh sé dul ar aghaidh.

"Dúirt mé le Compeyson gur mhaith liom an aghaidh sin dá chuid a bhriseadh, agus mhionnaigh mé Tiarna bain mianach! chun é a dhéanamh. Bhí muid sa phríosún-long chéanna, ach ní raibh mé in ann a fháil air ar feadh i bhfad, cé go ndearna mé iarracht. Faoi dheireadh tháinig mé i mo dhiaidh agus bhuail mé ar an leiceann é chun é a chasadh thart agus ceann briseadh a fháil air, nuair a chonacthas agus a gabhadh mé. Ní thugann poll dubh na loinge sin rabhadh láidir, do bhreitheamh dúphoill a d'fhéadfadh snámh agus tumadh. D'éalaigh mé go dtí an cladach, agus bhí mé i bhfolach i measc na n-uaigheanna ansin, ag éad leo mar a bhí i 'em agus ar fud, nuair a fheicim mo bhuachaill ar dtús!

D'fhéach sé orm le cuma gean a d'fhág go raibh sé beagnach abhorrent dom arís, cé gur mhothaigh mé trua mór dó.

"De réir mo bhuachaill, bhí mé giv a thuiscint mar a bhí Compeyson amach orthu riasca freisin. Ar m'anam, creidim leath gur éalaigh sé ina sceimhle, to get quit of me, not knowing it was me as had got ashore. Sheilg mé síos é. Bhris mé a aghaidh. 'Agus anois,' a deir mé 'mar an rud is measa is féidir liom a dhéanamh, ag tabhairt aire dom féin, tarraingeoidh mé siar thú.' Agus ba mhaith liom a bheith swum amach, towing dó ag an ghruaig, dá dtiocfadh sé go dtí sin, agus ba mhaith liom a fuair sé ar bord gan na saighdiúirí.

"Ar ndóigh, ba mhaith sé i bhfad an chuid is fearr de go dtí an ceann deireanach,—bhí a charachtar chomh maith. D'éalaigh sé nuair a bhí sé leath fiáin agamsa agus m'intinn dhúnmharaithe; agus bhí a phionós éadrom. Cuireadh iarann orm, tugadh chun trialach arís mé, agus cuireadh ar feadh a saoil mé. Níor stop mé ar feadh an tsaoil, a bhuachaill daor agus comrádaí Pip, a bheith anseo.

Wiped sé é féin arís, mar a bhí déanta aige roimh, agus ansin thóg go mall a tangle tobac as a phóca, agus plucked a phíopa as a cnaipe-poll, agus líonadh go mall é, agus thosaigh sé ag caitheamh tobac.

"An bhfuil sé marbh?" D'iarr mé, tar éis tost.

"An é atá marbh, a bhuachaill dhil?"

"Compeyson."

"Tá súil aige *go bhfuil mé*, má tá sé beo, is féidir leat a bheith cinnte," le cuma fíochmhar. "Ní heerd mé níos mó de dó."

Bhí Herbert ag scríobh lena pheann luaidhe i gclúdach leabhair. Bhrúigh sé an leabhar go bog chugam, mar a sheas Provis ag caitheamh tobac lena shúile ar an tine, agus léigh mé ann:—

"Arthur an t-ainm a bhí ar Young Havisham. Is é Compeyson an fear a mhaígh gurb é leannán Miss Havisham é.

Dhún mé an leabhar agus chrom mé beagán ar Herbert, agus chuir mé an leabhar le; ach ní dúirt ceachtar againn tada, agus d'fhéach an bheirt acu ar Provis agus é ag caitheamh tobac cois na tine.

Caibidil XLIII.

Cén fáth ar chóir dom sos a iarraidh cé mhéad de mo crapadh ó Provis a d'fhéadfaí a rianú go Estella? Cén fáth ar chóir dom loiter ar mo bhóthar, a chur i gcomparáid leis an staid intinne ina raibh mé iarracht chun fáil réidh liom féin ar an stain an phríosúin roimh bualadh léi ag an oifig cóiste-, leis an staid intinne ina bhfuil mé ag machnamh anois ar an duibheagán idir Estella ina bród agus áilleacht, agus an t-iompar ar ais a harboured mé? The road would be none the smoother for it, ní bheadh an deireadh níos fearr dó, ní chuideodh sé leis, ná ní bheinn ag eascainí.

Bhí eagla nua i m'intinn ag a insint; nó in áit, bhí foirm agus cuspóir tugtha ag a insint don eagla a bhí ann cheana féin. Dá mbeadh Compeyson beo agus dá bhfaigheadh sé amach go bhfillfeadh sé, is ar éigean a d'fhéadfainn amhras a chur ar an iarmhairt. That Compeyson stood in mortal fear of him, ní raibh a fhios ag ceachtar den bheirt i bhfad níos fearr ná mé; agus go mbeadh leisce ar aon fhear den sórt sin mar an fear sin é féin a scaoileadh saor ar mhaithe le namhaid dreaded ag an modh sábháilte a bheith ina fhaisnéiseoir éigean a shamhlú.

Ní raibh anáil agam riamh, agus ní dhéanfainn análú—nó mar sin réitigh mé— focal de chuid Estella go Provis. Ach, dúirt mé le Herbert, sula bhféadfainn dul thar lear, go gcaithfidh mé Estella agus Miss Havisham a fheiceáil. Ba é seo nuair a fágadh muid inár n-aonar oíche an lae nuair a d'inis Provis a scéal dúinn. Bheartaigh mé dul amach go Richmond an lá dár gcionn, agus chuaigh mé.

Nuair a chuir mé mé féin i láthair ag Mrs Brandley's, glaodh ar maid Estella a rá go raibh Estella imithe isteach sa tír. Cá háit? Go Teach Satis, mar is gnách. Ní mar is gnách, a dúirt mé, óir ní raibh sí imithe ann go fóill gan mé; Cathain a bhí sí ag teacht ar ais? Bhí aer áirithinte sa fhreagra a mhéadaigh mo perplexity, agus ba é an freagra, gur chreid a maid go raibh sí ag teacht ar ais ar chor ar bith ar feadh tamaill beag. Ní raibh mé in ann aon rud a dhéanamh de seo, ach amháin go raibh sé i gceist gur chóir dom aon rud a dhéanamh de, agus chuaigh mé abhaile arís i discomfiture iomlán.

Oíche eile i gcomhairle le Herbert tar éis do Provis a bheith imithe abhaile (thug mé abhaile é i gcónaí, agus d'fhéach sé go maith orm i gcónaí), thug sé le fios dúinn nár cheart aon rud a rá faoi dhul thar lear go dtí gur tháinig mé ar ais ó Miss Havisham's. Idir an dá linn, bhí Herbert agus mé féin le machnamh ar leithligh a dhéanamh ar cad ab fhearr a rá; ar cheart dúinn aon chur i gcéill a cheapadh go raibh eagla air go raibh sé faoi bhreathnóireacht amhrasach; nó ar cheart dom, nach raibh thar lear go fóill, turas a mholadh. Bhí a fhios againn beirt go raibh orm ach rud ar bith a mholadh, agus thoileodh sé. D'aontaíomar nach smaoineofaí ar na laethanta fada a bhí fágtha aige ina ghuais reatha.

An lá dár gcionn bhí an chiall agam a chur in iúl go raibh mé faoi ghealltanas ceangailteach dul síos go Dtí Seosamh; ach bhí mé in ann beagnach aon chiall a bhaint as Joe nó a ainm. Bhí Provis le bheith an-chúramach agus mé imithe, agus bhí Herbert chun an cúram a ghlacadh air a bhí tógtha agam. Ní raibh mé le bheith as láthair ach oíche amháin, agus, ar fhilleadh dom, bhí sásamh a mhífhoighne do mo thosú mar fhear uasal ar scála níos mó le tosú. Tharla sé dom ansin, agus mar a fuair mé ina dhiaidh sin herbert freisin, go bhféadfadh sé a bheith is fearr a fuair ar shiúl ar fud an uisce, ar an pretence,-mar, ceannacháin a dhéanamh, nó a leithéidí.

Tar éis glanadh dá bhrí sin ar an mbealach le haghaidh mo expedition go Miss Havisham ar, leag mé amach ag an cóiste go luath ar maidin sula raibh sé fós éadrom, agus bhí sé amach ar an mbóthar tír oscailte nuair a tháinig an lá creeping ar, stopadh agus whimpering agus shivering, agus fillte i paistí scamall agus ceirteacha ceo, cosúil le beggar. Nuair a thiomáin muid suas go dtí an Torc Gorm tar éis turas drizzly, ar chóir dom a fheiceáil ag teacht amach faoin geata, toothpick ar láimh, chun breathnú ar an cóiste, ach Bentley Drummle!

Mar a lig sé air gan mé a fheiceáil, lig mé orm gan é a fheiceáil. Cur i gcéill an-bacach a bhí ann ar an dá thaobh; an lamer, toisc go ndeachaigh muid araon isteach sa seomra caife-, áit a raibh sé díreach críochnaithe a bhricfeasta, agus nuair a d'ordaigh mé mianach. Bhí sé nimhiúil dom é a fheiceáil ar an mbaile, mar bhí a fhios agam go maith cén fáth ar tháinig sé ann.

Ag ligean orm nuachtán smeartha a léamh i bhfad as dáta, nach raibh aon rud leath chomh soléite ina nuacht áitiúil, mar an t-ábhar eachtrach caife, pickles, anlainn éisc, gravy, im leáite, agus fíon lena raibh sé sprinkled ar fud, amhail is dá mbeadh sé tógtha ar an bhruitíneach i bhfoirm an-neamhrialta, shuigh mé ag mo bhord agus sheas sé os comhair na tine. Bhain gortú ollmhór dom gur sheas sé os comhair na tine. Agus d'éirigh mé, meáite ar mo sciar de a bheith agam. Bhí orm mo lámh a chur taobh thiar dá chosa don poker nuair a chuaigh mé suas go dtí an teallach chun an tine a chorraí, ach fós lig orm gan aithne a bheith agam air.

"An gearradh é seo?" arsa an tUasal Drummle.

"Ó!" A dúirt mé, poker ar láimh; "Is tusa atá ann, an ea? Conas atá tú? Bhí mé ag smaoineamh cé a bhí ann, a choinnigh an tine as.

Leis sin, poked mé tremendously, agus tar éis é sin a dhéanamh, curtha mé féin taobh le taobh leis an Uasal Drummle, mo ghualainn squared agus mo ais go dtí an tine.

"Tá tú díreach tar éis teacht síos?" A dúirt an tUasal Drummle, edging dom beagán ar shiúl lena ghualainn.

"Tá," arsa mise, ag edging *air* beagán ar shiúl le *mo* ghualainn.

"Beastly place," a dúirt Drummle. "Do chuid den tír, sílim?"

"Tá," a d'aontaigh mé. "Deirtear liom go bhfuil sé an-chosúil le do Shropshire."

"Níl sé ar a laghad cosúil leis," a dúirt Drummle.

Anseo d'fhéach an tUasal Drummle ar a chuid buataisí agus d'fhéach mé ar mianach, agus ansin d'fhéach an tUasal Drummle ar mo buataisí, agus d'fhéach mé ar a.

"An raibh tú anseo le fada?" D'iarr mé, meáite gan orlach den tine a thabhairt.

"Fada go leor le bheith tuirseach de," a d'fhill Drummle, ag ligean air féin go raibh sé ag yawn, ach chomh diongbháilte céanna.

"An bhfanann tú anseo i bhfad?"

"Ní féidir a rá," fhreagair an tUasal Drummle. "An bhfuil tú?"

"Ní féidir a rá," arsa mise.

Bhraith mé anseo, trí tingling i mo chuid fola, go má bhí éileamh ghualainn Mr Drummle ar leithead gruaige eile seomra, ba chóir dom a bheith jerked air isteach an fhuinneog; mar an gcéanna, dá n-áiteodh mo ghualainn féin éileamh den chineál céanna, go mbeadh an tUasal Drummle jerked dom isteach sa bhosca is gaire. Feadóg sé beagán. Mar sin a rinne mé.

"Conair mhór riasca faoi seo, creidim?" arsa Drummle.

"Tá. Cad é sin?" arsa mise.

D'fhéach an tUasal Drummle orm, agus ansin ar mo bhróga, agus ansin dúirt sé, "Ó!" agus gáire.

"An bhfuil tú amused, an tUasal Drummle?"

"Níl," a dúirt sé, "ní go háirithe. Tá mé ag dul amach le haghaidh turas sa diallait. Ciallaíonn mé iniúchadh a dhéanamh ar na riasca sin le haghaidh spraoi. Out-ofthe-way villages there, deir siad liom. Tithe beaga aisteacha poiblí—agus gabha—agus sin. Freastalaí!

"Sea, a dhuine uasail."

"An bhfuil an capall sin de mo chuid réidh?"

"Thug bhabhta go dtí an doras, a dhuine uasail."

"Deirim. Féach anseo, a dhuine uasail. Ní bheidh an bhean turas go lá; ní dhéanfaidh an aimsir."

"An-mhaith, a dhuine uasail."

"Agus ní féidir liom dine, mar tá mé ag dul a dine ag an bhean ar."

"An-mhaith, a dhuine uasail."

Ansin, spléach Drummle orm, le bua insolent ar a aghaidh mór-jowled a ghearradh dom go dtí an croí, dull mar a bhí sé, agus mar sin exasperated dom, gur bhraith mé claonadh a ghlacadh air i mo airm (mar a deirtear go bhfuil an robálaí sa scéal-leabhar a bheith tógtha ar an tseanbhean) agus suíochán air ar an tine.

Bhí rud amháin follasach don bheirt againn, agus ba é sin, go dtí gur tháinig faoiseamh, nach bhféadfadh ceachtar againn scaradh leis an tine. Sheas muid ansin, cearnógach go maith os a chomhair, gualainn ar ghualainn agus cos go cos, lenár lámha taobh thiar dínn, gan orlach a bhualadh. Bhí an capall le feiceáil amuigh sa drizzle ag an doras, cuireadh mo bhricfeasta ar an mbord, glanadh Drummle's ar shiúl, thug an freastalaí cuireadh dom tosú, Chlaon mé, sheas muid beirt ár dtalamh.

"An raibh tú sa Gharrán ó shin?" arsa Drummle.

"Níl," arsa mise, "bhí go leor de na Finches agam an uair dheireanach a bhí mé ann."

"An é sin nuair a bhí difríocht tuairime againn?"

"Tá," a d'fhreagair mé, go han-ghairid.

"Tar, tar! Lig siad amach thú go héasca go leor," arsa Drummle. "Níor chóir duit a bheith caillte do temper."

"An tUasal Drummle," arsa mise, "níl tú inniúil ar chomhairle a thabhairt ar an ábhar sin. Nuair a chaillim mo temper (ní admhaím go ndearna mé amhlaidh an uair sin), ní chaithim spéaclaí.

"Is féidir liom," arsa Drummle.

Tar éis glancing ag dó uair nó dhó, i riocht méadaithe de ferocity smouldering, a dúirt mé,—

"An tUasal Drummle, ní raibh mé ag lorg an comhrá seo, agus ní dóigh liom gur ceann comhaontaithe é."

"Tá mé cinnte nach bhfuil sé," a dúirt sé, superciliously thar a ghualainn; "Ní dóigh liom go bhfuil aon rud faoi."

"Agus dá bhrí sin," a dúirt mé, "le do shaoire, molfaidh mé nach mbeidh aon chineál cumarsáide againn amach anseo."

"Go leor mo thuairim," a dúirt Drummle, "agus cad ba chóir dom a bheith molta mé féin, nó a dhéanamh-níos dóichí-gan mholadh. Ach ná caill do temper. Nár chaill tú go leor gan sin?

"Cad atá i gceist agat, a dhuine uasail?"

"Waiter!" A dúirt Drummle, trí fhreagra a thabhairt dom.

Tháinig an freastalaí ar ais.

"Féach anseo, a dhuine uasail. Tuigeann tú go maith nach dtéann an bhean óg ar turas go dtí an lá atá inniu ann, agus go bhfuil mé ag dine ag an mbean óg?

"Go leor mar sin, a dhuine uasail!"

Nuair a bhraith an freastalaí mo taephota mear-fhuaraithe le pailme a láimhe, agus d'fhéach sé imploringly ag dom, agus bhí imithe amach, Drummle, cúramach gan bogadh an ghualainn in aice liom, thóg todóg as a phóca agus giotán an deireadh amach, ach léirigh aon chomhartha de stirring. Ag tachtadh agus ag fiuchadh mar a bhí mé, mhothaigh mé nach bhféadfaimis dul focal níos faide, gan ainm Estella a thabhairt isteach, rud nach raibh mé in ann é a chloisteáil utter; agus dá bhrí sin d'fhéach mé stonily ar an mballa os coinne, amhail is dá mba nach raibh aon duine i láthair, agus iachall orm féin a tost. Cé chomh fada is a d'fhéadfadh muid a bheith fágtha sa suíomh ridiculous tá sé dodhéanta a rá, ach le haghaidh an incursion de thriúr feirmeoirí rathúil-leagtha ar ag an waiter, I mo thuairimse,-a tháinig isteach sa seomra caife-unbuttoning a n-cótaí mór-agus rubbing a lámha, agus os a chionn, mar a mhuirearú siad ag an tine, bhí dualgas orainn a thabhairt ar bhealach.

Chonaic mé é tríd an bhfuinneog, ag seizing mane a chapaill, agus gléasta ina bhealach brúidiúil blundering, agus sidling agus tacaíocht ar shiúl. Shíl mé go raibh sé imithe, nuair a tháinig sé ar ais, ag iarraidh solais don todóg ina bhéal, a raibh dearmad déanta aige air. Bhí fear i ngúna daite deannaigh le feiceáil leis an méid a bhí ag teastáil,—ní fhéadfainn a rá ón áit: cibé acu ó chlós an ósta, nó ón tsráid, nó ón áit nach raibh,—agus mar a chlaon Drummle síos ón diallait agus las sé a thodóg agus rinne sé gáire, le jerk a cheann i dtreo fhuinneoga an tseomra caife, na guaillí slouching agus gruaig ragged an fhir seo a raibh a dhroim i mo threo i gcuimhne dom Orlick.

Too heavily out of sorts to care much at the time cibé acu a bhí sé nó nach raibh, nó tar éis an tsaoil teagmháil a dhéanamh leis an mbricfeasta, nigh mé an aimsir agus an turas ó m'aghaidh agus mo lámha, agus chuaigh mé amach go dtí an seanteach i gcuimhne go mbeadh sé i bhfad níos fearr dom riamh a bheith isteach, ní fhaca riamh.

Caibidil XLIV.

Sa seomra ina raibh an tábla feistis, agus nuair a dódh na coinnle céir ar an mballa, fuair mé Miss Havisham agus Estella; Iníon Havisham ina suí ar settee in aice leis an tine, agus Estella ar mhaolú ag a cosa. Bhí Estella ag cniotáil, agus bhí Miss Havisham ag féachaint air. D'ardaigh an bheirt acu a súile agus mé ag dul isteach, agus chonaic an bheirt acu athrú ionam. Dhíorthaigh mé é sin, ón gcuma a d'athraigh siad.

"Agus cén ghaoth," arsa Iníon Havisham, "séideann tú anseo, a Pip?"

Cé gur fhéach sí go seasta orm, chonaic mé go raibh mearbhall uirthi. Estella, pausing nóiméad ina cniotála lena súile ar dom, agus ansin ag dul ar aghaidh, fancied mé gur léigh mé i ngníomh a mhéara, chomh soiléir amhail is dá mbeadh inis sí dom san aibítir balbh, gur bhraith sí go raibh aimsigh mé mo benefactor fíor.

"Iníon Havisham," arsa mise, "chuaigh mé go Richmond inné, chun labhairt le Estella; agus nuair a fuair mé amach go raibh gaoth éigin séidte *aici* anseo, lean mé."

Iníon Havisham ag gluaiseacht chugam don tríú nó don cheathrú huair chun suí síos, ghlac mé an chathaoir ag an mbord feistis, a chonaic mé go minic í a áitiú. Leis an bhfothrach sin ar fad ar mo chosa agus fúmsa, ba chosúil gur áit nádúrtha a bhí ann domsa, an lá sin.

"Cad a bhí le rá agam le Estella, Miss Havisham, déarfaidh mé os do chomhair, faoi láthair-i gceann cúpla nóiméad. Ní chuirfidh sé iontas ort, it will not displease you. Tá mé chomh míshásta agus is féidir leat a bheith i gceist riamh dom a bheith.

Lean Iníon Havisham ag breathnú go seasta orm. D'fhéadfainn a fheiceáil i ngníomh mhéara Estella agus iad ag obair gur fhreastail sí ar an méid a dúirt mé; ach níor fhéach sí suas.

"Fuair mé amach cé hé mo phátrún. Ní fionnachtain ádhúil é, agus ní dócha go saibhreoidh sé riamh mé i gcáil, stáisiún, fhortún, rud ar bith. Tá cúiseanna ann nach gcaithfidh mé a thuilleadh de sin a rá. Ní hé mo rún é, ach ceann eile."

De réir mar a bhí mé ciúin ar feadh tamaill, ag féachaint ar Estella agus ag smaoineamh ar conas dul ar aghaidh, rinne Miss Havisham arís agus arís eile, "Ní hé do rún é, ach ceann eile. Bhuel?"

"Nuair a chuir tú faoi deara ar dtús mé a thabhairt anseo, Iníon Havisham, nuair a bhain mé leis an sráidbhaile thar yonder, gur mian liom nár fhág mé riamh, is dócha go raibh mé ag teacht i ndáiríre anseo, mar a d'fhéadfadh aon bhuachaill seans eile a bheith tagtha,-mar chineál seirbhíseach, a gratify mian nó whim, agus a íoc as é?"

"Ay, Pip," a d'fhreagair Miss Havisham, ag cur a ceann go seasta; "Rinne tú."

"Agus go bhfuil an tUasal Jaggers-"

"An tUasal Jaggers," a dúirt Iníon Havisham, ag cur mé suas i ton daingean, "Ní raibh aon rud a dhéanamh leis, agus bhí a fhios rud ar bith de. Is comhtharlúint é a bheith i mo dhlíodóir, agus a bheith mar dhlíodóir do phátrúin. Tá an gaol céanna aige le líon na ndaoine, agus b'fhéidir go dtiocfadh sé chun cinn go héasca. Bíodh sin mar atá, tháinig sé chun cinn, agus níor thug aon duine faoi."

B'fhéidir go bhfaca duine ar bith ina héadan cailleach nach raibh aon chur faoi chois ná imghabháil ann go dtí seo.

"Ach nuair a thit mé isteach sa bhotún d'fhan mé chomh fada sin, ar a laghad thug tú orm?" arsa mise.

"Sea," ar sise, arís ag nodaireacht go seasta, "ligim duit dul ar aghaidh."

"An raibh an cineál sin?"

"Cé mise," adeir Iníon Havisham, ag bualadh a maide ar an urlár agus ag splancadh isteach i wrath chomh tobann sin gur amharc Estella suas uirthi i iontas, - "cé mise, ar mhaithe le Dia, gur chóir dom a bheith cineálta?"

Gearán lag a bhí ann, agus ní raibh sé i gceist agam é a dhéanamh. Dúirt mé léi mar sin, mar a shuigh sí brooding tar éis an outburst.

"Bhuel, bhuel, bhuel!" a dúirt sí. "Cad eile?"

"Íocadh go liobrálach mé as mo sheanfhreastal anseo," a dúirt mé, chun í a sháimhriú, "agus mé i mo phrintíseach, agus níor chuir mé na ceisteanna seo ach ar mo chuid faisnéise féin. Tá cuspóir eile ag an méid seo a leanas (agus tá súil agam go mbeidh níos mó suime agam ann). Agus mo dhearmad á ghríosadh agat, a Iníon Havisham, ghearr tú pionós ort—cleachtadh ar—b'fhéidir go soláthróidh tú cibé téarma a chuireann d'intinn in iúl, gan chion—do chaidreamh féin-lorg?"

"Rinne mé. Cén fáth, bheadh sé acu mar sin! Mar sin, ba mhaith leat. Cad é mo stair, gur chóir dom a bheith ag na pianta a bhaineann le entreating ceachtar acu nó nach bhfuil tú é sin a bheith agat! Rinne tú do chuid snares féin. Ní dhearna mé riamh iad.

Ag fanacht go dtí go raibh sí ciúin arís,-le haghaidh seo, freisin, flashed amach as di ar bhealach fiáin agus tobann,-Chuaigh mé ar aghaidh.

"Caitheadh mé i measc teaghlach amháin de do chaidreamh, Miss Havisham, agus bhí mé i gcónaí ina measc ó chuaigh mé go Londain. Tá a fhios agam go raibh siad chomh hionraic faoi mo delusion agus mé féin. Agus ba chóir dom a bheith bréagach agus bonn más rud é nach raibh mé ag insint duit, cibé an bhfuil sé inghlactha a thabhairt duit nó nach bhfuil, agus cibé an bhfuil tú claonadh credence a thabhairt dó nó nach bhfuil, go bhfuil tú mícheart go domhain araon an tUasal Matthew Pocket agus a mhac Herbert, má tá tú dócha iad a bheith ar shlí eile ná flaithiúil, ina seasamh, oscailte, agus ní féidir aon rud a dhearadh nó a chiallaíonn."

"Is iad do chairde iad," arsa Iníon Havisham.

"Rinne siad iad féin mo chairde," arsa mise, "nuair a cheap siad go raibh mé in áit iad; agus nuair nach raibh Sarah Pocket, Miss Georgiana, agus Mistress Camilla mo chairde, sílim.

This contrasting of them with the rest seemed, bhí áthas orm iad a fheiceáil, iad a dhéanamh go maith léi. D'fhéach sí orm go fonnmhar ar feadh tamaill bhig, agus ansin dúirt sí go ciúin,—

"Cad atá uait dóibh?"

"Ach," arsa mise, "nach ndéanfá iad a choigistiú leis na daoine eile. B'fhéidir go bhfuil siad den fhuil chéanna, ach, creidim, níl siad den chineál céanna."

Fós ag féachaint orm go fonnmhar, rinne Miss Havisham arís agus arís eile,—

"Cad atá uait dóibh?"

"Níl mé chomh cunning, a fheiceann tú," a dúirt mé, mar fhreagra, chonaic mé go reddened mé beagán, "mar go raibh mé in ann a cheilt uait, fiú más mian liom, go bhfuil mé ag iarraidh rud éigin. Iníon Havisham, dá spárálfá an t-airgead chun seirbhís bhuan a dhéanamh do mo chara Herbert sa saol, ach a chaithfear a dhéanamh i ngan fhios dó, d'fhéadfainn a thaispeáint duit conas.

"Cén fáth go gcaithfear é a dhéanamh i ngan fhios dó?" a d'fhiafraigh sí, ag socrú a lámha ar a maide, go mb'fhéidir go bhféachfadh sí orm níos aireach.

"Mar," arsa mise, "thosaigh mé féin ar an tseirbhís, níos mó ná dhá bhliain ó shin, i ngan fhios dó, agus níl mé ag iarraidh feall a dhéanamh uirthi. Cén fáth go dteipeann orm i mo chumas é a chríochnú, ní féidir liom a mhíniú. Is cuid den rún é atá ag duine eile agus ní liomsa é."

Tharraing sí a súile uaim de réir a chéile, agus chas sí ar an tine iad. Tar éis di féachaint air as an méid a bhí le feiceáil sa chiúnas agus faoi sholas na gcoinnle a bhí ag cur amú go mall le fada an lá, bhí sí roused ag titim cuid de na guala dearga, agus d'fhéach sí i dtreo dom arís-ar dtús, folamh-ansin, le aird ag díriú de réir a chéile. An t-am seo ar fad cniotáilte ar Estella. Nuair a shocraigh Iníon Havisham a haird orm, a dúirt sí, ag labhairt amhail is nach raibh aon dul as feidhm inár gcomhphlé,—

"Cad eile?"

"Estella," arsa mise, ag casadh uirthi anois, agus ag iarraidh mo ghlór crith a ordú, "tá a fhios agat go bhfuil grá agam duit. Tá a fhios agat go bhfuil grá agam duit fada agus daor."

D'ardaigh sí a súile ar m'aghaidh, nuair a tugadh aghaidh air mar sin, agus gheall a méara a gcuid oibre, agus d'fhéach sí orm le comhaireamh gan bogadh. Chonaic mé gur amharc Miss Havisham uaim chuici, agus uaithi chugam.

"Ba chóir dom é seo a rá níos luaithe, ach le haghaidh mo dhearmad fada. Spreag sé dóchas dom gur chiallaigh Miss Havisham muid dá chéile. While I thought you could not help yourself, mar a bhí, staon mé ó é a rá. Ach caithfidh mé é a rá anois."

Ag caomhnú a ghnúis gan bogadh, agus lena méara fós ag dul, chroith Estella a ceann.

"Tá a fhios agam," arsa mise, mar fhreagra ar an ngníomh sin,—"Tá a fhios agam. Níl aon dóchas agam go nglaofaidh mé mianach ort riamh, Estella. Tá mé aineolach cad a d'fhéadfadh a bheith orm go han-luath, cé chomh bocht is féidir liom a bheith, nó nuair is féidir liom dul. Fós féin, is breá liom tú. Tá grá agam duit ó chonaic mé den chéad uair thú sa teach seo."

Ag féachaint orm breá gan bogadh agus lena méara gnóthach, chroith sí a ceann arís.

"Bheadh sé cruálach in Miss Havisham, cruálach go horribly, cleachtadh a dhéanamh ar so-ghabhálacht buachaill bocht, agus mé a chéasadh trí na blianta seo go léir le dóchas vain agus tóir díomhaoin, dá ndéanfadh sí machnamh ar thromchúis an méid a rinne sí. Ach is dóigh liom nach raibh. Sílim, i seasmhacht a trialach féin, go ndearna sí dearmad ar an mianach, Estella.

Chonaic mé Iníon Havisham a lámh a chur ar a croí agus é a shealbhú ann, mar a shuigh sí ag féachaint ag casadh ag Estella agus ag dom.

"Dealraíonn sé," a dúirt Estella, an-socair, "go bhfuil sentiments, fancies,-Níl a fhios agam conas a ghlaoch orthu,-nach bhfuil mé in ann a thuiscint. Nuair a deir tú go bhfuil grá agat dom, tá a fhios agam cad atá i gceist agat, mar fhoirm focal; ach rud ar bith níos mó. Ní thugann tú aghaidh ar rud ar bith i mo chíoch, you touch nothing there. Is cuma liom cad a deir tú ar chor ar bith. Rinne mé iarracht rabhadh a thabhairt duit faoi seo; anois, nach bhfuil?

Dúirt mé ar bhealach olc, "Tá."

"Tá. Ach ní thabharfaí rabhadh duit, mar cheap tú nach raibh sé i gceist agam. Anois, nár cheap tú é sin?

"Shíl mé agus bhí súil agam nach bhféadfá é a chiallaíonn. Tú, chomh hóg, untried, agus álainn, Estella! Is cinnte nach bhfuil sé sa Dúlra."

"Tá sé i *mo* nádúr," ar sise. Agus ansin dúirt sí, le strus ar na focail, "Tá sé sa nádúr déanta laistigh dom. Déanaim difríocht mhór idir tú féin agus gach duine eile nuair a deirim an méid sin. Ní féidir liom níos mó a dhéanamh.

"Nach bhfuil sé fíor," arsa mise, "go bhfuil Bentley Drummle sa mbaile anseo, agus ag leanúint leat?"

"Tá sé fíor go leor," a d'fhreagair sí, ag tagairt dó leis an neamhshuim de dhíspeagadh utter.

"Go spreagann tú é, agus turas amach leis, agus go dines sé leat an lá seo an-?"

Dhealraigh sí beagán iontas gur chóir dom a fhios é, ach arís d'fhreagair, "Fíor go leor."

"Ní féidir leat grá dó, Estella!"

Stop a méara den chéad uair, agus í ag retorted in áit feargach, "Cad a dúirt mé leat? An gceapann tú fós, in ainneoin é, nach bhfuil i gceist agam cad a deirim?

"Ní phósfá é, a Estella?"

D'fhéach sí i dtreo Miss Havisham, agus mheas sí ar feadh nóiméad lena cuid oibre ina lámha. Ansin dúirt sí, "Cén fáth nach n-insíonn tú an fhírinne? Táim chun a bheith pósta leis.

Thit mé m'aghaidh isteach i mo lámha, ach bhí mé in ann mé féin a rialú níos fearr ná mar a bheinn ag súil leis, ag smaoineamh ar an agony a thug sé dom a chloisteáil ag rá na bhfocal sin. Nuair a d'ardaigh mé m'aghaidh arís, bhí a leithéid de chuma ghastly ar Miss Havisham's, go ndeachaigh sé i bhfeidhm orm, fiú i mo dheifir paiseanta agus mo bhrón.

"Estella, dearest Estella, ná lig do Miss Havisham tú a threorú isteach sa chéim mharfach seo. Cuir i leataobh mé go brách,—tá sé sin déanta agat, tá a fhios agam go maith,—ach is fearr leat féin ar dhuine fiúntach éigin ná Drummle. Tugann Iníon Havisham tú dó, mar an beagán agus an gortú is mó a d'fhéadfaí a dhéanamh do na fir i bhfad níos fearr a bhfuil meas acu ort, agus don bheagán a bhfuil grá acu duit go fírinneach. I measc na beag d'fhéadfadh go mbeadh duine a loves tú fiú chomh daor, cé nach bhfuil sé grá agat chomh fada, mar mé. Tóg é, agus is féidir liom é a iompróidh níos fearr, ar mhaithe leat!

Dhúisigh mo thuilleamh iontas inti a raibh an chuma air amhail is dá mbeadh sé i dteagmháil léi le trua, dá bhféadfadh sí mé a dhéanamh intuigthe ar chor ar bith dá hintinn féin.

"Tá mé ag dul," a dúirt sí arís, i nguth uasal, "a bheith pósta leis. Tá na hullmhúcháin do mo phósadh ag déanamh, agus beidh mé pósta go luath. Cén fáth a dtugann tú ainm mo mháthar isteach go díobhálach trí uchtáil? Is é mo ghníomh féin é."

"Do ghníomh féin, a Estella, a fling féin ar shiúl ar brute?"

"Ar cé ar chóir dom fling mé féin ar shiúl?" retorted sí, le gáire. "Ar cheart dom mé féin a theitheadh ar shiúl ar an bhfear is túisce a mhothódh (má mhothaíonn daoine rudaí mar sin) nár thóg mé aon rud leis? Tá! Déantar é. Déanfaidh mé go maith go leor, agus mar sin beidh mo fhear céile. Maidir le mé a threorú isteach sa chéim mharfach seo, bheadh Miss Havisham ag fanacht liom, agus gan pósadh fós; ach tá mé tuirseach den saol atá faoi stiúir agam, nach bhfuil mórán charms agam, agus tá mé sásta go leor é a athrú. Ná habair a thuilleadh. Ní thuigfimid a chéile go deo."

"A leithéid de brute meán, den sórt sin brute dúr!" D'áitigh mé, in éadóchas.

"Ná bíodh eagla ort gur beannacht dom é," arsa Estella; "Ní bheidh mé sin. Tar! Seo mo lámh. An bhfuil muid páirteach ar seo, tú buachaill aislingeach-nó fear? "

"O Estella!" D'fhreagair mé, mar a thit mo dheora searbh go tapa ar a lámh, déan an rud a chuirfinn srian orthu; "fiú dá bhfanfainn i Sasana agus dá bhféadfainn mo chloigeann a choinneáil suas leis an gcuid eile, conas a d'fhéadfainn bean Drummle a fheiceáil duit?"

"Nonsense," a d'fhill sí, - "nonsense. Ní rachaidh sé seo in am ar bith."

"Riamh, Estella!"

"Gheobhaidh tú amach as do chuid smaointe mé i gceann seachtaine."

"As mo chuid smaointe! You are part of my existence, cuid díom féin. Tá tú i ngach líne a léigh mé riamh ó tháinig mé anseo ar dtús, an buachaill garbh coitianta ar ghortaigh tú a chroí bocht fiú ansin. Tá tú i ngach ionchas a chonaic mé riamh ó shin,—ar an abhainn, ar sheoltaí na long, ar na riasca, sna scamaill, sa solas, sa dorchadas, sa ghaoth, sa choill, san fharraige, ar na sráideanna. Tá tú ag an embodiment de gach mhaisiúil graceful go bhfuil m'intinn a bheith riamh acquainted leis. Níl na clocha a bhfuil na foirgnimh Londain is láidre a dhéantar níos réadúla, nó níos dodhéanta a bheith díláithrithe ag do lámha, ná do láithreacht agus tionchar a bhí dom, ann agus i ngach áit, agus beidh. Estella, go dtí an uair dheireanach de mo shaol, ní féidir leat a roghnú ach fanacht mar chuid de mo charachtar, cuid den maith beag i dom, mar chuid den olc. Ach, sa scaradh seo, ní cheanglaím thú ach leis an maith; agus beidh mé a shealbhú dílis tú leis sin i gcónaí, mar ní mór duit a bheith déanta dom i bhfad níos mó maith ná dochar, lig dom a bhraitheann anois cén anacair géar is féidir liom. A Dhia leat, a Dhia logh duit!

Cén eacstais a bhain leis an míshuaimhneas a fuair mé na focail bhriste seo asam féin, níl a fhios agam. An rhapsody welled suas laistigh dom, cosúil le fuil ó chréacht isteach, agus gushed amach. Choinnigh mé a lámh ar mo liopaí roinnt chuimhneacháin lingering, agus mar sin d'fhág mé í. Ach riamh ina dhiaidh sin, chuimhnigh mé, - agus go luath ina dhiaidh sin le cúis níos láidre, - cé gur fhéach Estella orm ach le hiontas incredulous, an figiúr speictreach de Miss Havisham, a lámh fós ag clúdach a croí, an chuma ar fad réitithe i stare ghastly de trua agus remorse.

Gach déanta, imithe ar fad! Bhí an méid sin déanta agus imithe, nuair a chuaigh mé amach ag an ngeata, bhí cuma níos dorcha ar sholas an lae ná mar a bhí nuair a chuaigh mé isteach. Ar feadh tamaill, chuir mé mé féin i bhfolach i measc roinnt lánaí agus seach-chosáin, agus ansin bhuail mé amach chun siúl an bealach ar fad go Londain. Óir, bhí mé tagtha chugam féin faoin am sin chomh fada agus a mheas mé nach bhféadfainn dul ar ais go dtí an teach ósta agus Drummle a fheiceáil ann; nach bhféadfainn suí ar an gcóiste agus labhairt leis; nach bhféadfainn rud ar bith a dhéanamh leath chomh maith dom féin agus mé féin amuigh.

Bhí sé thart ar mheán oíche nuair a thrasnaigh mé Droichead Londan. Agus mé ag leanúint le deacrachtaí cúnga na sráideanna a bhí ag an am sin siar in aice le cladach Middlesex na habhann, bhí mo rochtain éasca ar an Teampall gar do thaobh na habhann, trí Whitefriars. Ní raibh mé ag súil go dtí go-morrow; ach bhí mo chuid eochracha agam, agus, dá mbeadh Herbert imithe a chodladh, d'fhéadfadh sé dul a chodladh mé féin gan cur isteach air.

Mar a tharla sé annamh gur tháinig mé isteach ag geata Whitefriars tar éis dúnadh an Teampaill, agus mar a bhí mé an-láibeach agus traochta, ní raibh mé a ghlacadh sé tinn gur scrúdaigh an porter oíche dom le aird i bhfad mar a bhí sé an geata ar bhealach beag oscailte dom chun pas a fháil i. Chun cabhrú lena chuimhne luaigh mé m'ainm.

"Ní raibh mé cinnte go leor, a dhuine uasail, ach shíl mé mar sin. Seo nóta, a dhuine uasail. An teachtaire a thug é, a dúirt an mbeifeá chomh maith agus a léigh mo lóchrann é?

Chuir an t-iarratas iontas mór orm, I took the note. Bhí sé dírithe ar Philip Pip, Esquire, agus ar bharr an fhorscription bhí na focail, "LÉIGH SEO LE DO THOIL, ANSEO." D'oscail mé é, an fear faire ag coinneáil suas a sholas, agus léigh mé taobh istigh, i scríbhinn Wemmick,—

"NÁ TÉIGH ABHAILE."

Caibidil XLV.

Ag casadh ó gheata an Teampaill chomh luath agus a bhí an rabhadh léite agam, rinne mé an chuid is fearr de mo bhealach go Fleet Street, agus fuair mé carbad hacnaí déanach agus thiomáin mé go dtí na Hummums i nGairdín Covent. Sna hamanna sin bhí leaba le fáil ann i gcónaí ag aon uair an chloig den oíche, agus an chamberlain, ag ligean dom isteach ag a wicket réidh, las sé an choinneal in ord ar a sheilf, agus thaispeáin sé dom díreach isteach sa seomra leapa in ord ar a liosta. Bhí sé saghas cruinneachán ar an urlár na talún ar chúl, le ollphéist despotic de leaba ceithre phost ann, straddling thar an áit ar fad, a chur ar cheann de chuid cosa treallach isteach sa teallach agus ceann eile isteach sa doras, agus fáisceadh an wretched beag níocháin-seasamh i go leor ar bhealach Dhiaga righteous.

Mar a d'iarr mé le haghaidh oíche-éadrom, thug an chamberlain dom i, sular fhág sé dom, an rushlight maith bunreachtúil d'aois na laethanta virtuous-rud cosúil leis an taibhse de siúl-cána, a bhris láithreach a chúl dá mbeadh sé i dteagmháil léi, a d'fhéadfadh aon rud a lasadh riamh ag, agus a cuireadh i ngéibheann solitary ag bun túr stáin ard, bréifneach le poill bhabhta a rinne patrún staringly leathan-awake ar na ballaí. Nuair a bhí fuair mé isteach sa leaba, agus a leagan ann footsore, traochta, agus wretched, fuair mé amach go raibh mé in ann a dhúnadh níos mó mo shúile féin ná mar a d'fhéadfadh mé a dhúnadh na súile an Argus foolish. Agus dá bhrí sin, i gruaim agus bás na hoíche, stánamar ar a chéile.

Cad oíche doleful! Cé chomh himníoch, cé chomh dismal, cé chomh fada! Bhí boladh inhospitable sa seomra, súiche fuar agus deannach te; agus, nuair a d'fhéach mé suas i gcúinní an tástálaí thar mo cheann, shíl mé cad a chaithfidh roinnt cuileoga buidéal gorm ó na búistéirí, agus earwigs ón margadh, agus grubs ón tír, a bheith ag coinneáil suas ansin, ina luí faoin samhradh seo chugainn. Thug sé seo dom tuairimíocht a dhéanamh an ndeachaigh aon cheann acu síos riamh, agus ansin fancied mé gur mhothaigh mé go dtiteann solas ar m'aghaidh, - cas smaoinimh nach n-aontaíonn, ag moladh cur chuige eile agus níos agóide suas mo dhroim. Nuair a bhí mé lain awake ar feadh tamaill beag, thosaigh na guthanna urghnách lena teems tost a dhéanamh iad féin inchloiste. An closet whispered, chlis ar an teallach, tic an seastán níocháin beag, agus sheinn sreangán giotáir amháin ó am go chéile i mbrollach tarraiceán. Ag thart ar an am céanna, fuair na súile ar an mballa léiriú nua, agus i ngach ceann de na babhtaí stánála sin a chonaic mé scríofa, NÁ TÉIGH ABHAILE.

Cibé oíche-fancies agus oíche-torann plódaithe ar dom, riamh warded siad as seo NÁ TÉIGH ABHAILE. Chuir sé é féin isteach i cibé rud a shíl mé, mar a dhéanfadh pian coirp. Ní fada roimhe sin, bhí léite agam sna nuachtáin, an chaoi ar tháinig fear uasal anaithnid go dtí na Hummums san oíche, agus go raibh sé imithe a chodladh, agus gur scrios sé é féin, agus go raibh sé le fáil ar maidin ag weltering i fola. Tháinig sé isteach i mo cheann go gcaithfidh sé a bheith áitithe an cruinneachán an-de mo, agus fuair mé amach as an leaba a chinntiú dom féin nach raibh aon mharcanna dearga faoi; ansin d'oscail an doras chun breathnú amach ar na pasáistí, agus cheer mé féin leis an comhluadar de solas i bhfad i gcéin, in aice a raibh a fhios agam an chamberlain a bheith dozing. Ach an t-am seo ar fad, cén fáth nach raibh mé chun dul abhaile, agus cad a tharla sa bhaile, agus nuair ba chóir dom dul abhaile, agus cibé an raibh Provis sábháilte sa bhaile, bhí ceisteanna áitiú m'intinn chomh busily, go bhféadfadh duine a bheith ceaptha nach bhféadfadh aon seomra níos mó ann le haghaidh aon téama eile. Fiú nuair a smaoinigh mé ar Estella, agus ar an gcaoi ar scaramar an lá sin go deo, agus nuair a chuimhnigh mé ar chúinsí uile ár scaradh, agus gach cuma agus toin uirthi, agus gníomh a méara agus í ag cniotáil, - fiú ansin bhí mé ag leanúint, anseo agus ansiúd agus i ngach áit, an rabhadh, Ná téigh abhaile. Nuair a dozed mé ar deireadh, i ídiú na hintinne agus na colainne, bhí sé ina briathar scáth ollmhór a bhí mé a réimniú. Modh ordaitheach, aimsir láithreach: Ná téigh abhaile, lig dó gan dul abhaile, lig dúinn gan dul abhaile, ná téigh abhaile nó téann tú abhaile, ná lig dóibh dul abhaile. Ansin, b'fhéidir: ní féidir liom agus ní féidir liom dul abhaile; agus ní fhéadfainn, ní fhéadfainn, agus níor cheart dom dul abhaile; go dtí gur mhothaigh mé go raibh mé ag dul distracted, agus rolladh thar ar an pillow, agus d'fhéach sé ar na babhtaí stánadh ar an mballa arís.

D'fhág mé treoracha go raibh mé le glaoch ag a seacht; óir bhí sé soiléir go gcaithfidh mé Wemmick a fheiceáil sula bhfaca mé aon duine eile, agus chomh soiléir céanna gur cás é seo nach bhféadfaí a chuid tuairimí Walworth a ghlacadh ach amháin. Faoiseamh a bhí ann dul amach as an seomra ina raibh an oíche chomh dona sin, agus ní raibh an dara cnagadh ag an doras orm chun mé a thosú ó mo leaba mhíshuaimhneach.

D'éirigh cathanna an Chaisleáin ar mo thuairim ag a hocht a chlog. An seirbhíseach beag ag tarlú a bheith ag dul isteach sa fortress le dhá rollaí te, rith mé tríd an postern agus thrasnaigh an droichead tarraingthe ina chuideachta, agus mar sin tháinig gan fógra i láthair Wemmick mar a bhí sé ag déanamh tae dó féin agus an Aois. Thug doras oscailte léargas ar an Aois sa leaba.

"Halloa, an tUasal Pip!" A dúirt Wemmick. "Tháinig tú abhaile, ansin?"

"Sea," a d'fhill mé; "ach ní dheachaigh mé abhaile."

"Tá sin ceart go leor," ar seisean, ag cuimilt a lámha. "D'fhág mé nóta duit ag gach ceann de gheataí an Teampaill, ar an seans. Cén geata ar tháinig tú air?

Dúirt mé leis.

"Rachaidh mé thart chuig na daoine eile i rith an lae agus scriosfaidh mé na nótaí," arsa Wemmick; "Is riail mhaith í gan fianaise dhoiciméadach a fhágáil más féidir leat cabhrú leis, mar níl a fhios agat cathain is féidir é a chur isteach. Táim chun saoirse a ghlacadh leat. *Ar* mhiste leat an t-ispíní seo a chaitheamh don Aois P.?"

Dúirt mé gur cheart dom a bheith thar a bheith sásta é a dhéanamh.

"Ansin is féidir leat dul faoi do chuid oibre, Mary Anne," a dúirt Wemmick leis an seirbhíseach beag; "a fhágann dúinn féin, nach bhfeiceann tú, an tUasal Pip?" a dúirt sé, winking, mar a d'imigh sí.

Ghabh mé buíochas leis as a chairdeas agus a rabhadh, agus lean ár ndioscúrsa ar aghaidh go híseal, agus chuir mé ispíní na hAoise i dtólamh agus d'imigh sé le blúiríní rolla an Aois.

"Anois, an tUasal Pip, tá a fhios agat," a dúirt Wemmick, "tú féin agus tuigim a chéile. Táimid inár gcumais phríobháideacha agus phearsanta, agus bhíomar i mbun idirbheart rúnda roimh an lá. Rud amháin is ea meon oifigiúil. Tá muid oifigiúil breise."

D'aontaigh mé go cordially. Bhí mé chomh neirbhíseach sin, gur las mé ispíní an Aois mar a bheadh tóirse ann cheana féin, agus go raibh dualgas orm é a shéideadh amach.

"Chuala mé de thaisme, maidin inné," arsa Wemmick, "a bheith in áit áirithe inar thóg mé uair amháin thú,—fiú idir tú féin agus mise, tá sé chomh maith gan ainmneacha a lua nuair is féidir iad a sheachaint—"

"I bhfad níos fearr nach bhfuil," arsa mise. "Tuigim duit."

"Chuala mé ansin de sheans, maidin inné," a dúirt Wemmick, "go bhfuil duine áirithe nach bhfuil ar fad de shaothrú uncolonial, agus ní unpossessed de mhaoin iniompartha,-Níl a fhios agam cé a d'fhéadfadh sé a bheith i ndáiríre,-Ní bheidh muid ainm an duine seo-"

"Ní gá," arsa mise.

"—Bhí déanta roinnt stir beag i gcuid áirithe den domhan ina dtéann go leor daoine maith, ní i gcónaí i sásamh a gcuid claonadh féin, agus ní beag beann ar chostas an rialtais-"

Agus mé ag breathnú ar a aghaidh, rinne mé go leor tinte ealaíne de ispíní an Aged, agus chuir mé m'aird féin agus Wemmick's go mór as a riocht; ghabh mé leithscéal as.

"—Trí imeacht as an áit sin, agus gan a thuilleadh cloiste a bheith agat faoi. As sin," a dúirt Wemmick, "ardaíodh conjectures agus teoiricí déanta. Chuala mé freisin go raibh tú ag do sheomraí i gCúirt an Ghairdín, an Teampall, agus go mb'fhéidir go mbreathnófaí ort arís."

"Cé leis?" arsa mise.

"Ní rachainn isteach air sin," arsa Wemmick, "d'fhéadfadh sé teacht salach ar fhreagrachtaí oifigiúla. Chuala mé é, mar a chuala mé i mo chuid ama rudaí aisteacha eile san áit chéanna. Ní insím duit é maidir le faisnéis a fuarthas. Chuala mé é.

Thóg sé an toasting-forc agus ispíní uaim mar a labhair sé, agus leag sé amach bricfeasta an Aois go néata ar thráidire beag. Sular chuir sé os a chomhair é, chuaigh sé isteach i seomra an Aois le héadach bán glan, agus cheangail sé an rud céanna faoi smig an tsean-uasal, agus phreab sé suas é, agus chuir sé a chaipín oíche ar thaobh amháin, agus thug sé aer rakish dó. Ansin chuir sé a bhricfeasta os a chomhair le cúram mór, agus dúirt sé, "Ceart go leor, nach bhfuil tú, Aois P.?" D'fhreagair an Aois cheerful, "Ceart go leor, a Sheáin, mo bhuachaill, ceart go leor!" Ós rud é go raibh an chuma ar an scéal go raibh tuiscint intuigthe ann nach raibh an Aois i staid reatha, agus dá bhrí sin go raibh sé le meas go raibh sé dofheicthe, rinne mé cur i gcéill go raibh aineolas iomlán agam ar na himeachtaí seo.

"Seo ag faire orm ag mo sheomraí (a raibh cúis amhrais agam uair amháin)," a dúirt mé le Wemmick nuair a tháinig sé ar ais, "tá sé doscartha ón duine a bhfuil fógra tugtha agat dó; an ea?"

Bhí cuma an-tromchúiseach ar Wemmick. "Ní fhéadfainn tabhairt faoi sin a rá, go bhfios dom féin. Ciallaíonn mé, ní raibh mé in ann tabhairt faoi a rá go raibh sé ar dtús. Ach tá sé, nó beidh sé, nó tá sé i mbaol mór a bheith."

Mar a chonaic mé go raibh sé srianta ag fealty go dtí an Bhreatain Bheag ó rá an oiread agus is féidir leis, agus mar a bhí a fhios agam le buíochas a thabhairt dó cé chomh fada as a bhealach a chuaigh sé a rá cad a rinne sé, ní raibh mé in ann brú air. Ach dúirt mé leis, tar éis machnamh beag thar an tine, gur mhaith liom ceist a chur air, faoi réir a fhreagra nó gan freagra a thabhairt, mar a mheas sé ceart, agus cinnte go mbeadh a chúrsa ceart. Shos sé ina bhricfeasta, agus ag trasnú a ghéaga, agus ag pinching a léine-sleeves (ba é a nóisean de chompord in-doras chun suí gan aon chóta), Chlaon sé dom uair amháin, a chur ar mo cheist.

"Chuala tú faoi fhear droch-charachtair, arb é Compeyson a fhíorainm?"

D'fhreagair sé le nod amháin eile.

"An bhfuil sé ina chónaí?"

Nod amháin eile.

"An bhfuil sé i Londain?"

Thug sé nod amháin eile dom, chuaigh sé i bhfeidhm go mór ar oifig an phoist, thug sé nod deireanach dom, agus chuaigh sé ar aghaidh lena bhricfeasta.

"Anois," arsa Wemmick, "ag ceistiú a bheith thart," a leag sé béim agus arís agus arís eile ar mo threoir, "tagaim ar an méid a rinne mé, tar éis dom an méid a chuala mé a chloisteáil. Chuaigh mé go dtí Cúirt an Ghairdín chun tú a aimsiú; gan tú a aimsiú, chuaigh mé go Clarriker's chun an tUasal Herbert a aimsiú.

"Agus dó fuair tú?" arsa mise, le himní mór.

"Agus dó fuair mé. Gan aon ainmneacha a lua nó dul isteach in aon sonraí, thug mé dó a thuiscint go má bhí sé ar an eolas faoi aon duine-Tom, Jack, nó Richard- a bheith faoi na seomraí, nó mar gheall ar an gcomharsanacht láithreach, bhí sé níos fearr a fháil Tom, Jack, nó Richard as an mbealach agus tú as an mbealach. "

"Bheadh sé puzzled go mór cad atá le déanamh?"

"*Bhí* sé puzzled cad atá le déanamh; ní lú, mar thug mé mo thuairim dó nach raibh sé sábháilte iarracht a dhéanamh Tom, Jack, nó Richard a fháil rófhada as an mbealach faoi láthair. An tUasal Pip, inseoidh mé rud éigin duit. Faoi chúinsí atá ann faoi láthair, níl aon áit cosúil le cathair mhór nuair a bhíonn tú ann uair amháin. Ná bris an clúdach ró-luath. Luigh gar. Fan go dtí rudaí slacken, sula ndéanann tú iarracht ar an oscailte, fiú le haghaidh aer eachtrach.

Ghabh mé buíochas leis as a chomhairle luachmhar, agus d'fhiafraigh mé de cad a bhí déanta ag Herbert?

"An tUasal Herbert," a dúirt Wemmick, "tar éis a bheith ar fad de gcarn ar feadh leath uair an chloig, bhuail amach plean. Luaigh sé liom mar rún, go bhfuil sé ag cúirtéireacht ar bhean óg a bhfuil, mar is eol duit, bedridden Pa. Cén Pa, tar éis a bheith sa líne Purser den saol, luíonn a-leaba i bogha-fhuinneog áit ar féidir leis a fheiceáil ar na longa seol suas agus síos an abhainn. Tá aithne agat ar an mbean óg, is dócha?

"Ní go pearsanta," arsa mise.

Ba í an fhírinne, go raibh sí i gcoinne dom mar chompánach daor a rinne Herbert aon mhaith, agus, nuair a mhol Herbert ar dtús dom a chur i láthair di, fuair sí an togra le teas an-mheasartha, gur bhraith Herbert é féin oibleagáid a confide staid an cháis dom, d'fhonn dul i léig beagán ama sula ndearna mé a acquaintance. Nuair a bhí tús curtha agam le hionchais Herbert a chur chun cinn trí stealth, bhí mé in ann é seo a iompar le fealsúnacht cheerful: ní raibh sé féin agus a chuid affianced, as a gcuid féin, an-imníoch an tríú duine a thabhairt isteach ina n-agallaimh; agus mar sin, cé go raibh mé cinnte gur ardaigh mé meas Clara, agus cé go raibh teachtaireachtaí agus cuimhneacháin ag Herbert go rialta ag an mbean óg agus mé féin, ní fhaca mé riamh í. Mar sin féin, níor chuir mé trioblóid ar Wemmick leis na sonraí seo.

"An teach leis an bogha-fhuinneog," a dúirt Wemmick, "a bheith ag an abhainn-taobh, síos an Linn snámha ann idir Limehouse agus Greenwich, agus á choinneáil, is cosúil, ag baintreach an-respectable a bhfuil urlár uachtair ar fáil a ligean, an tUasal Herbert chuir sé dom, cad a rinne mé smaoineamh ar sin mar thionóntán sealadach do Tom, Jack, nó Risteard? Anois, shíl mé go han-mhaith de, ar thrí chúis a thabharfaidh mé duit. Is é sin le rá: *Ar dtús.* Tá sé ar fad as do bhuille go léir, agus tá sé go maith ar shiúl ó ghnáth-charn na sráideanna mór agus beag. *Ar an dara dul síos.* Gan dul in aice leis féin, d'fhéadfá a chloisteáil i gcónaí ar shábháilteacht Tom, Jack, nó Richard, tríd an Uasal Herbert. *Ar an tríú dul síos.* Tar éis tamaill agus nuair a d'fhéadfadh sé a bheith stuama, más mian leat a duillín Tom, Jack, nó Richard ar bord paicéad-bád eachtrach, tá sé-réidh. "

Bhí mé ar mo chompord ag na cúinsí seo, ghabh mé buíochas le Wemmick arís agus arís eile, agus d'impigh mé air dul ar aghaidh.

"Bhuel, a dhuine uasail! Chaith an tUasal Herbert é féin isteach sa ghnó le huacht, agus faoi a naoi a chlog aréir bhí Tom, Jack, nó Richard aige,-cibé acu é,-níl tú féin agus mé ag iarraidh a fháil amach,-rathúil go leor. Ag an sean-lóistín tuigeadh gur gaireadh go Dover é, agus, go deimhin, tógadh síos bóthar Dover é agus cuireadh amach as é. Anois, buntáiste mór eile de seo go léir, go ndearnadh é gan tú, agus nuair, má bhí aon duine a bhaineann leis féin faoi do ghluaiseachtaí, ní mór duit a bheith ar eolas a bheith riamh an oiread sin míle amach agus go leor ar shlí eile ag gabháil. Atreoraíonn sé seo amhras agus cuireann sé mearbhall air; agus ar an gcúis chéanna mhol mé, fiú má tháinig tú ar ais aréir, nár cheart duit dul abhaile. Tugann sé níos mó mearbhaill isteach, agus ba mhaith leat mearbhall.

Wemmick, tar éis dó a bhricfeasta a chríochnú, d'fhéach sé anseo ar a uaireadóir, agus thosaigh sé ag fáil a chóta air.

"Agus anois, an tUasal Pip," a dúirt sé, lena lámha fós sna sleeves, "Tá mé déanta is dócha an chuid is mó is féidir liom a dhéanamh; ach más féidir liom níos mó a dhéanamh riamh,-ó thaobh Walworth de, agus i gcáil phríobháideach agus phearsanta amháin,-Beidh mé sásta é a dhéanamh. Seo an seoladh. Ní féidir aon dochar a dhéanamh do dhul anseo go dtí an oíche, agus a fheiceáil duit féin go bhfuil gach rud go maith le Tom, Jack, nó Richard, sula dtéann tú abhaile,-agus sin cúis eile nach ndeachaigh tú abhaile aréir. Ach, tar éis duit dul abhaile, ná téigh ar ais anseo. Tá an-fháilte romhat, táim cinnte, a Uasail Pip"; bhí a lámha anois as a muinchillí, agus bhí mé ag croitheadh orthu; "Agus lig dom pointe tábhachtach amháin a luí ort ar deireadh." Leag sé a lámha ar mo ghuaillí, agus dúirt sé i gcogar sollúnta: "Bain leas as an tráthnóna seo chun greim a leagan ar a mhaoin iniompartha. Níl a fhios agat cad a d'fhéadfadh tarlú dó. Ná lig d'aon rud tarlú don mhaoin iniompartha."

Éadóchas go leor m'intinn a dhéanamh soiléir do Wemmick ar an bpointe seo, forbore mé chun iarracht a dhéanamh.

"Tá an t-am suas," arsa Wemmick, "agus caithfidh mé a bheith as. Má bhí tú rud ar bith níos práinní a dhéanamh ná a choinneáil anseo go dtí dorcha, sin an méid ba chóir dom comhairle a thabhairt. Breathnaíonn tú an-bhuartha, agus dhéanfadh sé maith duit lá breá ciúin a bheith agat leis an Aois,-beidh sé suas faoi láthair,-agus beagán de-cuimhin leat an mhuc?

"Ar ndóigh," arsa mise.

"Bhuel; agus beagán de. Ba é an t-ispíní sin a bhí agat, agus bhí sé ar gach slí ina chéad-rater. Déan iarracht air, mura bhfuil ann ach ar mhaithe le seanaithne. Deabeannacht, Tuismitheoir Aois!" i shout cheery.

"Ceart go leor, a Sheáin; Ceart go leor, a bhuachaill!" a phíob an seanfhear ón taobh istigh.

Ba ghearr gur thit mé i mo chodladh roimh thine Wemmick, agus bhain an Aois agus mé féin taitneamh as sochaí a chéile trí thitim i mo chodladh roimhe níos mó nó níos lú an lá ar fad. Bhí loin muiceola againn don dinnéar, agus d'fhás na Glasaigh ar an eastát; agus chrom mé ar an Aois le hintinn mhaith aon uair a theip orm é a dhéanamh go codlatach. Nuair a bhí sé dorcha go leor, d'fhág mé an Aois ag ullmhú na tine le haghaidh tósta; agus bhain mé siar as líon na gcupán tae, chomh maith lena spléachadh ar an dá dhoras beag sa bhalla, go rabhthas ag súil le Miss Skiffins.

Caibidil XLVI.

Bhí a hocht a chlog buailte sula ndeachaigh mé isteach san aer, bhí sé sin scented, ní disagreeably, ag na sceallóga agus bearrtha na tógálaithe bád fada-chladach, agus crann, oar, agus lucht déanta bloc. Ní raibh an réigiún sin ar thaobh an uisce den Linn Uachtarach agus íochtarach faoi bhun an Droichid ar eolas agam; agus nuair a bhuail mé síos cois na habhann, fuair mé amach nach raibh an láthair a bhí uaim san áit a raibh mé ceaptha a bheith, agus go raibh sé rud ar bith ach éasca le fáil. Tugadh Mill Pond Bank, Abhantrach Chinks air; agus ní raibh aon treoir eile agam maidir le Báisín Chinks ná siúlóid Old Green Copper Rope.

Ní bhaineann sé leis na longa sáinnithe a bhí ag deisiú i ndugaí tirime a chaill mé féin ina measc, cad iad na seanchabhail long a bhí á gcnagadh ar phíosaí, cad é an t-ooze agus an sláthach agus na dríodair eile taoide, cad iad na clóis de thógálaithe long agus de lucht briste long, cad iad na hancairí meirgeacha a bhíonn ag greamú go dall ar an talamh, cé go raibh siad ar dualgas ar feadh na mblianta, cén tír shléibhtiúil ina bhfuil cascaí carntha agus adhmad, cé mhéad rópa-siúlóidí nach raibh an Sean Copar Glas. Tar éis roinnt uaireanta ag titim gearr de mo cheann scríbe agus chomh minic overshooting sé, tháinig mé gan choinne thart ar choirnéal, ar Mill Pond Bank. Cineál úr áite a bhí ann, gach uile chás, áit a raibh seomra ag an ngaoth ón abhainn chun í féin a chasadh thart; agus bhí dhá nó trí chrann ann, agus bhí stumpa muileann gaoithe scriosta ann, agus bhí an Old Green Copper Rope-walk ann,-a raibh radharc fada caol agam a d'fhéadfainn a rianú i solas na gealaí, ar feadh sraith frámaí adhmaid a bhí leagtha síos sa talamh, a bhí cosúil le haymaking-rakes superannuated a d'fhás sean agus a chaill an chuid is mó dá gcuid fiacla.

Ag roghnú as an cúpla teach Queer ar Mill Pond Bank teach le tosaigh adhmaid agus trí scéalta bow-fhuinneog (ní bhá-fhuinneog, a bhfuil rud eile), D'fhéach mé ar an pláta ar an doras, agus a léamh ann, Mrs Whimple. Sin é an t-ainm a bhí uaim, leag mé, agus d'fhreagair bean aosta de chuma thaitneamhach rathúil. Chuir Herbert ina choinne láithreach, áfach, a threoraigh go ciúin mé isteach sa pharlús agus a dhún an doras. B'aisteach an rud é a aghaidh an-eolach a fheiceáil bunaithe go leor sa bhaile sa seomra agus sa réigiún an-neamhchoitianta sin; agus fuair mé mé féin ag féachaint air, i bhfad mar a d'fhéach mé ar an gcófra cúinne leis an ghloine agus an tSín, na sliogáin ar an simléar-píosa, agus na greanadh daite ar an mballa, a léiríonn bás Captaen Cook, long-seoladh, agus a Shoilse Rí George an Tríú i wig coachman stáit, leathar-breeches, agus barr-buataisí, ar an ardán ag Windsor.

"Tá gach maith, Handel," arsa Herbert, "agus tá sé sásta go leor, cé go bhfuil fonn air tú a fheiceáil. Tá mo chailín daor lena hathair; agus má fhanfaidh tú go dtí go dtiocfaidh sí anuas, cuirfidh mé in iúl duit í, agus ansin rachaimid thuas staighre. *Sin é* a hathair."

Bhí mé ar an eolas faoi lasnairde scanrúil a bhí ag fás, agus is dócha gur chuir mé an fhíric in iúl i mo ghnúis.

"Tá eagla orm gur sean-rascal brónach é," arsa Herbert, ag miongháire, "ach ní fhaca mé riamh é. Nach bhfuil boladh rum ort? Tá sé i gcónaí air."

"Ag rum?" arsa mise.

"Sea," ar ais Herbert, "agus is féidir leat dócha cé chomh éadrom a dhéanann sé a gout. Leanann sé, freisin, ag coinneáil na bhforálacha go léir thuas staighre ina sheomra, agus ag freastal orthu amach. Coinníonn sé iad ar sheilfeanna thar a cheann, agus *meáfaidh sé* iad go léir. Caithfidh a sheomra a bheith cosúil le siopa chandler.

Cé gur labhair sé dá bhrí sin, tháinig an torann ag fás ina roar fada, agus ansin fuair sé bás ar shiúl.

"Cad eile is féidir a bheith mar thoradh air," arsa Herbert, mar mhíniú, "an *ngearrfaidh sé* an cháis? Ní féidir le fear a bhfuil an gout ina lámh dheas - agus i ngach áit eile - a bheith ag súil le dul trí Gloucester Dúbailte gan é féin a ghortú."

Ba chosúil gur ghortaigh sé é féin go mór, mar thug sé roar buile eile.

"Chun go mbeadh Provis do lóistéir uachtair go leor godsend do Mrs Whimple," a dúirt Herbert, "ar ndóigh ní bheidh daoine i gcoitinne seasamh go torann. Áit aisteach, Handel; nach ea?"

Áit aisteach a bhí ann, go deimhin; ach thar a bheith coinnithe agus glan go maith.

"Mrs Whimple," arsa Herbert, nuair a dúirt mé leis mar sin, "is é an chuid is fearr de mhná tí, agus níl a fhios agam i ndáiríre cad a dhéanfadh mo Clara gan a cúnamh máthar. Óir, níl máthair dá cuid féin ag Clara, Handel, agus níl gaol ar bith aici leis an domhan ach sean-Gruffandgrim."

"Surely nach é sin a ainm, Herbert?"

370

"Ní hea, ní hea," ar Herbert, "sin m'ainm dó. An tUasal Eorna is ainm dó. Ach cén bheannacht atá ann do mhac m'athar agus mo mháthar grá a thabhairt do chailín nach bhfuil aon chaidreamh aici léi, agus nach féidir léi cur isteach uirthi féin ná ar aon duine eile faoina teaghlach!

D'inis Herbert dom ar ócáidí roimhe seo, agus mheabhraigh sé dom anois, go raibh aithne aige ar Miss Clara Barley den chéad uair nuair a bhí sí ag críochnú a cuid oideachais ag bunaíocht i Hammersmith, agus nuair a tugadh chun cuimhne abhaile í chun altra a hathair, gur chuir sé féin agus sí a gean ar an Uasal Whimple, a chothaigh agus a rialaíodh í le cineáltas agus discréid chomhionann, ó shin i leith. Tuigeadh nach bhféadfaí aon rud de chineál tairisceana a chur in iúl, b'fhéidir, do shean-Eorna, toisc é a bheith go hiomlán éagothrom le breithniú a dhéanamh ar ábhar ar bith níos síceolaíochta ná siopaí Gout, Rum, agus Purser.

Mar a bhí muid ag conversing dá bhrí sin i ton íseal agus growl leanúnach Old Barley vibrated sa bhíoma a thrasnaigh an tsíleáil, d'oscail doras an tseomra, agus cailín an-deas, beag, dorcha-eyed de fiche nó mar sin tháinig isteach le ciseán ina láimh: a bhfuil Herbert faoiseamh tenderly an ciseán, agus i láthair, blushing, mar "Clara." Bhí sí i ndáiríre cailín is fheictear, agus d'fhéadfadh a bheith ar aghaidh le haghaidh fairy captive, a bhfuil an Ogre truculent, Old Barley, brúite isteach ina sheirbhís.

"Féach anseo," arsa Herbert, ag taispeáint dom an ciseán, le gáire truamhéalach agus tairisceana, tar éis dúinn labhairt beagán; "seo suipéar bocht Clara, a sheirbheáil amach gach oíche. Seo a liúntas aráin, agus seo a slice cáise, agus seo a rum,-a ólaim. Is é seo bricfeasta an Uasail Barley do to-morrow, sheirbheáil amach a cooked. Dhá chops caoireola, trí phrátaí, roinnt piseanna scoilte, plúr beag, dhá unsa ime, pinch salainn, agus an piobar dubh seo go léir. Tá sé stewed suas le chéile, agus tógtha te, agus tá sé ina rud deas don gout, ba chóir dom smaoineamh! "

Bhí rud éigin chomh nádúrtha agus a bhuaigh i mbealach éirithe Clara chun féachaint ar na siopaí seo go mion, mar a dúirt Herbert leo; agus rud éigin chomh confiding, grámhar, agus neamhchiontach ina modh measartha chun í féin a thabhairt do lámh embracing Herbert; agus rud chomh séimh inti, an oiread sin cosanta ag teastáil uaithi ar Mill Pond Bank, ag Abhantrach Chinks, agus an Old Green Copper Rope-walk, le Old Barley ag fás sa bhíoma, - nach mbeadh an caidreamh idir í féin agus Herbert agam as an airgead go léir sa leabhar póca nár oscail mé riamh.

Bhí mé ag féachaint uirthi le pléisiúr agus admiration, nuair a swelled go tobann an growl isteach i roar arís, agus chualathas torann bumping scanrúil thuas, amhail is dá mbeadh fathach le cos adhmaid ag iarraidh a rug sé tríd an tsíleáil le teacht orainn. Ar seo dúirt Clara le Herbert, "Papa ba mhaith liom, darling!" agus rith sé ar shiúl.

"Tá sean-siorc dothuigthe ann duit!" arsa Herbert. "Cad is dóigh leat go bhfuil sé ag iarraidh anois, a Handel?"

"Níl a fhios agam," arsa mise. "Rud le n-ól?"

"Sin é!" Adeir Herbert, amhail is dá mbeadh buille faoi thuairim déanta agam ar fhiúntas neamhghnách. "Coinníonn sé a grog réidh measctha i dtobán beag ar an mbord. Fan nóiméad, agus cloisfidh tú Clara ardaitheoir air suas chun roinnt a ghlacadh. Tá sé ag dul! Roar eile, le croitheadh fada ag an deireadh. "Anois," arsa Herbert, mar tháinig tost air, "tá sé ag ól. Anois," arsa Herbert, mar a d'éirigh an growl sa bhíoma arís, "tá sé síos arís ar a dhroim!"

D'fhill Clara go luath ina dhiaidh sin, agus chuaigh Herbert in éineacht liom thuas staighre chun ár gcúis a fheiceáil. Agus muid ag dul thar dhoras an Uasail Eorna, chualathas é ag magadh go hoarsely laistigh, i mbrú a d'ardaigh agus a thit cosúil le gaoth, an Staonadh seo a leanas, ina gcuirim dea-mhianta in ionad rud éigin droim ar ais:—

"Ahoy! Beannaigh do shúile, seo sean Bill Barley. Seo sean Bill Barley, beannaigh do shúile. Seo sean Bill Barley ar árasán a dhroim, ag an Tiarna. Ina luí ar árasán a dhroim mar a bheadh sean-flounder marbh ag sileadh, seo do shean-Bill Barley, beannaigh do shúile. Ahoy! Beannaigh tú.

Sa tréithchineál sólás seo, chuir Herbert in iúl dom go mbeadh an Eorna dofheicthe ag commune leis féin faoin lá agus faoin oíche le chéile; Go minic, cé go raibh sé éadrom, agus súil amháin aige, ag an am céanna, ar theileascóp a bhí feistithe ar a leaba mar áis scuabadh na habhann.

Ina dhá sheomra cábáin ag barr an tí, a bhí úr agus airy, agus ina raibh an tUasal Eorna níos lú inchloiste ná thíos, fuair mé Provis socraithe go compordach. Níor chuir sé aon aláram in iúl, agus ba chosúil nár mhothaigh sé aon cheann arbh fhiú é a lua; ach bhuail sé dom go raibh sé softened,-indefinably, do ní raibh mé in ann a rá conas, agus ní fhéadfadh ina dhiaidh sin a thabhairt chun cuimhne conas nuair a rinne mé, ach cinnte.

Mar gheall ar an deis a thug an chuid eile den lá dom le machnamh a dhéanamh, bhí mé lánchinnte gan aon rud a rá leis maidir le Compeyson. I gcás rud ar bith a bhí a fhios agam, d'fhéadfadh a bheocht i leith an fhir a bheith mar thoradh ar shlí eile ar a lorg air amach agus rushing ar a scrios féin. Dá bhrí sin, nuair a shuigh Herbert agus mé síos leis ag a thine, d'fhiafraigh mé de ar dtús an raibh sé ag brath ar bhreithiúnas Wemmick agus ar fhoinsí faisnéise?

"Ay, ay, buachaill daor!" fhreagair sé, le nod uaigh, "Tá a fhios Jaggers."

"Ansin, labhair mé le Wemmick," arsa mise, "agus tháinig mé chun a rá leat cén rabhadh a thug sé dom agus cén chomhairle."

Seo a rinne mé go cruinn, leis an áirithint luaite díreach; agus d'inis mé dó conas a chuala Wemmick, i bpríosún Newgate (cibé acu ó oifigigh nó príosúnaigh nach bhféadfainn a rá), go raibh amhras éigin air, agus go raibh faire ar mo sheomraí; mar a mhol Wemmick é a choinneáil gar ar feadh tamaill, agus mo choinneáil uaidh; agus an méid a bhí le rá ag Wemmick faoi é a fháil thar lear. Dúirt mé, ar ndóigh, nuair a tháinig an t-am, ba chóir dom dul leis, nó ba chóir dom a leanúint gar dó, mar a d'fhéadfadh a bheith sábháilte i mbreithiúnas Wemmick. Cad a bhí le leanúint nár leag mé lámh air; ní raibh, go deimhin, mé soiléir nó compordach faoi i m'intinn féin, anois go bhfaca mé é sa riocht níos boige sin, agus i mbaol dearbhaithe ar mo shon. Maidir le mo bhealach maireachtála a athrú trí mo chostais a mhéadú, chuir mé chuige é cibé acu inár gcúinsí reatha gan socrú agus deacair, ní bheadh sé ach ridiculous, más rud é nach raibh sé níos measa?

Ní fhéadfadh sé é seo a shéanadh, agus go deimhin bhí sé an-réasúnta tríd síos. Fiontar a bhí ann teacht ar ais, a dúirt sé, agus bhí a fhios aige i gcónaí gur fiontar a bhí ann. Ní dhéanfadh sé rud ar bith chun é a dhéanamh ina fhiontar éadóchasach, agus is beag eagla a bhí air roimh a shábháilteacht le cabhair chomh maith sin.

Dúirt Herbert, a bhí ag féachaint ar an tine agus ag machnamh, anseo go raibh rud éigin tagtha isteach ina chuid smaointe ag éirí as moladh Wemmick, arbh fhiú é a shaothrú. "Is fir mhaithe uisce muid, Handel, agus d'fhéadfadh muid é a thabhairt síos an abhainn féin nuair a thagann an t-am ceart. Ní fhruileofaí bád ar bith ansin chuige sin, agus ní bheadh bádóirí ar bith ann; Shábhálfadh sé sin seans amhrais ar a laghad, agus is fiú seans ar bith a shábháil. Ná bac leis an séasúr; nach gceapann tú go mb'fhéidir gur rud maith é dá dtosódh tú ag an am céanna bád a choinneáil ag staighre an Teampaill, agus go raibh sé de nós agat rámhaíocht suas agus síos an abhainn? Titeann tú isteach sa nós sin, agus ansin cé a thugann faoi deara nó a intinn? Déan é fiche nó caoga uair, agus níl aon rud speisialta i do dhéanamh an t-aonú ceann is fiche nó caoga a haon."

Thaitin an scéim seo liom, agus bhí Provis elated go leor aige. D'aontaíomar gur cheart é a chur i bhfeidhm, agus nár cheart go n-aithneodh Provis muid dá dtiocfadh muid faoi bhun an Droichid, agus go ndeachaigh muid thar Bhruach Locháin an Mhuilinn. Ach d'aontaigh muid freisin gur chóir dó an dall a tharraingt anuas sa chuid sin dá fhuinneog a thug ar an taobh thoir, aon uair a chonaic sé muid agus bhí an ceart ar fad aige.

Ár gcomhdháil a bheith críochnaithe anois, agus gach rud eagraithe, d'ardaigh mé chun dul; ag rá le Herbert gurbh fhearr dó féin agus dom gan dul abhaile le chéile, agus go dtógfainn leathuair an chloig ag tosú air. "Ní maith liom tú a fhágáil anseo," a dúirt mé le Provis, "cé nach féidir liom a bheith in amhras go bhfuil tú níos sábháilte anseo ná in aice liom. Slán leat!

"A bhuachaill dhil," a d'fhreagair sé, ag bualadh mo lámha, "Níl a fhios agam cathain is féidir linn bualadh le chéile arís, agus ní maith liom dea-bheannacht. Abair dea-oíche!

"Dea-oíche! Beidh Herbert ag dul go rialta eadrainn, agus nuair a thiocfaidh an t-am b'fhéidir go mbeidh tú cinnte go mbeidh mé réidh. Dea-oíche, dea-oíche!

Cheapamar gurbh fhearr dó fanacht ina sheomraí féin; agus d'fhágamar é ar an tuirlingt taobh amuigh dá dhoras, agus solas os cionn an staighre-iarnróid aige chun muid a lasadh thíos staighre. Ag féachaint siar air, smaoinigh mé ar an gcéad oíche dá fhilleadh, nuair a bhí ár bpoist droim ar ais, agus nuair a cheap mé beag go bhféadfadh mo chroí a bheith chomh trom agus imníoch ag scaradh uaidh mar a bhí sé anois.

Bhí Sean-Eorna ag fás agus ag eascainí nuair a d'éirigh muid as a dhoras, gan aon chuma air go raibh deireadh leis nó go raibh brí leis. Nuair a shroicheamar bun an staighre, d'fhiafraigh mé de Herbert an raibh ainm Provis caomhnaithe aige. D'fhreagair sé, cinnte nach bhfuil, agus go raibh an lóistéir an tUasal Campbell. Mhínigh sé freisin go raibh an tUasal Campbell ar an eolas is mó a bhí ann, go raibh an tUasal Campbell (Herbert) tar éis an tUasal Campbell a choinsíniú dó, agus gur mhothaigh sé spéis láidir phearsanta ina chúram maith, agus saol seafóideach a chaitheamh. Mar sin, nuair a chuaigh muid isteach sa pharlús ina raibh Mrs Whimple agus Clara ina suí ag an obair, ní dúirt mé aon rud de mo spéis féin san Uasal Campbell, ach choinnigh mé liom féin é.

Nuair a bhí mé ag glacadh saoire an cailín deas, milis, dorcha-eyed, agus an bhean motherly nach raibh beo a comhbhrón macánta le affair beag de ghrá fíor, Bhraith mé amhail is dá mbeadh an Old Green Copper Rope-siúlóid tar éis fás go leor áit éagsúla. D'fhéadfadh Sean Eorna a bheith chomh sean leis na cnoic, agus d'fhéadfadh sé a mhionnú cosúil le réimse iomlán de troopers, ach bhí fhuascailt óige agus muinín agus dóchas go leor i Abhantrach Chinks chun é a líonadh chun cur thar maoil. Agus ansin smaoinigh mé ar Estella, agus ar ár scaradh, agus chuaigh mé abhaile an-brónach.

Bhí gach rud chomh ciúin sa Teampall is a chonaic mé riamh iad. Bhí fuinneoga na seomraí ar an taobh sin, a bhí i seilbh Provis le déanaí, dorcha agus fós, agus ní raibh aon lounger i Garden Court. Shiúil mé thar an tobair faoi dhó nó thrice sular shíolraigh mé na céimeanna a bhí idir mé féin agus mo sheomraí, ach bhí mé i m'aonar go leor. Herbert, ag teacht go dtí mo leaba nuair a tháinig sé isteach,-do chuaigh mé díreach a chodladh, dispirited agus tuirse,-rinne an tuarascáil chéanna. Ag oscailt ceann de na fuinneoga ina dhiaidh sin, d'fhéach sé amach ar sholas na gealaí, agus dúirt sé liom go raibh an pábháil chomh folamh go sollúnta le pábháil aon ardeaglaise ag an uair chéanna.

An lá dár gcionn shocraigh mé orm féin an bád a fháil. Rinneadh é go luath, agus tugadh an bád thart go dtí staighre an Teampaill, agus leag mé an áit a raibh mé in ann í a bhaint amach laistigh de nóiméad nó dhó. Ansin, thosaigh mé ag dul amach mar le haghaidh oiliúna agus cleachtais: uaireanta ina n-aonar, uaireanta le Herbert. Bhí mé amuigh go minic i bhfuacht, báisteach, agus flichshneachta, ach níor thug aon duine mórán airde orm tar éis dom a bheith amuigh cúpla uair. Ar dtús, choinnigh mé os cionn Dhroichead blackfriars; ach de réir mar a d'athraigh uaireanta na taoide, chuaigh mé i dtreo Dhroichead Londan. Seandroichead Londan a bhí ann sna laethanta sin, agus ag stáit áirithe den taoide bhí rás agus titim uisce ann a thug droch-cháil dó. Ach bhí a fhios agam go maith conas an droichead a 'lámhach' tar éis é a fheiceáil déanta, agus mar sin thosaigh mé ag rámhaíocht faoi i measc na loingseoireachta sa Linn, agus síos go dtí Erith. An chéad uair a rith mé Mill Pond Bank, Herbert agus bhí mé ag tarraingt péire oars; agus, ag dul agus ag filleadh, chonaiceamar an dall i dtreo an oirthir ag teacht anuas. Is annamh a bhí Herbert ann níos minice ná trí huaire in aghaidh na seachtaine, agus níor thug sé focal amháin faisnéise dom a bhí scanrúil ar chor ar bith. Fós féin, bhí a fhios agam go raibh cúis aláraim ann, agus ní raibh mé in ann fáil réidh leis an gcoincheap go rabhthas ag faire air. Nuair a fhaightear é, is smaoineamh uafásach é; cé mhéad duine neamhdheartha a raibh amhras orm go raibh mé ag breathnú orm, bheadh sé deacair a ríomh.

I mbeagán focal, bhí mé i gcónaí lán d'eagla ar an bhfear gríos a bhí i bhfolach. Dúirt Herbert liom uaireanta go raibh sé taitneamhach seasamh ag ceann dár bhfuinneoga tar éis thitim na hoíche, nuair a bhí an taoide ag rith síos, agus smaoineamh go raibh sé ag sileadh, le gach rud a rug sé, i dtreo Clara. Ach shíl mé le dread go raibh sé ag sileadh i dtreo Magwitch, agus go bhféadfadh aon mharc dubh ar a dhromchla a bheith ina lucht leanúna, ag dul go tapa, go ciúin, agus go cinnte, chun é a thógáil.

Caibidil XLVII.

Chuaigh roinnt seachtainí thart gan aon athrú a dhéanamh. D'fhan muid le Wemmick, agus ní dhearna sé aon chomhartha. Murach go raibh aithne agam air as an mBreatain Bheag, agus nár thaitin sé riamh liom a bheith ar bhonn eolach ar an gCaisleán, b'fhéidir go mbeadh amhras orm faoi; Not so for a moment, fios a bheith agam air mar a rinne mé.

Thosaigh mo ghnóthaí domhanda ag caitheamh cuma gruama, agus bhrúigh níos mó ná creidiúnaí amháin airgead orm. Fiú thosaigh mé féin ar an eolas faoi mhianta an airgid (airgead réidh i mo phóca féin atá i gceist agam), agus faoiseamh a thabhairt dó trí roinnt earraí seodra a bhí spártha go héasca a thiontú ina airgead tirim. Ach bhí mé diongbháilte go leor gur calaois gan chroí a bheadh ann níos mó airgid a thógáil ó mo phátrún sa staid reatha de mo chuid smaointe agus pleananna éiginnte. Dá bhrí sin, chuir mé an leabhar póca gan oscailt ag Herbert chuige, chun greim a choinneáil ina choimeád féin, agus mhothaigh mé cineál sástachta - cibé acu cineál bréagach nó fíor é, is ar éigean atá a fhios agam - gan brabús a dhéanamh as a fhlaithiúlacht ó nochtadh é féin.

De réir mar a chaith an t-am ar aghaidh, shocraigh tuiscint go mór orm go raibh Estella pósta. Ar eagla go ndeimhneofaí é, cé nach raibh ann ach ciontú, sheachain mé na nuachtáin, agus d'impigh mé ar Herbert (ar chuir mé cúinsí ár n-agallaimh dheireanaigh ina leith) gan í a labhairt liom. Cén fáth ar chroch mé suas an ceirt bheag dheireanach seo den róba dóchais a bhí ar cíos agus a tugadh do na gaotha, cá bhfios? Cén fáth ar léigh tú é seo, a gheall nach raibh neamhréireacht de do chuid féin anuraidh, an mhí seo caite, an tseachtain seo caite?

Saol míshásta a bhí ann a mhair mé; agus a imní ceannasach amháin, towering thar gach a imní eile, cosúil le sliabh ard os cionn raon sléibhte, riamh imithe ó mo thuairim. Fós féin, níor tháinig aon chúis nua eagla chun cinn. Let me start from my bed as I would, leis an sceimhle úr orm gur thángthas air; lig dom suí ag éisteacht, mar ba mhaith liom le dread, do Herbert ar ais céim san oíche, lest ba chóir é a fleeter ná gnáth, agus winged le nuacht olc,-do gach sin, agus i bhfad níos mó chun na críche sin, chuaigh an babhta rudaí ar aghaidh. Daortha chun easpa gnímh agus staid de restlessness leanúnach agus fionraí, rowed mé faoi i mo bhád, agus d'fhan, d'fhan, d'fhan, mar is fearr a d'fhéadfadh mé.

Bhí stáit na taoide nuair, tar éis a bheith síos an abhainn, ní raibh mé in ann dul ar ais trí na háirsí eddy-chafed agus starlings sean Droichead Londain; ansin, d'fhág mé mo bhád ag caladh in aice le Teach an Chustaim, le tabhairt suas ina dhiaidh sin go staighre an Teampaill. Ní raibh mé averse a dhéanamh seo, mar a bhí sé a dhéanamh dom féin agus mo bhád eachtra coitianta i measc na daoine uisce-taobh ann. Ón ócáid bheag seo sprang dhá chruinniú go bhfuil mé anois a insint faoi.

Tráthnóna amháin, go déanach i mí Feabhra, tháinig mé i dtír ag an gcaladh ag dusk. Tharraing mé anuas chomh fada le Greenwich leis an taoide ebb, agus bhí mé iompaithe leis an taoide. Lá breá geal a bhí ann, ach bhí sé ceomhar de réir mar a thit an ghrian, agus b'éigean dom mo bhealach a dhéanamh ar ais i measc na loingseoireachta, go cúramach. Agus mé ag dul agus ag filleadh, chonaic mé an comhartha ina fhuinneog, All well.

Toisc gur tráthnóna amh a bhí ann, agus bhí mé fuar, shíl mé go dtabharfainn sólás dom féin leis an dinnéar ag an am céanna; agus ós rud é go raibh uair an chloig dejection agus solitude romham dá rachainn abhaile go dtí an Teampall, shíl mé go rachainn go dtí an dráma ina dhiaidh sin. Bhí an amharclann ina raibh an tUasal Wopsle tar éis a bhua amhrasach a bhaint amach sa chomharsanacht cois uisce sin (níl sé in áit ar bith anois), agus leis an amharclann sin bheartaigh mé dul. Bhí a fhios agam nár éirigh leis an Uasal Wopsle an Dráma a athbheochan, ach, a mhalairt ar fad, bhí sé sách páirteach sa mheath. Bhí sé cloiste ominously de, trí na billí súgartha, mar Dubh dílis, i ndáil le cailín beag de bhreith uasal, agus moncaí. Agus chonaic Herbert é mar Tartar creiche de propensities comic, le aghaidh cosúil le bríce dearg, agus hata outrageous ar fud bells.

Dined mé ag an méid Herbert agus mé ag glaoch ar chop-teach geografach, áit a raibh léarscáileanna den domhan i rims porter-pot ar gach leath-chlós de na éadach boird, agus cairteacha de gravy ar gach ceann de na sceana,-go dtí an lá atá inniu ann tá scarcely chop-teach amháin laistigh de tiarnais an Ard-Mhéara nach bhfuil geografach,— agus chaith sé amach an t-am i dozing thar blúíríní, ag stánadh ar ghás, agus bácáil i soinneáin te dinnéir. By and by, roused mé féin, agus chuaigh mé go dtí an dráma.

Tá, fuair mé báid virtuous i seirbhís a Shoilse, - fear is mó den scoth, cé go raibh mé in ann a bheith ag iarraidh a bríste nach bhfuil go leor chomh daingean i roinnt áiteanna, agus ní leor chomh scaoilte i gcásanna eile, - a leag go léir hataí na bhfear beag thar a súile, cé go raibh sé an-fhlaithiúil agus cróga, agus nach mbeadh a chloisteáil ar aon duine cánacha a íoc, cé go raibh sé an-tírghrách. Bhí mála airgid ina phóca aige, mar a bheadh maróg san éadach, agus ar an maoin sin phós sé duine óg i dtroscán leapa, le rejoicings mór; daonra iomlán Portsmouth (naoi líon ag an daonáireamh deireanach) ag casadh amach ar an trá chun a lámha féin a chuimilt agus gach duine eile a chroitheadh, agus "Líon, líon!" Swab áirithe dorcha-complexioned, áfach, nach mbeadh a líonadh, nó aon rud eile a bhí beartaithe dó, agus a bhfuil a chroí a bhí luaite go hoscailte (ag an boatswain) a bheith chomh dubh lena figiúr-cheann, molta do dhá Swabs eile a fháil ar fad cine daonna i deacrachtaí; a bhí déanta chomh héifeachtach sin (an teaghlach Swab a bhfuil tionchar suntasach polaitiúil) gur thóg sé leath an tráthnóna chun rudaí a shocrú i gceart, agus ansin bhí sé ach a thabhairt faoi trí grósaera beag macánta le hata bán, gaiters dubh, agus srón dearg, ag dul isteach i clog, le gridiron, agus éisteacht, agus ag teacht amach, agus knocking gach duine síos ó taobh thiar leis an gridiron nach bhféadfadh sé confute leis an méid a bhí sé overheard. Mar thoradh air seo, tháinig an tUasal Wopsle (nár chualathas trácht air riamh roimhe seo) isteach le réalta agus garter ar, mar lánchumhachtach de chumhacht mhór díreach ón Aimiréalacht, a rá go raibh na Swabs go léir le dul go dtí príosún ar an láthair, agus gur thug sé na báid síos an Union Jack, mar admháil bheag ar a chuid seirbhísí poiblí. An boatswain, gan foireann den chéad uair, triomaithe measúil a shúile ar an Jack, agus ansin cheering suas, agus aghaidh a thabhairt ar an Uasal Wopsle mar Do Onóir, solicited cead a ghlacadh dó ag an eite. An tUasal Wopsle, conceding a eite le dínit gracious, bhí shoved láithreach isteach i gcúinne dusty, agus gach duine rince cornphíopa; agus ón gcúinne sin, ag déanamh suirbhé ar an bpobal le súil easaontach, tháinig sé ar an eolas fúm.

Ba é an dara píosa an pantomime Nollag mór grinn deireanach, sa chéad radharc de, chuir sé pian orm a bheith in amhras gur bhraith mé an tUasal Wopsle le cosa dearga measa faoi ghnúis fosfair an-formhéadaithe agus turraing imbhalla dearg dá chuid gruaige, ag gabháil do mhonarú thunderbolts i mianach, agus ag taispeáint cowardice mór nuair a tháinig a mháistir gigantic abhaile (an-hoarse) chun dinnéar. Ach chuir sé é féin i láthair faoi láthair faoi chúinsí fiúntacha; óir, an Genius of Youthful Love a bheith ag iarraidh cúnaimh,-mar gheall ar bhrúidiúlacht tuismitheoirí feirmeora aineolach a chuir i gcoinne rogha chroí a iníne, trí thitim ar an rud, i sac plúir, as fuinneog an chéad urláir,-thoghairm Enchanter sententious; agus sé, ag teacht suas ó na antipodes in áit unsteadily, tar éis turas cosúil foréigneach, bhí a bheith an tUasal Wopsle i hata ard-crowned, le hobair necromantic i imleabhar amháin faoina lámh. An gnó an enchanter ar domhan a bheith go príomha le labhairt ag, chanadh ag, butted ag, rince ag, agus flashed ag le tinte de dhathanna éagsúla, bhí sé go leor ama ar a lámha. Agus thug mé faoi deara, le hiontas mór, gur chaith sé é ag stánadh i mo threo amhail is dá mbeadh sé caillte i iontas.

Bhí rud éigin chomh suntasach sa glare ag méadú ar shúil an Uasail Wopsle, agus an chuma air a bheith ag casadh an oiread sin rudaí thar ina intinn agus ag fás chomh mearbhall, nach raibh mé in ann é a dhéanamh amach. Shuigh mé ag smaoineamh air i bhfad tar éis dó dul suas go dtí na scamaill i gcás faire mór, agus fós ní raibh mé in ann é a dhéanamh amach. Bhí mé fós ag smaoineamh air nuair a tháinig mé amach as an amharclann uair an chloig ina dhiaidh sin, agus fuair mé é ag fanacht liom in aice an dorais.

"Conas a dhéanann tú?" arsa mise, ag croitheadh lámh leis agus muid ag iompú síos an tsráid le chéile. "Chonaic mé go bhfaca tú mé."

"Chonaic tú, an tUasal Pip!" D'fhill sé. "Sea, ar ndóigh chonaic mé thú. Ach cé eile a bhí ann?"

"Cé eile?"

"Is é an rud strangest," a dúirt an tUasal Wopsle, drifting isteach ina cuma caillte arís; "agus fós d'fhéadfainn mionn a thabhairt dó."

Ag éirí scanrúil, entreated mé an tUasal Wopsle a mhíniú a bhrí.

"Cibé ba chóir dom a bheith faoi deara dó ar dtús ach do do bheith ann," a dúirt an tUasal Wopsle, ag dul ar aghaidh ar an mbealach céanna caillte, "Ní féidir liom a bheith dearfach; ach sílim gur chóir dom.

D'fhéach mé thart orm, mar bhí sé de nós agam breathnú thart orm nuair a chuaigh mé abhaile; óir thug na focail mhistéireacha seo fuarú dom.

"Ó! Ní féidir leis a bheith i radharc," a dúirt an tUasal Wopsle. "Chuaigh sé amach sula ndeachaigh mé amach. Chonaic mé é ag imeacht."

Agus an chúis go raibh mé amhrasach, bhí amhras orm fiú faoin aisteoir bocht seo. Chuir mé mí-iontaoibh as dearadh chun mé a mhealladh isteach i ligean isteach éigin. Dá bhrí sin, spléach mé air agus muid ag siúl ar aghaidh le chéile, ach ní dúirt mé tada.

"Bhí mé mhaisiúil ridiculous go gcaithfidh sé a bheith in éineacht leat, an tUasal Pip, till chonaic mé go raibh tú go leor unconscious air, suí taobh thiar duit ann cosúil le taibhse."

Crept mo chill iar dom arís, ach bhí rún agam gan labhairt go fóill, mar bhí sé ag teacht go leor lena chuid focal go bhféadfadh sé a bheith leagtha ar a spreagadh dom a nascadh leis na tagairtí le Provis. Ar ndóigh, bhí mé breá cinnte agus sábháilte nach raibh Provis ann.

"Dare liom a rá wonder tú ag dom, an tUasal Pip; go deimhin, feicim go ndéanann tú. Ach tá sé an-aisteach! Is ar éigean a chreidfidh tú an méid atá mé ag dul a insint duit. Is ar éigean a d'fhéadfainn é a chreidiúint mé féin, dá ndéarfá liom.

"Go deimhin?" arsa mise.

"Níl, go deimhin. An tUasal Pip, cuimhin leat i sean-amanna Lá Nollag áirithe, nuair a bhí tú go leor leanbh, agus dined mé ag Gargery ar, agus tháinig roinnt saighdiúirí go dtí an doras a fháil ar péire de handcuffs mended?"

"Is cuimhin liom go han-mhaith é."

"Agus is cuimhin leat go raibh ruaig i ndiaidh beirt daoránach, agus go ndeachaigh muid isteach ann, agus gur thóg Gargery tú ar a dhroim, agus gur ghlac mé an luaidhe, agus choinnigh tú suas liom chomh maith agus a d'fhéadfá?"

"Is cuimhin liom go han-mhaith é." Better than he thought,—ach amháin an clásal deireanach.

"Agus is cuimhin leat gur tháinig muid suas leis an mbeirt i ndíog, agus go raibh scliúchas eatarthu, agus go raibh láimhseáil mhór déanta ar dhuine acu agus go raibh go leor mauled faoin aghaidh ag an duine eile?"

"Feicim go léir os mo chomhair é."

"Agus gur las na saighdiúirí tóirsí, agus gur chuir siad an bheirt i lár an aonaigh, agus go ndeachaigh muid ar aghaidh chun an ceann deireanach acu a fheiceáil, thar na riasca dubha, agus solas an tóirse ag lonrú ar a n-aghaidh,—tá mé go háirithe faoi sin,—agus solas an tóirse ag lonrú ar a n-aghaidh, nuair a bhí fáinne seachtrach oíche dhorcha fúinn ar fad?"

"Sea," arsa mise. "Is cuimhin liom é sin ar fad."

"Ansin, an tUasal Pip, shuigh duine den bheirt phríosúnach sin taobh thiar díot anocht. Chonaic mé thar do ghualainn é.

"Seasta!" Shíl mé. D'fhiafraigh mé de ansin, "Cé acu den bheirt is dócha a chonaic tú?"

"An té a bhí mauled," fhreagair sé go héasca, "agus beidh mé swear chonaic mé air! Dá mhéad a smaoiním air, is ea is cinnte go bhfuilim de.

"Tá sé seo an-aisteach!" A dúirt mé, leis an toimhde is fearr a d'fhéadfainn a chur ar a bheith rud ar bith níos mó dom. "An-aisteach go deimhin!"

Ní féidir liom áibhéil a dhéanamh ar an disquiet feabhsaithe inar chaith an comhrá seo mé, nó an sceimhle speisialta agus aisteach a mhothaigh mé ag Compeyson a bheith taobh thiar díom "cosúil le taibhse." Óir dá mbeadh sé riamh as mo chuid smaointe ar feadh cúpla nóiméad le chéile ó thosaigh an folaithe, bhí sé sna chuimhneacháin sin nuair ba ghaire dom é; agus chun smaoineamh gur chóir dom a bheith chomh unconscious agus as mo garda tar éis go léir mo chúram a bhí amhail is dá mbeadh dúnta mé ascaill céad doirse a choinneáil air amach, agus ansin fuair sé ag mo elbow. Ní fhéadfainn a bheith in amhras, ach an oiread, go raibh sé ann, toisc go raibh mé ann, agus, áfach, go raibh cuma bheag ar chontúirt a d'fhéadfadh a bheith ann fúinn, go raibh contúirt i gcónaí gar agus gníomhach.

Chuir mé ceisteanna den sórt sin ar an Uasal Wopsle mar, Cathain a tháinig an fear isteach? Ní fhéadfadh sé é sin a rá liom; chonaic sé mé, agus thar mo ghualainn chonaic sé an fear. Ní go dtí go bhfaca sé é le tamall gur thosaigh sé á aithint; ach bhí baint aige ón gcéad duine a raibh baint aige liomsa, agus thug sé air gur bhain sé liom ar bhealach éigin i seanam an tsráidbhaile. Conas a bhí sé gléasta? Prosperously, ach ní faoi deara a mhalairt; shíl sé, i dubh. An raibh a aghaidh ar chor ar bith disfigured? Níor chreid sé. Chreid mé freisin, mar, cé nach raibh aon aird tugtha agam ar na daoine a bhí taobh thiar díom i mo stát brooding, shíl mé gur dócha go dtarraingeodh aghaidh ar chor ar bith m'aird.

Nuair a bhí imparted an tUasal Wopsle dom go léir go bhféadfadh sé a thabhairt chun cuimhne nó mé sliocht, agus nuair a bhí cóireáilte mé dó le refreshment beag cuí, tar éis an tuirse an tráthnóna, scaramar. Bhí sé idir a dó dhéag agus a haon a chlog nuair a shroich mé an Teampall, agus dúnadh na geataí. Ní raibh aon duine in aice liom nuair a chuaigh mé isteach agus chuaigh mé abhaile.

Bhí Herbert tagtha isteach, agus bhí comhairle an-tromchúiseach againn cois na tine. Ach ní raibh aon rud le déanamh, ag sábháil a chur in iúl do Wemmick cad a bhí agam an oíche sin amach, agus a mheabhrú dó gur fhan muid ar a leid. Mar a shíl mé go mb'fhéidir go gcuirfinn as dó dá rachainn rómhinic go dtí an Caisleán, rinne mé an chumarsáid seo trí litir. Scríobh mé é sula ndeachaigh mé a chodladh, agus chuaigh mé amach agus chuir mé sa phost é; agus arís ní raibh aon duine in aice liom. D'aontaigh Herbert agus mé féin nach bhféadfaimis aon rud eile a dhéanamh ach a bheith an-aireach. Agus bhí muid an-aireach go deimhin,-níos aireach ná riamh, más féidir,-agus ní raibh mé do mo chuid riamh chuaigh in aice le Abhantrach Chinks, ach amháin nuair a rowed mé ag, agus ansin d'fhéach mé ach amháin ar Mill Pond Bank mar a d'fhéach mé ar aon rud eile.

Caibidil XLVIII.

Tharla an dara ceann den dá chruinniú dá dtagraítear sa chaibidil dheireanach thart ar sheachtain i ndiaidh an chéad cheann. D'fhág mé mo bhád arís ag an gcaladh thíos an Droichead; bhí an t-am uair an chloig níos luaithe san iarnóin; agus, gan amhras cá háit le dine, bhí mé ag spaisteoireacht suas go Cheapside, agus bhí mé ag spaisteoireacht in éineacht leis, cinnte an duine is míshocair i ngach concourse gnóthach, nuair a leagadh lámh mhór ar mo ghualainn ag duine éigin ag scoitheadh orm. Bhí sé lámh an Uasail Jaggers, agus rith sé é trí mo lámh.

"Agus muid ag dul sa treo céanna, Pip, is féidir linn siúl le chéile. Cá bhfuil tú faoi cheangal?

"Maidir leis an Teampall, sílim," arsa mise.

"Nach bhfuil a fhios agat?" A dúirt an tUasal Jaggers.

"Bhuel," a d'fhill mé, sásta uair amháin chun an ceann is fearr a fháil air i gcroscheistiú, "Níl a fhios agam, mar níl m'intinn déanta suas agam."

"Tá tú ag dul a dine?" A dúirt an tUasal Jaggers. "Ní miste leat é sin a admháil, is dócha?"

"Níl," a d'fhill mé, "ní miste liom é sin a admháil."

"Agus nach bhfuil ag gabháil?"

"Ní miste dom a admháil freisin nach bhfuil mé gafa."

"Ansin," a dúirt an tUasal Jaggers, "teacht agus dine liom."

Bhí mé chun leithscéal a ghabháil liom féin, nuair a dúirt sé, "Wemmick's coming." Mar sin, d'athraigh mé mo leithscéal i nglacadh,-an cúpla focal a bhí uttered mé, ag freastal ar feadh tús ceachtar,-agus chuaigh muid ar feadh Cheapside agus slanted amach go dtí an Bhreatain Bheag, cé go raibh na soilse springing suas brilliantly i bhfuinneoga an tsiopa, agus na lampa-lastóirí sráide, scarcely aimsiú talamh go leor chun plandaí a ndréimirí ar i lár an tráthnóna bustle, bhí siad ag scipeáil suas agus síos agus ag rith isteach is amach, ag oscailt níos mó súile dearga sa cheo bailithe ná mar a d'oscail mo thúr rushlight ag na Hummums súile bána sa bhalla taibhsiúil.

San oifig sa Bhreatain Bheag bhí gnáthscríbhneoireacht litreacha, níochán lámh, snaois coinnle, agus glasáil shábháilte, a dhún gnó an lae. Mar a sheas mé díomhaoin ag tine an Uasail Jaggers, rinne a lasair ag ardú agus ag titim an dá casts ar an seilf breathnú amhail is dá mbeadh siad ag imirt cluiche diabolical ag bo-peep liom; cé go raibh an péire garbh, coinnle oifige saille a lasadh dimly an tUasal Jaggers mar a scríobh sé i gcúinne maisithe le bileoga foirceannadh salach, amhail is dá mba i gcuimhne ar a lán de chliaint crochta.

Chuamar go Sráid Gerrard, na trí cinn le chéile, i gcóiste hacnaí: Agus, chomh luath agus a fuair muid ann, seirbheáladh dinnéar. Cé nár chóir dom smaoineamh ar a dhéanamh, san áit sin, an tagairt is faide i gcéin ag an oiread sin mar breathnú ar sentiments Walworth Wemmick, ach ba chóir dom go raibh aon agóid a ghabháil a shúil anois agus ansin ar bhealach cairdiúil. Ach ní raibh sé le déanamh. Chas sé a shúile ar an Uasal Jaggers aon uair a d'ardaigh sé iad ón mbord, agus bhí sé chomh tirim agus i bhfad i gcéin dom amhail is dá mbeadh cúpla Wemmicks ann, agus ba é seo an ceann mícheart.

"Ar sheol tú an nóta sin de Miss Havisham chuig an Uasal Pip, Wemmick?" D'iarr an tUasal Jaggers, go luath tar éis dúinn tús a chur dinnéar.

"Níl, a dhuine uasail," ar ais Wemmick; "bhí sé ag dul tríd an bpost, nuair a thug tú an tUasal Pip isteach san oifig. Seo é." Thug sé dá phríomhoide é in ionad dom.

"Tá sé nóta de dhá líne, Pip," a dúirt an tUasal Jaggers, handing sé ar, "sheoladh suas chugam ag Iníon Havisham mar gheall ar a gan a bheith cinnte de do sheoladh. Deir sí liom go bhfuil sí ag iarraidh tú a fheiceáil ar ábhar beag gnó a luaigh tú léi. Rachaidh tú síos?

"Sea," arsa mise, ag caitheamh mo shúile thar an nóta, a bhí go díreach sna téarmaí sin.

"Cathain a smaoiníonn tú ar dhul síos?"

"Tá caidreamh impending agam," a dúirt mé, glancing ag Wemmick, a bhí ag cur éisc isteach san oifig phoist, "a fhágann go bhfuil mé sách éiginnte de mo chuid ama. Ag an am céanna, sílim.

"Má tá sé ar intinn ag an Uasal Pip dul ag an am céanna," a dúirt Wemmick leis an Uasal Jaggers, "ní gá dó freagra a scríobh, tá a fhios agat."

Ag fáil seo mar intimation go raibh sé is fearr gan moill, shocraigh mé go mbeadh mé ag dul go dtí-amárach, agus dúirt sé amhlaidh. Wemmick ól gloine fíona, agus d'fhéach sé le aer grimly sásta ag an tUasal Jaggers, ach ní ag dom.

"Mar sin, Pip! Ár gcara an Spider," a dúirt an tUasal Jaggers, "d'imir sé a chártaí. Tá an linn snámha buaite aige.

Bhí sé an oiread agus a d'fhéadfainn a dhéanamh chun aontú.

"Hah! Is fear é a bhfuil gealladh faoi—ar a bhealach—ach b'fhéidir nach bhfuil a bhealach féin aige. Beidh an bua níos láidre sa deireadh, ach caithfear an ceann is láidre a fháil amach ar dtús. Má ba chóir dó dul chuig, agus buille di-"

"Surely," isteach mé, le aghaidh dhó agus croí, "nach bhfuil tú ag smaoineamh dáiríre go bhfuil sé scoundrel go leor le haghaidh sin, an tUasal Jaggers?"

"Ní dúirt mé mar sin, Pip. Tá cás á chur agam. Má ba chóir dó dul chuig agus buille di, d'fhéadfadh sé a fháil b'fhéidir an neart ar a thaobh; Más ceist intleachta a bheadh ann, is cinnte nach mbeidh. Bheadh seans ann tuairim a thabhairt faoin gcaoi a dtiocfaidh fear den chineál sin amach i gcúinsí mar seo, mar is toss-up é idir dhá thoradh."

"An bhféadfainn ceist a chur cad iad?"

"A eile cosúil lenár gcara an Spider," fhreagair an tUasal Jaggers, "ceachtar buillí nó cringes. Féadfaidh sé cringe agus growl, nó cringe agus ní growl; ach buaileann sé nó cringes. Fiafraigh de Wemmick *a* thuairim.

"Ceachtar beats nó cringes," a dúirt Wemmick, ní ar chor ar bith aghaidh a thabhairt dó féin dom.

"Mar sin, anseo do Mrs Bentley Drummle," a dúirt an tUasal Jaggers, ag cur decanter fíona choicer as a balbh-waiter, agus líonadh do gach duine againn agus dó féin, "agus d'fhéadfadh an cheist forlámhas a shocrú chun sástacht an bhean! Chun sástacht na mná *agus* an duine uasal, ní bheidh sé riamh. Anois, Molly, Molly, Molly, Molly, cé chomh mall is atá tú go lá!"

Bhí sí ar a uillinn nuair a thug sé aghaidh uirthi, ag cur mias ar an mbord. De réir mar a tharraing sí a lámha siar uaidh, thit sí siar céim nó dhó, ag magadh leithscéal éigin go neirbhíseach. Agus ghabh gníomh áirithe dá méara, mar a labhair sí, m'aird.

"Cad é an t-ábhar?" A dúirt an tUasal Jaggers.

"Ní dhéanfaidh aon ní. Ach an t-ábhar a bhí á labhairt againn," arsa mise, "bhí sé sách pianmhar dom."

Bhí gníomh a méara cosúil le gníomh na cniotála. Sheas sí ag féachaint ar a máistir, gan a thuiscint an raibh cead aici dul, nó an raibh níos mó le rá aige léi agus go nglaofadh sí ar ais uirthi dá rachadh sí. Bhí cuma an-intinne uirthi. Surely, bhí feicthe agam go díreach súile den sórt sin agus lámha den sórt sin ar ócáid i gcuimhne an-lately!

Bhris sé í, agus d'imigh sí amach as an seomra. Ach d'fhan sí romham chomh soiléir is dá mbeadh sí fós ann. D'fhéach mé ar na lámha sin, d'fhéach mé ar na súile sin, d'fhéach mé ar an ghruaig sin ag sileadh; agus chuir mé i gcomparáid iad le lámha eile, súile eile, gruaig eile, go raibh a fhios agam, agus leis an méid a d'fhéadfadh a bheith tar éis fiche bliain d'fhear céile brúidiúil agus saol stoirmiúil. D'fhéach mé arís ar na lámha agus na súile sin de bhean an tí, agus smaoinigh mé ar an mothú dosháraithe a tháinig orm nuair a shiúil mé go deireanach-ní i m'aonar-sa ghairdín scriosta, agus tríd an ngrúdlann thréigthe. Shíl mé conas a tháinig an mothú céanna ar ais nuair a chonaic mé aghaidh ag féachaint orm, agus lámh ag bualadh chugam ó fhuinneog cóiste stáitse; agus conas a tháinig sé ar ais arís agus bhí flashed mar gheall orm cosúil le tintreach, nuair a bhí rith mé i gcarráiste-ní ina n-aonar-trí glare tobann solais i sráid dorcha. Smaoinigh mé ar an gcaoi ar chabhraigh nasc amháin den chumann leis an aitheantas sin san amharclann, agus an chaoi a raibh a leithéid de nasc, a bhí ag iarraidh roimhe seo, riveted dom anois, nuair a bhí mé tar éis dul sa seans go tapa ó ainm Estella go dtí na méara lena ngníomh cniotála, agus na súile aireach. Agus mhothaigh mé lánchinnte gurbh í máthair Estella an bhean seo.

Chonaic an tUasal Jaggers mé le Estella, agus ní dócha gur chaill mé na sentiments a bhí mé ag aon phianta a cheilt. Chlaon sé nuair a dúirt mé go raibh an t-ábhar pianmhar dom, bhuail sé mé ar chúl, chuir sé thart ar an bhfíon arís, agus chuaigh sé ar aghaidh lena dhinnéar.

Ní raibh ach dhá uair níos mó an bhean tí reappear, agus ansin bhí sí fanacht sa seomra an-ghearr, agus bhí an tUasal Jaggers géar léi. Ach bhí a lámha lámha Estella, agus bhí a súile súile Estella, agus dá mbeadh sí reappeared céad uair d'fhéadfadh mé a bheith níos cinnte ná níos lú cinnte go raibh mo chiontú an fhírinne.

Bhí sé ina tráthnóna dull, do tharraing Wemmick a fíon, nuair a tháinig sé bhabhta, go leor mar ábhar gnó,-díreach mar a d'fhéadfadh sé a tharraingt ar a thuarastal nuair a tháinig sé sin bhabhta,-agus lena shúile ar a príomhfheidhmeannach, shuigh i stát de ullmhacht suthain le haghaidh tras-scrúdú. Maidir leis an méid fíona, bhí a oifig phoist chomh neamhshuimiúil agus réidh le haon phostoifig eile dá chainníocht litreacha. Ó mo thaobhsa de, ba é an cúpla mícheart é an t-am ar fad, agus ní raibh sé ach cosúil le Wemmick Walworth.

Thógamar ár saoire go luath, agus d'imigh muid le chéile. Fiú nuair a bhí muid groping i measc stoc an Uasail Jaggers buataisí le haghaidh ár hataí, Bhraith mé go raibh an cúpla ceart ar a bhealach ar ais; agus ní raibh muid imithe leath dosaen slat síos Sráid Gerrard i dtreo Walworth, sula bhfuair mé amach go raibh mé ag siúl lámh i lámh leis an cúpla ceart, agus go raibh an cúpla mícheart evaporated isteach san aer tráthnóna.

"Bhuel!" arsa Wemmick, "tá sin thart! Is fear iontach é, gan a chosúlacht bheo; ach is dóigh liom go gcaithfidh mé mé féin a scriú suas nuair a dine mé leis, - agus dine mé níos compordaí unscrewed. "

Bhraith mé gur ráiteas maith é seo ar an gcás, agus dúirt mé leis amhlaidh.

"Ní déarfadh sé le haon duine ach tú féin é," a d'fhreagair sé. "Tá a fhios agam nach dtéann an méid a deirtear idir tú féin agus mise níos faide."

D'fhiafraigh mé de an bhfaca sé iníon uchtaithe Miss Havisham riamh, Mrs Bentley Drummle. Dúirt sé nach raibh. Chun a sheachaint a bheith ró-tobann, labhair mé ansin ar an Aois agus ar Miss Skiffins. D'fhéach sé sách glic nuair a luaigh mé Miss Skiffins, agus stop sé sa tsráid chun a shrón a shéideadh, le rolla an chinn, agus plúr nach bhfuil saor go leor ó boastfulness folaigh.

"Wemmick," arsa mise, "an cuimhin leat a rá liom, sula ndeachaigh mé go teach príobháideach an Uasail Jaggers ar dtús, chun an bhean tí sin a thabhairt faoi deara?"

"An raibh mé?" D'fhreagair sé. "Ah, leomh mé a rá go ndearna mé. Deuce ghlacadh dom," a dúirt sé, go tobann, "Tá a fhios agam a rinne mé. Feictear dom nach bhfuil mé sách díscithe fós.

"A beast fiáin tamed, d'iarr tú uirthi."

"Agus cad a ghlaonn *tú* uirthi?"

"Mar an gcéanna. Conas a rinne an tUasal Jaggers tame di, Wemmick?"

"Sin é a rún. Is iomaí bliain fhada a bhí sí leis."

"Ba mhaith liom go n-inseofá a scéal dom. Is dóigh liom go bhfuil spéis ar leith agam aithne a chur air. Tá a fhios agat nach dtéann an méid a deirtear idir tú féin agus mise níos faide.

"Bhuel!" D'fhreagair Wemmick, "Níl a scéal ar eolas agam,—is é sin, níl a fhios agam ar fad é. Ach tá a fhios agam go n-inseoidh mé duit. Táimid inár gcumas príobháideach agus pearsanta, ar ndóigh."

"Ar ndóigh."

"Scór nó mar sin de bhlianta ó shin, cuireadh an bhean sin ar a thriail san Old Bailey as dúnmharú, agus éigiontaíodh í. Bean óg an-dathúil a bhí inti, agus creidim go raibh fuil ghiofógach éigin inti. Pé scéal é, bhí sé te go leor nuair a bhí sé suas, mar is dócha."

"Ach éigiontaíodh í."

"Bhí an tUasal Jaggers ar a son," lean Wemmick, le cuma iomlán de bhrí, "agus d'oibrigh an cás ar bhealach go leor astonishing. Cás éadóchasach a bhí ann, agus bhí sé measartha luath leis ansin, agus d'oibrigh sé é le meas ginearálta; go deimhin, d'fhéadfaí a rá go ndearna sé beagnach é. D'oibrigh sé é féin in oifig na bpóilíní, lá i ndiaidh lae ar feadh laethanta fada, ag áitiú in aghaidh cimiú fiú; agus ag an triail nuair nach raibh sé in ann é féin a oibriú, shuigh sé faoi abhcóide, agus-bhí a fhios ag gach duine-an salann agus an piobar go léir a chur isteach. Bean ab ea an duine a dúnmharaíodh—bean a bhí deich mbliana níos sine, i bhfad níos mó, agus i bhfad níos láidre. Cás éad a bhí ann. Bhí an bheirt acu i gceannas ar shaol tramping, agus bhí an bhean seo i Sráid Gerrard anseo pósta an-óg, thar an broomstick (mar a deirimid), le fear tramping, agus bhí sé ina Fury foirfe i bpointe éad. Fuarthas an bhean a dúnmharaíodh,-níos mó cluiche don fhear, cinnte, i gceann blianta-marbh i scioból in aice le Hounslow Heath. Bhí streachailt fhoréigneach ann, troid b'fhéidir. Bhí sí bruite agus scríobtha agus stróicthe, agus bhí sí i seilbh an scornach, ar deireadh, agus tachtadh. Anois, ní raibh aon fhianaise réasúnta a implicate aon duine ach an bhean seo, agus ar an improbabilities di a bheith in ann é a dhéanamh an tUasal Jaggers quieuit go príomha a chás. Is féidir leat a bheith cinnte," a dúirt Wemmick, touching dom ar an muinchille, "go bhfuil sé riamh dwelt ar an neart a lámha ansin, cé go ndéanann sé uaireanta anois."

Dúirt mé le Wemmick go raibh sé ag taispeáint a rostaí dúinn, an lá sin den chóisir dinnéir.

"Bhuel, a dhuine uasail!" Chuaigh Wemmick ar aghaidh; "Tharla sé—tharla, nach bhfeiceann tú?—go raibh an bhean seo gléasta chomh healaíonta sin ó aimsir a gabhála, go raibh cuma i bhfad níos lú uirthi ná mar a bhí sí i ndáiríre; go háirithe, cuimhnítear i gcónaí ar a muinchillí a bheith chomh sciliúil sin go raibh cuma íogair ar a cuid arm. Ní raibh aici ach bruise nó dhó fúithi—rud ar bith le haghaidh tramp,-ach bhí cúl a lámha lásaithe, agus ba í an cheist, An raibh sé le tairní méar? Anois, léirigh an tUasal Jaggers go raibh sí ag streachailt trí go leor brambles nach raibh chomh hard lena aghaidh; ach nach bhféadfadh sí a bheith faighte tríd agus choinnigh sí a lámha amach as; agus fuaratar giotaí de na brambles sin ina craiceann agus do cuireadh i bhfianaise í, agus do fuaratar na brambles do bhí i gceist iar n-a scrúdú gur briseadh tríd, agus gur beag dá gúna agus dá spotaí beaga fola orra ann so is ansiúd. Ach ba é seo an pointe is fuaire a rinne sé: rinneadh iarracht é a chur ar bun, mar chruthúnas ar a héad, go raibh amhras láidir uirthi, thart ar am an dúnmharaithe, gur scrios an fear seo a leanbh go frantically—trí bliana d'aois—díoltas a bhaint amach uirthi féin air. D'oibrigh an tUasal Jaggers ar an mbealach seo: "Deirimid nach marcanna iad seo de tairní méar, ach marcanna brambles, agus taispeánann muid na brambles duit. Deir tú gur marcanna iad de tairní méar, agus bhunaigh tú an hipitéis gur scrios sí a leanbh. Ní mór duit glacadh le hiarmhairtí uile na hipitéis sin. I gcás aon rud a fhios againn, d'fhéadfadh sí a bheith scriosta a leanbh, agus d'fhéadfadh an leanbh i clinging di a bheith scríobtha a lámha. Cad ansin? Níl tú ag iarraidh í a dhúnmharú a linbh; Cén fáth nach bhfuil tú? Maidir leis an gcás seo, más *rud é go mbeidh* scratches agat, deirimid, ar aon rud atá ar eolas againn, go mb'fhéidir gur thug tú cuntas orthu, ag glacadh leis ar mhaithe le hargóint nár chum tú iad? "Chun achoimre a dhéanamh, a dhuine uasail," a dúirt Wemmick, "Bhí an tUasal Jaggers ar fad an iomarca don ghiúiré, agus thug siad isteach."

"An bhfuil sí ina seirbhís ó shin?"

"Tá; ach ní hamháin sin," a dúirt Wemmick, "chuaigh sí isteach ina seirbhís díreach tar éis a éigiontú, tamed mar atá sí anois. Tá sí múinte ó shin rud amháin agus rud eile ar bhealach a cuid dualgas, ach bhí sí tamed ó thús. "

"An cuimhin leat gnéas an linbh?"

"Deirtear gur cailín a bhí inti."

"Tá tú aon rud níos mó a rá liom go-oíche?"

"Ní dhéanfaidh aon ní. Fuair mé do litir agus scrios mé í. Ní dhéanfaidh aon ní."

Mhalartaíomar dea-oíche cordial, agus chuaigh mé abhaile, le hábhar nua do mo chuid smaointe, cé nach raibh aon fhaoiseamh ón sean.

Caibidil XLIX.

Ag cur nóta Miss Havisham i mo phóca, go bhféadfadh sé a bheith mar mo dhintiúir le haghaidh chomh luath sin ag athéisteacht i dTeach Satis, ar eagla go gcuirfeadh a bealach aon iontas uirthi nuair a chonaic mé mé, chuaigh mé síos arís ag an gcóiste an lá dár gcionn. Ach thuirling mé ag an Halfway House, agus bhricfeasta mé ann, agus shiúil mé an chuid eile den achar; óir d'fhéach mé le dul isteach sa bhaile go ciúin ar na bealaí neamhchoitianta, agus é a fhágáil ar an mbealach céanna.

Bhí an solas is fearr den lá imithe nuair a rith mé leis na cúirteanna ciúine macalla taobh thiar den tSráid Ard. Bhí na nooks de ruin áit a raibh na manaigh d'aois uair amháin a n-refectories agus gairdíní, agus i gcás ina raibh na ballaí láidre brúite anois i seirbhís na seideanna humble agus stáblaí, bhí beagnach chomh ciúin leis na manaigh d'aois ina n-uaigheanna. Bhí brón agus fuaim níos iargúlta ag na cimí ardeaglaise dom ag an am céanna, mar a rinne mé ar bhreathnóireacht a sheachaint, ná mar a bhí acu riamh roimhe seo; mar sin, bhí tobar an tseanorgáin iompartha ar mo chluasa ar nós ceol sochraide; agus na rooks, mar a hovered siad mar gheall ar an túr liath agus swung i crainn lom ard an ghairdín prióireacht, an chuma a ghlaoch dom go raibh athrú ar an áit, agus go raibh imithe Estella as é go deo.

D'oscail bean aosta, a chonaic mé roimhe seo mar dhuine de na seirbhísigh a bhí ina gcónaí sa teach forlíontach trasna an chlóis chúil, an geata. Sheas an choinneal éadrom sa phasáiste dorcha laistigh, mar a bhí sé d'aois, agus thóg mé suas é agus chuaigh suas an staighre ina n-aonar. Ní raibh Iníon Havisham ina seomra féin, ach bhí sí sa seomra níos mó ar fud an tuirlingthe. Ag féachaint isteach ar an doras, tar éis bualadh i vain, chonaic mé í ina suí ar an teallach i gcathaoir ragged, gar roimh, agus caillte i oirchill, an tine fuinseoige.

Ag déanamh mar a bhí déanta agam go minic, chuaigh mé isteach, agus sheas mé ag baint leis an sean-simléar-píosa, áit a bhféadfadh sí mé a fheiceáil nuair a d'ardaigh sí a súile. Bhí aer den uaigneas iomlán uirthi, a bheadh tar éis mé a bhogadh chun trua cé go ndearna sí gortú níos doimhne dom go toiliúil ná mar a d'fhéadfainn í a chúiseamh. De réir mar a sheas mé trua di, agus ag smaoineamh ar conas, ar dhul chun cinn an ama, go raibh mé tagtha freisin mar chuid de na fortunes wrecked an tí sin, a súile quieuit ar dom. Bhreathnaigh sí, agus dúirt sí i guth íseal, "An bhfuil sé fíor?"

"Is mise, Pip. Thug an tUasal Jaggers do nóta dom inné, agus níor chaill mé aon am.

"Go raibh maith agat. Go raibh maith agat.

Nuair a thug mé ceann eile de na cathaoireacha clibeáilte go dtí an teallach agus shuigh mé síos, dúirt mé léiriú nua ar a aghaidh, amhail is dá mbeadh eagla uirthi orm.

"Ba mhaith liom," a dúirt sí, "dul sa tóir ar an ábhar sin a luaigh tú liom nuair a bhí tú deireanach anseo, agus a thaispeáint duit nach bhfuil mé go léir cloch. Ach b'fhéidir nach féidir leat a chreidiúint, anois, go bhfuil aon rud daonna i mo chroí?

Nuair a dúirt mé roinnt focal suaimhneasach, shín sí amach a lámh dheas tremulous, amhail is go raibh sí ag dul i dteagmháil liom; ach mheabhraigh sí arís é sular thuig mé an gníomh, nó go raibh a fhios agam conas é a fháil.

"Dúirt tú, ag labhairt ar son do chara, go bhféadfá a rá liom conas rud éigin úsáideach agus maith a dhéanamh. Rud gur mhaith leat a dhéanamh, nach bhfuil?

"Rud gur mhaith liom a dhéanamh go mór."

"Cad é?"

Thosaigh mé ag míniú di stair rúnda na comhpháirtíochta. Ní raibh mé i bhfad isteach ann, nuair a mheas mé as a Breathnaíonn go raibh sí ag smaoineamh ar bhealach discursive de dom, seachas an méid a dúirt mé. Ba chosúil go raibh sé amhlaidh; óir, nuair a stop mé ag labhairt, rith go leor chuimhneacháin sular léirigh sí go raibh sí feasach ar an bhfíric.

"An mbriseann tú as," a d'fhiafraigh sí ansin, agus a hiar-aer eagla orm, "mar is fuath leat mé an iomarca le labhairt liom?"

"Níl, níl," fhreagair mé, "conas is féidir leat smaoineamh mar sin, Iníon Havisham! Stop mé mar cheap mé nach raibh tú ag leanúint an méid a dúirt mé.

"B'fhéidir nach raibh mé," a d'fhreagair sí, ag cur lámh ar a ceann. "Tosaigh arís, agus lig dom breathnú ar rud éigin eile. Fan! Anois inis dom.

Leag sí a lámh ar a bata ar an mbealach diongbháilte a bhí uaireanta gnáth di, agus d'fhéach sí ar an tine le léiriú láidir forcing í féin a bheith i láthair. Chuaigh mé ar aghaidh le mo mhíniú, agus d'inis mé di conas a bhí súil agam an t-idirbheart a chur i gcrích as mo acmhainn, ach conas a bhí díomá orm. Bhain an chuid sin den ábhar (mheabhraigh mé di) le nithe nach bhféadfadh a bheith mar chuid de mo mhíniú, óir ba rúin mheáchain duine eile iad.

"Mar sin!" ar sise, ag aontú lena ceann, ach gan féachaint orm. "Agus cé mhéad airgid atá ag iarraidh an ceannach a chríochnú?"

I was rather afraid of stating it, bhí faitíos an domhain orm é a rá. "Naoi gcéad punt."

"Má thugaim an t-airgead duit chun na críche seo, an gcoinneoidh tú mo rún mar a choinnigh tú do chuid féin?"

"Go leor chomh dílis."

"Agus beidh d'intinn níos mó ar do shuaimhneas?"

"I bhfad níos mó ag an gcuid eile."

"An bhfuil tú an-mhíshásta anois?"

Chuir sí an cheist seo, fós gan féachaint orm, ach i ton comhbhróin neamhbhalbh. Ní fhéadfainn freagra a thabhairt i láthair na huaire, mar theip ar mo ghlór. Chuir sí a lámh chlé trasna cheann a maide, agus leag sí a forehead go bog air.

"Tá mé i bhfad ó sásta, Miss Havisham; ach tá cúiseanna eile disquiet agam ná aon cheann a bhfuil a fhios agat. Is iad na rúin atá luaite agam.

Tar éis tamaillín, d'ardaigh sí a ceann, agus d'fhéach sí ar an tine arís.

"Tá sé uasal ionat a rá liom go bhfuil cúiseanna eile míshuaimhnis agat. An bhfuil sé fíor?

"Ró-fhíor."

"An féidir liom freastal ort ach amháin, Pip, trí fhreastal ar do chara? Maidir leis sin mar a rinneadh, an bhfuil aon rud is féidir liom a dhéanamh duit féin?"

"Ní dhéanfaidh aon ní. Gabhaim buíochas leat as an gceist. Gabhaim buíochas leat níos mó fós as ton na ceiste. Ach níl aon rud ann."

D'éirigh sí as a suíochán faoi láthair, agus d'fhéach sí faoin seomra dúchana do na modhanna scríbhneoireachta. Ní raibh aon cheann ann, agus thóg sí as a póca sraith buí táibléad eabhair, suite in ór tarnished, agus scríobh orthu le peann luaidhe i gcás óir tarnished a crochadh as a muineál.

"Tá tú fós ar théarmaí cairdiúla leis an Uasal Jaggers?"

"Go leor. Dined mé leis inné."

"Is údarás é seo dó an t-airgead sin a íoc leat, a leagan amach ar do rogha neamhfhreagrach do do chara. Ní choinním aon airgead anseo; ach más rud é go mbeadh a fhios agat in áit an tUasal Jaggers rud ar bith ar an ábhar, beidh mé é a sheoladh chugat. "

"Go raibh maith agat, Iníon Havisham; Níl an agóid is lú agam é a fháil uaidh.

Léigh sí dom an méid a bhí scríofa aici; agus bhí sé díreach agus soiléir, agus ba léir go raibh sé i gceist agam éalú ó aon amhras go raibh brabús á dhéanamh agam trí fháil an airgid. Thóg mé na táibléid óna láimh, agus tháinig crith air arís, agus tháinig crith níos mó air agus í ag éirí as an slabhra a raibh an peann luaidhe ceangailte leis, agus chuir sí i mianach é. Seo go léir a rinne sí gan féachaint orm.

"Tá m'ainm ar an gcéad duilleog. Más féidir leat scríobh riamh faoi m'ainm, "Maithim di," cé go bhfuil riamh chomh fada tar éis mo chroí briste deannaigh guí é a dhéanamh!"

"O Miss Havisham," arsa mise, "is féidir liom é a dhéanamh anois. Rinneadh botúin tinn; agus bhí mo shaol dall agus buíoch; agus ba mhaith liom maithiúnas agus treo i bhfad an iomarca, a bheith searbh leat.

Chas sí a aghaidh chugam den chéad uair ó d'éirigh sí as, agus, le m'iontas, d'fhéadfainn cur le mo sceimhle fiú, thit sí ar a glúine ag mo chosa; agus a lámha fillte ardaithe chugam ar an mbealach, nuair a bhí a croí bocht óg agus úr agus iomlán, ní mór iad a bheith ardaithe go minic chun na bhflaitheas ó thaobh a máthar.

Chun í a fheiceáil lena gruaig bhán agus a héadan caite ar a glúine ag mo chosa thug sé turraing dom trí mo fhráma go léir. Entreated mé í a ardú, agus fuair mo airm mar gheall uirthi chun cabhrú léi suas; ach níor bhrúigh sí ach an lámh sin de mo chuid ba ghaire dá greim, agus chroch sí a ceann os a chionn agus d'imigh sí. Ní fhaca mé deoir riamh roimhe, agus, le súil is go ndéanfadh an faoiseamh a maitheasa, chrom mé uirthi gan labhairt. Ní raibh sí ar a glúine anois, ach bhí sí síos ar an talamh.

"O!" Adeir sí, despairingly. "Cad atá déanta agam! Cad atá déanta agam!

"Má chiallaíonn tú, Iníon Havisham, cad atá déanta agat chun díobháil a dhéanamh dom, lig dom freagra a thabhairt. Fíorbheagán. Ba cheart go mbeadh grá agam di in imthosca ar bith. An bhfuil sí pósta?

"Tá."

Ceist gan ghá a bhí ann, mar d'inis díshalannú nua sa teach díchéillí dom mar sin.

"Cad atá déanta agam! Cad atá déanta agam! Wrung sí a lámha, agus brúite a cuid gruaige bán, agus d'fhill ar an caoin arís agus arís eile. "Cad atá déanta agam!"

Ní raibh a fhios agam conas freagra a thabhairt, nó conas sólás a thabhairt di. Go raibh rud mór millteach déanta aici maidir le leanbh impriseanúil a thógáil le múnlú isteach san fhoirm go bhfuair a hathbheochan fiáin, a gean spurned, agus a mórtas créachtaithe díoltas isteach, bhí a fhios agam go maith. Ach, agus solas an lae á mhúchadh aici, bhí sí tar éis dúnadh amach gan teorainn níos mó; go raibh sí tar éis í féin a mhealladh ó mhíle tionchar nádúrtha agus leighis; go raibh, a hintinn, a solitary brooding, tar éis fás galraithe, mar a dhéanann gach intinn agus ní mór agus beidh a aisiompú an t-ordú ceaptha a Déantóir, bhí a fhios agam chomh maith céanna. Agus an bhféadfainn breathnú uirthi gan trua, féachaint ar a pionós sa ruin a bhí sí, ina neamhoiriúnacht as cuimse don domhan seo ar ar cuireadh í, i vanity an bhróin a bhí ina mania máistir, cosúil leis an vanity de penitence, an vanity de remorse, an vanity de unworthiness, agus vanities monstrous eile a bhí curses sa saol seo?

"Go dtí gur labhair tú léi an lá eile, agus go dtí go bhfaca mé gloine ag breathnú ionat a léirigh dom an méid a mhothaigh mé féin uair amháin, ní raibh a fhios agam cad a bhí déanta agam. Cad atá déanta agam! Cad atá déanta agam! Agus mar sin arís, fiche, caoga uair níos mó, Cad a bhí déanta aici!

"Iníon Havisham," a dúirt mé, nuair a fuair a caoin bás ar shiúl, "is féidir leat mé a bhriseadh as d'intinn agus do choinsias. Ach is cás difriúil é Estella, agus más féidir leat aon scríob den mhéid atá déanta agat amiss a chealú riamh chun cuid dá nádúr ceart a choinneáil ar shiúl uaithi, beidh sé níos fearr é sin a dhéanamh ná a bheith ag caitheamh anuas trí chéad bliain."

"Sea, sea, tá a fhios agam é. Ach, Pip-mo daor! Bhí trua na mná go mór dom ina gean nua. "Mo stór! Creid é seo: nuair a tháinig sí chugam ar dtús, bhí sé i gceist agam í a shábháil ó ainnise cosúil le mo chuid féin. Ar dtús, ní raibh i gceist agam níos mó.

"Bhuel, bhuel!" arsa mise. "Tá súil agam mar sin."

"Ach de réir mar a d'fhás sí, agus gheall sí a bheith an-álainn, rinne mé níos measa de réir a chéile, agus le mo mholtaí, agus le mo sheoda, agus le mo theagasc, agus leis an bhfigiúr seo díom féin i gcónaí os a comhair, rabhadh ar ais agus mo cheachtanna a phointeáil, ghoid mé a croí ar shiúl, agus chuir mé oighear ina áit."

"Níos fearr," ní raibh mé in ann cabhrú ag rá, "a bheith fágtha aici croí nádúrtha, fiú a bheith bruised nó briste."

Leis sin, d'fhéach Iníon Havisham go distractedly orm ar feadh tamaill, agus ansin phléasc sí amach arís, Cad a bhí déanta aici!

"Dá mbeadh mo scéal ar fad ar eolas agat," ar sise, "bheadh trua éigin agat dom agus tuiscint níos fearr agat ormsa."

"Iníon Havisham," a d'fhreagair mé, chomh íogair agus a d'fhéadfainn, "Creidim go bhféadfainn a rá go bhfuil do scéal ar eolas agam, agus go bhfuil aithne agam air ó d'fhág mé an chomharsanacht seo den chéad uair. Spreag sé mé le commiseration mór, agus tá súil agam go dtuigim é agus a thionchar. An dtugann an méid a rith eadrainn leithscéal ar bith dom ceist a chur ort maidir le Estella? Ní mar atá sí, ach mar a bhí sí nuair a tháinig sí anseo ar dtús?

Bhí sí ina suí ar an talamh, lena hairm ar an gcathaoir ragged, agus a ceann ag claonadh orthu. D'fhéach sí go hiomlán orm nuair a dúirt mé é seo, agus d'fhreagair sí, "Téigh ar aghaidh."

"Cén leanbh a bhí Estella?"

Chroith sí a ceann.

"Níl a fhios agat?"

Chroith sí a ceann arís.

"Ach thug an tUasal Jaggers í anseo, nó chuir sé anseo í?"

"Thug anseo í."

"An inseoidh tú dom conas a tháinig sé sin?"

D'fhreagair sí i gcogar íseal agus go cúramach: "Bhí mé dúnta suas sna seomraí seo le fada an lá (níl a fhios agam cé chomh fada; tá a fhios agat cén t-am a choinníonn na cloig anseo), nuair a dúirt mé leis go raibh mé ag iarraidh cailín beag a thógáil agus a ghrá, agus a shábháil ó mo chinniúint. Chonaic mé ar dtús é nuair a chuir mé chuige an áit seo a leagan amú dom; tar éis dom é a léamh sna nuachtáin, sular scar mé féin agus an domhan mór. Dúirt sé liom go mbeadh sé ag breathnú mar gheall air le haghaidh leanbh dílleachta den sórt sin. Oíche amháin thug sé anseo ina chodladh í, agus ghlaoigh mé uirthi Estella.

"An bhféadfainn ceist a chur ar a haois ansin?"

"A dó nó a trí. Níl a fhios aici féin tada, ach gur fágadh ina dílleachta í agus gur uchtaigh mé í."

Mar sin, cinnte go raibh mé de bheith ar an bhean sin a máthair, go raibh mé ag iarraidh aon fhianaise a bhunú ar an bhfíric i mo intinn féin. Ach, ar aon intinn, shíl mé, bhí an nasc anseo soiléir agus díreach.

Cad eile a d'fhéadfainn a dhéanamh trí shíneadh a chur leis an agallamh? D'éirigh liom thar ceann Herbert, d'inis Miss Havisham dom gach a raibh ar eolas aici faoi Estella, dúirt mé agus rinne mé an méid a d'fhéadfainn a intinn a mhaolú. Is cuma cad iad na focail eile a scaramar; scaramar.

Bhí Twilight ag dúnadh isteach nuair a chuaigh mé thíos staighre san aer nádúrtha. Ghlaoigh mé ar an mbean a d'oscail an geata nuair a tháinig mé isteach, nach dtabharfainn trioblóid di go fóill, ach go siúlfainn thart ar an áit sular fhág mé. Do bhí cur i láthair agam nár chóir dom a bheith ann arís, agus mhothaigh mé go raibh an solas ag fáil bháis oiriúnach do mo dhearcadh deireanach air.

De réir fhásach na gcascaí a shiúil mé fadó, agus ar a raibh báisteach na mblianta tite ó shin, ag lobhadh iad i go leor áiteanna, agus ag fágáil swamps miniature agus linnte uisce orthu siúd a sheas ar deireadh, rinne mé mo bhealach go dtí an gairdín scriosta. Chuaigh mé timpeall air; cruinn ag an gcúinne inar throid Herbert agus mé ár gcath; thart ar na cosáin inar shiúil Estella agus mé. Mar sin fuar, chomh uaigneach, mar sin dreary go léir!

Ag tabhairt an ghrúdlann ar mo bhealach ar ais, d'ardaigh mé an latch rusty de dhoras beag ag deireadh an ghairdín de, agus shiúil mé tríd. Bhí mé ag dul amach ag an doras os coinne,-ní éasca a oscailt anois, do bhí thosaigh an t-adhmad taise agus swelled, agus bhí na hinges toradh, agus bhí an tairseach encumbered le fás fungas,-nuair a chas mé mo cheann chun breathnú ar ais. D'athbheoigh cumann childish le fórsa iontach i láthair na huaire ar an ngníomh beag, agus fancied mé go bhfaca mé Miss Havisham crochta ar an bhíoma. Mar sin, bhí an tuiscint láidir, gur sheas mé faoin bhíoma shuddering ó cheann go cos sula raibh a fhios agam go raibh sé mhaisiúil, - cé a bheith cinnte go raibh mé ann ar an toirt.

An mournfulness na háite agus an t-am, agus an terror mór an illusion, cé go raibh sé ach momentary, ba chúis dom a bhraitheann awe indescribable mar a tháinig mé amach idir na geataí adhmaid oscailte áit a raibh mé wrung uair amháin mo chuid gruaige tar éis wrung Estella mo chroí. Ag dul ar aghaidh isteach sa chlós tosaigh, bhí leisce orm glaoch ar an mbean chun mé a ligean amach ag an ngeata faoi ghlas a raibh an eochair aici, nó ar dtús dul suas staighre agus a chinntiú dom féin go raibh Miss Havisham chomh sábháilte agus chomh maith agus a d'fhág mé í. Thóg mé an dara cúrsa agus chuaigh mé suas.

D'fhéach mé isteach sa seomra inar fhág mé í, agus chonaic mé í ina suí sa chathaoir ragged ar an teallach in aice leis an tine, agus í ar ais i mo threo. I láthair na huaire nuair a bhí mé ag tarraingt siar mo cheann chun dul go ciúin ar shiúl, chonaic mé solas flaming mór earrach suas. Sa nóiméad céanna chonaic mé í ag rith orm, ag crith, le guairne tine ag blazing ar fad fúithi, agus ag ardú ar a laghad an oiread cosa os cionn a cinn agus a bhí sí ard.

Bhí cóta mór dúbailte orm, agus cóta tiubh eile thar mo lámh. Go bhfuair mé amach iad, dhún mé léi, chaith mé síos í, agus fuair mé os a cionn iad; gur tharraing mé an t-éadach mór ón mbord chun na críche céanna, agus gur tharraing sé anuas carn lofa ina measc, agus na rudaí gránna go léir a bhí ar foscadh ann; go raibh muid ar an talamh ag streachailt cosúil le naimhde éadóchasach, agus go bhfuil an níos dlúithe chlúdaigh mé í, an níos wildly shrieked sí agus iarracht a shaoradh í féin,-gur tharla sé seo bhí a fhios agam tríd an toradh, ach ní trí rud ar bith bhraith mé, nó shíl, nó bhí a fhios agam go raibh mé. Ní raibh a fhios agam rud ar bith go dtí go raibh a fhios agam go raibh muid ar an urlár ag an mbord mór, agus go raibh paistí tinder fós ar snámh san aer deataithe, a bhí, nóiméad ó shin, a gúna bridal faded.

Ansin, d'fhéach mé thart agus chonaic mé na ciaróga suaite agus na damháin alla ag rith amach thar an urlár, agus na seirbhísigh ag teacht isteach le cries breathless ag an doras. Choinnigh mé fós í síos le mo neart go léir, cosúil le príosúnach a d'fhéadfadh éalú; agus tá amhras orm an raibh a fhios agam fiú cérbh í, nó cén fáth go raibh muid ag streachailt, nó go raibh sí i lasracha, nó go raibh na lasracha amuigh, go dtí go bhfaca mé na paistí tinder a bhí ina baill éadaigh a thuilleadh ach ag titim i gcith dubh timpeall orainn.

Bhí sí do-ghlactha, agus bhí eagla orm go mbogfaí í, nó go ndeachaigh sí i dteagmháil léi fiú. Cuireadh cúnamh ar fáil, agus choinnigh mé í go dtí gur tháinig sé, amhail is dá mba fancied míréasúnta mé (I mo thuairimse, rinne mé) go, má lig mé di dul, go mbeadh an tine briseadh amach arís agus í a ithe. Nuair a d'éirigh mé, nuair a tháinig an máinlia chuici le cabhair eile, bhí iontas orm a fheiceáil go raibh mo lámha dóite; óir, ní raibh aon eolas agam air tríd an mbraistint mhothúcháin.

Nuair a scrúdaíodh é fógraíodh go raibh gortuithe tromchúiseacha faighte aici, ach go raibh siad féin i bhfad ó dhóchas; An chontúirt a leagan den chuid is mó sa turraing néaróg. De réir threoracha an mháinlia, rinneadh a leaba isteach sa seomra sin agus leagadh ar an mbord mór í, rud a tharla a bheith oiriúnach go maith do chóiriú a gortuithe. Nuair a chonaic mé arís í, uair an chloig ina dhiaidh sin, luigh sí, go deimhin, áit a bhfaca mé í ag bualadh a maide, agus chuala mé í ag rá go luífeadh sí lá amháin.

Cé go raibh gach veige dá gúna dóite, mar a dúirt siad liom, bhí rud éigin dá sean-chuma ghastly bridal fós aici; óir, bhí sí clúdaithe acu go dtí an scornach le olann chadáis bhán, agus de réir mar a luigh sí le bileog bhán ag cur thar maoil go scaoilte, bhí aer phantom rud éigin a bhí agus a athraíodh fós uirthi.

Fuair mé, ar cheistiú na seirbhísigh, go raibh Estella i bPáras, agus fuair mé gealltanas ón máinlia go mbeadh sé ag scríobh di ag an bpost seo chugainn.

teaghlach Miss Havisham ghlac mé orm féin; ar intinn aige cumarsáid a dhéanamh leis an Uasal Matthew Pocket amháin, agus é a fhágáil le déanamh mar a thaitin sé faoi eolas a thabhairt don chuid eile. Rinne mé é seo an lá dár gcionn, trí Herbert, chomh luath agus a d'fhill mé ar an mbaile.

Bhí stáitse ann, an tráthnóna sin, nuair a labhair sí go bailithe faoin méid a tharla, cé go raibh vivacity uafásach áirithe ann. I dtreo meán oíche thosaigh sí ag fánaíocht ina cuid cainte; agus ina dhiaidh sin leag sé síos de réir a chéile sa mhéid is go ndúirt sí amanna innumerable i guth sollúnta íseal, "Cad atá déanta agam!" Agus ansin, "Nuair a tháinig sí ar dtús, bhí sé i gceist agam í a shábháil ó ainnise cosúil liomsa." Agus ansin, "Tóg an peann luaidhe agus scríobh faoi m'ainm, 'Maithim di!'" Níor athraigh sí ord na dtrí abairt seo riamh, ach uaireanta d'fhág sí focal amach i gceann amháin nó i gceann eile acu; Ná cuir focal eile isteach, ach i gcónaí ag fágáil bán agus ag dul ar aghaidh go dtí an chéad fhocal eile.

Ós rud é nach raibh mé in ann aon seirbhís a dhéanamh ansin, agus mar a bhí agam, níos gaire don bhaile, an chúis phráinneach sin imní agus eagla nach bhféadfadh fiú a wanderings tiomáint amach as m'intinn, shocraigh mé, le linn na hoíche go bhfillfinn ag an gcóiste luath ar maidin, ag siúl ar mhíle nó mar sin, agus á thógáil suas glan ar an mbaile. Ag thart ar a sé a chlog ar maidin, dá bhrí sin, chlaon mé thar a cuid agus i dteagmháil léi a liopaí le mianach, díreach mar a dúirt siad, gan stopadh le haghaidh a bheith i dteagmháil léi, "Tóg an peann luaidhe agus scríobh faoi m'ainm, 'Maithim di.'"

Caibidil L.

Bhí mo lámha gléasta faoi dhó nó thrice san oíche, agus arís ar maidin. Bhí mo lámh chlé go maith dóite go dtí an uillinn, agus, níos lú déine, chomh hard leis an ghualainn; bhí sé an-phianmhar, ach bhí na lasracha leagtha síos sa treo sin, agus mhothaigh mé buíoch nach raibh sé níos measa. Ní raibh mo lámh dheas chomh dóite sin ach go raibh mé in ann na méara a bhogadh. Bhí sé bandaged, ar ndóigh, ach i bhfad níos lú inconveniently ná mo lámh chlé agus lámh; iad siúd a rinne mé i sling; agus ní fhéadfainn ach mo chóta a chaitheamh mar a bheadh clóca ann, scaoilte thar mo ghuaillí agus cheangail mé ar an muineál. Bhí mo chuid gruaige gafa ag an tine, ach ní mo cheann ná m'aghaidh.

Nuair a bhí Herbert síos go Hammersmith agus nuair a chonaic sé a athair, tháinig sé ar ais chugam ag ár seomraí, agus chaith sé an lá le freastal orm. Ba é an cineáltas altraí é, agus ag amanna luaite thóg sé as na bindealáin, agus chuir sé ar maos iad sa leacht fuaraithe a coinníodh réidh, agus chuir mé ar aghaidh arís iad, le tenderness othar go raibh mé an-bhuíoch as.

Ar dtús, mar a leagan mé ciúin ar an tolg, fuair mé sé painfully deacair, d'fhéadfadh mé a rá dodhéanta, chun fáil réidh leis an tuiscint ar an glare na lasracha, a Hurry agus torann, agus an boladh dó fíochmhar. Má dozed mé ar feadh nóiméid, bhí mé awakened ag cries Miss Havisham, agus ag a rith ag dom leis an airde sin na tine os cionn a ceann. Bhí sé i bhfad níos deacra iarracht a dhéanamh i gcoinne pian seo na hintinne ná aon phian coirp a d'fhulaing mé; & do-rinne Herbert, & adubairt ris sin, do-rinne a dhícheall m'aird do choimhéad.

Níor labhair ceachtar againn ar an mbád, ach smaoinigh muid beirt air. Rinneadh é sin soiléir ag ár sheachaint ar an ábhar, agus ag ár n-aontú-gan chomhaontú-a dhéanamh ar mo ghnóthú ar an úsáid a bhaint as mo lámha ceist an oiread sin uair an chloig, ní an oiread sin seachtainí.

An chéad cheist a bhí agam nuair a chonaic mé Herbert ar ndóigh, an raibh gach rud go maith síos an abhainn? Mar a d'fhreagair sé go dearfach, le muinín agus cheerfulness foirfe, ní raibh muid ag atosú ar an ábhar go dtí go raibh an lá ag caitheamh ar shiúl. Ach ansin, de réir mar a d'athraigh Herbert na bindealáin, níos mó ag solas na tine ná ag an solas seachtrach, chuaigh sé ar ais chuige go spontáineach.

"Shuigh mé le Provis aréir, Handel, dhá uair an chloig maith."

"Cá raibh Clara?"

"A chara rud beag!" arsa Herbert. "Bhí sí suas agus síos le Gruffandgrim an tráthnóna ar fad. Bhí sé ag pegging go síoraí ar an urlár an nóiméad a d'fhág sí a radharc. Tá amhras orm an féidir leis a choinneáil amach fada, áfach. Cad le rum agus piobar, - agus piobar agus rum, - ba chóir dom smaoineamh go gcaithfidh a pegging a bheith beagnach os a chionn.

"Agus ansin beidh tú pósta, Herbert?"

"Conas is féidir liom aire a thabhairt don leanbh daor ar shlí eile?-Leag do lámh amach ar chúl an tolg, mo bhuachaill daor, agus beidh mé suí síos anseo, agus a fháil ar an bandage amach mar sin de réir a chéile nach mbeidh a fhios agat nuair a thagann sé. Bhí mé ag caint ar Provis. An bhfuil a fhios agat, Handel, feabhsaíonn sé?

"Dúirt mé leat gur shíl mé go raibh sé bogtha nuair a chonaic mé go deireanach é."

"Mar sin a rinne tú. Agus mar sin tá sé. Bhí sé an-cumarsáideach aréir, agus d'inis sé níos mó dá shaol dom. Is cuimhin leat a bhriseadh amach anseo faoi bhean éigin go raibh deacracht mhór aige leis.—Ar ghortaigh mé thú?

Bhí mé tosaithe, ach ní faoina dteagmháil. Thug a chuid focal tús dom.

"Bhí dearmad déanta agam air sin, a Herbert, ach is cuimhin liom anois go labhraíonn tú faoi."

"Bhuel! Chuaigh sé isteach sa chuid sin dá shaol, agus cuid fhiáin dhorcha atá ann. An inseoidh mé duit? Nó an gcuirfeadh sé imní ort anois?"

"Inis dom ar gach bealach. Gach focal."

Chrom Herbert ar aghaidh chun breathnú orm níos mó beagnach, amhail is dá mbeadh mo fhreagra in áit níos mó hurried nó níos mó fonn ná mar a d'fhéadfadh sé cuntas go leor le haghaidh. "Tá do cheann fionnuar?" A dúirt sé, touching sé.

"Go leor," arsa mise. "Inis dom cad a dúirt Provis, mo Herbert daor."

"Dealraíonn sé," a dúirt Herbert, "-níl bindealán as an chuid is mó a fheictear, agus anois a thagann an ceann fionnuar, - a dhéanann tú Laghdaigh ar dtús, mo chara bocht eile, nach bhfuil sé? ach beidh sé compordach faoi láthair,—is cosúil gur bean óg, agus bean éad, agus bean dhíoltasach a bhí sa bhean; díoltas, Handel, go dtí an chéim dheireanach.

"Cén chéim dheireanach?"

"Dúnmharú.—An mbuaileann sé rófhuar ar an áit íogair sin?"

"Ní dóigh liom é. Conas a dhúnmharaigh sí? Cé a dhúnmharaigh sí?

"Cén fáth, b'fhéidir nach raibh fiúntas chomh uafásach sin ag an ngníomhas ainm," a dúirt Herbert, "ach, triaileadh í as, agus chosain an tUasal Jaggers í, agus chuir cáil na cosanta sin a ainm in iúl do Provis ar dtús. Bean eile agus bean níos láidre a bhí ann a bhí ina híospartach, agus bhí streachailt ann—i sicoból. Cé a thosaigh é, nó cé chomh cothrom is a bhí sé, nó cé chomh míchothrom, a d'fhéadfadh a bheith amhrasach; ach is cinnte nach bhfuil amhras ar bith faoin gcaoi ar chríochnaigh sé, óir fuarthas an t-íospartach throttled."

"Ar tugadh an bhean isteach ciontach?"

"Níl; éigiontaíodh í.—Mo Handel bocht, ghortaigh mé thú!

"Ní féidir a bheith níos uaisle, a Herbert. Tá? Cad eile?"

"Bhí leanbh beag ag an mbean óg éigiontaithe seo agus ag Provis; leanbh beag a raibh Provis thar a bheith ceanúil air. Tráthnóna na hoíche an-nuair a bhí strangled an cuspóir a éad mar a deirim leat, an bhean óg i láthair í féin os comhair Provis ar feadh nóiméad amháin, agus mhionnaigh go mbeadh sí scrios an leanbh (a bhí ina seilbh), agus níor chóir dó é a fheiceáil arís; ansin vanished sí.—Níl an lámh is measa compordach sa sling uair amháin níos mó, agus anois tá fós ach an lámh dheas, a bhfuil post i bhfad níos éasca. Is féidir liom é a dhéanamh níos fearr ag an solas seo ná ag níos láidre, mar tá mo lámh steadiest nuair nach féidir liom a fheiceáil ar na paistí blistered bocht ró-soiléir.—Ní dóigh leat go bhfuil tionchar ag do análaithe, mo bhuachaill daor? Is cosúil go bhfuil tú ag análú go tapa.

"B'fhéidir go ndéanfaidh mé, Herbert. Ar choinnigh an bhean a mionn?

"Tagann an chuid is dorcha de shaol Provis. Rinne sí.

"Is é sin, deir sé go ndearna sí."

"Cén fáth, ar ndóigh, mo bhuachaill daor," ar ais Herbert, i ton iontas, agus arís lúbthachta ar aghaidh a fháil le breathnú níos gaire dom. "Deir sé go léir é. Níl aon eolas eile agam.

"Níl, a bheith cinnte."

"Anois, cibé," arsa Herbert, "d'úsáid sé máthair an linbh tinn, nó an raibh máthair an linbh úsáidte go maith aige, ní deir Provis; ach bhí ceithre nó cúig bliana den saol cráite a chuir sé síos dúinn cois tine seo roinnte aici, agus is cosúil gur mhothaigh sé trua di, agus go raibh trua aige di. Dá bhrí sin, eagla ba chóir é a iarraidh ar a depose mar gheall ar an leanbh scriosta, agus mar sin a bheith ar an chúis a báis, hid sé é féin (i bhfad mar grieved sé don leanbh), choinnigh sé é féin dorcha, mar a deir sé, as an mbealach agus amach as an triail, agus bhí labhair ach vaguely de mar fear áirithe ar a dtugtar Abel, as ar eascair an t-éad. Tar éis an éigiontú d'imigh sí, agus dá bhrí sin chaill sé an leanbh agus máthair an linbh.

"Ba mhaith liom a iarraidh-"

"Nóiméad, mo bhuachaill daor, agus tá déanta agam. An genius olc, Compeyson, an chuid is measa de scoundrels i measc go leor scoundrels, a fhios agam a choinneáil amach as an mbealach ag an am sin agus ar a chúiseanna chun é sin a dhéanamh, ar ndóigh ina dhiaidh sin bhí an t-eolas thar a cheann mar bhealach a choinneáil níos boichte agus ag obair air níos deacra. Ba léir aréir go raibh an barbartha seo mar phointe d'animosity Provis."

"Ba mhaith liom a fháil amach," arsa mise, "agus go háirithe, Herbert, an ndúirt sé leat nuair a tharla sé seo?"

"Go háirithe? Lig dom cuimhneamh, ansin, cad a dúirt sé maidir leis sin. Ba é a léiriú, 'scór cruinn o' bliain ó shin, agus a'most directly after I took up wi' Compeyson.' Cén aois a bhí tú nuair a tháinig tú air sa reilig bheag?"

"Sílim i mo sheachtú bliain."

"Ay. Tharla sé trí nó ceithre bliana ansin, a dúirt sé, agus thug tú isteach ina intinn an cailín beag a cailleadh chomh tragóideach, a bheadh thart ar d'aois.

"Herbert," ar isi, tar éis ciúnas gearr, ar bhealach hurried, "an bhfeiceann tú mé is fearr le solas na fuinneoige, nó solas na tine?"

"By the firelight," a d'fhreagair Herbert, ag teacht gar arís.

"Féach orm."

"Féachaim ort, a bhuachaill daor."

"Leag lámh orm."

"Cuirim lámh ort, a bhuachaill daor."

"Níl eagla ort go bhfuil mé in aon fhiabhras, nó go bhfuil neamhord mór ar mo cheann de bharr timpiste na hoíche aréir?"

"N-aon, mo bhuachaill daor," a dúirt Herbert, tar éis am a ghlacadh chun scrúdú a dhéanamh orm. "Tá tú in áit excited, ach tá tú féin go leor."

"Tá a fhios agam go bhfuil mé féin go leor. Agus is é an fear atá againn i bhfolach síos an abhainn, Athair Estella. "

Caibidil LI.

Cén cuspóir a bhí agam nuair a bhí mé te ar rianú amach agus tuismíocht Estella a chruthú, ní féidir liom a rá. Feicfear faoi láthair nach raibh cruth ar leith ar an gceist romham go dtí gur chuir ceann níos críonna ná mo cheann féin os mo chomhair í.

Ach nuair a bhí Herbert agus mé ar siúl ár gcomhrá momentous, Bhí urghabhadh mé le ciontú feverish gur chóir dom a fhiach an t-ábhar síos,-nár chóir dom a ligean dó chuid eile, ach gur chóir dom a fheiceáil an tUasal Jaggers, agus teacht ar an fhírinne lom. Níl a fhios agam i ndáiríre ar mhothaigh mé go ndearna mé é seo ar mhaithe le Estella, nó an raibh mé sásta aistriú chuig an bhfear a raibh an oiread sin imní orm faoi roinnt gathanna den spéis rómánsúil a bhí timpeall orm le fada. B'fhéidir go bhféadfadh an fhéidearthacht sin a bheith níos gaire don fhírinne.

Ar bhealach ar bith, d'fhéadfainn a choinneáil siar ó dhul amach go Sráid Gerrard an oíche sin. Uiríll Herbert, má rinne mé, ba chóir dom a leagan suas is dócha agus stricken useless, nuair a bheadh sábháilteacht ár teifeach ag brath ar dom, ina n-aonar srian ar mo impatience. Ar an tuiscint, arís agus arís eile arís, go, teacht cad a bheadh, bhí mé chun dul go dtí an tUasal Jaggers a-amárach, chuir mé ar fad a choinneáil ciúin, agus go bhfuil mo hurts d'fhéach sé i ndiaidh, agus chun fanacht sa bhaile. Go luath an mhaidin dár gcionn chuamar amach le chéile, agus ag cúinne Shráid Giltspur le Margadh na Feirme, d'fhág mé Herbert le dul ar a bhealach isteach sa Chathair, agus thug mé mo bhealach go dtí an Bhreatain Bheag.

Bhí ócáidí tréimhsiúla ann nuair a chuaigh an tUasal Jaggers agus Wemmick thar chuntais na hoifige, agus sheiceáil siad na dearbháin, agus chuir siad gach rud díreach. Ar na hócáidí seo, thóg Wemmick a chuid leabhar agus páipéar isteach i seomra an Uasail Jaggers, agus tháinig duine de na cléirigh thuas staighre síos san oifig amuigh. Nuair a d'aimsigh mé an cléireach sin ar phost Wemmick an mhaidin sin, bhí a fhios agam cad a bhí ar siúl; ach ní raibh brón orm go bhfuil an tUasal Jaggers agus Wemmick le chéile, mar a bheadh Wemmick éisteacht ansin dó féin go dúirt mé rud ar bith a comhréiteach air.

Mo chuma, le mo lámh bandaged agus mo chóta scaoilte thar mo ghualainn, bhfabhar mo rud. Cé gur chuir mé an tUasal Jaggers cuntas gairid ar an timpiste chomh luath agus a tháinig mé ar an mbaile, ach bhí orm na sonraí go léir a thabhairt dó anois; agus mar gheall ar speisialtacht na hócáide ní raibh ár gcuid cainte chomh tirim agus chomh crua, agus nach raibh sí chomh dian céanna leis na rialacha fianaise, ná mar a bhí roimhe seo. Cé cur síos mé ar an tubaiste, sheas an tUasal Jaggers, de réir a wont, roimh an tine. Chlaon Wemmick ar ais ina chathaoir, ag stánadh orm, lena lámha i bpócaí a bhríste, agus chuir a pheann go cothrománach isteach sa phost. Ba chosúil go raibh an dá chliar bhrúidiúil, a bhí doscartha i m'intinn i gcónaí ó na himeachtaí oifigiúla, ag smaoineamh go géar ar cé acu nach raibh boladh tine orthu faoi láthair.

Chríochnaigh mo scéal, agus a gcuid ceisteanna ídithe, chuir mé údarás Miss Havisham ar fáil ansin chun na naoi gcéad punt a fháil do Herbert. D'éirigh súile an Uasail Jaggers beagán níos doimhne isteach ina cheann nuair a thug mé na táibléid dó, ach thug sé ar láimh iad faoi láthair do Wemmick, le treoracha chun an seic a tharraingt ar a shíniú. Cé go raibh sé sin á dhéanamh, d'fhéach mé ar Wemmick mar a scríobh sé, agus an tUasal Jaggers, poising agus swaying féin ar a chuid buataisí dea-snasta, d'fhéach sé ar dom. "Tá brón orm, a Pip," ar seisean, agus mé ag cur na seiceála i mo phóca, nuair a shínigh sé é, "nach ndéanann muid rud ar bith *duit.*"

"Bhí Iníon Havisham maith go leor chun ceist a chur orm," a d'fhill mé, "an bhféadfadh sí aon rud a dhéanamh dom, agus dúirt mé léi Níl."

"Ba chóir go mbeadh a fhios ag gach duine a ghnó féin," a dúirt an tUasal Jaggers. Agus chonaic mé liopaí Wemmick foirm na focail "maoin iniompartha."

"Níor chóir dom a bheith in iúl di Níl, má bhí mé tú," a dúirt an tUasal Jaggers; "Ach ba chóir go mbeadh a fhios ag gach fear a ghnó féin is fearr."

"Gach fear gnó," a dúirt Wemmick, in áit reproachfully i dtreo dom, "Is maoin iniompartha."

Mar a shíl mé go raibh an t-am ag teacht anois chun leanúint leis an téama a bhí agam i gcroílár, a dúirt mé, ag casadh ar an Uasal Jaggers:—

"D'iarr mé rud éigin de Miss Havisham, áfach, a dhuine uasail. D'iarr mé uirthi roinnt eolais a thabhairt dom maidir lena hiníon uchtaithe, agus thug sí dom gach a raibh aici.

"An raibh sí?" A dúirt an tUasal Jaggers, lúbthachta ar aghaidh chun breathnú ar a buataisí agus ansin straightening féin. "Hah! Ní dóigh liom gur chóir dom é sin a dhéanamh, dá mba Miss Havisham mé. Ach ba chóir go mbeadh aithne mhaith aici ar a gnó féin."

"Tá a fhios agam níos mó de stair leanbh uchtaithe Miss Havishham ná mar a dhéanann Miss Havisham í féin, a dhuine uasail. Tá aithne agam ar a máthair.

D'fhéach an tUasal Jaggers orm go fiosrach, agus arís agus arís eile "Máthair?"

"Chonaic mé a máthair taobh istigh de na trí lá seo."

"Sea?" A dúirt an tUasal Jaggers.

"Agus mar sin tá tú, a dhuine uasail. Agus tá sí feicthe agat níos déanaí fós."

"Sea?" A dúirt an tUasal Jaggers.

"B'fhéidir go bhfuil a fhios agam níos mó de stair Estella ná fiú a dhéanann tú," a dúirt mé. "Tá a fhios agam a hathair freisin."

Stad áirithe gur tháinig an tUasal Jaggers ar a bhealach-bhí sé ró-féin-sheilbh a athrú ar a bhealach, ach ní fhéadfadh sé cabhrú lena thabhairt chuig stad indefinably aireach-cinnte dom nach raibh a fhios aige cérbh é a hathair. Bhí amhras mór orm ó chuntas Provis (mar a rinne Herbert arís é) gur choinnigh sé é féin dorcha; a phíosa mé ar an bhfíric nach raibh sé féin client an Uasail Jaggers go dtí roinnt ceithre bliana ina dhiaidh sin, agus nuair a d'fhéadfadh sé a bheith aon chúis a éileamh a chéannacht. Ach, ní raibh mé in ann a bheith cinnte de seo unconsciousness ar chuid an Uasail Jaggers roimh, cé go raibh mé cinnte go leor de anois.

"Mar sin! Tá aithne agat ar athair na mná óige, Pip?" arsa an tUasal Jaggers.

"Sea," a d'fhreagair mé, "agus Provis is ainm dó—ó New South Wales."

Thosaigh fiú an tUasal Jaggers nuair a dúirt mé na focail sin. Ba é an tús is lú a d'fhéadfadh éalú fear, an chuid is mó go cúramach repressed agus an níos luaithe a sheiceáil, ach rinne sé tús, cé go ndearna sé é mar chuid den ghníomh ag cur amach a phóca-ciarsúr. Conas a fuair Wemmick an fógra níl mé in ann a rá; do bhí eagla orm chun breathnú air díreach ansin, ba chóir lest sharpness An tUasal Jaggers a bhrath go raibh roinnt cumarsáide anaithnid dó eadrainn.

"Agus cén fhianaise, Pip," d'iarr an tUasal Jaggers, an-coolly, mar shos sé lena ciarsúr leath bhealach chun a shrón, "a dhéanann Provis an t-éileamh seo?"

"Ní dhéanann sé é," arsa mise, "agus ní dhearna sé riamh é, agus níl aon eolas ná creideamh aige go bhfuil a iníon ann."

Don uair amháin, theip ar an gciarsúr póca cumhachtach. Bhí mo fhreagra chomh gan choinne, gur chuir an tUasal Jaggers an ciarsúr ar ais ina phóca gan an fheidhmíocht is gnách a chríochnú, fillte a airm, agus d'fhéach sé le haird Stern orm, cé go bhfuil aghaidh dhochorraithe aige.

Ansin dúirt mé leis go léir a fhios agam, agus conas a bhí a fhios agam é; leis an áirithint amháin a d'fhág mé air tátal a bhaint as go raibh a fhios agam ó Miss Havisham cad a bhí ar eolas agam ó Wemmick. Bhí mé an-chúramach go deimhin faoi sin. Ná ní raibh mé ag breathnú i dtreo Wemmick go dtí go raibh críochnaithe agam go léir a bhí mé a insint, agus bhí ar feadh tamaill cruinniú ciúin cuma an Uasail Jaggers ar. Nuair a rinne mé ag casadh deireanach mo shúile i dtreo Wemmick, fuair mé amach go raibh sé unposted a pheann, agus bhí intinn ar an tábla os a chomhair.

"Hah!" A dúirt an tUasal Jaggers ar deireadh, mar a bhog sé i dtreo na páipéir ar an tábla. "Cén mhír a bhí agat, Wemmick, nuair a tháinig an tUasal Pip isteach?"

Ach ní raibh mé in ann a chur faoi bhráid a chaitheamh amach ar an mbealach sin, agus rinne mé paiseanta, beagnach achomharc indignant, dó a bheith níos frank agus manly liom. Mheabhraigh mé dó an dóchas bréagach ina raibh mé imithe i léig, an fad ama a mhair siad, agus an fhionnachtain a bhí déanta agam: agus thug mé leid ar an gcontúirt a mheá ar mo bhiotáille. Dúirt mé féin gur fiú beagán muiníne a bheith agam as, mar chúiteamh ar an muinín a bhí agam anois. Dúirt mé nár chuir mé an milleán air, nó go raibh amhras orm faoi, nó go raibh drochmheas agam air, ach theastaigh uaim an fhírinne a dhearbhú uaidh. Agus má d'fhiafraigh sé díom cén fáth a raibh mé ag iarraidh é, agus cén fáth ar shíl mé go raibh aon cheart agam air, déarfainn leis, beag agus é ag tabhairt aire do bhrionglóidí bochta den sórt sin, go raibh grá mór agam d'Estella go daor agus go fada, agus cé gur chaill mé í, agus go gcaithfidh mé saol méala a chaitheamh, cibé rud a bhain léi, bhí sí fós níos gaire agus níos dearfaí dom ná aon rud eile ar domhan. Agus féachaint gur sheas an tUasal Jaggers go leor fós agus adh, agus is cosúil go leor obdurate, faoin achomharc seo, chas mé go Wemmick, agus dúirt sé, "Wemmick, Tá a fhios agam tú a bheith ina fhear le croí milis. Chonaic mé do theach taitneamhach, agus d'athair d'aois, agus na bealaí spraíúla neamhchiontacha, gealgháireacha go léir lena ndéanann tú athnuachan ar do shaol gnó. Agus entreat mé tú a rá focal dom an tUasal Jaggers, agus a chur in iúl dó go, gach cúinse a mheas, ba chóir dó a bheith níos oscailte liom! "

Ní fhaca mé beirt fhear ag breathnú níos corraí ar a chéile ná mar a rinne an tUasal Jaggers agus Wemmick tar éis an uaschamóg seo. Ar dtús, thrasnaigh misgiving dom go mbrisfí Wemmick as a fhostaíocht láithreach; ach leáigh sé mar a chonaic mé an tUasal Jaggers scíth a ligean isteach i rud éigin cosúil le aoibh gháire, agus Wemmick bheith níos dána.

"Cad é seo go léir?" A dúirt an tUasal Jaggers. "Tú le sean-athair, agus tú le bealaí taitneamhacha agus spraíúla?"

"Bhuel!" ar ais Wemmick. "Mura dtabharfaidh mé 'em anseo, cad a dhéanann sé ábhar?"

"Pip," a dúirt an tUasal Jaggers, ag leagan a lámh ar mo lámh, agus miongháire go hoscailte, "caithfidh an fear seo a bheith ar an impostor is cunning i ngach Londain."

"Ní beagán de," ar ais Wemmick, ag fás níos dána agus níos dána. "Sílim gur duine eile thú."

Arís mhalartaigh siad a n-iar-Breathnaíonn corr, gach cosúil fós distrustful go raibh an ceann eile ag cur air i.

"*Tá tú* le teach taitneamhach?" A dúirt an tUasal Jaggers.

"Ós rud é nach gcuireann sé isteach ar ghnó," ar ais Wemmick, "lig sé a bheith amhlaidh. Anois, breathnaím ort, a dhuine uasail, níor cheart dom iontas a dhéanamh an bhféadfá a bheith ag pleanáil agus ag iarraidh teach taitneamhach de do cheann féin a bheith agat na laethanta seo, nuair a bhíonn tú tuirseach den obair seo ar fad."

Chlaon an tUasal Jaggers a cheann go cúlghabhálach dhá nó trí huaire, agus tharraing sé osna i ndáiríre. "Pip," a dúirt sé, "ní bheidh muid ag caint faoi 'aisling bhocht;' tá a fhios agat níos mó faoi rudaí den sórt sin ná mé, a bhfuil taithí i bhfad níos úire den chineál sin. Ach anois faoin ábhar eile seo. Cuirfidh mé cás chugat. Cuimhnigh! Ní admhaím faic.

D'fhan sé liom a dhearbhú gur thuig mé go maith go ndúirt sé go sainráite nár admhaigh sé tada.

"Anois, Pip," a dúirt an tUasal Jaggers, "a chur ar an gcás seo. Cuir an cás go raibh bean, faoi chúinsí mar a luaigh tú, i bhfolach a leanbh, agus go raibh sé d'oibleagáid uirthi an fíoras a chur in iúl dá comhairleoir dlí, ar a chur in iúl di go gcaithfidh sé a bheith ar an eolas, le súil ar dhomhanleithead a chosanta, conas a sheas an fhíric faoin leanbh sin. Cuir an cás sin, ag an am céanna bhí muinín aige leanbh a aimsiú do bhean shaibhir eccentric a ghlacadh agus a thabhairt suas.

"Leanaim thú, a dhuine uasail."

"Cuir an cás go raibh cónaí air in atmaisféar olc, agus go raibh gach chonaic sé de leanaí a bheith á ghiniúint i líon mór le haghaidh scrios áirithe. Cuir an cás go bhfaca sé go minic leanaí a thriail go sollúnta ag barra coiriúil, áit a raibh siad ar siúl suas le feiceáil; cuir an cás go raibh a fhios aige de ghnáth go raibh siad i bpríosún, ag bualadh, á n-iompar, á bhfaillí, á gcaitheamh amach, cáilithe ar gach bealach don chrochadóir, agus ag fás aníos le crochadh. Cuir an cás go deas nigh na páistí go léir a chonaic sé ina shaol gnó laethúil go raibh cúis aige chun breathnú ar an oiread sin sceith, a fhorbairt isteach an t-iasc a bhí le teacht ar a glan,-a ionchúiseamh, a chosaint, forsworn, dílleachtaí déanta, bedevilled ar bhealach. "

"Leanaim thú, a dhuine uasail."

"Cuir an cás, Pip, go raibh anseo leanbh beag go leor as an gcarn a d'fhéadfaí a shábháil; a chreid an t-athair marbh, agus dared a dhéanamh aon stir faoi; maidir le cé leis, thar an máthair, a raibh an chumhacht seo ag an gcomhairleoir dlí: "Tá a fhios agam cad a rinne tú, agus conas a rinne tú é. Tháinig tú mar sin agus mar sin, rinne tú rudaí den sórt sin agus rudaí den sórt sin chun amhras a atreorú. Tá mé rianú tú tríd go léir, agus deirim é go léir. Cuid leis an leanbh, ach amháin má ba chóir go mbeadh sé riachtanach é a thabhairt ar aird chun tú a ghlanadh, agus ansin déanfar é a tháirgeadh. Tabhair an leanbh isteach i mo lámha, agus déanfaidh mé mo dhícheall tú a thabhairt amach. Má shábháiltear thú, sábháiltear do leanbh freisin; má chailltear thú, tá do leanbh fós sábháilte." Cuir an cás go ndearnadh é seo, agus go raibh an bhean glanta."

"Tuigim go breá thú."

"Ach nach ndéanfaidh mé aon iontrálacha?"

"Nach ndéanann tú aon iontrálacha." Agus wemmick arís agus arís eile, "Níl aon iontrálacha."

"Cuir an cás, Pip, go paisean agus an terror an bháis bhí chroitheadh beag intleacht na mná, agus nuair a bhí sí leagtha ar saoirse, bhí sí scanraithe as na bealaí ar fud an domhain, agus chuaigh sé dó a bheith foscadh. Cuir an cás gur thóg sé í i, agus gur choinnigh sé síos an nádúr d'aois, fiáin, foréigneach aon uair a chonaic sé inkling a bhriseadh amach, ag dearbhú a chumhacht thar a bhealach d'aois. An dtuigeann tú an cás samhailteach?

"Go leor."

"Cuir an cás gur fhás an leanbh suas, agus bhí sé pósta ar airgead. Go raibh an mháthair fós beo. Go raibh an t-athair fós beo. Go raibh an mháthair agus an t-athair, nach raibh aithne acu ar a chéile, ina gcónaí laistigh den oiread sin míle, furlongs, slata más maith leat, ar a chéile. Go raibh an rún fós ina rún, ach amháin go bhfuair tú gaoth de. Cuir an cás deireanach sin chugat féin go han-chúramach."

"Is féidir liom."

"Iarraim ar Wemmick é a chur chuige *féin go han-chúramach.*"

Agus dúirt Wemmick, "Is féidir liom."

"Cé ar mhaithe leis a nochtfá an rún? Ar son an athar? Sílim nach mbeadh sé i bhfad níos fearr don mháthair. Do na máthar? Sílim dá mbeadh a leithéid de ghníomhas déanta aici go mbeadh sí níos sábháilte san áit a raibh sí. Maidir leis an iníon? Sílim gur ar éigean a d'fhónfadh sé di a tuismíocht a bhunú mar eolas dá fear céile, agus í a tharraingt ar ais chun náire, tar éis éalú fiche bliain, slán go leor le maireachtáil ar feadh a saoil. Ach cuir leis an gcás go raibh grá agat di, Pip, agus go ndearna sí ábhar na 'mbrionglóidí bochta' sin a bhí, ag am amháin nó eile, i gceann níos mó fear ná mar a shíleann tú is dócha, ansin deirim leat go raibh tú níos fearr-agus go mbeadh i bhfad níos luaithe nuair a shíl tú go maith de-chop off that bandaged left hand of yours with your bandaged right hand, agus ansin cuir an chopper ar aghaidh go Wemmick ansin, chun *é sin a ghearradh* amach freisin."

D'fhéach mé ar Wemmick, a raibh a aghaidh an-tromchúiseach. Leag sé lámh mhór ar a liopaí lena forefinger. Rinne mé an rud céanna. Rinne an tUasal Jaggers an rud céanna. "Anois, Wemmick," a dúirt an dara ceann ansin, resuming a bhealach is gnách, "cén mhír a bhí sé go raibh tú ag nuair a tháinig an tUasal Pip i?"

Agus mé i mo sheasamh ar feadh tamaillín, agus iad ag obair, thug mé faoi deara go raibh na breathnaíonn corr a chaith siad ar a chéile arís agus arís eile arís agus arís eile: leis an difríocht seo anois, go raibh an chuma ar gach duine acu amhrasach, gan a rá comhfhiosach, gur léirigh sé é féin i bhfianaise lag agus neamhghairmiúil don duine eile. Ar an gcúis seo, is dócha, bhí siad dolúbtha lena chéile anois; An tUasal Jaggers a bheith an-deachtóireachta, agus Wemmick obstinately údar féin aon uair a bhí an pointe is lú i abeyance ar feadh nóiméad. Ní fhaca mé riamh iad ar théarmaí chomh dona sin; óir go hiondúil d'éirigh go han-mhaith leo le chéile.

Ach bhí siad araon faoiseamh sona sásta ag an chuma opportune Mike, an cliant leis an caipín fionnaidh agus an nós wiping a shrón ar a chum, a bhí feicthe agam ar an gcéad lá de mo chuma laistigh de na ballaí. D'iarr an duine seo, a bhí, ina phearsa féin nó i bpearsa éigin dá theaghlach, i dtrioblóid i gcónaí (rud a chiallaigh Newgate san áit sin), a fhógairt gur tógadh a iníon ba shine ar amhras go raibh siopa á thógáil aige. Mar a imparted sé an imthoisc melancholy go Wemmick, an tUasal Jaggers seasamh magisterially roimh an tine agus ag cur aon sciar sna himeachtaí, tharla súil Mike a twinkle le cuimilt.

"Cad atá tú faoi?" D'éiligh Wemmick, leis an fearg ndícheall. "Cad chuige a dtagann tú ag snivelling anseo?"

"Ní raibh mé ag dul chun é a dhéanamh, an tUasal Wemmick."

"Rinne tú," arsa Wemmick. "Conas a leomh tú? Níl tú i riocht oiriúnach le teacht anseo, mura féidir leat teacht anseo gan spluttering cosúil le droch-pheann. Cad atá i gceist agat leis?

"Ní féidir le fear cabhrú lena mhothúcháin, an tUasal Wemmick," phléadáil Mike.

"A cad?" D'éiligh Wemmick, go leor savagely. "Abair é sin arís!"

"Anois breathnú anseo mo fhear," a dúirt an tUasal Jaggers, chun cinn céim, agus dírithe ar an doras. "Gabh amach as an oifig seo. Ní bheidh aon mhothúcháin agam anseo. Gabh amach."

"Feidhmíonn sé ceart duit," a dúirt Wemmick, "Faigh amach."

Mar sin, tharraing an Mike trua an-humbly, agus an tUasal Jaggers agus Wemmick an chuma a bheith ath-bhunaithe a dtuiscint mhaith, agus chuaigh sé ag obair arís le haer de refreshment orthu amhail is dá mbeadh siad díreach tar éis lón.

Caibidil LII.

Ón mBreatain Bheag chuaigh mé, le mo sheiceáil i mo phóca, chuig deartháir Miss Skiffins, an cuntasóir; agus deartháir Miss Skiffins, an cuntasóir, ag dul díreach chuig Clarriker's agus ag tabhairt Clarriker chugam, bhí an-sásamh agam an socrú sin a chur i gcrích. Ba é an t-aon rud maith a bhí déanta agam, agus an t-aon rud críochnaithe a bhí déanta agam, ós rud é go raibh mé ag súil go mór leis ar dtús.

Chuir Clarriker in iúl dom an uair sin go raibh cúrsaí an Tí ag dul chun cinn go seasta, go mbeadh sé in ann teach beag craoibhe a bhunú san Oirthear a bhí ag iarraidh an gnó a leathnú, agus go rachadh Herbert ina chumas comhpháirtíochta nua amach agus go ngabhfadh sé i gceannas air, fuair mé amach go gcaithfidh mé a bheith ullamh le haghaidh scaradh ó mo chara, cé go raibh mo ghnóthaí féin níos socraithe. Agus anois, go deimhin, mhothaigh mé amhail is dá mbeadh mo ancaire deireanach ag scaoileadh a shealbhú, agus ba chóir dom a bheith ag tiomáint go luath leis na gaotha agus na tonnta.

Ach bhí cúiteamh sa lúcháir a thiocfadh Herbert abhaile oíche agus d'inis sé dom faoi na hathruithe seo, gan mórán samhlaíochta gur inis sé aon nuacht dom, agus go sceitseálfadh sé pictiúir airy de féin ag stiúradh Clara Barley go talamh na nOícheanta Arabacha, agus mé ag dul amach chun dul amach leo (le carbhán de chamaill, Creidim), agus ar ár n-uile dul suas an Níl agus wonders a fheiceáil. Gan a bheith sanguine maidir le mo chuid féin sna pleananna geala sin, mhothaigh mé go raibh bealach Herbert ag glanadh go tapa, agus go raibh sean-Bill Barley ach cloí lena piobar agus rum, agus ba ghearr go mbeadh soláthar sona sásta dá iníon.

Bhí mí an Mhárta faighte againn anois. Mo lámh chlé, cé nach raibh aon droch-chomharthaí air, thóg sé, sa chúrsa nádúrtha, chomh fada sin a leigheas nach raibh mé in ann cóta a fháil air fós. Bhí mo lámh dheas ar ais go tolerably; ach go cothrom inseirbhíse.

Maidin Dé Luain, nuair a bhí Herbert agus mé ag bricfeasta, fuair mé an litir seo a leanas ó Wemmick leis an bpost.

"Walworth. Dóigh é seo chomh luath agus a léitear é. Go luath sa tseachtain, nó abair Dé Céadaoin, d'fhéadfá an rud atá ar eolas agat a dhéanamh, má mhothaigh tú réidh le triail a bhaint as. Anois sruthán."

Nuair a thaispeáin mé é seo do Herbert agus gur chuir mé sa tine é—ach ní sula raibh an bheirt againn fuair sé le croí—mheasamar cad ba cheart a dhéanamh. Mar, ar ndóigh, ní fhéadfaí mo bheith faoi mhíchumas a choinneáil as radharc a thuilleadh.

"Shíl mé arís agus arís eile é," arsa Herbert, "agus sílim go bhfuil cúrsa níos fearr ar eolas agam ná fear uisce Thames a thógáil. Tóg Startop. Fear maith, lámh oilte, ceanúil orainn, agus díograiseach agus onórach."

Smaoinigh mé air níos mó ná uair amháin.

"Ach cé mhéad a déarfá leis, a Herbert?"

"Is gá a rá leis an-bheag. Lig dó a cheapadh nach bhfuil ann ach freak, ach ceann rúnda, go dtí go dtagann an mhaidin: ansin cuir in iúl dó go bhfuil cúis phráinneach le do Provis a fháil ar bord agus ar shiúl. Téann tú leis?

"Gan dabht."

"Cá háit?"

Chonacthas dom, sna cúinsí imníoch go leor a thug mé an pointe, beagnach neamhshuim cén port a rinne muid,-Hamburg, Rotterdam, Antwerp,-an áit signified beag, ionas go raibh sé as Sasana. Dhéanfadh aon ghaltán eachtrach a thit inár mbealach agus a thógfadh suas muid. Mhol mé dom féin i gcónaí é a fháil go maith síos an abhainn sa bhád; cinnte i bhfad níos faide ná Gravesend, a bhí ina áit chriticiúil le haghaidh cuardaigh nó fiosrúcháin dá mbeadh amhras ar bun. Ós rud é go bhfágfadh galtáin eachtrannacha Londain ag thart ar an am a raibh uisce ard ann, is é an plean a bheadh againn ná dul síos an abhainn le taoide ebb-taoide roimhe seo, agus luí i láthair chiúin éigin go dtí go bhféadfaimis tarraingt amach go dtí ceann amháin. D'fhéadfaí an t-am nuair a bheadh duine dlite nuair a leagaimid, cibé áit a d'fhéadfadh sé sin a bheith, a ríomh go leor beagnach, má rinne muid fiosrúcháin roimh ré.

D'aontaigh Herbert leis seo go léir, agus chuaigh muid amach díreach tar éis an bhricfeasta chun ár n-imscrúduithe a dhéanamh. Fuaireamar amach gur dócha go n-oirfeadh galtán do Hamburg dár gcuspóir is fearr, agus threoraigh muid ár smaointe go príomha chuig an soitheach sin. Ach thugamar faoi deara cad a d'fhágfadh galtáin eachtrannacha eile Londain leis an taoide chéanna, agus shásaigh muid féin go raibh a fhios againn tógáil agus dath a chéile. Scaramar ansin ar feadh cúpla uair an chloig: mise, chun pasanna mar a bhí riachtanach a fháil ag an am céanna; Herbert, chun Startop a fheiceáil ag a lóistín. Rinne an bheirt againn an rud a bhí le déanamh againn gan aon bhac, agus nuair a bhuaileamar le chéile arís ag a haon a chlog thuairiscigh sé go ndearna sé. Ullmhaíodh mé, do mo chuid féin, le pasanna; Chonaic Herbert Startop, agus bhí sé níos mó ná réidh le dul isteach.

Ba cheart don bheirt sin péire oars a tharraingt, shocraigh muid, agus stiúrfainn; bheadh ár muirear sitter, agus a choinneáil ciúin; Toisc nach raibh luas ár réad, ba chóir dúinn a dhéanamh ar bhealach go leor. Shocraigh muid nár cheart do Herbert teacht abhaile chun dinnéir sula ndeachaigh sé go Banc Locháin an Mhuilinn an tráthnóna sin; nár cheart dó dul ann ar chor ar bith tráthnóna amárach, Dé Máirt; gur chóir dó Provis a ullmhú le teacht anuas go dtí staighre éigin go crua ag an teach, Dé Céadaoin, nuair a chonaic sé muid ag teacht, agus ní túisce; gur cheart na socruithe go léir leis a thabhairt chun críche an oíche Luain sin; agus nár chóir é a chur in iúl gan a thuilleadh ar bhealach ar bith, go dtí gur thógamar ar bord é.

These precautions well understood by both of us, chuaigh mé abhaile.

Nuair a d'oscail mé doras seachtrach ár seomraí le m'eochair, fuair mé litir sa bhosca, dírithe orm; litir an-salach, cé nach bhfuil droch-scríofa. Bhí sé tugtha de láimh (ar ndóigh, ó d'fhág mé an baile), agus ba iad seo a raibh ann:—

"Mura bhfuil eagla ort teacht go dtí na sean-riasca go dtí an oíche nó go dtí oíche amárach ag a naoi, agus chun teacht ar an teach beag sliús ag an aolkiln, bhí tú ag teacht níos fearr. Más mian leat faisnéis maidir le *d'uncail Provis*, bhí tú i bhfad níos fearr teacht agus a insint aon duine, agus a chailleadh aon am. *Caithfidh tú teacht i d'aonar.* Tabhair leat é seo."

Bhí ualach go leor ar m'intinn agam sula bhfuair mé an litir aisteach seo. Cad atá le déanamh anois, ní fhéadfainn a rá. Agus ba é an ceann is measa, go gcaithfidh mé cinneadh a dhéanamh go tapa, nó ba chóir dom a chailleann an cóiste tráthnóna, a thógfadh mé síos in am le haghaidh go-oíche. To-morrow night I could not think of going, mar bheadh sé róchóngarach ar am na heitilte. Agus arís, i gcás rud ar bith a raibh a fhios agam, b'fhéidir go mbeadh tionchar tábhachtach éigin ag an bhfaisnéis phróifílithe ar an eitilt féin.

Dá mbeadh neart ama agam lena bhreithniú, creidim gur cheart dom a bheith imithe fós. Tar éis ar éigean aon am le breithniú, - mo faire ag taispeáint dom gur thosaigh an cóiste laistigh de leath uair an chloig, - bheartaigh mé chun dul. Ba chóir dom a bheith cinnte nach bhfuil imithe, ach le haghaidh an tagairt do mo

Uncail Provis. Sin, ag teacht ar litir Wemmick agus ullmhúchán gnóthach na maidine, chas sé an scála.

Tá sé chomh deacair a bheith i seilbh go soiléir ar ábhar beagnach aon litir, i Hurry foréigneach, go raibh mé a léamh an epistle mistéireach arís faoi dhó, roimh a urghaire dom a bheith rúnda fuair meicniúil isteach i mo intinn. Ag teacht chuige ar an mbealach meicniúil céanna, d'fhág mé nóta i bpeann luaidhe do Herbert, ag insint dó gur chóir dom a bheith chomh luath sin ag dul ar shiúl, ní raibh a fhios agam cé chomh fada, bhí cinneadh déanta agam hurry síos agus ar ais, chun a fháil amach dom féin conas a bhí Miss Havisham faring. Bhí mé ansin ar éigean am a fháil ar mo mór-cóta, glas suas na seomraí, agus a dhéanamh le haghaidh an chóiste-oifig ag an gearr ag-bealaí. Dá mbeinn tar éis carbad hacnaí a thógáil agus a bheith imithe ar na sráideanna, ba cheart go mbeadh m'aidhm caillte agam; Ag dul mar a rinne mé, rug mé ar an gcóiste díreach mar a tháinig sé amach as an gclós. Bhí mé an t-aon phaisinéir taobh istigh, jolting ar shiúl glúine-domhain i tuí, nuair a tháinig mé chugam féin.

Óir ní raibh mé féin i ndáiríre ó fuair mé an litir; Bhí sé chomh bewildered dom, ina dhiaidh sin ar an Hurry na maidine. Bhí deifir na maidine agus flutter go hiontach; for, long and anxiously as I had waited for Wemmick, bhí iontas ar a leid faoi dheireadh. Agus anois thosaigh mé ag wonder ag mé féin as a bheith sa chóiste, agus a bheith in amhras an raibh mé cúis leordhóthanach a bheith ann, agus a mheas ar chóir dom a fháil amach faoi láthair agus dul ar ais, agus a argóint i gcoinne riamh heeding cumarsáid gan ainm, agus, i mbeagán focal, chun pas a fháil trí na céimeanna contrártha agus cinneadh a bhfuil mé dócha go bhfuil daoine an-beag hurried strainséirí. Fós féin, rinne an tagairt do Provis de réir ainm máistreacht ar gach rud. Réasúnaithe mé mar a bhí réasúnaithe agam cheana féin gan a fhios agam é,-más rud é go réasúnaíocht,-i gcás ba chóir aon dochar befall dó trí mo gan dul, conas a d'fhéadfadh mé logh riamh mé féin!

Bhí sé dorcha sula bhfuair muid síos, agus an chuma ar an turas fada agus dreary dom, a d'fhéadfadh a fheiceáil beag de taobh istigh, agus nach bhféadfadh dul taobh amuigh i mo stát faoi mhíchumas. Ag seachaint an Torc Gorm, chuir mé suas ag teach ósta de mhion-cháil síos an baile, agus d'ordaigh mé dinnéar éigin. Nuair a bhí sé ag ullmhú, chuaigh mé go Teach Satis agus d'fhiosraigh mé Miss Havisham; bhí sí fós an-tinn, cé gur mheas sí rud éigin níos fearr.

Bhí mo theach ósta mar chuid de theach eaglasta ársa tráth, agus dined mé i seomra beag ochtagánach coiteann, cosúil le cló. Toisc nach raibh mé in ann mo dhinnéar a ghearradh, rinne an seantiarna talún le ceann maol lonrach é domsa. Thug sé seo muid isteach i gcomhrá, bhí sé chomh maith le siamsaíocht a chur ar fáil dom le mo scéal féin,-ar ndóigh leis an ngné choitianta go raibh Pumblechook mo benefactor is luaithe agus bunaitheoir mo fortunes.

"An bhfuil aithne agat ar an bhfear óg?" arsa mise.

"Bíodh aithne agat air!" arsa an tiarna talún arís agus arís eile. "Ó shin i leith bhí sé-aon airde ar chor ar bith."

"An dtagann sé ar ais go dtí an chomharsanacht seo riamh?"

"Ay, tagann sé ar ais," arsa an tiarna talún, "dá chairde móra, anois is arís, agus tugann sé an gualainn fhuar don fhear a rinne é."

"Cén fear é sin?"

"Eisean a labhraím," arsa an tiarna talún. "An tUasal Pumblechook."

"An bhfuil sé ungrateful le haon duine eile?"

"Níl aon amhras ach go mbeadh sé, dá bhféadfadh sé," ar ais an tiarna talún, "ach ní féidir leis. Agus cén fáth? Toisc go ndearna Pumblechook gach rud dó.

"An ndeir Pumblechook amhlaidh?"

"Abair mar sin!" a d'fhreagair an tiarna talún. "Ní haon ghlaoch é sin a rá."

"Ach an ndeir sé amhlaidh?"

"D'iompódh sé fuil fir go winegar fíon bán chun éisteacht leis a insint dó, a dhuine uasail," arsa an tiarna talún.

Shíl mé, "Ach Joe, a Joe daor, ní insíonn tú riamh é. Ag fulaingt le fada agus grámhar Joe, ní dhéanann tú gearán riamh. Ná tusa, Biddy milis-tempered!

"Do ghoile a bheith i dteagmháil léi mar a bheadh do thimpiste," arsa an tiarna talún, ag gleadhradh ar an lámh bandaged faoi mo chóta. "Bain triail as beagán tairgeora."

"Níl, go raibh maith agat," a d'fhreagair mé, ag casadh ón mbord chun ál thar an tine. "Ní féidir liom níos mó a ithe. Tóg ar shiúl é, le do thoil.

Níor buaileadh chomh fonnmhar sin orm riamh, as mo bhuíochas le Joe, mar tríd an impostor brazen Pumblechook. An falser sé, an truer Joe; he meaner he, an t-uasal Joe.

Bhí mo chroí go domhain agus is mó tuillte agus mé ag mused thar an tine ar feadh uair an chloig nó níos mó. An buailte an clog aroused dom, ach ní ó mo dejection nó remorse, agus d'éirigh mé suas agus bhí mo chóta fastened bhabhta mo mhuineál, agus chuaigh sé amach. I had previously sought in my pockets for the letter, d'fhéadfainn tagairt a dhéanamh di arís; ach ní raibh mé in ann é a fháil, agus bhí sé míshuaimhneach a cheapadh go gcaithfeadh sé gur thit sé i tuí an chóiste. Bhí a fhios agam go maith, áfach, gurbh é an áit a ceapadh an teach beag sliús ag an aolchloch ar na riasca, agus an uair a naoi. I dtreo na riasca chuaigh mé díreach anois, gan aon am le spáráil agam.

Caibidil LIII.

Oíche dhorcha a bhí ann, cé gur ardaigh an ghealach lán agus mé ag fágáil na dtailte iata, agus rith mé amach ar na riasca. Taobh amuigh dá líne dhorcha bhí ribín spéir shoiléir ann, ar éigean leathan go leor chun an ghealach mhór dhearg a choinneáil. I gceann cúpla nóiméad chuaigh sí suas as an réimse soiléir sin, i measc na sléibhte piled scamall.

Bhí gaoth lionn dubh ann, agus bhí na riasca an-mhíshásta. Bheadh strainséir fuair siad insupportable, agus fiú dom go raibh siad chomh leatromach go hesitated mé, leath claonadh chun dul ar ais. Ach bhí aithne mhaith agam orthu, agus d'fhéadfainn mo bhealach a dhéanamh ar oíche i bhfad níos dorcha, agus ní raibh aon leithscéal agam filleadh, a bheith ann. Mar sin, tar éis teacht ann i gcoinne mo chlaonta, chuaigh mé ar aghaidh ina choinne.

Níorbh é an treo a ghlac mé ná an treo ina raibh mo sheanteach suite, ná an treo ina ndeachaigh muid sa tóir ar na daoránaigh. Bhí mo dhroim iompaithe i dtreo na Hulks i bhfad i gcéin agus mé ag siúl air, agus, cé go raibh mé in ann na seanshoilse a fheiceáil ar shiúl ar spits an ghainimh, chonaic mé thar mo ghualainn iad. Bhí aithne agam ar an aolchloch chomh maith agus bhí aithne agam ar an sean-Chadhnra, ach bhí siad míle óna chéile; ionas, dá mbeadh solas ar lasadh ag gach pointe an oíche sin, go mbeadh stiall fhada den léaslíne bhán idir an dá specks geala.

Ar dtús, b'éigean dom roinnt geataí a dhúnadh i mo dhiaidh, agus anois is arís chun seasamh go fóill agus d'éirigh na beithígh a bhí ina luí sa chosán bruach agus shéid mé síos i measc an fhéir agus na ngiolcach. Ach tar éis tamaillín ba chosúil go raibh na flats ar fad agam féin.

Leathuair an chloig eile a bhí ann sular tharraing mé in aice leis an áith. Bhí an t-aol ar lasadh le boladh stifling sluggish, ach bhí na tinte déanta suas agus fágtha, agus ní raibh aon lucht oibre le feiceáil. Cairéal beag cloiche a bhí ann go crua. Luigh sé go díreach i mo bhealach, agus bhí ag obair an lá sin, mar a chonaic mé ag na huirlisí agus na bearbha a bhí suite faoi.

Ag teacht suas arís go dtí an leibhéal riasc as an tochailt seo,-le haghaidh an cosán drochbhéasach leagan tríd,-Chonaic mé solas sa sean-sliús-teach. Thapaigh mé mo luas, agus bhuail mé ag an doras le mo lámh. Ag fanacht le freagra éigin, d'fhéach mé mar gheall orm, ag tabhairt faoi deara conas a tréigeadh agus a briseadh an sliús, agus conas nach mbeadh an teach-adhmaid le díon tílithe-cruthúnas i gcoinne na haimsire i bhfad níos faide, dá mbeadh sé amhlaidh fiú anois, agus conas a bhí an láib agus ooze brataithe le aol, agus conas an gal tachtadh an kiln crept ar bhealach ghostly i dtreo dom. Fós ní raibh aon fhreagra ann, agus bhuail mé arís. Níl aon fhreagra fós, agus rinne mé an latch.

D'ardaigh sé faoi mo lámh, agus tháinig an doras. Ag féachaint isteach, chonaic mé coinneal éadrom ar bhord, binse, agus tocht ar leaba trucaile. Mar a bhí lochta thuas, d'iarr mé, "An bhfuil aon duine anseo?" ach níor fhreagair aon ghuth. Ansin d'fhéach mé ar mo faire, agus, ag fáil amach go raibh sé anuas naoi, ar a dtugtar arís, "An bhfuil aon cheann anseo?" There being still no answer, chuaigh mé amach ag an doras, irresolute what to do.

Bhí sé ag tosú ag báisteach go tapa. Nuair a chonaic mé rud ar bith ach an méid a bhí feicthe agam cheana féin, chas mé ar ais isteach sa teach, agus sheas mé díreach laistigh de fhoscadh an dorais, ag féachaint amach ar an oíche. Cé go raibh mé ag smaoineamh go gcaithfidh duine éigin a bheith ann le déanaí agus go gcaithfidh sé a bheith ag teacht ar ais go luath, nó nach mbeadh an choinneal ar lasadh, tháinig sé isteach i mo cheann chun breathnú dá mbeadh an wick fada. Chas mé thart chun é sin a dhéanamh, agus thóg mé suas an choinneal i mo lámh, nuair a bhí sé múchta ag roinnt turraing foréigneach; agus an chéad rud eile a thuig mé ná, go raibh mé gafa i noose láidir reatha, caite thar mo cheann ón taobh thiar.

"Anois," arsa guth faoi chois le mionn, "tá tú agam!"

"Cad é seo?" Chaoin mé, ag streachailt. "Cé hé? Cabhair, cabhair, cabhair!

Ní hamháin gur tarraingíodh mo ghéaga gar do mo thaobh, ach chuir an brú ar mo dhroch-lámh pian fíorálainn orm. Uaireanta, cuireadh lámh fear láidir, uaireanta cíche fear láidir, i gcoinne mo bhéal chun mo cries a mharbhú, agus le hanáil the i gcónaí gar dom, bhí mé ag streachailt go neamhéifeachtúil sa dorchadas, agus mé ceangailte daingean leis an mballa. "Agus anois," arsa an guth faoi chois le mionn eile, "glaoigh amach arís, agus déanfaidh mé obair ghearr díot!"

Faint agus tinn leis an pian de mo lámh gortaithe, bewildered ag an iontas, agus fós comhfhiosach cé chomh héasca is a d'fhéadfaí an bhagairt seo a chur i bhfeidhm, desisted mé, agus iarracht a mhaolú mo lámh a bhí sé riamh chomh beag. Ach, bhí sé ceangailte ródhian air sin. Bhraith mé amhail is dá mba, tar éis dóite roimhe seo, go raibh sé á fhiuchadh anois.

An eisiamh tobann na hoíche, agus in ionad an dorchadais dubh ina áit, rabhadh dom go raibh an fear dúnta crólúas. Tar éis groping faoi ar feadh beagán, fuair sé an breochloch agus cruach a bhí sé, agus thosaigh sé ag bualadh solais. Strained mé mo radharc ar an Sparks a thit i measc an tinder, agus ar a breathed sé agus breathed, mheaitseáil i láimh, ach ní raibh mé in ann a fheiceáil ach a liopaí, agus an pointe gorm an chluiche; fiú iad siúd ach go hoiriúnach. Bhí an tinder taise,—ní haon ionadh ann,—agus ceann i ndiaidh a chéile fuair na spréacha bás amach.

Ní raibh aon deifir ar an bhfear, agus bhuail sé arís leis an breochloch agus leis an chruach. Mar a thit na sparks tiubh agus geal mar gheall air, raibh mé in ann a fheiceáil a lámha, agus touches a aghaidh, agus d'fhéadfadh a dhéanamh amach go raibh sé ina shuí agus lúbthachta thar an tábla; ach rud ar bith níos mó. Faoi láthair chonaic mé a liopaí gorma arís, ag análú ar an tinder, agus ansin lasadh flare solais suas, agus thaispeáin sé Orlick dom.

An té a d'fhéach mé, níl a fhios agam. Níor fhéach mé air. Nuair a chonaic mé é, mhothaigh mé go raibh mé i gcruachás contúirteach go deimhin, agus choinnigh mé mo shúile air.

Las sé an choinneal ón gcluiche flaring le plé mór, agus thit an cluiche, agus trod sé amach. Ansin chuir sé an choinneal uaidh ar an mbord, ionas go bhféadfadh sé mé a fheiceáil, agus shuigh sé lena ghéaga fillte ar an mbord agus d'fhéach sé orm. Rinne mé amach go raibh mé ceangailte le dréimire ingearach stout cúpla orlach ón mballa,-daingneán ann,-an modh ascent leis an lochta thuas.

"Anois," a dúirt sé, nuair a bhí suirbhé déanta againn ar a chéile le tamall, "Tá mé agat."

"Unbind dom. Lig dom imeacht!"

"Ah!" ar seisean, "ligfidh *mé* duit imeacht. I'll let you go to the moon, ligfidh mé duit dul go dtí na réaltaí. Gach in am trátha."

"Cén fáth ar lured tú dom anseo?"

"Nach bhfuil a fhios agat?" A dúirt sé, le cuma deadly.

"Cén fáth ar leag tú orm sa dorchadas?"

"Mar tá sé i gceist agam é a dhéanamh mé féin. Coinníonn duine rún níos fearr ná beirt. O namhaid tú, namhaid tú!

An taitneamh a bhain sé as an seónna a thug mé, agus é ina shuí lena ghéaga fillte ar an mbord, ag croitheadh a chinn orm agus ag barróg air féin, bhí urchóid ann a chuir crith orm. Agus mé ag faire air ina thost, chuir sé a lámh isteach sa chúinne ar a thaobh, agus thóg sé gunna le stoc práis.

"An bhfuil a fhios agat seo?" ar seisean, ag déanamh amhail is go mbeadh sé mar aidhm aige orm. "An bhfuil a fhios agat cá bhfaca tú thuas é? Labhair, a mhic tíre!

"Tá," a d'fhreagair mé.

"Chosain tú an áit sin orm. Rinne tú. Labhair!

"Cad eile a d'fhéadfainn a dhéanamh?"

"Rinne tú é sin, agus ba leor sin, gan a thuilleadh. Cén chaoi ar leomh tú teacht betwixt dom agus bean óg thaitin liom?

"Cathain a rinne mé?"

"Cathain nach raibh? Bhí sé mar a thabhairt i gcónaí Old Orlick droch-ainm di."

"Thug tú duit féin é; fuair tú duit féin é. I could have done you no harm, dá ndéanfá féin aon dochar.

"Is liar tú. Agus tógfaidh tú pianta ar bith, agus caithfidh tú aon airgead, chun mé a thiomáint amach as an tír seo, an mbeidh?" ar seisean, ag athrá mo chuid focal le Biddy san agallamh deireanach a bhí agam léi. "Anois, inseoidh mé píosa eolais duit. Níorbh fhiú chomh mór sin do chuid ama mé a chur amach as an tír seo mar atá sé go dtí an oíche. Ah! Dá mba é do chuid airgid ar fad a dúradh fiche uair, go dtí an farden práis deireanach! Agus é ag croitheadh a lámh throm orm, agus a bhéal ag sciobadh mar a bheadh tíogar ann, mhothaigh mé go raibh sé fíor.

"Cad atá tú ag dul a dhéanamh dom?"

"Tá mé ag dul," a dúirt sé, ag tabhairt a dhorn síos ar an mbord le buille trom, agus ag ardú mar a thit an buille a thabhairt dó fórsa níos mó,-"Tá mé ag dul a bheith acu do shaol!"

Chlaon sé ar aghaidh ag stánadh orm, unnched go mall a lámh agus tharraing sé trasna a bhéal amhail is dá watered a bhéal dom, agus shuigh síos arís.

"Bhí tú i gcónaí ar bhealach Old Orlick ó shin bhí tú i do leanbh. Téann tú amach as a bhealach an oíche seo. Ní bheidh a thuilleadh aige ort. Tá tú marbh."

D'airigh mé go raibh mé tagtha go barr m'uaighe. Ar feadh nóiméid d'fhéach mé go fiáin thart ar mo ghaiste le haghaidh aon seans éalaithe; ach ní raibh aon cheann ann.

"Níos mó ná sin," ar seisean, ag filleadh a ghéaga ar an mbord arís, "ní bheidh ceirt agam díot, ní bheidh cnámh agam díot, fágtha ar an talamh. Cuirfidh mé do chorp sa chillín,—d'iompróinn dhá shórt leis, ar mo ghuaillí—agus, lig do dhaoine a cheapadh cad a d'fhéadfaidís a dhéanamh díot, ní bheidh a fhios acu tada."

Lean m'intinn, le gastacht inconceivable amach na hiarmhairtí go léir a bhaineann le bás den sórt sin. Chreidfeadh athair Estella gur thréig mé é, go dtógfaí é, go bhfaigheadh sé bás ag cur ina leith; bheadh fiú Herbert in amhras orm, nuair a chuir sé an litir a d'fhág mé dó i gcomparáid leis an bhfíric gur ghlaoigh mé ag geata Miss Havisham ar feadh nóiméad amháin; Ní bheadh a fhios ag Joe agus Biddy cé chomh leithscéalach is a bhí mé an oíche sin, ní bheadh a fhios ag aon duine riamh céard a d'fhulaing mé, cé chomh fíor is a bhí sé i gceist agam a bheith, cén t-agony a rith liom. Bhí an bás gar romham uafásach, ach i bhfad níos uafásaí ná an bás ba ea an duairceas a bhain le bheith míthrócaireach tar éis bháis. Agus bhí mo chuid smaointe chomh tapaidh sin, go bhfaca mé mé féin faoi dhraíocht ag na glúnta sa bhroinn,—páistí Estella, agus a gclann,-cé go raibh focail an wretch fós ar a liopaí.

"Anois, a mhic tíre," ar seisean, "afore I kill you like any other beast,-which is wot I mean to do and wot I have tied you up for,—beidh cuma mhaith agam ort agus gabhar maith ort. O namhaid agat!

Bhí sé tar éis dul trí mo chuid smaointe chun caoineadh amach chun cabhair a fháil arís; cé gur beag a d'fhéadfadh a fhios níos fearr ná mé, nádúr solitary an láthair, agus an hopelessness na cabhrach. Ach de réir mar a shuigh sé ag gloating os mo chionn, bhí mé ag tacú le detestation scornful air a shéalaigh mo liopaí. Thar aon rud eile, réitigh mé nach ndéanfainn é a mhealladh, agus go bhfaighinn bás ag déanamh droch-fhrithbheartaíocht dheireanach dó. Bogtha mar a bhí mo smaointe ar an gcuid eile de na fir san antoisceacht uafásach sin; pardún humbly beseeching, mar a rinne mé, na bhFlaitheas; leáite ag croí, mar a bhí mé, ag an smaoineamh go raibh mé ag glacadh aon slán, agus ní fhéadfadh anois slán a ghlacadh de na daoine a bhí daor dom, nó d'fhéadfadh mé féin a mhíniú dóibh, nó a iarraidh ar a compassion ar mo earráidí olc,-fós, más rud é go raibh mé in ann a mharaigh air, fiú amháin ag fáil bháis, ba mhaith liom a bheith déanta.

Bhí sé ag ól, agus bhí a shúile dearg agus bloodshot. Bhí buidéal stáin ar crochadh thart ar a mhuineál, mar ba mhinic a chonaic mé a chuid feola agus a chuid dí ag slung faoi i laethanta eile. Thug sé an buidéal dá liopaí, agus thóg sé deoch fiery as; agus smelt mé an bhiotáille láidir a chonaic mé flash isteach ina aghaidh.

"Mac tíre!" ar seisean, ag filleadh ar a ghéaga arís, "Old Orlick's a-going to tell you somethink. Bhí sé tú mar a rinne do do dheirfiúr shrew. "

Arís, bhí m'intinn, lena gastacht iar-inconceivable, ídithe an t-ábhar ar fad an ionsaí ar mo dheirfiúr, a tinneas, agus a bás, sula raibh a chuid cainte mall agus hesitating déanta na focail seo.

"Bhí sé agat, villain," arsa mise.

"Deirimse leat gurbh é do dhéanamh é—deirimse leat gur trí tú a rinneadh é," ar seisean, ag breith suas an ghunna, agus ag déanamh buille leis an stoc ag an aer folamh eadrainn. "Tagaim uirthi ón taobh thiar, de réir mar a thiocfaidh mé ort go dtí an oíche. *Giv mé*'sé í! D'fhág mé í le haghaidh marbh, agus má bhí aolchloch chomh nigh léi mar go bhfuil nigh anois agat, níor chóir go mbeadh sí tagtha ar an saol arís. Ach ní thugann sé rabhadh do Old Orlick mar a rinne sé; Tusa a bhí ann. Bhí tú i bhfabhar, agus bhí bulaíocht agus buille air. Sean Orlick bulaíocht agus buille, eh? Anois íocann tú as. Rinne tú é; anois íocann tú as."

D'ól sé arís, agus d'éirigh sé níos fíochmhaire. Chonaic mé ag a tilting an buidéal nach raibh aon mhéid mór fágtha ann. Thuig mé go soiléir go raibh sé ag obair é féin suas lena bhfuil ann chun deiredh a chur liom. Bhí a fhios agam gur braon de mo shaol a bhí i ngach braon a bhí ann. Bhí a fhios agam nuair a athraíodh mé isteach i gcuid den ghal a bhí crept i dtreo dom ach tamall beag roimhe sin, cosúil le mo thaibhse rabhaidh féin, go ndéanfadh sé mar a rinne sé i gcás mo dheirfiúr,- déan gach haste go dtí an baile, agus a bheith le feiceáil slouching faoi ann ag ól ag na alehouses. Chuaigh m'intinn thapa sa tóir air go dtí an baile mór, rinne mé pictiúr den tsráid leis ann, agus chuir sé a shoilse agus a shaol i gcodarsnacht leis an riasc uaigneach agus an gal bán ag sleamhnú os a chionn, agus ba chóir dom a bheith tuaslagtha.

Ní hamháin go raibh mé in ann achoimre a dhéanamh ar bhlianta agus blianta agus dosaen focal á rá aige, ach gur chuir an méid a dúirt sé pictiúir i láthair dom, agus ní focail amháin. I staid sceitimíní agus exalted de mo inchinn, ní raibh mé in ann smaoineamh ar áit gan é a fheiceáil, nó daoine gan iad a fheiceáil. Ní féidir áibhéil a dhéanamh faoi bheocht na n-íomhánna seo, agus fós bhí mé chomh hintinneach sin, an t-am ar fad, air féin,—nach mbeadh rún aige cromadh an tíogair go dtí an t-earrach!—go raibh a fhios agam faoin ngníomh is lú dá mhéara.

Nuair a bhí ólta aige an dara huair, d'ardaigh sé ón mbinse ar a shuigh sé, agus bhrúigh sé an tábla ar leataobh. Ansin, thóg sé suas an choinneal, agus, shading sé lena lámh murderous ionas go caith a solas ar dom, sheas os mo chomhair, ag féachaint ar dom agus taitneamh a bhaint as an radharc.

"Mac tíre, inseoidh mé rud éigin eile duit. Sean-Orlick a bhí ann agus tú ag tumadh anonn ar do staighre an oíche sin."

Chonaic mé an staighre lena lampaí múchta. Chonaic mé scáileanna na ráillí troma staighre, caite ag lóchrann an fhir faire ar an mballa. Chonaic mé na seomraí nach raibh mé le feiceáil riamh arís; anseo, doras leath oscailte; ansiúd, doras dúnta; na hearraí troscáin go léir timpeall.

"Agus cén fáth go raibh Old Orlick ann? Inseoidh mé rud éigin eile duit, mac tíre. Tá tú féin agus a *cuid ag* fiach go maith orm as an tír seo, chomh fada agus a théann maireachtáil éasca ann, agus ghlac mé le compánaigh nua, agus máistrí nua. Scríobhann cuid de 'em mo litreacha nuair is mian liom 'em wrote,—an miste leat?—scríobhann sé mo chuid litreacha, mac tíre! Scríobhann siad caoga lámh; níl siad cosúil le sneaking tú, mar a scríobhann ach ceann amháin. Tá intinn daingean agam agus beidh daingean agam do shaol a bheith agat, ós rud é go raibh tú síos anseo ag adhlacadh do dheirfiúr. Ní fhaca mé bealach chun tú a fháil sábháilte, agus d'fhéach mé artaire ort chun aithne a chur ar do chuid ins agus outs. Mar, a deir Old Orlick leis féin, 'Ar bhealach nó eile beidh mé aige!' Cad é! Nuair a fhéachaim ort, faighim d'uncail Provis, eh?

Mill Pond Bank, agus Abhantrach Chinks, agus an Old Green Copper Ropewalk, go léir chomh soiléir agus plain! Provis ina seomraí, an comhartha a raibh a úsáid os a chionn, go leor Clara, an bhean mháthair mhaith, sean Bill Barley ar a dhroim, go léir drifting ag, mar atá ar an sruth tapa de mo shaol ag rith go tapa amach chun farraige!

"*Tá tú* le uncail freisin! Cén fáth, tá a fhios agam gur mhaith leat ag Gargery's nuair a bhí tú chomh beag mac tíre go raibh mé in ann a bheith thóg do weazen betwixt an mhéar agus ordóg agus chucked tú ar shiúl marbh (mar ba mhaith liom smaointe o ' dhéanamh, amanna corr, nuair a fheiceann mé tú loitering i measc na pollards ar an Domhnach), agus ní raibh tú fuair aon uncailí ansin. Ní hea, ní tusa! Ach nuair a thagann Old Orlick chun a chloisteáil go raibh do uncail Provis an chuid is mó cosúil chaith an wot cos-iarann Sean Orlick roghnaíodh suas, chomhdú asunder, ar na mogall riamh an oiread sin bliain ó shin, agus wot kep sé aige till thit sé do dheirfiúr leis, cosúil le bullock, mar a chiallaíonn sé a scaoil tú-hey?-nuair a thagann sé chun éisteacht go-hey? "

Ina taunting savage, flared sé an coinneal chomh gar dom gur chas mé mo aghaidh leataobh chun é a shábháil ón lasair.

"Ah!" Adeir sé, ag gáire, tar éis é a dhéanamh arís, "dreads an leanbh dóite an tine! Sean Orlick fhios go raibh tú dóite, Sean Orlick fhios go raibh tú ag smuigleáil do uncail Provis ar shiúl, Old Orlick ar chluiche ar do shon agus know'd gur mhaith leat teacht ar-oíche! Anois inseoidh mé rud éigin níos mó duit, mac tíre, agus críochnaíonn sé seo é. Tá siad go bhfuil chomh maith le cluiche do d'uncail Provis mar a bhí Old Orlick ar do shon. Lig dó 'ware them, when he's lost his nevvy! Lig dó 'ware them, when no man can't find a rag of his dear relation's clothes, nor yet a bone of his body. Níl siad nach féidir agus nach mbeidh Magwitch,-yeah, tá a fhios agam an t-ainm!-beo sa talamh céanna leo, agus go raibh an t-eolas cinnte de dó nuair a bhí sé beo i dtalamh eile, mar nach bhféadfadh sé agus níor chóir é a fhágáil unbeknown agus iad a chur i mbaol. P'raps tá sé iad a scríobhann caoga lámha, agus nach bhfuil cosúil sneaking tú mar scríobhann ach amháin. 'Ware Compeyson, Magwitch, agus na galláin!"

Flared sé an coinneal ag dom arís, caitheamh tobac mo aghaidh agus gruaige, agus le haghaidh dalladh toirt dom, agus chas sé a ais cumhachtach mar a ionad sé an solas ar an tábla. Shíl mé paidir, agus bhí mé le Joe agus Biddy agus Herbert, sular chas sé i mo threo arís.

Bhí spás soiléir de chúpla troigh idir an bord agus an balla os coinne. Laistigh den spás seo, shleamhnaigh sé ar gcúl agus ar aghaidh anois. Ba chosúil go raibh a neart mór ag suí níos láidre air ná mar a bhí riamh, mar a rinne sé seo lena lámha crochta scaoilte agus trom ar a thaobh, agus lena shúile ag scowling orm. Ní raibh aon ghráin dóchais fágtha agam. Fiáin mar a bhí mo Hurry isteach, agus iontach an fórsa na pictiúir a rushed ag dom in ionad smaointe, raibh mé in ann a thuiscint go soiléir go fóill, mura raibh sé réitithe go raibh mé laistigh de chúpla nóiméad de surely perishing as gach eolas daonna, ní bheadh sé in iúl dom cad a dúirt sé.

Go tobann, stop sé, thóg sé an corc as a bhuidéal, agus chuir sé ar shiúl é. Solas mar a bhí sé, chuala mé é ag titim cosúil le plummet. Shlog sé go mall, tilting suas an buidéal beag agus beag, agus anois d'fhéach sé ar dom níos mó. An cúpla braon deireanach de dheochanna meisciúla dhoirt sé isteach i mbosa a láimhe, agus ligh sé suas. Ansin, le deifir tobann foréigin agus mionnú horribly, chaith sé an buidéal uaidh, agus stooped; agus chonaic mé casúr cloiche ina láimh le hanla fada trom.

Níor thréig an rún a bhí déanta agam mé, mar, gan focal amháin vain achomhairc a rá leis, scairt mé amach le gach a bhféadfadh mé, agus bhí mé ag streachailt le gach a bhféadfadh mé. Ní raibh ann ach mo cheann agus mo chosa go raibh mé in ann bogadh, ach sa mhéid sin bhí mé ag streachailt leis an bhfórsa go léir, go dtí sin anaithnid, a bhí istigh ionam. Ar an toirt chéanna chuala mé béicí sofhreagracha, chonaic mé figiúirí agus gleam de dash solais isteach ag an doras, chuala mé guthanna agus fothraim, agus chonaic mé Orlick ag teacht chun cinn ó streachailt na bhfear, amhail is dá mba uisce tumbling é, glan an tábla ag léim, agus eitilt amach san oíche.

Tar éis bán, fuair mé amach go raibh mé i mo luí unbound, ar an urlár, san áit chéanna, le mo cheann ar ghlúin éigin. Bhí mo shúile socraithe ar an dréimire i gcoinne an bhalla, nuair a tháinig mé chugam féin,-d'oscail sé air sula bhfaca m'intinn é,-agus dá bhrí sin de réir mar a d'éirigh liom comhfhios a ghnóthú, bhí a fhios agam go raibh mé san áit inar chaill mé é.

Ró-neamhshuimiúil ar dtús, fiú chun breathnú cruinn agus a fháil amach cé a thacaigh liom, bhí mé suite ag féachaint ar an dréimire, nuair a tháinig idir mé agus é ina aghaidh. Aghaidh bhuachaill Trabb!

"Sílim go bhfuil an ceart ar fad aige!" arsa buachaill Trabb, i nguth sober; "Ach nach bhfuil sé ach pale cé!"

Ag na focail seo, d'fhéach an aghaidh air a thacaigh liom anonn i mianach, agus chonaic mé mo thacadóir a bheith—

"Herbert! Neamh Mór!"

"Go bog," arsa Herbert. "Go réidh, Handel. Ná bí ródhíocasach."

"Agus ár sean-chomrádaí, Startop!" Chaoin mé, mar a chrom sé ró-orm.

"Cuimhnigh ar a bhfuil sé chun cabhrú linn," arsa Herbert, "agus bí socair."

Chuir an t-allusion earrach orm; cé gur thit mé arís ón bpian i mo lámh. "Níl an t-am imithe, Herbert, an bhfuil? Cén oíche atá le hoíche? Cá fhad a bhí mé anseo? Do, bhí mé misgiving aisteach agus láidir go raibh mé ina luí ann ar feadh i bhfad-lá agus oíche,-dhá lá agus oíche,-níos mó.

"Níl an t-am imithe. Tá sé fós oíche Dé Luain."

"Buíochas le Dia!"

"Agus tá tú go léir a-amárach, Dé Máirt, chun sosa i," a dúirt Herbert. "Ach ní féidir leat cabhrú groaning, mo Handel daor. Cén gortú a fuair tú? An féidir leat seasamh?

"Sea, sea," arsa mise, "is féidir liom siúl. Níl aon ghortú agam ach sa lámh throbbing seo.

Leag siad lom é, agus rinne siad an méid a d'fhéadfaidís. Bhí sé swollen foirtil agus inflamed, agus d'fhéadfadh mé mairfidh éigean go bhfuil sé i dteagmháil léi. Ach, tore siad suas a gcuid ciarsúir a dhéanamh bindealáin úr, agus go cúramach in ionad é sa sling, go dtí go raibh muid in ann a fháil chun an bhaile agus a fháil ar roinnt lóis fuaraithe a chur air. I gceann tamaillín bhí doras an tí sliús dorcha agus folamh dúnta againn, agus bhí muid ag dul tríd an gcairéal ar ár mbealach ar ais. Chuaigh buachaill Trabb—fear óg a bhí ag dul thar fóir Trabb anois—os ár gcomhair le lóchrann, agus ba é sin an solas a chonaic mé ag teacht isteach ag an doras. Ach, bhí an ghealach dhá uair an chloig maith níos airde ná nuair a chonaic mé an spéir go deireanach, agus bhí an oíche, cé go raibh sé báistí, i bhfad níos éadroime. Bhí gal bán an áith ag dul uainn agus muid ag dul, agus mar a shíl mé paidir roimhe seo, shíl mé go raibh thanksgiving anois.

Entreating Herbert a insint dom conas a tháinig sé ar mo tharrtháil,-a ar dtús dhiúltaigh sé go cothrom a dhéanamh, ach bhí áitigh ar mo fágtha ciúin,- D'fhoghlaim mé go raibh mé i mo Hurry thit an litir, oscailte, inár seomraí, áit a bhfuil sé, ag teacht abhaile a thabhairt leis Startop a bhuail sé ar an tsráid ar a bhealach chugam, fuair mé é, go han-luath tar éis dom a bheith imithe. Chuir a ton míshuaimhneas air, agus dá mhéad é mar gheall ar an neamhréir idir é agus an litir hasty a d'fhág mé dó. Mhéadaigh a mhíshuaimhneas in ionad fóirdheontas a thabhairt, tar éis ceathrú uaire an chloig a bhreithniú, d'éirigh sé as oifig an chóiste le Startop, a dheonaigh a chuideachta, chun fiosrúchán a dhéanamh nuair a chuaigh an chéad chóitseálaí eile síos. Nuair a fuair sé amach go raibh an cóitseálaí tráthnóna imithe, agus nuair a fuair sé amach gur fhás a mhíshuaimhneas ina aláram dearfach, de réir mar a tháinig constaicí ina bhealach, bheartaigh sé leanúint i ndiaidh an chaise. Mar sin, tháinig sé féin agus Startop ar an Torc Gorm, ag súil go hiomlán ann chun teacht orm, nó tidings de dom; ach, ag aimsiú ceachtar acu, chuaigh siad ar aghaidh chuig Miss Havisham's, áit ar chaill siad mé. Leis sin chuaigh siad ar ais go dtí an t-óstán (gan amhras ag thart ar an am nuair a bhí mé ag éisteacht leis an leagan áitiúil móréilimh de mo scéal féin) chun iad féin a athnuachan agus chun ceann éigin a fháil chun iad a threorú amach ar na riasca. I measc na loungers faoi áirse an Boar tharla a bheith Trabb's Boy, - fíor a nós ársa ag tarlú a bheith i ngach áit nach raibh aon ghnó aige, - agus chonaic buachaill Trabb mé ag dul ó Miss Havisham i dtreo mo áit bia-. Dá bhrí sin tháinig buachaill Trabb a threorú, agus leis chuaigh siad amach go dtí an teach sliús-, cé ag an mbealach baile go dtí na riasca, a bhí a sheachaint mé. Anois, mar a chuaigh siad chomh maith, herbert léirigh, go mb'fhéidir, tar éis an tsaoil, a bheith tugtha ann ar roinnt errand fíor agus serviceable claonadh chun sábháilteacht Provis, agus, bethinking féin go gcaithfidh sa chás sin briseadh a bheith mischievous, d'fhág a threorú agus Startop ar imeall an chairéil, agus chuaigh sé ar aghaidh leis féin, agus ghoid thart ar an teach dhá nó trí huaire, iarracht a dhéanamh a fháil amach an raibh an ceart ar fad istigh. Mar a d'fhéadfadh sé a chloisteáil rud ar bith ach fuaimeanna indistinct amháin guth garbh domhain (bhí sé seo cé go raibh m'intinn chomh gnóthach), thosaigh sé fiú ar deireadh a bheith in amhras an raibh mé ann, nuair go tobann cried mé amach os ard, agus d'fhreagair sé na cries, agus rushed i, go dlúth ina dhiaidh sin ag an dá cheann eile.

Nuair a d'inis mé do Herbert cad a rith laistigh den teach, bhí sé le haghaidh ár díreach ag dul os comhair giúistís ar an mbaile, déanach san oíche mar a bhí sé, agus ag fáil amach barántas. Ach, mheas mé cheana féin go bhféadfadh a leithéid de chúrsa, trí muid a choinneáil ansin, nó ceangal a chur orainn teacht ar ais, a bheith marfach do Provis. Ní raibh aon dul chun cinn á dhéanamh ar an deacracht seo, agus scaramar le gach smaoineamh faoi Orlick a leanúint ag an am sin. Maidir leis an am i láthair, faoi na cúinsí, mheasamar go raibh sé stuama an scéal a dhéanamh do bhuachaill Trabb; cé, tá mé cinnte, bheadh tionchar mór ag díomá, dá mbeadh a fhios aige gur shábháil a idirghabháil mé as an aolchloch. Ní hé go raibh buachaill Trabb de chineál urchóideach, ach go raibh an iomarca vivacity spártha aige, agus go raibh sé ina bhunreacht éagsúlacht agus spleodar a iarraidh ar chostas aon duine. Nuair a scaramar, bhronn mé dhá ghiní air (a raibh an chuma air go raibh sé ag freastal ar a chuid tuairimí), agus dúirt mé leis go raibh brón orm riamh go raibh droch-thuairim agam air (rud nach ndeachaigh i bhfeidhm air ar chor ar bith).

Dé Céadaoin a bheith chomh gar dúinn, shocraigh muid dul ar ais go Londain an oíche sin, trí cinn san iar-chaise; an áit, mar ba chóir dúinn a bheith soiléir ansin ar shiúl sular thosaigh eachtra na hoíche a bheith ag caint ar. Fuair Herbert buidéal mór stuif do mo lámh; agus nuair a thit an stuif seo thairis ar feadh na hoíche tríd, ní raibh mé in ann ach a phian a iompar ar an turas. Bhí solas an lae ann nuair a shroicheamar an Teampall, agus chuaigh mé ag an am céanna a chodladh, agus luigh mé sa leaba an lá ar fad.

Mo sceimhle, mar a leagan mé ann, ag titim tinn, agus a bheith mí-oiriúnach le haghaidh a-morrow, bhí chomh besetting, go n-ionadh mé nach raibh sé ar ceal dom féin. Dhéanfadh sé amhlaidh, cinnte go leor, i gcomhar leis an gcaitheamh meabhrach agus an cuimilt a d'fhulaing mé, ach don bhrú mínádúrtha orm go raibh to-morrow. Mar sin, d'fhéach sé go himníoch ar aghaidh, a chúisítear le hiarmhairtí den sórt sin, a chuid torthaí i bhfolach chomh impenetrably, cé chomh gar.

Ní fhéadfadh aon réamhchúram a bheith níos soiléire ná ár staonadh ó chumarsáid leis an lá sin; ach mhéadaigh sé seo arís mo restlessness. Thosaigh mé ag gach coiscéim agus gach fuaim, ag creidiúint gur aimsíodh agus gur tógadh é, agus ba é seo an teachtaire chun é sin a rá liom. Chuir mé ina luí orm féin go raibh a fhios agam gur tógadh é; go raibh rud éigin níos mó ar m'intinn ná eagla nó cur i láthair; gur tharla an fhíric, agus bhí eolas mistéireach agam air. Mar a chaith na laethanta ar, agus níor tháinig aon drochscéala, mar a dúnadh an lá isteach agus thit an dorchadas, mo dread overshadowing de bheith faoi mhíchumas ag tinneas roimh maidin amárach ar fad máistreacht dom. Throbbed mo lámh dhó, agus throbbed mo cheann dhó, agus fancied mé go raibh mé ag tosú ag wander. Chomhaireamh mé suas go dtí líon ard, a dhéanamh cinnte de mé féin, agus sleachta arís agus arís eile go raibh a fhios agam i bprós agus véarsa. Tharla sé uaireanta nach raibh ach éalú intinne tuirse, dozed mé ar feadh roinnt chuimhneacháin nó dearmad; ansin ba mhaith liom a rá liom féin le tús, "Anois tá sé tagtha, agus tá mé ag casadh delirious!"

Choinnigh siad an-chiúin mé an lá ar fad, agus choinnigh siad mo lámh gléasta i gcónaí, agus thug siad deochanna fuaraithe dom. Aon uair a thit mé i mo chodladh, dhúisigh mé leis an nóisean a bhí agam sa teach sliús-, go raibh tamall fada caite agus go raibh an deis chun é a shábháil imithe. Thart ar mheán oíche d'éirigh mé as an leaba agus chuaigh mé go Herbert, leis an áitiús go raibh mé i mo chodladh ar feadh ceithre huaire is fiche, agus go raibh an Chéadaoin sin caite. Ba é an iarracht dheireanach féin-ídithe de mo fretfulness, le haghaidh tar éis sin chodail mé soundly.

Bhí maidin Dé Céadaoin ag breacadh an lae nuair a d'fhéach mé amach as an bhfuinneog. Bhí na soilse buacacha ar na droichid pale cheana féin, bhí an ghrian ag teacht mar a bheadh riasc tine ar na spéire. Bhí an abhainn, atá fós dorcha agus mistéireach, casta ag droichid a bhí ag casadh fuar liath, agus anseo is ansiúd ag barr tadhall te ón dó sa spéir. Mar a d'fhéach mé ar feadh na díonta cnuasaithe, le séipéal-túir agus spires lámhach isteach san aer neamhghnách soiléir, d'ardaigh an ghrian suas, agus an chuma veil a tharraingt as an abhainn, agus na milliúin sparkles pléasctha amach ar a uiscí. Uaimse freisin, ba chosúil go raibh veil tarraingthe, agus mhothaigh mé láidir agus go maith.

Luigh Herbert ina chodladh ina leaba, agus luigh ár sean-chomhscoláire ina chodladh ar an tolg. Ní fhéadfainn mé féin a ghléasadh gan chabhair; ach rinne mé suas an tine, a bhí fós ar lasadh, agus fuair roinnt caife réidh dóibh. In am trátha thosaigh siad suas go láidir agus go maith, agus d'admhaigh muid aer géar na maidine ag na fuinneoga, agus d'fhéachamar ar an taoide a bhí fós ag sileadh inár dtreo.

"Nuair a chasann sé ar a naoi a chlog," arsa Herbert, go ceanúil, "bí ag faire amach dúinn, agus seas réidh, thall ansin ag Mill Pond Bank!"

Caibidil LIV.

Bhí sé ar cheann de na laethanta Márta nuair a shines an ghrian te agus séideann an ghaoth fuar: nuair a bhíonn sé an tsamhraidh sa solas, agus an gheimhridh sa scáth. Bhí ár gcótaí pea-chótaí linn, agus thóg mé mála. As mo shealúchais dhomhanda ar fad níor ghlac mé níos mó ná an cúpla riachtanas a líon an mála. Where I might go, what I might do, or when I might return, bhí ceisteanna nach raibh ar eolas agam; ná níor chuir mé m'intinn leo, mar bhí sé leagtha go hiomlán ar shábháilteacht Provis. Níor smaoinigh mé ach ar an nóiméad a rith, mar a stop mé ag an doras agus d'fhéach mé ar ais, faoi na cúinsí athraithe ba chóir dom a fheiceáil ina dhiaidh sin na seomraí, más rud é riamh.

Loitered muid síos go dtí an staighre Teampaill, agus sheas loitering ann, amhail is dá mba nach raibh muid cinneadh go leor chun dul ar an uisce ar chor ar bith. Ar ndóigh, bhí mé tar éis a bheith cúramach gur chóir go mbeadh an bád réidh agus gach rud in ord. Tar éis seó beag de indecision, nach raibh aon cheann a fheiceáil ach an dá nó trí créatúir amphibious a bhaineann lenár staighre Teampaill, chuaigh muid ar bord agus caitheadh amach; Herbert sa bhogha, mé ag stiúradh. Bhí sé ansin thart ar ard-uisce,-leathuair tar éis a hocht.

Ba é seo an plean a bhí againn. An taoide, ag tosú ag rith síos ag a naoi, agus a bheith linn go dtí trí, bhí sé i gceist againn fós a creep ar tar éis chas sé, agus as a chéile ina choinne go dtí dorcha. Ba chóir dúinn a bheith ansin go maith sna sroicheann fada thíos Gravesend, idir Kent agus Essex, áit a bhfuil an abhainn leathan agus solitary, áit a bhfuil na háitritheoirí taobh uisce an-beag, agus i gcás ina bhfuil tithe poiblí aonair scaipthe anseo agus ansiúd, a d'fhéadfadh muid a roghnú amháin le haghaidh áit scíthe-. Bhí sé i gceist againn luí ar feadh na hoíche. Thosódh an galtán do Hamburg agus an galtán do Rotterdam ó Londain ag thart ar a naoi maidin Déardaoin. Ba chóir go mbeadh a fhios againn ag an am a bheith ag súil leo, de réir an áit a raibh muid, agus go mbeadh sé ar an gcéad dul síos; Mar sin, más rud é nár tógadh muid thar lear trí thimpiste ar bith, ba cheart go mbeadh seans eile againn. Bhí marcanna idirdhealaitheacha gach árthaigh ar eolas againn.

Bhí an faoiseamh a bhain le bheith ag gabháil go deireanach le cur i gcrích na críche chomh mór sin dom gur mhothaigh mé go raibh sé deacair an riocht ina raibh mé cúpla uair an chloig roimhe sin a bhaint amach. An t-aer briosc, solas na gréine, an ghluaiseacht ar an abhainn, agus an abhainn ag gluaiseacht féin,—an bóthar a rith linn, an chuma air go raibh bá againn linn, agus spreag sé sinn,—chuir sé dóchas nua orm. Mhothaigh mé gur beag úsáid a bhainim as an mbád; ach, ní raibh mórán oarsmen níos fearr ná mo bheirt chairde, agus rowed siad le stróc seasta a bhí go deireanach ar feadh an lae.

Ag an am sin, bhí an trácht gaile ar an Thames i bhfad faoi bhun a fhairsinge faoi láthair, agus bhí báid watermen i bhfad níos líonmhaire. As báirsí, colliers seoltóireachta, agus trádálaithe cósta, bhí b'fhéidir, oiread agus is anois; ach de longa gaile, mór agus beag, ní deachú ná fichiú cuid an oiread sin. Go luath mar a bhí, bhí neart dealbhóirí ag dul anseo is ansiúd an mhaidin sin, agus neart báirsí ag titim anuas leis an taoide; bhí loingseoireacht na habhann idir droichid, i mbád oscailte, i bhfad níos éasca agus níos coitianta sna laethanta sin ná mar atá sí sna laethanta sin; agus chuamar ar aghaidh i measc go leor skiffs agus wherries briskly.

Ritheadh Old London Bridge go luath, agus sean-Mhargadh Billingsgate lena bháid oisrí agus Dutchmen, agus an Túr Bán agus Geata an Fhealltóra, agus bhíomar i measc na sraitheanna loingseoireachta. Seo iad na galtáin Leith, Obar Dheathain agus Ghlaschú, earraí á luchtú agus á ndíluchtú, agus ag breathnú an-ard amach as an uisce agus muid ag dul thar bráid; ag so mar adeir an scór agus ag an scór, agus na gual-fuipéirí ag treabhadh as céimeanna ar deic, mar fhrith-mheáchain do bhearta guail ag luascadh suas, do bhí ag creathadh an taoibh i mbáirsí an tan soin; anseo, ag a moorings bhí galtán to-morrow do Rotterdam, a ghlac muid fógra maith; agus anseo go dtí-morrow's do Hamburg, faoina bowsprit thrasnaigh muid. Agus anois d'fhéadfadh mé, ina suí sa Stern, a fheiceáil, le croí beating níos tapúla, Mill Pond Bank agus staighre Lochán an Mhuilinn.

"An bhfuil sé ann?" arsa Herbert.

"Níl go fóill."

"Ceart! Ní raibh sé le teacht anuas go dtí go bhfaca sé muid. An bhfeiceann tú a chomhartha?"

"Níl go maith as seo; ach sílim go bhfeicim é.—Anois feicim é! Tarraing an dá rud. Éasca, Herbert. Oars!"

Leag muid lámh ar an staighre go héadrom ar feadh nóiméad amháin, agus bhí sé ar bord, agus bhíomar amuigh arís. Bhí clóca báid leis, agus mála canbháis dubh; agus d'fhéach sé mar a bheadh abhainn-phíolóta mar a d'fhéadfadh mo chroí a bheith ag iarraidh.

"Buachaill a chara!" a dúirt sé, ag cur a lámh ar mo ghualainn, mar a ghlac sé a shuíochán. "Buachaill dílis daor, maith thú. Go raibh maith agat, go raibh maith agat!

Arís i measc na sraitheanna loingseoireachta, isteach agus amach, ag seachaint cáblaí slabhra rusty frayed hawsers cnáibe agus baoithe bobbing, dul go tóin poill ar feadh na huaire ciseáin briste snámh, scaipthe sliseanna snámh adhmaid agus bearrtha, cleaving snámh scum guail, isteach agus amach, faoi cheann figiúr an *John of Sunderland* ag déanamh óráid do na gaotha (mar atá déanta ag go leor Johns), agus betsy *Yarmouth* le foirmiúlacht daingean bosom agus a súile knobby ag tosú dhá orlach as a ceann; isteach agus amach, casúir ag dul i gclóis tógálaithe long, sábha ag dul ag adhmad, innill clashing ag dul ag rudaí anaithnid, caidéil ag dul i longa sceite, capstans ag dul, longa ag dul amach ar an bhfarraige, agus créatúir farraige unintelligible curses roaring thar na bulwarks ag lightermen freagróir, isteach agus amach,—amach ar deireadh ar an abhainn níos soiléire, áit a bhféadfadh buachaillí na long a gcuid fenders a thógáil isteach, gan a thuilleadh ag iascaireacht in uiscí trioblóideacha leo thar an taobh, agus áit a bhféadfadh na seolta festooned eitilt amach go dtí an ghaoth.

Ag an staighre inar thugamar thar lear é, agus ó shin i leith, d'fhéach mé go faichilleach ar aon chomhartha go raibh amhras orainn. Ní fhaca mé aon cheann. Is cinnte nach raibh, agus ag an am sin mar is cinnte nach raibh bád ar bith ag freastal orainn ná ina dhiaidh. Dá bhfanfadh bád ar bith orainn, ba cheart go mbeadh mé ag rith isteach chun cladaigh, agus go mbeadh dualgas uirthi dul ar aghaidh, nó a cuspóir a dhéanamh soiléir. Ach choinnigh muid ár gcuid féin gan aon chuma ar molestation.

Bhí a chlóca báid air, agus d'fhéach sé, mar a dúirt mé, cuid nádúrtha den radharc. B'iontach an rud é (ach b'fhéidir gurbh é an saol cráite a bhí faoina stiúir aige) gurbh é ba lú a bhí imníoch faoi dhuine ar bith againn. Ní raibh sé neamhshuimiúil, mar dúirt sé liom go raibh súil aige maireachtáil chun a fhear uasal a fheiceáil ar cheann de na daoine uaisle is fearr i dtír iasachta; ní raibh sé réidh le bheith éighníomhach nó éirithe as, mar a thuig mé é; ach ní raibh aon nóisean aige bualadh le contúirt leath bealaigh. Nuair a tháinig sé air, thug sé aghaidh air, ach caithfidh sé teacht sular chuir sé trioblóid air féin.

"Má tá a fhios agat, a bhuachaill daor," a dúirt sé liom, "cad é atá le suí anseo alonger mo bhuachaill daor agus tá mo deatach, artaire a bheith lá i ndiaidh lae betwixt ceithre ballaí, ba mhaith leat éad dom. Ach níl a fhios agat cad é."

"Sílim go bhfuil a fhios agam aoibhneas na saoirse," a d'fhreagair mé.

"Ah," ar seisean, ag croitheadh a chinn go huafásach. "Ach níl a fhios agat go bhfuil sé comhionann liomsa. Caithfidh tú a bheith faoi ghlas agus eochair, buachaill daor, go mbeadh a fhios aige comhionann liom, - ach níl mé ag dul a bheith íseal. "

Tharla sé dom chomh neamhréireach, gur chóir dó, d'aon smaoineamh máistreachta, a shaoirse a chur i mbaol, agus fiú a shaol. Ach léirigh mé go mb'fhéidir go raibh saoirse gan chontúirt i bhfad ró-seachas an nós ar fad a bhí ann a bheith ann dó cad a bheadh ann d'fhear eile. Ní raibh mé i bhfad amach, ó dúirt sé, tar éis caitheamh tobac beag:—

"Feiceann tú, a bhuachaill dhil, nuair a bhí mé os cionn an tsaoil, ní taobh eile den domhan, bhí mé i gcónaí ag féachaint ar an taobh seo; agus tagann sé cothrom a bheith ann, do gach a raibh mé ag fás saibhir. Bhí aithne ag gach duine ar Magwitch, agus d'fhéadfadh Magwitch teacht, agus d'fhéadfadh Magwitch dul, agus ní bheadh aon duine buartha faoi. Níl siad chomh furasta sin fúmsa anseo, a bhuachaill dhil—ní bheadh, ar a laghad, dá mbeadh a fhios acu cá raibh mé."

"Má théann gach rud go maith," arsa mise, "beidh tú breá saor agus sábháilte arís taobh istigh de chúpla uair an chloig."

"Bhuel," a d'fhill sé, ag tarraingt anáil fhada, "Tá súil agam mar sin."

"Agus smaoinigh mar sin?"

Shleamhnaigh sé a lámh san uisce thar ghunna an bháid, agus dúirt sé, ag miongháire leis an aer bog sin air nach raibh nua dom:—

"Ay, tá mé ag smaoineamh mar sin, buachaill daor. Ba mhaith linn a bheith puzzled a bheith níos ciúine agus éasca ag dul ná mar atá muid faoi láthair. Ach—tá sé ag sileadh chomh bog agus chomh taitneamhach tríd an uisce, p'raps, mar a cheapann mé é-Bhí mé ag smaoineamh trí mo dheatach díreach ansin, nach féidir linn a fheiceáil níos mó go dtí bun an cúpla uair an chloig seo chugainn ná mar is féidir linn a fheiceáil go dtí bun na habhann cad a ghabháil liom a shealbhú de. Ná fós ní féidir linn a gcuid taoide a choinneáil níos mó ná mar is féidir liom é seo a shealbhú. Agus tá sé ar siúl trí mo mhéara agus imithe, a fheiceann tú!" a bhfuil suas a lámh sileadh.

"Ach do d'aghaidh ba chóir dom smaoineamh go raibh tú beagán despondent," a dúirt mé.

"Ní beag air, a bhuachaill dhil! Tagann sé ag sileadh ar chomh ciúin, agus de sin tá rippling ag ceann an bháid ag déanamh saghas fonn Dé Domhnaigh. B'fhéidir go bhfuil mé ag fás sean trifle seachas.

Chuir sé a phíopa ar ais ina bhéal le léiriú gan choinne ar aghaidh, agus shuigh sé chomh cumtha agus sásta amhail is go raibh muid as Sasana cheana féin. Ach bhí sé chomh submissive le focal comhairle amhail is dá mbeadh sé i terror leanúnach; óir, nuair a ritheamar i dtír chun roinnt buidéal beorach a fháil isteach sa bhád, agus bhí sé ag dul amach, thug mé leid gur shíl mé go mbeadh sé sábháilte san áit a raibh sé, agus dúirt sé. "An bhfuil tú, buachaill daor?" agus shuigh go ciúin síos arís.

Bhraith an t-aer fuar ar an abhainn, ach lá geal a bhí ann, agus bhí solas na gréine an-cheering. Rith an taoide go láidir, ghlac mé cúram aon cheann de a chailleadh, agus rinne ár stróc seasta muid go maith. De réir céimeanna imperceptible, mar a rith an taoide amach, chaill muid níos mó agus níos mó de na coillte agus cnoic níos gaire, agus thit níos ísle agus níos ísle idir na bainc láibe, ach bhí an taoide fós le linn nuair a bhí muid amach Gravesend. De réir mar a bhí ár muirear fillte ina chlóca, rith mé laistigh de bhád nó dhó ar fhad Theach an Chustaim ar snámh, agus mar sin amach chun breith ar an sruth, taobh le dhá long eisimirceach, agus faoi bhogha iompair mhóir le trúpaí ar an réamhaisnéis ag féachaint síos orainn. Agus níorbh fhada gur thosaigh an taoide ag luascadh, agus an cheird ina luí ar ancaire ag luascadh, agus faoi láthair bhí siad ar fad ag luascadh thart, agus thosaigh na longa a bhí ag baint leasa as an taoide nua chun dul suas go dtí an Linn snámha ag sluaisteáil orainn i gcabhlach, agus choinnigh muid faoin gcladach, an oiread as neart na taoide anois agus a d'fhéadfaimis, seasamh go cúramach amach ó éadomhain íseal agus mudbanks.

Bhí ár n-oarsmen chomh húr, trí leid a ligean di tiomáint leis an taoide ó am go chéile ar feadh nóiméid nó dhó, go raibh ceathrú uaire an chloig eile lán an oiread agus a theastaigh uathu. D'éirigh muid i dtír i measc roinnt clocha sleamhain agus d'ith muid agus d'ól muid an méid a bhí againn linn, agus d'fhéachamar faoi. Bhí sé cosúil le mo thír riasc féin, cothrom agus monotonous, agus le léaslíne dim; agus d'iompaigh agus d'iompaigh an abhainn foirceannadh, agus d'iompaigh na baoithe móra snámha air agus chas sí, agus bhí gach rud eile sáinnithe agus fós. Do anois bhí an ceann deireanach de chabhlach na long thart ar an bpointe íseal deireanach a bhí i gceannas orainn; agus lean an báirse glas deireanach, tuíualaithe, le seol donn; agus roinnt ballasta-lastóirí, múnlaithe cosúil le chéad aithris drochbhéasach linbh ar bhád, leagan íseal sa láib; agus do sheas teach beag sluagh sluagh ar chairn oscailte i n-a láib ar stiltibh agus ar chrích; & do-rónadh lais-siumh as an láib, & clocha slimy greamaithe as an láib, & sainchomharthaí dearga & taoide-mharcanna greamaithe as an láib, & seanchus tuirlingthe & seanfhoirgneamh gan díon do shleamhnaigh isteach sa láib, & do bhí marbhántacht & láib ar fad fúinn.

Bhrúigh muid amach arís, agus rinne muid cén bealach a d'fhéadfaimis. Obair i bhfad níos deacra a bhí ann anois, ach d'éirigh Herbert agus Startop as, agus d'éirigh sé as a chéile agus as a chéile go dtí go ndeachaigh an ghrian síos. Faoin am sin bhí an abhainn tar éis beagáinín a thógáil dínn, ionas go bhfeicfimis os cionn an bhruacha. Bhí an ghrian dhearg, ar leibhéal íseal an chladaigh, i bhfaiteadh corcra, ag doimhniú go tapa i dubh; agus bhí an riasc cothrom solitary ann; agus i bhfad ar shiúl bhí na tailte ag ardú, idir a agus linn nach raibh aon saol, ach amháin anseo agus ansiúd sa tulra faoileán melancholy.

De réir mar a bhí an oíche ag titim go tapa, agus de réir mar a bheadh an ghealach, a bheith anuas ar an iomlán, ní bheadh ardú go luath, bhí comhairle beag againn; ceann gearr, is léir go raibh ár gcúrsa le luí ag an gcéad tábhairne uaigneach a d'fhéadfaimis a fháil. Mar sin, plied siad a n-oars uair amháin níos mó, agus d'fhéach mé amach le haghaidh aon rud cosúil le teach. Dá bhrí sin bhí muid ar, ag labhairt beag, ar feadh ceithre nó cúig mhíle dull. Bhí sé an-fhuar, agus, collier ag teacht chugainn, lena caitheamh tobac galley-tine agus flaring, d'fhéach sé cosúil le teach compordach. Bhí an oíche chomh dorcha faoin am seo is a bheadh sé go maidin; agus cén solas a bhí againn, ba chosúil gur tháinig sé níos mó ón abhainn ná ón spéir, de réir mar a bhuail na hoars ina dtumadh ag cúpla réalta frithchaite.

Ag an am brónach seo ba léir go raibh seilbh againn go léir ar an smaoineamh gur leanadh muid. De réir mar a rinne an taoide, d'eitil sé go mór ag eatraimh neamhrialta i gcoinne an chladaigh; agus aon uair a tháinig fuaim den sórt sin, bhí duine nó duine eile againn cinnte tosú, agus breathnú sa treo sin. Anseo is ansiúd, bhí sraith an tsrutha caite síos an bruach ina chromán beag, agus bhíomar go léir amhrasach faoi áiteanna den sórt sin, agus d'amharc muid orthu go neirbhíseach. Uaireanta, "Cad é an ripple sin?" a déarfadh duine againn i nguth íseal. Nó ceann eile, "An é sin yonder bád?" Agus ina dhiaidh sin bheadh muid ag titim isteach i tost marbh, agus ba mhaith liom suí go mífhoighneach ag smaoineamh leis an méid neamhghnách torainn a d'oibrigh na hoars sna tuillte.

Ag fad descried muid solas agus díon, agus faoi láthair ina dhiaidh sin ar siúl taobh le cabhsa beag déanta as clocha a bhí pioctha suas go crua ag. Ag fágáil an chuid eile sa bhád, sheas mé i dtír, agus fuair mé an solas a bheith i bhfuinneog de theach tábhairne. Áit shalacha go leor a bhí ann, agus is leomh liom a rá nach eol d'eachtraithe smuigleála; ach bhí tine mhaith sa chistin, agus bhí uibheacha agus bagún le n-ithe, agus deochanna éagsúla le n-ól. Chomh maith leis sin, bhí dhá sheomra dhá leaba ann—"ar nós mar a bhí siad," a dúirt an tiarna talún. Ní raibh aon chuideachta eile sa teach ná an tiarna talún, a bhean chéile, agus créatúr fireann grizzled, an "Jack" den chabhsa beag, a bhí chomh slimy agus smeartha amhail is dá mbeadh sé marc íseal-uisce freisin.

Leis an gcúntóir seo, chuaigh mé síos go dtí an bád arís, agus tháinig muid ar fad i dtír, agus thug mé amach na hoars, agus rudder agus bád-hook, agus gach rud eile, agus tharraing sí suas í don oíche. Rinne muid béile an-mhaith ag tine na cistine, agus ansin roinn muid na seomraí codlata: Bhí Herbert agus Startop le ceann a áitiú; Mise agus ár gcúram an ceann eile. Fuaireamar amach go raibh an t-aer eisiata go cúramach ón dá rud, amhail is go raibh an t-aer marfach don saol; agus bhí níos mó éadaí salach agus boscaí banna faoi na leapacha ná mar ba chóir dom a bheith ag smaoineamh ar an teaghlach. Ach mheasamar go raibh muid féin go maith as, d'ainneoin, d'áit níos solitary nach bhféadfaimis a fháil.

Cé go raibh muid ar ár gcompord féin cois na tine i ndiaidh ár mbéile, an Jack— a bhí ina shuí i gcúinne, agus a raibh péire bróg bloated air, a thaispeáin sé agus muid ag ithe ár n-uibheacha agus ár mbagúin, mar iarsmaí suimiúla a thóg sé cúpla lá ó shin ó chosa mairnéalach báite nite i dtír—d'fhiafraigh sé díom an bhfaca muid galley ceithre oared ag dul suas leis an taoide? Nuair a dúirt mé leis Níl, dúirt sé go gcaithfidh sí a bheith imithe síos ansin, agus fós sí "ghlac suas freisin," nuair a d'fhág sí ann.

"Caithfidh siad ha ' shíl níos fearr ar nach bhfuil ar chúis éigin nó eile," a dúirt an Jack, "agus imithe síos."

"Galley ceithre-oared, an ndúirt tú?" arsa mise.

"A ceathair," arsa an Jack, "agus dhá sitters."

"Ar tháinig siad i dtír anseo?"

"Chuir siad isteach le próca cloch dhá ghalún le haghaidh roinnt beorach. Ba mhaith liom ha 'sásta a pison an beoir mé féin," a dúirt an Jack, "nó a chur ar roinnt fisic rattling ann."

"Cén fáth?"

"Tá a fhios agam cén fáth," arsa an Jack. Labhair sé i nguth slushy, amhail is dá mbeadh go leor láibe nite isteach ina scornach.

"Is dóigh leis," a dúirt an tiarna talún, fear lag machnamhach le súil pale, a raibh an chuma air go raibh sé ag brath go mór ar a Jack, - "dar leis go raibh siad, cad nach raibh siad."

"*Tá* a fhios agam cad a cheapann mé," faoi deara an Jack.

"*Síleann tú* Custom 'Us, Jack?" arsa an tiarna talún.

"Is féidir liom," arsa an Jack.

"Ansin tá tú mícheart, Jack."

"AN MISE!"

I gciall gan teorainn a fhreagra agus a mhuinín gan teorainn ina thuairimí, thóg an Jack ceann dá bhróga bloated as, d'fhéach sé isteach ann, leag sé cúpla cloch as ar urlár na cistine, agus chuir sé air arís é. Rinne sé é seo le haer Jack a bhí chomh ceart sin go bhféadfadh sé aon rud a dhéanamh.

"Cén fáth, cad a dhéanann tú amach go ndearna siad lena gcnaipí ansin, Jack?" a d'fhiafraigh an tiarna talún, ag vacillating lag.

"Déanta lena gcnaipí?" ar ais an Jack. "Chucked 'em thar bord. Swallered 'em. Sowed 'em, chun teacht suas sailéad beag. Déanta lena gcnaipí!"

"Ná bí ceanúil, a Jack," arsa an tiarna talún, ar bhealach lionn dubh agus pathetic.

"A Custom 'Us officer knows what to do with his Buttons," arsa an Jack, ag athrá an fhocail obnoxious leis an díspeagadh is mó, "nuair a thagann siad betwixt air agus a solas féin. Ní théann ceathrar agus beirt sitters ag crochadh agus ag gol, suas le taoide amháin agus síos le ceann eile, agus le ceann eile agus ina choinne, gan Custom 'Us at the bottom of it' a bheith ann." Ag rá a chuaigh sé amach i disdain; agus chinn an tiarna talún, agus gan aon duine le freagra a thabhairt air, nach raibh sé praiticiúil an t-ábhar a shaothrú.

Chuir an comhrá seo míshuaimhneas orainn ar fad, agus bhí mé an-mhíshuaimhneach. Bhí an ghaoth mhillteanach ag bualadh thart ar an teach, bhí an taoide ag bualadh ag an gcladach, agus bhí mothú agam go rabhamar caged agus faoi bhagairt. Imthoisc ghránna a bhí i gceist le galley ceithre-oared a bhí ag dul thart ar bhealach chomh neamhghnách leis an bhfógra seo a mhealladh nach bhféadfainn fáil réidh leis. Nuair a bhí Provis spreagtha agam chun dul suas a chodladh, chuaigh mé taobh amuigh le mo bheirt chompánach (bhí a fhios ag Startop faoin am seo staid an cháis), agus bhí comhairle eile agam. Cibé ar chóir dúinn fanacht sa teach go dtí in aice le ham an ghaltáin, a bheadh thart ar cheann san iarnóin, nó ar chóir dúinn a chur amach go luath ar maidin, bhí an cheist a phléamar. Ar an iomlán mheasamar gurb é an cúrsa is fearr é a luí san áit a raibh muid, go dtí laistigh d'uair an chloig nó mar sin d'am an ghaltáin, agus ansin dul amach ina rian, agus sruth go héasca leis an taoide. Tar éis socrú chun é seo a dhéanamh, d'fhill muid isteach sa teach agus chuaigh muid a chodladh.

Leag mé síos leis an gcuid is mó de mo chuid éadaí ar, agus chodail go maith ar feadh cúpla uair an chloig. Nuair a dhúisigh mé, d'éirigh an ghaoth, agus bhí comhartha an tí (an Long) ag creaking agus ag bualadh faoi, le torann a bhain geit asam. Ag éirí go bog, do mo mhuirear leagan go tapa ina chodladh, d'fhéach mé amach as an fhuinneog. D'ordaigh sé an tóchar inar tharraing muid suas ár mbád, agus, de réir mar a chuir mo shúile iad féin in oiriúint do sholas na gealaí scamallach, chonaic mé beirt fhear ag féachaint isteach uirthi. Rith siad faoin bhfuinneog, ag féachaint ar rud ar bith eile, agus ní raibh siad ag dul síos go dtí an áit tuirlingthe-a raibh mé in ann a bheith folamh, ach bhuail trasna an riasc i dtreo an Feoire.

Ba é an chéad spreagadh a bhí agam ná Herbert a ghlaoch suas, agus an bheirt fhear a thaispeáint dó ag imeacht. Ach ag machnamh, sula ndeachaigh mé isteach ina sheomra, a bhí ar chúl an tí agus in aice liom, go raibh lá níos deacra aige féin agus ag Startop ná mé, agus go raibh tuirse orm, forbore mé. Ag dul ar ais go dtí m'fhuinneog, d'fhéadfainn an bheirt fhear a fheiceáil ag bogadh thar an riasc. Ina fhianaise sin, áfach, chaill mé go luath iad, agus, ag mothú an-fhuar, leag mé síos chun smaoineamh ar an ábhar, agus thit mé i mo chodladh arís.

Bhíomar suas go luath. Agus muid ag siúl agus ag fro, na ceithre cinn le chéile, roimh an mbricfeasta, mheas mé go raibh sé ceart an méid a bhí feicthe agam a insint. Arís, ba é ár gcúiseamh an t-údar imní ba lú a bhí ag an bpáirtí. Is beag seans gur le Teach an Chustaim na fir, a dúirt sé go ciúin, agus nár smaoinigh siad orainn. Rinne mé iarracht a chur ina luí orm féin go raibh sé amhlaidh,—mar, go deimhin, d'fhéadfadh sé a bheith go héasca. Mar sin féin, mhol mé gur cheart dó féin agus dom siúl amach le chéile go dtí pointe i bhfad i gcéin a d'fhéadfaimis a fheiceáil, agus gur cheart don bhád muid a thabhairt ar bord ansin, nó chomh gar ansin agus a d'fhéadfadh a bheith indéanta, ag thart ar mheán lae. Meastar gur réamhchúram maith é seo, go luath tar éis an bhricfeasta leag sé féin agus mé amach, gan tada a rá ag an tábhairne.

Chaith sé a phíopa agus muid ag dul in éineacht, agus uaireanta stop sé chun mé a bhualadh ar an ngualainn. Bheadh duine a cheapadh go raibh sé mé a bhí i mbaol, ní sé, agus go raibh sé suaimhneas dom. Is beag a labhair muid. Agus muid ag druidim leis an bpointe, d'impigh mé air fanacht in áit fhoscúil, agus chuaigh mé ar aghaidh chun athmhachnamh a dhéanamh; óir is ina threo a rith na fir san oíche. Chomhlíon sé, agus chuaigh mé ar aghaidh liom féin. Ní raibh bád ar bith as an bpointe, ná bád ar bith tarraingthe suas áit ar bith in aice leis, ná ní raibh aon chomharthaí ann go raibh na fir ag dul ann. Ach, le bheith cinnte, bhí an taoide ard, agus b'fhéidir go raibh roinnt loirg faoi uisce.

Nuair a d'fhéach sé amach as a foscadh i gcéin, agus chonaic mé go waved mé mo hata dó chun teacht suas, rejoined sé dom, agus ansin d'fhan muid; uaireanta ina luí ar an mbruach, fillte inár gcótaí, agus uaireanta ag bogadh ar tí muid féin a théamh, go dtí go bhfaca muid ár mbád ag teacht thart. Fuair muid ar bord go héasca, agus rowed amach i rian an galtán. Faoin am sin bhí sé ag iarraidh ach deich nóiméad a haon a chlog, agus thosaigh muid ag faire amach dá deatach.

Ach, bhí sé leathuair tar éis a haon sula bhfaca muid a deatach, agus go luath ina dhiaidh sin chonaic muid taobh thiar de deatach galtáin eile. Agus iad ag teacht ar lánluas, fuair muid an dá mhála réidh, agus thapaigh muid an deis sin slán a rá le Herbert agus Startop. Bhí lámha croite againn go léir go cordially, agus ní raibh súile Herbert ná mianach tirim go leor, nuair a chonaic mé galley ceithre-oared shoot amach as faoin mbanc ach ar bhealach beag chun tosaigh orainn, agus as a chéile amach ar an mbóthar céanna.

Bhí stráice cladaigh fós eadrainn féin agus deatach an ghaltáin, de bharr lúb agus gaoth na habhann; ach anois bhí sí le feiceáil, ag teacht ceann ar. D'iarr mé ar Herbert agus Startop a choinneáil roimh an taoide, go bhféadfadh sí a fheiceáil dúinn ina luí ar a son, agus adjured mé Provis chun suí go leor fós, fillte ina clóca. D'fhreagair sé cheerily, "Iontaobhas dom, buachaill daor," agus shuigh cosúil le dealbh. Idir an dá linn bhí an galley, a láimhseáladh an-sciliúil, tar éis sinn a thrasnú, lig dúinn teacht suas léi, agus thit muid in éineacht. Ag fágáil seomra go leor le haghaidh imirt na n-oars, choinnigh sí in éineacht, drifting nuair a drifted muid, agus ag tarraingt stróc nó dhó nuair a tharraing muid. As an dá sitters bhí ceann amháin na línte rudder-, agus d'fhéach sé ar dúinn aireach,-mar a rinne na rowers; bhí fillte ar an sitter eile suas, i bhfad mar a bhí Provis, agus an chuma a Laghdaigh, agus cogar roinnt teagaisc ar an steerer mar a d'fhéach sé ar dúinn. Níor labhraíodh focal i gceachtar bád.

D'fhéadfadh Startop a dhéanamh amach, tar éis cúpla nóiméad, a bhí galtán ar dtús, agus thug sé an focal "Hamburg," dom i guth íseal, mar a shuigh muid aghaidh ar aghaidh. Bhí sí ag druidim linn go han-tapa, agus d'fhás bualadh a peddles níos airde agus níos airde. Bhraith mé amhail is dá mbeadh a scáth go hiomlán orainn, nuair a tháinig an galley chugainn. D'fhreagair mé.

"Tá Iompar ar ais agat ansin," arsa an fear a choinnigh na línte. "Sin é an fear, fillte sa chlóca. Abel Magwitch is ainm dó, nó Provis. Gabhaim an fear sin, agus iarraim air géilleadh, agus tusa chun cabhrú leat.

Ag an nóiméad céanna, gan aon treoir inchloiste a thabhairt dá chriú, rith sé an galley thar lear againn. Tharraing siad stróc tobann amháin chun tosaigh, bhí fuair a n-oars i, bhí reáchtáil athwart dúinn, agus bhí a bhfuil ar ár gunwale, sula raibh a fhios againn cad a bhí á dhéanamh acu. Chuir sé seo mearbhall mór ar bord an ghaltáin, agus chuala mé iad ag glaoch orainn, agus chuala mé an t-ordú a tugadh chun stop a chur leis na paddles, agus chuala siad stopadh, ach bhraith sí ag tiomáint síos orainn irresistibly. Sa nóiméad céanna, chonaic mé fear stiúrtha an ghailíl ag leagan a láimhe ar ghualainn a phríosúnaigh, agus chonaic mé go raibh an dá bhád ag luascadh thart le fórsa na taoide, agus chonaic mé go raibh na lámha ar fad ar bord an ghaltáin ag rith ar aghaidh go frantically. Fós féin, sa nóiméad céanna, chonaic mé an príosúnach ag tosú, lean sé trasna a chaiptín, agus tharraing mé an clóca ó mhuineál an tsliotair craptha sa ghailíl. Fós sa nóiméad céanna, chonaic mé go raibh an aghaidh a nochtadh, aghaidh an daoránach eile fadó. Fós féin, sa nóiméad céanna, chonaic mé an aghaidh tilt siar le sceimhle bán air nach ndéanfaidh mé dearmad air go deo, agus chuala mé caoin mhór ar bord an ghaltáin, agus splancscáileán ard san uisce, agus mhothaigh mé an bád ag dul go tóin poill uaim.

Bhí sé ach ar an toirt go raibh an chuma orm a bheith ag streachailt le míle mill-weirs agus míle flashes solais; The instant past, tógadh ar bord an ghailíl mé. Bhí Herbert ann, agus bhí Startop ann; ach bhí ár mbád imithe, agus bhí an bheirt daoránach imithe.

Cad leis na cries ar bord an galtáin, agus an furious séideadh as a gaile, agus a thiomáint ar, agus ár tiomáint ar, ní raibh mé in ann ar dtús idirdhealú spéir ó uisce nó cladach ó chladach; ach chuir criú na galley luas mór uirthi, agus, ag tarraingt buillí láidre gasta áirithe chun tosaigh, luigh siad ar a n-oars, gach fear ag féachaint go ciúin agus go fonnmhar ar an réiltín uisce. Faoi láthair bhí rud dorcha le feiceáil ann, agus é ag dul inár dtreo ar an taoide. Níor labhair aon fhear, ach choinnigh an fear stiúrtha suas a lámh, agus gach uisce a raibh tacaíocht bhog aige, agus choinnigh sé an bád díreach agus fíor roimhe. Mar a tháinig sé níos gaire, chonaic mé é a bheith Magwitch, snámh, ach ní snámh faoi shaoirse. Tógadh ar bord é, agus láithreach manacled ag na wrists agus rúitíní.

Coinníodh an galley seasta, agus atosaíodh an t-adh, fonnmhar ag breathnú amach ar an uisce. Ach, tháinig galtán Rotterdam suas anois, agus is cosúil nach dtuigeann sé cad a tharla, tháinig sé ar luas. Faoin am a raibh sí hailed agus stoptha, bhí an dá ghaltán ag imeacht uainn, agus bhí muid ag ardú agus ag titim i ndiaidh trioblóideach uisce. Coinníodh an cuma amach, i bhfad ina dhiaidh sin bhí sé fós arís agus bhí an dá ghaltán imithe; ach bhí a fhios ag gach duine go raibh sé gan dóchas anois.

Ag fad thug muid suas é, agus tharraing muid faoin gcladach i dtreo an tábhairne a bhí fágtha againn le déanaí, áit a bhfuarthas muid gan aon iontas. Anseo bhí mé in ann a fháil ar roinnt comforts do Magwitch, - Provis a thuilleadh, - a fuair roinnt gortú an-dian sa bhrollach, agus gearrtha domhain sa cheann.

Dúirt sé liom gur chreid sé féin go ndeachaigh sé faoi chaol an ghaltáin, agus gur buaileadh ar an gceann é agus é ag ardú. An gortú dá chliabhrach (rud a d'fhág go raibh a análú thar a bheith pianmhar) shíl sé go bhfuair sé in aghaidh thaobh an ghailíl. Dúirt sé freisin nár lig sé air féin a rá cad a d'fhéadfadh sé a dhéanamh nó nach bhféadfadh sé a dhéanamh le Compeyson, ach, nuair a leag sé a lámh ar a chlóca chun é a aithint, go raibh an villain staggered suas agus staggered ar ais, agus bhí siad araon imithe thar bord le chéile, nuair a wrenching tobann air (Magwitch) as ár mbád, agus an iarracht a captor chun é a choinneáil ann, bhí capsized dúinn. Dúirt sé liom i gcogar go raibh siad imithe síos go fíochmhar faoi ghlas i lámha a chéile, agus go raibh streachailt faoi uisce, agus go raibh sé disengaged féin, bhuail amach, agus swum ar shiúl.

Ní raibh aon chúis agam riamh a bheith in amhras faoi fhírinne chruinn an méid a dúirt sé liom mar sin. Thug an t-oifigeach a stiúraigh an galley an cuntas céanna ar a bheith ag dul thar bord.

Nuair a d'iarr mé cead an oifigigh seo éadaí fliucha an phríosúnaigh a athrú trí aon bhaill éadaigh spártha a d'fhéadfainn a fháil i dteach an phobail a cheannach, thug sé go héasca é: ach breathnú go gcaithfidh sé gach rud a bhí ag a phríosúnach faoi a ghlacadh i gceannas. Mar sin, rith an leabhar póca a bhí i mo lámha uair amháin isteach i saol an oifigigh. Thairis sin, thug sé cead dom dul in éineacht leis an bpríosúnach go Londain; ach dhiúltaigh sé an grásta sin a thabhairt do mo bheirt chairde.

Tugadh treoir don Jack ag an Long cá ndeachaigh an fear báite síos, agus thug sé faoi chuardach a dhéanamh ar an gcorp sna háiteanna ina raibh sé cosúil le teacht i dtír. Ba chosúil go raibh a spéis ina théarnamh i bhfad níos airde nuair a chuala sé go raibh stocaí air. Is dócha gur thóg sé thart ar dhosaen fear báite é a fheistiú amach go hiomlán; agus b'fhéidir gurbh é sin an fáth go raibh earraí éagsúla a ghúna i gcéimeanna éagsúla lobhadh.

D'fhan muid i dteach an phobail go dtí gur chas an taoide, agus ansin tugadh Magwitch síos go dtí an galley agus cuireadh ar bord é. Bhí Herbert agus Startop le dul go Londain ar tír, chomh luath agus ab fhéidir leo. Bhí scaradh doleful againn, agus nuair a ghlac mé m'áit le taobh Magwitch, mhothaigh mé gurbh é sin m'áit feasta agus é ina chónaí.

Do anois, bhí mo repugnance dó leáite go léir ar shiúl; agus sa chréatúr seilge, créachtaithe, bearrtha a choinnigh mo lámh ina, ní fhaca mé ach fear a bhí i gceist agam a bheith i mo ghiolla, agus a bhraith go geanúil, go buíoch, agus go fial, i mo threo le seasmhacht mhór trí shraith blianta. Ní fhaca mé ann ach fear i bhfad níos fearr ná mar a bhí mé do Sheosamh.

D'éirigh a análú níos deacra agus níos pianmhaire de réir mar a tharraing an oíche air, agus go minic ní raibh sé in ann groan a chur faoi chois. Rinne mé iarracht é a chur ar an lámh a d'fhéadfainn a úsáid, in aon áit éasca; ach bhí sé dreadful a cheapann nach raibh mé in ann a bheith leithscéal ag croí as a bheith gortaithe go dona, ós rud é go raibh sé unquestionably is fearr gur chóir dó bás. Go raibh, fós beo, daoine go leor a bhí in ann agus toilteanach é a aithint, ní raibh amhras orm. That he would be leniently treated, ní fhéadfainn a bheith ag súil leis. An té a cuireadh i láthair sa solas ba mheasa ag a thriail, a bhí tar éis príosún a bhriseadh ó shin agus a cuireadh ar a thriail arís, a d'fhill ó iompar faoi phianbhreith saoil, agus a d'fhág bás an fhir ba chúis lena ghabháil.

Agus muid ag filleadh i dtreo na gréine socraithe a bhí fágtha againn inné inár ndiaidh, agus de réir mar a bhí sruth ár ndóchas ag rith siar, d'inis mé dó cé chomh cráite is a bhí mé ag ceapadh gur tháinig sé abhaile ar mhaithe liom.

"A bhuachaill dhil," a d'fhreagair sé, "tá mé sásta go leor mo sheans a ghlacadh. Chonaic mé mo bhuachaill, agus is féidir leis a bheith ina fhear uasal gan mé.

Ní hea. Smaoinigh mé air sin, cé go raibh muid ann taobh le taobh. Ní hea. Seachas aon chlaonadh de mo chuid féin, thuig mé leid Wemmick anois. Mhaígh mé go bhforghéillfí a shealúchais don Chóróin, agus é á chiontú.

"Féach anseo, a bhuachaill dhil," ar seisean "Is fearr mar fhear uasal gan a bheith ar an eolas gur liomsa anois é. Ach teacht chun mé a fheiceáil amhail is dá dtiocfadh tú trí sheans alonger Wemmick. Suigh nuair is féidir liom tú a fheiceáil nuair a mhionnaítear mé, don uair dheireanach o 'go minic, agus ní iarraim níos mó.

"Ní chorróidh mé ó do thaobh," arsa mise, "nuair a bheidh mé thíos le bheith in aice leat. Le do thoil a Dhia, beidh mé chomh dílis duit agus a bhí tú dom!

D'airigh mé a lámh ag crith mar a bhí sé liom, agus chas sé a aghaidh uaidh agus é ag leagan in íochtar an bháid, agus chuala mé an tseanfhuaim sin ina scornach,- bogtha anois, cosúil leis an gcuid eile de. Ba mhaith an rud é gur leag sé lámh ar an bpointe seo, mar chuir sé isteach i m'intinn cad é nach bhféadfainn smaoineamh air ar shlí eile go dtí go raibh sé ródhéanach,-nach gá go mbeadh a fhios aige riamh conas a cailleadh a dhóchas chun mé a shaibhriú.

Caibidil LV.

Tugadh go dtí Cúirt na bPóilíní é an lá dár gcionn, agus cuireadh ar a thriail láithreach é, ach go gcaithfí seanoifigeach de chuid na loinge príosúin as ar éalaigh sé uair amháin a chur síos chun labhairt lena chéannacht. Ní raibh amhras ar aon duine faoi; ach bhí Compeyson, a raibh sé i gceist aige cur ina choinne, ag tumadh ar na taoidí, marbh, agus tharla sé nach raibh aon oifigeach príosúin i Londain ag an am a d'fhéadfadh an fhianaise riachtanach a thabhairt. Bhí mé imithe díreach chuig an Uasal Jaggers ag a theach príobháideach, ar mo theacht thar oíche, a choinneáil ar a chúnamh, agus bheadh an tUasal Jaggers ar son an phríosúnaigh a admháil rud ar bith. Ba é an t-aon acmhainn amháin é; óir dúirt sé liom go gcaithfeadh an cás a bheith os cionn cúig nóiméad nuair a bhí an finné ann, agus nach bhféadfadh aon chumhacht ar domhan cosc a chur ar a dhul inár gcoinne.

Imparted mé go dtí an tUasal Jaggers mo dhearadh a choinneáil air i aineolas ar an cinniúint a saibhreas. Bhí an tUasal Jaggers querulous agus feargach liom as a bhfuil "lig sé duillín trí mo mhéara," agus dúirt ní mór dúinn cuimhneacháin ag agus ag, agus iarracht a dhéanamh ar gach imeacht do roinnt de. Ach níor cheil sé uaim, cé go mb'fhéidir go mbeadh go leor cásanna ann nach mbeadh an forghéilleadh cruinn, nach raibh cúinsí ar bith sa chás seo chun é a dhéanamh ar cheann acu. Thuig mé é sin go han-mhaith. Ní raibh aon bhaint agam leis an eisreachtú, ná ní raibh baint ar bith agam leis le haon cheangal inaitheanta; ní raibh a lámh curtha aige le haon scríbhneoireacht ná socrú i mo fhabhar sular gabhadh é, agus bheadh sé díomhaoin anois é sin a dhéanamh. Ní raibh aon éileamh agam, agus réitigh mé ar deireadh, agus riamh ina dhiaidh sin cloí leis an rún, nár chóir mo chroí a bheith tinn leis an tasc gan dóchas a bhaineann le hiarracht a dhéanamh ceann a bhunú.

Ba chosúil go raibh cúis ann lena cheapadh go raibh an faisnéiseoir báite ag súil le luach saothair as an bhforghéillte seo, agus go raibh eolas cruinn éigin faighte aige ar ghnóthaí Magwitch. Nuair a fuarthas a chorp, míle go leor ó láthair a bháis, agus chomh horribly disfigured go raibh sé ach inaitheanta ag an ábhar a phócaí, bhí nótaí fós inléite, fillte i gcás a rinne sé. Ina measc sin bhí ainm tí baincéireachta i New South Wales, áit a raibh suim airgid, agus ainmniú tailte áirithe a raibh luach nach beag ag baint leo. Bhí an dá cheann eolais seo i liosta a thug Magwitch, agus é i bpríosún, don Uasal Jaggers, de na sealúchais a cheap sé ba chóir dom a fháil mar oidhreacht. A aineolas, a chomrádaí bocht, ar deireadh sheirbheáil air; ní raibh muinín aige riamh ach go raibh m'oidhreacht sábháilte go leor, le cúnamh an Uasail Jaggers.

Tar éis moill trí lá, nuair a sheas ionchúiseamh na corónach anonn chun an finné a thabhairt ar aird ón long phríosúin, tháinig an finné, agus chríochnaigh sé an cás éasca. Gealladh dó a thriail a thógáil ag an gcéad Seisiún eile, a thiocfadh ar aghaidh i gceann míosa.

Is ag an am dorcha seo de mo shaol a d'fhill Herbert abhaile tráthnóna amháin, cuid mhaith caite síos, agus dúirt,—

"Mo Handel daor, tá eagla orm go mbeidh orm tú a fhágáil go luath."

His partner having prepared me for that, ba lú an t-iontas a bhí orm ná mar a cheap sé.

"Caillfimid deis bhreá má chuirim as dul go Cairo, agus tá faitíos an domhain orm go gcaithfidh mé dul, Handel, nuair is mó a theastaíonn sé uaim."

"Herbert, beidh mé ag teastáil uait i gcónaí, mar beidh grá agam duit i gcónaí; ach níl mo riachtanas níos mó anois ná ag am eile."

"Beidh tú chomh uaigneach."

"Níl mé fóillíochta chun smaoineamh ar sin," a dúirt mé. "Tá a fhios agat go bhfuil mé i gcónaí leis an méid iomlán den am a cheadaítear, agus gur chóir dom a bheith leis an lá ar fad, más féidir liom. Agus nuair a thiocfaidh mé uaidh, tá a fhios agat go bhfuil mo chuid smaointe leis.

The dreadful condition to which he was brought, bhí sé chomh huafásach sin don bheirt againn, nach bhféadfaimis tagairt a dhéanamh dó i bhfocail níos soiléire.

"Mo chomrádaí daor," arsa Herbert, "lig an t-ionchas gar dár scaradh-do, tá sé an-aice-a bheith ar mo údar le troubling tú faoi féin. Ar smaoinigh tú ar do thodhchaí?"

"Níl, mar bhí eagla orm smaoineamh ar aon todhchaí."

"Ach ní féidir mise a bhriseadh as a phost; go deimhin, mo chara Handel, ní mór é a dhíbhe. Ba mhaith liom go rachfá isteach air anois, chomh fada agus a théann cúpla focal cairdiúil, liom.

"Déanfaidh mé," arsa mise.

"Sa teach craoibhe seo againne, Handel, ní mór dúinn a bheith—"

Chonaic mé go raibh a delicacy ag seachaint an focal ceart, mar sin dúirt mé, "Cléireach."

"Cléireach. Agus tá súil agam nach dócha ar chor ar bith go bhféadfadh sé leathnú (mar a leathnaigh cléireach do lucht aitheantais) isteach i gcomhpháirtí. Anois, a Handel,-i mbeagán focal, mo bhuachaill daor, an dtiocfaidh tú chugam?

Bhí rud éigin a fheictear cordial agus ag gabháil leis an mbealach ina tar éis a rá "Anois, Handel," amhail is dá mba é an tús uaigh de exordium gnó portentous, thug sé suas go tobann go ton, shín amach a lámh macánta, agus labhair cosúil le buachaill scoile.

"Clara agus labhair mé faoi arís agus arís eile," a dúirt Herbert, "agus an rud beag daor begged dom ach tráthnóna, le deora ina súile, a rá leat go, más rud é go mbeidh tú i do chónaí le linn nuair a thagann muid le chéile, beidh sí a dhéanamh di is fearr a dhéanamh sásta tú, agus a chur ina luí cara a fear céile go bhfuil sé a cara freisin. Ba chóir dúinn dul ar aghaidh chomh maith sin, Handel!

Ghabh mé buíochas ó chroí léi, agus ghabh mé buíochas ó chroí leis, ach dúirt mé nach raibh mé in ann a chinntiú go fóill go ndeachaigh sé isteach ann mar a thairg sé chomh cineálta sin. Ar an gcéad dul síos, bhí m'intinn róthógtha le bheith in ann an t-ábhar a ghlacadh go soiléir. Ar an dara dul síos,—Tá! Ar an dara dul síos, bhí rud éigin doiléir i mo chuid smaointe a thiocfaidh amach gar do dheireadh an scéil bhig seo.

"Ach má cheap tú, Herbert, go bhféadfá, gan aon ghortú a dhéanamh do do ghnó, an cheist a fhágáil ar oscailt ar feadh tamaill bhig—"

"Ar feadh tamaill ar bith," adeir Herbert. "Sé mhí, bliain!"

"Ní fada sin," arsa mise. "Dhá mhí nó trí mhí ar a mhéad."

Bhí Herbert thar a bheith sásta nuair a chroith muid lámh ar an socrú seo, agus dúirt sé go bhféadfadh sé misneach a ghlacadh anois a rá liom gur chreid sé go gcaithfeadh sé imeacht ag deireadh na seachtaine.

"Agus Clara?" arsa mise.

"An rud beag daor," ar ais Herbert, "tá dutifully a hathair chomh fada agus a mhaireann sé; ach ní mhairfidh sé i bhfad. Mrs Whimple confides dom go bhfuil sé ag dul cinnte. "

"Gan a rá rud unfeeling," a dúirt mé, "ní féidir leis a dhéanamh níos fearr ná dul."

"Tá eagla orm go gcaithfear glacadh leis," arsa Herbert; "agus ansin beidh mé ag teacht ar ais le haghaidh an rud beag daor, agus an rud beag daor agus beidh mé ag siúl go ciúin isteach sa séipéal is gaire. Cuimhnigh! Tagann an darling beannaithe de aon teaghlach, mo Handel daor, agus níor fhéach sé isteach sa leabhar dearg, agus nach bhfuil nóisean mar gheall ar a grandpapa. Cén t-ádh atá ar mhac mo mháthar!

Ar an Satharn sa tseachtain chéanna, thóg mé mo shaoire de Herbert,-lán de dóchas geal, ach brónach agus brón orm a fhágáil dom,-mar a shuigh sé ar cheann de na cóistí poist seaport. Chuaigh mé isteach i dteach caife chun nóta beag a scríobh chuig Clara, ag rá léi go raibh sé imithe as, ag seoladh a ghrá di arís agus arís eile, agus ansin chuaigh mé go dtí mo theach uaigneach,—má bhí an t-ainm tuillte aige; óir ní raibh aon bhaile agam anois, agus ní raibh aon bhaile agam in áit ar bith.

Ar an staighre bhuail mé Wemmick, a bhí ag teacht anuas, tar éis cur i bhfeidhm nár éirigh lena chuid knuckles le mo dhoras. Ní fhaca mé féin é ó cheist thubaisteach na heitilte; agus tháinig sé, ina cháil phríobháideach agus phearsanta, chun cúpla focal mínithe a rá ag tagairt don teip sin.

"An Compeyson déanach," a dúirt Wemmick, "bhí ag beagán agus beag fuair ag bun leath an ghnó rialta a rinneadh anois; agus ba as caint chuid dá mhuintir a bhí i dtrioblóid (cuid dá mhuintir a bheith i dtrioblóid i gcónaí) a chuala mé an rud a rinne mé. Choinnigh mé mo chluasa ar oscailt, is cosúil go raibh siad dúnta, go dtí gur chuala mé go raibh sé as láthair, agus shíl mé gurb é sin an t-am is fearr chun an iarracht a dhéanamh. Ní féidir liom a cheapadh anois, go raibh sé mar chuid dá pholasaí, mar fhear an-chliste, de ghnáth a chuid uirlisí féin a mheabhlú. Ní chuireann tú an milleán orm, tá súil agam, an tUasal Pip? Tá mé cinnte go ndearna mé iarracht freastal ort, le mo chroí go léir.

"Tá mé chomh cinnte de sin, Wemmick, mar is féidir leat a bheith, agus gabhaim buíochas leat go dícheallach as do spéis agus do chairdeas go léir."

"Go raibh maith agat, go raibh míle maith agat. Is drochphost é," a dúirt Wemmick, ag scríobadh a chinn, "agus geallaim duit nach bhfuil mé chomh gearrtha suas le fada an lá. Is é an rud a fhéachaim air ná íobairt an oiread sin maoine iniompartha. A chara liom!

"Is é an rud a smaoiním air, Wemmick, úinéir bocht na maoine."

"Sea, a bheith cinnte," arsa Wemmick. "Ar ndóigh, ní féidir aon agóid a dhéanamh i gcoinne do leithscéal a bheith agat dó, agus chuirfinn nóta cúig phunt síos mé féin chun é a fháil amach as. Ach is é an rud a fhéachaim air seo. An Compeyson déanach a bheith roimh ré leis i faisnéis a thabhairt ar ais, agus a bheith chomh meáite a thabhairt dó a chur in áirithe, ní dóigh liom go bhféadfadh sé a bheith shábháil. Cé gur cinnte go bhféadfaí an mhaoin iniompartha a shábháil. Sin an difríocht idir an mhaoin agus an t-úinéir, nach bhfeiceann tú?

Thug mé cuireadh do Wemmick teacht thuas staighre, agus é féin a athnuachan le gloine grog roimh siúl go Walworth. Ghlac sé leis an gcuireadh. Nuair a bhí sé ag ól a liúntais mheasartha, a dúirt sé, gan aon rud a bheith mar thoradh air, agus tar éis dó a bheith sách fíochmhar,—

"Cad a cheapann tú de mo bhrí a ghlacadh saoire ar an Luan, an tUasal Pip?"

"Cén fáth, is dócha nach ndearna tú a leithéid de rud an dá mhí dhéag seo."

"An dá bhliain déag seo, is dóichí," arsa Wemmick. "Tá. Táim chun saoire a ghlacadh. Níos mó ná sin; Táim chun siúlóid a dhéanamh. Níos mó ná sin; Táim chun iarraidh ort siúl liom.

Bhí mé ar tí leithscéal a ghabháil liom féin, mar a bheith ach droch-chompánach díreach ansin, nuair a bhí Wemmick ag súil liom.

"Tá a fhios agam do rannpháirtíochtaí," a dúirt sé, "agus tá a fhios agam go bhfuil tú as cineálacha, an tUasal Pip. Ach dá bhféadfá iallach a chur orm, ba cheart dom é a ghlacadh mar chineáltas. Ní siúlóid fhada é, agus is ceann luath é. Abair go mb'fhéidir go n-áiteodh sé thú (bricfeasta ar an tsiúlóid san áireamh) óna hocht go dtí a dó dhéag. Nach bhféadfá pointe a shíneadh agus é a bhainistiú?

Bhí an méid sin déanta aige dom ag amanna éagsúla, that this was very little to do for him. Dúirt mé go bhféadfainn é a bhainistiú,—go n-éireodh liom é a bhainistiú,—agus bhí sé an-sásta le m'éigiontú, go raibh áthas orm freisin. Ar iarratas ar leith uaidh, cheap mé glaoch air ag an gCaisleán ag leathuair tar éis a hocht maidin Dé Luain, agus mar sin scaramar ar feadh an ama.

Poncúil le mo choinne, ghlaoigh mé ag geata an Chaisleáin maidin Dé Luain, agus fuair Wemmick féin é, a bhuail mé ag breathnú níos déine ná mar is gnách, agus hata sleeker air. Laistigh de, bhí dhá ghloine rum agus bainne ullmhaithe, agus dhá brioscaí. Caithfidh go raibh an Aois ag corraí leis an lark, mar, ag glancing isteach i bpeirspictíocht a sheomra leapa, thug mé faoi deara go raibh a leaba folamh.

Nuair a bhí muid daingnithe féin leis an rum agus bainne agus brioscaí, agus bhí ag dul amach le haghaidh an siúlóid leis an ullmhúchán oiliúna ar orainn, bhí ionadh mór orm a fheiceáil Wemmick ghlacadh suas iascaigh-slat, agus é a chur thar a ghualainn. "Cén fáth, nach bhfuil muid ag dul ag iascaireacht!" A dúirt mé. "Níl," ar ais Wemmick, "ach is maith liom chun siúl le ceann amháin."

446

Shíl mé an corr seo; mar sin féin, dúirt mé rud ar bith, agus leag muid amach. Chuamar i dtreo Camberwell Green, agus nuair a bhí muid ann, dúirt Wemmick go tobann,—

"Halloa! Seo séipéal!"

Ní raibh aon rud an-iontas sa mhéid sin; ach arís, bhí ionadh orm, nuair a dúirt sé, amhail is dá mba smaoineamh iontach é,—

"Téimis isteach!"

Chuamar isteach, Wemmick ag fágáil a shlat iascaireachta sa phóirse, agus d'fhéach sé ar fud an domhain. Idir an dá linn, bhí Wemmick ag tumadh isteach ina phócaí cóta, agus ag fáil rud éigin as páipéar ansin.

"Halloa!" A dúirt sé. "Seo cúpla péire lámhainní! Cuirimis 'em ar!"

De réir mar a bhí na lámhainní lámhainní kid bán, agus de réir mar a leathnaíodh an oifig phoist a mhéid is mó, thosaigh mé anois go bhfuil mo amhras láidir. Neartaíodh iad go cinnte nuair a d'impigh mé ar an Aois dul isteach ag doras taobh, ag tionlacan mná.

"Halloa!" A dúirt Wemmick. "Seo Miss Skiffins! Bíodh bainis againn."

Bhí an damsel discréideach sin attired mar is gnách, ach amháin go raibh sí ag gabháil anois a chur in ionad a lámhainní kid glas péire bán. Mar an gcéanna, bhí an Aois áitithe ag ullmhú íobairt den chineál céanna d'altóir Hymen. Bhí an oiread sin deacrachta ag an sean-fhear uasal, áfach, a lámhainní a fháil air, go bhfuair Wemmick go raibh sé riachtanach é a chur lena chúl i gcoinne piléir, agus ansin dul taobh thiar den cholún é féin agus tarraingt amach orthu, agus mé do mo chuid bhí an sean-uasal thart ar an choim, go bhféadfadh sé friotaíocht comhionann agus sábháilte a chur i láthair. De réir leid na scéime ingenious, bhí a lámhainní fuair ar aghaidh chun foirfeachta.

An cléireach agus an chléir a bhí le feiceáil ansin, bhíomar in ord ag na ráillí marfacha sin. Fíor dá nóisean is cosúil é a dhéanamh go léir gan ullmhú, chuala mé Wemmick rá leis féin, mar a thóg sé rud éigin as a waistcoat-póca sular thosaigh an tseirbhís, "Halloa! Seo fáinne!

Ghníomhaigh mé i gcáil backer, nó is fearr-fear, leis an bridegroom; cé go bhfuil beagán limp pew-opener i bhoinéad bog cosúil le leanbh, rinne feint de bheith ar an cara bosom miss Skiffins. An fhreagracht a thabhairt ar an bhean ar shiúl cineachta ar an Aois, rud a d'fhág go raibh an chléir scannal unintentionally, agus tharla sé dá bhrí sin. Nuair a dúirt sé, "Cé a thabhairt ar an bhean seo a bheith pósta leis an fear seo?" an fear d'aois, ní ar a laghad a fhios agam cén pointe an searmanas a tháinig muid ar, sheas an chuid is mó amiably beaming ag na deich commandments. Ar a bhfuil, dúirt an chléir arís, "CÉ a thugann an bhean seo a bheith pósta leis an bhfear seo?" An sean-uasal a bheith fós i stát de unconsciousness is estimable, adeir an bridegroom amach ina guth accustomed, "Anois Aois P. tá a fhios agat; cé a thugann?" A d'fhreagair an Aois le briskness mór, roimh rá gur *thug sé*, "Ceart go leor, John, ceart go léir, mo bhuachaill!" Agus tháinig an chléir chomh gruama sin sos air, go raibh amhras orm faoi láthair ar cheart dúinn pósadh go hiomlán an lá sin.

Bhí sé déanta go hiomlán, áfach, agus nuair a bhí muid ag dul amach as an séipéal thóg Wemmick an clúdach as an gcló, agus chuir sé a lámhainní bána ann, agus chuir sé an clúdach air arís. Mrs Wemmick, níos heedful an todhchaí, a chur ar a lámhainní bán ina póca agus ghlac sí glas. "*Anois*, an tUasal Pip," a dúirt Wemmick, triumphantly shouldering an iascaireacht-slat mar a tháinig muid amach, "lig dom a iarraidh ort an mbeadh aon duine dócha seo a bheith ina bainise-páirtí!"

Ordaíodh bricfeasta ag tábhairne beag taitneamhach, míle nó mar sin ar shiúl ar an talamh ag ardú thar an glas; agus bhí bord bagatelle sa seomra, ar eagla go mbeadh fonn orainn ár n-intinn a nochtadh tar éis na sollúntachta. Bhí sé taitneamhach a thabhairt faoi deara go mrs Wemmick a thuilleadh unwound lámh Wemmick nuair a oiriúnú sé féin chun a figiúr, ach shuigh i gcathaoir ard-tacaíocht i gcoinne an bhalla, cosúil le violoncello ina chás, agus faoi bhráid a glacadh mar a d'fhéadfadh an ionstraim melodious a bheith déanta.

Bhí bricfeasta den scoth againn, agus nuair a dhiúltaigh aon duine rud ar bith ar bord, dúirt Wemmick, "Ar choinníoll trí chonradh, tá a fhios agat; ná bíodh eagla ort faoi! D'ól mé go dtí an lánúin nua, d'ól mé go dtí an Aois, d'ól mé go dtí an Caisleán, shantaigh mé an bhrídeog ag scaradh, agus rinne mé mé féin chomh sásta agus a d'fhéadfainn.

Tháinig Wemmick síos go dtí an doras liom, agus chroith mé lámha leis arís, agus ghuigh áthas air.

"Thankee!" A dúirt Wemmick, chuimil a lámha. "Tá sí den sórt sin ina bainisteoir éanlaithe, níl aon smaoineamh agat. Beidh roinnt uibheacha agat, agus breitheamh duit féin. Deirim, an tUasal Pip!" ag glaoch ar ais orm, agus ag labhairt íseal. "Is meon Walworth é seo ar fad, le do thoil."

"Tuigim. Gan a bheith luaite sa Bhreatain Bheag," arsa mise.

Chlaon Wemmick. "Tar éis an méid a lig tú amach an lá eile, féadfaidh an tUasal Jaggers chomh maith nach bhfuil a fhios aige. B'fhéidir go gceapfadh sé go raibh m'inchinn ag maolú, nó rud éigin den chineál."

Caibidil LVI.

Luigh sé i bpríosún an-tinn, le linn an eatraimh ar fad idir a chimiú chun trialach agus an babhta atá le teacht de na Seisiúin. Bhí dhá easnacha briste aige, bhí ceann dá scamhóga gortaithe acu, agus d'anáil sé le pian agus deacracht mhór, a mhéadaigh go laethúil. Ba de bharr a ghortaithe a labhair sé chomh híseal is go raibh sé gann inchloiste; dá bhrí sin is beag a labhair sé. Ach bhí sé riamh réidh chun éisteacht liom; agus ba é an chéad dualgas de mo shaol a rá leis, agus a léamh dó, cad a fhios agam ba chóir dó a chloisteáil.

Agus é i bhfad ró-bhreoite le fanacht sa phríosún coiteann, aistríodh é, tar éis an chéad lá nó mar sin, isteach san otharlann. Thug sé seo deiseanna dom a bheith leis nach raibh mé in ann a mhalairt a dhéanamh. Agus murach a thinneas bheadh sé curtha in iarnóin, óir measadh gur briseadh príosúin diongbháilte a bhí ann, agus níl a fhios agam cad eile.

Cé go bhfaca mé é gach lá, ní raibh ann ach tamall gearr; Dá réir sin, bhí na spásanna athfhillteacha rialta dár scaradh fada go leor chun aon athruithe beaga a tharla ina staid fhisiciúil a thaifeadadh ar a aghaidh. Ní cuimhin liom go bhfaca mé aon athrú air uair amháin chun feabhais; Chuaigh sé amú, agus d'éirigh sé níos laige agus níos measa, lá i ndiaidh lae, ón lá ar dhún doras an phríosúin air.

Ba é an cineál aighneachta nó éirí as a léirigh sé ná fear a bhí tuirseach. Fuair mé tuiscint uaireanta, óna bhealach nó ó fhocal nó dhó cogarach a d'éalaigh uaidh, gur smaoinigh sé ar an gceist an bhféadfadh sé a bheith ina fhear níos fearr faoi chúinsí níos fearr. Ach ní raibh údar aige leis féin le leid a bhí ag claonadh ar an mbealach sin, nó rinne sé iarracht an t-am atá caite a lúbadh as a chruth síoraí.

Tharla sé ar dhá nó trí huaire i mo láthair, go raibh a cháil éadóchasach alluded ag duine amháin nó eile de na daoine a bhí i láthair air. Thrasnaigh aoibh gháire a aghaidh ansin, agus chas sé a shúile orm le cuma mhuiníneach, amhail is dá mbeadh sé muiníneach go bhfaca mé teagmháil bheag fhuascailte ann, fiú chomh fada ó shin agus a bhí mé i mo leanbh beag. Maidir leis an gcuid eile go léir, bhí sé humble agus contrite, agus ní raibh a fhios agam riamh air gearán a dhéanamh.

Nuair a tháinig na Seisiúin thart, chuir an tUasal Jaggers faoi deara iarratas a dhéanamh chun a thriail a chur siar go dtí na Seisiúin seo a leanas. Is léir go ndearnadh é leis an dearbhú nach bhféadfadh sé maireachtáil chomh fada sin, agus diúltaíodh dó. Tháinig an triail ar aghaidh ag an am céanna, agus, nuair a cuireadh chun an bharra é, bhí sé ina shuí i gcathaoir. Ní dhearnadh aon agóid i gcoinne mo dhul in aice leis an duga, ar an taobh amuigh de, agus an lámh a shín sé amach chugam a choinneáil.

Bhí an triail an-ghearr agus an-soiléir. Dúradh cibé rudaí a d'fhéadfaí a rá ar a shon,—an chaoi ar ghlac sé le nósanna industrious, agus bhí rath air go dleathach agus go creidiúnach. Ach ní fhéadfadh aon rud a rá gur fhill sé, agus go raibh sé ann i láthair an Bhreithimh agus an Ghiúiré. Bhí sé dodhéanta triail a bhaint as sin, agus a dhéanamh ar shlí eile seachas é a fháil ciontach.

Ag an am sin, ba é an nós (mar a d'fhoghlaim mé ó mo thaithí uafásach ar na Seisiúin sin) lá deiridh a chaitheamh le pianbhreith a rith, agus éifeacht chríochnúil a dhéanamh le Pianbhreith an Bháis. Ach maidir leis an bpictiúr doscriosta atá i mo chuimhne anois romham, d'fhéadfainn a chreidiúint ar éigean, fiú agus na focail seo á scríobh agam, go bhfaca mé beirt agus tríocha fear agus bean curtha os comhair an Bhreithimh chun an phianbhreith sin a fháil le chéile. Ba é ba mhó a bhí i measc an dá-agus-tríocha é; He is seated his seated, d'fhéadfadh sé anáil a fháil go leor chun an saol a choinneáil ann.

Tosaíonn an radharc ar fad amach arís i ndathanna beoga na huaire, síos go dtí braonta báistí Aibreáin ar fhuinneoga na cúirte, ag glittering i nghathanna ghrian Aibreáin. Penned sa duga, mar a sheas mé arís taobh amuigh é ag an choirnéal lena lámh i mianach, bhí an dá-agus-tríocha fir agus mná; roinnt defiant, roinnt stricken le terror, roinnt sobbing agus gol, roinnt a chlúdaíonn a n-aghaidh, roinnt stánadh gloomily faoi. Bhí cúthail as measc na mban a ciontaíodh; ach bhí siad fós, agus d'éirigh le hush. Na sirriamaí lena slabhraí móra agus nosegays, gewgaws cathartha eile agus arrachtaigh, criers, ushers, gailearaí mór lán de dhaoine,-lucht féachana mór amharclainne,-d'fhéach sé ar, mar a bhí an dá-agus-tríocha agus an Breitheamh aghaidh sollúnta. Ansin labhair an Breitheamh leo. I measc na créatúir wretched os a chomhair a chaithfidh sé singil amach le haghaidh seoladh speisialta a bhí ar cheann a bhí beagnach as a naíonacht ciontóir i gcoinne na dlíthe; a bhí, tar éis príosúnachta agus pionóis arís agus arís eile, pianbhreith ar deoraíocht ar feadh téarma blianta; agus, faoi chúinsí an fhoréigin mhóir agus an dána, a d'éalaigh agus a daoradh ar deoraíocht ar feadh a shaoil arís é. Is cosúil go raibh an fear truamhéalach sin ar feadh tamaill cinnte de na botúin a rinne sé, nuair a baineadh i bhfad é as radharcanna a sheanchionta, agus go raibh saol síochánta ionraic caite aige. Ach i nóiméad marfach, toradh ar na propensities agus paisin, a raibh an indulgence a bhí chomh fada sin a rinneadh dó sciúirse don tsochaí, bhí scor sé a haven de chuid eile agus aithrí, agus bhí teacht ar ais go dtí an tír ina raibh sé proscribed. Agus é á shéanadh anseo faoi láthair, d'éirigh leis ar feadh tamaill oifigigh an Cheartais a sheachaint, ach nuair a bhí sé ar fad gafa agus é i mbun eitilte, chuir sé ina gcoinne, agus bhí—b'fhearr a fhios aige cé acu trí dhearadh sainráite, nó i ndall a chruais—ba chúis le bás a shéanadh, a raibh aithne aige ar a ghairm bheatha ar fad. An pionós ceaptha as é a thabhairt ar ais go dtí an talamh a chaith amach é, is é sin Bás, agus is é a chás an cás tromaithe seo, caithfidh sé é féin a ullmhú do Die.

Bhí an ghrian buailte isteach ag fuinneoga móra na cúirte, trí na braonta báistí ar an ngloine, agus rinne sé seafta leathan solais idir an dá agus tríocha agus an Breitheamh, ag nascadh le chéile, agus b'fhéidir ag meabhrú do roinnt i measc an lucht féachana conas a bhí an bheirt ag dul ar aghaidh, le comhionannas iomlán, leis an mBreithiúnas níos mó a bhfuil a fhios acu gach rud, agus ní féidir err. Ag éirí amach ar feadh nóiméad, speck ar leith de aghaidh ar an mbealach seo an tsolais, dúirt an príosúnach, "Mo Thiarna, fuair mé mo phianbhreith an Bháis ón Almighty, ach Bow mé chun mise," agus shuigh síos arís. Bhí roinnt hushing ann, agus chuaigh an Breitheamh ar aghaidh leis an méid a bhí le rá aige leis an gcuid eile. Ansin bhí siad go léir doomed foirmiúil, agus bhí tacaíocht cuid acu amach, agus cuid acu sauntered amach le cuma haggard crógachta, agus cúpla Chlaon go dtí an gailearaí, agus dhá nó trí lámha chroitheadh, agus chuaigh daoine eile amach coganta na blúirí luibh a bhí tógtha acu as na luibheanna milis atá suite faoi. Chuaigh sé deireanach ar fad, mar gheall ar a bheith ag cabhrú as a chathaoir, agus chun dul go han-mhall; agus choinnigh sé mo lámh agus baineadh na daoine eile go léir, agus cé gur éirigh an lucht féachana (ag cur a gcuid gúnaí i gceart, mar a d'fhéadfaidís san eaglais nó in áit eile), agus dhírigh sé síos ar an gcoirpeach seo nó air sin, agus an chuid is mó ar fad air agus ormsa.

Bhí súil agam agus ghuigh mé go bhfaigheadh sé bás sula ndéanfaí Tuarascáil an Taifeadáin; ach, nuair a d'éirigh sé as, thosaigh mé an oíche sin ag scríobh amach achainí chuig an Státrúnaí Baile, ag leagan amach m'eolas air, agus conas a bhí sé gur tháinig sé ar ais ar mo shon. Scríobh mé é chomh fíochmhar agus chomh pathetically agus a d'fhéadfainn; agus nuair a bhí sé críochnaithe agam agus é a sheoladh isteach, scríobh mé amach achainíocha eile chuig na fir sin a bhí i mbun údaráis agus mé ag súil go raibh siad ar an gceann ba thrócaire, agus tharraing mé ceann chuig an gCoróin féin. Ar feadh roinnt laethanta agus oíche tar éis pianbhreith a ghearradh air níor ghlac mé aon chuid eile ach amháin nuair a thit mé i mo chodladh i mo chathaoir, ach bhí sé súite go hiomlán sna hachomhairc seo. Agus tar éis dom iad a sheoladh isteach, ní raibh mé in ann

452

coinneáil amach ó na háiteanna ina raibh siad, ach bhraith mé amhail is dá mbeadh siad níos dóchasaí agus níos lú éadóchasach nuair a bhí mé in aice leo. Sa míshuaimhneas míréasúnta seo agus pian intinne bheinn ag fánaíocht ar shráideanna tráthnóna, ag fánaíocht ag na hoifigí agus na tithe sin inar fhág mé na hachainíocha. Go dtí an uair an chloig atá ann faoi láthair, tá sráideanna thiar traochta Londain ar oíche fhuar, dusty earraigh, lena raonta de Stern, Ard-Mhéara dúnta, agus a sraitheanna fada lampaí, líonn dubh dom ón gcumann seo.

Giorraíodh na cuairteanna laethúla a d'fhéadfainn a dhéanamh air anois, agus coinníodh níos déine é. Nuair a chonaic mé, nó mhaisiúil, go raibh amhras orm go raibh sé ar intinn agam nimh a iompar chuige, d'iarr mé go ndéanfaí cuardach air sular shuigh mé síos cois a leapa, agus dúirt mé leis an oifigeach a bhí ann i gcónaí, go raibh mé sásta aon rud a dhéanamh a chinnteodh dó singilt mo dhearaí. Ní raibh aon duine crua leis ná liomsa. Bhí dualgas le déanamh, agus rinneadh é, ach ní go géar. Thug an t-oifigeach dom i gcónaí an dearbhú go raibh sé níos measa, agus roinnt príosúnaigh tinn eile sa seomra, agus roinnt príosúnaigh eile a d'fhreastail orthu mar altraí breoite, (malefactors, ach ní éagumasach cineáltas, Dia a ghabháil!) chuaigh i gcónaí sa tuarascáil chéanna.

De réir mar a chuaigh na laethanta ar aghaidh, thug mé faoi deara níos mó agus níos mó go luífeadh sé go placidly ag féachaint ar an tsíleáil bhán, le heaspa solais ina aghaidh go dtí gur gheal focal éigin de mo chuid é ar an toirt, agus ansin rachadh sé i bhfóirdheontas arís. Uaireanta bhí sé beagnach nó go leor in ann labhairt, ansin bheadh sé freagra dom le brú beag ar mo lámh, agus d'fhás mé a thuiscint a bhrí go han-mhaith.

Bhí líon na laethanta ardaithe go dtí deich, nuair a chonaic mé athrú níos mó air ná mar a bhí feicthe agam go fóill. Bhí a shúile iompaithe i dtreo an dorais, agus lasadh suas mar a tháinig mé.

"Buachaill a chara," a dúirt sé, agus mé i mo shuí síos ag a leaba: "Shíl mé go raibh tú déanach. Ach bhí a fhios agam nach bhféadfá a bheith mar sin."

"Níl ann ach an t-am," arsa mise. "D'fhan mé leis ag an ngeata."

"Fanann tú i gcónaí ag an ngeata; nach tú, a bhuachaill dhil?"

"Tá. Gan nóiméad den am a chailleadh."

"Go raibh maith agat buachaill daor, go raibh maith agat'ee. Dia leat! Níor thréig tú riamh mé, a bhuachaill dhil.

Bhrúigh mé a lámh ina thost, mar ní fhéadfainn dearmad a dhéanamh go raibh sé i gceist agam uair amháin é a thréigean.

"Agus cad é an rud is fearr ar fad," a dúirt sé, "tá tú níos compordaí dom, ós rud é go raibh mé faoi scamall dorcha, ná nuair a scairt an ghrian. Is fearr ar fad é sin."

Luigh sé ar a dhroim, breathing with great difficulty. Déan an rud a dhéanfadh sé, agus is breá liom cé go ndearna sé, d'fhág an solas a aghaidh riamh agus arís, agus tháinig scannán thar an amharc placid ar an tsíleáil bhán.

"An bhfuil tú i bpian i bhfad go lá?"

"Ní dhéanaim gearán faoi aon duine, a bhuachaill dhil."

"Ní dhéanann tú gearán riamh."

Bhí a chuid focal deireanach ráite aige. Aoibh sé, agus thuig mé a dteagmháil a chiallaíonn gur mhian leis a ardú mo lámh, agus é a leagan ar a chíche. Leag mé ansin é, agus aoibh sé arís, agus chuir sé a lámha air.

Rith an t-am leithroinnte amach, fad is a bhí muid dá bhrí sin; ach, ag féachaint thart, fuair mé gobharnóir an phríosúin ina sheasamh in aice liom, agus dúirt sé, "Ní gá duit dul go fóill." Ghabh mé buíochas leis go buíoch, agus d'fhiafraigh mé, "An bhféadfainn labhairt leis, más féidir leis mé a chloisteáil?"

Sheas an gobharnóir i leataobh, agus chrom sé ar an oifigeach ar shiúl. Tharraing an t-athrú, cé go ndearnadh é gan torann, an scannán ar ais ón amharc placid ar an tsíleáil bhán, agus d'fhéach sé go geanúil orm.

"A Chara Magwitch, caithfidh mé a rá leat anois, ar deireadh. Tuigeann tú cad a deirim?

Brú séimh ar mo lámh.

"Bhí leanbh agat uair amháin, a raibh grá agat dó agus a chaill tú."

Brú níos láidre ar mo lámh.

"Mhair sí, agus fuair sí cairde cumhachtacha. Tá sí ina cónaí anois. Is bean í agus tá sí an-álainn. Agus is breá liom í!

Le hiarracht dheireanach faint, a bheadh gan chumhacht murach mo ghéilleadh dó agus cabhrú leis, d'ardaigh sé mo lámh ar a liopaí. Ansin, lig sé go réidh é doirteal ar a chíche arís, agus a lámha féin ina luí air. Tháinig an cuma placid ar an tsíleáil bhán ar ais, agus d'éag sé, agus thit a cheann go ciúin ar a bhrollach.

Ag cuimhneamh, ansin, ar an méid a bhí léite againn le chéile, smaoinigh mé ar an mbeirt fhear a chuaigh suas sa Teampall chun guí, agus bhí a fhios agam nach raibh focail níos fearr ann a d'fhéadfainn a rá in aice lena leaba, ná "A Thiarna, bí trócaireach dó peacach!"

Caibidil LVII.

Anois agus mé fágtha go hiomlán liom féin, thug mé fógra go raibh sé ar intinn agam na seomraí sa Teampall a scor chomh luath agus a d'fhéadfadh mo thionóntacht a chinneadh go dlíthiúil, agus idir an dá linn iad a chur faoi smacht. Ag an am céanna chuir mé billí suas sna fuinneoga; óir, bhí mé i bhfiacha, agus bhí airgead ar bith gann agam, agus thosaigh mé ag cur imní mhór orm faoi staid mo ghnóthaí. Ba chóir dom a scríobh in áit gur chóir dom a bheith alarmed má bhí mé fuinneamh agus tiúchan go leor chun cabhrú liom leis an dearcadh soiléir ar aon fhírinne thar an bhfíric go raibh mé ag titim an-tinn. Chuir an strus déanach orm ar mo chumas tinneas a chur as, ach gan é a chur ar shiúl; Bhí a fhios agam go raibh sé ag teacht orm anois, agus is beag eile a bhí ar eolas agam, agus bhí sé míchúramach fiú faoi sin.

Ar feadh lae nó dhó, luigh mé ar an tolg, nó ar an urlár,-áit ar bith, de réir mar a tharla dom dul go tóin poill,-le ceann trom agus géaga aching, agus gan aon chuspóir, agus gan aon chumhacht. Ansin tháinig, oíche amháin a bhí le feiceáil ar feadh tréimhse mór, agus a teemed le imní agus uafás; agus nuair a rinne mé iarracht ar maidin suí suas i mo leaba agus smaoineamh air, fuair mé nach raibh mé in ann é sin a dhéanamh.

Cibé an raibh mé i ndáiríre síos i gCúirt Ghairdín i marbh na hoíche, groping faoi le haghaidh an bád a cheap mé a bheith ann; cibé acu a tháinig mé dhá nó trí huaire chugam féin ar an staighre le sceimhle mór, gan a fhios agam conas a d'éirigh mé as an leaba; cibé acu a fuair mé mé féin ag soilsiú an lampa, possessed ag an smaoineamh go raibh sé ag teacht suas an staighre, agus go raibh na soilse blown amach; cibé an raibh mé ciaptha inexpressibly ag an caint distracted, gáire, agus groaning de roinnt amháin, agus bhí leath amhras na fuaimeanna a bheith de mo dhéanamh féin; cibé an raibh foirnéis iarainn dúnta i gcúinne dorcha den seomra, agus bhí guth ar a dtugtar amach, arís agus arís eile, go raibh Miss Havisham ag ithe laistigh de, - ba iad seo na rudaí a rinne mé iarracht a réiteach liom féin agus dul isteach in ord éigin, mar a leag mé an mhaidin sin ar mo leaba. Ach thiocfadh gal aolchloiche idir mé féin agus iad, ag cur mí-ord orthu go léir, agus ba tríd an ghal ar deireadh a chonaic mé beirt fhear ag féachaint orm.

"Cad atá uait?" D'iarr mé, ag tosú; "Níl aithne agam ort."

"Bhuel, a dhuine uasail," ar ais ar cheann acu, lúbthachta síos agus touching dom ar an ghualainn, "is é seo an t-ábhar go mbainfidh tú a shocrú go luath, leomh mé a rá, ach tá tú gabhadh."

"Cad é an fiach?"

"Hundred and twenty-three pound, cúig déag, a sé. Cuntas seodóra, sílim.

"Cad atá le déanamh?"

"Bhí tú níos fearr teacht ar mo theach," arsa an fear. "Coinním teach an-deas."

Rinne mé iarracht éirí agus mé féin a ghléasadh. Nuair a d'fhreastail mé orthu ina dhiaidh sin, bhí siad ina seasamh beagáinín as an leaba, ag féachaint orm. Luigh mé ann fós.

"Feiceann tú mo stát," arsa mise. "Thiocfainn leat dá bhféadfainn; ach go deimhin níl mé in ann go leor. Má ghlacann tú liom as seo, sílim go bhfaighidh mé bás dála an scéil.

B'fhéidir gur fhreagair siad, nó gur áitigh siad an pointe, nó go ndearna siad iarracht mé a spreagadh chun a chreidiúint go raibh mé níos fearr ná mar a shíl mé. Agus iad ag crochadh i mo chuimhne gan ach an snáithe caol amháin seo, níl a fhios agam cad a rinne siad, ach amháin go bhfuil siad ag iarraidh mé a bhaint.

Go raibh fiabhras orm agus gur seachnaíodh mé, gur fhulaing mé go mór, gur minic a chaill mé mo chúis, go raibh an chuma ar an am go raibh sé fite fuaite, go raibh mé dodhéanta le m'fhéiniúlacht féin; go raibh mé i mo bhríce i mballa an tí, agus go raibh mé fós le scaoileadh ón áit giddy inar leag na tógálaithe mé; gur bíoma cruach d'inneall mór mé, ag bualadh agus ag guairneáil thar mhurascaill, agus fós gur implored mé i mo dhuine féin go stopfadh an t-inneall, agus mo chuid ann hammered as; go ndeachaigh mé trí na céimeanna seo den ghalar, tá a fhios agam faoi mo chuimhne féin, agus go raibh a fhios agam de chineál éigin ag an am. Go raibh mé ag streachailt uaireanta le daoine fíor, sa chreideamh go raibh siad dúnmharfóirí, agus go mbeadh mé go léir ag an am céanna a thuiscint go raibh i gceist acu a dhéanamh dom go maith, agus go mbeadh doirteal ansin ídithe ina n-arm, agus iad ag fulaingt a leagan síos dom, bhí a fhios agam freisin ag an am. Ach, thar aon rud eile, bhí a fhios agam go raibh claonadh leanúnach sna daoine seo go léir, - a chuirfeadh, nuair a bhí mé an-tinn, gach cineál claochluithe neamhghnácha ar aghaidh an duine i láthair, agus go mbeadh sé i bhfad dilated i méid, - thar aon rud eile, a deirim, bhí a fhios agam go raibh claonadh neamhghnách sna daoine seo go léir, luath nó mall, socrú síos i gcosúlacht Sheosaimh.

Tar éis dom an pointe is measa de mo thinneas a chasadh, thosaigh mé ag tabhairt faoi deara, cé gur athraigh a ghnéithe eile go léir, níor athraigh an ghné chomhsheasmhach amháin seo. An té a tháinig fúm, shocraigh sé síos go fóill i Joe. D'oscail mé mo shúile san oíche, agus chonaic mé, sa chathaoir mhór cois leapa, Joe. D'oscail mé mo shúile sa lá, agus, i mo shuí ar shuíochán na fuinneoige, ag caitheamh a phíopa san fhuinneog oscailte scáthaithe, fós chonaic mé Joe. D'iarr mé deoch fuaraithe, agus an lámh daor a thug dom é ná Joe's. Chuaigh mé ar ais ar mo philiúr tar éis dom a bheith ag ól, agus ba é aghaidh Sheosaimh an aghaidh a d'fhéach chomh dóchasach agus chomh tairisceana orm.

Ar deireadh, lá amháin, ghlac mé misneach, agus dúirt sé, "*An é* Joe é?"

Agus d'fhreagair an daor sean-guth baile, "Cé acu aer sé, chap d'aois."

"A Sheosaimh, briseann tú mo chroí! Féach feargach orm, a Joe. Buail orm, a Sheosaimh. Inis dom faoi mo ghreann. Ná bí chomh maith liom!

Do bhí Joe tar éis a cheann a leagan síos ar an bpiliúr ar mo thaobh, agus chuir sé a lámh thart ar mo mhuineál, ina áthas go raibh aithne agam air.

"Cé acu Pip daor d'aois, chap d'aois," a dúirt Joe, "bhí tú féin agus mise riamh cairde. Agus nuair a bhíonn tú maith go leor chun dul amach le haghaidh turas-cad larks! "

Ina dhiaidh sin, tharraing Seosamh siar go dtí an fhuinneog, agus sheas sé lena chúl i mo threo, ag cuimilt a shúile. Agus de réir mar a chuir mo laige mhór cosc orm dul suas agus dul chuige, luigh mé ann, ag cogarnaíl go penitently, "A Dhia beannaigh é! A Dhia beannaigh an fear milis Críostaí seo!

Bhí súile Joe dearg nuair a fuair mé in aice liom é; ach bhí mé ag coinneáil a láimhe, agus mhothaigh muid beirt sásta.

"Cá fhad, a Sheosaimh?"

"Cé acu a chiallaigh tú, Pip, cá fhad a mhair do thinneas, a chara chap d'aois?"

"Sea, a Sheosaimh."

"Is é deireadh mhí na Bealtaine, Pip. Is é to-morrow an chéad lá de mhí an Mheithimh.

"Agus an raibh tú anseo an t-am sin ar fad, a Sheosaimh?"

"Pretty nigh, sean-CHAP. Óir, mar a deirim le Biddy nuair a tugadh an scéala go raibh tú tinn le litir, rud a thug an post dó, agus a bhí singil roimhe seo tá sé pósta anois cé nach raibh mórán siúil agus leathair bróg air, ach ní raibh saibhreas ina rud ar a thaobh, agus ba é an pósadh mian mór a hart—"

"Is aoibhinn an rud é tú a chloisteáil, a Sheosaimh! Ach cuirim isteach ort sa mhéid a dúirt tú le Biddy.

"Cé acu a bhí sé," a dúirt Joe, "go conas a d'fhéadfá a bheith i measc strainséirí, agus go conas a bhí tú féin agus dom a bheith riamh cairde, ní fhéadfadh wisit ag nóiméad den sórt sin a chruthú unacceptabobble. Agus Biddy, bhí a focal, 'Téigh dó, gan chailliúint ama.' Sin," arsa Joe, agus é ag cur síos ar a aer breithiúnach, "an focal a bhí ag Biddy. 'Téigh chuige,' a deir Biddy, 'gan am a chailleadh.' I mbeagán focal, níor cheart dom dallamullóg mhór a chur ort," a dúirt Joe, tar éis machnamh beag tromchúiseach, "dá ndéarfainn leat go raibh focal na mná óige sin, 'without a minute's loss of time.'"

Ansin ghearr Seosamh é féin gearr, agus chuir sé in iúl dom go raibh mé le labhairt leis i modhnóireacht mhór, agus go raibh mé chun beagán cothaithe a ghlacadh ag amanna ráite go minic, cibé acu a mhothaigh mé claonta dó nó nach raibh, agus go raibh mé chun mé féin a chur faoi bhráid a chuid orduithe go léir. Mar sin, phóg mé a lámh, agus luigh mé ciúin, agus chuaigh sé ar aghaidh le nóta a indite chuig Biddy, le mo ghrá ann.

Ba léir gur mhúin Biddy do Sheosamh scríobh. Agus mé i mo luí sa leaba ag féachaint air, rinne sé mé, i mo stát lag, caoin arís le pléisiúr a fheiceáil ar an bród a leag sé faoina litir. Mo leaba, divested a cuirtíní, bhí bainte, liom ar sé, isteach sa seomra suí-, mar an airiest agus is mó, agus bhí an cairpéad tógtha ar shiúl, agus choinnigh an seomra i gcónaí úr agus folláin oíche agus lá. Ag mo bhord scríbhneoireachta féin, bhrúigh sé isteach i gcúinne agus é cumbered le buidéil bheaga, shuigh Joe anois síos go dtí a chuid oibre mór, ar dtús ag roghnú peann ón tráidire peann amhail is dá mba cófra uirlisí móra é, agus tucking suas a sleeves amhail is dá mbeadh sé ag dul a wield crow-bar nó sledgehammer. B'éigean do Sheosamh greim mór a choinneáil ar an mbord lena uillinn chlé, agus a chos dheas a fháil amach go maith taobh thiar de, sula bhféadfadh sé tosú; agus nuair a thosaigh sé rinne sé gach downstroke chomh mall sin go bhféadfadh sé a bheith sé troigh ar fad, agus ag gach upstroke raibh mé in ann a chloisteáil a peann spluttering go forleathan. Bhí smaoineamh aisteach aige go raibh an dúch ar thaobh dó nuair nach raibh sé, agus i gcónaí tumtha a pheann isteach sa spás, agus an chuma air go raibh sé sásta go leor leis an toradh. Ó am go chéile, bhí sé gafa ag roinnt stumbling-bloc ortagrafaíochta; ach ar an iomlán d'éirigh go han-mhaith leis go deimhin; agus nuair a bhí a ainm sínithe aige, agus gur bhain sé blot críochnaithe as an bpáipéar go coróin a chinn lena dhá forefingers, d'éirigh sé agus hovered mar gheall ar an tábla, ag iarraidh an éifeacht a fheidhmíocht ó phointí éagsúla de, mar a leagan sé ann, le sásamh unbounded.

Gan Joe a dhéanamh míshuaimhneach trí bheith ag caint an iomarca, fiú dá mbeinn in ann mórán cainte a dhéanamh, chuir mé ceist air faoi Miss Havisham go dtí an lá dár gcionn. Chroith sé a cheann nuair a d'fhiafraigh mé de ansin an raibh biseach tagtha uirthi.

"An bhfuil sí marbh, a Joe?"

"Cén fáth a bhfeiceann tú, a shean-CHAP," arsa Joe, i ton na hathbheochana, agus trí dhul ann de réir céimeanna, "ní rachainn chomh fada sin lena rá, óir is margadh é sin le rá; ach níl sí—"

"Beo, a Sheosaimh?"

"Sin nigher san áit a bhfuil sé," arsa Seosamh; "Níl sí ina cónaí."

"An raibh sí linger fada, Joe?"

"Arter bhí tú tinn, go leor faoi na rudaí a d'fhéadfá glaoch (dá gcuirfí ort é) in aghaidh na seachtaine," arsa Joe; Fós meáite, ar mo chuntas, teacht ar gach rud de réir céimeanna.

"A Sheosaimh, a chara, ar chuala tú cad a thiocfaidh chun bheith ina maoin?"

"Bhuel, sean-CHAP," a dúirt Joe, "is cosúil go raibh an chuid is mó de socraithe aici, rud a chiallaigh mé ceangailte suas é, ar Miss Estella. Ach bhí scríofa sí amach coddleshell beag ina lámh féin lá nó dhó roimh an timpiste, ag fágáil fionnuar ceithre mhíle chun an tUasal Matthew Pocket. Agus cén fáth, is dócha, thar aon rud eile, Pip, d'fhág sí an fionnuar ceithre mhíle ris? 'Mar gheall ar chuntas Pip air, an Matha sin.' Deir Biddy liom, an t-aer sin an scríbhneoireacht," arsa Joe, agus é ag athrá an chasadh dlí amhail is go ndearna sé maitheas dó, "'account of him the said Matthew.' Agus ceithre mhíle fionnuar, Pip!

Ní bhfuair mé amach riamh cé uaidh a fuair Seosamh gnáth-theocht na gceithre mhíle punt; ach ba chosúil go ndearna sé an tsuim airgid níos mó dó, agus bhí relish follasach aige ag éileamh go mbeadh sé fionnuar.

Thug an cuntas seo an-áthas dom, mar d'éirigh leis an t-aon rud maith a bhí déanta agam. D'fhiafraigh mé de Sheosamh ar chuala sé an raibh aon leagáidí ag aon cheann de na caidrimh eile?

"Iníon Sarah," a dúirt Joe, "tá fionnadh perannium cúig phunt is fiche aici chun piollaí a cheannach, mar gheall ar a bheith bilious. Iníon Georgiana, tá fiche punt síos aici. Mrs.—cad é an t-ainm atá orthu beithigh allta le humps, sean CHAP?"

"Camels?" A dúirt mé, wondering cén fáth a d'fhéadfadh sé ag iarraidh b'fhéidir a fhios.

Chlaon Seosamh. "Mrs Camels," ag a thuig mé faoi láthair chiallaigh sé Camilla, "tá sí cúig phunt fionnaidh a cheannach rushlights a chur uirthi i biotáillí nuair a dhúisigh sí san oíche."

Bhí cruinneas na n-aithrisí seo sách soiléir dom, le muinín mhór a thabhairt dom as eolas Sheosaimh. "Agus anois," arsa Joe, "níl tú chomh láidir sin fós, sean-CHAP, gur féidir leat níos mó ná sluasaid bhreise amháin a ghlacadh isteach go dtí an lá atá inniu ann. Sean Orlick tá sé ina bustin 'oscailte teaghais-ouse. "

"Cé?" arsa mise.

"Ní hea, géillim duit, ach cad é an béasa a thugtar dó," arsa Seosamh, go leithscéalach; "fós féin, is é ouse Sasanach a Chaisleán, agus níor cheart caisleáin a busted 'cept nuair a dhéantar é in aimsir chogaidh. Agus wotsume'er na teipeanna ar a chuid, bhí sé ina arbhar agus seedsman ina hart. "

"An é teach Pumblechook atá briste isteach, ansin?"

"Sin é, a Phíobaire," arsa Seosamh; "Agus thóg siad a till, agus thóg siad a chuid airgid-bhosca, agus ól siad a fíon, agus partook siad a wittles, agus slapped siad a aghaidh, agus tharraing siad a shrón, agus cheangail siad air suas go dtí a bedpust, agus giv siad dó dosaen, agus stuffed siad a bhéal lán de bliantúil bláthanna a prewent a caoineadh amach. Ach bhí aithne aige ar Orlick, agus orlick's i bpríosún an chontae."

De réir na gcur chuige seo tháinig muid ar chomhrá neamhshrianta. Bhí mé mall ag dul ó neart go neart, ach d'éirigh mé níos laige go mall agus go cinnte, agus d'fhan Joe liom, agus fancied mé go raibh mé Pip beag arís.

Maidir le tenderness Joe bhí chomh hálainn i gcomhréir le mo riachtanas, go raibh mé cosúil le leanbh ina lámha. Shuíodh sé agus labhródh sé liom sa tseanmhuinín, agus leis an tsean-simplíocht, agus ar an seanbhealach cosanta gan staonadh, ionas go gcreidfinn leath go raibh mo shaol ar fad ó laethanta na seanchistine ar cheann de na trioblóidí intinne a bhain leis an bhfiabhras a bhí imithe. Rinne sé gach rud dom ach amháin an obair tí, a raibh sé ag gabháil do bhean an-mhaith, tar éis íoc as an laundress ar a chéad teacht. "Cé acu is féidir liom a chinntiú go mbíonn tú, Pip," a déarfadh sé go minic, mar mhíniú ar an tsaoirse sin; "Fuair mé í ag cnagadh ar an leaba spártha, cosúil le casc beorach, agus ag tarraingt na gcleití i mbuicéad, ar díol. Cé acu a bheadh sí tapped yourn seo chugainn, agus a tharraingt'd sé amach le leat leagan ar sé, agus bhí ansin a iompar ar shiúl na coals grádán sa anraith-tureen agus wegetable-miasa, agus an fíon agus biotáillí i do buataisí Wellington. "

Bhíomar ag tnúth go mór leis an lá ar cheart dom dul amach ar turas, mar bhí muid ag tnúth go mór le lá mo phrintíseachta. Agus nuair a tháinig an lá, agus nuair a tháinig carráiste oscailte isteach sa Lána, fillte Joe mé suas, thóg mé ina airm, rinne mé síos go dtí é, agus chuir mé i, amhail is dá mba mé fós ar an créatúr beag helpless a raibh sé tugtha chomh flúirseach ar an saibhreas a nádúr mór.

Agus d'éirigh Joe isteach in aice liom, agus thiomáin muid amach le chéile isteach sa tír, áit a raibh fás saibhir an tsamhraidh ar na crainn agus ar an bhféar cheana féin, agus líon boladh milis an tsamhraidh an t-aer ar fad. Tharla an lá a bheith Dé Domhnaigh, agus nuair a d'fhéach mé ar an loveliness timpeall orm, agus shíl conas a d'fhás sé agus d'athraigh, agus conas a bhí na bláthanna beag fiáine ag teacht, agus bhí guthanna na n-éan ag neartú, de ló is d'oíche, faoin ngrian agus faoi na réaltaí, agus mé bocht ag dó agus ag tossing ar mo leaba, An gcuimhne ach amháin a bheith dóite agus tossed ann tháinig cosúil le seic ar mo shíocháin. Ach nuair a chuala mé cloigíní an Domhnaigh, agus nuair a d'fhéach mé timpeall beagán níos mó ar an áilleacht outspread, mhothaigh mé nach raibh mé beagnach buíoch go leor,-go raibh mé ró-lag fós a bheith fiú sin,-agus leag mé mo cheann ar ghualainn Joe, mar a bhí leagtha mé i bhfad ó shin nuair a thug sé mé go dtí an Aonach nó i gcás nach bhfuil, agus bhí sé i bhfad ró-mhór do mo chéadfaí óga.

Tháinig níos mó composure chugam tar éis tamaill, agus labhair muid mar a bhíodh muid ag caint, ina luí ar an bhféar ag an sean-Battery. Ní raibh aon athrú cibé i Joe. Go díreach cad a bhí sé i mo shúile ansin, bhí sé i mo shúile fós; díreach chomh simplí dílis, agus chomh simplí ceart.

Nuair a d'éirigh muid ar ais arís, agus thóg sé amach mé, agus rinne sé mé—chomh héasca!—trasna na cúirte agus suas an staighre, smaoinigh mé ar an Lá Nollag eachtrúil sin nuair a bhí sé tar éis mé a iompar thar na riasca. Ní raibh aon chlaonpháirteachas déanta againn go fóill maidir le m'athrú fortún, ná ní raibh a fhios agam cé mhéad de mo stair dhéanach a raibh aithne aige air. Bhí mé chomh amhrasach orm féin anois, agus chuir mé an oiread sin muiníne ann, nach raibh mé in ann mé féin a shásamh ar chóir dom tagairt a dhéanamh dó nuair nach raibh.

"Ar chuala tú, a Sheosaimh," a d'fhiafraigh mé de an tráthnóna sin, ar a thuilleadh machnaimh, agus é ag caitheamh a phíopa ag an bhfuinneog, "cérbh é mo phátrún?"

"Heerd mé," ar ais Joe, "mar nach raibh sé Miss Havisham, chap d'aois."

"Ar chuala tú cérbh é, a Sheosaimh?"

"Bhuel! Heerd mé mar a bhí sé duine cad a chuir an duine cad giv 'tú na nótaí bainc ag an Bargemen Jolly, Pip. "

"Mar sin a bhí sé."

"Astonishing!" A dúirt Joe, ar an mbealach placidest.

"Ar chuala tú go raibh sé marbh, a Sheosaimh?" D'iarr mé faoi láthair, le difríocht níos mó.

"Cé acu? Eisean mar a chuir na nótaí bainc, Pip?"

"Tá."

"Sílim," arsa Joe, tar éis dó machnamh a dhéanamh ar feadh i bhfad, agus ag féachaint in áit seachantach ar shuíochán na fuinneoige, "mar *a* chuala mé ag insint go raibh sé rud éigin nó eile ar bhealach ginearálta sa treo sin."

"Ar chuala tú aon rud dá chúinsí, a Sheosaimh?"

"Ní partickler, Pip."

"Más maith leat a chloisteáil, a Sheosaimh—" a bhí mé ag tosú, nuair a d'éirigh Joe agus tháinig sé go dtí mo tholg.

"Féach anseo, a shean-chap," arsa Joe, ag lúbadh os mo chionn. "Riamh an chuid is fearr de chairde; nach linn, a Pip?"

Bhí náire orm é a fhreagairt.

"Wery maith, ansin," arsa Joe, amhail is dá mba *rud é gur* fhreagair mé; "Tá sé sin ceart go leor; tá sé sin aontaithe. Ansin, cén fáth dul isteach in ábhair, chap d'aois, a mar betwixt ní mór dhá sech a bheith go deo onnecessary? Níl ábhair go leor mar betwixt dhá sech, gan cinn onnecessary. A Thiarna! Chun smaoineamh ar do dheirfiúr bocht agus a Rampages! Agus nach cuimhin leat Tickler?"

"Déanaim go deimhin, a Sheosaimh."

"Lookee anseo, chap d'aois," a dúirt Joe. "Rinne mé cad a d'fhéadfadh mé a choinneáil tú féin agus Tickler i sunders, ach ní raibh mo chumhacht i gcónaí go hiomlán comhionann le mo claonadh. Óir nuair a bhí intinn ag do dheirfiúr bocht titim isteach ionat, ní raibh an oiread sin ann," a dúirt Joe, ar an mbealach argóinteach ab ansa leis, "gur thit sí isteach ionam freisin, dá gcuirfinn mé féin i gcoinne í, ach gur thit sí isteach ionat i gcónaí níos troime ar a shon. Thug mé faoi deara é sin. Ní greim é ar uisce beatha fir, gan croitheadh ná dhó d'fhear fós (a raibh fáilte mhór roimh do dheirfiúr), gur 'ud put a man off from getting a little child out of punishment. Ach nuair a scaoiltear an leanbh beag sin isteach níos troime don grab uisce beatha nó croitheadh sin, ansin an fear sin suas agus deir sé leis féin, 'Cá bhfuil an mhaith mar atá tú ag déanamh? Deonaím duit go bhfeicim an 'lámh,' arsa an fear, 'ach ní fheicim an mhaith. Iarraim ort, a dhuine uasail, dá bhrí sin, an mhaith a phionta amach.'"

"Deir an fear?" Thug mé faoi deara, mar a d'fhan Joe liom labhairt.

"Deir an fear," a d'aontaigh Joe. "An bhfuil an ceart aige, an fear sin?"

"A Joe a chara, tá an ceart aige i gcónaí."

"Bhuel, sean-CHAP," arsa Joe, "ansin cloí le do chuid focal. Má tá sé ceart i gcónaí (a bhfuil i gcoitinne tá sé níos dóichí mícheart), tá sé ceart nuair a deir sé seo: Má cheaptar riamh kep tú aon ábhar beag chun tú féin, nuair a bhí tú leanbh beag, kep tú é den chuid is mó toisc go bhfuil a fhios agat mar chumhacht J. Gargery chun páirt a thabhairt duit féin agus Tickler i sunders nach raibh go hiomlán comhionann lena claonadh. Theerfore, smaoineamh ar bith níos mó de mar betwixt dhá sech, agus ná lig dúinn ráitis a chur ar ábhair onnecessary. Biddy giv 'herself a deal o' trouble with me afore d'fhág mé (mar tá mé beagnach uafásach dull), mar ba chóir dom féachaint air sa solas seo, agus, ag breathnú air sa solas seo, mar ba chóir dom é a chur amhlaidh. An dá cheann acu," a dúirt Joe, charmed go leor lena socrú loighciúil, "á dhéanamh, anois seo a thabhairt duit cara fíor, a rá. Is é sin. Ní mór duit dul overdoing ar sé, ach ní mór duit a bheith do suipéar agus do fíon agus uisce, agus ní mór duit a chur betwixt na bileoga."

An delicacy lena ndearna Seosamh an téama seo a dhíbhe, agus an tact milis agus an cineáltas lenar aimsigh Biddy-a raibh wit a mná orm chomh luath sin—a d'ullmhaigh é dó, chuaigh sé i bhfeidhm go mór ar m'intinn. Ach an raibh a fhios ag Joe cé chomh bocht is a bhí mé, agus an chaoi a raibh mo chuid ionchais mhóra tuaslagtha ar fad, cosúil lenár gceo riascach féin roimh an ngrian, ní raibh mé in ann a thuiscint.

Rud eile i Joe nach raibh mé in ann a thuiscint nuair a thosaigh sé ag forbairt é féin ar dtús, ach a tháinig mé go luath ar thuiscint brónach de, bhí sé seo: De réir mar a d'éirigh mé níos láidre agus níos fearr, d'éirigh Joe beagán níos éasca liom. I mo laige agus spleáchas ar fad air, bhí an fear daor tar éis titim isteach sa seanton, agus d'iarr na seanainmneacha orm, an daor "sean-Pip, sean-CHAP," a bhí anois ceol i mo chluasa. Bhí mé tar éis titim isteach sna seanbhealaí freisin, ach sásta agus buíoch gur lig sé dom. Ach, go neamhbhalbh, cé gur choinnigh mé leo go tapa, thosaigh greim Sheosaimh orthu ag slacken; agus de bhrí gur smaoinigh mé air seo, ar dtús, thosaigh mé ag tuiscint go luath go raibh an chúis a bhí leis ionam, agus gur ormsa ar fad a bhí an locht.

Ah! Nár thug mé aon chúis do Sheosamh a bheith in amhras faoi mo sheasmhacht, agus a cheapadh gur cheart dom fás fuar a chur air agus é a chaitheamh amach? Dá dtabharfainn croí neamhurchóideach Joe gan aon chúis a bheith ag mothú go neamhbhalbh, de réir mar a d'éirigh mé níos láidre, go mbeadh a shealbhú orm níos laige, agus gurbh fhearr dó é a scaoileadh in am agus ligean dom imeacht, sular phlúch mé mé féin ar shiúl?

Ba ar an tríú nó an ceathrú huair de mo dhul amach ag siúl i nGairdíní an Teampaill ag claonadh ar lámh Sheosaimh, a chonaic mé an t-athrú seo ann go han-soiléir. Bhí muid inár suí i solas geal te na gréine, ag féachaint ar an abhainn, agus seans maith agam a rá agus muid ag éirí,—

"Féach, a Sheosaimh! Is féidir liom siúl go láidir. Anois, feicfidh tú mé ag siúl ar ais liom féin.

"Cé acu nach overdo é, Pip," a dúirt Joe; "ach beidh mé a bheith fionnaidh sásta a fheiceann tú in ann, a dhuine uasail."

An focal deireanach grátáilte orm; ach conas a d'fhéadfainn athmhachnamh a dhéanamh! Shiúil mé níos faide ná geata na ngairdíní, agus ansin lig mé orm go raibh sé níos laige ná mar a bhí mé, agus d'iarr mé a lámh ar Sheosamh. Thug Seosamh dom é, ach bhí sé tuisceanach.

Bhí mé, ar mo thaobhsa, tuisceanach freisin; óir, conas is fearr an t-athrú seo atá ag fás i Joe a sheiceáil, bhí sé an-deacair ar mo chuid smaointe uafásacha. Go raibh náire orm a insint dó go díreach conas a cuireadh mé, agus cad a tháinig mé síos go dtí, ní féidir liom iarracht a cheilt; ach tá súil agam nach raibh an drogall a bhí orm sách mífhiúntach. Bheadh sé ag iarraidh cabhrú liom as a chuid coigiltis beag, bhí a fhios agam, agus bhí a fhios agam nár chóir dó cabhrú liom, agus nach mór dom ag fulaingt air é a dhéanamh.

Oíche mhachnamhach a bhí ann leis an mbeirt againn. Ach, sula ndeachaigh muid a luí, bhí rún agam go bhfanfainn anonn go dtí-amárach,-to-morrow being Sunday,—agus go dtosódh mé ar mo chúrsa nua leis an tseachtain nua. Maidin Dé Luain ba mhaith liom labhairt le Joe faoin athrú seo, leagfainn an veige deireanach seo den chúlchiste ar leataobh, déarfainn leis cad a bhí i mo chuid smaointe (an Dara dul síos, nár tháinig fós), agus cén fáth nach raibh cinneadh déanta agam dul amach go Herbert, agus ansin bheadh an t-athrú conquered go deo. De réir mar a ghlan mé, ghlan Joe, agus bhí an chuma ar an scéal gur tháinig sé ar réiteach go báúil freisin.

Bhí lá ciúin againn ar an Domhnach, agus chuaigh muid amach sa tír, agus ansin shiúil muid sna páirceanna.

"Mothaím buíoch go raibh mé tinn, a Joe," a dúirt mé.

"A chara Pip d'aois, chap d'aois, tá tú a'chuid is mó teacht bhabhta, a dhuine uasail."

"Tréimhse chinniúnach a bhí ann domsa, a Sheosaimh."

"Likeways for myself, a dhuine uasail," a d'fhill Joe.

"Bhí am againn le chéile, a Joe, nach féidir liom dearmad a dhéanamh air go deo. Bhí laethanta ann uair amháin, tá a fhios agam, go ndearna mé dearmad ar feadh tamaill; ach ní dhéanfaidh mé dearmad orthu seo go deo."

"Pip," a dúirt Joe, le feiceáil beagán hurried agus trioblóideacha, "tá larks. Agus, a dhuine uasail daor, cad a bhí betwixt dúinn-a bhí. "

San oíche, nuair a bhí mé imithe a chodladh, tháinig Joe isteach i mo sheomra, mar a rinne sé go léir trí mo théarnamh. D'fhiafraigh sé díom ar mhothaigh mé cinnte go raibh mé chomh maith ar maidin?

"Sea, a Sheosaimh, a chara, go leor."

"Agus tá siad i gcónaí ag éirí níos láidre, sean-CHAP?"

"Sea, a Joe daor, go seasta."

Patted Joe an coverlet ar mo ghualainn lena lámh iontach maith, agus dúirt sé, i cad a cheap mé guth husky, "Oíche mhaith!"

Nuair a d'éirigh mé ar maidin, athnuachan agus níos láidre fós, bhí mé lán de mo rún a rá le Joe, gan mhoill. Déarfainn leis roimh bhricfeasta. Ba mhaith liom gléasadh ag an am céanna agus dul go dtí a sheomra agus iontas air; óir, ba é an chéad lá a bhí mé suas go luath. Chuaigh mé go dtí a sheomra, agus ní raibh sé ann. Ní hamháin nach raibh sé ann, ach bhí a bhosca imithe.

Hurried mé ansin go dtí an bricfeasta-tábla, agus ar sé fuair litir. Ba iad seo a raibh ann go gairid:—

> "Ní mian liom a intrude tá mé ag imeacht fionnaidh go bhfuil tú go maith arís daor Pip agus beidh a dhéanamh níos fearr gan
>
> JO.

"P.S. Riamh an chuid is fearr de chairde."

Iniata sa litir bhí admháil ar an bhfiach agus na costais ar ar gabhadh mé. Síos go dtí an nóiméad sin, bhí mé ag ceapadh go vainly go raibh mo chreidiúnaí tharraingt siar, nó imeachtaí ar fionraí go dtí gur chóir dom a ghnóthú go leor.

Níor shamhlaigh mé riamh gur íoc Seosamh an t-airgead; ach d'íoc Seosamh é, agus bhí an admháil ina ainm.

Cad a d'fhan dom anois, ach é a leanúint go dtí an forge daor d'aois, agus ansin a bheith amach mo nochtadh dó, agus mo remonstrance penitent leis, agus ansin chun faoiseamh mo intinn agus croí sin in áirithe Dara, a bhí tosaithe mar rud éigin doiléir lingering i mo smaointe, agus bhí déanta i cuspóir socraithe?

Ba é an cuspóir, go rachainn go Biddy, go dtaispeánfainn di cé chomh umhal agus aithreachas a tháinig mé ar ais, go n-inseodh mé di conas a chaill mé gach a raibh súil agam leis tráth, go gcuirfinn ár seanmhuinín i gcuimhne di i mo chéad am míshásta. Ansin, ba mhaith liom a rá léi, "Biddy, I mo thuairimse, thaitin tú uair amháin dom go han-mhaith, nuair a bhí mo chroí errant, fiú agus strayed sé ar shiúl ó tú, bhí níos ciúine agus níos fearr leat ná mar a bhí sé riamh ó shin. If you can like me only half as well once more, if you can take me with all my faults and disappointments on my head, if you can receive me like a forgiven child (and indeed I am as sorry, Biddy, and have as much need of a hushing voice and a soothing hand), tá súil agam go bhfuil mé beagáinín fiúntach agaibh go raibh mé,— ní i bhfad, ach beagán. Agus, a Biddy, beidh sé leat a rá an mbeidh mé ag obair ag an cheárta le Joe, nó an ndéanfaidh mé iarracht aon slí bheatha dhifriúil a bhaint amach sa tír seo, nó an rachaidh muid ar shiúl go dtí áit i bhfad i gcéin ina bhfuil deis ag fanacht liom a chuir mé ar leataobh, nuair a tairgeadh é, go dtí go mbeidh a fhios agam do fhreagra. Agus anois, a chara Biddy, más féidir leat a rá liom go rachaidh tú tríd an domhan liom, is cinnte go ndéanfaidh tú domhan níos fearr dom, agus dom fear níos fearr dó, agus déanfaidh mé iarracht deacair domhan níos fearr a dhéanamh duit.

Ba é sin an cuspóir a bhí agam. Tar éis trí lá níos mó de ghnóthú, chuaigh mé síos go dtí an áit d'aois chun é a chur i bhfeidhm. Agus is é an chaoi ar sped mé ann go léir a d'fhág mé a insint.

Caibidil LVIII.

Bhí titim throm tagtha ar m'áit dhúchais agus ar a chomharsanacht sula ndeachaigh mé ann. Fuair mé an Torc Gorm i seilbh na hintleachta, agus fuair mé amach go ndearna sé athrú mór ar dhíomá an Torc. Cé gur shaothraigh an Torc mo thuairim mhaith le assiduity te nuair a bhí mé ag teacht i maoin, bhí an Torc thar a bheith fionnuar ar an ábhar anois go raibh mé ag dul amach as maoin.

Bhí sé tráthnóna nuair a tháinig mé, tuirse i bhfad ag an turas a bhí déanta agam chomh minic sin go héasca. Ní fhéadfadh an Torc mé a chur isteach i mo sheomra leapa is gnách, a bhí ag gabháil (is dócha ag roinnt duine a raibh súil aige), agus d'fhéadfadh a shannadh ach dom seomra an-indifferent i measc na colúir agus iarchaises suas an clós. Ach bhí mé chomh fuaime codlata sa lóistín sin mar atá sa chóiríocht is fearr a d'fhéadfadh an Torc a thabhairt dom, agus bhí caighdeán mo aisling mar an gcéanna sa seomra leapa is fearr.

Go luath ar maidin, agus mo bhricfeasta ag fáil réidh, shiúil mé thart ag Teach Satis. Bhí billí clóite ar an ngeata agus ar ghiotaí cairpéad crochta amach as na fuinneoga, ag fógairt díol ar ceant den Troscán agus Éifeachtaí Tí, an tseachtain seo chugainn. Bhí an Teach féin le díol mar sheanábhair thógála, agus tarraingíodh anuas é. Bhí LOT 1 marcáilte i litreacha cnag-glúine whitewashed ar an teach brew; LOT 2 ar an gcuid sin den phríomhfhoirgneamh a bhí dúnta chomh fada sin. Bhí marcáilte go leor eile amach ar chodanna eile den struchtúr, agus bhí an eidhneán stróicthe síos chun seomra a dhéanamh do na hinscríbhinní, agus bhí cuid mhaith de trailed íseal sa deannach agus bhí withered cheana féin. Ag dul isteach ar feadh nóiméid ag an ngeata oscailte, agus ag féachaint timpeall orm le haer míchompordach strainséir nach raibh aon ghnó aige ann, chonaic mé cléireach an cheantálaí ag siúl ar na cascaí agus ag insint dóibh mar eolas faoi thiomsaitheoir catalóige, peann ar láimh, a rinne deasc shealadach den chathaoir rothaí a bhrúigh mé chomh minic sin le fonn Old Clem.

Nuair a fuair mé ar ais go dtí mo bhricfeasta i seomra caife an Torc, fuair mé an tUasal Pumblechook conversing leis an tiarna talún. Bhí an tUasal Pumblechook (nach raibh feabhsaithe i gcuma ag a eachtra nocturnal déanach) ag fanacht liom, agus thug sé aghaidh orm sna téarmaí seo a leanas:—

"Fear óg, tá brón orm a fheiceáil thug tú íseal. Ach céard eile a mbeifí ag súil leis! cad eile a d'fhéadfaí a bheith ag súil leis!

De réir mar a shín sé a lámh le haer iontach forgiving, agus de réir mar a bhí mé briste ag tinneas agus mí-oiriúnach chun quarrel, ghlac mé é.

"William," a dúirt an tUasal Pumblechook leis an bhfreastalaí, "a chur muffin ar bord. Agus tá sé teacht ar seo! Ar tháinig sé seo!

Shuigh mé síos go frowningly le mo bhricfeasta. An tUasal Pumblechook sheas os mo chionn agus poured amach mo tae-sula raibh mé in ann teagmháil a dhéanamh leis an teapot-leis an aer de benefactor a bhí réitithe a bheith fíor go dtí an ceann deireanach.

"William," a dúirt an tUasal Pumblechook, mournfully, "a chur ar an salann ar. In amanna níos sona," ag labhairt liom, "Sílim gur ghlac tú siúcra? Agus ar thóg tú bainne? Rinne tú. Siúcra agus bainne. A Liam, beir leat uisce."

"Go raibh maith agat," arsa mise, go gairid, "ach ní ithim uisce."

"Ní gá duit a ithe 'em," ar ais an tUasal Pumblechook, sighing agus nodding a cheann arís agus arís eile, amhail is dá bhféadfadh sé a bheith ag súil go, agus amhail is dá mba staonadh ó watercresses ag teacht le mo downfall. "Fíor. Torthaí simplí an domhain. Ní hea. Ní gá duit a thabhairt ar bith, William. "

Chuaigh mé ar aghaidh le mo bhricfeasta, agus lean an tUasal Pumblechook ag seasamh os mo chionn, ag stánadh fishily agus análaithe noisily, mar a rinne sé i gcónaí.

"Beagán níos mó ná craiceann agus cnámh!" mused an tUasal Pumblechook, os ard. "Agus fós nuair a chuaigh sé as seo (is féidir liom a rá le mo bheannacht), agus scaip mé mo stór humble dó, cosúil leis an mBeach, bhí sé chomh plump le Peach!"

Chuir sé seo i gcuimhne dom an difríocht iontach idir an modh servile inar thairg sé a lámh i mo rathúnas nua, ag rá, "Bealtaine mé?" agus an clemency ostentatious lena raibh sé ar taispeáint díreach anois ar an cúig mhéara saille céanna.

"Hah!" Chuaigh sé ar aghaidh, ag tabhairt an t-arán agus an t-im dom. "Agus aer tú ag dul go dtí Joseph?"

"In ainm na bhflaitheas," arsa mise, ag scaoileadh in ainneoin mé féin, "cad a dhéanann sé tábhachtach duit cá bhfuil mé ag dul? Fág an taephota sin ina aonar."

Ba é an cúrsa ba mheasa a d'fhéadfainn a dhéanamh, mar thug sé an deis do Pumblechook a bhí uaidh.

"Sea, a fhear óg," ar seisean, ag scaoileadh láimhseáil an ailt atá i gceist, ag dul ar scor céim nó dhó ó mo bhord, agus ag labhairt ar son an tiarna talún agus an fhreastalaí ag an doras, "*fágfaidh mé* an taephota sin liom féin. Tá an ceart agat, a fhear óg. I gcás uair amháin go bhfuil tú ceart. Forgit mé féin nuair a ghlacadh mé suim den sórt sin i do bhricfeasta, mar is mian le do fhráma, ídithe ag na héifeachtaí debilitating de prodigygality, a bheith stimilated ag an 'olesome nourishment de do forefathers. Agus fós," a dúirt Pumblechook, ag casadh ar an tiarna talún agus ar an bhfreastalaí, agus ag cur in iúl dom ar neamhthuilleamaí, "seo é mar a spórt mé riamh leis ina laethanta de naíonacht sona! Inis dom nach féidir é a bheith; Deirim libh gurb é seo é!

D'fhreagair murmur íseal ón mbeirt. Ba chosúil go raibh tionchar ar leith ag an bhfreastalaí.

"Seo é," arsa Pumblechook, "mar tá rode agam i mo shay-cart. Seo é mar atá feicthe agam tugtha suas de láimh. Seo é an deirfiúr a raibh mé uncail léi trí phósadh, mar gurbh é Georgiana M'ria an t-ainm a bhí uirthi óna máthair féin, lig dó é a shéanadh más féidir leis!

Ba chosúil go raibh an freastalaí cinnte nach bhféadfainn é a shéanadh, agus gur thug sé cuma dhubh ar an gcás.

"Fear óg," a dúirt Pumblechook, screwing a cheann ag dom sa sean-bhealach, "aer tú ag dul go dtí Joseph. Cad a dhéanann sé ábhar dom, iarrann tú orm, nuair a aer tú ag dul? Deirim libh, a Dhuine Uasail, aer tú ag dul go dtí Iósaef.

Rinne an freastalaí casacht, amhail is gur thug sé cuireadh measartha dom dul thar sin.

"Anois," a dúirt Pumblechook, agus seo go léir le haer is exasperating rá i gcúis bhua cad a bhí breá diongbháilte agus dochloíte, "Beidh mé ag insint duit cad atá le rá le Joseph. Seo Squires an Torc i láthair, ar a dtugtar agus meas sa bhaile seo, agus anseo tá William, a raibh ainm a athar Potkins más rud é nach féidir liom mheabhlaireachta mé féin. "

"Ní dhéanann tú, a dhuine uasail," arsa Liam.

"Ina láthair," lean Pumblechook, "Inseoidh mé duit, fear óg, cad atá le rá le Joseph. Deir tú, 'Joseph, tá mé an lá seo le feiceáil ar mo benefactor is luaithe agus bunaitheoir mo fortun ar. Ní ainmneoidh mé aon ainmneacha, Joseph, ach mar sin tá áthas orthu glaoch air suas an baile, agus tá an fear sin feicthe agam.

"Mionnaím nach bhfeicim anseo é," arsa mise.

"Abair é sin mar an gcéanna," retorted Pumblechook. "Abair go ndúirt tú é sin, agus is dócha go ndéanfaidh fiú Joseph feall ar iontas."

"Tá tú botún go leor dó," a dúirt mé. "Tá a fhios agam níos fearr."

"Deir tú," a dúirt Pumblechook, "'Joseph, chonaic mé an fear sin, agus níl aon mhailís ar an bhfear sin agus níl aon mhailís orm. Tá aithne mhaith aige ar do charachtar, Iósaef, agus tá aithne mhaith aige ar do mhuinchille agus d'aineolas; agus tá aithne aige ar mo charachtar, Joseph, agus tá a fhios aige mo mhian gratitoode. Sea, a Iósaef,' a deir tú," anseo chroith Pumblechook a cheann agus a lámh orm, "'he knows my total deficiency of common human gratitoode. *Tá a fhios aige é*, Joseph, mar is féidir aon cheann. *Níl* a fhios agat é, a Iósaef, gan aon ghlaoch a bheith agat air, ach déanann an fear sin.'"

Asal gaofar mar a bhí sé, chuir sé iontas mór orm go bhféadfadh sé an duine a bheith aige chun labhairt mar sin liom.

"Deir tú, 'Joseph, thug sé dom teachtaireacht beag, a bheidh mé arís anois. Ba é sin, i mo bheith tugtha íseal, chonaic sé méar Providence. Bhí a fhios aige an mhéar sin nuair a chonaic sé Iósaef, agus chonaic sé go soiléir é. Chuir sé an scríbhneoireacht seo, Iósaef, amach. *Luach saothair ingratitoode ar a benefactor is luaithe, agus bunaitheoir Fortun ar*. Ach dúirt an fear sin nach ndearna sé aithrí ar a raibh déanta aige, Joseph. Níl, ar chor ar bith. Bhí sé ceart é a dhéanamh, bhí sé cineálta é a dhéanamh, bhí sé benevolent é a dhéanamh, agus dhéanfadh sé arís é.'"

"Is mór an trua," arsa mise, go scornúil, agus mé ag críochnú mo bhricfeasta briste, "nach ndúirt an fear céard a bhí déanta aige agus go ndéanfadh sé arís."

"Squires an Torc!" Bhí Pumblechook ag labhairt leis an tiarna talún anois, "agus Liam! Níl aon agóid agam i gcoinne do lua, suas baile nó síos an baile, más mian leat, go raibh sé ceart é a dhéanamh, cineál é a dhéanamh, é a dhéanamh, é a dhéanamh, agus go ndéanfainn arís é."

Leis na focail sin chroith an Impostor iad araon leis an láimh, le haer, agus d'fhág sé an teach; ag fágáil dom i bhfad níos mó astonished ná áthas ag an virtues an éiginnte céanna "é." Ní raibh mé i bhfad ina dhiaidh ag fágáil an tí freisin, agus nuair a chuaigh mé síos an tSráid Ard chonaic mé é ag coinneáil amach (gan dabht ar an éifeacht chéanna) ag doras a shiopa chuig grúpa roghnaithe, a thug sracfhéachaint an-mhífhabhrach dom agus mé ag dul ar an taobh eile den bhealach.

Ach, ní raibh ann ach an taitneamhach dul chuig Biddy agus chuig Joe, a raibh a staonta mór níos gile ná riamh, dá bhféadfaí é sin a dhéanamh, i gcodarsnacht leis an gcur i gcéill brazen seo. Chuaigh mé ina dtreo go mall, mar bhí mo ghéaga lag, ach le faoiseamh méadaitheach agus mé ag tarraingt níos gaire dóibh, agus tuiscint ar sotal agus mísházamh a fhágáil níos faide agus níos faide ar gcúl.

Bhí aimsir an Mheithimh blasta. Bhí an spéir gorm, bhí na larks ag ardú go hard os cionn an arbhair ghlais, shíl mé go raibh an tuath sin ar fad níos áille agus níos síochánta le fada ná mar a bhí ar eolas agam riamh go fóill. Pictiúir thaitneamhacha go leor den saol a threoróinn ann, agus den athrú chun feabhais a thiocfadh ar mo charachtar nuair a bhí spiorad treorach agam ar mo thaobh a raibh a gcreideamh simplí agus eagna bhaile soiléir cruthaithe agam, beguiled mo bhealach. Dhúisigh siad mothúchán tairisceana ionam; óir do bhí mo chroí bogtha ag mo fhilleadh, agus bhí a leithéid d'athrú tagtha chun pas a fháil, gur mhothaigh mé mar dhuine a bhí cosnochta sa bhaile ó thaisteal i bhfad i gcéin, agus ar mhair a wanderings blianta fada.

An teach scoile ina raibh Biddy ina máistreás ní fhaca mé riamh; ach, an lána beag timpealláin a ndeachaigh mé isteach sa sráidbhaile, ar mhaithe le ciúineas, thóg sé anuas mé. Bhí díomá orm a fháil amach gur lá saoire a bhí ann; ní raibh aon pháistí ann, agus dúnadh teach Biddy. Bhí nóisean dóchasach éigin go bhfaca sí í, go raibh sí gafa go busúil lena dualgais laethúla, sula bhfaca sí mé, i m'intinn agus gur cloíodh í.

Ach bhí an ceárta achar an-ghearr amach, agus chuaigh mé i dtreo é faoi na limes glas milis, ag éisteacht le clink casúr Joe. I bhfad tar éis ba chóir dom a chuala sé, agus i bhfad tar éis fancied chuala mé é agus fuair sé ach mhaisiúil, bhí go léir fós. Bhí na haolanna ann, agus bhí na dealga bána ann, agus bhí na crainn cnó capaill ann, agus a nduilleoga meirgeach go comhchuí nuair a stop mé ag éisteacht; ach, ní raibh caochadh chasúr Sheosaimh i lár an tsamhraidh.

Beagnach eagla, gan a fhios agam cén fáth, chun teacht i bhfianaise an cheárta, chonaic mé é ar deireadh, agus chonaic go raibh sé dúnta. No gleam of fire, gan cith glittering sparks, gan aon roar de bellows; Gach stoptar suas, agus fós.

Ach ní raibh an teach tréigthe, agus an chuma ar an parlús is fearr a bheith in úsáid, do bhí cuirtíní bán fluttering ina fhuinneog, agus bhí an fhuinneog oscailte agus aerach le bláthanna. Chuaigh mé go bog ina threo, rud a chiallaigh go raibh mé ag peep thar na bláthanna, nuair a sheas Joe agus Biddy romham, lámh i lámh.

Ar dtús thug Biddy caoin, amhail is gur shíl sí go raibh sé mo apparition, ach i nóiméad eile bhí sí i mo glacadh. Wept mé a fheiceáil di, agus wept sí a fheiceáil dom; Mé, toisc go raibh cuma chomh úr agus taitneamhach uirthi; sí, mar d'fhéach mé chomh caite agus bán.

"Ach a chara Biddy, cé chomh cliste is atá tú!"

"Sea, a chara Pip."

"Agus Joe, cé chomh cliste is *atá tú*!"

"Sea, a chara Pip d'aois, chap d'aois."

D'fhéach mé ar an mbeirt acu, ó cheann go ceann eile, agus ansin—

"Is é mo lá bainise é!" Adeir Biddy, i bpléasc sonas, "agus tá mé pósta le Joe!"

Thóg siad isteach sa chistin mé, agus bhí mo cheann leagtha síos agam ar an sean-bhord déileáil. Choinnigh Biddy ceann de mo lámha ar a liopaí, agus bhí teagmháil athchóirithe Joe ar mo ghualainn. "Nach bhfuil sé láidir go leor, mo stór, fionnadh a bheith ionadh," a dúirt Joe. Agus dúirt Biddy, "Ba chóir dom smaoineamh air, a Joe daor, ach bhí mé róshásta." Bhí an bheirt acu chomh sásta mé a fheiceáil, chomh bródúil as mé a fheiceáil, chomh mór sin i dteagmháil liom nuair a tháinig mé chucu, chomh ríméadach sin gur cheart dom a bheith tagtha trí thimpiste chun a lá a chur i gcrích!

Ba é an chéad smaoineamh a bhí agam ná buíochas mór nár chuir mé an dóchas deireanach seo in iúl do Sheosamh. Cé chomh minic, agus é liom i mo thinneas, d'ardaigh sé go dtí mo bheola! Cé chomh neamh-inchúlghairthe a bheadh a chuid eolais air, dá bhfanfadh sé liom ach uair an chloig eile!

"A chara Biddy," arsa mise, "tá an fear céile is fearr agat sa domhan ar fad, agus dá bhféadfá é a fheiceáil le mo leaba bheadh agat—Ach níl, ní fhéadfá grá níos fearr a thabhairt dó ná mar a dhéanann tú."

"Níl, ní fhéadfainn go deimhin," arsa Biddy.

"Agus, a Joe daor, tá an bhean is fearr agat sa domhan ar fad, agus déanfaidh sí tú chomh sásta agus is fiú duit a bheith, a stór, a Joe uasal!"

D'fhéach Seosamh orm le liopa quivering, agus chuir sé a mhuinchille os comhair a shúile.

"Agus Joe agus Biddy araon, mar a bhí tú go dtí an séipéal go lá, agus go bhfuil siad i carthanas agus grá leis an chine daonna go léir, a fháil mo bhuíochas humble do gach a rinne tú dom, agus go léir tá mé chomh tinn aisíoc! Agus nuair a deirim go bhfuilim ag imeacht taobh istigh den uair an chloig, óir is gearr go mbeidh mé ag dul thar lear, agus nach ligfidh mé mo scíth go dtí go mbeidh mé ag obair ar son an airgid a choinnigh tú amach as an bpríosún mé, agus gur chuir tú chugat é, ná ceap, a Joe agus Biddy, a chara, dá bhféadfainn é a aisíoc míle uair níos mó, Is dócha go bhféadfainn farthing de na fiacha atá dlite agam duit a chur ar ceal, nó go ndéanfainn amhlaidh dá bhféadfainn!

Bhí siad araon leáite ag na focail seo, agus an dá entreated dom a rá nach bhfuil níos mó.

"Ach caithfidh mé níos mó a rá. A Joe, a chara, tá súil agam go mbeidh páistí agat le grá, agus go suífidh fear beag éigin sa chúinne simléar seo d'oíche gheimhridh, a chuirfeadh i gcuimhne duit fear beag eile atá imithe as go brách. Ná habair leis, a Sheosaimh, go raibh mé buíoch; ná habair leis, a Biddy, go raibh mé mígheanasach agus éagórach; ach a rá leis gur thug mé onóir duit araon, toisc go raibh tú chomh maith agus chomh fíor, agus, mar do leanbh, dúirt mé go mbeadh sé nádúrtha dó fás suas fear i bhfad níos fearr ná mar a rinne mé. "

"Níl mé ag dul," arsa Joe, ó chúl a mhuinchille, "a rá leis nothink o' go natur, Pip. Ná Biddy nach bhfuil. Ná fós níl aon duine nach bhfuil."

"Agus anois, cé go bhfuil a fhios agam go bhfuil sé déanta agat cheana féin i do chroí chineál féin, guí inis dom, araon, go logh tú dom! Guigh lig dom a chloisteáil a rá leat na focail, gur féidir liom a dhéanamh ar an fhuaim acu ar shiúl le liom, agus ansin beidh mé in ann a chreidiúint gur féidir leat muinín dom, agus smaoineamh níos fearr de dom, san am atá le teacht! "

"O daor Pip d'aois, chap d'aois," a dúirt Joe. "Dia a fhios mar logh mé tú, má tá mé anythink a logh!"

"Amen! Agus tá a fhios ag Dia go ndéanfaidh mé!" macalla Biddy.

"Anois lig dom dul suas agus breathnú ar mo sheanseomra beag, agus scíth a ligean ann cúpla nóiméad liom féin. Agus ansin, nuair a bheidh mé ag ithe agus ólta leat, téigh liom chomh fada leis an méar-phost, a chara Joe agus Biddy, sula ndeirimid slán leat!

Dhíol mé gach a raibh agam, agus chuir mé ar leataobh an oiread agus is féidir liom, ar feadh imshocraíochta le mo chreidiúnaithe, - a thug go leor ama dom iad a íoc go hiomlán, - agus chuaigh mé amach agus chuaigh mé isteach i Herbert. Taobh istigh de mhí, bhí mé tar éis éirí as Sasana, agus taobh istigh de dhá mhí bhí mé i mo chléireach ag Clarriker agus Co., agus laistigh de cheithre mhí ghlac mé mo chéad fhreagracht neamhroinnte. Maidir leis an bhíoma trasna na síleála parlús ag Mill Pond Bank bhí scortha ansin de bheith ag crith faoi shean-fhás Bill Barley agus bhí sé ar a suaimhneas, agus bhí Herbert imithe ar shiúl chun Clara a phósadh, agus fágadh mé i gceannas ar Chraobh an Oirthir amháin go dtí gur thug sé ar ais í.

Chuaigh bliain go leor thart sula raibh mé i mo pháirtí sa Teach; ach chónaigh mé go sona sásta le Herbert agus a bhean chéile, agus mhair mé go frugally, agus d'íoc mé mo chuid fiacha, agus choinnigh mé comhfhreagras leanúnach le Biddy agus Joe. Ní go dtí gur tháinig mé sa tríú háit sa Daingean, go ndearna Clarriker feall orm le Herbert; ach dhearbhaigh sé ansin go raibh rún chomhpháirtíocht Herbert fada go leor ar a choinsias, agus caithfidh sé é a insint. Mar sin, d'inis sé é, agus bhí Herbert an oiread ar athraíodh a ionad mar iontas, agus an fear daor agus ní raibh mé na cairde níos measa le haghaidh an cheilt fada. Níor cheart dom é a fhágáil le ceapadh gur Teach mór a bhí ionainn riamh, nó go ndearna muid miontaí airgid. Ní raibh muid ar bhealach mór gnó, ach bhí ainm maith againn, agus d'oibrigh sé dár mbrabús, agus rinne sé go han-mhaith. Bhí an oiread sin dlite againn do thionscal agus ullmhacht shíoraí Herbert, gur minic a smaoinigh mé ar an gcaoi ar cheap mé an seansmaoineamh sin ar a neamhinniúlacht, go dtí go raibh mé lá amháin ag an machnamh, go mb'fhéidir nach raibh an t-inaptitude riamh ann ar chor ar bith, ach go raibh sé ionam.

Caibidil LIX.

Ar feadh aon bhliain déag, ní fhaca mé Joe ná Biddy le mo shúile coirp,—cé go raibh an bheirt acu go minic roimh mo mhaisiúil san Oirthear,—nuair a leag mé mo lámh go bog ar ladhar sheandoras na cistine tráthnóna i mí na Nollag, uair nó dhó tar éis thitim na hoíche. Leag mé lámh air chomh bog sin nár chualathas mé, agus d'fhéach mé isteach gan feiceáil. Ansin, ag caitheamh a phíopa sa tseanáit ag solas tine na cistine, chomh hale agus chomh láidir is a bhí riamh, cé go raibh sé beagáinín liath, shuigh Joe; agus ansin, fál isteach sa chúinne le cos Joe, agus ina shuí ar mo stól beag féin ag féachaint ar an tine, bhí—mé arís!

"Táimid giv 'dó an t-ainm Pip ar do mhaithe, daor chap d'aois," a dúirt Joe, áthas, nuair a ghlac mé stól eile ag taobh an linbh (ach ní raibh mé rumple a chuid gruaige), "agus bhí súil againn go bhféadfadh sé ag fás le beagán cosúil leat, agus is dóigh linn a dhéanann sé."

Shíl mé mar sin freisin, agus thóg mé amach é le haghaidh siúlóide an mhaidin dár gcionn, agus labhair muid go mór, ag tuiscint a chéile chun foirfeachta. Agus thóg mé síos go dtí an reilig é, agus leag mé é ar leac uaighe áirithe ann, agus thaispeáin sé dom ón ingearchló sin a bhí naofa i gcuimhne Philip Pirrip, déanach sa Pharóiste seo, agus Georgiana, Bean chéile an Thuas.

"Biddy," arsa mise, nuair a labhair mé léi tar éis dinnéir, agus a cailín beag ina codladh ina lap, "caithfidh tú Pip a thabhairt dom ceann de na laethanta seo; nó a thabhairt ar iasacht dó, ag gach ócáid."

"Níl, níl," arsa Biddy, go réidh. "Caithfidh tú pósadh."

"Mar sin, deir Herbert agus Clara, ach ní dóigh liom go ndéanfaidh mé, Biddy. I have so settled down in their home, níl sé chomh dóchúil sin ar chor ar bith. Is seanbhaitsiléir mé cheana féin."

D'fhéach Biddy síos ar a leanbh, agus chuir sí a lámh bheag ar a liopaí, agus ansin chuir sí an lámh mhaith matronly lena raibh sí i dteagmháil léi i mianach. Bhí rud éigin san aicsean, agus i mbrú éadrom fáinne bainise Biddy, a raibh eloquence an-deas ann.

"A Chara Pip," arsa Biddy, "tá tú cinnte nach bhfuil tú fret ar a son?"

"O níl,-Ní dóigh liom, Biddy."

"Inis dom mar sheanchara, seanchara. An bhfuil dearmad déanta agat uirthi?

"Mo Biddy daor, tá dearmad déanta agam ar rud ar bith i mo shaol go raibh áit is fearr riamh ann, agus is beag a bhí aon áit ann riamh. Ach tá an bhrionglóid bhocht sin, mar a thug mé air tráth, imithe ar fad, Biddy,-imithe ar fad!

Mar sin féin, bhí a fhios agam, cé go ndúirt mé na focail sin, go raibh sé i gceist agam go rúnda athchuairt a thabhairt ar shuíomh an tsean-tí an tráthnóna sin, ina haonar, ar mhaithe léi. Sea, fiú mar sin. Ar mhaithe le Estella.

Chuala mé faoi go raibh sí i gceannas ar an saol is míshásta, agus mar a bheith scartha óna fear céile, a d'úsáid í le cruálacht mhór, agus a raibh cáil mhór uirthi mar chomhdhúil mórtais, éagsúlachta, brúidiúlachta agus meanmais. Agus chuala mé faoi bhás a fir chéile, ó thimpiste de bharr drochíde a thabhairt do chapall. Bhí an scaoileadh seo tar éis titim uirthi dhá bhliain roimhe sin; for anything I knew, bhí sí pósta arís.

D'fhág an uair an chloig dinnéir luath ag Joe, flúirse ama orm, gan deifir a dhéanamh ar mo chuid cainte le Biddy, chun siúl anonn go dtí an sean-láthair roimh thitim na hoíche. Ach, cad le loitering ar an mbealach chun breathnú ar rudaí d'aois agus chun smaoineamh ar an sean-am, bhí an lá meath go leor nuair a tháinig mé go dtí an áit.

Ní raibh teach ar bith ann anois, gan aon ghrúdlann, gan aon fhoirgneamh fágtha, ach balla an tseanghairdín. Bhí an spás glanta iniata le claí garbh, agus ag féachaint os a chionn, chonaic mé gur bhuail cuid den sean-eidhneán fréamh as an nua, agus go raibh sé ag fás glas ar dumhaí ciúine ísle scriosta. Geata sa chlaí ina sheasamh ajar, bhrúigh mé ar oscailt é, agus chuaigh mé isteach.

Bhí ceo fuar airgid veiled an tráthnóna, agus ní raibh an ghealach fós suas chun é a scaipeadh. Ach, bhí na réaltaí ag taitneamh thar an ceo, agus bhí an ghealach ag teacht, agus ní raibh an tráthnóna dorcha. D'fhéadfainn a rianú amach cá raibh gach cuid den seanteach, agus cá raibh an ghrúdlann, agus cá raibh na geataí, agus cá raibh na cascaí. Bhí sé sin déanta agam, agus bhí mé ag féachaint ar an siúlóid ghairdín desolate, nuair a beheld mé figiúr solitary ann.

Léirigh an figiúr é féin ar an eolas faoi dom, de réir mar a chuaigh mé chun cinn. Bhí sé ag bogadh i mo threo, ach sheas sé fós. Mar a tharraing mé níos gaire, chonaic mé é a bheith ar an figiúr de bhean. Mar a tharraing mé níos gaire fós, bhí sé ar tí dul ar shiúl, nuair a stop sé, agus lig dom teacht suas leis. Ansin, faltered sé, amhail is dá mba iontas i bhfad, agus uttered m'ainm, agus cried mé amach,—

"Estella!"

"Tá mé athraithe go mór. N'fheadar go bhfuil aithne agat orm.

Bhí úire a háilleachta imithe go deimhin, ach d'fhan a soilse doscriosta agus a charm indescribable. Those attractions in it, chonaic mé roimhe sin; an rud nach bhfaca mé riamh cheana, ná solas brónach, bogtha na súile a bhí bródúil tráth; an rud nár mhothaigh mé riamh roimhe seo ná teagmháil chairdiúil na láimhe doghlactha tráth.

Shuigh muid síos ar bhinse a bhí in aice, agus dúirt mé, "Tar éis an oiread sin blianta, tá sé aisteach gur chóir dúinn bualadh le chéile arís, Estella, anseo áit a raibh ár gcéad chruinniú! An dtagann tú ar ais go minic?"

"Ní raibh mé anseo ó shin."

"Ná mise."

Thosaigh an ghealach ag ardú, agus smaoinigh mé ar an amharc placid ar an tsíleáil bhán, a bhí imithe ar shlí na fírinne. Thosaigh an ghealach ag ardú, agus smaoinigh mé ar an mbrú ar mo lámh nuair a labhair mé na focail dheireanacha a chuala sé ar domhan.

Ba é Estella an chéad duine eile a bhris an ciúnas a d'éirigh eadrainn.

"Is minic a bhí súil agam agus bhí sé i gceist agam teacht ar ais, ach tá go leor cúinsí curtha cosc orthu. Seanáit bhocht, bhocht!

Bhí baint ag an ceo airgid leis na chéad ghathanna de sholas na gealaí, agus bhain na gathanna céanna leis na deora a thit óna súile. Gan a fhios agam go bhfaca mé iad, agus ag socrú í féin chun an ceann is fearr a fháil orthu, dúirt sí go ciúin,—

"An raibh tú ag smaoineamh, mar a shiúil tú chomh maith, conas a tháinig sé a bheith fágtha sa riocht seo?"

"Sea, Estella."

"Is liomsa an talamh. Is é an t-aon sealúchas nár scar mé leis. Tá gach rud eile imithe uaim, beag ar bheagán, ach choinnigh mé é seo. Ba é an t-aon fhriotaíocht chinntithe a rinne mé sna blianta corraitheacha go léir."

"An bhfuil sé le tógáil air?"

"Faoi dheireadh, tá sé. Tháinig mé anseo chun é a fhágáil roimh a athrú. Agus tusa," a dúirt sí, i nglór a bhfuil suim agat i wanderer,-"tá cónaí ort thar lear fós?"

"Fós."

"Agus déan go maith, tá mé cinnte?"

"Oibrím go dian le haghaidh maireachtála leordhóthanach, agus dá bhrí sin-sea, déanaim go maith."

"Is minic a smaoinigh mé ort," arsa Estella.

"An bhfuil tú?"

"Go déanach, go minic. Bhí tréimhse fhada chrua ann nuair a choinnigh mé i bhfad uaim an chuimhne ar an méid a chaith mé uaim nuair a bhí mé aineolach go leor ar a fhiúntas. Ach ós rud é nach raibh mo dhualgas ag teacht leis an gcuimhne sin a ligean isteach, thug mé áit i mo chroí dó."

"Choinnigh tú d'áit i mo chroí i gcónaí," a d'fhreagair mé.

Agus bhíomar inár dtost arís go dtí gur labhair sí.

"Is beag a shíl mé," arsa Estella, "gur cheart dom cead a thabhairt duit imeacht ón spota seo. Tá an-áthas orm é sin a dhéanamh.

"Sásta páirt a ghlacadh arís, Estella? Domsa, is rud pianmhar é scaradh. Domsa, tá an cuimhneachán ar ár scaradh deireanach riamh mournful agus painful. "

"Ach dúirt tú liom," ar ais Estella, an-earnestly, "'Dia leat, Dia logh duit! ' Agus dá bhféadfá é sin a rá liom ansin, ní bheidh aon leisce ort é sin a rá liom anois,- anois, nuair a bhí an fhulaingt níos láidre ná gach teagasc eile, agus mhúin sé dom tuiscint a fháil ar cad a bhíodh i do chroí. Bhí mé lúbtha agus briste, ach—tá súil agam-i gcruth níos fearr. Bí chomh tuisceanach agus chomh maith liomsa is a bhí tú, agus abair liom gur cairde muid."

"Is cairde muid," arsa mise, ag ardú agus ag lúbadh os a cionn, agus í ag éirí ón mbinse.

"Agus leanfaidh sé ar aghaidh le cairde óna chéile," arsa Estella.

Thóg mé a lámh i mianach, agus chuaigh muid amach as an áit scriosta; agus, de réir mar a d'éirigh ceo na maidine fadó nuair a d'fhág mé an cheárta den chéad uair, mar sin bhí na ceocháin tráthnóna ag ardú anois, agus i fairsinge leathan an tsolais suaimhnis a thaispeáin siad dom, ní fhaca mé scáth ar bith eile ag scaradh uaithi.

www.ingramcontent.com/pod-product-compliance
Ingram Content Group UK Ltd.
Pitfield, Milton Keynes, MK11 3LW, UK
UKHW040820151224
452457UK00014B/118